面向21世纪课程教材
Textbook Series for 21st Century

U0652223

中国文学史

Zhonggup Wenxueshi

（第三版）

第四卷

袁行霈　主编

黄　霖　袁世硕　孙　静　本卷主编

高等教育出版社·北京

内容简介

本书是教育部"高等教育面向21世纪教学内容和课程体系改革计划"的成果,既是高校教材,又是学术研究著作。全书的编写倡导文学本位,并将文学置于广阔的文化背景之中,翔实地描述中国古代文学的发展历程,做了一些具有创新性的考证和论述。各章均有详细的附注,以介绍各家观点;各卷之后又有研修书目,为读者进一步的学习和研究提供线索。全书具有鲜明的开放性和前瞻性,以及较大的信息量,在出版后曾经获得国家图书奖、北京市哲学社会科学优秀成果特等奖、全国普通高等学校优秀教材一等奖。

本书在2005年修订过一次。此次修订,是在2005年第二版的基础之上,在保留原书篇幅及编写宗旨、指导思想、体例、框架等特色的前提之下,对原书进行的一个中等规模的修订。主要是对第二版的一些缺失之处予以修正,并审慎地加入了新的研究资料和学术成果,保持本书的内容前沿性。

本书适合作为高校中文专业的通用教材,亦可以供古代文学爱好者、研究者参考。

图书在版编目(CIP)数据

中国文学史. 第4卷 / 袁行霈主编. --3版. --北京:高等教育出版社,2014.5(2020.12重印)
ISBN 978 - 7 - 04 - 032572 - 0

Ⅰ.①中… Ⅱ.①袁… Ⅲ.①中国文学 - 文学史 - 高等学校 - 教材 Ⅳ.①I209

中国版本图书馆 CIP 数据核字(2014)第 020617 号

策划编辑	刘纯鹏	责任编辑	曾 骞 刘新英	封面设计	杨立新
版式设计	王 莹	责任校对	杨凤玲	责任印制	刁 毅

出版发行	高等教育出版社	网 址	http://www.hep.edu.cn	
社 址	北京市西城区德外大街4号		http://www.hep.com.cn	
邮政编码	100120	网上订购	http://www.landraco.com	
印 刷	肥城新华印刷有限公司		http://www.landraco.com.cn	
开 本	787mm×960mm 1/16			
印 张	33.5	版 次	1999 年 8 月第 1 版	
			2014 年 5 月第 3 版	
字 数	610 千字			
购书热线	010 - 58581118	印 次	2020 年 12 月第 16 次印刷	
咨询电话	400 - 810 - 0598	定 价	55.70 元	

本书编委会

主编　袁行霈（北京大学）

编委　聂石樵（北京师范大学）　　负责第一编

　　　　　李炳海（中国人民大学）　　负责第二编

　　　　　袁行霈（北京大学）　　　　负责第三编

　　　　　罗宗强（南开大学）　　　　负责第四编

　　　　　莫砺锋（南京大学）　　　　负责第五编

　　　　　黄天骥（中山大学）　　　　负责第六编

　　　　　黄　霖（复旦大学）　　　　负责第七编

　　　　　袁世硕（山东大学）　　　　负责第八编

　　　　　孙　静（北京大学）　　　　负责第九编

本卷执笔人（以所撰写之章节先后为序）

黄　霖（复旦大学）

郑利华（复旦大学）

谢柏梁（中国戏曲学院）

袁世硕（山东大学）

裴世俊（山东师范大学）

齐裕焜（福建师范大学）

孙　静（北京大学）

林　薇（中国传媒大学）

目 录

虚与实的结合　　非凡的叙事才能　　全景式的战争描写
特征化性格的艺术典型　　历史演义体语言

历史演义的繁荣　　列国系统的小说　　隋唐系统的小说
明末的时事小说　　对于社会文化生活的广泛影响　　《三国
志演义》在国外

水浒故事的流传与发展　　作者问题　　《水浒传》的版本

一曲“忠义”的悲歌　　“忠义”观的形成及其复杂性　丰富
的思想内涵　　《水浒传》与所谓“暴力崇拜”

白话语体成熟的标志　　同而不同的英雄群像　　传奇性与现
实性的结合　　连环钩锁、百川入海的结构

《水浒传》的社会影响　　《水浒传》的文学地位　　《杨家府
演义》《大宋中兴通俗演义》等　　《水浒传》在国外

高启：抒写时代与个人命运的孤吟者　　杨基、袁凯诗中的乱
世悲音　　宋濂、刘基的散文创作

台阁体的特征　　台阁体与时局及作家遭际的关系　　李东阳与
茶陵派

八股文与科举的关系　　八股文的体制与创作特征　　八股文
对文学创作的影响

前七子的复古主张　　时政题材中的危机感与批判意识　　庶

第八编　清代文学

第七编　明代文学

绪　　论

明代从太祖朱元璋洪武元年（1368）开国，到思宗朱由检崇祯十七年（1644）自缢，前后共计277年。

在元代文学新变的基础上，明代文学的发展历程，有曲折，有突进，呈现了一种波浪形的态势。这大致可分成两个阶段：前期作为元代文学的馀波和明代中后期文学突变的准备，可以视作中国中古文学的最后阶段；嘉靖（1522—1566）以后，文学变革犹如狂飙突至，迅猛异常，中国文学正式步入近古的新时代。从明中叶到清代鸦片战争，是中国文学近古期的第一段。

元明之际的社会动荡，形成了一股人心思治、崇拜英雄的思潮，涌现了一批精神上比较解放而且富有时代使命感的文人。文学作品在崇尚酣畅雄健的阳刚之美时，常常浸透着作家深沉的忧患意识。以《三国志通俗演义》《水浒传》的编著[1]，南戏的中兴和宋濂、刘基、高启等诗文作家的作品为代表，文学创作出现了一时繁华的景象。但文学发展的这种势头很快就遭到了阻扼和摧残。明初经济的复苏，人民生活的相对安定，销蚀了士人的忧患意识；而思想文化上的专制主义和特务统治，又平添了创作上的不安全感。精神上贫乏的知识分子在追求仕进和自我平衡的心态中，欣赏一种平稳和谐、雍容典雅的美。生机勃勃的小说、戏曲创作受到了轻视和限制，"台阁体"的诗歌和讴歌富贵、道德、神仙的戏剧泛滥，文学创作导向贵族化、御用化而滑入了低谷。

明代中叶，随着城市商业经济的繁荣，市民阶层的壮大和统治集团的日趋腐朽，思想控制的松动，以及王阳明心学的流行，文学逐步走出了沉寂枯滞的局面。特别是在嘉靖以后，很快地由复苏而大踏步地向前迈进。这时的文学创作随着接受对象的下层化、市民化而更加面向现实，创作主体精神更加高扬，从而突出了个性和人欲的表露。此外，叙事文学的全面成熟，各体文学语言的通俗化，以及流派意识的自觉，也都充分地显示了文学正在有力地向着近代化变革。这场变革的标志是：《三国志通俗演义》《水浒传》的刊刻和风行，《西游记》与《金瓶梅词话》的陆续写定和问世，兴起了编著章回体通俗小说的热潮；戏曲方面，从以《宝剑记》《浣纱记》《鸣凤记》为代表的三大传奇问世，传奇体制的定型和昆腔的改革，到汤显祖写出"临川四梦"，戏曲创作被推向了继元杂剧之后的又一高峰；诗文方面，继李梦阳、何景明、康海、边贡、王九思、王廷相、徐祯卿等前七子在弘治年间（1488—1505）打着"复古"的旗号开展文学革新运动之后，不论是唐宋派、后七子，还是公安派、竟陵派等，都分别从不同的角度为文学的变革作出了努力。其他如以"三言""二拍"为代表的白话短篇小说的繁荣，"挂枝儿""山歌"等民间文学的流行和整理等，都明显地体现了新的时代特征。总的说来，明代的中后期，与整个农业文明向着工商文明迅速转变的历史潮流相适应，文学急剧地向着世俗化、个性化、趣味化流动，从内在精神到审美形式，都鲜明而强烈地打上了这种转变的印记。至明末天启、崇祯（1621—1644）年间，随着国事多艰，经世实学思潮抬头，部分作家开始与张扬个性、表露人欲告别，向着理性回归，重新强调文学的社会功用，开启了清代文学思潮的转变。

第一节　商业经济的繁荣与城市文化形态的形成

工商业的发展与城市的繁荣　　市民阶层的壮大　　新的读者群的形成　　新的内容与新的形象　　审美趣味的转变　文学的商业化

宋元时代逐步兴起的商业经济，在明初受到了一些挫折。朱元璋基于政治上的考虑，曾采取了严厉的措施打击曾为敌对势力所控制的苏、松、杭等地区的富翁，并推行传统的"重农抑商"政策，在一定程度上打击了工商势力，影响了城市的繁荣，连"素号繁华"的苏州，一时间也变得"邑里萧然，生计鲜薄"（王锜《寓圃杂记》卷五）。然而，明初的经济整顿并未放弃恢复农业生产，稳定社会经济，这为农业复苏铺平道路的同时，实际上也在为工商业的顺利发展创造着条件。与此同时，明初的统治者也实行了若干有利于手工业和商业发展的措施。例如，将手工业工人从工奴制中解放出来，让他们"自由趁作"；降低商业税率，规定"三十而取一，过者以违令论"（《明史》卷八一《食货五》）等；特别是南北大运河的贯通，有力地促进了经济的交流和发展。到明代中期，官方认可的抑商政策出现了一定的松动，工商势力重新开始活跃，特别是江南一带的织造"机户"争相崛起，如苏州到了嘉靖年间已是"比户皆工织作，转贸四方"（嘉靖《吴邑志》卷一四《土产》）。手工业生产的规模日益扩大，内部分工日趋细密，在提高生产率的同时，增强了产品对于市场的依附；而农业生产也逐渐卷入了商品化的漩涡；隆庆后海禁一度解除，海外贸易不断发展；白银的普遍使用，促使商品交换频繁。这一切都促进了商业经济的繁荣和城市的兴旺，杭州、苏州、广州、武汉、芜湖等都市，商贾辐辏，成为商品的集散地。

手工业和城市商业的繁荣使市民阶层迅速扩大。市民阶层人数众多，人员复杂，包括商人、作坊主、手工业工人、自由手工业者、艺人、妓女、隶役、各类城市贫民和一般的文人士子等。明代中叶以后，仅苏州一地从事丝织业的人数就达近万名；景德镇十万人口，从事陶业的手工业人口即有数万。在这些市民中，商人们经济实力雄厚，生活奢靡，逐渐引起人们的注目和羡慕。如"富埒吴中"的巨商张冲，每有一衣制成，其款式即成为市民们争相模仿的样板（皇甫汸《皇甫司勋集》卷五一《张季翁传》），足见商人对于市民社会影响之大。商人们附庸风雅，"与贤士大夫倾盖交欢"，往来唱和，也成为风气。不少商人还刊有自己的文稿[2]。文人士子也逐渐改变不屑与商贾为伍的清高态度，开始从相对封闭的圈子中走出来，留恋繁华的城市，习惯于出入市井，乐意与商人、名工巧匠、出色艺人等交游[3]，越来越具有一种世俗平民化的特征。特别是在明代中后期的文人圈中，未入仕途的平民文人人数众多，相当活跃。其中不少人本来就出身于商人家庭，如对文坛有很大影响的李梦阳、李贽的父祖辈就曾经商。在江浙地区，情况尤为突出，如高濂、唐寅、王宠、袁袠、张凤翼兄弟、黄省曾、何良俊、陈束、屠隆、沈明臣、汪道昆、顾宪成、卓澂甫等人都出身商家。一些缙绅士大夫弃儒经商或涉足文化市场的也屡见不鲜。如小说家凌濛初、陆云龙及汲古阁主人毛晋等都兼营印刷业。总之，明代中后期文人与商人等市民的关系越来越密切。他们相互熟悉，相互影响，逐步产生了一批受到市民思想、感情和艺术趣味的熏陶并愿意为市民阶层服务的文人士子。这批世俗化的平民文人同时又与商人、手工业者、艺人等市民相结合，形成了一批新的读者群。

文人的市民化和市民化读者群的形成，自然地改变了文学作品的面貌。在明代的诗、文、小说、戏曲中，市民的生活、情趣和形象越来越变得举足轻重。诗人们歌唱起"即此城中住亦甘""经车过马常无数"（沈周《石田稿》第四十七《市隐》）的都市生活，赞美"翠袖三千楼上下，黄金百万水西东"（唐寅《六如居士全集》卷二《阊门即事》）的繁华景象，毫不掩饰对美色和金钱的欣羡，甚至高歌恣情纵乐，在俗世的追欢逐笑中寻求人生的乐趣。在一些诗文集中，有关商人及各色市民的寿序、碑志、传记等触处可见[4]。这种现象并非偶然，它说明了明代诗文对于表现商人的兴趣。至于在小说和戏曲中，更是广泛而深刻地表现了市井生活，塑造了众多商人和作坊主的形象。这在明初的《剪灯新话》等文言小说中初露端倪，在《金瓶梅》中商人已成为一部长篇小说的主人公，而在以后的"三言""二拍"等短篇小说中，市井中的种种角色也被表现得淋漓尽致。他们或极尽奢侈，或克勤克俭，或历尽艰险，或经营有道。作者不时地流露出对他们的同情、理解和赞美，并透出了对于世俗物质利益强烈关注的价值取向。

在作品内容市民化的同时，人们的艺术趣味也趋向世俗化，时兴着一种"世俗之趣"。这种艺术趣味的基本特点，就是题材重日常琐事，表现多率真自然，语言尚俚俗明白，效果求怡心娱目。这在小说、戏曲、民歌等通俗文学中表现得十分明显。特别是明代中后期，文坛舆论大力宣扬的就是"寄意于时俗"（欣欣子《金瓶梅词话序》），从"耳目之内，日用起居"（即空观主人《拍案惊奇序》）中极摹"世情"，欣赏"最浅最俚亦最真"（《挂枝儿》别部四卷《送别》）的语言，提倡文章之用即在于"供人爱玩"（郑超宗《媚幽阁文娱自序》）、"可资谈笑"（天许斋《古今小说题辞》）。这种世俗化的审美趣味在诗文创作中也有反映。唐寅等吴中诸子继元末杨维桢等诗歌世俗化的倾向之后，曾作过一些可贵的探索。打着复古旗号的前七子，实际上也为明代中晚期艺术趣味的世俗化推波助澜。据《万历野获编》卷二五记载，李梦阳对当时流行的民歌十分欣赏，"以为可继《国风》之后"，"何大复继至，亦酷爱之"。他们还创作了不少模仿得惟妙惟肖的民歌。康海、王九思、边贡、顾璘等人都在理论或创作实践上对通俗文学的发展起过推波助澜的作用。嘉靖年间，李开先、徐渭等也都推崇民歌。尔后袁中郎干脆就说："世人以诗为诗，未免为诗苦，弟以《打草竿》《劈破玉》为诗，故足乐也。"（《袁宏道集笺校》卷一一《伯修》）公安派的作家们所创作的一些"新声"，显然是对传统诗歌的一种突破和冲击。这在拘守传统观念的人看来，当然是鄙俚不足道的，甚至认为"万历五十年无诗"（周亮工《尺牍新钞》卷二徐世溥《与友人》），"文之俗陋，亘古未有"（王夫之《姜斋诗话》卷二《夕堂永日绪论外编》）。但实际上，正是在这"破律坏度"之中，躁动着诗界的一场革新，反映着艺术趣味的变化。

城市工商业的发展，文人的市民化和市民化读者群的膨胀，不可避免地使文学创作商品化。文人为谋生而写作，书肆为营利而刊行，一些文艺作品难免沦为金钱的附庸。据俞弁《山樵暇语》卷九载，在正德年间，"江南富族著姓，求翰林名士墓铭或序记，润笔银动数二十两，甚至四五十两"。一些平民文人出卖诗文书画，不失为一条谋生之路。唐寅就有诗云："不炼金丹不坐禅，不为商贾不种田。闲来画幅丹青卖，不使人间造孽钱。"（顾元庆《夷白斋诗话》）徐渭的《王元章墓》诗也谈到了书画"换米"的生涯。这种多少带点创作职业化的倾向，虽在一定程度上有利于个体自主意识的生成，但难免有一些缺乏社会责任心的末流作者被铜臭污染了良心，一味去迎合市民的低级趣味和书商的赚钱欲望，胡编乱造一些荒诞不经、色情下流、腐蚀人心的东西，并在一时间"纸为之贵，无翼飞，不胫走"（即空观主人《拍案惊奇序》），使得晚明文坛上流淌着一小股浊流。

第二节　王学左派的兴起及其对文学创作的推动

政治思想由高压趋向失控　　王学左派的兴起与禅宗思想的广泛渗透　　张扬个性和对人欲的肯定　　新思潮的先天不足

朱元璋开国之初，在政治上极力强化君主独裁，先后通过左丞相胡惟庸和大将军蓝玉两案，大兴党狱，杀戮功臣，趁机废除了有一千多年历史的宰相制度和七百多年历史的三省（中书、门下、尚书）制度，将军政大权独揽于一身。至成祖永乐和宣宗宣德年间，又建立内阁制度，削弱诸王权力，进一步巩固和发展了中央集权制度。还设立锦衣卫和东、西厂，对群臣和百姓进行监视，实行恐怖的特务统治。在思想文化方面，大力提倡程朱理学，实行八股取士制度，在对一些文人进行笼络、利用的同时，采取了极为严厉的高压政策。洪武年间规定"寰中士夫不为君用"，即可"诛而籍其家"（嵇璜等《续通典》卷一二〇）。当时的文人动辄得咎，"一授官职，亦罕有善终者"（赵翼《廿二史札记》卷三二《明初文人多不仕》）。诗人高启因辞官被腰斩，苏州文人姚润、王谟因征不至而被斩首抄家。朱元璋还深文周纳，锻炼成狱，制造了大量的文字冤案以树立绝对的皇权。甚至因为朱元璋自幼为僧，并参加过被称作"贼"的红巾军，一时间不少文人在文章中用了与"僧""贼""发"等同音、叶音或有关的字（如"光"等），就被认为是有意讥刺而定罪斩首[5]。在这种淫威高压之下，思想文化界呈现了一派沉闷压抑的气氛。明代中叶以后，皇权的高度集中，逐步导致以皇帝为中心的统治集团的腐化堕落。皇权的集中与皇帝的腐化，必然导致宦官的专权；宦官的专权与朝政的腐败，又加剧了党争。政治上的混乱伴随着商业经济的发展，城市的繁荣，风俗的变化，使统治集团逐渐放松了政治思想的控制。于是，思想文化界开始活跃起来。

明代中后期思想文化活跃的重要契机是王学的兴起。弘治、正德年间，思想家王守仁（世称阳明先生）继胡居仁、陈献章、湛若水等人之后，进一步发展了宋代陆九渊的"心学"，认为"心者，天地万物之主也"（《王文成公全书》卷六《答季明德》），"心外无物，无事，无理，无义，无善"（《王文成公全书》卷四《与王纯甫》二）。他提出"吾心之良知，无有不自知者"（《王文成公全书》卷二六《大学问续编》），"夫良知者，即所谓是非之心，人皆有之，不待学而有，不待虑而得者也"（《王文成公全书》卷八《书朱守乾卷》）。同时，主张知行合一；对以往的"圣贤至理"都要用"我的灵明"来加以检验："夫学贵得之心，求之于心而非也，虽其言之出于孔子，不敢以为是也。"（《王文成公全书》卷二《传习录》中）显然，这种学说是主观唯心的，在政治上也并不反对封建纲常，它只是把外在权威的"天理"拉到了人的内心，变为人的内在自觉的"良知"，从而打破了程朱理学的僵化统治，冲击了圣经贤传的神圣地位，在客观上突出了人在道德实践中的主观能动性。这在当时的历史条件下，有利于人的自我意识的觉醒。自此之后，心学亦称王学，流布天下，并在嘉靖、万历年间形成了多种派别。其中泰州学派，亦称王学左派，从王艮、徐樾、颜钧、罗汝芳，到何心隐、李贽，越来越具有离经叛道的倾向。黄宗羲在《明儒学案·泰州学案》中概括他们的主要精神道："吾心须是自心作得主宰，凡事只依本心而行，便是大丈夫。""平时只是率性而行，纯任自然，便谓之道。……凡先儒见闻，道理格式，皆足以障道。"他们肯定人欲的合理要求，主张人与人之间地位平等，追求个性的自然发展，提出"百姓日用即道"（王艮《王心斋先生遗集》卷一《语录》），"穿衣吃饭即是人伦物理"（李贽《焚书》卷一《答邓石阳》），"夫天生一人，自有一人之用，不待取给于孔子而后足也"（李贽《焚书》卷一《答耿中丞》）。与此同时，与心学颇有相通之处的禅宗[6]也在文人阶层中广泛渗透。明代狂禅之风甚盛，他们强调本心是道，本心即佛，其他一切都是虚妄的，乃至佛祖、经义也是"屎窖子"，"只是个卖田乡帐"，"总是十字街头破草鞋"，可以"抛向钱塘江里著"[7]。他们敢于用"本心"去推倒偶像的崇拜和打破教义的束缚，洋溢着一种叛逆的勇气和张扬个性的精神。心学与禅宗相结合在社会上广泛传播，促使人们在思想观念、思维方式上发生了变革，开始用批判的精神去对待传统、人生和自我，为明代掀起复苏人性、张扬个性的思潮创造了一种气氛，启发了一条新的思路，提供了一种理论武器。

　　但是，就本来的王阳明心学和禅宗而言，他们所强调的"本心"，只是一颗远离情欲、只存天理之心。王阳明说，"此心纯是天理"，"去人欲，存天理，方是功夫"（《王文成公全书》卷一《传习录》上）。禅宗大师也认为"率性之谓道，率情之谓倒"（《紫柏老人集》卷二《法语》）。他们所始料不及的是，一旦触发了人对于自己本心的发现，与生俱来的七情六欲也会随之而汹涌沸腾起来，去冲击天理的堤岸，因而一些思想家、文学家纷纷张扬起不顾天理而求世俗爱好的个人的情欲。如李贽就高倡"私者，人之心也。人必有私，而后其心乃见"（《藏书》卷三二《德业儒臣后论》），即使是"吐一口痰，也是自家的"（袁中道《柞林纪谭》），主张"至人之治"当"因乎人"（《焚书》卷三《论政篇》），即顺从人的个性和满足人的欲望。汤显祖、袁宏道等进一步将包括情欲在内的追求现世享受的"情"与"理"相对立，提出了"世总为情"（《汤显祖全集》卷三一《耳伯麻姑游诗序》）、"情有者理必无，理有者情必无"（《汤显祖全集》卷四五《寄达观》）的命题，反对"内欺己心，外拂人情""拂情以为理"（《袁宏道集笺校》卷四四《德山麈谭》），极力宣扬"情"的解放。因此，明代中叶以后，在文士中出现了一批因适性顺情而"放诞不羁，每出名教外"（赵翼《廿二史札记》卷三四《明中叶才士傲诞之习》）的"狂士"。像袁宏道在《与龚惟长先生书》中就公开宣扬追求人间的真乐乃是"目极世间之色，耳极世间之声，身极世间之鲜，口极世间之谭"，乃至"宾客满席，男女交舄"，"妓妾数人，游闲数人"，寻欢作乐到"朝不谋夕""恬不知耻"的地步。这样，就在社会上兴起了一股高扬个性和肯定人欲的思潮。

这一思潮对于冲破僵化的思维，在创作中强化主体意识具有重要的作用。于是，在诗文领域内激荡起一种与传统文学观念相对抗的"性灵"说。本来，"性灵"之说古已有之。如《南史》卷七二《文学传叙》曰："自汉以来，辞人代有，大则宪章典诰，小则申抒性灵。"但传统的文学观念把"申抒性灵"视之为"小"，把事关教化、有益庙堂视之为"大"，于是，文学的个性、风格、特色就往往淹没、融化在内容和形式的共性之中。明代中期，李梦阳、徐祯卿等开始重"情"[8]，强调诗歌的情感特征和个性表现，至袁宏道终于响亮地提出了"独抒性灵，不拘格套"（《袁宏道集笺校》卷四《叙小修诗》）的口号。一时间，徐渭、李贽、于慎行、汤显祖、屠隆等纷纷发表类似的议论，"诗以言己者也"（王思任《王季重十种·杂序·倪翼元宦游诗序》），"诗取适性灵而止"（屠隆《由拳集》卷一二《寿黄翁七十序》）。其间，文人的创作主体意识明显加强，文学的个性特征随之鲜明。与此同时，小说、戏曲中突出人格独立精神和张扬个性的人物形象也陆续亮相。文学在个性化的道路上迈出了可观的一步。随着主体意识的加强和人的自我价值的觉醒，肯定世俗人欲，肯定"好货""好色"的潮流，将文学家的目光引向"穿衣吃饭""百姓日用"，写"时俗"、写物欲、写性爱，扩大了题材范围。他们面向现实，注重用通俗的语言，真实而细致地开掘和表现人的心灵，特别是由此而出现的一些有关青年男女争取恋爱自由和婚姻自主的作品，客观上冲击了当时的封建礼教，致使明代文学呈现出一种新的气象。

但是，这一新的气象，并未能冲越传统的思想范围与文化观念，形成独立的品格，而是在疏狂不羁的作风、主观唯心的原则指引下，常常明显地暴露出它的先天不足。张扬个性、肯定人欲，固然促进了文学向着个性化、世俗化的方向发展，冲击了封建的伦理观念，破坏了严格的尊卑等秩，有利于思想的解放，但怪诞的行为、荒唐的举止却往往忽视群体的利益，有损于社会的正常秩序，以至于公然宣扬露骨的色情，怂恿"诲淫导欲"、伤风败俗的作品出笼，使文学陷入了非道德、非理性的泥淖之中。更值得注意的是，当时一批新思潮的弄潮儿所持的思想武器心学与禅宗，本身就是封建文化圈中的伦理说教和宗教麻醉。他们有时敏锐地亮出了闪光的思想，但有时又回归到正统的儒家伦理教条和佛家的虚无主义[9]。更何况当时整个封建势力还相当顽强，特别是到了晚明，随着各方面危机的加剧，时势的转移，本来就显得比较脆弱和零乱的新思潮，很快地退落，取而代之的是另一种经世实学的思潮，文学创作也随之重新唤起抒写理性和有益于群体的热情。

第三节　俗文学的发展与对文学特性认识的深化

　　小说、戏曲等俗文学地位的提高及其繁荣　　　对于文学特性认识的深化　　　雅文学与俗文学的交融

　　在中国文学的传统观念中，以诗文为代表的雅文学一向是正宗，小说、戏曲等俗文学被视为鄙野之言，甚至是淫邪之辞。明代开国之初，朱元璋制定了压抑通俗文学的政策，永乐、宣德、正统几朝都比较严格地予以执行。但最高统治者出于自己享乐的需要，往往自己破坏了某些禁令。朱元璋本人就喜欢听评话，也鼓励藩王子孙们寄情于歌舞享乐之中。以后承平日久，荒淫无耻的帝王们在寻欢作乐之余，对小说、戏曲产生了越来越浓厚的兴趣[10]，朝廷大臣、文人名士也开始爱好俗文学，这在客观上破坏了传统的文化政策，为俗文学地位的提高及繁荣创造了条件。

　　在理论上比较明确地肯定俗文学的价值，是从李梦阳、何景明等人开始的。他们都赞扬民间歌谣，李梦阳还第一次将《西厢记》与《离骚》并列（徐渭《曲序》）。到嘉靖年间，王慎中、唐顺之等一批名士又将《水浒传》与《史记》并称（李开先《词谑》）。后李贽、袁宏道、汤显祖和冯梦龙等人进一步为俗文学大声疾呼，对于提高小说、戏曲的地位，打破传统的偏见起了十分重要的作用。李贽认为，一代有一代的文章，《西厢记》《水浒传》就是"古今至文"（《焚书》卷三《童心说》），又将《水浒传》与《史记》、杜诗等并列为宇宙内"五大部文章"（周晖《金陵琐事》卷一）。袁宏道继之而将

词、曲、小说与《庄》《骚》《史》《汉》并提，称《水浒传》《金瓶梅》为
"逸典"（《觞政》之十）。在《听朱生说〈水浒传〉》中，他又从艺术的角度
说《六经》和《史记》都不如《水浒传》："《六经》非至文，马迁失组练。"
汤显祖在《宜黄县戏神清源师庙记》等文中详细地论述了戏曲具有强烈的艺
术感染力和巨大的社会教化作用，认为是"以人情之大窦，为名教之至乐"。
冯梦龙的《古今小说序》也从教化功能出发，认为《论语》《孝经》等经典
的感染力都不如小说"捷且深"。他对民歌同对戏曲、小说一样倾注了极大的
心力，认为"但有假诗文，无假山歌"，在整理编辑民歌时明确地抱着"借男
女之真情，发名教之伪药"（《叙山歌》）的宗旨，把矛头直指封建礼教的虚伪
性。他们的这些言行，在当时具有振聋发聩的意义，在中国文学史上第一次形
成了为小说、戏曲、民间歌谣等俗文学争文学地位的高潮。这和当时市民阶层
的壮大，新的读者群和作家群的形成，文学的世俗化、商业化等因素结合在一
起，自然地促进了小说、戏曲和各类通俗文学创作的繁荣。

在各类通俗文学中，小说的勃兴最为引人注目。特别是中国古代长篇小说
主要的甚至是唯一的体裁——章回小说的发展和定型，是明代对中国文学作出
的最为宝贵的贡献。章回小说是在宋元讲史等话本的基础上发展而成的。它的
特色是分章叙事，分回标目，每回故事相对独立，段落整齐，但又前后勾连、
首尾相接，将全书构成统一的整体。现存的宋元平话已经分卷分目，王国维认
为这是"后世小说分章回之祖"（《观堂别集》卷三《宋椠大唐三藏取经诗话
跋》），但这时的目录，字数参差不等，未作修饬。至明代，目录文字越来越
讲究。今见最早的嘉靖壬午（1522）刻本《三国志通俗演义》，每回标题都是
单句七字。万历年间《水浒传》每回的标题已是双句，大致对偶。崇祯本
《金瓶梅》回目已十分工整完美，所以有人说："吾见小说中，其回目之最佳
者，莫如《金瓶梅》。"（曼殊《小说丛话》）除分回立目之外，章回小说还保
存了宋元话本中开头引开场诗，结尾用散场诗的体制。正文常以"话说"两
字起首，往往在情节开展的紧要关头煞尾，用一句"欲知后事如何，且听下
回分解"的套语，中间又多引诗词曲赋来作场景描写或人物评赞等。明代章
回小说在体制上得以定型的同时，在艺术表现方面也日趋成熟。以《三国志
通俗演义》《水浒传》《西游记》《金瓶梅词话》"四大奇书"为主要标志，清
晰地展示了长篇小说艺术发展的历程。这主要表现在：成书过程从数代人集体
性编创过渡到个人独创；创作意识从借史演义，寓言寄托，到面对现实，关注
人生；表现题材从着眼于兴废争战等国家大事，到注目于日常生活、家庭琐
事；描写的人物从非凡的英雄怪杰，到寻常的平民百姓；塑造的典型从突出特
征性的性格到用多色、动感的笔触去刻画人物的个性；情节结构从线性的流

动，到网状的交叉；小说的语言从半文半白，到口语化、方言化，如此等等，都足以说明明代的章回小说在我国的小说史上取得了巨大的成就。与章回小说交相辉映的是，明代中后期的白话短篇小说在宋元"小说"话本的基础上也出现了一个鼎盛的局面，发展得更为精致；文言小说在话本化的道路上也有新的变化。因此，人们常把小说作为明代最具时代特征的文学样式，这是有一定根据的。

明代中后期俗文学兴盛的另一个重要标志是，戏曲在元代高度繁荣的基础上又形成了一个新的高潮。明代戏曲的主流是由宋元南戏演变而来的传奇。明代前期的传奇尽管也出现了一些好的作品，但总的色彩比较黯淡。嘉靖以后，《宝剑记》《鸣凤记》，以及第一次用昆腔曲调写作的《浣纱记》陆续问世，标志着以昆腔为主导的传奇的繁荣时期到来。昆腔是元末明初流行于昆山一带的地方声腔，嘉靖初年，经魏良辅改造后，声调纤徐宛转、悠扬细腻，兼用笛、箫、笙、琵琶等乐器伴奏，加之舞蹈性强，表现风格优美，成为我国古代戏曲史上一种最为完整的表演艺术体系，因而在城市舞台上长期居于霸主的地位。直到清代乾隆以前，一些著名的传奇作家几乎都是用昆腔来写作的。但在农村，弋阳腔则具有广泛的基础。弋阳腔的特点是：文人雅士少有创作，往往是改编昆山腔的现成剧本而成；唱词通俗，"顺口可歌"，便于群众接受；其歌唱方式是一人独唱，众人帮腔，只用喧闹的锣鼓等打击乐伴奏，适宜于通衢野外演出。因而它在民间广泛流行，以后发展为众多的支派，长期与昆山腔争锋媲美。明代中期以后的传奇，以昆山腔、弋阳腔为主，造就了汤显祖、沈璟、屠隆、王骥德、吕天成、高濂、周朝俊、冯梦龙、祁彪佳、吴炳、袁于令、孟称舜等一大批剧作家和曲论家。他们或主才情意趣、词采奇丽；或重格律严峻、语言本色；或求文辞骈绮、堆垛典实，形成了不同流派争妍斗艳的局面，创造了明代戏曲的一个黄金时期。南戏传奇的繁荣，促进了北曲杂剧的蜕变。明代前期的杂剧作家在固守元剧体制的同时，个别人在形式上已有所突破，如朱有燉的剧作打破了一本四折的惯例，采用了对唱、合唱、接唱等形式，甚至出现了南北合套的体式；王九思的《中山狼院本》以一折为一本[11]，开启了短剧创作的先风。至明代中期，以徐渭的《四声猿》为代表，用南曲写杂剧的风气大兴，形成了明代后期杂剧普遍南曲化的独特风貌，将元杂剧中一本四折、一人主唱等格局全部打破。剧作家或用南曲，或用北曲，或用南北合套，不拘成法，随意灵活，这就有利于创作时开拓题材，抒写怀抱。徐复祚、王衡、孟称舜等一些优秀的作家涌现出来，使得杂剧在传奇的冲击下，行将退出演出舞台之前又别具了一番风光。

明代戏曲、小说及民歌等通俗文学的发展，明显地促进了人们对于文学特性认识的深化。这主要表现在以下几个方面：

一、高度重视文学的情感特征。明代文学家对于情感的论述特别丰富，往往把情感作为品评作品美学意义和社会功能的准则。这是宋元以来对于理学专制的反弹，是肯定自我、张扬个性的一种表现。俗文学一般都"绝假纯真"，是真情实感的自然流露，所以往往成为主情论者的"样板"，于此加深了他们对于文学情感特征的思考和认识，并以此来作为批判"假文学"的武器。这从李梦阳赞扬民歌"无非其情也"，说"真诗乃在民间"（《李空同全集》卷五十《诗集自序》），到袁宏道称民歌"能通于人之喜怒哀乐嗜好情欲"，是"真人所作"之"真声"（《袁宏道集笺校》卷四《叙小修诗》）；从徐渭强调"曲本取于感发人心"（《南词叙录·叙文》），反对在戏曲创作中玩弄"时文气"，到汤显祖创造"理之所必无"而"情之所必有"的"有情人"杜丽娘（《牡丹亭题辞》）；从瞿佑称作文言小说"哀穷悼屈"（《剪灯新话序》），李贽称《水浒传》是"发愤之所作"（《忠义水浒传叙》），到冯梦龙编短篇小说集名之曰《情史》，提出"情教"说（《情史序》），都表明明代情感论的发展与俗文学的繁荣有着密切的关系。

二、清晰认识文学的"虚""实"关系。明代以前的文学理论，主要建筑在诗论文评的基础上，重在诚、真、信、实，反对浮、夸、虚、幻，往往不能正确地认识艺术真实与生活真实的关系。而戏曲、小说与诗歌、散文不同，它们描绘的故事与人物大都是虚实相间、真幻互出，多有艺术虚构。但是，由于受传统观念的束缚，对戏曲、小说艺术虚构问题的认识也有一个过程。就文言小说而言，直到胡应麟才对唐传奇的艺术虚构有了比较清醒的认识。他在《少室山房笔丛》卷三六《二酉缀遗（中）》中说"唐人乃作意好奇，假小说以寄笔端"，作"幻设语"。同时，他于该书卷四一《庄岳委谭下》中论戏曲说："凡传奇以戏文为称也，亡往而非戏也，故其事欲谬悠而亡根也，其名欲颠倒而亡实也。"在他前后，熊大木、谢肇淛、汤显祖、王骥德、李日华、叶昼、冯梦龙、袁于令等都对文学的虚构性作了较好的论述。如谢肇淛在《五杂俎》卷一五《事部三》中说："凡为小说及杂剧戏文，须是虚实相半，方为游戏三昧之笔。亦要情景造极而止，不必问其有无也。"李日华在《广谐史序》中说："虚者实之，实者虚之，实者虚之故不系，虚者实之故不脱；不脱不系，生机灵趣泼泼然。"叶昼在《水浒传》第一回回末总评中说："《水浒传》事节都是假的，说来却似逼真，所以为妙。"又在《〈水浒传〉一百回文字优劣》中说："世上先有《水浒传》一部，然后施耐庵、罗贯中借笔墨拈出。"这样认识文学的虚构性及其与现实生活的关系，在明代以前是难以见到的。

三、开始关注人物的性格刻画。宋元以前，由于长篇叙事作品并不发达，故有关塑造人物形象的理论也比较缺乏。明代戏曲、小说的繁荣，促使人们对于有关人物塑造和性格刻画的问题予以关注。比如王世贞评《琵琶记》云："各色的人，各色的话头，拳脚眉眼，各肖其人，好丑浓淡，毫不出入。"（毛纶《成裕堂绘像第七才子琵琶记》卷一"前贤评语"）徐渭评《西厢记》云："作《西厢》者，妙在竭力描写莺之娇痴，张之笨趣，方为传神。若写作淫妇人、风浪子模样，便河汉矣。"（《徐文长批评虚受斋绘图精镌本北西厢记》第三折第三套《乘夜逾墙》眉批）用写形传神的理论来评价人物形象在小说批评中更加普遍。如谢肇淛在论及《金瓶梅》之所以为"稗官之上乘，炉锤之妙手"时，就认为其重要的一点即在于刻画人物如"范工抟泥，妍媸老少、人鬼万殊，不徒肖其貌，且并其神传之"（《金瓶梅跋》）。在论人物形象时，叶昼的理论特别引人注目。他在《水浒传》第三回的回评中总结其塑造人物形象的成就时说："描画鲁智深，千古若活，真是传神写照妙手。且《水浒传》文字妙绝千古，全在同而不同处有辨，如鲁智深、李逵、武松、阮小七、石秀、呼延灼、刘唐等众人，都是急性的，渠形容刻画来各有派头，各有光景，各有家数，各有身份，一毫不差，半些不混，读去自有分辨，不必见其姓名，一睹事实就知某人某人也。"这里所提出的"同而不同处有辨"的命题，即要求在共性中写出"一毫不差，半些不混"的鲜明个性，充分地说明了中国明代文学理论批评中的人物性格论已经具有相当的深度。

四、更加注重文学语言的通俗易懂。在中国文学史上，大张旗鼓地提倡语言的通俗化，是随着白话小说的繁荣而兴起的。嘉靖本《三国志通俗演义》，书名就突出了"通俗"两字。其书卷首蒋大器序十分强调通俗的重要性，认为只有写得"读诵者人人得而知之"，才能使"一开卷，千百载之事豁然于心胸"。以后的小说论者曾从各个角度论证了使用"俗近语"的重要意义。至于戏曲，虽有一定的特殊性，但不少论者在谈及宾白时，也都强调通俗性。如王骥德在《曲律》卷三《论宾白》中说："《琵琶》黄门白，只是寻常话头，略加贯串，人人晓得，所以至今不废。对口白须明白简质，用不得太文字；凡用'之乎者也'，俱非当家。《浣纱》纯是四六，宁不厌人！"明代文学家对于语言通俗化的注重，不但对当时俗文学的发展起了直接的推动作用，而且对后来特别是晚清文学革命也产生了深远的影响。

俗文学的发展，推动、刺激了雅文学向着俗化的方向演变，而俗文学自身也在雅文学的规范、熏陶下趋向雅化。明代文学就在较之前代更为广泛和深入的俗与雅的相互交融、相互促进、相互转化的过程中留下了独特的发展轨迹。比如正宗的雅文学诗歌、散文，从李梦阳到徐渭，再到袁宏道、张岱，在民间文学的滋润下，陆续创作了一些通俗如话、自由活泼，但又俗而有趣、浅而不薄的作品。原为文人雅士、达官贵人所创作和欣赏的文言传奇小说，也在时尚的驱动和说话艺术的影响下，逐渐变成下层文士和一般市民的娱乐品，呈现了种种话本化的倾向。反过来，民歌、笑话等的收集和刊刻，实际上都经过了文人的整理和加工。"鄙俚浅近"（王骥德《曲律》卷四《杂论》）的戏文，在文人的参与下，演变为传奇"雅部"。长、短篇通俗小说的编辑、创作，也大都从文言小说、三教经典、历史文本和诗词散文中汲取养料，于是从创作意趣、题材取向、表现手法到语言运用，都越来越趋向雅化。雅、俗文学的交融，大大地改变了作者队伍的面貌，造就了一批新型的雅俗兼顾的作者群。在明代五百多名戏曲作者和一百多名通俗小说作者中[12]，尽管绝大多数是下层文士或民间艺人，但也有相当一部分是高雅的文士和显官。特别在剧作者队伍中，正如王骥德《曲律》卷四《杂论》所说的："今则自缙绅、青襟，以迨山人墨客，染翰为新声者，不可胜纪。"据统计，剧作者中进士及第而做显官的共有33人，其中有藩王3人，尚书兼大学士4人，尚书3人，卿2人，侍郎1人，少卿2人。这里还包括状元3人、榜眼2人[13]。这批上层官僚、文人雅士对于俗文学的爱好和投入，双向地推动了俗文学的雅化和雅文学的俗化，尤其是对提高俗文学的社会地位、艺术品位和促进其繁荣起了重要作用。与此同时，俗文学在逐步诗文化、伦理化的过程中，渐渐地用典雅替换了民间的本色和活泼的生机，使戏曲、小说等作品逐渐走向了案头。而雅文学的俗化，尽管也创作了一些清新可喜的作品，为孕育新的文学样式作出了有益的尝试，但在当时的历史条件下，总体上还难以逾越传统文学的内在规则和创作定势。相反，随着一些鄙俚浅滑的诗文问世，倒往往更多地招致后人的诟病。

第四节　众多的文学群体及文学的论争

　　不同文学群体的形成　　明代文学论争的特点　　文学论争与文学创作的关系

　　明代文学的另一特色是集团林立，流派纷呈[14]，标新立异，争讼不息。明代以前，文人的结合往往是具有较多共同特点的作家同声相应、同气相求而成，且多围绕着一时的文学大家或权势人物组成一个圈子。明初，先后以文坛三杨（杨士奇、杨溥、杨荣）和李东阳等台阁文人为核心，其他文人也以趣味相投，自相结合，或窗下切磋以攻文，或林下逍遥以娱老，各文人集团之间尚未形成相互攻讦的风气。成化、弘治以后，统治集团日见腐败，词臣的文柄旁落[15]，逐步由"文章之贵贱操之在上，其权在贤公卿"，转变为"操之在下，其权在能自立"的局面（夏允彝《陈忠裕公全集》卷首《岳起堂稿序》）。而城市的发达，也有利于文人相对集中，并滋长着一种文酒风流、空疏不学的风气。文人们聚集在一起，往往只是在宴谈谑浪、此唱彼和中寻求情感上的沟通和文化上的满足。由于空疏不学，则入主者偏执一端，不可一世，批评他人，抹煞一切；出奴者，便一无定见，随波逐流，容易为时风所左右，为他人所牢笼。以弘治、正德年间的前七子为代表，文士的集合改变了过去以兴趣相结合的模式，形成了以主张相结合的风气，这标志着明人流派观念的自觉。但往往由此而造成了"各立门庭，同时并角，其议如讼。拟古造新，入途非一；尊吴右楚，我法坚持。彼此纷嚣，莫辨谁是"的局面（范景文《范文忠公文集》卷六《葛震甫诗序》）。这种流派的纷争在弘正、嘉隆间特别热闹。万历以后，国事日非，文人结社多指斥朝政，臧否人物，党同伐异，意气激荡，本来文艺性、学术性的团体渐渐打上了鲜明的政治色彩，如声势浩大的全国性团体复社就是一个突出的例子。因此，明代的文学团体，尽管标榜不同，或以地域分（如吴中四杰、闽中十才子等），或以社所名（如碧山十老、几社六子等），或以时代称（如景泰十才子、嘉靖八才子等），还有用官职、师门、家庭等关系来划分的，但究其性质，主要就是兴趣型、主张型、政治型三类[16]。当然，这也只是就大致的倾向而言，因为他们大都是一种松散的结合。

　　在明代文学史上，特别受人注目的就是"主张型"的文学团体和他们所引起的文学论争。尽管如明初的台阁体等也有自己的主张，像杨士奇在自序其《东里诗集》时就倡导"粹然一出于正"的诗风，但总体看来，他们主要是由于作品的题材、风格等比较接近，通过艺术实践而形成了团体。所以常被人们称为"台阁体"，而不名之以"派"。稍后的李东阳在《怀麓堂诗话》中标榜的"格调"说，就颇具理论色彩，对以后文学风气的转变和文学流派的纷争产生了直接的影响，围绕在他周围的诗人也就常被人称作"茶陵派"了。从前七子起，理论追求、创作纲领和流派意识日趋明确。他们倡言"文必秦汉，诗必盛唐"（《明史》卷二八六《李梦阳传》），打着"复古"的大旗，逐渐招致了唐宋派、公安派、竟陵派、云间派等此起彼伏地从不同的角度来加以修正或反拨，形成了诗文批评界"丹铅横飞，旗纛竿立"（钱谦益《有学集》卷二二《赠别胡静夫序》）的局面。与此同时，在戏曲领域，"曲派""词派"的概念也频频出现[17]。特别是以"临川派"与"吴江派"为主的两大群体的论争，可以说牵动了晚明的整个文坛[18]。明代这些文人集团和不同流派之间的论争有其鲜明的特点：第一，他们各有一套较为明确的文学主张，其结合不是停留在创作实践上的趣味相投，而是趋向理论观点上的人以群分，完成了从文学实践的流派向文学理论的流派的过渡；第二，他们不论高喊"复古"的口号，还是打着"反复古"的旗帜，主观上都有比较强烈的革新意识，希望能革除前弊，使文学创作符合各自心目中的规范。他们有的从作品本体着眼，或重其格律文采，或重其真情实感；有的从创作主体出发，或重其直抒胸臆，或重其法古就范；有的从接受角度考虑，或重其格律声调，或重其意象风韵，都发表过一些有益的见解，丰富了中国古代文学理论的宝库。但由于生活在这个商业繁荣、急功近利的社会中的多数文人缺乏深厚的学养和宽广的胸怀，未能在文学的一些根本问题上进一步作出深入、全面、系统的思考，常常在学古态度、创作途径和如何表现自我等一些较为次要甚至枝节的问题上纠缠，争得热火朝天；同时，为标新而故意立异，矫枉过正，思想方法上好走极端，不免陷入片面化的泥坑；在作风上又分门立户，拉帮结派，不容异己，态度狂易，霸气十足，这样，使得明代本来应该具有的一种学术自由争论的空气，被自以为是、相互攻击、抹煞一切的霸气污染了。

明代的文学论争，在分门立户、交相否定的过程中，实际上也暗暗地相互渗透、救弊补失，从而促进了文学的变通和发展。例如，针对前七子师法秦汉古文而积剽袭模拟之弊，"唐宋派"王慎中、唐顺之等在心学和文学通俗化的思潮影响之下，提倡学习与明代语言差距较小的唐宋散文，强调"学为文章，直撼胸臆，信手写出"，自由地表达作者独立的主体精神，在作品中能见到"真精神与千古不可磨灭之见"（唐顺之《荆川先生文集》卷七《答茅鹿门知县二》）。他们的文章就从佶屈聱牙中解放出来，走向自然流畅、平易近人。但由于他们过于追求理正法严，不免失之于沉滞，不久就遭到了李攀龙、王世贞等后七子的反击。李攀龙批评唐、王两人的文章"惮于修辞，理胜相掩"，只是以"易晓""便于时训"而取悦于天下之士（《沧溟集》卷一六《送王元美序》）。但这绝不是历史的简单重复。唐宋派毕竟打破了"文必秦汉"的神话，为后来公安派的崛起作好了准备，而且后七子中如"独操柄二十年"（《明史》卷二八七《王世贞传》）的王世贞后来也悄悄地肯定了归有光等人的文章，摒弃成见，会通众说，归于平和。再如，戏剧领域内经过了一场汤（汤显祖）沈（沈璟）之争，人们在研究、斟酌了两人的短长得失之后，终于认识到了曲意与曲律不可偏废。"吴江派"的吕天成，接近玉茗堂风格的凌濛初及较为折中的王骥德等，都大致认为沈璟"法律甚精"而"毫锋殊拙"，汤显祖的作品"奇丽动人"却"略短于法"，所谓"松陵（沈璟）具词法而让词致，临川（汤显祖）妙词臻而越词检"[19]。在此基础上，吕天成提出了著名的"双美"说："倘能守词隐先生（沈璟）之矩蒦，而运以清远道人（汤显祖）之才情，岂非合之双美者乎！"（《曲品》卷上）稍后，吕天成翘首以待的越中词派的一些剧作，就被王骥德认为在"度品登场，体调流丽"两方面取得了可喜的成绩（《曲律》卷四《杂论》）。这有力地证明了通过论争而取得的"双美"共识，在戏曲创作的实践中产生了效果。明代文人集团的林立和各种流派的纷争就这样既是现实创作的反映，又反过来推动了创作和流派的发展；既使作家更加自觉地追求和凸显流派的风神，又使各派的文风在相互交流、相互调剂的过程中沿着相反相成的规律不断演进。沿着这一方向，在以后的文学史上，文人们的集团意识和流派观念更加自觉，更加明确。

注　释

〔1〕从现存的这两部小说都有入明的痕迹来看，它们的最后写定是在明初，而不是在元代。

〔2〕如徽商中胡镇有《梦草堂稿》，郑作有《方子山集》，余存修的诗集《缶音》李梦阳为之作序和传，程汝义的诗集王世贞为之作序，吴德符的诗集胡应麟为之作序。

〔3〕如祝允明自幼与吴中巨商汤家子弟"居第门相对"，"旦暮过从"（祝允明《怀星堂全集》卷十七《守斋处士汤君文守生圹志》）；文徵明与世代为商的商人朱英"往来日稔"，"数年犹一日"（文徵明《文徵明集》补辑卷三一《朱效莲墓志铭》）；李开先与章丘大商人王云凤"交与二十馀年"（李开先《闲居集》卷七《处士王治祥墓志铭》）；李梦阳在开封时与郑作等一大批商人往来交好，"论诗较射，过从无虚日"（钱谦益《列朝诗集小传》丙集《方子山郑作》等）。又如陈继儒与制壶巧匠时大彬，李日华与景德镇瓷工吴邦振，张岱与海宁刻工王二分，钱谦益与竹刻名家濮仲谦等都关系十分密切。

〔4〕如刊于嘉靖初年的李梦阳的《空同集》，在总数45篇的墓志铭中，有4篇为商人所作，约占9%。至万历初年所刊的王世贞的《弇州山人四部稿》中，墓志铭类的作品总数90篇，为商人所作的则有15篇，已占16.6%。至于在收录王世贞晚年作品的《弇州山人续稿》中，为商人所作的墓志铭类作品更多至44篇，其比例上升到17.6%。参见陈建华《中国江浙地区十四至十七世纪社会意识与文学》，学林出版社1992年版，第335页。

〔5〕赵翼《廿二史札记》卷三二《明初文人之祸》载："浙江府学教授林元亮，为海门卫作《谢增俸表》，以表内'作则垂宪'诛。北平府学训导赵伯宁，为都司作《万寿表》，以'垂子孙而作则'诛。福州府学训导林伯璟，为按察使撰《贺冬表》，以'仪则天下'诛。……"

〔6〕王阳明哲学成分多来自禅宗，故刘宗周曾称之为"阳明禅"（《刘子全书》卷一九《答胡嵩高、朱绵之、张奠夫诸生》）。而禅宗同样标榜"心是道，心是理"。慧能《坛经·疑问第三》说："心是地，性是王，王居心地上。"故陶望龄说："今之学佛

者，皆因良知二字诱之也。"（《歇庵集》卷一六《辛丑入都寄君奭弟书》）

〔7〕《楚石梵琦禅师语录》卷三《住嘉兴路本觉寺语录》、卷四《再住海盐州天宁永祚禅寺语录》、卷二《住杭州路凤山大报国禅寺语录》。

〔8〕如李梦阳《梅月先生诗序》云："情动则会心，会则契神，契者，音所谓随寓而发者也。"徐祯卿在《谈艺录》中说："情者，心之精也。情无定位，触感而兴。既动于中，必形于声。……盖因情以发气，因气以成声，因声而绘词，因词而定韵，此诗之源也。"

〔9〕像袁宏道，有时蔑视一切成法，主张"事今日之事，文今日之文"（《袁宏道集笺校》卷一一《与江进之》），而有时又以"体格备六经，古雅凌三代"（同上卷三二《夜坐读少陵诗偶成》）来赞美杜诗；有时宣扬"真性情"，并以"喜怒哀乐嗜好情欲"（同上卷四《叙小修诗》）为真，有时则忏悔"执情太甚，路头错走也"（同上卷四三《答陶周望》）；有时高扬自我，强调"率性而行，是谓真人"（同上卷四《识张幼于箴铭后》），有时则主张"无我""出世"，拔尽"我根"（同上卷二三《广庄·人间世》），其思想不免显得零乱和矛盾。

〔10〕李开先《张小山小令后序》说宪宗"好听杂剧及散词，搜罗海内词本殆尽"。周晖《金陵琐事剩录》载武宗事："武宗南幸，好听新剧及散词。有进词本者，即蒙厚赏，如徐霖与杨循吉、陈符所进，不止数千本焉。""武宗一日要《金统残唐》小说看，求之不得，一内侍以五十金买之以进。"刘若愚《酌中记》记神宗令宦官为他购买书籍，其中有小说、剧本多种。刘銮《五石瓠》说"神宗好览《水浒传》"。陈悰《天启宫词》载熹宗竟自演宋太祖"雪夜访普之戏"，时值初夏，为了"肖雪夜戎装"，就"冒暑"穿戴隆冬用的皮毛衣帽。

〔11〕王九思此剧见明崇祯张宗孟重刊本《渼陂集》，标名为《中山狼院本》，实为一折杂剧。

〔12〕庄一拂《古典戏曲存目汇考》卷三列明代戏文作家 17 名，卷六列明代杂剧作家 122 名，卷九与卷十列明代传奇作家 361 名，共计 500 名。其间虽有数十名作家重复，但还有大量的"阙名"作家，故称明代剧作家有五百馀名。关于通俗小说家的人数，则据日人大塚秀高《增补中国通俗小说书目》、刘世德等《中国古代小说百科全书》等约略统计。

〔13〕参见八木泽元《明代剧作家研究》，日本讲谈社昭和三十四年（1959）版，第 42 页。本书所统计的尚书兼大学士 4 人：邱濬、张四维、施凤来、吴炳；尚书 3 人：吴鹏、秦鸣雷、王世贞；卿 2 人：陈沂、龙膺；侍郎 1 人：汪道昆；少卿 2 人：李开先、陈与郊；状元 3 人：康海、杨慎、秦鸣雷；榜眼 2 人：王衡、施凤来。

〔14〕据郭绍虞《明代的文人集团》著录，有 176 家。见《照隅室古典文学论集》上编，上海古籍出版社 1983 年版，第 518 页。

〔15〕王世贞说："楚之先辈，辞权尚在台阁……自仆有识以来，此权乃稍外移。"（《弇州续稿》卷一九八）沈德符说："文柄旁落，词臣日偃户高卧。"（《万历野获编》卷十）胡应麟也说："成化以还，诗道旁落。"（《诗薮》续编卷一）参见饶龙隼《明代

隆庆、万历年间文学思想转变研究》，西南师范大学出版社 1995 年版，第 133 页。

〔16〕参见郭绍虞《明代的文人集团》《明代文学批评的特征》《明代文人结社年表》等文，见《照隅室古典文学论集》上编，上海古籍出版社 1983 年版，第 498~610 页。

〔17〕如吕天成《曲品》卷下称"上虞有曲派"，祁彪佳《远山堂曲品》也称"虞江故有曲派"，王骥德《曲律》卷四《杂论》扩大为"我越故有词派"，另王世贞《曲藻》说有"吴音一派"，等等。

〔18〕当时的小说家并未结成派别，如明末清初《清夜钟》的作者陆云龙、《型世言》的作者陆人龙兄弟，以及他们的老师《梼杌闲评》的作者李清，他们的朋友《禅真逸史》的作者方汝浩等，相互关系密切，并可能与陈继儒、冯梦龙等都有往来，但并未形成集团和流派。不同流派的小说家有不同的观点，然而并未展开论争。明代的所谓小说流派，如鲁迅的《中国小说的历史的变迁》等将明代小说界定为"神魔小说"和"人情小说"两大"主潮"等，都是后人总结出来的。

〔19〕见王骥德《曲律》卷四《杂论》、吕天成《曲品》卷上、凌濛初《谭曲杂札》等。

第一章 《三国志演义》与历史演义的繁荣

《三国志演义》是我国第一部长篇章回小说，也是历史演义小说的开山之作。所谓"历史演义"，就是用通俗的语言，将争战兴废、朝代更替等为基干的历史题材，组织、敷演成完整的故事，并以此表明一定的政治思想、道德观念和美学理想[1]。这种独特的文学样式受到了素重历史传统的中国人民的喜爱，所以明代"自罗贯中氏《三国志》一书，以国史演为通俗演义，汪洋百馀回，为世所尚，嗣是效颦日众，因而有《夏书》《商书》《列国》《两汉》《唐书》《残唐》《南北宋》诸刻，其浩瀚几与正史分签并架"（可观道人《新列国志叙》），形成了一个创作历史演义的传统。

第一节 《三国志演义》的成书、作者与版本

三国故事的长期流传与发展　　关于罗贯中　　《三国志演义》的成书时间　　《三国志演义》的主要版本

中国历史上的"三国"，本身是一个龙腾虎跃、风起云涌的时代。陈寿的一部《三国志》和裴松之的注就包蕴着无数生动的故事，为文学家的艺术创造提供了丰富的素材[2]。而在民间，又不断地流传和丰富着三国的故事。到隋代，文艺表演中已有"三国"的节目，据杜宝《大业拾遗记》载，隋炀帝看水上杂戏，就有曹操谯水击蛟、刘备檀溪跃马等内容。李商隐有《骄儿》诗云："或谑张飞胡，或笑邓艾吃。"可见到晚唐，连儿童也熟悉三国的故事。在宋代的"说话"艺术中，已有"说三分"的专门科目和专业艺人。苏轼《志林》卷一《怀古》载："王彭尝云：涂巷中小儿薄劣，其家所厌苦，辄与钱，令聚坐听说古话。至说三国事，闻刘玄德败，颦蹙有出涕者；闻曹操败，即喜唱快。"可见当时"说三国"的艺术效果很好，且已有明显的尊刘贬曹的倾向。宋代的这些话本没有流传下来，现存早期的三国讲史话本有元至治年间（1321—1323）建安虞氏刊印的《三国志平话》和内容大致相同的《三分事

略》[3]。其故事已粗具《三国志演义》的轮廓，突出蜀汉一条主线，情节略本史传，有大量的民间传说。结构宏伟，故事性强，然叙事简率，文笔粗糙，保留着"说话"的原始面貌。

在戏曲舞台上，金元时期也搬演了大量的三国戏。陶宗仪的《南村辍耕录》卷二五曾载有《赤壁鏖兵》等多种金院本剧目。钱南扬的《戏文概论》曾指出有《关大王独赴单刀会》等多种宋元戏文。现知元代及元明之际以三国为题材的杂剧剧目就有 60 种之多。从这些剧目和现存的 21 种剧本的情况来看，半数以上以蜀汉人物为中心，拥刘反曹的倾向十分鲜明，在情节结构、语言风格等方面，具有浓厚的民间色彩。

在长期的、众多的群众传说和民间艺人创作的基础上，罗贯中"据正史，采小说，证文辞，通好尚"（高儒《百川书志》），创作了《三国志演义》这部历史演义的典范作品。

关于罗贯中的生平，目前所知甚少。据贾仲明《录鬼簿续编》（或谓无名氏作）、蒋大器《三国志通俗演义序》等记载，他名本，字贯中[4]，号湖海散人，祖籍东原（今山东东平）[5]，流寓杭州。贾仲明说他"与余为忘年交，遭时多故，各天一方，至正甲辰复会。别来又六十馀年，竟不知其所终"。可知他于元末至正二十四年甲辰（1364）还在世。明人王圻《稗史汇编》所录一则材料称罗贯中"有志图王"，胡应麟《少室山房笔丛》说他是施耐庵的"门人"，清人顾苓《跋水浒图》等说他"客霸府张士诚"，都不知是否可靠。他的《三国志演义》约成书于明初[6]。他还是《水浒传》的编写者之一[7]。田汝成《西湖游览志馀》卷二五说他"编撰小说数十种"，可能夸大其辞。今传世的《隋唐两朝志传》《残唐五代史演义传》《三遂平妖传》恐怕都是后人伪托。《录鬼簿续编》著录了他所作的三部杂剧作品，今仅存《赵太祖龙虎风云会》一种。这部作品以赵匡胤、赵普为中心，歌颂了贤君明相，与《三国志演义》在精神上有相通之处。

现存最早的刊本是明嘉靖壬午年（1522）刊刻的《三国志通俗演义》。该书 24 卷，240 则，每则前有七言单句小目。卷首有弘治甲寅（1494）庸愚子（蒋大器）《序》、嘉靖壬午修髯子（张尚德）《引》[8]。后出的刊本将 240 则合并为 120 回，回目也由单句变为双句。另有存世的嘉靖二十七年（1548）叶逢春刊印的《三国志通俗演义史传》十卷，分 240 段（现存八卷，佚卷三、卷七）。此本比嘉靖壬午本晚出，然保存了一些传抄阶段旧本的面貌。嘉靖壬午本与叶逢春刊本究竟哪一本更接近原作，目前学界有不同看法。于万历以后，有不少刊本与叶逢春本关系密切，其内容有关索（或花关索）故事，书名又多含有"志传"两字，与嘉靖壬午本等名"演义"及无关索（或花关索）等故事有异，形成了《三国》的"演义"本与"志传"本两大系统。清康熙年间，毛纶、毛宗岗父子以"演义"本为基础，也吸取了"志传"本若干内容，对回目和正文进行了较大的修改，并作了详细的评点，增强了文学性与可读性，也加重了正统的道德色彩，成为后来最流行的本子。近人常将它简称为《三国演义》[9]，并渐渐地与《三国志通俗演义》混为一谈，甚至将在文学史上最具代表意义的书名《三国志通俗演义》取而代之。本章所述，除注明所据版本处外，均以嘉靖壬午本《三国志通俗演义》为依据。

第二节 在理想和迷惘中重塑历史

《三国志演义》的主旨   政治上向往"仁政"   人格上注重道德   才能上崇尚智勇   关于"拥刘反曹"   在悲怆和迷惘中追寻传统

《三国志演义》用"依史以演义"（李渔《三国志演义序》）的独特的文学样式，描写了起自黄巾起义、终于西晋统一的近百年历史。"依史"，就是"事纪其实，亦庶几乎史"（庸愚子《三国志通俗演义序》），对历史的事实有所认同，也有所选择，有所加工；"演义"，则渗透着作者主观的价值判断，用一种自认为理想的"义"，泾渭分明地去褒贬人物，重塑历史，评价是非。统观全书，作者显然是以儒家的政治道德观念为核心，同时也糅合着千百年来广大民众的心理，表现了对于导致天下大乱的昏君贼臣的痛恨，对于创造清平世界的明君良臣的渴慕。这也就是一部《三国志演义》的主旨[10]。

作为明君良臣的主要标志，就是能在政治上行"仁政"，人格上重道德，才能上尚智勇。

自从孟子精心设计出一套"民为邦本""仁政王道"的社会政治蓝图之后，中国历代的知识分子一直为之奋斗不息，也为广大的百姓向往不已。小说在以蜀为中心，展开三国间的错综复杂的争斗故事时，就把蜀主刘备塑造成一个仁君的典范。刘备从桃园结义起，就抱着"上报国家，下安黎庶"的理想（卷之一《祭天地桃园结义》）。一生"仁德及人"，所到之处，"与民秋毫无犯"，百姓"丰足"，所以"远得人心，近得民望"，受到人们的普遍爱戴。当他被吕布打败，匹马逃难时，"但到处，（村民）闻刘豫州，皆跪进粗食"（卷之四《吕布败走下邳城》）。后曹操大举南下，竟有十数万百姓随同刘备赴难，虽然情势万分危急，他亦不肯暂弃百姓。他爱民，也爱才。待士以诚信宽厚，肝胆相照，故如诸葛亮与五虎将等一代英豪，都能终生相随，君臣间的关系

"犹鱼之有水也"。刘备就是作者理想中的"仁德"明君。他手下的大臣也都有"救国救民之心",如赵云就明确表示过:"方今天下滔滔,民有倒悬之危。云愿从仁义之主,以安天下。"(卷二《赵子龙磐河大战》)诸葛亮在临终前还手书遗表,教后主"清心寡欲,薄己爱民;遵孝道于先君,布仁义于寰海"(卷二一《孔明秋风五丈原》)。这都寄托着作者仁政爱民的理想。

与刘备相对照的是,作者又塑造了一个残暴的奸雄曹操。刘备入川时,曾对庞统说:"今与吾水火相敌者,曹操也。操以急,吾以宽;操以暴,吾以仁;操以谲,吾以忠:每与操相反,事乃可成耳。"(卷一二《庞统献策取西川》)曹操也是一个"人杰",小说中王粲就说他"雄略冠时,智谋出众"。有时为了笼络人心,也略施权术,以示有"宽仁大德之心"[11],因而能平定北方。但他心灵深处所信奉的人生哲学是"宁使我负天下人,休教天下人负我"(卷一《曹孟德谋杀董卓》)。因为他的猜疑,热情款待他的吕伯奢一家,竟被他心狠手辣地杀得一个不留。他为报父仇,进攻徐州,所到之处,"尽杀百姓","鸡犬不留"。对部下更是阴险、残酷,如在与袁术相持时,日久缺粮,就"借"仓官王垕的头来稳定军心。其他如割发代首、梦中杀人等等,都表现了他工于权谋,奸诈、残忍,毫无惜民爱民之心。与此相类的,如董卓、袁绍、袁术、曹睿、孙皓、刘禅等,既无曹操的雄才大略,却似曹操那样轻民、残民,因此必然走向灭亡。如董卓就将"民为邦本"之说视为"乱道",说:"吾为天下计,岂惜小民哉!"他专肆不仁,杀人如麻,闹得"罪恶贯盈,人神共愤"。最后暴尸之时,"百姓过者,手掷董卓之头,至于碎烂","城内城外,若老若幼,踊跃欢忻,歌舞于道"(卷二《王允授计诛董卓》)。这种对于蔑视黎元、残杀无辜的乱臣贼子的愤恨,正反映了广大民众对于"仁政"的渴慕。

《三国志演义》在人格构建上的价值取向,是恪守以"忠义"为核心的伦理道德规范。全书写人论事,都鲜明地以此来区分善恶,评定高下,而不问其身处什么集团,也不论其出身贵贱和性别,只要"义不负心,忠不顾死",都一律加以赞美。特别是对诸葛亮的忠、关羽的义,作者更是倾注了全部的感情,把他们塑造成理想人格的化身。诸葛亮的一生,连他的敌人也佩服他"竭尽忠诚,至死方休"(卷二三《司马懿谋杀曹爽》)。如第四次伐魏时,形势大好,后主却听信谗言,将他召回。此时,"如不从之,是欺主矣;若从之而退兵,祁山再难得也"(卷二〇《孔明祁山布八阵》),在"正好建功"与完善道德的两难之中,他还是为了维护"忠"的人格而放弃了千载难逢的建功良机。关羽死守下沛,身陷绝境时,就决心为义而死。后来又是从大义出发,身在曹营心在汉,不为曹操的金钱美女所动心。当他一旦得知刘备的消息，便挂印封金，夺关斩将而去。他们的忠义观念、道德品格显然是属于封建性质的，但同时也应该看到，小说通过赵云投刘备、徐晃归曹操、田丰为袁绍所忌等故事的描写，反复强调"良禽相木而栖，贤臣择主而事"的思想，说明这种"忠"并不是忠于一姓之天下，也不是仅忠于"正统"的刘蜀，它具有一定的开放性、灵活性。他们的"义"，又包含着"同心协力，救困扶危，上报国家，下安黎民"（卷一《祭天地桃园结义》）的精神。因此，作者描写刘关张的"桃园结义"等，也不是旨在宣扬纯从个人私利出发的死结"团伙"，而是为了歌颂他们对于理想政治与道德原则的追求，是与社会大义紧密相连的。至于关羽为报昔日之恩，在华容道上不顾一切地放走了曹操，小说作者称之为"义重如山"，其本意主要也是为了强调人与人之间的相互帮助、回报与温情。正因为关羽等身上所表露的忠与义符合了人类的美德与社会的期望，所以得到了广大民众的崇敬，并在民间越来越被神化，这不仅仅是由于历代统治者不断予以追封的结果[12]。

走出乱世，还得凭借军事上的实力和谋略上的成功。小说对于智与勇，都是予以歌颂的。比较起来，在描写三国间政治、军事、外交的错综复杂的矛盾斗争中，小说更突出了智慧的重要性。司马徽曾对刘备说："关、张、赵云之流，虽有万人之敌，而非权变之才；孙乾、糜竺、简雍之辈，乃白面书生，寻章摘句小儒，非经纶济世之士，岂成霸业之人也！"（卷七《刘玄德遇司马徽》）他说的经纶济世之士，就是指诸葛亮。小说中的诸葛亮，不但是忠贞的典范，而且也是智慧的化身。他初出茅庐，就为刘备提出了据蜀、联吴、抗魏的战略思想。在通晓天时地理，把握事物发展规律的基础上，"火烧博望""草船借箭""借东风"等，克敌如神；在深切地掌握敌方心理特点的情势下，巧妙地使用了骄兵计、疑兵计、伏兵计、反间计等，把敌人搞得晕头转向，其中如"空城计""陇上妆神"等就是心理战成功的著名范例。特别是在对周瑜和孙吴方面，采取了既团结又斗争的方针，随机应变、趋利避害，获得了极大的成功。魏国的曹操、司马懿，吴国的周瑜、吕蒙、陆逊，蜀国的庞统、姜维等，尽管也都长于计谋，但与诸葛亮一比，就都相形见绌。《三国志·诸葛亮传》曾说："亮才于治戎为长，奇谋为短，理民之干，优于将略。"小说却一反其说，把他的谋略胜算写得出神入化，这无疑是寄托着人民的理想。诸葛亮的惊人智慧和绝世才能，实际上也是我国古代历史上各种斗争经验和智慧的总结。

《三国志演义》把蜀国的刘备、诸葛亮、关羽等君臣作为理想中的政治道德观念的化身，仁君、贤相、良将的典范，而把魏国的曹操等作为奸邪权诈、推行暴政的代表，至于孙吴方面只是陪衬而已，因而具有明显的"拥刘反曹"

的倾向。在历史上，曹、刘孰为正统的问题，从来就有不同的看法[13]。在正宗的史学著作中，大致自朱熹的《通鉴纲目》起，一般都奉蜀国为正统，以魏、吴为僭国。至于在民间流传的故事中，从来就有尊刘贬曹的倾向[14]。究其原因，一是由于刘备是"帝室胄裔"，多少有点正统的血缘关系；二是刘备从来以"弘毅宽厚，知人待士"（陈寿《三国志·先主传》）著称，容易被接受。特别是在宋元以来民族矛盾尖锐的时候，"人心思汉""恢复汉室"，正是当时汉族人民共同的心愿，因而将这位既是"汉室宗亲"，又能"仁德及人"的刘备树为仁君，奉为正统，是最能迎合大众的接受心理，符合广大民众的善良愿望的。

作者从儒家的政治道德观念出发，融合着千百年来人民大众对于明君贤臣的渴望心理，把刘备、诸葛亮等人作为美好理想的寄托。根据儒家的思维逻辑，"天道无亲，常与善人"，或"天下土地，唯有德者居之"。但历史的发展恰恰是事与愿违：暴政战胜了仁政，奸邪压倒了忠义，全能全知、超凡入圣的诸葛亮竟无力回天！诸葛亮临终时哀叹："吾本欲竭忠尽力，恢复中原，重兴汉室，奈天意如此，吾旦夕将亡矣！"（卷二一《孔明秋风五丈原》）小说最后也用了这样的诗句作结："纷纷世事无穷尽，天数茫茫不可逃！鼎足三分已成梦，后人凭吊空牢骚。"[15]作者无可奈何地将这一场历史悲剧归结为"天意"或"天数"。所谓"天数"，与其说是肯定了客观历史进展的理则，还不如说是流露了作者对于理想的幻灭、道德的失落、价值的颠倒所感到的一种困惑和痛苦。一部《三国志演义》表现了作者在理想与历史、正义与邪恶、感情与理智、"人谋"与"天时"的冲突中，带着一种悲怆和迷惘的心理，对于传统文化精神的苦苦追寻和呼唤。正是在这个意义上，它是一部悲剧，也是一部呼唤民族大众传统文化精神的史诗。

第三节　波澜壮阔、气势恢弘的历史画卷

虚与实的结合　　　非凡的叙事才能　　　全景式的战争描写
特征化性格的艺术典型　　　历史演义体语言

《三国志演义》是在陈寿《三国志》等历史记载的基础上，按照一定的美学理想所创作的一部历史演义小说，有虚有实。清代的章学诚认为它是"七分事实，三分虚构"（《丙辰札记》）。这个定量的分析被后人普遍接受[16]。但《三国志演义》之所以在虚实结合方面比较成功，主要不是在"量"的搭配上比较合理，而是在对小说与历史的"质"的差异上有着比较清醒的认识和恰

当的处理。它在按照一定的政治道德观念重塑历史的同时，也根据一定的美学理想来进行艺术的创造，使实服从于虚，而不是虚迁就实。小说中的主要人物形象已经全非历史人物的本来面目，情节故事也多经过张冠李戴、移花接木、添枝加叶等艺术处理。它已不是真实的历史，而是借三国史实的基干和框架，另描了一幅波澜壮阔、气势恢弘的历史画卷。

《三国志演义》"陈叙百年，该括万事"（高儒《百川书志》），人众事繁、矛盾复杂，却组织得有条不紊、主次分明，充分显示了作者的叙事才能。小说在叙事时，将各个空间分头展开的故事化成以时间为序的线性流程。全书约可归纳为五条线：以汉亡为引线，以晋国一统天下为终局，中间的主线是魏、蜀、吴三方的兴衰。这几条线，此起彼伏，交互联络，建构成一个完整的艺术整体。在魏、蜀、吴三条线中，尤以魏、蜀两大集团的矛盾斗争为全书的主干；在写魏、蜀两方时，又以蜀汉的故事为重点。在写蜀汉时，则以诸葛亮为中心；在写诸葛亮时，更以隆中决策为关键。因此，在某种意义上说，小说用浓墨重彩所描绘的隆中决策就是全书的主脑，"其馀枝节，皆从此生"。诸葛亮在决策开头所分析的形势，从董卓谈到曹操、孙权，实际上就是小说前七卷情节内容的概括。诸葛亮出山后的主要故事，就是隆中决策内容的具体演绎。诸葛亮死后，姜维九伐中原，则是"受丞相遗命"，"以继其志"。直至最后一卷，才写三国归晋以作结。这样的艺术构思，使全书的结构既宏伟，又严整；看来头绪纷繁，却又脉络分明。在这一构架上，作者又兼用了顺叙、倒叙、插叙、补叙等不同笔法，时而实写、明写、正写、详写，时而又虚写、暗写、侧写、略写，使全书的故事详略得当，摇曳多姿。

就所叙的事件而言，《三国志演义》以描写战争为主，可说是一部"全景性军事文学作品"。它描写战争的时间之长、次数之多、形式之多样、规模之宏大，在世界文学史中是罕见的。全书共写四十多次战役、上百个战斗场面，包容了这一历史时期所有重大的战役，写得各有个性，绝少雷同：或鸟瞰全局，或特写片断；或以寡敌众，或以强制弱；或设伏劫营，或围城打援；或江上水战，或陆上车攻；或强攻，或智取；以至火攻、水淹、马战，乃至徒手搏斗，表现各异，充分显示了战争的多样性和复杂性。《三国志演义》描写战争，又突出智斗，特别是在写官渡之战、赤壁之战、彝陵之战等重大战役时，将错综复杂的政治斗争、外交斗争等交织在一起，重视写统帅部的运筹帷幄，决胜千里，战略决策以及战术的运用。作者笔下的战争，多数并不表现得惨烈可怕，而如一曲英雄的史诗，在激扬高昂的格调中，往往洋溢着诗情画意。有时在激烈的战争中又穿插着一些比较轻松的场面。如在赤壁之战的进程中，作者不吝笔墨，大写诸葛亮与鲁肃乘雾联舟、群英会蒋干中计、庞统挑灯夜读、曹操横槊赋诗等，把战争写得有张有弛，富有节奏感。总之，这部小说中的战争描写，不是仅仅歌颂了力，更重要的是赞美了智，传递了美。

作为一部优秀的历史演义小说，《三国志演义》不仅善于叙事，而且也长于写人。它塑造人物形象的显著特点，即是突出甚至夸大历史人物的主要性格特征，舍弃性格中的次要方面，创造了一批具有特征化性格的艺术典型，如奸诈雄豪的曹操[17]、忠义勇武的关羽、仁爱宽厚的刘备、谋略超人的诸葛亮、浑身是胆的赵云、心地狭窄的周瑜、忠厚老实的鲁肃、老奸巨猾的司马懿……这些艺术典型都具有鲜明的个性，又具有一定的"类"的意义。他们的性格特征一般都显得比较单一和稳定，有点像戏曲中程式化、脸谱化的表现，容易给读者以强烈、鲜明的印象；也有点近乎雕塑，在单一、稳定乃至夸张之中呈现出一种单纯、和谐、崇高的美。它适应并规范了古代读者的艺术欣赏趣味，所以使曹操、张飞、关羽、诸葛亮、赵云、周瑜、司马懿等众多的人物形象一直具有迷人的艺术魅力。《三国志演义》一书也就成了我国古代塑造特征化艺术典型的范本。

小说在塑造这种特征化性格的人物时所采用的手法，主要有：一，出场定型。如写刘备"与乡中小儿戏于树下"的非常言行，曹操少时诈"中风"以诬叔父，诸葛亮隐居隆中时的非凡抱负，都可以说是一种性格的"亮相"。二，反复皴染。围绕着人物性格的主要特征，多角度、多层次地加以强化、深化，使其性格在单一中呈现出丰富性、复杂性。如写曹操之凶残，连续写了他梦中杀人，杀吕伯奢一家，杀粮官以欺全军；写他的奸诈，就写他不杀陈琳而爱其才，不追关羽以全其志，得部下通敌文书却焚而不究，马犯麦田而割发代首；写他的雄豪，则写他棒责蹇硕之叔，献刀刺卓，矫诏讨卓，支持关羽斩华雄，青梅煮酒论英雄。这样就把一个既专横残暴、阴险狡诈，又豪爽多智、目光远大的"古今来奸雄中第一奇人"（毛纶、毛宗岗《读三国志法》）写得血肉饱满。三，多用传奇故事和生动的细节来凸显人物的性格特征。这类笔墨一般从史书或传说中借鉴而来，具有一定的夸张性和理想化的色彩，虽然不一定能经得起生活真实的检验，但与整体的艺术效果却十分吻合。例如关羽斩华雄一节，文字不多，只"听得寨外鼓声大震，喊声大举"，并没有作细致的描写，最后当关羽提华雄之头掷于地下时，只点了一笔，战前酾下的热酒"其酒尚温"。这四个字，就不无夸张地凸显了关羽的神勇（卷一《曹操起兵伐董卓》）。张飞在长坂桥上连吼三声，竟使"曹操身边夏侯杰惊得肝胆碎裂，倒撞于马下"，百万曹兵"人如潮退，马似山崩"（卷九《张益德据水断桥》），其勇猛、其气势跃然纸上。四，善用对比、烘托等手法。寄托着作者主要理想的刘备之仁，就是在与曹操之奸的对比中进行刻画的。曹操与袁绍同为奸雄，一个雄才大略、识见高超，另一个则外宽内忌、多谋少决，也形成了鲜明的对比。诸葛亮出山一节，通过徐庶、司马徽的赞美、推荐，三顾茅庐而两次不遇，一些亲友的歌吟谈吐，以及山林景色的幽雅清美，层层烘托了诸葛亮的高洁品格和绝世才能。刘、关、张第三次去请时，孔明"昼寝未醒"。此时，"玄德叉手立于阶下，将及一时"，"张飞大怒"，准备去"放一把火"烧他起来，而"云长急慌扯住"（卷八《定三分亮出茅庐》）。在强烈的对比中，把刘备的宽厚、张飞的莽撞、关羽的沉着，表现得惟妙惟肖。这类对比手法，对于区别同一类性格特征的人物"同而不同"十分重要。比如同为勇猛的战将，神勇的关羽、骁勇的张飞、智勇的赵云、英勇的马超，各有特点，并不成为一种类型化的人物。但也应该看到，小说所塑造的这些具有特征化性格的人物，往往没有内在的冲突，缺少性格的变化和发展；有时将主要特征夸大过分，给人以失真之感，鲁迅所指出的"欲显刘备之长厚而似伪，状诸葛之多智而近妖"（《中国小说史略》第十四篇），就是最中肯的评价。

《三国志演义》所用的语言是"文不甚深，言不甚俗"（庸愚子《三国志通俗演义序》）的浅近文言，这有利于营造历史的气氛；有时直接引用一些必要的史料，也能使读者"易观易入"，雅俗共赏，形成了一种适用于历史演义的独特的语体风格。它从讲史而来，故偏于叙述而少描写，其叙述语言以粗笔勾勒见长，简洁、明快、生动、有力，洋溢着一种阳刚之气。人物语言已开始注意个性化。如在卷一《安喜张飞鞭督邮》一节中张飞道："此等害民贼，不打死等甚！"快人快语，嫉恶如仇。关羽则说："兄长建下许多大功，只得县尉之职，被督邮如此无礼。吾思积棘丛中，非栖凤凰之所；不如杀督邮，弃官归乡，别图远大之计。"显得心高气傲，思虑周全。而刘备则对督邮说："据汝贼徒害民，当以杀之。吾有所不忍，还官印绶，吾已去矣。"既是非分明，又心地宽厚。但总的说来，《三国志演义》比起善用口语乃至方言的《水浒传》《金瓶梅词话》等，在人物语言个性化方面还是有一定差距的。

第四节 《三国志演义》的影响

历史演义的繁荣　　列国系统的小说　　隋唐系统的小说
明末的时事小说　　对于社会文化生活的广泛影响　　《三
国志演义》在国外

《三国志演义》以75万字的规模，用一种比较成熟的演义体小说语言，塑造了四百多个人物形象，描写了近百年的历史进程，创造了一种新型的小说体裁，这不仅使当时的读者"争相誊录，以便观览"，而且也刺激了文士和书商们继续编写和出版同类小说的热情。自嘉靖以后，各种历史演义如雨后春笋，不断问世，从开天辟地，一直写到当代。据不完全统计，今存明、清两代的历史演义约有一二百种之多[18]。可以说，这些小说无不受到《三国志演义》的影响，但没有一部在总体水平上超过它。比较起来，列国系统和隋唐系统的若干小说尚写得较有特色。

余邵鱼编写的《列国志传》是目前所见最早的有关列国故事的通俗小说[19]。这部小说在《武王伐纣平话》《七国春秋平话》《秦并六国平话》等讲史话本的基础上，据正史，采杂说，以时间为经，以国别为纬，叙述了从商纣灭亡到秦并六国800年的历史。全书脉络清楚，中间也穿插了"妲己驿堂被诛""穆王西游昆仑山""秋胡戏妻""卞庄刺虎""临潼斗宝"等有趣的民间故事，但由于叙事简略、文字粗率，故缺乏艺术的意味。明末冯梦龙将它增补改写成《新列国志》，由28万字扩展到70馀万字，共108回。但叙述的年代大大缩短，砍掉了西周的一段历史，集中写春秋、战国时代的故事，成了一部东周列国的演义小说。冯梦龙本是治《春秋》的名家，又精于通俗小说之道，故他一方面力图使情节在总体上更加忠于历史，另一方面又不完全拘泥于史实，也保存了一些民间故事，并注意"敷演"和"形容"（可观道人《新列国志叙》），使头绪纷繁之中血脉更加贯穿，描写摹神之处令人击节起舞，极大地增强了作品的文学性。其中一些具有经典意义的故事，如郑庄公掘地见母、卫懿公好鹤亡国、百里奚认妻、晋公子重耳出亡、程婴匿孤、二桃杀三士、孙武演阵杀美姬、孙庞斗智、伍子胥复仇、河伯娶妇、窃符救赵、荆轲刺秦王等都写得曲折生动，有声有色；一些著名的战役，如鲁齐长勺之战、秦晋龙门山大战、宋楚泓水一战、晋楚城濮交兵、齐魏马陵决胜、秦赵长平鏖兵等亦叙来条理清楚，引人入胜。小说也塑造了一些性格较为鲜明的人物形象，如"德力俱无"而一味想以"仁义"当盟主的宋襄公就很有代表性。再加上这部小说的内容本身具有丰富的文化内涵，一些著名的历史故事和历史人物所表现的胆识智谋、理想境界、道德风范等都是宝贵的精神财富。因此，尽管这部小说史学气味较浓厚，有的地方近乎史料的连缀和解释，但还是能吸引较多的读者。到清代乾隆时，杨庸曾将它删为8卷190节，名《列国志辑要》。同时又有蔡元放[20]，他将《新列国志》略作删改润色后，加入了一些夹注和评点，易名为《东周列国志》，共23卷，108回，成为以后最为通行的本子。

《唐书志传通俗演义》与《隋唐两朝志传》是明代较早的两部隋唐系统的历史演义小说[21]。它们都以李世民为中心展开故事，叙述较为简略。孙楷第在《日本东京所见小说书目》中著录《隋唐两朝志传》时说："细观全书，则似与熊书（指《唐书志传》）同出于罗贯中《小秦王词话》（今有明诸圣邻重订本），熊据史书补，故文平而近实。此多仍罗氏旧文，故语浅而可喜。"所谓"诸圣邻重订本"，是指刊行于万历、天启年间的《大唐秦王词话》[22]。此书的"旧本"是否出于罗贯中，似可研究。然这部"重订"的"词话"已以散文为主，也可视作一部隋唐系统的小说。它虽然也以李世民扫荡群雄，统一天下的故事贯穿始终，但有一半以上的内容是写开国功臣尉迟恭，较为完整而生动地刻画了这个忠厚憨直、嫉恶如仇的英雄形象。稍后，在文学性方面有较大突破的是《隋炀帝艳史》和《隋史遗文》两书[23]。《隋炀帝艳史》是据《迷楼记》《海山记》《开河记》等小说，并参照正史和其他史料编写而成。小说以批判的态度描写了隋炀帝杨广一生的风流艳事，揭示了隋亡唐兴的历史原因。全书结构谨严，文笔细腻，语言清新典雅，特别是对于宣华夫人的描写充满着同情，相当深入细致地刻画了她的心理变化。郑振铎在《插图本中国文学史》中曾称它是"一部盛水不漏的大著作"。《隋史遗文》一变过去以隋炀帝或唐太宗为中心人物，以正史的编年顺序来敷演历史的写法，而专注于一群乱世英雄，把小说写成了一部有关秦琼和瓦岗寨的英雄史。作者强调小说创作"贵幻"，必须进行艺术虚构。书中的故事比以前隋唐系统的小说写得更加生动活泼、引人入胜，塑造了秦琼及单雄信、罗成、程咬金、王伯当、尉迟恭、徐茂公等一批个性较为鲜明的人物形象。它同《大唐秦王词话》一样，有一种将历史演义向英雄传奇转化的倾向。这两部小说虽然在艺术上也有若干不足，如《隋炀帝艳史》中一些人物形象显得比较单薄，有些笔墨也不够简练；《隋史遗文》中有的情节缺乏剪裁，语言的提炼也嫌不精，但它们在总体上将隋唐系统的小说创作提高到了一个新的水平。至清代康熙年间，褚人获将《隋唐两朝志传》《隋炀帝艳史》《隋史遗文》及唐代卢肇所撰的《逸史》等剪裁连缀成《隋唐演义》一书[24]。全书起自隋文帝即位伐陈，终于唐明皇从蜀还都而死，以隋炀帝、朱贵儿与唐明皇、杨贵妃两世姻缘的因果轮回为大框架，间插秦琼、单雄信、尉迟恭等草莽英雄及李世民、武则天等故事，较为细致地揭露了宫廷生活的糜烂、险恶和给人民带来的苦难。小说将历史演义、英雄传奇、才子佳人小说等笔法熔为一炉，故事生动，行文流畅，几个英雄人物也写得很有生气，故尽管情节结构不无拼凑、零乱之迹，而仍为隋唐系统中最为流行的一部历史演义。至于稍后的《说唐演义全传》等小说，虽然也取材于隋唐故事，但主要写瓦岗寨好汉的风云聚散，实质上已属于英雄传奇一类小说了。

至晚明，一方面由于各种社会矛盾尖锐，一些忧国忧民之士把小说作为议论朝政、抨击奸佞的重要工具；另一方面也由于前朝各代的历史几乎都有了

"演义"，于是就出现了一批专写当代时事的小说，成为历史演义的重要分支。较具代表性的有揭露阉党乱政的《梼杌闲评》和反映辽东战事的《辽海丹忠录》[25]。《梼杌闲评》以魏忠贤的一生为主要线索，描写了他与熹宗乳母客氏勾结乱政的故事，深入地揭露了明代厂卫制度的罪恶，广泛地反映了当时的社会生活，特别如第八回、第三十五回等写到为反对贪官污吏的敲诈勒索和阉党对于正直官员的政治迫害而发生的商人、市民暴动，很有时代气息，在中国古代文学史上是不多见的。小说中的主要人物、重大事件都有史实根据，但都小说化了。全书的结构比较严密，文字也洗练畅达，并注意市井俗语的运用。尤其值得注意的是，它是继《金瓶梅词话》之后又一部以反面人物为主角，主要通过揭露丑来把人们引向美的作品。《辽海丹忠录》以歌颂"报国忠臣"毛文龙为主，按编年顺序描写了万历十七年（1589）至崇祯三年（1630）之间的辽东战事。小说的人物刻画不够精细，议论也较多，然语言清雅，长于叙事，行文中充满着一股愤激之气，在晚明的同类作品中，还是较好的一部。这类反映时事的小说，至清代康熙以后随着社会的相对稳定和文网的日趋严密，逐渐销声匿迹，直到清末，形势发生变化，才重新崛起。

　　《三国志演义》对我国历史小说的繁荣和发展关系至大，乃至对其他题材的小说创作也有不同程度的影响；与此同时，它长期被人们视作一部通俗的历史教科书和军事著作，对社会生活各方面所产生的作用，恐怕没有任何一部古典小说可以与之相比肩。它是一座极为丰富的精神宝库，实际上也是一部大众文化的百科全书。从中人们可以得到历史的知识、斗争的智慧、做人的道理和处世的经验。小说所宣扬的"忠义"思想、权谋策略，乃至"桃园结义"等行为方式，曾经对不同阶层的接受者产生过程度不一的消极影响，但从总体来看，全书肯定智慧谋略，歌颂武勇奋进，重视德才兼备，主张积极入世，赞美秉公执法，提倡求实作风，强调以民为本，向往国家统一等，都对培养和发扬良好的民族文化心理起到了积极的作用。它之所以得到几百年来人民大众的欢迎，既是由于其文学审美吸引了读者，也是由于它的精神内涵与文化价值为大众所认同。它在中华民族文化宝库中的经典地位是不可撼动的。

　　《三国志演义》名播四海，也受到了外国读者的欢迎。早在明隆庆三年（1569）已传至朝鲜，崇祯八年（1635）有一种明刊《三国志传》就入藏于英国牛津大学。自日僧湖南文山于康熙二十八年（1689）编译出版日文本《通俗三国志》之后，目前朝鲜、日本、印尼、越南、泰国、英国、法国、俄罗斯等许多国家都有本国文字的译本，并发表了不少研究论文和专著，对《三国志演义》这部小说作出了有价值的探讨和极高的评价，如日本作家吉川英治在其编译本的序言中说，《三国志演义》"结构之宏伟与人物活动地域舞台之广大，世界古典小说均无与伦比"。俄译本附科洛克洛夫（В. С. Ланасюк）的论文则说：《三国志演义》"在表现中国人民艺术天才的许多长篇小说之中占有显著的地位"，"它可说是一部真正具有丰富人民性的杰作"[26]。它不但在中国文学史上，而且在世界文学史上都应该具有崇高的地位。

注　释

〔1〕"演义"一词始见于《后汉书·周党传》："党等文不能演义，武不能死君。"《文选》卷十潘安仁《西征赋》："晋演义以献说。"李善注："《小雅》曰：'演，广、远也。'"演义即指推演、详述道理。唐以后用于书名者有苏鹗的《苏氏演义》、梁寅的《诗演义》等。宋元时代普遍称盛行的"讲史"为"演史"。至嘉靖本《三国志通俗演义》始用"演义"之名称历史小说。该书卷首蒋大器《序》曾作这样的解说："文不甚深，言不甚俗，事纪其实，亦庶几乎史。盖欲读诵者，人人得而知之，若所谓里巷歌谣之义也。"后来者一般也是这样理解"演义"一词的，如雉衡山人（杨尔曾）《东西两晋演义序》说："一代肇兴，必有一代之史，而有信史，有野史，好事者蒐取而演之，以通俗谕人，名曰演义。盖自罗贯中《水浒传》《三国传》始也。"本书所说的"历史演义"即用此义。但历史上也有人广义地理解"演义"一词，将它作为"小说"的代名词，如胡应麟在《少室山房笔丛》中说："今世传街谈巷语，有所谓演义者，盖尤在传奇杂剧下。"《古今小说》的天许斋题识道："本斋购得古今名人演义一百二十种。"他们所说的"演义"即是广义的"小说"。

〔2〕现存最早的嘉靖本《三国志通俗演义》署"晋平阳侯陈寿史传、后学罗本贯中编次"，说明陈寿《三国志》是其成书的主要依据。其他史书、笔记如《后汉书》《世说新语》《搜神记》等也提供了若干生动的素材。北宋司马光《资治通鉴》的编年体裁又为其材料组织提供了借鉴。南宋朱熹的《通鉴纲目》开始改蜀汉为正统，以蜀汉的年号编年，这对小说"尊刘贬曹"创作倾向的形成起了重要的作用。

〔3〕《三分事略》藏于日本天理大学图书馆，全称《至（或"照"）元新刊全相三分事略》。其故事内容、版式行款与《三国志平话》基本相同。其扉页标明"甲午新刊"，对此"甲午"刊刻的年代有三种不同的意见：元至元三十一年（1294）、至正十四年（1354）或元明易代之际。

〔4〕此据嘉靖本《三国志通俗演义》题署。后来有些明、清刊本题署有很大的随意性，如双峰堂本称姓罗，名道本，字贯中；三馀堂本称姓罗，名贵志；《水浒传》双峰堂本称姓罗，名道本，字贯中，号名卿。另王圻《续文献通考·经籍考·传记类》称其名贯，字本中。这些错误大都是由形近误抄造成的。

〔5〕蒋大器《三国志通俗演义序》称"东原罗贯中"。后众多的《三国》刊本及《隋唐两朝志传》《三遂平妖传》《水浒传》《汉宋奇书》等有关罗贯中的籍贯多题作"东原"。

但较早的《录鬼簿续编》却称他为"太原人"；近有一些学者力证罗贯中为太原清源县人（《罗贯中新探》，中州古籍出版社 1991 年版）。但不少学者认为，"太"字很可能是草书"东"字之误，或传抄时因少见东原，习知太原而致误。近有学者提出，历史上曾有三个太原郡，东晋、刘宋时的"东太原"与"东原"实为一地，《录鬼簿续编》的作者好用古地名和地方别名，故所称"太原"即"东原"。参见刘颖《罗贯中的籍贯——太原即东原解》（《齐鲁学刊》1994 年增刊）、杜贵晨《罗贯中籍贯"东原"说辩论》（《齐鲁学刊》1995 年第 5 期）等。

1959 年，上海发现元代赵偕文集《赵宝峰先生集》。此书卷首所载《门人祭宝峰先生文》列门人 31 人，其中有名罗本及罗拱兄弟在内。因赵偕及罗氏兄弟是浙江慈溪人，因此近年来也有人认为罗贯中是慈溪人。但此"罗本"与《三国志演义》的作者罗本是否一人，尚缺乏确凿的证据。

〔6〕关于《三国志演义》的成书年代，目前有五说：一，"成书于宋代乃至以前"，见周邨《〈三国演义〉非明清小说》（《群众论丛》1980 年第 3 期）；二，"成书于元代中后期"，见章培恒等《〈三国志通俗演义〉前言》（上海古籍出版社 1980 年版）、袁世硕《明嘉靖刊本〈三国志通俗演义〉乃元人罗贯中原作》（《东岳论丛》1980 年第 3 期）；三，"成书于元末"，见陈铁民《〈三国演义〉成书年代考》（《文学遗产》增刊 15 辑，中华书局 1983 年版）；四，"成书于明初"，游国恩等主编《中国文学史》、中国社科院文学研究所《中国文学史》、刘大杰《中国文学发展史》等都将《三国》列于明初，持此说者较多；五，"成书于明中叶"，见张国光《〈三国志通俗演义〉成书于明中叶辨》（《社会科学研究》1983 年第 4 期）、李伟实《〈三国志通俗演义〉成书于明中叶弘治初年》（《吉林社会科学》1995 年第 4 期）。以上五说，除第一说是据"志传"系统的汤宾尹校正本考证外，其馀都是以嘉靖本《三国志通俗演义》为考证依据的。

〔7〕参见本编第二章第一节《〈水浒传〉的成书过程与作者》。

〔8〕嘉靖本壬午主要有两种影印本。一种是 1929 年上海商务印书馆影印本，系以涵芬楼藏本为底本，并以日本文求堂主人藏本补配。另一种是人民文学出版社影印本，有线装本（1974）和平装本（1975）两种，系以上海图书馆藏本为底本，并以甘肃省图书馆藏本补配。商务本缺张尚德《引》，故误称《明弘治本三国志通俗演义》。又，两本文字上也偶有歧异，最突出的是卷十六第三则"玉泉山关公显圣"写关羽之死，商务本因避讳而较简略。据此，一般认为人民文学出版社本的底本是初刻本，商务本的底本是复刻本。

又，嘉靖本卷二十一有尹直赞孔明诗。此诗见尹直《名相赞》一书。该书有弘治甲子（1504）自序，较嘉靖本弘治甲寅（1494）蒋大器序晚 10 年。可见嘉靖本经嘉靖时人修改，非罗贯中原本。

〔9〕毛氏父子自定的书名也是《三国志演义》，或称《四大奇书第一种》，只是在《读三国志法》等行文过程中用过《三国演义》之名。在此之前，明代个别的本子如夷白堂刊本、清代个别笔记也用过这称呼，但都没有什么影响。自 20 世纪 50 年代人民文学

出版社整理本用《三国演义》之名后,《辞源》《辞海》等工具书及某些文学史著作也用此名,连中国电视剧制作中心的电视剧也称《三国演义》(海外版仍用《三国志演义》),在群众中造成很大的影响。

[10] 关于《三国志演义》的主题历来众说纷纭,主要有:一,"为蜀汉争正统说",始见于明代无名氏《重刊杭州考证三国志传序》,毛纶、毛宗岗《读三国志法》等,新中国成立初期曾围绕着正统思想有无"人民性"和"爱国主义思想"等问题展开过热烈的讨论;二,"描绘三国时代各封建集团之间的斗争说",见游国恩等主编的《中国文学史》第 4 册(人民文学出版社 1982 年版,第 16 页);三,"反分裂、求统一说",见刘大杰《中国文学发展史》下册(中华书局上海编辑所 1963 年版,第 1025 页)等。特别是在 20 世纪 80 年代,新见叠出,但都立足于肯定《三国志演义》这部小说的文学价值与文化价值之上。近年来也有一些新说,如章培恒等强调了"在中国小说史上,《三国志通俗演义》第一次突出地描写了人的生命力并给予热情的歌颂,第一次较集中地描写和肯定了维护个人尊严的行为","显露出初步的市民意识"(章培恒等著《中国文学史新著》(增订本),复旦大学出版社 2011 年版,第 458、466 页)。而刘再复等则发表了一些颠覆性的见解,如说《水浒传》《三国志演义》"一部是暴力崇拜;一部是权术崇拜。两部都是造成心灵灾难的坏书。……五百年来,危害中国世道人心最大最广泛的文学作品,就是这两部经典。……可以说,这两部小说,正是中国人的地狱之门"(刘再复《双典批判》,生活·读书·新知三联书店 2010 年版,第 5 页)。又特别批判"桃园三结义",说"桃园这一盟约,影响中国近两千年,后来它一直成为中国民间帮会和其他秘密组织的组织原则和伦理原则","中国社会的变质(恶质化),就从这里开始"(同上书,第 131、135 页)。以上有的是据嘉靖本《三国志演义》而论的,也有不少是据毛本《三国演义》而论的。

[11] 如卷六《关云长千里独行》写曹操不追关羽时,有"宋贤"诗等称曹"独行谋策最机深",而另有小字注评曰:"可见的曹操有宽仁大德之心,可作中原之主。"同卷《曹操乌巢烧粮草》写曹操把他部下私通袁绍的书信全部焚毁,"史官"有诗称曹"宽洪大度播恩深",而小字注评曰:"此言曹公能捞笼天下之人,因此而得天下也。"这些诗赞和小字注是否出于原著是很有问题的,但都可说明曹操的"宽仁大德"正是其权诈之处。

[12] 追封关羽从北宋开始。宋徽宗封他为忠惠公和崇宁真君,后加封为义勇武安王。宋高宗时加封为壮缪义勇王,宋孝宗时改封为英济王。元文宗时封为显灵义勇武安英济王。明宪宗时封为壮缪义勇武安显灵英济王。明神宗时开始被封为关圣大帝。清高宗时加封为忠义神武灵佑关圣大帝,清宣宗时加封为忠义神武灵佑仁勇威显灵大帝。

[13] 西晋陈寿《三国志》尊魏为正统。东晋偏安江左,习凿齿作《汉晋春秋》始奉"蜀以宗室为正"。刘宋时裴松之注《三国志》仍从陈寿的观点。北宋司马光《资治通鉴》虽说曹操"暴戾强伉","其蓄无君之心久矣"(卷六八),又说刘备"虽颠沛险难而信义愈明,势逼事危而言不失道"(卷五七),但还是以曹魏为正统。至南宋,

朱熹的《通鉴纲目》又将"汉昭烈帝章武元年"直接改为"汉献帝建安二十五年"，明确以蜀为正统。章学诚在《文史通义·文德》中分析这种变化的历史背景道："陈氏生于西晋，司马氏生于北宋，苟黜曹魏之禅让，将置君父于何地？而习与朱子，则固南渡之人也，惟恐中原之争正统也。诸贤易地而皆然。"

〔14〕如《三国志·武帝纪》裴注引《曹瞒传》载曹操杀姬事，同书《关张马黄赵传》裴注引《云别传》写刘备与赵云的故事，其褒贬的态度都很明确。赵翼《廿二史札记》卷七《关张之勇》征引的两晋南北朝时期"称勇者必推关张"的不少故事，也都说明了刘备集团的声誉日隆，社会上已经形成了拥刘反曹的倾向。参见张锦池《论〈三国志通俗演义〉的拥刘反曹问题》(《中国四大古典小说论稿》，华艺出版社1993年版，第4页)。

〔15〕此据毛本，嘉靖本《三国志演义》最后一句"一统乾坤归晋朝"，略乏感情色彩。

〔16〕但也有人认为是虚多于实，参见熊笃《〈三国演义〉并非"七实三虚"》(《三国演义学刊》第2辑，四川省社会科学出版社1986年版，第211页)。

〔17〕关于曹操，有"奸"与"雄"两个方面，但这并不能说明他性格中有"二元"的、"相反"的因素。小说只是为了把他塑造成一个非同一般的"大奸""奸绝"，才写他的"雄"。"雄"只是"奸"的强化剂，而不是"对立"物。越具雄才大略，就越奸，越有危害性。因而《三国志演义》中的曹操性格还是特征化、单一性的，而不是个性化、立体状的。

〔18〕孙楷第《中国通俗小说书目》"明清讲史部"著录《三国志演义》之外的小说共有163部(包括部分佚书)，大塚秀高《增补中国通俗小说书目》著录现存讲史小说共101部。

〔19〕余邵鱼，字畏斋，福建建阳人，明代嘉靖、隆庆间人。现存最早的《列国志传》是万历三十四年的重刊本，全称为《新刊京本春秋五霸七雄全像列国志传评林》，共8卷226则。

〔20〕蔡元放，名奡，别号七都梦夫、野云主人，江宁(今南京)人，曾评点过《水浒后传》等。

〔21〕《唐书志传》，8卷90节，题"金陵薛居士的本，鳌峰熊钟谷编集"，存嘉靖三十二年(1553)刊本，前有同年李大年所作的序言。书叙隋炀帝大业十三年至唐太宗贞观十九年间的历史，末有唐太宗征高丽和薛仁贵征东的故事。《隋唐两朝志传》，12卷120回，题"东原罗贯中编辑"(恐系伪托)，存万历四十七年(1619)刊本，前有正德三年(1508)林瀚序(恐系伪托)。此书前91回写隋亡唐兴的故事，与《唐书志传》的主要内容略同，后二十多回却写了唐贞观以后200年的历史，十分草率。这两书成书时间的先后，一时难以判定。一般说来，恐怕《唐书志传》先出。

〔22〕《大唐秦王词话》，共8卷64回，据全书目录标明"重订唐秦王词话"及卷首陆世科所撰《唐秦王本传叙》，可知此书是诸圣邻在民间说唱艺人所用"旧本"的基础上加工编写而成，并已成散文为主的案头作品。孙楷第所云"旧本"出于罗贯中，似根据不足。

〔23〕《隋炀帝艳史》，8 卷 40 回，题"齐东野人编演"，存崇祯三年（1630）人瑞堂刊本。
《隋史遗文》，12 卷 60 回，袁于令撰，存崇祯刊本。卷首有崇祯六年（1633）作者
自序。袁于令（1592—1674），名晋，原名韫玉，字令昭，号幔亭仙史等，江苏吴县
人。明生员，入清，任荆州知府。作有传奇《西楼记》等 8 种。

〔24〕褚人获，字稼轩，号石农，康熙间长洲（今江苏苏州）人，著有文言笔记《坚瓠集》
等。《隋唐演义》，20 卷 100 回，最早有四雪草堂刊本，卷首有康熙己亥（1719）
自序。

〔25〕《梼杌闲评》，50 卷 50 回，又名《明珠缘》，不题撰人。邓之诚《骨董续记》引缪艺
风《藕香簃别抄》疑作者是明末江苏兴化人李清。《辽海丹忠录》，8 卷 40 回，成于
崇祯三年（1630），存翠娱阁刊本。卷首翠娱阁主人（陆云龙）序明确说书出"予
弟"，可知是陆人龙作。陆人龙，字君翼，浙江钱塘人，还撰有小说《型世言》等。

〔26〕参见王丽娜《中国古典小说戏曲名著在国外》，学林出版社 1988 年版，第 1～45 页。

第二章 《水浒传》与英雄传奇的演化

　　《水浒传》这一类小说通常被称为英雄传奇，以有别于《三国志演义》之类历史演义。这两类小说有共同点，即主要人物和题材都有一定的历史根据。两者又有相异点：前者一般是从宋元小说话本中的"说公案""朴刀、杆棒及发迹变泰之事"或"说铁骑儿"之类发展而来，而后者是由"讲史"话本演化而成；前者以塑造一个或几个传奇式的英雄人物为重点，而后者着眼于全面地描写一代兴废或几朝历史；前者的故事虚多于实，甚至主要出于虚构，后者比较注重依傍史实。这些不同也就使前者有可能突破历史事实的制约，跳出帝王将相、军国大事的圈子，将目光移向民间日常的生活和普通的人。在明代的英雄传奇小说中，继《水浒传》之后，还有《杨家府演义》《大宋中兴通俗演义》等较有名。

第一节 《水浒传》的成书过程与作者

　　　　水浒故事的流传与发展　　　作者问题　　　《水浒传》的版本

　　《水浒传》所写宋江起义的故事源于历史真实。《宋史》中的《徽宗本纪》《侯蒙传》《张叔夜传》及其他一些史料都曾提及，略谓徽宗宣和年间，宋江等"三十六人横行齐魏"，"转略十郡，官兵莫敢撄其锋"，后被张叔夜设计招降[1]。还有的史书记载宋江投降后征方腊[2]。

　　从南宋起，宋江的故事就在民间广泛流传。宋末元初人龚开作《宋江三十六人赞》已完整地记录了36人的姓名和绰号，并作序说："宋江事见于街谈巷语，不足采著。"同时代罗烨的《醉翁谈录》已著录了如"石头孙立""青面兽""花和尚""武行者"等说话名目。这显然是一些独立的水浒"小说"。而《大宋宣和遗事》写了杨志卖刀、智取生辰纲、宋江杀惜、张叔夜招安、征方腊、宋江受封节度使等，笔墨虽然简略，但已把水浒故事连缀起来，展现了《水浒传》的原始面貌。元代出现了大批"水浒戏"，今存剧目（含元明间作）共 33 种，剧本全存的仅 6 种。它们对于宋江、李逵等形象的刻画比较集中，但性格不很一致，也无共同的主题，不过"三十六大伙，七十二小伙""寨名水浒，泊号梁山"的说法大体相同。这说明宋元以来的水浒故事丰富多彩并正在逐步趋向统一，小说戏曲作家们纷纷从中汲取创作的素材而加以搬演。正是在这个基础上，产生了一部杰出的长篇小说《水浒传》。

关于《水浒传》的作者，明代有四种说法：一，嘉靖间最早著录此书的高儒《百川书志》题作"钱塘施耐庵的本，罗贯中编次"。同时代郎瑛的《七修类稿》有类似的记载。二，稍后如田汝成《西湖游览志馀》、王圻《稗史汇编》等都认为是罗贯中作。三，万历间胡应麟在《少室山房笔丛》中则又说是施耐庵作。四，明末清初金圣叹的《第五才子书水浒传》又提出了施作罗续说，即"施耐庵《水浒正传》七十卷"，后 30 回是"罗贯中《续水浒传》之恶札也"。目前一般学者从第一说，认为《水浒传》是施耐庵所作，其门人罗贯中在其"的本"（即真本）的基础上又作了一定的加工。但现代学者中也有人认为施、罗两人均系托名而实无其人[3]。

前章所述罗贯中的生平已觉难详，有关施耐庵的事迹更属渺茫。明人除了较为一致地肯定他是杭州人外，其他未曾提供一点可信的材料，连生活年代也有"南宋时人"（田汝成《西湖游览志馀》）、"南宋遗民"（许自昌《樗斋漫录》）、"元人"（李贽《忠义水浒传叙》、胡应麟《少室山房笔丛》）等多种说法[4]。后人或说施耐庵即是南戏《幽闺记》的作者施惠[5]，或说就是宋末元初《靖康稗史》的编者耐庵[6]，但都缺乏确凿的证据。从 20 世纪 20 年代起，出现了施耐庵是苏北兴化人的说法，但有关材料可疑之处甚多，多数学者持否定的态度[7]。

《水浒传》的版本相当复杂。今知有 7 种不同回数的版本，而从文字的详略、描写的细密来分，又有繁本与简本之别。繁本有 71 回本、100 回本、120 回本 3 种。简本则有 103 回本、110 回本、115 回本、124 回本等[8]；另外，简本中也有 120 回本和不分卷本。

在繁本系统中，今知最早的是"《忠义水浒传》一百卷"（高儒《百川书志》）。据晁瑮《宝文堂书目》、沈德符《万历野获编》等记载，嘉靖间武定侯郭勋有家刻本 100 回，时称"武定板"，已佚[9]。一般认为，今存最早的较为完整的百回本是有万历己丑（1589）天都外臣（即汪道昆）序的《忠义水浒传》[10]。此书原刊全本也佚，今见康熙五年（1666）石渠阁补修本。另有万历三十八年（1610）容与堂刊《李卓吾先生批评忠义水浒传》，也是较早和较有名的百回本。以上百回本在写梁山大聚义后，只有平辽和平方腊的故事，而没有平田虎和王庆的内容。繁本中的 120 回本，增加了平田虎和王庆的故事，在文字上与百回本略有不同，并也附有"李卓吾"的评语，故称《李卓吾先生批评忠义水浒全传》，由袁无涯刊行。明末金圣叹将 120 回本"腰斩"成 70 回本，砍去了大聚义后的内容，而以卢俊义一梦作结，名《第五才子书施耐庵水浒传》。由于它保存了原书的精华部分，在文字上也作了修饰，且附有精彩评语，遂成为清 300 年间最流行的本子。

目前多数学者认为，简本是繁本的节本，而不是由简本发展成繁本。简本一般都有平田虎、王庆两传，但文字简陋、缺乏文学性，现在只是作为研究资料来使用。现存较早而完整的简本是双峰堂刊《水浒志传评林》，有北京文学古籍刊行社 1956 年影印本。

另外，在明万历甲寅（1614）刊行的吴从先的《小窗自纪》中，有《读水浒传》一文，所载《水浒传》的内容与今知繁简各本多有不同，如云"四大寇"为"淮南贼宋江、河北贼高托山、山东贼张仙、严州贼方腊"等。有人认为此"吴读本"是"古本"，甚至是"施耐庵的本"，但也有人认为是万历间后出的本子，迄今尚无定论[11]。

第二节　奸逼民反与替天行道

一曲"忠义"的悲歌　　"忠义"观的形成及其复杂性
丰富的思想内涵　　《水浒传》与所谓"暴力崇拜"

《水浒传》最早的名字叫《忠义水浒传》，甚至就叫《忠义传》。明杨定见《忠义水浒全书小引》认为："《水浒》而忠义也，忠义而《水浒》也。"小说描写了一批"大力大贤有忠有义之人"，未能"酷吏赃官都杀尽，忠心报答赵官家"，却被奸臣贪官逼上梁山，沦为"盗寇"；接受招安后，这批"共存忠义于心，同著功勋于国"的英雄，仍被误国之臣、无道之君一个个逼向了绝路。"煞曜罡星今已矣，谗臣贼相尚依然！"作者为这样的现实深感不平，发愤而谱写了这一曲忠义的悲歌。

最能体现作者这一编写主旨的是宋江这一形象。宋江作为小说中的第一主角，就是忠义的化身。他的性格在既矛盾又统一的忠和义的主导下曲折地发展。他作为一个县衙小吏，能"仗义疏财，济困扶危"（第三十二回），结交天下豪杰，但又有忠君孝亲、安于现状的习性。从"义"字出发，他"担着血海也似干系"（第十八回）救晁盖，也同情他们被逼上梁山，但又认为"于法度上却饶不得"（第二十回）。"杀惜"后，他辗转避难，就是不想去水泊投奔晁盖，"上逆天理，下违父教，做了不忠不孝的人"（第三十六回）。他劝人家落草时，也希望人家牢记"如得朝廷招安……日后但去边上一刀一枪，博得个封妻荫子，久后青史上留一个好名，也不枉了为人一世"（第三十二回）。但与此同时，贪官污吏对他的残酷迫害，逼着他向梁山一步一步靠近。浔阳楼吟反诗，自然地流露了被"冤仇"所郁积的叛逆情绪。从江州法场的屠刀下被解救出来后，他一方面感激众位豪杰不避凶险，极力相救的"义"，另一方面也深感"如此犯下大罪，闹了两座州城，必然申奏去了"，再难在常规情况下尽"忠"，于是他表示"今日不由宋江不上梁山泊投托哥哥去"（第四十一回）。上梁山后，他牢记着九天玄女"替天行道为主，全仗忠义为臣，辅国安民，去邪归正"的"法旨"（第四十二回），一再宣称："小可宋江怎敢背负朝廷？盖为官吏污滥，威逼得紧，误犯大罪；因此权借水泊里避难，只待朝廷赦罪招安。"他坐上第一把交椅后，即把"聚义厅"改成"忠义堂"，进一步明确了梁山队伍"同心合意，同气相从，共为股肱，一同替天行道"（第六十回）的基本路线。就在"替天行道""忠义双全"的旗号下，他带领众兄弟惩恶除暴，救困扶危；创造条件，接受招安；征破辽国，平定方腊。直到饮了朝廷药酒，死在旦夕，还表白："我为人一世，只主张'忠义'二字，不肯半点欺心。今日朝廷赐死无辜，宁可朝廷负我，我忠心不负朝廷！"（第一百回）盖棺论定，宋江就是一个"忠义之烈"（李贽《忠义水浒传叙》）。自称为"书林""儒流"的《水浒传》作者，以"忠义"为指导思想来塑造宋江，并描写了以宋江为首的一支"全忠仗义""替天行道"的武装队伍。至于像叫嚷"招安招安，招甚鸟安"的李逵等，只是作为"忠义"的映衬而存在罢了。

　　《水浒传》在歌颂宋江等梁山英雄"全忠仗义"的同时，深刻地揭露了上自朝廷、下至地方的一批批贪官污吏、恶霸豪绅的"不忠不义"。小说中第一个正式登场的人物是高俅，他因善于踢球而得到皇帝的宠信，从一个市井无赖遽升为殿帅府太尉，于是就倚势逞强，无恶不作。整部小说以此人为开端，确有"乱自上作"的意味。这样，从手握朝纲的高俅、蔡京、童贯、杨戬，到称霸一方的江州知府蔡九、大名府留守梁世杰、青州知府慕容彦达、高唐知州高廉，直到横行乡里的西门庆、蒋门神、毛太公、祝朝奉，乃至陆谦、富安、董超、薛霸等爪牙走狗，相互勾结，狼狈为奸，把整个社会弄得暗无天日，民不聊生，不反抗就没有别的出路。于是，一批忠义之士不得不"撞破天罗归水浒，掀开地网上梁山"（第三十七回）。《水浒传》作为一部长篇小说，第一次如此广泛而深刻地揭露了封建社会的黑暗，并揭示了"奸逼民反"的道理，是很有意义的。但作者在这里要强调的乃是这样一个悲剧："全忠仗义"的英雄不能"在朝廷""在君侧""在干城心腹"（李贽《忠义水浒传叙》），而反倒"在水浒"；"替天行道"的好汉改变不了悖谬的现实，而最后还是被这个

"不忠不义"的社会吞噬。"自古权奸害忠良，不容忠义立家邦。"作者在以"忠义"为武器来批判这个无道的天下时，对传统的道德无力扭转这个颠倒的乾坤感到极大的痛苦和悲哀，以至对"忠义"这一批判武器自身也表现出了一种深沉的迷惘。

"忠"与"义"从来就是中国古代儒家伦理观念中的重要范畴，自宋元以来在社会上特别流行。北宋末年，当腐败的朝廷无力抵御外族入侵的时候，各地的"忠义军"风起云涌，朝廷亦不得不颁布忠义巡社制度。历史上宋江起义的性质，有待于历史学家去慎重讨论，但它作为"街谈巷语"在民间流传，则越来越清楚地涂上了"忠义"的色彩。龚开作《宋江三十六人赞》，就称宋江"不假称王，而呼保义"。到《大宋宣和遗事》，"宋江为帅"等36人就是"广行忠义，殄灭奸邪"的英雄。元代的"水浒戏"，普遍把宋江写得有别于方腊之流："则俺那梁山泊上宋江，须不比那帮源洞里的方腊"（李文蔚《同乐院燕青博鱼》），"忠义堂高搠杏黄旗一面，上写着'替天行道宋公明'"，"梁山泊上多忠义"（佚名《争报恩三虎下山》）。《水浒传》的作者就沿着这一长期形成的思维格局写成了一部"忠义传"。全传本《水浒传》第五十五回说："忠为君王恨贼臣，义连兄弟且藏身。不因忠义心如一，安得团圆百八人。"显然，"忠义"中有"为君"而符合封建统治集团利益的一面，故难怪"士大夫亦不见黜"，但在"忠"字中也包含着"保境安民""杀尽贪官"等爱国精神和民本思想；对"义"字的强调，更反映出社会道德规范的变化。传统的农业社会十分重视维护宗法关系的基本规范"孝"。"孝"在《水浒传》中仍然占有突出的地位，但对于那些离开土地的市民、商人等"三教九流"的人来说，维护异姓关系的基本规范"义"显得更为重要。因此，小说讴歌"仗义疏财，济危扶困"，不仅仅在一般意义上反映了下层群众为了维护自身的利益而"戮力相助"，而且更深刻地反映了由于城市居民、江湖游民等队伍的不断扩大，社会道德规范正在悄悄地发生着变化。总之，"忠义"的内涵本身就十分复杂，它以儒家的伦理道德为基础，但也融合着包括城市居民和江湖游民在内的广大百姓的愿望和意志。它不是蒙在《水浒传》外面的一层道德正义的保护色，而是能使小说被当时社会各阶层普遍接受的基本精神。

当然，作为一部长篇小说，其故事又在民间经过几代人的不断积累和加工，全书的思想内涵就显得丰富复杂，此并非"忠义"两字所能概括[12]。长期以来，广大群众之所以喜爱这部小说，在很大程度上还是由于它歌颂了英雄，歌颂了智慧，歌颂了正义，歌颂了美德，歌颂了人性。《水浒传》中的不少英雄都是"力"与"勇"的象征。他们空手打虎，倒拔杨柳，杀贪官污吏，拒千军万马，一往无前，"敢于大弄"。他们智取生辰纲，三打祝家庄，神机妙算，出奇制胜。他们将"暴力"与"权谋"主要指向朝廷奸佞、大小贪官、地方恶霸，为百姓伸张正义，为弱者打抱不平，所谓"禅杖打开危险路，戒刀杀尽不平人"（鲁智深语），"从来只要打天下硬汉不明道德的人"，"若路见不平，真乃拔刀相助，我便死了（也）不怕"（武松语）。这样的"暴力"与"权谋"都是出于"爱人"，基于尊重普通百姓、弱势群体的做人的欲望与权利。小说中的李逵、阮小七、鲁智深等人物，不做作，不掩饰，不拘礼法，不甘束缚，不计名利，不怕欺压，"任天而行，率性而动"，维护了自我的尊严。他们不掩饰人生对于平等的渴望与物质的享受，"不怕天，不怕地，不怕官司"，追求"论秤分金银，异样穿绸锦，成瓮吃酒，大块吃肉"的"快活"生活，但他们反对钱财的积聚与贪求，强调"疏财"以成"义士"。这些都与当时一些虚伪做作、被封建理学扭曲了人性的"假道学""大头巾"形成了鲜明的对照。至于小说大力渲染的朋友间的"交情浑似股肱，义气真同骨肉"更有不少感人肺腑的故事，如鲁智深大闹野猪林，宋江私放晁盖，朱仝义释宋江，李逵劫法场等，都是以"义"当先，置朝廷法律与社会道德而不顾，顶着"弥天大罪"，拼死相救。"兄弟"之外，又如鲁智深救护被人欺压的金翠莲父女、李逵背着瞎眼的老娘上山过"快乐几时"的生活等，都是刻画了人间的大爱，凸显了人性的至美。一部《水浒传》就是在宣扬"忠义"的大框架下，渗透着当时市民的思想与感情，闪耀着人性的光辉。这就难怪当时李卓吾、叶昼、金圣叹等一些具有反传统精神的批评家盛赞《水浒传》的英雄是"活佛""上上人物""一片天真烂漫"，"使人对之，龌龊销尽"，认为《水浒传》一书是出于"童心"，也就是真正用人性写成的"天下之至文"。

当然，在《水浒传》中也能看到一些违背人性的血腥暴力，甚至是滥杀无辜，如武松血溅鸳鸯楼时为了不打草惊蛇而顺手杀了后槽与丫环，李逵劫法场时板斧乱砍平民，张青、孙二娘卖人肉馒头，乃至将潘金莲等"淫妇"、陆谦等仇敌挖心剖腹等，今天看来都十分残忍，令人惊怵，于是有人将《水浒传》英雄定为"黑帮"，将《水浒传》一书断为鼓吹"暴力崇拜"，"造成心灵灾难的坏书"。这类观点其实并不新鲜。明清两代的正统文人，一直到梁启超，都认为《水浒传》是"诲盗"之书，《水浒传》英雄都是一批"以破城劫狱为能事，以杀人放火为豪举"（崇祯十五年四月左懋第《题本》）的没有人性的"强盗"。社会进入到现代，周作人第一个说《水浒传》不是"人的文学"，而是"强盗文学"。近年来，随着国内外的风云变幻，这样的老调重弹就并不奇怪，而其核心问题仍跳不出周作人诅咒《水浒传》为"强盗文学"而打出的两招："有碍于人性的生长，破坏人类的平和。"打着求"平和"与讲"人性"的旗号，本身并不太离谱，问题是看问题的立足点与方法论没有摆正。站在上层的、作威作福的群体的立场上与站在下层的、被欺压的弱势群体的立场上看问题就会得出完全不同的结论。社会的"平和"是由谁破坏?谁先使用了"暴力"?从史进、林冲、鲁智深、武松等一个个走上做强盗的道路来看,无非是为了求生存,求平等,求自由而被"逼反"。这一点连金圣叹都明白的"乱自上作",却被一些现代的评论家们置若罔闻。没有统治集团的残酷的"暴力",就不可能有出于"尊重人性和人的欲望的权利"的"反暴力"的英雄。且看问题的方法,不能不顾全书的基本倾向与主要内容,而将一些次要的枝节无限夸大。整部小说所描写的水浒英雄们的"暴力"行为绝大多数都是正义的、正当的,像李逵在法场上乱砍百姓之类只是相对个别的举动,且小说作者并不认同这样胡来,晁盖就阻止李逵乱砍乱杀百姓,宋江一再告诫部下"不掠良民""休得伤害百姓",等等,都说明了小说并没有"崇拜"滥杀无辜一类的"暴力"。再者,看问题要有历史的观点,如对女性及其偷情与某些暴力行为,当时的道德、法律与世俗观念,与我们现在有很大的距离。现在不能认同当时的标准,但也不能用现在的认识来苛求古人。总之,假如站在大众的、特别是社会弱势群体的立场上,用全面的、历史的观点来看《水浒传》,这部小说正是深刻地描写了人类对于生存的基本欲望与权利的追求与抗争,艺术地再现了当时社会的基本矛盾,从而具有高度的认识价值。

第三节　用白话塑造传奇英雄的群像

　　白话语体成熟的标志　　同而不同的英雄群像　　传奇性与现实性的结合　　连环钩锁、百川入海的结构

　　唐、宋以来,建筑在口头叙事文学基础上的变文、话本之类,是中国白话小说的发轫,但多数写得文白相杂、简陋不畅,就是《三国志通俗演义》,虽以"通俗"相标榜,但由于受到"演义"历史的制约,仍显得半文不白,以致有人说它"是白描浅说的文言,不是白话"(冥飞《古今小说评林》)。而《水浒传》则能娴熟地运用白话来写景、叙事、传神,比如第十回"林教头风雪山神庙"中的"那雪正下得紧"一句,鲁迅就称赞它"比'大雪纷飞'多两个字,但那'神韵'却好得远了"(《花边文学·大雪纷飞》)。因为"紧"字不但写出了风雪之大,而且也隐含了人物的心理感受,烘托了氛围。特别是在人物语言个性化方面,《水浒传》能"一样人,便还他一样说话"(金圣叹《读第五才子书法》),从对话中能看出不同人物的性格。例如第七回写高衙内调戏林冲娘子,鲁智深赶来要打抱不平时,林冲道:"原来是本官高太尉的衙

内,不认得荆妇,时间无礼。林冲本待要痛打那厮一顿,太尉面上须不好看。自古道:'不怕官,只怕管。'林冲不合吃着他的请受,权且让他这一次。"而鲁智深则道:"你却怕他本官太尉,洒家怕他甚鸟!俺若撞见那撮鸟时,且教他吃洒家三百禅杖了去!"(第七回)两句话,鲜明、准确地反映了林冲和鲁智深两人不同的处境、不同的性格:一个是有家小,受人管,只能委曲求全、逆来顺受;另一个是赤条条无牵挂,义肝侠胆,一无顾忌。《水浒传》作为一部长篇小说,就是用这种在民间口语的基础上加以提炼、净化了的文学语言,塑造了一大批传奇的英雄。这不但标志着我国古代运用白话语体创作小说已经成熟,而且对整个白话文学的发展也具有深远的意义。

《水浒传》作为一部英雄传奇体小说的典范,成功地塑造了一系列超伦绝群而又神态各异的英雄形象。金圣叹在《读第五才子书法》中说:"独有《水浒传》,只是看不厌,无非为他把一百八个人性格都写出来。"此话未免有点夸张,但至少有几十个主要人物,确是写得活龙活现。尤为难能可贵的是,它能将性格相近的一类人物写得各各不同。这正如明代批评家叶昼所指出的那样:"《水浒传》文字,妙绝千古,全在同而不同处有辨。"(容与堂本《水浒传》第三回回评)《水浒传》之所以能将众多的英雄写得性格鲜明,很重要的一点是注意多层次地刻画人物的性格。比如写李逵莽撞,有时候也写他真率,写他蛮横;写鲁智深粗豪,有时候又写他的机智,写他的精细。这样就在"同而不同"之中显示了人物的个性特点。为了达到这一艺术效果,在具体手法上就常常故意创造类型相同的人物,描写冲突相似的情节,以犯中求避,相互映衬,"如武松打虎后,又写李逵杀虎,又写二解争虎;潘金莲偷汉后,又写潘巧云偷汉;江州城劫法场后,又写大名府劫法场;何涛捕盗后,又写黄安捕盗;林冲起解后,又写卢俊义起解;朱仝、雷横放晁盖后,又写朱仝、雷横放宋江等。正是要故意把题目犯了,却有本事出落得无一点一画相借"(金圣叹《读第五才子书法》),在比照中凸显其个性特点。同时,小说在写某些人物时,能展示其性格在环境的制约下有所发展和变化,其中最明显的是林冲。身为八十万禁军教头的他,在高衙内开始调戏他的娘子时,尽管有大丈夫"屈沉在小人之下,受这般腌臜的气"的不平,但还是怕得罪上司,息事宁人;当发配沧州时,仍抱有幻想,希望能挣扎回去"重见天日";恶势力步步进逼,他处处忍让;直到最后忍无可忍时,才使他的积愤喷发,手刃仇人,奔上梁山,完成了由软弱向刚烈的性格转变。其他如杨志、武松及宋江等都可以看到其性格的流动和变化。当然,从整体来看,《水浒传》人物性格的流动性多数还是表现为半截子的,并不能贯穿始终,特别是大聚义后,人物大多失去原有的个性色彩。但这种性格描写的流动性和层次性,还是体现了中国古代长篇小说在塑造人物时从注重特征化到走向个性化迈出了坚实的一步。

《水浒传》中的英雄好汉与《三国志演义》中的帝王将相一样，尚不脱"超人"的气息。作者在将英雄理想化时，往往把他们渲染、放大到超越常态的地步，如鲁达倒拔杨柳、武松徒手打虎、花荣射雁、石秀跳楼等，都带有传奇的色彩。但与此同时，作者又把超凡的人物放置在现实生活的背景上，让他们在李小二、武大郎、潘金莲、阎婆惜、牛二等市井细民中周旋；在用重彩浓墨描绘高度夸张、惊心动魄的故事时，也注意在细节真实上精雕细刻，逼近生活；这样就使传奇性与现实性结合起来，增强了作品的生活气息和真实感。在《三国志演义》卷十一中，赵范欲将其"倾国倾城"的寡嫂配给赵云时，"子龙大怒而起，一拳打倒赵范，出城而去"。这种常人"不可及"处，难免有点不近人情，"太道学气"。而《水浒传》在写武松面对着"哄动春心"的潘金莲的挑逗时，尽管也给人以"直是天神，有大段及不得处"（金圣叹《读第五才子书法》）的印象，但小说同时写炭火，写帘儿，写脱衣换鞋，写酒果菜蔬，写家常絮语，直写到武松发怒"争些儿把那妇人推一交"，一步步把武松从真心感激嫂嫂的关怀，到有所觉察，强加隐忍，最后发作，写得丝丝入扣，合情合理。小说在现实的情感关系和日常的生活环境中，充分地展现了武松刚烈、正直、厚道而又虑事周详、善于自制的性格特征。他是超人的，但又是现实的。

《水浒传》的情节结构是以单线纵向进行的。上半部是以人为单元，下半部则以事为顺序，连环钩锁，层层推进。在七十一回之前，小说往往集中几回写一个或一组主要人物，将其上梁山前的业绩基本写完，然后引出另一个或另一组主要人物，而上一组人物则退居次要的地位。这样环环相扣，以聚义梁山为线索将一个个、一批批英雄人物串联起来。七十一回之后，就以时间为顺序，写两赢童贯、三败高俅、受招安、征辽国、平方腊，以报效朝廷为主干，将故事贯穿始终。这样的艺术结构，前半部犹如长江的上游百川汇聚，形成主干；下半部则如长江的主流奔腾而下，直泻东海。它形成一个整体，但各部分往往又具有相对的独立性，特别是前半部的连环列传体的结构形式，固然留有组织改造原有民间故事的痕迹，但也有利于集中笔墨、淋漓酣畅地描写一些主要的英雄豪杰。史进、鲁智深、林冲、杨志、宋江、武松等一些英雄之所以能"千古若活"，与此不无关系。至于后半部，情节显得松散、拖沓，多有雷同、失真之处，作者没能生动地揭示水浒英雄的悲剧精神，正如明代批评家叶昼所说："文字至此，都是强弩之末了，妙处还在前半截。"（容与堂本第九十八回回评）金圣叹将七十一回以后内容截去，也正是从此出发的。

第四节 《水浒传》的影响

《水浒传》的社会影响 　　《水浒传》的文学地位 　　《杨家府演义》《大宋中兴通俗演义》等 　　《水浒传》在国外

《水浒传》所写的本来就是社会的重大问题，故必然对社会产生极大的影响。一批进步的文人纷纷借它来批判社会的黑暗和不平，抨击言行不一、人性扭曲的"假道学"的"可恶、可恨、可杀、可剐"（容与堂本第六回回评）。对于此起彼伏的造反者来说，《水浒传》也对他们起过直接而巨大的影响。正由于此，历来的统治集团对它恨之入骨，认定它是一部"诲盗"的"贼书"，厉行严禁，甚至诅咒作者"子孙三代皆哑"（田汝成《西湖游览志馀》）。

在中国文学史上，《水浒传》也具有崇高的地位，产生了重大的影响。它刊行后不久，嘉靖间的一批著名文人如唐顺之、王慎中等就盛赞它写得"委曲详尽，血脉贯通，《史记》而下，便是此书"（李开先《词谑》）。李贽则把它和《史记》、杜诗等并列为宇宙内的"五大部文章"（周晖《金陵琐事》卷一）。小说作为一种新的文体，从此在文学领域内确立了应有的地位，开始逐步改变以诗文为正宗的文坛面貌。从小说创作的角度来看，它和《三国志演义》一起，奠定了我国古代长篇小说的民族形式和民族风格，为广大人民大众所喜闻乐见，形成了中华民族特有的审美心理和鉴赏习惯。但它比《三国志演义》更贴近生活，作者开始把目光投向市井社会、日常琐事和平凡的人物，注重刻画人物性格的层次性、流动性，并纯熟地使用了白话，多方面地推进了中国古代长篇小说艺术的发展。

《水浒传》盛行以后，各种文学艺术样式都把它作为题材的渊薮。以戏剧作品而言，明清的传奇就有李开先的《宝剑记》、陈与郊的《灵宝刀》、沈璟的《义侠记》、许自昌的《水浒记》、李渔（一说范希哲）的《偷甲记》、金蕉云的《生辰纲》等三十馀种。昆曲、京剧和各种地方戏中都有许多深受群众欢迎的剧目，如陶君起的《京剧剧目初探》就著录了 67 种。至于以《水浒》故事为题材的绘画、说唱及各种民间文艺等，更是不可胜数。小说作品中，世情小说《金瓶梅》就是"从《水浒传》潘金莲演出一支"（袁中道《游居柿录》）。清代又出现了《水浒后传》《后水浒传》和《结水浒传》（《荡寇志》）等续书。后世的侠义小说如《三侠五义》等虽然其命意另有所在，"而源流则仍出于水浒"（鲁迅《中国小说的历史的变迁》第六讲）。当然，《水浒传》作为英雄传奇小说的典范，对于诸如《杨家府演义》《大宋中兴通俗演义》《英烈传》等作品的影响更是显而易见的。

《杨家府演义》是根据南宋以来在民间广泛流传的杨家将故事加工而成的[13]。它描述了杨业、杨延昭、杨宗保、杨文广、杨怀玉一门五代忠勇保宋的故事，歌颂了父死子继、夫亡妻承、前仆后继、不屈不挠的英雄报国精神。特别是塑造了杨门女将佘太君、穆桂英、杨宣娘等一批女性英雄群像，更是在中国古代小说史上不可多得。然而，这一门忠烈却屡遭奸臣宵小的陷害。小说贯穿着忠与奸的搏斗，揭露了昏君佞臣祸国殃民的罪恶行径。全书尽管渗透着浓重的忠君思想，但在某些地方也有所突破。如杨文广遭奸臣张茂迫害而差点被满门抄斩时，杨六郎发牢骚说："朝廷养我，譬如一马：出则乘我，以舒跋涉之劳；及至暇日，宰充庖厨！"后杨怀玉深感到朝廷"辅之何益"而"举家上太行"，过起那种"耕种田地，自食其力"的隐居生活。当朝廷以"甘为叛逆之臣，以负朝廷"之罪逼他回朝时，他义正词严地回答说："若以理论，非臣等负朝廷，乃朝廷负臣家也！"并声称："就是碎尸万段，决不遵依！"这和宋江至死不悟是有差别的。整体来看，小说结构松散，文字粗率，情节有些雷同，有些则过于荒诞，艺术水平显得不高，但个别情节写得曲折动人，如杨业撞死李陵碑，七郎求救兵而被潘仁美设计乱箭射死，充满着壮烈悲怆的气氛。孟良、焦赞这两个草莽英雄也写得各有个性。全书的传奇色彩很浓，再加上后世多灾多难的中华民族不断地需要从抗击侵略、保家卫国的故事中汲取精神力量，许多戏曲和民间说唱艺术都乐意从中撷取素材而加以搬演，像杨门女将、穆桂英挂帅、十二寡妇征西等故事已经家喻户晓。因此，尽管这部小说艺术粗糙，但影响深远，在中国古代小说史上不容忽视。

明代的英雄传奇小说中影响较大的还有熊大木编的《大宋中兴通俗演义》《英烈传》等。《大宋中兴通俗演义》主要叙岳飞抗金的事迹[14]，始于金人南侵，终于岳飞被杀、秦桧在狱中受报应。明、清两代有关岳飞题材的小说以此为最早，岳传的基本骨架已经构成，但由于此书过分地拘泥于史实，文字又半文不白，情节组织也较粗率，故缺乏艺术感染力。明代另有两种《大宋中兴通俗演义》的删改本[15]，皆不见长。《英烈传》主要写朱元璋开国的业绩[16]，从元顺帝荒淫失政起，叙至洪武十六年金陵封王。除朱元璋外，又着重写了徐达、常遇春、刘基等一批开国元勋。所叙故事大都本于史传及野史、笔记，侧重于历史事件和战争过程的一般描写，有明显的模仿《三国志演义》的痕迹，缺乏艺术想象和对于人物的细部雕琢，人物的性格不够鲜明。但由于它写了乱世英雄的发迹变泰，也有一定的传奇色彩，颇能迎合一般市民的心理，故尽管"文意并拙，然盛行于里巷间"（鲁迅《中国小说史略》第十五篇）。在它的影响下，后又有《续英烈传》《真英烈传》等作品，后世也有许多戏曲、曲艺取材于此，再创造了徐达、常遇春、胡大海等血肉饱满的传奇式英雄形象。

《水浒传》创造了英雄传奇美，不但对我国的英雄传奇小说的创作，对整个小说文化和国民精神起到了一定的影响，而且在世界范围内广泛流传并得到了高度的评价。《大英百科全书》说："元末明初的小说《水浒传》因以通俗的口语形式出现于历史杰作的行列而获得普遍的喝彩，它被认为是最有意义的一部文学作品。"英译家杰克逊（J. N. Jackson）说："《水浒传》又一次证明了人类灵魂的不可征服的、向上的不朽精神，这种精神贯穿着世界各地的人类历史。"目前，它已有英、法、德、日、俄、拉丁、意大利、匈牙利、捷克斯洛伐克、波兰、朝鲜、越南、泰国等十多种文字的数十种译本。日本早在1757年就出版了百回本《忠义水浒传》的全译本。在西方，于1850年开始有法文的摘译本，到1978年法国出版了120回的全译本，译者雅克·达尔斯（Jacques Dars）由此而荣获法兰西1978年文学大奖。英译的百回全译本出版于1980年，但在此之前，著名的美国女作家赛珍珠（Pearl Buck）于1933年翻译出版的名为《四海之内皆兄弟》的70回本已十分流行。这位诺贝尔文学奖获得者在此书的序言中曾经这样说："《水浒传》这部著作始终是伟大的，并且满含着全人类的意义，尽管它问世以来已经过去了几个世纪。"[17]《水浒传》确是世界文学宝库中的一颗明珠。

注 释

[1] 1939年，陕西府谷出土的《宋故武功大夫河东第二将折（可存）公墓志铭》载："公讳可存，……方腊之叛，用第四将从军，……腊贼就擒，迁武节大夫。班师过国门，奉御笔捕草寇宋江，不逾月继获，迁武功大夫。……铭曰：'……俘腊取江，势若建瓴。'"此与《宋史》等记载相抵触。一般认为，此墓志所载不可信，或两宋江不是同一人。

[2] 如徐梦莘《三朝北盟会编》卷五十二引《中兴姓氏奸邪录》、卷二一二引《林泉野记》、杨仲良《续资治通鉴长编纪事本末》卷一四一等，都载宋江等征方腊事，不少学者认为此说不可信。近发现李纲《赵忠简公言行录》称："再议睦寇，则以寇贼攻寇贼，表宋江为先锋，师未旬月，贼以俘献。"可证宋江确曾征方腊。

[3] 胡适《〈水浒传〉考证》首先怀疑："'施耐庵'大概是'乌有先生'、'亡是公'一流人，是一个假托的名字"，"也许是明朝文人的假名"。（《胡适古典文学研究论集》，上海古籍出版社1988年版，第771页）鲁迅《中国小说史略》（第十五篇）也"疑施乃演为繁本者之托名"。聂绀弩《〈中国古典小说论集〉自序》（《中国古典小说论集》，上海古籍出版社1981年版，第4页）等认为《水浒》是集体创作，并无个人作者。戴不凡《疑施耐庵即郭勋》（《小说见闻录》，浙江人民出版社1980年版，第90～

128 页）、张国光《〈水浒〉祖本探考》（《古典文学论争集》，武汉出版社 1987 年版，第 210~223 页）又认为《水浒》是郭勋及其门客的托名。

〔4〕目前一般说施耐庵是"元末明初人"，只是据有关罗贯中的记载和他与罗的关系而作了这样的推定。在明代未见这样的说法。

〔5〕明徐复祚《三家村老委谈》云"一百八施君美（或云罗贯中）《水浒传》所载"。清无名氏《传奇汇考标目》："施耐庵，名惠，字君承，杭州人。（著有）《拜月亭旦》、《芙蓉城》、《周小郎月夜戏小乔》。"（马蹄疾《水浒资料汇编》，中华书局 1980 年版，第 493 页）吴梅《顾曲塵谈》："《幽闺》为施君美作。君美名惠，即作《水浒传》之耐庵也。"（上海古籍出版社 2000 年版，第 24 页）

〔6〕王利器《〈水浒全传〉是怎样纂修的？》（《文学评论》1982 年第 3 期），黄霖《宋末元初人施耐庵及"施耐庵的本"》（《复旦学报》1982 年第 5 期）。

〔7〕20 世纪 20 年代起陆续出现的如王道生《施耐庵墓志》、杨新《故处士施公墓志铭》、袁吉人《耐庵小史》、李恭简《施耐庵传》《施耐庵墓记》等，漏洞甚多，来路可疑。80 年代发现的《施氏家簿谱》及《施让地券》《施廷佐墓志铭》等，只能说明大丰白驹镇曾经有个施彦端及其后代的情况，很难证实施彦端即施耐庵，更难证明他是《水浒传》的作者。可参见湖北省《水浒》研究会等编《水浒争鸣》特辑（1983 年 6 月）、江苏省社会科学院文学研究所编《施耐庵研究》（江苏古籍出版社 1984 年版）。

〔8〕万历二十二年（1594）福建建阳余（象斗）氏双峰堂刊《京本增补校正全像忠义水浒志传评林》前 30 回标明回目、回数，缺第 9 回回数，后则仅有回目而无回数，实为 102 回。

〔9〕郑振铎在《水浒全传序》中认为他原藏（今归国家图书馆）的《忠义水浒传》卷之十一共五回一册即为武定板（《郑振铎古典文学论文集》，上海古籍出版社 1984 年版，第 900~906 页）。现多数学者认为，这五回及原四明朱氏敝帚斋残藏四十七至四十九回均非郭勋本。参见马幼垣《嘉靖残本〈水浒传〉非郭武定刻本辨》（辜美高、黄霖主编《明代小说面面观》，学林出版社 2002 年版）。近有人认为日本"无穷会"所藏的一种明刻清印本及日本宝历复刻本是李卓吾评真本，其正文保存了郭本的原貌。见日本佐藤錬太郎《李卓吾评〈忠义水浒传〉一百回》（《汲古》1985 年第 8 号）、章培恒《关于〈水浒〉的郭勋本与袁无涯本》（《复旦学报》1991 年第 3 期）、王利器《李卓吾评郭勋本〈忠义水浒传〉之发现》（《河北师范学院学报》1994 年第 3 期）。另，范宁《〈水浒传〉版本源流考》云："真正的郭勋本，是芥子园翻刻的大涤余人序本。"（《中华文史论丛》1982 年第 4 期）

〔10〕由于天都外臣序的最后一页署撰者姓氏和年月的一行被截去一半，"己丑"两字已较难辨认，"己"字也有可能是"乙"字。参见吴晓铃《漫谈天都外臣序本忠义水浒传》（《光明日报》1983 年 8 月 2 日）。另，《北京师范大学学报》1957 年第 2 期载王古鲁《"读水浒全传郑序"及"谈水浒传"》云：此"序文是清初刻的"，"完全出于书贾作伪"；天都外臣序本是"容与堂本的一部不很忠实的复刻本"。

〔11〕认为吴读本是古本的有：黄霖《一种值得注目的〈水浒〉古本》（《复旦学报》1980

年第 4 期)、《宋末元初人施耐庵及"施耐庵的本"》(《复旦学报》1982 年第 5 期)、
王利器《〈水浒全传〉是怎样纂修的?》(《文学评论》1982 年第 3 期)、侯会《再论
吴读本〈水浒传〉》(《文学遗产》1988 年第 3 期)、王珏等《〈水浒传〉中的悬案》
(四川人民出版社 1994 年版,第 209 页)。认为是后出的本子有:欧阳健《吴从先
〈读水浒传论〉评析》(《水浒新议》,重庆出版社 1983 年版,第 288 页)、张国光
《〈水浒〉是由"元人施耐庵""纂修"的吗?》(《武汉师范学院学报》1982 年第 4
期)、喻蘅等《〈靖康稗史〉编者绝非〈水浒〉作者》(《施耐庵研究》,江苏古籍出
版社 1984 年版,第 278 页)。

〔12〕关于《水浒传》的主旨,明清两代或主"忠义"说,或主"海盗"说,存在着严重
的对立;也有少数人认为是为英雄豪杰立传,或出于游戏等。近代则有一些人把它
视为"倡民主、民权"的"政治小说"。新中国成立以来,特别是冯雪峰的《回答
〈水浒〉的几个问题》(《文艺报》1954 年第 3 期)发表后,"农民起义"说长期居
于主导的地位。1975 年《天津师范学院学报》第 4 期发表了伊永文的《〈水浒传〉
是反映市民阶层利益的作品》一文,提出了"市民"说。之后有一些学者相继从小
说中的领袖出身、队伍成分、政治口号和发动战争的性质等角度论证《水浒传》不
是写农民起义,而是为"市井细民写心"。自 1979 年起,另有一些学者又用"忠奸
斗争"说来解释小说的主题(如《中山大学学报》1979 年第 1 期发表的刘烈茂的
《评〈水浒〉应该怎样一分为二?》等)。通过一段时间的相互驳难和讨论,学界大
致认为"农民起义"说、"市民"说和"忠奸斗争"说从不同的角度立论,均有一
定的合理性,相互间可以作某种补充和包容。近年来,章培恒等强调《水浒传》所
写的英雄身上表现出了对个人物质欲望与享乐的追求","表现出不愿压抑自我,忍
受不了束缚和欺凌,要求在某种程度上张扬个性的倾向"(章培恒等著《中国文学史
新著》中册,复旦大学出版社 2007 年版,第 461~462 页)。而刘再复等刮起了一股
全盘否定《水浒传》之风,认为它是一部鼓吹"暴力崇拜"的"危害中国世道人心
最大最广泛的""坏书"(刘再复《双典批判》,参见本编第一章《〈三国志演义〉与
历史演义的繁荣》注释 10)。

〔13〕《杨家府演义》,全称《新编全像杨家府世代忠勇通俗演义志传》,8 卷 58 则,有万
历内午年(1606)序刊本,卷首题"秦淮墨客校阅,烟波钓叟参订"。秦淮墨客为纪
振伦,字春华,生平不详。杨家将故事有少量历史依据。有关史料可参看《余嘉锡
论学杂著》中的《杨家将考信录》及常征的《杨家将史事考》(天津人民出版社
1980 年版)。与《杨家府演义》同时代的《北宋志传》中也有杨家将故事,但只写
到杨宗保平西夏为止,内容比《杨家府演义》少。又此书刊刻的时间略早于现存的
《杨家府演义》,故不少学者认为此书比《杨家府演义》先出。但《杨家府演义》不
分回,只分则,题目是单句;《北宋志传》已分回,题目是双句,且对仗工整。《北
宋志传·叙述》说此书"收集《杨家府》等传"而成,故也有人认为《杨家府演
义》先出,或有更早的祖本《杨家府传》。

〔14〕《大宋中兴通俗演义》又题《大宋演义中兴英烈传》《大宋中兴岳王传》《武穆王演

义》等，8 卷 80 则，今存嘉靖三十一年（1552）等刊本。

〔15〕明天启七年（1627）宝旭斋刊本《岳武穆王精忠传》，6 卷 68 回，题"邹元标编订"；崇祯十五年（1642）友益斋刊本《岳武穆精忠报国传》，7 卷 28 则，系于华玉属门人余邦绍删改熊大木本而成。

〔16〕《英烈传》最早刊本是万历十九年（1591）刊行的《新镌龙兴名世录皇明开运英武传》，8 卷 80 则。后有多种翻刻、删改本，或名《云合奇纵》《大明志传》《洪武全传》等。沈德符《万历野获编》称嘉靖间郭勋所作。一本题"稽山徐渭文长甫编"，不可信。

〔17〕参见王丽娜《中国古典小说戏曲名著在国外》，学林出版社 1988 年版，第 54 ~ 95 页。

第三章　明代前期诗文

明初诗坛活跃着以高启、杨基、袁凯等人为代表的作家群，他们大多生活在元明交替时期，经历过元末动荡的战乱与明初整饬政策下的高压统治，不少作品表现了时代的创伤与个人遭际，以及诗人在特殊环境中所产生的忧郁彷徨的心态，抒写基调凝重悲怆。在散文创作领域，宋濂、刘基是两位较有影响的作家。他们的一些人物传记、寓言散文及记事写景之作成就突出，尤具代表性。与明初诗文创作态势相比，明永乐至成化年间，文学的发展步入低潮期，文坛风行的是台阁体的创作。台阁体内容大多为"颂圣德，歌太平"，艺术上讲究雍容典丽，缺乏生气。它的盛行，与作为创作主体的馆阁文臣的生活遭际、职责担当和当时相对安定繁荣的时局等因素有关。成化至弘治年间，以李东阳为首的茶陵诗派崛起，在一定程度上冲击了台阁体的创作风气。李东阳的作品虽还留有台阁体的痕迹，但也有侧重反映个人生活与精神状况的内容，值得注意。

第一节　明初诗歌与散文

高启：抒写时代与个人命运的孤吟者　　杨基、袁凯诗中的乱世悲音　　宋濂、刘基的散文创作

《明史》卷二八五《文苑传》说明初"文学之士"，"高、杨、张、徐、刘基、袁凯以诗著"。大致可以说，上述提到的这些作家在明初诗坛具有一定的代表性。其中的"高、杨、张、徐"分别指高启、杨基、张羽、徐贲，四人均为吴人，人称"吴中四杰"，以比拟"初唐四杰"。明初众诗人中，高启（1336—1374）是位最有成就的诗人[1]，所谓"天才高逸，实据明一代诗人之上"（《四库全书总目》集部《大全集》提要）。他生活在元明交替之际，不少作品烙上了鲜明的时代特征，反映当时战乱生活便是其中的一个方面。如《吴越纪游·过奉口战场》：

路回荒山开，如出古塞门。惊沙四边起，寒日惨欲昏。上有饥鸢声，下有枯蓬根。白骨横马前，贵贱宁复论？不知将军谁，此地昔战奔。我欲问路人，前行尽空村。登高望废垒，鬼结愁云屯。当时十万师，覆没能几存？应有独老翁，来此哭子孙。年来未休兵，强弱事并吞。功名竟谁成？杀人遍乾坤。愧无拯乱术，伫立空伤魂。

元明之交，战火纷起，时局动荡，给人们带来种种灾难与痛苦。诗人生活在兵连祸结的年代，对此有着亲身的体验。这首诗便以写实的手法展示了一幕战后的景象：空荒的村落，横地的白骨，枯萎的蓬根，还有不时发出凄厉叫声的饥鸢，这一切在飞沙与寒日的笼盖与映照下显得格外惨烈荒寂。整首诗的基调凝重悲怆，诗人尽管没有从正面刻画兵刃相接、血肉横飞的战争场面，但通过战后惨景的描写，让人不难想象出这场战争的残酷，而面对无休止的战争以及由此带来的灾祸，无可奈何的诗人只能在内心添加一份悲伤。元明之交的动荡，对时局艰难的恐惶不安和个人前途命运的忧虑，使得高启的不少作品流露出忧郁、彷徨、孤独的情绪。如《秋日江居写怀》其一："每看摇落即成悲，况在飘零与别离。……莫把丰姿比杨柳，愁多萧飒恐先衰。"《和周山人见寄寒夜客怀之作》："乱世难为客，流年易作翁。百忧寻岁暮，孤梦怯山空。"《吴越纪游·登海昌城楼望海》："况今艰危际，民苦在垫溺。有地不可居，颍洞风尘黑。安得击水游，图南附鹏翼。"都从不同的角度，抒写了身处乱世的诗人行止失据的愁郁。而如《孤鹤篇》吟咏"孤鸣迥且哀""一飞四徘徊"的孤鹤，《孤雁》《夜坐闻雁》刻画"呼群云外急，吊影月中残""何处度寒云，哀多乍失群"的孤雁，则更有自况的意味，曲折地表现出诗人在艰危处境中无从依傍的孤独。这种孤愁的情绪不时袭来，困扰着诗人，以至于他在诗中不禁自问："我愁从何来？秋至忽见之。欲言竟难名，泯然聊自知。……闲居谁我顾，惟有愁相随。世人多自欢，游宴方未疲。而我独怀此，徘徊自何为？"（《我愁从何来》）无端的忧愁，连诗人自己都感觉难以名状，然而这恰恰显露了他异常苦闷的内心。

明太祖洪武二年己酉（1369），高启应召纂修《元史》，次年授翰林院国史编修官。尽管境遇发生了变化，然而这些似乎并没有给他带来欣喜，他自称"海鸟那知享钟鼓，野马终惧遭笼靮"（《喜家人至京》），认为新朝的仕宦生活反使他备受束缚。《池上雁》一诗则更形象地写出了他的这种心境：

野性不受畜，逍遥恋江渚。冥飞惜未高，偶为弋者取。幸来君园中，华沼得游处，虽蒙惠养恩，饱饲贷庖煮。终焉怀惭惊，不复少容与。耿耿宵光迟，撼撼寒响聚。风露秋丛阴，孤宿敛残羽。……

诗中"幸来君园中，华沼得游处"的"池上雁"，借指当时应召入仕的作者。整首诗运用了隐喻的手法，刻画出诗人在官场中所感到的"不复少容与"的拘束与"孤宿敛残羽"的孤独。诗人内心充满了郁闷，他原本怀有不喜约束的"野性"，然而沉闷刻板的仕宦生活显然束缚了他放旷不羁的个性，令他无法适应。

诗人自有他自己的生活理想与精神境界。早在元末时所作的《青丘子歌》中，他已直接地表达了自己的生活志趣[2]，因而使此诗散发出浓烈的个性化气息：

> 青丘子，臞而清，本是五云阁下之仙卿。何年降谪在世间，向人不道姓与名。蹑屩厌远游，荷锄懒躬耕。有剑任锈涩，有书任纵横。不肯折腰为五斗米，不肯掉舌下七十城。但好觅诗句，自吟自酬赓。……研元气，搜元精，造化万物难隐情。冥茫八极游心兵，坐令无象作有声。……

青丘子系高启号，诗中所描绘的这位"青丘子"，显然是作者自我形象的化身。尽管作者出自奇特的想象将自己塑造成一位降谪人世的"仙卿"，使这一文学形象多了一层奇幻浪漫的色彩，但还是不难使人感受到他真实的内心世界、独特的个人气质。诗中还这样描写作者个人的生活："头发不暇栉，家事不及营。儿啼不知怜，客至不果迎。不忧回也空，不慕猗氏盈。不惭被宽褐，不羡垂华缨。不问龙虎苦战斗，不管乌兔忙奔倾。向水际独坐，林中独行。"诗人性格放达孤傲，不喜追随时俗，甘愿"但好觅诗句，自吟自酬赓"，当一位逍遥自在的苦吟诗人，并在文学创作活动中，给个人的心灵注入拓张、驰骋的活力。他不仅要体验与探究"造化万物"的种种奥秘，而且要"坐令无象作有声"，显示自我心灵把握、驱使宇宙万物的艺术创造力。应该说，此诗从一个侧面表达了诗人对自由生活的向往及重塑个体精神世界的意向，流露出较为强烈的个人主体意识。

高启诗作中也有不少涉及登览怀古的主题，如《登阳山绝顶》《雨中登白莲阁望故园》《吴城感旧》《姑苏怀古》《岳王墓》等，都较有特点，而《登金陵雨花台望大江》堪称代表之作：

> 大江来从万山中，山势尽与江流东。钟山如龙独西上，欲破巨浪乘长风。江山相雄不相让，形胜争夸天下壮。秦皇空此瘗黄金，佳气葱葱至今

王。我怀郁塞何由开？酒酣走上城南台。坐觉苍茫万古意，远自荒烟落日
之中来。石头城下涛声怒，武骑千群谁敢渡？黄旗入洛竟何祥，铁锁横江
未为固。前三国，后六朝，草生宫阙何萧萧！英雄乘时务割据，几度战血
流寒潮。我生幸逢圣人起南国，祸乱初平事休息。从今四海永为家，不用
长江限南北。

登上金陵雨花台而眺望长江，又俯视金陵景貌，诗人怀古的思绪联翩不断：眼
前的形胜之地，佳气葱葱，昔日三国吴和南朝曾建都于此，企图凭恃长江天堑
固守割据局面，但都没有逃脱覆亡的命运。接着诗人从对历史上"英雄乘时
务割据，几度战血流寒潮"的感叹，回复到对时局的议论，"祸乱初平事休
息"，"从今四海永为家，不用长江限南北"，联想起历史上的割据局面与亲身
经历的元末战乱，诗人自然倾向于眼下没有战祸、相对安定的生活。全诗写景
与抒情融为一体，缅古与思今自然交织，构思宏阔而跌宕有致，雄豪奔放的气
势中交杂着几分苍凉的意味。

与高启同时代而被称作"吴中四杰"之一的杨基（1326—1378）[3]，也是
一位在明初诗坛较有影响的作家。他"少负诗名"（钱谦益《列朝诗集小传》
甲集《杨按察基》），曾赋《铁笛歌》，深得杨维桢的赞赏。杨基的一些诗作对
自己在当时环境中坎坷的生活遭际有所反映。如他的《忆昔行赠杨仲亨》即
是一例：

　　　　嗟我忆昔来临濠，亲友相送妻孥号。牵衣上船江雨急，霹历半夜翻洪
涛。濠州里长我所识，怜我一月风波劳。呼儿扫榻妾置酒，买鱼炊饭羞溪
毛。酒酣话旧各涕泣，邻里怪问声嘈嘈。……君时亦自长干来，为我远致
书与袍。密行细字读未了，苦语渫渫如蚕缲。收书再拜问所历，灯影照夜
吴音操。异乡寂寞遇知己，欢喜岂止馈百牢。藤牵萝绕互依附，濡沫相润
脂和膏。……

朱明王朝在建立之初，为巩固政权，采取了一系列严厉的整饬政策，其中多次
大规模的迁民以调整地区间的势力便是一项重要的措施[4]。杨基在当时因曾
充当张士诚属臣饶介的幕客而被迁置临濠。上诗即描写了作者这段被迁置的经
历，诗中写到亲友离别的痛苦，行途的困疲以及异乡遇友的欣喜，历历叙来，
自然真切，字里行间流露出作者遭遇这段屈辱经历所饱尝的辛酸与孤寂。

作为生活在元明交替时期的诗人，杨基不少作品还保留着元季诗风艳丽纤
巧的痕迹，故清人朱彝尊以为杨诗"犹未洗元人之习"（《静志居诗话》卷

三），明人徐泰称其"天机云锦，自然美丽，独时出纤巧，不及高（启）之冲雅"（《诗谈》）。如"六朝旧恨斜阳里，南浦新愁细雨中"（《春草》），"芳草渐于歌馆密，落花偏向舞筵多"（《晚春》其三），"春水染衣鹦鹉绿，江花落酒杜鹃红"（《寓江宁村居病起写怀》其四）等即是。但也间见佳作，如《新柳》：

> 浓于烟草淡于金，濯濯姿容袅袅阴。渐嫩已无憔悴色，未长先有别离心。风来东面知春早，月到梢头觉夜深。惆怅隋堤千万树，淡烟疏雨正沉沉。

此诗重在吟咏新柳风姿情韵，构思新巧，描写细致入微，遣词纤丽清新，显出一定的状物咏景的功力，也较能体现诗人的艺术风格。

在明初诗人中，袁凯（约1310—?）是位值得一提的作家[5]，其诗多学杜甫，尤以七言律诗最为突出。他少时因赋《白燕》诗而得名，人称"袁白燕"。其诗云：

> 故国飘零事已非，旧时王谢见应稀。月明汉水初无影，雪满梁园尚未归。柳絮池塘香入梦，梨花庭院冷侵衣。赵家姊妹多相忌，莫向昭阳殿里飞。

诗虽是歌咏白燕，但自始至终未从正面去描绘白燕形象，而是从人事物景的不同侧面加以烘托，流转巧妙，颇具匠心。据说当初在杨维桢座上，有客人出所赋《白燕》诗，袁凯则别赋此诗以献，杨大为惊赏，遍示座客。

袁凯有些诗作涉及个人身世遭遇，较有真情实感，如《江上早秋》：

> 靡靡菰蒲已满陂，菱花菱叶更参差。即从景物看身世，却怪飘零枉岁时。得食野鸥争去远，避风江鹳独归迟。干戈此日连秋色，头白犹多宋玉悲。

遭逢元末战乱，颠沛流离，漂泊无定，而萧瑟的秋意，更勾起诗人的身世之感，心中不免充满哀伤。在《久雨后寓所一首》中作者也感叹："天意未教戎马息，老夫飘泊敢言归?"《秋日海上书怀》《客中除夕》又分别写到"东去鲸鲵方作横，南飞乌鹊正无依""戎马无休歇""为客岁年长"的奔波于兵火之中而流落无依的生活。这些诗篇抒写了作者亲身的经历和感受，具有真实生活基础，读来感觉真切。

在散文创作领域，宋濂与刘基是值得注意的两位作家。作为明朝的开国文臣，宋濂（1310—1381）在当时文名甚著[6]，“士大夫造门乞文者，后先相踵”，就连“外国贡使亦知其名，数问宋先生起居无恙否”（《明史》卷一二八《宋濂传》）。其创作主张继承韩愈、欧阳修等唐宋古文学家“文以明道”的观点，主张“以道为文”的文道一元论，以为“文非道不立，非道不充，非道不行”（《宋学士文集》卷八《銮坡集》卷八《白云稿序》），强调“文”要贯穿“圣贤之道”的内核，要能明道致用。在他看来，“所谓文者，乃尧、舜、文王、孔子之文，非流俗之文也”，“非专指乎辞翰之文也”（同上书卷八《芝园后集》卷五《文原》）。又指出“明道之为文，立教之为文，可以辅俗化民之为文”（同上书卷六十六《芝园续集》卷六《文说赠王黼》）这样，实质上将表现作家对生活个性化体验和独特文采的文学创作排斥在体道之“文”以外，从而使他的文学观念散发出浓烈的卫道和经世实用之气。

宋濂的这一创作主张影响到他的散文创作，不少作品尤其是入明后所作，多明道颂圣之辞，文学价值不高。不过也有一些作品，特别是人物传记和记事写景之作，由于注意生活基础与艺术技巧，富有文学性，不同于明道颂圣文字。如《秦士录》：

> 邓弼，字伯翊，秦人也。身长七尺，双目有紫棱，开合闪闪如电。能以力雄人，邻牛方斗不可擘，拳其脊，折仆地。市门石鼓，十人舁，弗能举，两手持之行。然好使酒，怒视人，人见辄避，曰：“狂生不可近，近则必得奇辱。”……

这段文字简洁生动，作者抓住人物最主要的外貌特征与一两件典型事例，寥寥数笔，传神地刻画出一位英武勇猛的壮士形象，给人留下深刻的印象。文章还描写了两件事：一是邓弼强与“素负多才艺”的两位儒生共饮娼楼，“呼酒歌啸以为乐”，学问谈吐压倒两生；二是他“造书数千言”谒见德王，备述天下局势，并披甲驰马，勇试武艺。这些都生动地描绘了邓弼狂诞不羁的性格与文武双全的才艺。但这样一位富有个性与才艺的人物，却无施展的机会，用文中邓弼的话来说：“天生一具铜筋铁肋，不使立勋万里外，乃槁死三尺蒿下，命也，亦时也，尚何言！”作者除表达对他的赞誉与同情之外，也流露出对元末社会人才遭受压制状况的不满。宋濂其他的一些传记作品也较为成功地塑造了不同的人物形象，如狂痴豪放、高洁孤傲的王冕（《王冕传》），生长娼门而不失人格尊严的李歌（《记李歌》），超世脱俗而淡泊闲雅的陈洄（《竹溪逸民传》），意气潇洒而不畏权贵的吾衍（《吾衍传》）。这些形象大多个性鲜明，富有生气，给人印象深刻。

宋濂的记叙散文简朴明洁，往往不落俗套，特别是有些局部的描绘清新工致，颇具艺术欣赏价值。如《环翠亭记》中的一段写景文字："当积雨初霁，晨光熹微，空明掩映，若青琉璃然。浮光闪彩，晶荧连娟，扑人衣袂，皆成碧色。冲融于北南，洋溢乎西东，莫不绀联绿涵，无有亏欠。"文字清隽雅素，简洁明畅，给人以美感。又如《书斗鱼》其中写到斗鱼的情状："各扬鬐鬣相鼓视，怒气所乘，体拳曲如弓，鳞甲变黑。久之，忽作秋隼击，水泙然鸣，溅珠上人衣。连数合，复分。当合，如矢激弦，绝不可遏。已而相纠缠，盘旋弗解。"文字虽然简短，但刻画细致、生动、富有情趣。

刘基（1311—1375）的散文创作[7]，被人置于与宋濂相并称的地位，《明史》本传称他"所为文章，气昌而奇，与宋濂并为一代之宗"。特别是其作品中的寓言散文颇有特点，元末弃官归青田后所著的《郁离子》具有一定的代表性，其中包含不少寓言故事。吴从善《郁离子序》云："郁离者，文明之谓也，非所以自号。其意谓天下后世若用斯言，必可底文明之治耳。"（《诚意伯文集》卷首）全书分十八篇[8]，共有一百九十多则，内容十分丰富，"多或千言，少或百字"，"大概矫元室之弊，有激而言也"（同上书卷首徐一夔《郁离子序》）。

作者往往通过寓言故事的形式揭露反省现实生活中的弊端，表达愤世嫉俗的态度和拯救时弊的治世意图。其"楚有养狙以为生者"一则：

楚有养狙以为生者，楚人谓之狙公。旦日必部分众狙于庭，使老狙率以之山中，求草木之实，赋什一以自奉。或不给，则加鞭棰焉，群狙皆畏苦之，弗敢违也。一日，有小狙谓众狙曰："山之果，公所树与？"曰："否也，天生也。"曰："非公不得而取与？"曰："否也，皆得而取也。"曰："然则吾何假于彼而为之役乎？"言未既，众狙皆寤。其夕，相与伺狙公之寝，破栅毁柙，取其积，相携而入于林中，不复归。狙公卒馁而死。郁离子曰：世有以术使民而无道揆者，其如狙公乎？惟其昏而未觉也，一旦有开之，其术穷矣！

作者通过狙公养狙自奉而最终死于饥馁的故事，讥刺"世有以术使民而无道揆者"，说明如何以适当的方式役使民众的重要性：如果不揣度民情，滥使苛役，必然导致严重的后果。而在"灵丘之丈人善养蜂"一则中，作者以灵丘丈人善养蜂而致富、其子不善此道终使家贫作对比，劝导"为国有民者"重视治政的方法。类似愤世嫉俗而托事以讽的态度也见于刘基其他寓言散文,如著名的《卖柑者言》,借卖柑者之口,毫不留情地讥讽了元末社会中那些"金玉其外,败絮其中"的达官贵人。这些寓言散文吸取了先秦历史与诸子散文中寓言故事的艺术传统,常常将所要论说的道理通过一个个故事的形式反映出来,既形象生动、深入浅出,又能恰当地说明问题、深化主题。

《郁离子》中除寓言故事外,还有一些穿插其中的议论文字,它们虽篇幅短小,但往往蕴含作者基于社会现象和生活经验的独到思考。例如,"治天下者,其犹医乎?医切脉以知证,审证以为方","是故知证知脉而不善为方,非医也","不知证不知脉,道听途说以为方,而语人曰我能医,是贼天下者也"(《千里马》)。这是说,治理天下犹如医者诊病处方,要能对症下药,否则难以成功。又如,"自瞽者乐言己之长,自聩者乐言人之短。乐言己之长者不知己,乐言人之短者不知人"(《瞽聩》),"善疑人者,人亦疑之;善防人者,人亦防之。善疑人者,必不足于信;善防人者,必不足于智"(《蝂蟷》),则富含哲理,发人深省。

刘基其他的散文作品也偶有佳作,特别是一些写景叙事的记叙文,常能表现出作者一定的艺术匠心。如《活水源记》的片段:

> 其初为渠时,深不逾尺,而澄彻可鉴,俯视则崖上松竹华木皆在水底……其中有石蟹大如钱,有小鲗鱼色正黑,居石穴中,有水鼠常来食之。其草多水松、菖蒲。有鸟大如鹡鸰,黑色而赤觜,恒鸣其上,其音如竹鸡而滑。有二脊令恒从竹中下立石上,浴饮毕鸣而去。

这段景物描写平实无华,简练明晓。作者善于体物摹景,抓住自然界中不同的景象特征,以细腻而自然的笔触表现出来,使所描绘的艺术图景生趣盎然,自然逼真,不落俗套。

第二节　台阁体与茶陵派

台阁体的特征　　台阁体与时局及作家遭际的关系　　李东阳与茶陵派

明永乐至成化年间,相对于明初高启、杨基、宋濂、刘基等人的创作态势,文学的发展步入了低潮期,在文坛占主导地位的是台阁体。台阁指的是当时的翰林院、詹事府、内阁,又称为"馆阁"。台阁体则指为当时馆阁文臣所倡扬而形成的一种诗文创作风格，所谓其时"诸大老倡之，众人靡然和之，相习成风"（沈德潜、周准《明诗别裁集》卷三）。

台阁体诗文内容大多比较贫乏，多为应制、题赠、酬应而作，题材常是"颂圣德，歌太平"（杨士奇《东里诗集》卷首杨溥《东里诗集序》），艺术上追求平正典丽。试举两例：

> 东风御苑物华新，吉日游观命近臣。金瓮特颁千日酝，玉盘兼赐八珍淳。翠含杨柳桥边雾，香泛芙蓉水上云。鱼跃鸢飞皆化育，须看海宇颂皇仁。（杨士奇《赐游西苑同诸学士作》）
>
> 天开形势庄都城，凤翥龙蟠拱帝京。万古山河钟王气，九霄日月焕文明。祥光掩映浮金殿，瑞霭萦回绕翠旌。圣主经营基业远，千秋万岁颂升平。（杨荣《随驾幸南海子》）

二诗中的前一首写游苑，后一首写扈驾，都着力于盛世祥瑞气象的描绘、帝王功德的颂扬，格调雅丽雍容，体现出台阁体的典型特征。这样的作品，很难让人感受到文学反映社会生活的丰富性与作者个性化的思想情感，难免成为粉饰太平的工具，而且"阗冗肤廓，几于万喙一音"（《四库全书总目》集部《倪文僖集》提要），过于平庸单一，无艺术生命力可言。

台阁体的流行有着多方面的原因，首先与作家的生活遭际有关。这些馆阁文臣身居要职，处境优裕，大多怀有受朝廷礼遇而产生的感恩心理，同时又以"供奉文字"为职责，重在维护正统，尊尚教化，容易与官方意识形态发生亲和作用，形成歌颂圣德、美化时政的创作意向。而且，相对封闭与狭窄的上层官僚生活，限制了他们的生活视野，导致创作素材相对贫乏。其次，永乐以来，明王朝经过初期整休调治，政权相对稳定，国力渐趋强盛，所谓"海内晏安，民物康阜"（《杨荣《文敏集》卷十四《杏园雅集图后序》），社会呈现出比较安定繁荣的局面，给台阁体营造了一种"颂上之德而鸣国家之盛"（王直《抑庵文集》卷十二《赐游西苑诗引》）的创作氛围。另外，明王朝在建立之初，全面实行整饬政策，包括对文人加强思想文化上的箝制[9]。至永乐年间，明初所实行的高压政策继续发挥着威力，明成祖朱棣上台之后，更加抓紧对士人实行政治文化上的控制。他在位期间，曾颁行《五经四书大全》，并命人采集宋儒之说而编成《性理大全书》，构建推尊儒学尤其是宋儒学说的思想工程，以整肃精神领域。同时，也加强了对文人士大夫的迫害，"杀戮革除诸臣，备极惨毒"（陈田《明诗纪事》乙签卷二）。这些潜伏在社会安定兴盛背后的压力，多少对文人起着震慑的作用，使他们不敢去正视和表现多面的社会生活，抒发个人思想激情。

成化、弘治年间，台阁体创作逐渐趋向衰退，这一时期对文坛有着重要影响的则是茶陵诗派。茶陵派以李东阳为主[10]，主要成员有谢铎、张泰、陆钎、邵宝、鲁铎、石珤等人。

李东阳（1447—1516）以台阁重臣的身份"主文柄，天下翕然宗之"（《明史》卷二八六《李梦阳传》），在当时文坛具有很高的声望。永乐以来，台阁体的盛行，给文学创作带来不良的风气，其相对贫乏的内容及刻板的形式很大程度上扼制了文学的艺术活力，造成文坛委靡不振的局面。在这种情况下，李东阳等人的崛起，从某种意义上说是对台阁体的创作风气发动了一次冲击，所谓"永乐以后诗，茶陵起而振之，如老鹤一鸣，喧啾俱废"（沈德潜、周准《明诗别裁集》卷三）。针对台阁体卑冗委琐的习气，李东阳提出诗学汉唐的复古主张，以为"汉唐及宋，格与代殊。逮乎元季，则愈杂矣。今之为诗者，能轶宋窥唐，已为极致，两汉之体，已不复讲"（《怀麓堂集》卷二八《镜川先生诗集序》）。并反复强调"诗与文不同体"（《怀麓堂诗话》），注重诗与更多被赋予实用功能的文在体式规制上的区别，以突出诗歌相对独立的审美特性。在对待如何学古的问题上，李东阳强调较多的是对声调节奏等法度的掌握，如他提出"今之歌诗者，其声调有轻重、清浊、长短、高下、缓急之异"，"律者，规矩之谓，而其为调，则有巧存焉。苟非心领神会，自有所得，虽日提耳而教之，无益也"。又如以为"长篇中须有节奏，有操有纵，有正有变，若平铺稳布，虽多无益"（《怀麓堂诗话》）。这些主张从文学本身立场出发探讨诗歌的艺术审美特性，当是无可厚非的。值得一提的是，李东阳的复古论调对当时的文坛产生过一定的影响，如崛起于弘治年间以李梦阳、何景明为代表的"前七子"，在诗歌师古问题上就吸取了李东阳"轶宋窥唐"的主张，着力于唐诗尤其是盛唐诗歌的推尚。

李东阳的生活时代虽处于台阁体的衰落期，但他"历官馆阁，四十年不出国门"（钱谦益《列朝诗集小传》丙集《李少师东阳》），长时期的台阁生活，对他的文学创作无疑有着一定的影响，使他的有些作品还留有台阁体的痕迹。如《庆成宴有述》一诗，描绘帝王祭祀的场面，颂咏"百年覆载生成后，一代君臣礼意中。郊献几回分殿坐，圣恩神贶两难穷"的盛隆与祥瑞，风格雍容典雅，平正华丽。这一类的题材、风格尽管在李东阳的作品中占有一定的比例，但并不完全代表他的创作全貌。他的有些作品摆脱了台阁体的束缚，表现出较为开阔的生活视角，抒写了个人的真情实感。如《春至》一诗表现作者对"东邻不衣褐，西舍无炊烟"，"流离遍郊野，骨肉不成怜"的时艰忧虑。《马船行》从一个侧面写出"凭官附势如火热"，"乘时射利习成俗"的世途恶习,《除日追和坡诗三首·馈岁》则比较了"侯门仓廪溢,委藉纷四座。宁知贫家食,不自供甑磨"的世间富奢与贫匮之不均,反映了一些具体的社会问题,具有较强的现实感。又如《茶陵竹枝歌》:

> 杨柳深深桑叶新,田家儿女乐芳春。刲刲羊击豕禳瘟鬼,击鼓焚香赛土神。(其二)
> 银烛金杯映绮堂,呼儿击鼓脍肥羊。青衫黄帽插花去,知是东家新妇郎。(其三)
> 春尽田家郎未归,小池凉雨试缔衣。园桑绿罢蚕初熟,野麦青时雉始飞。(其七)

明宪宗成化八年壬辰(1472),时任翰林院编修的李东阳由京城告假返回祖籍茶陵,上诗即为作者归故乡后所作。诗中所描绘的是一幅幅诗人亲眼目睹的农家风土人情画卷,自然清新,意趣盎然,不带刻琢的痕迹,洋溢着浓烈的乡俗气息,给人以耳目一新之感。

李东阳也有些作品着重反映了他个人的生活情形与精神状态,值得注意。例如:

> 懒携竹杖踏莓苔,寂寂残樽对雨开。开口只应心独语,闭门休问客谁来。幽居有道堪藏拙,巧宦逢时亦自才。试问白头冠盖地,几人相见绝嫌猜?(《幽怀》其四)
> 独吟孤坐总伤神,谁伴长安守岁人?卦数已周无那老,年华初转又逢春。思亲泪尽空双眼,哭女声高彻四邻。还向灯前添旧草,拟从新岁乞闲身。(《除夕》)

前一首隐约地表现出诗人在仕途中的某种孤寂与厌倦的心情,特别是官场的互相猜忌争斗,使他感到压抑;后一首则倾吐了诗人时逢除夕却远离亲人的强烈的思亲之情。两诗表现的内容都与作者个人的经历有关,真实地刻画出诗人生活的一幕与他内心世界的一角。

第三节 明代的八股制义文

八股文与科举的关系　　八股文的体制与创作特征　　八股文对文学创作的影响

在封建社会，科举考试是上层统治集团选拔人才的一种常用手段，也是广大士子借以走上仕途、建树功业、获取名利的一条途径。明代的科举制度是由唐、宋时代科举体制传袭而来，并且始以八股文作为科举考试规定文体。《明史》卷七十《选举二》："科目者，沿唐、宋之旧，而稍变其试士之法，专取四子书及《易》《书》《诗》《春秋》《礼记》五经命题试士，盖太祖与刘基所定。其文略仿宋经义，然代古人语气为之，体用排偶，谓之八股，通谓之制义。"[11] 由于八股文为官方所规定的科举应试文体，而一般文士如果想通过科举这一关，跻身仕宦的行列，势必要对这种应试程文苦苦研习。这就造成明代八股文的流行。

八股文的主要文意在于诠释经书的义理，并要求据题立论，所以很少有作者自由阐发的空间，而它的重要体裁特征便是对偶性，即每股文字要求排比对仗。明成化以前，八股文的句式基本上"或对或散，初无定式"，尚相对自由。成化以后，句式趋于严格化，八股对偶结构越来越明显。如明宪宗成化二十三年丁未（1487）会试《乐天者保天下》文，明孝宗弘治九年丙辰（1496）会试《责难于君谓之恭》文，程式的要求已充分强调文体的对偶性。应该说，对偶句式并不是八股文的独创，它作为一种修辞手段早在先秦、汉代诗文和辞赋中就已应用。南北朝时期则形成了一种以偶句为主要特征的文体即骈文。唐宋时代，骈文的句式更趋严整。八股文的成熟，与它吸取古代骈文的艺术体制显然是分不开的。明代洪武至成化、弘治年间，八股文逐渐趋于成熟，并出现了一些创作名家，如当时的王鏊、钱福等人便是具有代表性的八股文作家。尤其是王鏊，为八股文制作的一位大家被人推崇，所谓"制义之有王守溪（即王鏊）"，"更百世而莫出者"（俞长城《可仪堂一百二十名家制义》序）。他的名篇如《百姓足君孰与不足》《邦有道危言危行》等文，破题简洁明了，议论平缓不迫，结构紧凑，对偶工整，比较典型地体现出八股文的一些基本特征。

进入正德、嘉靖以后，八股文的创作走向兴盛，在众多的作者当中，较有名气的则有归有光、唐顺之、胡友信。《明史》卷二八七《胡友信传》："明代举子业最擅名者，前则王鏊、唐顺之，后则震川（即归有光）、思泉（即胡友信）。"除此之外，如茅坤、瞿景淳也是当时八股文制作的大家。归有光、唐顺之、茅坤等人是唐宋文风的推崇者，人称"唐宋派"，他们时或将古文作法融入八股文之中，从而给八股文创作带来某些新的特点。如归有光《有安社稷臣者》一节：

大臣之心，一于为国而已矣。夫大臣以其身为国家安危者也，则其致忠于国者可以见其心矣，其视夫溺于富贵者何如哉？且夫富贵为豢养之地，荣禄启幸进之媒，人臣之任职者，或不能以忠贞自见矣，而世乃有所谓安社稷臣者何如哉？盖惟皇建辟，而立之天子，非以为君也，以为社稷之守也；惟辟奉天，而置之丞弼，非以为臣也，以为社稷之辅也。人臣之寄在于社稷而已。顾縻恋于好爵，则移其心于徇利；婴情于名位，则移其心于慕君，而社稷之存亡奚计哉？

这段文字古朴简练，畅达有致，句式散对相间，并不像一般八股文那样显得过于拘泥刻板，从中可略见古文作法一二。又，文章虽是围绕圣贤旨意而阐发，但字里行间也透露出作者自己一些治国立政的意见，即认为大臣者当以社稷天下为重，而不应贪恋"好爵""名位"，置国家存亡于不顾，不失为一种切实高超的态度。

到了明代后期，八股文的创作经历了一次新的变化，一些作家身处不断更迁的时代环境，"包络载籍，刻雕物情，凡胸中所欲言者，皆借题以发之"（方苞《方望溪先生全集》集外文卷二《进四书文选表并凡例》），较有代表性的人物有赵南星、汤显祖、陈子龙、黄淳耀等。他们在八股文中往往借题议论时政，悲时悯俗，抒发个人胸襟，手法上讲究灵活多变，不是一味地刻求成式。如赵南星《鄙夫可与事君也与哉》：

鄙夫者，以仕宦为身家之计，而不知忠孝名节；以朝廷为势利之场，而不知有社稷苍生。未得则患得，妄处非据弗顾也；既得则患失，久妨贤路不顾也。

这段文字显然是有感而发，将矛头指向趋势逐利的卑贱之徒，直言不讳。作者"赋性刚介，不能容物"，所谓"恶佞嫉邪之旨，尽发之于文"（俞长城《可仪堂一百二十名家制义》序）。他的《非其鬼而祭之谄也》一文也体现出刚正不阿、嫉恶如仇的胸襟："天下之有谄也，则世道人心之邪也，而孰知其无所不谄哉？……藉灵宠于有位，既以谄鬼者而谄人，求凭依于无形，又以谄人者而谄鬼，吾不意世道之竞谄一至于此也！"语气激愤慷慨，对时俗之弊无所顾忌，一语道破，与一般八股文空疏迂陋的文风相比有所不同。又如黄淳耀《秦誓曰》谓治政"彼有以小察为知人之明，以多疑为御下之术，以吝惜诛赏为善核名实，以杂用贤奸为能立制防，其弊也，上下狐疑，枉真同贯"，又"以忠謇弼亮之人为奸慝，以阴贼佞邪之人为忠良，以公论为必不可容，以众知为皆莫己若，其弊也，群邪项领，方正戮没"，也可说是直斥弊政，不作矫饰。

八股文作为一种用于科举考试的特殊文体，它的一些表现手法及理论曾对明清两代的散文、诗歌，乃至小说、戏曲的创作产生过深刻的影响[12]。而从总体上来说，它在内容上要求贯穿"代圣人立说"的宗旨，刻板地阐述所谓圣贤的僵化说教，形式上又有严格的限制，加上它以官方规范文体的面目出现，严重束缚了作者的创作自由，给文学的发展带来更多的负面影响。明人吴宽曾指出："今之世号为时文者，拘之以格律，限之以对偶，率腐烂浅陋可厌之言。甚者指摘一字一句以立说，谓之主意。其说穿凿牵缀，若隐语然，使人殆不可测识。"（《匏翁家藏集》卷三十九《送周仲瞻应举诗序》）言辞虽有些激烈，但切中八股文的弊病。

注　释

〔1〕　高启，字季迪，号青丘子，长洲（今江苏苏州）人。博学工诗。元末隐居吴淞江之青丘。洪武初，诏修《元史》，授翰林院国史编修官。后擢户部右侍郎，自陈年少不能担当重任辞官。据说他曾作《宫女图》一诗，有所讥刺，触怒了朱元璋。苏州知府魏观以改修府治获罪，事连高启，被腰斩于市，年仅39岁。有《高太史大全集》等。

〔2〕　据清金檀辑注《青丘诗集》附录高启年谱，元惠宗至正十八年戊戌（1358）高启居吴淞江之青丘，自号青丘子，《青丘子歌》当作于此际。

〔3〕　杨基，字孟载，号眉庵，先世为蜀嘉州（今四川乐山）人，生于吴中。少有诗名。元末，被张士诚辟为丞相府记室，不久辞去。明军攻下平江，被迁置临濠（今安徽凤阳）。不久徙于河南，后被放归。起授荥阳知县，仕至山西按察使。后被谗夺职，服劳役，死于工所。有《眉庵集》。

〔4〕　如明太祖洪武三年庚戌（1370）、七年甲寅（1374）、二十二年己巳（1389）就有过将江南民众迁往临濠等地的举措，见吴昌绥《吴郡通典》卷十、刘辰《国初事迹》、《明太祖实录》卷三七。

〔5〕　袁凯，字景文，号海叟，华亭（今上海松江）人。博学有才辩。洪武间为监察御史，因言语而得罪朱元璋，托疾告归，佯狂而免。有《海叟集》。

〔6〕　宋濂，字景濂，号潜溪，浦江（今属浙江）人。幼颖敏好学。及长，师事吴莱、柳贯、黄溍等人，学业大进，以文名海内。元至正中，荐授翰林编修，以亲老辞。后应朱元璋征聘，任江南儒学提举。明太祖洪武二年己酉（1369）诏修《元史》，任总裁，仕至翰林学士承旨兼太子赞善大夫。洪武十年丁巳（1377）致仕。十三年庚申（1380），因长孙慎坐胡惟庸党，徙置四川茂州，次年以疾卒于夔州。有《宋学士文集》。

〔7〕　刘基，字伯温，青田（今属浙江）人。元至顺四年癸酉（1333）举进士。朱元璋攻下金华，征聘刘基，刘基为之出谋划策，成为明开国功臣。除御史中丞兼太史令，授弘

文馆学士，封诚意伯。有《诚意伯文集》。除散文之外，刘基在诗歌创作方面的成就也较突出，尤长乐府、古体，"沉郁顿挫，自成一家"（《四库全书总目》集部《诚意伯文集》提要）。

〔8〕十八篇的篇名分别为《千里马》《鲁般》《玄豹》《灵丘丈人》《瞽聩》《枸橼》《蝤蛴》《天地之盗》《省敌》《虞孚》《天道》《牧羖》《公孙无人》《蛇蝎》《神仙》《麋虎》《羹藿》《九难》。见《四部丛刊》本《诚意伯文集》卷二、三、四。

〔9〕如薛瑄《送白司训序》云："皇明定四方，一文治，纵横等家悉皆禁黜，内外学校，咸以明经之士为之师，经以程、朱氏之说为之主。"见上海古籍出版社影印文渊阁《四库全书》本《敬轩文集》卷一三。这种"一文治"的措施显然是为了加强对士人的思想控制。

〔10〕李东阳，字宾之，号西涯，茶陵（今属湖南）人。明英宗天顺八年甲申（1464）举进士，选翰林庶吉士，授编修。后以礼部左侍郎兼文渊阁大学士，直内阁。累官少师兼太子太师、吏部尚书、华盖殿大学士。有《怀麓堂集》。

〔11〕八股文除了制义这一称法之外，还称作制艺、时艺、时文、八比文，而所谓的股，有对偶的意思。八股文有一套相对固定的写作格式，其题目取自四书五经，尤以四书命题占多数。题出四书，而文章论述的内容要根据宋儒朱熹的《四书章句集注》等书而展开，不能随意发挥。每篇开始以两句点破题意，称为"破题"。然后承接破题而进行阐发，称为"承题"。接着转入"起讲"，即开始议论。后再为"入手"，意为起讲后的入手之处。以下再分起股（也称起比、提比）、中股（也称中比）、后股（也称后比）、束股（也称束比）四部分。末尾又有数十字或百馀字的总结性文字，称作大结。自起股至束股，每股都有两排排比对偶的文字，共为八股，所以称为八股文。

〔12〕以诗歌而言，钱锺书先生《谈艺录》七二"诗与时文"（中华书局1984年版，第242~243页），其中即引述清人袁枚和王士禛所言。如袁枚《随园诗话》卷六："时文之学，有害于诗，而暗中消息，又有一贯之理。余案头置某公诗一册，其人负重名，郭运青侍讲来，读之，引手横截于五七字之间，曰：'诗虽工，气脉不贯。其人殆不能时文者耶？'余曰：'是也。'郭甚喜，自夸眼力之高。后与程鱼门论及之，程亦韪其言。余曰：'古韩、柳、欧、苏，俱非为时文者，何以诗皆流贯？'程曰：'韩、柳、欧、苏所为策论应试之文，即今之时文也。不曾从事于此，则心不细，而脉不清。'余曰：'然则今之工于时文而不能诗者，何故？'程曰：'庄子有言：仁义者，先王之蘧庐也，可以一宿，而不可以久处也。今之时文之谓也。'"王士禛《池北偶谈》卷十三《时文与诗古文》："予尝见一布衣有诗名者，其诗多有格格不达，以问汪钝翁编修，云：'此君坐未尝解为时文故耳。'时文虽无与诗古文，然不解八股，即理路终不分明。近见王恽《玉堂嘉话》一条：'鹿庵先生曰：作文字当从科举中来，不然而汗漫披猖，是出入不由户也。'亦与此意同。"

第四章　明代中期的文学复古

　　15 世纪末以后，明代诗文领域内经历了一次新的变化，这变化的一个重要特征便是文学复古思潮日趋活跃。以李梦阳、王世贞等人为代表的前后七子，在这一阶段中扮演着重要的角色。在复古的旗帜下，他们重新审视文学现状，寻求文学出路，尤其是针对明初以来受理学风气及台阁体创作影响所形成的委靡不振的文学局面，他们重新构筑文学的主情理论，重视民间"真诗"，并注意文学艺术体制的建设，反映出对文学本质一种新的理解。但是由于他们过分注重法度格调等创作规则，未能摆脱拟古的窠臼，也造成了创作理论与实践的脱节。介于前后七子之间的另一文学派别唐宋派，主要以学习唐宋古文为指归，对当时文坛也有一定的影响。明代中期文学复古流派的出现，尽管各自存在着种种无法克服的弱点，但在客观上有利于加强对于文学自身的探讨和建设，在一定程度上显示出文学逐渐走出单一、僵化格局而谋求新路的动态，也体现了明代中期社会文化思潮渐趋活跃的一个方面。

第一节　李梦阳与前七子的文学复古

前七子的复古主张　　时政题材中的危机感与批判意识
庶民生活的显现

　　明代中期文学复古思潮发轫于前七子的文学活动。前七子的主要活动时间在弘治（1488—1505）、正德（1506—1521）年间，成员有李梦阳、何景明、王九思、边贡、康海、徐祯卿、王廷相，这是一个以李梦阳为核心代表的文人群体。《明史》卷二八六《李梦阳传》称，"梦阳才思雄鸷，卓然以复古自命"，"又与景明、祯卿、贡、海、九思、王廷相号七才子，皆卑视一世，而梦阳尤甚"。弘治年间，他们先后中进士，在京任职，不时聚会，开始诗酒酬和，研讨艺文，倡导复古。在前七子之前，以李东阳为首的茶陵派的崛起，虽对当时台阁文学有着一定的冲击，但由于茶陵派中的不少人身为馆阁文人，特定的生活环境多少限制了他们的文学活动，从而使其创作未能完全摆脱台阁习气。另一方面，明初以来，基于崇儒重道的文化政策，程朱理学受到官方高度重视，尊经穷理风气盛行[1]，影响到文学领域，致使"尚理而不尚辞，入宋人窠臼"（徐熥《幔亭集》卷一六《黄斗塘先生诗集序》）的创作理气化现象趋向活跃[2]。面对文坛萎弱卑冗的格局，李梦阳等前七子以复古自命，所谓"反古俗而变流靡"（康海《对山集》卷十《渼陂先生集序》），在某种意义上具有重寻文学出路的意味，借助复古手段而欲达到变革的目的，这是前七子文学复古的实质所在。

前七子的某些复古论点透露出他们对文学现状的不满与对文学本质新的理解，这在李梦阳（1472—1530）的复古主张中体现得尤为明显[3]。如他提出"宋儒兴而古之文废矣"，"古之文，文其人如其人便了，如画焉，似而已矣。是故贤者不讳过，愚者不窃美。而今之文，文其人，无美恶皆欲合道"（《空同集》卷六六《外篇·论学上篇第五》），认为"今之文"受宋儒理学风气影响，用同一种道德模式去塑造不同的人物，造成"文其人如其人"的古文创作精神的丧失。他又以为"诗至唐，古调亡矣，然自有唐调，可歌咏，高者犹足被管弦。宋人主理不主调，于是唐调亦亡"，使得"人不复知诗矣"。执持着明确的反宋诗倾向，李梦阳指责"今人有作性气诗"无异于"痴人前说梦"（同上书卷五二《缶音序》），意在排斥诗歌"主理"现象，这是他贬抑宋诗包括"性气诗"的关键所在。与此同时，李梦阳强调重视真情表现的主情说，如认为"诗者，吟之章而情之自鸣者也"（同上书卷五一《鸣春集序》），并比较民间庶民与文人学子作品，提出"真诗乃在民间"，所谓"真者，音之发而情之原也"，文人学子之作"出于情寡而工于词多"（《空同先生集》卷五〇《诗集自序》）。他与何景明甚至还赞赏《锁南枝》这样在市井传唱而"情词婉曲"的民间时调，说学诗者"若似得传唱《锁南枝》，则诗文无以加矣"[4]。这些都在强调诗文自身价值与审美特性的基础上，对传统的文学观念与创作提出质疑，具有某种挑战性。而所谓的"真诗"，其在本质上被赋予了最为自然而朴素的情感特性，成为李梦阳等人在注重诗歌抒情特性问题上的一种终极追求[5]，它也反映了以李梦阳为代表的前七子文学观念由雅向俗转变的一种特征，散发出浓烈的庶民化气息。

另一方面，前七子从复古入手来改变文学现状的态度也包含着某些弊端。尤其是他们过多地注重古人诗文法度格调，如李梦阳提出"文必有法式，然后中谐音度"（《空同集》卷六二《答周子书》），又强调"高古者格，宛亮者调"（同上书卷六二《驳何氏论文书》）的诗歌审美标准。这些多少束缚了他们的创作手脚，影响作品中作家情感自由充分地表达，难免导致"刻意古范，铸形宿镆，而独守尺寸"（何景明《大复集》卷三二《与李空同论诗书》）。

从前七子的诗文创作来看，既有大量拟古之作[6]，也有一些较有创作个性之作，后者如重视时政题材就是一个重要的方面，这跟前七子一些成员自身的政治命运和干预时政的勇气有关。在这些作品中，作者或描写个人遭际，或直言治政弊端，具有较为强烈的危机感与批判意识。如李梦阳的《述征赋》《省愆赋》《述愤》《离愤》，便以作者纵论时政得失、攻讦皇后之父张鹤龄与宦官刘瑾而被逮下狱的经历为背景，抒写自己不幸的遭遇与不平的心绪。《叫天歌》《时命篇》《杂诗三十二首》《自从行》等篇，也属感时纪事之作。例如：

> 大道竟焉陈，末运忱相欺。谗疑进贝锦，交乱令心悲。鸱鸮翔茂林，乌鹊游下枝。人情有偏好，触意生乖离。长门绪清吟，鱼肉怨新诗。玉分石见仇，咄嗟当语谁？（《杂诗三十二首》其六）
>
> 自从天倾西北头，天下之水皆东流。若言世事无颠倒，窃钩者诛窃国侯。君不见，奸雄恶少椎肥牛，董生著书翻见收。鸿鹄不如黄雀啅，撼树往往遭蚍蜉，我今何言君且休！（《自从行》）

恶人当道，正士遭疑，世情颠倒，大道难陈。上述诗中所言，无不是针对现实环境中的弊俗有感而发，直抒胸次。面对"末运忱相欺""窃钩者诛，窃国者侯"的现状，诗人内心除了疑惑、忧虑、愤懑，还有些许的无奈，而这一切，无所掩饰地表露在诗的字里行间，从而使其散发着一股慷慨激烈之气。

类似的主题在前七子另一代表人物何景明（1483—1521）的作品中也时有所见[7]。如他的《点兵行》以犀利的笔调揭出朝廷征取兵丁中存在的"富豪输钱脱籍伍，贫者驱之充介胄"现象，并且以为"肉食者谋无远虑，杀将覆军不知数"，指责那些缺乏深谋远虑而致使损兵折将的当政者。《玄明宫行》旨在斥责秉权倚势的"中贵"的骄逸豪奢，并由此激起"天下衣冠难即振""国有威灵岂常恃"的政治危机感。此外，如王九思的《马嵬废庙行》、边贡的《运夫谣送方文玉督运》、王廷相的《赭袍将军谣》等，也都为反映时政之作。

除时政题材外，李梦阳等前七子也注意将文学表现的视线转向丰富的民间庶民生活，从中汲取创作素材，这与李梦阳、何景明等人重视反映下层庶民生活的民间作品的文学态度相吻合，也间有佳作，如何景明的《津市打鱼歌》：

> 大船峨峨系江岸，鲇鲂鲅鲅收百万。小船取速不取多，往来抛网如掷

梭。野人无船住水浒，织竹为梁数如罟。夜来水长没沙背，津市家家有鱼
卖。江边酒楼燕估客，割鬐砍鲙不论百。楚姬玉手挥霜刀，雪花错落金盘
高。邻家思妇清晨起，买得兰江一双鲤。犹犹红尾三尺长，操刀具案不忍
伤。呼童放鲤澈波去，寄我素书向郎处。

上诗为作者弘治十八年（1505）出使南方时所作。整首诗将鱼市作为描写背
景，交叠着打鱼、卖鱼、买鱼的生动场面，以及估客、楚姬、思妇等人物形
象，画面自然清新，语言质朴活泼，富有浓郁的生活气息。

与反映庶民生活相联系，一些下层的市井人物也成了前七子文学表现的对
象。如李梦阳就有不少书及商人形象之作，引人注目。作者一生与许多商人有
过密切的交往[8]，这为他的创作打下了生活基础。他的《梅山先生墓志铭》
《明故王文显墓志铭》《潜虬山人记》《鲍允亨传》等篇，都是为商人而作的
传记、记事作品，其中《梅山先生墓志铭》堪为代表：

> 嘉靖元年九月十五日，梅山先生卒于汴邸。李子闻之，绕榻彷徨
> 行……擗踊号于棺侧。李子返也，食弗甘、寝弗安也数日焉，时自念曰：
> “梅山，梅山！”……正德十六年秋，梅山子来。李子见其体腴厚，喜握
> 其手曰：“梅山肥邪？”梅山笑曰：“吾能医。”曰：“更奚能？”曰：“能
> 形家者流。”曰：“更奚能？”曰：“能诗。”李子乃大诧喜，拳其背曰：
> “汝吴下阿蒙邪？别数年而能诗，能医，能形家者流。”李子有贵客，邀
> 梅山。客故豪酒，梅山亦豪酒。深觞细杯，穷日落月。梅山醉，每据床放
> 歌，厥声悠扬而激烈。已，大笑，觞客。客亦大笑，和歌，醉欢。李子则
> 又拳其背曰：“久别汝，汝能酒，又善歌邪？”

墓主系徽商鲍弼，与李梦阳交情深笃。墓志描绘了作者闻墓主讣音的哀恸及与
其生前谑笑不避、亲密无间的交往，亡者的音容笑貌和作者的友情跃然纸上，
形象生动，感情真挚，与一般的酬应文字大异其趣，也不同于作者一些生涩板
滞的拟古之作。

第二节　王世贞与后七子的文学复古

法度格调的强化与具体化　　格调说中的重情色彩　　后七
子的诗歌创作

　　明代前七子的文学活动于嘉靖（1522—1566）前期逐渐偃旗息鼓，至嘉靖中期，以李攀龙、王世贞为首的后七子重新在文坛举起了复古的大旗，声势赫然。其成员除李、王外，还有谢榛、吴国伦、宗臣、徐中行、梁有誉[9]。后七子中以王世贞声望最显，影响最大。特别是明穆宗隆庆四年庚午（1570）李攀龙去世后，他更是成为文坛宗主。《明史》卷二八七《王世贞传》称："世贞始与李攀龙狎主文盟，攀龙殁，独操柄二十年。才最高，地望最显，声华意气笼盖海内。一时士大夫及山人、词客、衲子、羽流，莫不奔走门下。"

　　从总体上看，后七子的复古主张在很大程度上承接李梦阳等前七子的文学思想，以为"文自西京、诗自天宝而下，俱无足观，于本朝独推李梦阳"（《明史》卷二八七《李攀龙传》）。而比起前七子，后七子在学古问题上特别对法度格调的讲究更趋于强化和具体化。在这一方面，作为后七子复古理论集大成者的王世贞（1526—1590）显得尤为突出[10]。他提出："思即才之用，调即思之境，格即调之界。"（《艺苑卮言一》）进一步结合才思谈格调。又主张诗文之作都要重视"法"的准则，即"语法而文，声法而诗"（《弇州山人四部稿》卷六八《张肖甫集序》）。"法"落实到具体作品的语词、句法、结构上都有具体的讲究，比如以诗而言，"篇法有起有束，有放有敛，有唤有应"，"句法有直下者，有倒插者"，"字法有虚有实，有沉有响"（《艺苑卮言一》）。这些都是必须遵循的艺术法则。但同时王世贞又强调重格调要"根于情实"（《弇州山人续稿》卷四二《陈子吉诗选序》），讲法度要"不屈阏其意以媚法"（《弇州山人四部稿》卷六七《五岳山房文稿序》），重视作家思想感情在创作中的主导作用。特别是到了晚年，他在反省格调说的流变时，明确地将主格调者分成两种，一种是"先有它人而后有我"的"用于格者"，另一种是在确立自我基础上学习古人的"用格者"，从而主张"有真我而后有真诗"（《弇州山人续稿》卷五一《邹黄州鸂鶒集序》）。值得一提的是，后七子的有些论点乃针对当时以王慎中、唐顺之为代表的唐宋派文人的创作而提出的，在他们看来，王、唐等人所作"学宋而伤之理"（王慎中《遵岩先生文集》卷首何乔远《王遵岩传》），因而批评其"惮于修辞，理胜相掩"（李攀龙《沧溟集》卷一六《送王元美序》），"辞不胜，跳而匿诸理"（王世贞《弇州山人四部稿》卷五七《赠李于鳞序》），表达了注重作品"修辞"艺术、反对重"理"轻"辞"的文学态度。

　　与前七子相类似，后七子创作的弊病也在于过分注重对古体的揣度模拟，以至于难脱蹈袭的窠臼。不过也有一些作品值得一读。李攀龙（1514—1570）的古乐府及古体诗大多有明显的临摹痕迹[11]，如王世贞称其拟古乐府"无一字一句不精美，然不堪与古乐府并看，看则似临摹帖耳"（《艺苑卮言七》）。

而他的一些七律七绝被人称作"高华矜贵，脱弃凡庸"，尤其是七绝，"有神无迹，语近情深"（沈德潜、周准《明诗别裁集》卷八）。如七律《登黄榆马陵诸山是太行绝顶处》其一：

> 太行山色倚巉岏，绝顶清秋万里看。地坼黄河趋碣石，天回紫塞抱长安。悲风大壑飞流折，白日千厓落木寒。向夕振衣来朔雨，关门萧瑟罢凭栏。

此诗为作者秋日登高之作，呈现的画面广阔壮观，气象高远，既刻画了凭高眺望的壮景，也写出了诗人开阔不凡的胸次，笔力颇显雄健。至于七绝之作，如《席上鼓饮歌送元美》其二也别有一番滋味："落日衔杯蓟北秋，片心堪赠有吴钩。青山明月长相忆，白草塞云迥自愁。"明世宗嘉靖三十一年壬子（1552）七月，在京任刑部员外郎的王世贞奉命出使江南，此诗即李攀龙为王氏送行而作，词意较为质朴自然，写出了诗人与友人离别时的一片依惜之情。但李诗尤其是七律，由于一味追求高华雄壮之境，难免有时流于雷同，"不惟调多一律，而句意亦每每相同"（许学夷《诗源辩体·后集纂要》卷二）。

后七子中创作量最大的数王世贞，他的诗文集合起来接近四百卷。如此浩繁的卷帙，在古人著述中非常罕见[12]。他的文学影响也远远高出诸子。尽管他的作品也难消拟古的习气，不过与李攀龙等人相比，他的一些拟古之作显得锻炼精纯、气势雄厚，或时寓变化，神情四溢，乐府及古体诗更是如此。如《战城南》描写古战场"黄尘合匝，日为青，天模糊"，"钲鼓发，乱欢呼。胡骑敛，飚迅驱。树若荠，草为枯"，"戈甲委积，血淹头颅。家家招魂入，队队自哀呼"，基调苍凉悲壮，笔法老练娴熟。他的《乐府变十九首》《乐府变十章》，更被朱彝尊称为"奇奇正正，易陈为新，远非于鳞生吞活剥者比"（《静志居诗话》卷十三）。其中如《衮江流钤山冈当庐江小吏行》体仿乐府《孔雀东南飞》，内容则描写权相严嵩父子把握朝政而淫威显扬的行径，寄寓作者对时世的慨叹，寓意深邃。再如五言古体《伤卢柟》诗：

> 北风摧松柏，下与飞藿会。词人厄阳九，卢生亦长逝。桐棺不敛胫，寄殡空山寺。蝼蚁与乌鸢，眈眈出其计。酒家惜馀负，里社忻安食。孤女空抱影，寡妾将收泪。著书盈万言，一往恐失坠。唯昔黎阳狱，弱羽困毛鸷。幸脱雉经辰，未满鬼薪岁。途穷百态攻，变触新语至。词场四五侠，

往往走馀锐。大赋少见赏，小文仅易醉。醉后骂坐归，还为室人詈。我昔报生札，高材虚见忌。自取造化馀，何关世途事。呜呼卢生晚，竟无戢身地。哭罢重吞声，皇天有新意。

卢枏，字少楩，一字子木。为人恃才傲物，落拓不羁，曾因放达而受诬下狱。早年落魄病酒而死。诗以感伤、真切的笔触，描绘了卢枏困厄的遭遇和他身后凄凉的境况，字里行间渗透了作者对这位生平不得志而过早夭折的才士所寄寓的同情，感情真挚，与作者一些刻板拟古、无病呻吟的作品有所区别。

王世贞绝句体裁的短诗中也有一些深情隽永之作，如：

> 阿姊扶床泣，诸甥绕膝啼。平安只两字，莫惜过江题。（《送内弟魏生还里》其四）
> 去辞华屋傍荒丘，儿女呼娘不解求。任使破除情字尽，也应饶泪到心头。（《过亡妾殡所有感》其二）

前一首刻画亲人离别之际依恋伤感的情景，后一首抒写对亲人亡故的悲怆心绪，虽寥寥数笔，但形象而真切，无造作之态。

后七子中谢榛（1499—约1579）也是一位值得留意的人物[13]。嘉靖年间，他以布衣之身在京师同李攀龙、王世贞等少年进士结社，后与李、王交恶，论文观点也多扞格，终被李、王摈出七子的文学阵营之外。谢榛于诗擅长五言近体，所谓"句烹字炼，气逸调高，七子中故推独步"（沈德潜、周准《明诗别裁集》卷八）。的确，注意字句锻炼及气韵高古是其诗歌的一大特点，如：

> 朝晖开众山，遥见居庸关。云出三边外，风生万马间。征尘何日静，古戍几人闲？忽忆弃繻者，空惭旅鬓斑。　（《榆河晓发》）
> 路出大梁城，关河开晓晴。日翻龙窟动，风扫雁沙平。倚剑嗟身事，张帆快旅情。茫茫不知处，空外棹歌声。　（《渡黄河》）

两首诗都是描写旅况之作，其中"云出三边外，风生万马间"及"日翻龙窟动，风扫雁沙平"句，文字简约贴切，气调苍凉高古，可见诗人运思苦心。

第三节 前后七子文学复古的得失与影响

重视文学的独立性和对文学本质的新理解　　文学主张与创
作实践的距离　　对后世文坛的影响

前后七子的文学复古在明中期文坛掀起了一场波澜，其中激进与保守交错，创新与蹈袭相杂，所体现出的功过是非相互错杂的特征，显示了这股文学思潮自身的复杂性。

从前后七子文学活动的积极意义上看，首先，他们在复古的旗帜下，努力为文学寻求一席独立的地位。特别是前七子崛起之初，文坛歌颂圣德、粉饰太平的台阁体创作风气还未完全消除，加上明初以来程朱理学备受重视，且在崇儒重道的背景下科举取士重经术而轻词赋，造成诗文地位的下降[14]，一些"文学士"甚至遭到排挤打击[15]。为此李梦阳曾质疑："'小子何莫学夫诗'，孔子非不贵诗，'言之不文，行而弗远'，孔子非不贵文，乃后世谓文诗为末技，何欤?"（《空同集》卷六六《外篇·论学下篇第六》）显然，李梦阳等前七子倡导复古，与他们重视文学的独立地位、积极探索文学的出路有着重要的联系。

其次，在重视文学独立地位的基础上，前后七子增强了对文学本质的理解，也正是在这一点上，他们对旧的文学价值观念和创作风气发起了一定的冲击。如后七子对诗文法度格调的高度重视以及批评王慎中、唐顺之等唐宋派作家重"理"轻"辞"的毛病，虽有过多地注重艺术形式的一面，却在另一角度上反映了他们重视文学审美特征和以重艺术形式的手段摆脱文学受道德说教束缚的要求。而前七子则明确地将复古的目的与文学表现作家真情实感、刻画真实人生的追求联系起来。特别是李梦阳贬斥"文其人无美恶皆欲合道"的"今之文"，赞赏"文其人如其人"的"古之文"，而且置民间"真诗"的文学地位于文人学子作品之上，甚至欣赏被道学家斥之为"淫靡之音"的市井时调，进而将文学求真写实精神的衰退归结为宋儒理学风气侵害的结果，提出"宋无诗"，"宋儒兴而古之文废矣"。这些都体现了对文学自身价值一种新的理解，以及同传统文学观念相离异的识力与勇气，赋予了文学复古活动以某种深刻性和挑战性。

尽管如此，前后七子复古活动带来的弊端也是明显的，他们在复古过程中寻求消除文学旧误区的办法，却又陷入了文学新的误区——在拟古的圈子中徘徊，一个显而易见的特征，便是他们的文学主张与创作实践存在着距离，求真写实的观念并未在他们的作品中充分体现出来，为数不少而缺乏真情实感的模拟及酬应之作影响了他们的创作水准。尤其是在前后七子文集中时而可以发现一些拟古蹈袭的篇章，如王世贞拟古乐府《上邪》中"上邪，与君相知，譬彼结发而盟，山摧海枯志不移"几句，显然套用汉乐府"上邪，我欲与君相知，长命无绝衰。山无陵，江水竭……乃敢与君绝"的意蕴与句式。而这一现象在李攀龙的作品中尤为突出，"于古乐府及《十九首》，苏、李《录别》以下，篇篇拟之，殆无遗什"（许学夷《诗源辩体·后集纂要》卷二）。如他拟《陌上桑》，除个别字句更改外，几乎是照抄汉乐府《陌上桑》。其中原作"来归相怨怒，但坐观罗敷"，他改成"来归但怨怒，且复坐斯须"，于是将原作中含"因为"意思的"坐"字解成"坐下"的"坐"字。毫无疑问，这是生吞活剥、刻意规摹造成的后果。如此，显然没有多少艺术生命力可言。

前后七子发起的文学复古思潮，在当时的文学领域产生不小的震动，同时也给后世文坛带来了直接与间接、正面与负面的种种影响。比如清康熙至乾隆年间诗人沈德潜，曾标榜前后七子的复古业绩："弘、正之间，献吉（李梦阳）、仲默（何景明），力追雅音，庭实（边贡）、昌穀（徐祯卿），左右骖靳，古风未坠。……于鳞（李攀龙）、元美（王世贞），益以茂秦（谢榛），接踵曩哲。"（《明诗别裁集序》）他论诗主张从前后七子的文学论调中吸取内蕴，重新提出复古主张，以为"诗不学古，谓之野体"（《说诗晬语》卷上），并且着眼格调，推崇唐诗中的所谓"鲸鱼碧海""巨刃摩天"（同上书卷下）这样一种基调雄壮高华之作，多继承了前后七子诗歌复古的衣钵。从另一方面来看，前后七子一些文学变革的主张在某种意义上也开启了后世文学新精神。晚明时期公安派代表人物袁宏道在《答李子髯》一诗中写道："草昧推何李，闻知与见知。机轴虽不异，尔雅良足师。"（《袁宏道集笺校》卷二《敝箧集》之二）对李梦阳、何景明的文学活动加以肯定。同时他还赞赏民间所传唱的《擘破玉》《打草竿》之类作品为"多真声"（同上书卷四《锦帆集》之二《叙小修诗》）。这一论调显然与李梦阳"真诗在民间"的说法神理相通，或者可以说是李梦阳"真诗"说的某种延续[16]。又如王世贞"有真我而后有真诗"之说以及后七子中一些成员重"性灵"的看法[17]，则似乎可以从公安派直抒胸臆的"性灵说"中找到它的影子。这些从一个方面显示出前后七子与晚明文人文学主张上某些内在的联系。

第四节　归有光与唐宋派

宗法态度的变化与差异　　文以明道说的延续　　创作中的
文学意味　　归有光的散文成就

　　嘉靖年间，文坛又有以王慎中、唐顺之、茅坤、归有光为代表的另一文学复古流派——唐宋派。该文学派别将李梦阳、何景明等前七子师法秦汉作为自己反拨的对象，提倡唐宋文风，在当时有着一定的影响[18]。

　　唐宋派虽说在总体上主要推崇韩愈、柳宗元、欧阳修、曾巩等唐宋古文名家，而各人的趣味则有所不同。王慎中（1509—1559）起初提倡取法秦汉古文[19]，后来复古志趣发生变化，所谓"已悟欧、曾作文之法，乃尽焚旧作，一意师仿，尤得力于曾巩"（《明史》卷二八七《王慎中传》），即把宋人欧阳修、曾巩作文之法当作重点学习的对象。与王慎中尊宋态度相似的是唐顺之（1507—1560）[20]，他开始对王慎中所为并不信服，以后"久亦变而从之"，并且认为"三代以下之文，未有如南丰（曾巩）"（《荆川先生文集》卷七《与王遵岩参政》），对曾巩推崇备至。相比之下，唐宋派另一人物茅坤（1512—1601）学古取法的态度并不显得那么褊狭[21]，他曾采录韩愈、柳宗元、欧阳修、苏洵、苏轼、苏辙、曾巩、王安石八家之文，编成《唐宋八大家文钞》，标榜上述唐宋古文名家为效法的"正统"。

　　在创作主张上，唐宋派强调文以明道。唐顺之在《答廖东雩提学》中曾明确提出"文与道非二也"，作文应"浸涵六经之言，以博其旨趣，而后发之"（同上书卷五），而王慎中则尤其欣赏曾巩文章能"会通于圣人之旨"，"思出于道德"（《遵岩集》卷九《曾南丰文粹》），与明初文人宋濂等"以道为文"的文道一元论思想脉络相通，即要求文章根本六经、贯穿"圣贤之道"的内核。其中，唐顺之的论文主张稍显得复杂，他的《答茅鹿门知县二》论及文章的"本色"，认为"但直摅胸臆，信手写出，如写家书，虽或疏卤，然绝无烟火酸馅习气，便是宇宙间一样绝好文字"，而如果仅着眼于"绳墨布置"，"索其所谓真精神与千古不可磨灭之见，绝无有也，则文虽工而不免为下格"（《荆川先生文集》卷七）。他虽也强调"开阖首尾、经纬错综"等文章之"法"，但同时又主张作文不要专注于"绳墨布置"的形式化，而应重在表现作家胸臆，应该说有其明智的一面。但从另外一点来看，"本色"论也包含着唐顺之文以明道的精神实质。他以为"直摅胸臆，信手写出"的前提是要"洗涤心源"，即正心弭欲，重在"反身修德"，"从独知处着工夫"，用以

"一洗其蚁膻鼠腐争势竞利之陋，而还其青天白日不欲不为之初心"（同上书卷五《寄黄士尚辽东书》），其实际所遵循的是儒家修身养德、端正人心的道德完善原则。这样的作文之道自然讲究先道德后文章、将道德涵养融贯到文风之中，以抉发圣贤之道，写出所谓"字字发明古圣贤之蕴"（同上书卷五《与王尧衢书》）的文章。可以说，在重视文以明道这一点上，王、唐二人持有相似的态度。

尽管如此，他们一些较为成功的作品倒不是那些注重发明"圣贤之道"的文字，而是富有文学意味的篇章。如唐顺之的《任光禄竹溪记》，记叙其舅父任氏植竹治园一事，先写京师人为斗富而贵竹与江南人贱竹同为不了解竹的品格，再由任氏对竹"独有所深好"，引发出培养不逐世俗所好而"保持偃蹇孤独之气"的精神。文章夹叙夹议，层次分明，布局精巧，既点化题意，又不刻意造作。又如《叙广右战功》一文，以生动的笔法塑造出武将沈希仪勇猛威武的形象，其中有这样一段描写：

> 三酋前趋淖劫公，一酋镖而左，一酋刀而右夹马，一酋毂弩十步外。公掠颈以过镖，而挑右足以让刀，镖离颈寸而过，刃着于镫，鞳然断铁。公射镖者，中缺项殪。左挂弓而右掣刀，斫刀首于镫间，断其频车折齿殪。弩者怖，失弩，偻而手行上山，公又射之中膂。

这段战争场景的刻画生动细腻，凸显了主人公过人的胆略和精湛的武艺，具有较强的艺术性。

唐宋派文人中文学成就较高的首推归有光（1506—1571）[22]。归氏早岁通经史，能作文，在文坛的活动比王、唐稍迟。《四库全书总目》集部《震川文集》《别集》提要称："自明季以来，学者知由韩、柳、欧、苏沿洄以溯秦汉者，有光实有力焉。"在散文方面，归有光既推崇司马迁《史记》"能得其风神脉理"（钱谦益《列朝诗集小传》丁集中《震川先生归有光》），又尊尚唐宋诸家，对学古对象的择取比起唐宋派其他文人更显得宽泛。对于当时正趋于高涨的后七子复古活动，归有光表示过不满，以为"今世相尚以琢句为工，自谓欲追秦汉，然不过剽窃齐梁之馀，而海内宗之，翕然成风，可为悼叹耳"（《震川先生别集》卷七《与沈敬甫》）。他甚至因此将主持文坛的后七子领袖人物王世贞斥为"妄庸巨子"[23]。显然他反对后七子复古之举，主要还在于对"琢句为工"的模拟风气难以容忍，而不是针对取法对象本身。

归有光的散文其长处在善于捕捉日常生活中一些平凡琐事及普通人物，状情摹态，细心刻画，寄寓作者真实的生活感受，富有感情色彩，因此读来使人感到真切、生动。他的《先妣事略》《项脊轩志》《思子亭记》等篇或记述平常事件，或抒写亲人之情，具有描写质朴自然、抒情真切感人的特点。如：

> 正德八年五月二十三日，孺人卒。诸儿见家人泣则随之泣，然犹以为母寝也，伤哉！于是家人延画工画，出二子，命之曰："鼻以上画有光，鼻以下画大姊。"以二子肖母也。……孺人之吴家桥则治木绵，入城则缉纑，灯光荧荧，每至夜分。外祖不二日使人问遗，孺人不忧米盐，乃劳苦若不谋夕。冬月垆火炭屑，使婢子为团，累累暴阶下。室靡弃物，家无闲人，儿女大者攀衣，小者乳抱，手中纫缀不辍，户内洒然。……有光七岁与从兄有嘉入学，每阴风细雨，从兄辄留，有光意恋恋，不得留也。孺人中夜觉寝，促有光暗诵《孝经》，即熟读无一字龃龉，乃喜。……十六年而有妇，孺人所聘者也。期而抱女抚爱之，益念孺人，中夜与其妇泣。追惟一二，彷佛如昨，馀则茫然矣。世乃有无母之人，天乎痛哉！（《先妣事略》）

> 予岁不过三四月居城中，儿从行绝少，至是去而不返。每念初八之日，相随出门，不意足迹随履而没，悲痛之极，以为大怪无此事也。盖吾儿居此七阅寒暑，山池草木、门阶户席之间，无处不见吾儿也。葬在县之东南门，守冢人俞老，薄暮见儿衣绿衣，在享堂中，吾儿其不死耶？因作思子之亭。徘徊四望，长天寥廓，极目于云烟杳霭之间，当必有一日见吾儿翩然来归者。（《思子亭记》）

以上是两篇散文的片段。前者记叙其先母勤劳持家、慈爱育子的细事，流露出作者对亡逝的母亲所寄予的深切怀念；后者则叙写丧子以后的悲痛之感以及强烈的思子之情，笔调平易朴实。二者都写出了对死去亲人的缅怀深情，人情味浓郁。除此之外，归有光散文也以描绘生动细腻见长，如《寒花葬志》：

> 婢魏孺人媵也。……婢初媵时年十岁，垂双鬟，曳深绿布裳。一日天寒，爇火煮荸荠熟，婢削之盈瓯。予入自外，取食之，婢持去不与，魏孺人笑之。孺人每令婢倚几旁饭。即饭，目眶冉冉动，孺人又指予以为笑。……

此篇葬志所描述的不过是极平常的人物和极细小的家事，但写得生动细致，尤其是人物的状貌情态刻画虽着墨不多，却惟妙惟肖，颇有生活的情趣。又如

《项脊轩志》写所居项脊轩:"万籁有声,而庭阶寂寂,小鸟时来啄食,人至不去。三五之夜,明月半墙,桂影斑驳,风移影动,珊珊可爱。"笔触虽属平淡,但形象细腻,点染之间描绘出居处凄清宁静的气氛。

注　释

〔1〕丘濬《会试策问》第四首云:"我朝崇儒重道,太祖高皇帝大明儒学,教人取士一惟经术是用。太宗文皇帝又取圣经贤传订正归一,使天下学者诵说而持守之,不惑于异端驳杂之说,道德可谓一矣。"(《重编琼台稿》卷八)明成祖朱棣曾命胡广等撰修四书五经及汇采宋儒学说的《性理大全书》。明太祖朱元璋在位期间,科试程文多主宋儒之说。如洪武十七年甲子(1384)命礼部颁科举取士制度,程文考题取自四书五经,其中四书主朱熹《集注》,《易》主程颐《传》、朱熹《本义》,《春秋》主《三传》及胡安国、张洽《传》,《礼记》主《古注疏》。又文徵明《晦庵诗话序》曾提到明初以来受理学风气影响而出现的尊经穷理的现象:"夫自朱氏之学行世,学者动以根本之论劫持士习,谓六经之外非复有益,一涉词章,便为道病。言之者自以为是,而听之者不敢以为非。"(《文徵明集》卷一七,上海古籍出版社1987年版。)

〔2〕如明人谢铎《伊洛遗音引》曾提到当时作"道学之诗"的风气:"独怪世之冒伊洛以为名者,其发而为诗,不曰太极,则曰阴阳;不曰乾坤,则曰道德;不曰鸢飞鱼跃,则曰云影天光。往往以号于人曰:'此道学之诗也。'"见明正德刻本《桃溪净稿》卷三二。

〔3〕李梦阳,字献吉,号空同子,庆阳(今属甘肃)人。明孝宗弘治六年癸丑(1493)进士,授户部主事,升郎中。累迁江西提学副使。弘治十八年乙丑(1505)曾应诏上书,极言时政得失,斥责寿宁侯张鹤龄"罔利贼民"罪状,后又参与反对宦官刘瑾活动,几度下狱。有《空同集》。

〔4〕李开先《词谑·论时调》记载:"有学诗文于李崆峒(梦阳)者,自旁郡而之汴省。崆峒教以:'若似得传唱《锁南枝》,则诗文无以加矣。'……何大复(景明)继至汴省,亦酷爱之,曰:'时词中状元也。如十五《国风》,出诸里巷妇女之口者,情词婉曲,有非后世诗人墨客操觚染翰刻骨流血所能及者,以其真也。'"(中国戏曲研究院编《中国古典戏曲论著集成》第3册,中国戏剧出版社1959年版,第286~287页)

〔5〕参见郑利华《前七子诗论中情理说特征及其文学指向》,王瑷玲主编《明清文学思想中之情、理、欲(文学篇)》,台湾"中央研究院"中国文哲研究所2009年版,第52~84页。

〔6〕比如李梦阳、何景明等人多喜拟学杜诗,检其诗集,可以发现其中一些诗篇从题目到章法、语词乃至情境,都存在沿用和仿制杜诗的现象。见简锦松《从李梦阳诗集检验其复古思想之真实义》,王瑷玲主编《明清文学与思想中之主体意识与社会(文学篇上)》,台湾"中央研究院"中国文哲研究所2005年版,第123~132页。

〔7〕何景明,字仲默,号大复,信阳(今属河南)人。明孝宗弘治十五年壬辰(1502)进

士，授中书舍人。正德初，刘瑾用事，谢病归；瑾诛，官复原职。仕至陕西提学副使。有《大复集》。

〔8〕李梦阳与商贾交往资料见上海古籍出版社影印文渊阁《四库全书》本《空同集》卷四五《梅山先生墓志铭》《处士松山先生墓志铭》，卷四六《明故王文显墓志铭》，卷四八《潜虬山人记》，卷五一《方山子集序》，卷五二《缶音序》，卷五六《赠豫离子序》，卷五七《汪子年六十鲍郑二生绘图寿之序》，卷五八《鲍允亨传》。

〔9〕后七子成员曾有更易，其中谢榛被排斥出营垒，梁有誉早死，余曰德、张佳胤后来加盟。王世贞《艺苑卮言七》："已于鳞（李攀龙）所善者布衣谢茂秦（榛）来，已同舍郎徐子与（中行）与梁公实（有誉）来，吏部郎宗子相来，休沐则相与扬挖，冀于探作者之微，盖彬彬称同调云。而茂秦、公实复又解去。……又明年，而余使事竣还北，于鳞守顺德，出茂秦登吴明卿（国伦）。又明年同舍郎余德甫（曰德）来，又明年户部郎张肖甫（佳胤）来。"（明万历刻本《弇州山人四部稿》卷一五〇）王世贞《瑞昌王府三辅国将军龙沙公暨元配张夫人合葬志铭》："……而余德甫时已登第，为尚书比部郎，郎有李攀龙、徐中行、梁有誉、吴国伦、宗臣及余世贞者，与德甫相切劘为古文辞。有誉死，而得张佳胤。名藉藉一时，或以比邺中七子。"（明刻本《弇州山人续稿》卷一〇一）

〔10〕王世贞，字元美，号凤洲，太仓（今属江苏）人。明世宗嘉靖二十六年丁未（1547）进士，授刑部主事，迁郎中，升青州兵备副使。父王忬以滦河战事失利，下狱论死，遂解官赴难。隆庆初复出，累官南京刑部尚书。有《弇州山人四部稿》《续稿》等。

〔11〕李攀龙，字于鳞，号沧溟，历城（今属山东）人。明世宗嘉靖二十三年甲辰（1544）进士，授刑部主事，迁郎中。累官河南按察使。有《沧溟集》。

〔12〕《四库全书总目》集部《弇州山人四部稿》《续稿》提要称："考自古文集之富，未有过于世贞者。"

〔13〕谢榛，字茂秦，号四溟山人，临清（今属山东）人。刻意为歌诗，以声律闻于时。有《四溟集》。

〔14〕明人马中锡《赠陈司训序》提到："今科目取士，黜词赋而进经义，略他途而重儒术。"见清康熙刻本《东田集》卷二。又明人张弼《梦庵集序》也说："古之为诗也易，今之为诗也难。何哉？商、周、汉、魏弗论已，声律之学，至唐极盛，上以此而取士，士以此而造用，父兄以此教诏，师友以此讲肄，三百年间以此鼓舞震荡于一世，士皆安于濡染，习于程督。……沿及宋、元，犹以赋取士，声律固在也。我太祖高皇帝立极，治复淳古，一以经行取士，声律之学，为世长物，父兄师友摇手相戒，不惟不以此程督也，为之者不亦难乎？"见明正德刻本《东海张先生文集》卷一。

〔15〕李梦阳《空同集》卷四七《凌溪先生墓志铭》："时顾华玉璘、刘元瑞麟、徐昌毂祯卿，江东号三才，凌溪（朱应登）乃与并奋竞骋。吴、楚之间，歘为俊国，一时笃古之士争慕响臻，乐与之交。而执政者顾不之喜，恶抑之。北人朴，耻乏黼黻，以经学自文，曰后生不务实，即诗到李、杜，亦酒徒耳。……于是凡号称文学士，率

不获列于清衔。"

〔16〕已有一些研究者注意到李梦阳文学论调与晚明文学新精神的联系，如章培恒的《李梦阳与晚明文学新思潮》（《安徽师大学报》1986 年第 3 期）。

〔17〕后七子中王世贞、吴国伦等人都曾提出过诗重抒写"性灵"的见解，如吴国伦在《王屋山人稿序》中评他人诗作"能摅性灵，鬯情致"，《居夷漫草序》评友人之诗，以为"类多输写性灵，依傅伦理，神情所会，才美赴之"。见明万历刻本《甔甀洞续稿》文部卷五、九。而对"性灵"一词提得较多的是王世贞，如其在《邓太史传》中借传主邓俨之口，提出作诗应"发性灵，开志意，而不求工于色象雕琢"，《题刘松年大历十才子图》亦云"诗以陶写性灵，抒纪志事而已"（明刻本《弇州山人续稿》卷七三、一六八）。

〔18〕钱谦益《列朝诗集小传》丁集上《李少卿开先》提到"嘉靖初，王道思（慎中）、唐应德（顺之）倡论"，"李（梦阳）、何（景明）文集，几于遏而不行"。见《列朝诗集小传》，上海古籍出版社 1983 年排印本，第 377 页。这说明当时以王慎中、唐顺之为代表的唐宋派文人对文坛已形成一定的影响。

〔19〕王慎中，字道思，初号遵岩居士，后号南江，晋江（今属福建）人。明世宗嘉靖五年丙戌（1526）进士，授户部主事，寻改礼部祠祭司。曾与当时唐顺之、陈束、李开先、赵时春、任瀚、熊过、吕高等人号称"嘉靖八才子"。仕至河南左参政。有《遵岩集》。

〔20〕唐顺之，字应德，人称荆川先生，武进（今属江苏）人。明世宗嘉靖八年己丑（1529）进士，授兵部武选主事。倭寇侵陵东南，以郎中视师浙江，升右佥都御史，巡抚淮、扬。有《荆川集》。

〔21〕茅坤，字顺甫，号鹿门，归安（今属浙江）人。明世宗嘉靖十七年戊戌（1538）进士。历知青阳、丹徒二县。迁礼部主事，改吏部稽勋司。仕至大名兵备副使。有《白华楼藏稿》。

〔22〕归有光，字熙甫，人称震川先生，昆山（今属江苏）人。明世宗嘉靖十九年庚子（1540）举人，屡次参加会试不第。迁居嘉定安亭江上，读书讲学，四方来学者常数十百人。至嘉靖四十四年乙丑（1565）始中进士，授长兴知县。仕至南京太仆丞。有《震川集》。

〔23〕归有光《项思尧文集序》："盖今世之所谓文者难言矣。未始为古人之学，而苟得一二妄庸人为之巨子，争附和之，以诋排前人。……文章至于宋、元诸名家，其力足以追数千载之上，而与之颉颃；而世直以蚍蜉撼之，可悲也。无乃一二妄庸人为之巨子以倡道之欤！"（《震川先生集》卷二，上海古籍出版社 1981 年排印本，第 21 页）一般以为上文提及的"妄庸巨子"当指王世贞。

第五章　明代杂剧的流变

元代的蒙古族统治者对于杂剧的总体态度是包容，而明代的皇室与贵族对于戏曲的基本态度则是喜爱。太祖朱元璋喜观《琵琶记》，对于昆曲也有过兴趣。成祖朱棣对于汤舜民、杨景贤和贾仲明恩惠有加。熹宗还扮演过宋太祖雪夜访赵普之戏。好的剧本和剧目，宫廷都愿意收藏乃至上演。明代戏曲的流变与繁荣，正是宫廷与社会相互推进的文化硕果[1]。

明代戏曲主要由杂剧和传奇这两大部类组成。明杂剧较元杂剧而言逊色得多，其艺术地位和总体影响也不及蔚为主流的明传奇，但明代杂剧作家所创作的五百馀种杂剧[2]，还是有其承上启下之轨迹，写下了杂剧史上相对低沉但又具备自身个性的新篇章[3]。

明代初叶的杂剧创作较为单调。洪武三十年，《御制大明律》[4]专设《禁止搬做杂剧律令》条目，规定"凡乐人搬做杂剧戏文，不许妆扮历代帝王后妃、忠臣烈士、先圣先贤神像，违者杖一百。官民之家容令妆扮者与同罪"。永乐间还曾颁发榜文明令："但有亵渎帝王圣贤之词曲、驾头杂剧非律所该载者，敢有收藏、传诵、印卖，一时拿送法司究治。""敢有收藏的，全家杀了！"尽管这些严酷的政策未必真正实施或者行之不远，但在一段时间内还是会导致明初杂剧题材的褊狭。应运而生的宫廷派剧作家，在歌功颂德、粉饰太平的总体追求中几乎垄断了杂剧剧坛。这些精于音律、熟谙南声的剧作家们在艺术形式的探索中移步换形、与时俱进，使得明初杂剧在剧本体制的突破、唱词安排的均匀和南北曲合流的尝试等形式层面，都有了一些革新与演变。

明代中叶嘉靖前后的杂剧在内容和作法上都有了新的创获，显示出深刻的思想和战斗的精神。这与诗文领域内反复古主义思潮的兴起彼此呼应，形成了锐意革新的气候。

明末的杂剧不乏警世之作，杂剧南曲化也蔚为风尚。南曲杂剧的好处是称意而写，短小精悍，成为文人们逞气使才的匕首和投枪。但其缺点是过度文人化、案头化，不重视群众性与舞台性。总的说来，本时期的杂剧已经更多地成为文学中的一体，不大适合于登场演出了。

虽说与大树参天的明传奇相比，明杂剧在总体上显得灌木偏多，乔木太少，但也在承前启后的流变过程中独树一帜，担负着张扬作家个性、反映时代情绪、延伸艺术体制的历史使命。

第一节　明初宫廷派剧作家的杂剧创作

皇家贵族朱权、朱有燉的杂剧创作　　御前侍从贾仲明、杨讷的杂剧创作　　刘东生的《娇红记》

明初杂剧的核心人物是皇子皇孙朱权和朱有燉。他们左右并影响着一批文人墨客，从而形成了宫廷派杂剧创作的小群体。当然，用杂剧作为歌舞升平的工具，既是他们发自内心的需求，同时也借此表明自己只爱吟风弄月、胸无野心异志。作为一种政治韬晦的艺术展示，喜庆剧、道德剧和神仙剧成为宫廷派杂剧作家的主要创作类型。

朱权（1378—1448）是明太祖第十七子[5]。永乐前后，皇家同室操戈的情况再三出现。为了避祸求安，朱权便沉浸在戏曲、音乐和道家学说之中。所作杂剧《冲漠子独步大罗天》，写冲漠子被吕纯阳等超度入道，东华帝君赐号丹丘真人，用得道之乐来自勉自慰。杂剧《卓文君私奔相如》演才子佳人风流韵事，从司马相如在升仙桥题词"大丈夫不乘驷马车，不复过此桥"开始，将文君当垆、白头吟等情节居中，最后以司马相如荣归西蜀为结局。该剧演司马相如为情所动，以琴向美人示爱；卓文君作为新寡之妇，一不为亡夫守节，二不待父母之命，三不用媒妁之言，抛弃锦衣玉食的富贵生活，毅然与才人私奔，坦然靠卖酒过活。尽管这出戏溯源于《史记》和《西京杂记》，在宋元戏剧中也有前例可循，但由一位皇家子弟写在贞节观念愈演愈烈的明代，还是具备一定进步意义的。此剧兼古朴与工丽于一体，于语言上颇有可观之处。朱权还作有兼戏曲史论和曲谱为一体的《太和正音谱》（1398），分戏曲体式 15种，杂剧 12 科，收录、品评了金董解元以下、元代和明初的杂剧与散曲作家203 人，认为戏曲乃盛世之声、太平之象。

朱有燉（1379—1439）是明代杂剧史上创作较多的作家[6]。在他的杂剧中，有《牡丹仙》《八仙庆寿》等 10 种属于歌舞升平的喜庆剧，《小桃红》《十长生》《辰钩月》等 10 种属于度脱入道的神仙剧，《烟花梦》《香囊怨》《团圆梦》等 9 种属于节义道德剧。其中《香囊怨》写妓女刘盼春与秀才周恭有情，而鸨母逼她与富商苟合，刘拼死相抗，自缢而亡。尸体火化时惟所佩香囊犹存，内装周恭情词亦保存完好。以一妓女而能以死明志，全其贞节，作者认为这种道德境界值得表彰。朱有燉还写了《豹子和尚》和《仗义疏财》两出起义英雄剧，对鲁智深、李逵既有肯定又有歪曲，描摹了梁山好汉始则粗蛮有义、终则归顺朝廷。朱有燉的杂剧语言质朴、音律谐和，《仗义疏财》中李逵与燕青的轮番对唱和二人齐唱，在演唱方式上突破了元杂剧一人主唱的限制。

贾仲明（1343—1422 后）和杨讷都是元末明初著名的杂剧作家[7]，都当过明成祖的御前侍从。除杂剧方面的艺术成就外，贾还善作宴会即景之作[8]，杨则擅长猜谜索隐，故双双受到皇帝的欣赏和宠爱。贾仲明所作杂剧《萧淑兰》写少女明快的初恋，《升仙梦》状桃、柳二妖被吕洞宾度化成仙。他的创作倾向与朱有燉相近，文采华丽，南北曲还可以同折对唱。浙江象山人汤舜民是贾仲明的好友，也得到皇上的眷顾，所作《瑞仙亭》《娇红记》皆佚。《太和正音谱》评其词曲格势如"锦屏春风"。

杨讷原名暹，字景贤（一作景言），号汝斋。先世为蒙古族人，从其姐夫姓，元末明初人，生卒年不详。《录鬼簿》谓之"善琵琶，好戏谑，乐府出人头地"。在永乐初年同样受到朱棣皇上的优待。所作杂剧 18 种，今存《刘行首》《西游记》2 种。《西游记》根据《大唐三藏取经诗话》和民间传说改编而成。故事从陈光蕊赴任遇盗、玄奘出世开始，到收孙行者、猪八戒、沙和尚为徒，历经降伏鬼子母、惊魂女儿国、除恶火焰山等劫难，到取经归来结束。孙悟空嫉恶如仇、打抱不平及其诙谐开朗的性格特征已经充分表露出来，但还缺乏神通，擒妖伏怪每要观音、如来相助。猪八戒骗娶裴海棠的色胆，也令人莞尔。这出戏的许多情节与百回本《西游记》并不一致。在大型元代杂剧《西厢记》之后，《西游记》以其 5 本 24 出的庞大体制，为杂剧向传奇的转化，做好了扎实的铺垫。

在宫廷派杂剧作家之外，这一时期知名的杂剧作家尚有刘东生[9]。所作杂剧今存《娇红记》两本八折。该剧题材原本为北宋宣和年间实事，元代宋梅洞曾以小说《娇红传》加以渲染，刘东生在此基础上又作了戏剧化的加工和创作。全剧比较细腻婉转地将申生与娇娘的恋爱心曲表现出来，浅唱轻吟，深情盎然；丽语佳句，随处可见，为传奇《娇红记》的再创作做了铺垫。

明初杂剧从作家构成上看，大多与朝廷有着千丝万缕的联系，所以其作品缺乏元杂剧直面现实的抗争精神，而将元杂剧后期愈演愈烈的封建说教、神仙道化乃至风花雪月等种种倾向加以张扬，具有粉饰太平的浓厚色彩。从语言风格上看，明初杂剧与元杂剧的质朴本色相较，有着渐趋华丽雅致的追求。从艺术创新上看，明初杂剧突破了元杂剧一人主唱的僵化格局，朱有燉在剧中安排了灵活有趣的轮唱合唱，贾仲明将南北曲融入一折，杨讷的《西游记》更是超越了元杂剧四折一楔子的通常规范，这都为明中叶后杂剧的南曲化奠定了基础。

第二节　明代中后期的杂剧转型

转型期杂剧的特点　　王九思与康海的杂剧　　《一文钱》等讽刺杂剧　　爱国题材杂剧与爱情题材杂剧

明代中后期的杂剧，既与元杂剧差异颇大，又与明初的杂剧多有不同，从而在转型过程中树立起自身的特点。

从发展线索来看，明前期杂剧一是经历元末明初两朝，贾仲明、杨讷和刘东生等人都是横跨两代的作家，其杂剧创作时间也较难判定；二是以两朱为代表的明初杂剧大都写于开国之后、景泰以前。此后的几十年属于杂剧创作的沉寂时期。从弘治、嘉靖年间开始，以王九思、康海为代表的杂剧创作出现了新的转机，到万历前后更出现了以徐渭作为杰出代表的杂剧创作高潮期，一大批境界不俗的作品脱颖而出。因此，明代中后期的杂剧创作有其连贯发展的历史。

从创作倾向上看，明代中后期的杂剧打破了风花雪月、伦理教化和神仙道化的褊狭局面，题材不断拓宽，思想渐次深化，张扬个性、愤世嫉俗的社会批判剧与伦理反思剧都不在少数。从演唱体式上看，嘉靖之后的杂剧大都是南北合套或者纯为南杂剧，杂剧的纯北曲体式从总体上看已经终结。从艺术成就上言，明代中后期的部分作品可以称之为传世之作，具有较为深远的影响。

王九思（1468—1551）和康海（1475—1540）分别是进士和状元出身，都属于明代文坛的前七子之列。王的诗文在模拟古人中显出绮丽才情。其杂剧《杜甫游春》抒写了大诗人的激愤之情。杜甫在长安城郊春游时四顾萧然，因而触景生情，对奸相李林甫的罪恶深为不满。典衣沽酒之后，杜甫竟然不受翰林学士之命，情愿渡海隐居而去。这分明是借老杜之酒杯，浇自己之块垒，骂当道之黑暗，感个人之不遇。王九思还写了杂剧《中山狼》，开辟了明代单折短剧的体制。王、康这两位陕西人都是凭才学考试入仕的，又都因为同乡刘瑾事败的牵连而被削职为民。他们在险恶的宦海中上下浮沉，所以都对世态炎凉深有体悟，对人间"中山狼"的面目认识真切。

康海的《中山狼》共4折，取材于老师马中锡的《中山狼传》[10]。据何良俊《四友斋丛说》等书记载，此剧系影射李梦阳的负恩[11]。该剧写东郭先生冒着极大的风险，搭救了被赵简子人马紧紧追杀的中山狼，不料这条负义忘恩的饿狼竟要吃掉东郭先生。这正是对官场中尔虞我诈、弱肉强食、好心反遭恶报的变形描摹。此剧语言生动传神，结构首尾连贯，对人心不古、品行大坏的上流社会现状予以了艺术的概括和辛辣的讽刺。此外，陈与郊也写过《中山狼》杂剧，汪廷讷写有《中山救狼》杂剧，无名氏还写过《中山狼白猿》传奇。当时的剧坛上形成了以康海为代表的中山狼题材创作热。由此发端，以徐渭作为主将，明代中后期的杂剧创作往往以社会伦理批判等讽刺性的内容作为重头戏，使杂剧成为一种富有战斗力的文体。

以徐复祚（1560—1630 后）《一文钱》、王衡（1561—1609）《郁轮袍》为代表的讽刺杂剧，在戏剧史上也具有一定影响。

《一文钱》塑造了一位吝啬鬼卢员外的典型形象。富甲连城的卢员外认为"财便是命，命便是财"，为了积财保命，就连家中妻小都不免忍饥受冻。这位"见了钱财，犹如蚊子见血"的卢大员外，在拾到区区一文钱后，算计许久才买了点芝麻，又生怕人家看见，便偷偷地躲到山上去吃。对钱财的无限占有欲与对自己、对家人、对他人的无限吝啬与克扣，形成了他性格基调的极大反差，给人以可笑可叹的荒唐感。这一明代吝啬鬼形象与元代杂剧《看钱奴》中的贾仁一脉相承[12]。《郁轮袍》写无耻文痞王推，冒充大诗人王维，在岐王处礼拜，于九公主前献媚，竟然将真王维的状元挤掉，自己骗得了状元。在一个真假难辨、关系网笼罩一切的腐败社会中，王维最终看破现实，拒绝了再度送来的状元桂冠，飘然归隐而去。王衡还有讽刺短剧《真傀儡》，叙杜衍丞相微服来到傀儡戏场，饱看暴发户们前倨后恭的嘴脸；而后丞相于仓促慌乱中，亦借傀儡戏服去迎接圣旨。剧作家从自己的身世之感发端[13]，既摹状人情冷暖之风气，又将官场与戏场贯穿起来，在喜剧架构中体现出官场与富贵场中的悖谬情形与荒诞意味。

吕天成（1580—1618）的《齐东绝倒》杂剧，更把讥刺的矛头直接对准"圣君"尧舜。舜帝之父犯下杀人大罪后，为了使父亲躲脱法网，舜帝竟然背起父亲，潜逃到海滨躲藏起来。后经已经禅让退位的尧帝疏通人情，刑部大臣皋陶终于答应不杀舜帝之父，并请舜的后母去接回他父子两人。权比法大，情比权大，君王脸面更比国家利益大，这就是中国封建统治阶级的根本原则，也是以权谋私、腐败堕落之风自上而下的渊薮。吕天成敢于写这样敏感的题材，冒犯君王的淫威，这在中国文学史上是不多见的。

本时期的爱国主题杂剧和爱情题材杂剧也都较为知名。

陈与郊（1544—1611）的《昭君出塞》和《文姬入塞》都洋溢着一种祖国难离、游子归根的强烈感情。昭君"压翻他杀气三千丈，那里管啼痕一万行"的哀怨，也包含着对美女和番政策的千般无奈。《昭君出塞》这出戏至今仍活跃在一些大剧种的舞台表演中。《文姬入塞》既写了这位女才子穿上汉朝服装、回国续成青史，藉以延续家族和祖国的文化传统，也表露出她对"腹生手养"之胡儿的深深眷恋与浓浓母爱。

爱情题材杂剧中，冯惟敏（1511—约1580）的《僧尼共犯》，写一对和尚尼姑从佛殿相会到还俗成亲，其间有被人捉奸见官的曲折。州官的同情与成全，使这对青年人成其好事，这说明自由婚恋需要社会的理解和支持[14]。以传奇《娇红记》驰名的孟称舜也是一位较好的杂剧作家。他的爱情杂剧《桃花人面》，根据唐孟棨《本事诗》载崔护《游城南》和宋元戏曲、话本改编。"去年今日此门中，人面桃花相映红。人面祇今何处去，桃花依旧笑春风"，诗情画意中流淌出儿女浓情。孟称舜还写过《死里逃生》《英雄成败》《花前一笑》《陈教授泣赋眼儿媚》等杂剧，编选过《古今名剧合选》杂剧集。

这一时期为人们所关注的杂剧作品还有李开先的《园林午梦》，写崔莺莺与李亚仙的辩争。汪道昆的《高唐梦》《五湖游》《远山戏》和《洛水悲》合称为《大雅堂乐府》，分别写楚襄王与巫山神女相会、范蠡与西施归隐、张敞为妻画眉、曹植与洛神邂逅，都是文人们津津乐道并有所感慨的故事。茅维的《闹门神》叙旧门神不肯退位的丑态，令人想见官场上一些人乱纷纷霸着位子不放的闹剧。叶宪祖的《易水寒》演壮士荆轲抓住秦王，逼他退还各国土地。沈自徵的《霸亭秋》，写屡考不中的杜默在项羽庙痛哭："以大王之英雄不得为天子，以杜默之才学不得为状元。"哭诉了科举制度的极不公正，在不得志的士人群体中能够激起共鸣。此外，杨慎、许潮、梁辰鱼、王骥德、梅鼎祚、徐复祚等人的杂剧创作，亦各有其韵致风采。

尽管明代戏曲作家们还有重振杂剧雄风的良好愿望，却依然不能永葆其灼灼韶华。明杂剧上不能与一代文学之冠元杂剧相比肩，下不能与蔚为大观的明传奇相抗衡。最能显示出明杂剧风貌特征的部类，还是那种以杂文笔法画荒唐社会、用嬉笑怒骂显戏剧大观的讽世杂剧。徐渭便是明代讽世杂剧的代表作家。

第三节　徐渭及其讽世杂剧

"狂人"徐渭　　《四声猿》与《歌代啸》　　徐渭在剧坛
上的影响

徐渭（1521—1593）其人多才多艺[15]，在诗文书画和戏剧等艺术领域内纵横驰骋，迸发出离经叛道、追求个性自由的强烈火花。徐渭曾8次参加乡试，但都没能考中举人。他在浙闽总督胡宗宪军中当幕僚时屡出奇谋，为抗击倭寇立下战功。胡宗宪倒台入狱后，报国无门的徐渭也屡遭迫害，一度精神失常。佯狂与真狂相间，历9番自杀而未果，终因误杀后妻被捕。刑期7年后出狱，愈发放浪形骸。晚年卖画鬻字为生，困顿潦倒以终。徐渭死后4年，公安派领袖袁宏道偶然从旧文集中发现了他的光辉，盛赞其诗、文、字、画、人"无之而不奇"（《徐文长传》）。徐渭曾自称书一、诗二、文三、画四，而其杂剧创作也在戏曲史上享有盛名。王骥德《曲律》称"徐天池先生《四声猿》，故是天地间一种奇绝文字"。

《四声猿》语出于郦道元《水经注》。"猿鸣三声泪沾裳"，鸣四声则更属断肠之歌。作为一组杂剧，《四声猿》包括了《狂鼓史渔阳三弄》《玉禅师翠乡一梦》《雌木兰替父从军》《女状元辞凰得凤》4本短戏。

《狂鼓史》和《玉禅师》是对黑暗政权和虚伪神权的猛烈抨击和恣情戏弄。

徐渭曾在《哀沈参军青霞》《与诸士友祭沈君文》等诗文中，将奸相严嵩比为曹操，把忠臣沈炼比成祢衡。以沈炼为代表的朝野上下诸多忠臣义士，历经20年前仆后继的生死抗争，终于斗败昏君庇护的大奸臣严嵩，斩其恶子严世蕃。严嵩在位时杀了无数直陈时政的人，沈炼却毫不畏惧，还是要上书声讨严嵩的十大罪状。当年曹操借刘表、黄祖之手，杀了敢于骂他的祢衡；如今严嵩假杨顺、路楷之流害死了耿正大臣沈炼。徐渭有感于历史与现实的惊人相似，借《狂鼓史》一剧表达了对黑暗政治的强烈不满。该剧把邪恶的权奸曹操打入地狱，让正直的祢衡升为天使。在地狱审判中，徐渭让判官权作导演，请祢衡将当年击鼓骂曹的精彩片段在现场再表演一番。面对曹操的鬼魂，祢衡劈头便骂：

> 俺这骂一句句锋芒飞剑戟，俺这鼓一声声霹雳卷风沙。曹操，这皮是你身儿上躯壳，这槌是你肘儿下肋巴，这钉孔儿是你心窝里毛窍，这板仗儿是你嘴儿上獠牙，两头蒙总打得你泼皮穿，一时间也醉不尽你亏心大。

如许精彩骂语，当然不只是借鼓抒情的人身攻击，而是徐渭对那些看起来是尊严权贵、实则乃窃国大盗之流的严正声讨。祢衡历数曹操的桩桩罪证，逐步递进，阵阵鼓点恰如摧枯拉朽的暴风骤雨横空而来。全剧写得激情喷涌，读来畅快淋漓，当为《四声猿》之冠。

《玉禅师》写得更轻松俏皮一些。徐渭以漫画似的笔触，剥开了庄严佛国和正经官场的堂皇外衣，描摹了其欲火烧身的尴尬局面。此剧起源于官、佛斗法。临安府尹柳宣教只因玉通和尚拒不参拜，便设美人计报复他。妓女红莲受命前去，以肚痛要人捂腹为由，破了和尚的色戒大防，致令玉通羞愧自杀。和尚为报此仇，死后投身为柳府尹的女儿柳翠，先是沦为娼妓以使府尹蒙羞，后为前世的同门月明和尚度脱为尼姑。本剧既写政权与佛教之间的勾心斗角和相互算计，又写佛徒的生理欲望与佛门戒律的尖锐冲突。官府对不顺于己者总要打击报复、置其于死地；高僧宣扬四大皆空，但也会走火入魔。借一小小戏情，徐渭揭示出封建政权与神权的某些不甚体面的尴尬[16]。

《雌木兰》和《女状元》是对女性的赞歌，也是对人才易遭埋没的惋惜与哀叹。

女扮男妆的花木兰替父从军，卫国立功；凯旋返乡后还其女儿本色，嫁与王郎。《雌木兰》在一定程度上反映了徐渭自己可进可退的政治理想[17]。女扮男妆的黄崇嘏同样可以考上状元、获取官职。然而一旦向意欲招婿的周丞相说破女儿身后，便只好弃官为人媳，空埋没了满腹才情。"裙钗伴，立地撑天，说什么男儿汉"的呼叫，终归于沉寂空无。《女状元》也部分地表达了徐渭抱负难展、徒叹奈何的苦楚、辛酸与悲哀。

传为徐渭所作的《歌代啸》是一本四出的市井讽刺杂剧，每出故事相对独立。首出戏写李和尚药倒张和尚等人，偷去菜园的冬瓜和张的僧帽。第二出戏写李和尚与姘妇设局：要为丈母娘治牙疼，须灸女婿之足底。女婿王辑迪畏惧出逃，无意间带走李和尚所遗的张和尚僧帽。第三出戏叙王辑迪以僧帽为证，到州衙告妻子与和尚通奸。州官在李和尚等人的串通下，将无辜的张和尚发配。第四出演州官好色而惧内，只许夫人放火，不许百姓点灯救灾。全剧充满了冷嘲热讽的市井情味，对做假坑人者深为鄙夷，对直接酿成冤假错案的糊涂州官大加嘲笑。鄙谈猥事，尽皆入戏，于嬉笑怒骂之余，也不乏油滑庸俗之处。

徐渭在明代剧坛上有着深远影响。他的杂剧创作活泼畅快、汪洋恣肆，呈现出陈规尽扫、独备一格的气度。他的作品从不避人间烟火与市井气息，在一定意义上反映出有价值的世俗观念和相对进步的市民精神，带有甚为浓厚的民间文学色彩。他对所谓的巍巍正统与赫赫权威勇于揭露、善于讥刺，嬉笑怒骂，谑而有理，开辟了讽刺杂剧的新路。他又精通声律，《女状元》杂剧全用南曲，也具备开创意义。凡此种种，都使徐渭在杂剧剧坛上独树一帜。澄道人的《四声猿引》谓徐剧"为明曲之第一"。汤显祖认为："《四声猿》乃词场飞将，辄为之唱演数通。安得生致文长，自拔其舌！"（王思任《批点玉茗堂牡丹亭叙》）仅越中的徐门入室弟子，就有史磐、王谵、陈汝元、王骥德等三十多人。

从整个明代戏曲大势来看，徐渭作为明杂剧的代表作家，汤显祖作为明传奇的代表作家，这是公认不争的事实。《南词叙录》一书，大家公认是徐渭所作[18]，这是第一部研究宋元南戏和明初戏文的专著，对传奇作家们也产生过极大的鼓舞作用。

注　释

〔1〕明周玄暐《泾林续记》（叶昌炽手校，潘祖荫刻入《功顺堂丛书》）记载，朱元璋在洪武六年召见百岁老人周寿谊，"笑曰：闻昆山腔甚佳，尔亦能讴否？"成祖朱棣亦礼遇剧作家。《录鬼簿续编》云："汤舜民：……文皇帝在燕邸时，宠遇甚厚，永乐间，恩赉常及。""杨景贤：……永乐初与舜民一般遇宠。""贾仲明：……尝侍文皇帝于燕邸，甚宠爱之。每有宴会，应制之作，无不称赏。"李开先《闲居集·张小山小令后序》（《李开先集》，中华书局 1959 年版，第 37 页）状宪宗、武宗喜欢杂剧："人言宪庙好听杂剧及散词，搜罗海内词本殆尽。又武宗亦好之，有进者，即蒙厚赏。如杨循吉、徐霖、陈符，所进不止数千本。"武宗喜欢观剧，王鏊《震泽纪闻·刘瑾》条："成化中，好教坊戏剧，瑾领其事得幸。"《万安》条："时上好新音，教坊日日进院本，以新事为奇。"神宗更是酷爱戏剧。明宦官刘若愚《酌中志》云："凡竺典、丹经、医卜、小说、画像、曲本，靡不购及。""神庙孝养圣母，设有四斋，近侍二百余员以习宫戏、外戏。凡慈圣老娘娘升座，则不时承应外边新编戏文，如《华岳赐环记》亦曾演唱。"《酌中志》卷二二云："光庙（光宗）喜射，又乐观戏。于宫中教习戏曲者近侍何明、钟鼓司官郑稽山等也。"卷十六云："先帝（熹宗）最好武戏，于懋勤殿升座，多点岳武穆戏文，至疯和尚骂秦桧处，逆贤常避而不视，左右多笑之。"明代皇帝中，只有英宗即位便遣散教坊乐工，并对"以男装女，惑乱风俗"的吴优亲逮问之（都穆《都公谭纂》卷下）。

〔2〕据傅惜华《明代杂剧全目》（中国作家出版社 1958 年版）著录，今知明代杂剧剧目 523 种，其中有姓名可考者 349 种，无名氏所作 174 种。曾永义在《明杂剧研究》（嘉新文化基金会《嘉新论文丛刊》1975 年）前言、总论中统计，明杂剧作家有 125 人，明杂剧现存 293 种，散佚 136 种，总计 429 种。

〔3〕关于明代杂剧的地位，晚明人认为既不如元杂剧，也不如明传奇。例如卓人月在《盛明杂剧二集序》中说："语云楚骚、汉赋、晋字、唐诗、宋词、元曲，皆言其一时独绝也。然则我明可以超轶往代者，庶几其南曲（传奇）乎？"这就排斥了明杂剧的地位。但也有人持不同意见，例如张元徵在《盛明杂剧三十种序》中说："我明风气弘开，何所不有？诗文若李、王崛起，已不愧西京、大历；而词曲名家，何遽逊美酸斋、东篱、汉卿、仁甫？"这一评价明显失当，响应者寥寥。当代学者大都认为明代戏剧"在杂剧创作上承接着元杂剧的遗绪并有所发展"（宁宗一等《明代戏剧研究概述》，天津教育出版社 1992 年版，第 19 页）。

〔4〕《御制大明律·搬做杂剧》：其神仙道扮及义夫节妇孝子顺孙劝人为善者，不在禁限。

纂注：杂剧戏文即今扮演杂记优人之所为也，盖历代帝王后妃忠臣烈士先圣先贤之神像，乃故官民之所瞻仰，而以之搬做杂剧，亵慢甚矣，故其乐人与官民容令妆扮者各杖一百，其神仙道扮及义夫节妇孝子顺孙事关风华，可以劝人为善者，听其妆扮搬做，不在杖一百禁限之内。顾起元《客座赘语》（中华书局 1987 年点校本）云："奉旨：'但这等词曲出榜后，限他五日，都要干净，将赴官烧毁了。敢有收藏的，全家杀了。'"顾起元，南京江宁人，生于嘉靖四十四年（1565），卒于崇祯元年（1628），曾任翰林院编修，官至吏部左侍郎。

〔5〕朱权，明太祖子，初封大宁（今内蒙古宁城一带），卒谥献王，世称宁献王。号大明奇士、臞仙、涵虚子、丹丘先生。著有《太和正音谱》和杂剧 12 种，今存《冲漠子独步大罗天》与《卓文君私奔相如》两种。

〔6〕朱有燉，号诚斋、锦窠老人。明太祖第五子之长子，袭封周王，谥宪，世称周宪王。今存杂剧 31 种，总称《诚斋传奇》。另有散曲集《诚斋乐府》、诗文集《诚斋新录》等。

〔7〕贾仲明，号云水散人，淄川（今山东淄博）人。所作杂剧 16 种，今存《对玉梳》《萧淑兰》《金童玉女》《玉壶春》《升仙梦》5 剧。也有人认为杂剧《裴度还带》和戏曲作家论《录鬼簿续编》皆为他所作。杨讷，字景贤（一作景言），号汝斋，蒙古族人，写过杂剧 18 种，今存《西游记》《刘行首》两种。

〔8〕《录鬼簿续编》评贾仲明曰："天性明敏，博究群书。善吟咏，尤精于乐章隐语。尝传文皇帝（明成祖）于燕邸，甚宠爱之。每有宴会，应制之作，无不称赏……所作传奇乐府极多，骈丽工巧，有非他人之所及者。"（《中国古典戏曲论著集成》（三），中国戏剧出版社 1959 年版，第 292 页）

〔9〕刘东生，名兑，浙江绍兴人，邱汝乘《娇红记序》称其宣德乙卯（1435）间尚在世。作有杂剧《月下老定世间配偶》与《金童玉女娇红记》两种。前者已佚。《全明散曲》辑其小令五首、套数四篇、复出四套。

〔10〕马中锡《东田记》卷三收有此文。明《五朝小说》（编者佚名）也有此文，但署宋代谢良作。马中锡文多出 274 字，故有人认为马中锡文系对谢作的修饰，也有人认为《五朝小说》不可信。

〔11〕一般文献都认为《中山狼》系讥刺李梦阳之作，王世贞、何良俊、沈德符诸家皆持此说。傅惜华《明代杂剧全目》中归纳说："梦阳下狱，书片纸告海曰：'对山救我！'海乃谒瑾说之，明日得释。后刘瑾败，海坐刘党，梦阳议论稍过严，遂落职为民。""论者谓其《中山狼》一剧，即诋李梦阳之作。"（中国戏剧出版社 1958 年版，第 83 页）但是也有学者持不同看法。赵景深说："中山狼的故事，本是流传于世界各国的一个民间故事，康海也许取为题材借以讽世，不见得是指李梦阳说的吧。"（《读康对山文集》，《明清曲谈》，古典文学出版社 1957 年版，第 60 页）蒋星煜断言康海的《中山狼》杂剧非为讥刺李梦阳作，见《中国戏曲史钩沉》，中州书画社 1982 年版，第 159 页。

〔12〕王季思认为，《一文钱》中的卢员外与《儒林外史》中的严监生都是中国的吝啬鬼形

象，"他们的描写也都有独到之处，但仍不及《看钱奴》的淋漓尽致"（《〈看钱奴〉和中国讽刺性的喜剧》，见《玉轮轩曲论》，中华书局 1980 年版，第 207 页）。

〔13〕据《明史》及其他文献记载，内阁辅臣王锡爵之子王衡于万历十六年（1588）乡试第一而遭谤。王衡为避嫌而放弃会试。王锡爵罢相之后的万历二十九年（1601），王衡才举会试、廷试第二。

〔14〕《僧尼共犯》与源于传奇的《思凡下山》密切相关。周贻白分析说："若相比较，则杂剧写得更为恣肆，表现得更为大胆。"（《明人杂剧选·后记》，人民文学出版社 1958 年版，第 752 页）

〔15〕徐渭，字文长，号天池山人、青藤道士、田水月等，浙江山阴（今浙江绍兴）人。作有杂剧《四声猿》、诗文集《徐文长三集》等。

〔16〕关于《玉禅师》的创作原因，清乾隆以前人所编之《曲海总目提要》援引明清笔记的说法，认为徐渭在晚年后悔杀妻，憎恶僧侣，乃作剧"借以自喻"（人民文学出版社 1959 年版，第 232 页）。但今人也有相反的看法。萧罗认为《玉禅师》是徐渭早年所作，"自喻说"是以讹传讹（《徐渭〈玉禅师〉非自喻》，《上海师院学报》1981 年第 2 期）。

〔17〕《曲海总目提要·雌木兰》谓"明有韩贞女事，与木兰相类，渭盖因此而作也"。戏剧史家周贻白称此剧"独具眼光，对以后扮演木兰故事者，实含有一种启导作用"。

〔18〕《南词叙录》传世清抄本有钱塘丁氏本，题徐天池著，现存南京图书馆；另有平江黄氏本，题有"徐文长南词叙录"字样，现存上海图书馆。清末姚燮《今乐考证》等书都将《南词叙录》引文题为徐渭所作。因此徐渭作《南词叙录》，已经成为近代曲学的常识。骆玉明、董如龙曾著文，提出徐渭现存诗文未曾提及《南词叙录》；与徐渭有过直接交往者包括曲学家沈宠绥、王骥德在内，同样未曾提及这部曲学专著；在骆、董所翻阅的明代各种书目和曲论专著中，也没有提及《南词叙录》之处。文章还认为徐渭入闽时间与《南词叙录》序文不合，该书又多提及吴中戏曲而非徐渭家乡越中戏曲，因此该书并非徐渭所作，可能是陆采所作。（《〈南词叙录〉非徐渭作》，《复旦学报》1987 年第 6 期）但到目前为止，学术界并无响应或支持此说者。

第六章　明代传奇的发展与繁荣

　　明代戏曲的主体样式是传奇[1]。明传奇的发展和繁荣，开创了戏曲艺术的新生面。

　　拥有较为庞大的体制与有序的套曲结构，描摹出生动丰富的人物和瑰丽多彩的画面，明传奇以生气勃勃、席卷南北的气势，演出了一幕幕史诗般的人间悲喜剧。这就使这种发源于宋元南戏而带有浓厚南方戏剧特征，但又融合了北曲声腔和元杂剧精华的艺术样式，伴随着昆山、弋阳、海盐、余姚"四大声腔"和其他地方声腔的弦歌，迅速发展为明清两代全国性的大型戏曲样式。元杂剧与明传奇前后辉映，各领风骚，汇聚成中国戏曲文化汪洋恣肆的万千气象。以《牡丹亭》为代表作的明代传奇剧本，成为文学史上璀璨夺目的著名景点。

第一节　明初传奇概述

　　传奇的渊源及体制　　明初传奇的道学气和八股化　　《精忠记》《金印记》《千金记》《连环记》

　　"传奇"最早特指唐代的短篇文言小说，宋代话本小说中也有"传奇"一类；但元末明初的学者们也曾将元杂剧称为"传奇"[2]，原因之一在于许多唐传奇都曾被元杂剧改编成剧本，而大部分杂剧也都带有浓郁的传奇色彩。自从宋元南戏在明代得以规范化、文雅化、声腔化和全国化之后，由南戏所升格的传奇便渐渐成为不包括杂剧在内的明清中长篇戏曲作品的总称。

　　宋元南戏本是在村坊小曲、里巷歌谣和宋词等诸多艺术门类的基础上发展起来的，在音乐和表演上带有较大的随意性。因此，早期南戏一般在格律上不甚讲究，在宫调组织上亦不严密[3]。经过元末明初"荆""刘""拜""杀"四大南戏之后，尤其是在《琵琶记》的影响之下，南戏才开始逐步规范化，宫调系统也渐渐严密起来。《琵琶记》作为南戏与传奇之间承前启后的作品，其"也不寻宫数调"的自谦之论，恰恰表现出南戏向传奇转型期间关于音乐规范化的普遍追求。也是从《琵琶记》开始，传奇多系有名有姓的文人雅士所创作，文词自然也朝着典雅甚至骈俪方向发展。随着四大声腔的发育成熟与广为流播，源于南方的传奇成长为明代戏曲的主体。

明初的传奇带有浓厚的伦理教化意味，这与统治集团对程朱理学的大力推行息息相关。一个建国不久的新朝廷，需要局面的稳定与思想的统一。朱元璋就对标举风化、有益人心的《琵琶记》赞不绝口："五经四书如五谷，家家不可缺；高明《琵琶记》如珍馐百味，富贵家岂可缺耶！"（明黄溥《闲中今古录》）

上有所好，下必甚焉。弘治年间的文渊阁大学士邱濬（1421—1495）闻风而动，创作了《五伦全备记》等传奇。在这位理学名臣的笔下，开篇就是"备他时曲世，寓我圣贤言"；"若于伦理不关紧，纵是新奇不足传"。伍子胥的传人伍伦全及其异母弟伍伦备等既是忠臣孝子，又是夫妻和睦、兄弟友善、朋友信任的五伦典型。只可惜邱濬学《琵琶记》未得其艺术神韵，所以其《五伦全备记》被明人斥为"纯是措大书袋子语，陈腐臭烂，令人呕秽"[4]。它是明初枯燥无味的伦理戏剧的发轫作。

紧紧追步邱濬的邵璨，"因续取《五伦全备》新传，标记《紫香囊》"。《香囊记》一剧写宋代张九成与新婚妻贞娘的悲欢离合故事。张九成因科考离家，中状元后远征契丹，从此与妻失去消息。赵公子欲强聘贞娘为妻，贞娘只得到新任观察使处告状，而观察使恰恰是阔别多年的夫君。夫妻团圆后的点题诗为"忠臣孝子重纲常，慈母贞妻德允臧，兄弟爱慕朋友义，天书旌异有辉光"，可说是封建礼教之集大成者。该剧在结构上对《琵琶记》《拜月亭》承袭甚多，在语言素材上大量采用《诗经》和杜甫诗句，典故对句层出不穷，连宾白亦多用文言。所以《南词叙录》批评说："以时文为南曲，元末、国初未有也，其弊起于《香囊记》……至于效颦《香囊》而作者，一味孜孜汲汲，无一句非前场语，无一处无故事，无复毛发宋元之旧。三吴俗子，以为文雅，翕然以教其奴婢，遂至盛行。南戏之厄，莫甚于今。"《香囊记》开辟了明代传奇骈俪化、道学化和八股化的源头。

明初百馀种传奇中，较少受道学气和八股味污染的有《精忠记》《金印记》《千金记》《连环记》等知名剧作。《精忠记》作者姚茂良系武康（今浙江德清）人。该剧讴歌了抗金名将岳飞的爱国精神，渲染了岳飞父子妻女先后被害的悲剧氛围，岳家军在阳世、阴间勘问并揭露了奸贼秦桧夫妇的阴谋与罪恶。姚茂良还写过《双忠记》，表彰了张巡、许远在"安史之乱"时守城不降、骂贼而亡的英雄气概。苏复之的《金印记》写苏秦拜相前后的人情冷暖、世态炎凉，在舞台上曾广为流传。嘉定（今属上海）人沈采所写《千金记》，以韩信为主线，描摹楚汉相争的大场面。《别姬》一出将项羽的英雄气短与虞姬的儿女情长融合成一曲慷慨凄凉之歌，是非常动人的情感戏。乌程（今浙江湖州）人王济（？—1540）的《连环记》，演王允巧施美人计，让吕布和董卓为争貂蝉而相互反目，连环推进的结局是董卓被诛。貂蝉在剧中是一位颇有政治头脑的女子，这就使全剧更为好看而且耐看。剧中《起布》《议剑》《拜月》《小宴》《大宴》《梳妆》《执戟》等出戏，在昆剧京剧和许多地方戏舞台上广为流传。

尽管《精》《金》《千》《连》四大剧目不乏粗糙之处，因袭的部分也在所不免，例如《千金记·追信》一出袭用元杂剧《追韩信》第三折曲词；但总体看来瑕不掩瑜，诸如抗金名将岳飞的悲壮之美，苏秦家人的人情之丑，项羽、虞姬的壮美与凄美之对应组合，王允的智慧人格之美，貂蝉的外在美与心性美之有机融会，都是上述四剧富于生命力的重要因素。这些人物的形象也同时反映出英雄与历史本身的魅力，具有道学传奇与八股传奇无论如何也比拟不了的隽永美感。

第二节　明代中期三大传奇

　　李开先的《宝剑记》　　　四大声腔与昆腔的发展　　　梁辰鱼的《浣纱记》　　　署名王世贞等人的《鸣凤记》

经过一个多世纪的发展，明代传奇在嘉靖时期更为盛行，成为剧坛上的主流艺术。剧作家们的创作也更为自觉，更能直面现实，更加具备战斗精神。社会政治的腐败，边境敌寇的骚扰，这些内忧外患都促使作家们在剧作中发出沉重的呐喊。

李开先（1502—1568）的《宝剑记》先声夺人[5]。他官至太常寺少卿，却与康海、王九思等削职为民的前辈士人缔交不浅。他曾亲自押饷银到宁夏边防，深感外患之重；他又曾对当朝的夏言内阁表示不满，因此自请还乡[6]。康、王曾写过《中山狼》杂剧，李开先于嘉靖二十六年（1547）写成《宝剑记》传奇，都是抒发心内愤懑、化解胸中垒块的有感之作。

《宝剑记》系李开先及其友人的集体创作，共52出，取材于小说《水浒传》，写林冲落草的故事。与小说中被动反抗的林冲不同，剧作中的林冲基本上是一位主动出击型的英雄。他与高俅、童贯的斗争，都是清醒、自觉而坚毅的行动。他一再上本参奏童贯、高俅祸国殃民的罪过，数落童贯在外交上败祖宗之盟的不是，又强调"宦官不许封王"的原则，结果落得个"毁谤大臣之罪"，被降职处理。然而林冲决不改忧国忧民的脾气，不满足于个人的"夫贵妻荣，四海名声已显扬"，再度上本揭露高俅等奸党的种种腐败行为。连好心的黄门官都劝"官不在监司、职不居言路"的林冲就此罢休："童大王切齿君旁，高俅叩首告吾皇，说你小官敢把勋臣谤，早提防漫天下网。"即便如此，不怕死、不惧奸的林冲，仍然怀着救四海苍生于水火的急切心肠，请求面奏君王。知其不可为而为之，这就体现出林冲威武不屈的浩然正气。剧本将高、童权奸的陷害以及高衙内对林冲妻子的调戏，全都安排在林冲上本之后，不再像小说那样把调戏林妻作为矛盾冲突的起点和根源。这就强化了忠奸斗争的力度，突出了林冲嫉恶如仇、正直不苟的人格精神。该剧也曾写到过林冲的犹豫与迟疑，这既使其艺术形象更加可亲可信，也摹状出李开先本人上书直谏时的真实心理。借宋人之事，演出明代政坛上的新场面，《宝剑记》以其充满战斗激情的烈烈雄风，强悍地掠过明代开国后近两个世纪的沉闷剧苑。其《夜奔》一场戏，至今还作为武生的看家戏而风靡场上，激荡人心[7]。

从明初到嘉靖约两个世纪内，在南方的众多地方声腔中，弋阳腔、余姚腔、海盐腔、昆山腔脱颖而出，流播广远。《南词叙录》中描述道："今唱家称弋阳腔，则出于江西，两京、湖南、闽、广用之；称余姚腔者，出于会稽，常、润、池、太、扬、徐用之；称海盐腔者，嘉、湖、温、台用之。惟昆山腔止行于吴中，流丽悠远，出乎三腔之上，听之最足荡人。"

嘉靖中叶时，豫章（今江西南昌）人魏良辅旅居江苏太仓，他以十年多的钻研和创造，与当地的一些戏曲家们成功地改革并推进了昆山腔的发展[8]。融合了海盐腔、余姚腔、弋阳腔乃至北曲音乐在内的新昆腔，体制全备，后来居上，这就使得一度只在苏州地区流行的昆山腔，凭借音乐和文学的双翅，于嘉靖之后愈来愈受到文人雅士和统治阶级的推重，在四大声腔中雄踞榜首，声势最大。嘉靖后的大多数传奇剧本都是为昆腔而作，或者尽可能向昆腔靠拢，昆腔传奇从此拥有了权威和楷模的地位。

梁辰鱼（1519—1591）的《浣纱记》在戏剧史上有着重要的位置[9]，通常被认为是第一部用改革后的昆山腔谱曲并演出的传奇剧本。作为魏良辅的学生，梁辰鱼不仅精通乐理，而且创作了这部具备开拓意义的昆腔大戏[10]。

《浣纱记》首先是一出极为崇高而苦涩的爱情悲剧。一缕洁白的轻纱，珍藏在情人的胸怀，也维系着国运的兴衰。范蠡、西施藉此分而后合，越国、吴国由之存亡迁移。肩负国家重任的政治家范蠡与天姿国色的女娇娃西施，先在明澈的溪水旁遇合定情，却又不得不在沉重的政治风云中怅然分手。在国家利益与儿女恋情之间，范蠡与西施牺牲了后者，共同作出了无限悲凉、屈辱、痛苦而豪壮的决定。这对情侣在定情之后，因为范蠡在吴国为奴而苦等了三年，之后又因西施被吴王占有而煎熬了三年。六年的相思换来了越国的胜利，但对花已残、心更苦的当事人双方而言，不能不说是一场灵与肉的大劫难。勇于献身的爱国精神乃至极为崇高的政治品位，都是以爱情悲剧作为前提而铺展开来的。

《浣纱记》又是一出沉重的政治悲剧。作品一方面表彰了越国君臣卧薪尝胆、艰难复国的坚毅精神；另一方面又嘲弄了荒淫无耻、宠信奸佞的吴王夫差，揭露了腐化贪婪、奸诈狠毒的权臣伯嚭，肯定了屡次直谏、悬头城阙的忠臣伍子胥。即便是一心事君、智勇双全、为越国作出了巨大贡献的范蠡，却也听从了吴王临终前关于兔死狗烹的警告，悟出了勾践在分一半天下与他的许诺中所暗藏的杀机，毅然挂官归隐，与西施漫游五湖而去。在叙写吴越的兴亡成败中，梁辰鱼还赋予作品浓厚的悲剧意味，引出了苍凉沉重的王朝兴衰之感："呀，看满目兴亡真惨凄，笑吴是何人越是谁？"这就体现出作者对于明中叶内忧外患及其深层根源的担忧，饱含着作者对于历史变幻在哲学层面上的深沉思考[11]。

本时期的另外一部重要昆腔传奇是传为王世贞或其门人所作的《鸣凤记》[12]。据焦循《剧说》所载，王世贞请县令观看此剧时，县令见剧中皆在铺陈当朝首辅严嵩的罪恶，大惊失色，马上起身告辞。及待王世贞拿出严嵩父子事败的邸报来看，县令这才敢安心地看下去。《鸣凤记》是几乎与时事同步的政治活报剧。这种对现实的及时表现与积极参与，使得《鸣凤记》成为传奇作品中时事戏的先锋，从而开拓了政治悲剧现实化的道路。同时及以后涌现出的反严嵩的政治悲剧，还有秋郊子的《飞丸记》、朱期的《玉丸记》和李玉的《一捧雪》。已经佚失的同一题材剧作有《不丈夫》《冰山记》和《回天记》等。难怪王世贞曾对李开先的《宝剑记》不以为然，后出的《鸣凤记》确如朝阳鸣凤般引起万马奔腾，具备真实、大胆而感人的现实威慑力量。稍后的吕天成还在《曲品》中慨叹："《鸣凤记》记诸事甚悉，令人有手刃贼嵩之意！"

《鸣凤记》的内在结构是通过揭发严嵩的旧罪，并不断地演示其新罪而得以呈现的。严嵩的旧罪主要是内任党羽，外用军财，北置河套于沦陷之中，东使沿海遭倭寇之难。其干儿子赵文华在南巡沿海的总兵任上，只知掳掠金银珠宝奉送给干爹，一任敌寇逞凶，生灵涂炭。严嵩的新罪主要表现在他对先后上本历数其罪的11位忠臣义士的血腥镇压。被他陷害致死的有老首辅夏言、兵部尚书曾铣、兵部员外郎杨继盛及其妻子，还有翰林学士郭希颜；被他削职发配、流放充军的官员为数更多。面对弥漫天地、流布朝中的耿耿正气，严嵩屡屡举起血腥的屠刀；而每一位先烈的倒下，都使得更多的献身者前仆后继，不断声讨其更深的罪孽。这个滥施淫威长达 21 年之久的奸相，最终还是在志士仁人们抛头颅、洒热血的不断冲击下颓然败亡。史实与悲剧在反严嵩的大潮中遇合、定格，使得该剧一直到明末还盛演不衰，以至出现了如侯方域《马伶传》中所记载的扮演严嵩的行家——李伶和马伶。

在整体真实的基础之上，剧中有些细节也有移植和渲染。例如把蒋钦奏本遭鬼魂劝阻的传说移植到杨继盛身上；把杨妻上疏请求代夫赴死、夫死后自缢于家中的场面迁移为法场上自刎……这些处理非但没有削弱剧作的真实感，反而使得剧本更生动感人，更具备一般邸报、史传所难于企及的感人至深的艺术魅力。当然，史实中人物的众多、头绪的纷繁也同样反映在剧本之中，语言风格上也偏于骈俪化，这使得人物的生动性和丰富性有所欠缺。正如许多时事剧一样，在时过境迁之后，其感人的程度总会有所减弱。

在明代中叶的三大戏剧中，《宝剑记》和《浣纱记》都或多或少地对现实作了曲折的反映，而《鸣凤记》则堪称戏曲史上较早、较完整地反映当时政治事变的悲剧现代戏。在以《鸣凤记》为代表的反严系列戏之后，崇祯即位之初还出现过一次反映魏忠贤祸国殃民、表彰东林党人壮烈斗争的悲剧现代戏热潮，那正是《鸣凤记》积极参与现实政治斗争的精神在新时期的延续与发展。

第三节　明代后期传奇的繁荣

明后期传奇概述　　高濂的《玉簪记》　　孙仁孺的《东郭记》　　周朝俊的《红梅记》

万历至崇祯年间（1573—1644），传奇创作进入了高潮期和繁荣期。以汤显祖为杰出代表的传奇作家，成为明代文学史上的一支重要方面军。以沈璟为带头人的吴江派，在传奇的创作和理论上也形成了自己的特点。

从剧目建设上看，本时期涌现出的数百种传奇作品大多较好。从声腔发展上看，昆曲传奇的创作一枝独秀，大部分传奇都是比较典雅的昆曲作品，具备较高的文学品位。

此外，明初以来一直在民间流传的弋阳腔与各地的地方戏结合起来，也上演了丰富多彩的传奇剧目。但在一百二十馀种弋阳腔演出剧目中，许多剧目是对宋元南戏乃至昆山腔、海盐腔作品的方言化、本地化之后的"改调歌之"。加上弋阳腔剧目的作者大都是民间艺人和名不见经传的下层文人，所以他们的作品保留下来的较少。除了以折子戏方式保留下来的剧目片段外，流传下来的弋阳腔整本大戏只有《高文举珍珠记》《何文秀玉钗记》《袁文正还魂记》《观音鱼篮记》《吕蒙正破窑记》《薛仁贵白袍记》《古城记》《草庐记》《和戎记》《易鞋记》《刘汉卿白蛇记》《苏英皇后鹦鹉记》《韩朋十义记》《香山记》《目连救母劝善戏文》等十数种。在明代四大声腔中，昆山腔和弋阳腔彼此争胜，分别满足了雅与俗、上流社会与大众百姓的审美需求。

从剧作精神上看，本时期最为突出的创作倾向是张扬个性，批评封建专制。市民阶层的崛起与市场经济的萌芽，在文化精神上以个性解放的要求为基点。个性解放常常通过恋爱自由、婚姻自主来具体演绎，批评封建专制又往往以对抗僵化的伦理教条为基本冲突。像《牡丹亭》《娇红记》，就远远超越了一般才子佳人的恋爱俗套。《织锦记》中的七仙姬在《槐荫相会》中主动追求董永，"愿做铺床叠被人"（《万曲合选》）。清初《万锦清音》所收的《槐荫分别》，更有七仙姬与董永这对百日夫妻被迫分离时，对于封建权威的最高代表天帝的控诉："玉皇呵玉皇，你好坑陷杀人！"《长城记》《杞良妻》写孟姜女与范杞良因为长城徭役而生离死别，《同窗记》表彰了梁山伯与祝英台生死不渝的爱情，都是对封建暴政和家长制的以死抗争。

当然，这些婚恋戏还是在一定程度上对封建统治者寄予厚望，例如《牡丹亭》中的杜丽娘就需要皇帝来证婚。《破窑记》中的穷书生吕蒙正虽然侥幸接到彩球，与相府千金结为夫妻，但还是被嫌贫爱富的宰相岳父赶出门外。不管这对小夫妻怎样在饥寒交迫中保持着忠贞不渝的真情，吕蒙正最终还是要以中状元来解脱苦难，从而跻身于统治阶级的营垒之中。徐霖的《绣襦记》根据唐传奇和数种宋元戏剧改编，写妓女李亚仙和郑元和的婚恋故事。李亚仙雪地救郑、剔目自残，激励郑元和发愤攻书的场面尤其动人。元和也只有通过中状元、获官职的渠道，才能与亚仙成为被家族承认的合法夫妻。

倡导爱国主义的剧作在本时期也为数不少。李梅实、冯梦龙的《精忠旗》写岳飞抗金受害、卖国贼秦桧终遭冥诛，张四维的《双烈记》讴歌韩世忠、梁红玉的黄天荡大捷，沈应召的《去思记》表彰王铁的抗倭战事，都是民族精神的发抒和时代忧患的曲折反映。歌颂清官、诅咒奸臣的剧目次第涌现：铁面无私、刚正不阿的包拯，在《珍珠记》《剔目记》和《袁文正还魂记》等剧中都成为拯救弱小、纠正冤屈的青天大老爷，这从侧面揭露了明代吏治的黑暗。《金环记》和《金杯记》分别歌颂了海瑞和于谦，《忠孝记》与《璧香记》集中赞扬了沈炼。明末的《冰山记》《不丈夫》《清凉扇》《广爱书》等剧，都是对宦官魏忠贤的直接抨击。这类题材的剧作只有范世彦的《磨忠记》还留存于今，但明显地带有急就章的印记。

道德说教剧与宗教演示剧在本时期也颇成规模。《忠孝记》《全德记》《四美记》都充满着陈腐的封建道德劝诫。宗教剧更是极尽弘法之能事，屠隆的《昙花记》和《修文记》分别写夫妻乃至全家都成就正果，这是宗教世俗化的最好演示。《香山记》叙观音形迹，《归元镜》演净土三祖行传，要求观众像参加宗教仪式一般看戏，都是佛教戏剧化的例证。由郑之珍汇编整理的《目连救母劝善戏文》长达100出，上接宋杂剧《目连救母》，融会了以安徽南部为中心的各地目连戏传统，该剧全力渲染刘氏因丈夫病死而怒烧佛经，从而在地狱中遭受到各种磨难，充分阐扬孝子目连为救母亲而往西天求佛、遍游地狱寻母的赎救苦行。这就将佛教教义与中国伦理结合起来，情节曲折，体制博大，想象丰富，既充满了因果报应的种种恐怖场景，又吸纳了生动新鲜的世俗故事，成为在老百姓中流播甚广的宗教大戏。其中一些充满自由活泼精神的插曲，诸如《思凡》《下山》等反映爱情憧憬的小戏，至今还深受观众的欢迎。

明代后期的传奇创作中，一些带有喜剧色彩的作品也较为知名。徐复祚的传奇《红梨记》演赵汝州和谢素秋的情爱史。这对以诗相爱的情侣，直到半部戏过去之后才得以谋面，谢素秋则到邻近剧终时方显露出其真实身份，许多喜剧性的场面便由此而生。汪廷讷的《狮吼记》写陈慥之妻柳氏的种种"妒妇"情状，场面十分风趣，但也带有明显的大男子主义倾向。

爱情喜剧《玉簪记》脍炙人口，饶有风趣。作者高濂，字深甫，号瑞南，浙江钱塘（今杭州）人，主要活动期在万历年间。该剧直接源于《古今女史》。《孤本元明杂剧》中的《张于湖误宿女贞观》以及《国色天香》中的《张于湖传》小说，都对高濂有所启发[13]。《玉簪记》将潘必正与陈妙常的恋爱故事作为全剧主体情节。南宋书生潘必正在临安应试落第，到金陵女贞观探访身为观主的姑母。大家闺秀陈妙常因避靖康之难，已投至观中为女道士。在琴声和诗才的相互感发下，潘、陈二人互通情愫，成其好事。观主遂逼侄儿再赴科考，并亲自送其登舟起行。陈妙常急忙雇舟追赶恋人，两人在江上互赠玉簪和鸳鸯扇为信物。后来潘必正考中得官，与陈妙常结为夫妻。全剧叙小儿女之情井然有序，通过茶叙、琴挑、偷诗等情节，不断营造自然温馨的氛围；在羞涩与谨慎的彼此试探中，逐步涌现出爱的暖流。正是在这对情侣欲言又止、表里不一的心理活动与情态表现的反差之中，观众才渐次领略到其青春的律动、初恋的喜悦、猜疑的可爱以及痴情的有趣，从而不断发出会心的微笑。即便是《秋江送别》那一场生离死别般的苦恼，陈妙常痛感"秋江一望泪潜潜，怕向那孤篷看也，这别离中生出一种苦难言，自拆散在霎时间。心儿上，眼儿边，血儿流，把我的香肌减也。恨杀那野水平川，生隔断银河水，断送我春老啼鹃"，仍然能使观众在深切同情中哪怕是珠泪暗落，仍不改盈盈笑意。这出戏直到今天还盛演不衰，成为人们喜闻乐见的轻喜剧。

万历年间的喜剧作家孙钟龄亦值得一提。钟龄字仁孺，号峨眉子、白雪道人，生平事迹不详。所作《东郭记》和《醉乡记》，合称为《白雪楼二种曲》。《东郭记》撷取《孟子》中"齐人有一妻一妾"的故事，再汇之以王骥、淳于髡、陈仲子等人的事迹衍化而成。"齐人"等吹牛家依靠诈骗手段居然步步高升，爬上了齐国将相的宝座，这正是对明末的荒唐吏治和黑暗官场的变相讽刺和深刻揭露。在《妾妇之道》一折中，陈贾和景丑为了讨好王骥，竟然争着拔掉胡须，作妇人媚态斟酒讨好。这正是官场上溜须拍马、无所不至的丑恶嘴脸与变态行径。《醉乡记》写乌有生和毛颖才情过人，却在醉乡之中屡遭磨难。铜士臭的高中，导致乌有生在事业上的失败；卓文君的妹妹嫁给胸无点墨的白一丁，又使得乌有生在婚姻上败北。钱财权势大于真才实学，这正是明代科考中黑暗一面的真实写照。

本时期的著名爱情悲剧中，《红梅记》和《娇红记》这两部"红"剧值得重视。《红梅记》作者周朝俊字夷玉，浙江鄞县（今属宁波）人，创作活动集中在万历年间。所作传奇十馀种，只有源于瞿佑《剪灯新话·绿衣人传》的《红梅记》成为传世之作。

《红梅记》由两条爱情线索交织而成。一条线叙裴舜卿与卢昭容的婚恋关系，另一条线则写李慧娘与裴舜卿的生死之爱。奸相贾似道意欲强娶卢昭容为妾，裴舜卿随机应变，以未婚夫婿的名义加以阻止，因此被拖进贾府囚禁起来。在李慧娘的帮助下，裴舜卿才得以逃出贾府，加入了参劾奸相的斗争，应试得中后与卢昭容完姻。李慧娘作为贾似道的姬妾，敢于在西湖游船上当着众人之面赞扬裴舜卿的青春风采，表达自己的倾慕之情："呀，美哉一少年也！真个是洛阳年少，西蜀词人，卫玠、潘安貌！"就因为这"一念痴情，十分流盼"，贾似道便大施淫威，杀一儆百。他挥剑斩慧娘后，还丧心病狂地把美人头放在金盒内，让众姬妾逐一观览。然而阴险毒辣的贾似道绝没有想到李慧娘"一身虽死，此情不泯"。李慧娘鬼魂见到在府内幽禁的裴舜卿后，先是主动而热烈地与之欢会，后来又掩护裴郎远走高飞去赴科考。在《鬼辩》一折中，李慧娘当面怒斥贾似道的无耻，挺身救出了蒙冤的众姬妾。身处贾府的污泥浊水中，李慧娘始终保持着纯洁的情感与清醒的判断，并以生命之消亡作为情爱陶醉的终点和热烈追求的起点，最终成为一名追求美、爱护美和捍卫美的使者；其明快坦荡的性情意趣，是对人世间儿女私情及其恩恩怨怨的超越与升华。

第四节　吴江派群体与玉茗堂风格影响下的剧作家

沈璟的昆腔创作　　　"沈汤之争"　　　吴江派曲学家群体
玉茗堂风格的剧作家　　　孟称舜的《娇红记》

一方面是以沈璟为领头人的吴江派曲学家群体的产生，另一方面是以汤显祖为楷模的"至情派"剧作家风格的融聚，这两大戏剧流派的形成与竞争，是明代后期传奇繁荣的重大标志，也是中国戏剧史上的一大盛事。

沈璟（1553—1610），字伯英，号宁庵，江苏吴江人。这位万历二年（1574）的进士经历了一段官场沉浮后，终因科场舞弊案而被牵连，于37岁时告病返乡。后半生以"词隐生"自署，进行了长达20年的戏曲创作和研究。他一共改编、创作了17本昆剧，合称为《属玉堂传奇》。其中流传至今的有《红蕖记》《埋剑记》《双鱼记》《义侠记》《桃符记》《坠钗记》《博笑记》等。

《坠钗记》根据《剪灯新话》中的《金凤钗记》改编，写与崔兴哥订有婚约的何兴娘死后，其鬼魂持订亲之金凤钗与崔兴哥同居，一年后又将其妹嫁给崔兴哥。此剧的许多关目情节都是对《牡丹亭》的刻意模仿，却缺少其反封建力度。《博笑记》由10个情节各异的短剧组成，演市井故事时注重引发出封建道德规范来予以劝诫。沈璟剧作中唯一影响较大的剧目是《义侠记》。该剧根据《水浒传》中的武松故事改编，把武松的英雄气概与忠君思想结合起来。全剧语言通俗浅易，场次生动合度，其中《打虎》《戏叔》《别兄》《挑帘》《捉奸》《杀嫂》等折，至今还在昆剧舞台上盛演不绝[14]。

沈璟的曲学主张甚至比他的戏剧创作更知名，与此相关的"沈汤之争"成为明代戏剧史上的重要话题[15]。总起来看，沈璟剧作的思想倾向偏于保守，倡导封建伦理道德的气息比较浓厚。这可以说是其曲论主张的一个基本出发点。其次是"本色论"，所谓"鄙意僻好本色"（《词隐先生手札二通》），强调语言的通俗自然。然而除了《义侠记》等少数几出戏外，沈璟本人也没能真正做到本色化。第三是"声律论"，这是沈璟曲论中影响最大的方面，也是他一以贯之的主张。他在【二郎神】套曲《词隐先生论曲》中说："欲度新声休走样！名为乐府，须教合律度腔。宁使时人不鉴赏，无使人挠喉捩嗓。说不得才长，越有才越当着意斟量。……纵使词出绣肠，歌称绕梁，倘不谐音律也难褒奖。"讲究声律当然并不错，但是到了因律害意也在所不惜，甚至号称"宁协律而不工，读之不成句，而讴之始叶，是曲中之工巧"（吕天成《曲品》），这就太过分了。就连沈璟自己也难以做到字字妥帖，冯梦龙等人曾多次提到过他在音律上的错误。

沈璟、吕玉绳曾将《牡丹亭》改编成《同梦记》[16]，引起了汤显祖的极大不满："《牡丹亭记》要依我原本，其吕家改的，切不可从。虽是增减一二字以便俗唱，却与我原做的意趣大不同了。"（《汤显祖集》卷四九《答宜伶罗章二》）"沈汤之争"由此而生，王骥德认为"临川之于吴江，故自冰炭"，两位大家到了义气相争、水火难容的地步。用江苏的昆曲音律去规范远在江西、大体依照受到海盐腔影响的宜黄腔音律进行创作的汤显祖，这当然是吴江派妄自称尊的苛求。《牡丹亭》原本后来被曲学家和演唱家们依曲就辞，搬上舞台后成为昆曲最有影响的代表作，这是沈璟所始料不及的。

沈璟曾编有《南词韵选》。《遵制正吴编》《论词六则》《唱曲当知》等曲学论著，皆已失传。另有《南九宫十三调曲谱》，编辑、整理了可以演唱的昆曲曲牌达七百种左右，成为曲家的填谱法则，这就使他成为与戏剧创作大师汤显祖齐名的明代曲学大家。在他的旗帜下，集中了吴江人沈自晋、苏州人冯梦龙和袁于令、上海人范文若、嘉兴人卜世臣、余姚人吕天成和叶宪祖等昆曲作家，这些人大都是沈璟的子侄、门生或朋友，且对昆曲格律十分讲究，所以被称为吴江派曲学家群。这批作家同样对汤显祖十分敬重，虽然他们对汤显祖剧作的格律疏漏问题颇有微词。

吕天成（1580—1618），字勤之，号棘津，别号郁蓝生，曾用昆曲格律校正过包括"临川四梦"在内的28种南戏和传奇。他从20岁就开始写作杂剧和传奇，但留存下来的只有《盛明杂剧》所收的《齐东绝倒》一种。他的《曲品》是继《南词叙录》之后第二部著录和评论明代传奇的专书。沈璟和汤显祖在书中被并列为上上品。对于"沈汤之争"，他提出："倘能守词隐先生之矩矱，而运以清远道人之才情，岂非合之双美者乎？"这是十分公允的评判。叶宪祖（1566—1641），字美度，号六桐、桐柏，别署槲园居士、紫金道人。这位居官多年的剧作家有《骂座记》《易水寒》等12种杂剧流传至今。传奇剧本现尚有《鸾鎞记》《金锁记》留存，前者叙唐代诗人温庭筠与女道士鱼玄机的恋情，对女性的聪慧才情倍加赞赏；后者系根据《窦娥冤》改编，部分地方袭用关汉卿原词，但将结局改为六月飞雪，疑为冤案，终使窦娥法场得救，与父亲及丈夫团圆。后世舞台上的窦娥戏，大都据叶作而再行改编。

冯梦龙（1574—1646）的别号之一为顾曲散人，也是一位戏曲家。他曾编刊过《墨憨斋新谱》，晚年著有《墨憨斋词谱》未定稿。他还以《墨憨斋定本传奇》为总名，从曲目、排场两方面入手改编了包括《牡丹亭》在内的多本传奇，至今尚存《新灌园》等14种。《牡丹亭》被他改成《风流梦》后，有些地方为昆曲《春香闹学》《游园惊梦》《拾画叫画》等折子戏所借鉴移用。他还创作了《双雄记》和《万事足》两种传奇，一为时事新作，一为改编他人旧作，都有曲律严谨、易于上演，但戏情偏于琐碎的特点。

冯梦龙系反清而亡，但袁于令却是降清功臣，曾升任荆州知府。今存传奇《鹔鹴裘》《西楼记》。前剧叙司马相如与卓文君故事。后剧演书生于鹃因词曲为媒而与妓女穆素徽相爱，于父将穆素徽赶到杭州。相国公子买穆为妾，穆素徽坚执不从而受苦百端。后于鹃考中状元，与穆重圆。清人袁栋的《书隐丛说》等书称此剧为袁于令自己的真事曲泄，"于鹃"便是"袁"姓的反切音。此剧因情节曲折、富于冲突而传演一时，剧中《楼会》《拆书》《错梦》等出，常为后世所搬演。

范文若（1588—1636），初名景文，字香令，号吴侬荀鸭。今存传奇有《鸳鸯棒》《花筵赚》《梦花酣》，合称为"博山堂三种"。三剧分别从《古今小说》中的《金玉奴棒打薄情郎》、关汉卿《玉镜台》和另外一本元杂剧《碧桃花》改编而成，所作文字细腻而格调偏俗。卜世臣，字大荒，号蓝水，著有《乐府指南》等书，今存传奇只有《冬青记》残本。该剧写元初秀才唐钰、太学生林德阳等与市民一道偷葬宋帝骨殖事，表明了民族感情潜藏于民间。剧本在表达上曲律偏严，文句反而有失于畅达。沈自晋（1583—1665）字长康，号鞠通生，系沈璟之侄。他将叔叔所编《南九宫十三调曲谱》增补为《南词新谱》，另存传奇《望湖亭》《翠屏山》二种。

此外，徐渭的学生王骥德（？—1623）虽然不是吴江派的成员，但与沈璟、吕天成等曲学家都订交不浅。今存传奇《题红记》和杂剧《男王后》，均不算出色之作。但他的《曲律》专著，却是明代最重要的曲学理论成果，是关于中国戏曲创作规律比较系统的总结。关于"沈汤之争"，《曲律》也同样作了公允而完整的总结。

与吴江派剧作家群体相为映衬，临川人汤显祖的创作成就无与伦比，就连沈璟等人也模仿和改编过汤剧。与汤显祖同时或之后的剧作家们在创作时人多受到"临川四梦"的影响。戏曲史上往往将宗汤、学汤较为明显并有所成就的剧作家们称为"临川派"，或者以汤显祖的室名称之为"玉茗堂派"。近代曲学家吴梅在《中国戏曲概论》中说："有明曲家，作者至多，而条别家数，实不出吴江、临川、昆山三派。"然而学汤又谈何容易，吴梅认为"正玉茗之律而复工于琢词者，吴石渠、孟子塞是也"。阮大铖也常被归进临川派，尽管争议也不少。就连《玉簪记》作者高濂、《东郭记》作者孙钟龄和《红梅记》作者周朝俊，也有史书将其归纳到"玉茗堂派"之中。以男女至情反对封建礼教，以奇幻之事承载浪漫风格，以绮词丽语体现无边文采，这正是宗汤、学汤的临川派剧作家们所孜孜以求的重要方面。

吴炳（1595—1648）又名寿元，字可先，号石渠，自称粲花主人，宜兴（今属江苏）人。由进士而居官，后随明永历帝朱由榔流亡桂林，被清兵擒获后自缢而死[17]。所作传奇有《西园记》《绿牡丹》《疗妒羹》《情邮记》《画中人》，合称"粲花斋五种曲"。

《西园记》写书生张继华对王玉真一见钟情，但误以为王是赵玉英。赵因婚约不如意而夭亡，张继华闻讯后痛不欲生，声声呼叫玉英芳名，终与其香魂幽会。玉英魂灵又劝张继华与王玉真成婚，之前错认的误会始得冰释。这出戏将真与假的误会、悲与喜的映衬都调理得较为妥帖，以赵玉英拼死摆脱婚约桎梏、"誓不俗生，情甘怨死"的凄冷色块，来反衬张、王这对有情人终成眷属的洋洋喜气，具有很强的戏剧性。直到今天，《西园记》仍然活在戏剧舞台和电影银幕上。

《画中人》演书生庾启与画上美女郑琼枝鬼魂结合，更是《牡丹亭》的翻版仿作。《疗妒羹》叙才女乔小青卖与褚大郎为妾后为大夫人所妒，伤心而亡，活转来后又改嫁杨器。此剧反对不合理的从一而终，提倡给"自古许错了人，嫁错了人的"女性以"不妨改正"的机会，这在一定程度上反映了市民阶层的婚恋观念对传统封建礼俗的冲击。剧中的《梨梦》《题曲》作为折子戏，至今还在昆曲舞台上演出。喜剧《绿牡丹》和《情邮记》一写谢英和车静芳、顾粲与沈婉娥因赛诗而成婚，一写书生刘乾初在驿站题诗而得以与王慧娘、贾紫箫联姻。有才之人婚姻美，无才之徒出洋相，这是吴炳所虚构、所向往的一厢情愿的理想世界。他的剧作场面生动，巧合不断，具备可看可演的戏剧性；所作文词雅洁优美，化情入境，拥有可赏可感的文学性；塑造人物符合规定情景，注重心理描摹，像《题曲》中大段冷艳凄绝的抒情场面，放在汤剧之中几可乱真。然而他对婚恋自由与封建礼教之间的根本冲突和必然矛盾正视不够，对小丑式人物与正生正旦的表面冲突及其偶然矛盾关注过多，这就削弱了作品的社会意义与战斗精神[18]。

阮大铖（约1587—约1648），字集之，号圆海、石巢、百子山樵，怀宁（今属安徽）人。以进士居官后，先依附魏忠贤阉党，后以附逆罪罢官。此后又在福王朱由崧的南明朝廷中官至兵部尚书、右副都御史，对东林、复社文人大加迫害。他与马士英狼狈为奸，"日事报复，招权罔利，以迄于亡"（《明史》卷三〇八《奸臣传》）。南京城陷后乞降于清，跌死于随清军攻打仙霞关的石道上。所作传奇今存《春灯谜》《燕子笺》《双金榜》和《牟尼合》，合称"石巢四种"。从文采斐然、辞情华赡上看，他确实是在竭力追步汤显祖。

《春灯谜》全以误会法写成，叙宇文彦观灯时与女扮男装的韦影娘彼此唱和，后韦影娘误入宇文家舟，被宇文之母认为义女；宇文彦醉入韦家官船，被影娘之父怒送狱中。宇文彦之兄状元及第，因唱名之误改为李姓，以巡方御史审理此案；宇文彦恐辱家门，亦改名姓，被棒打之后释放。后宇文彦亦考中状元，兄弟俩都娶了韦家姐妹，宇文彦与影娘成婚。《燕子笺》写唐代士人霍都梁与名妓华行云、尚书千金郦飞云的曲折婚恋故事。《双金榜》演洛阳秀才皇甫敦遭到两次诬陷，导致妻离子散。后来二子登科，全家团圆，皇甫敦亦授官职。《牟尼合》写梁武帝之孙萧思远与妻荀氏、子佛珠的离合故事。阮剧四种语言华美，情节多变，上演起来比较好看。但其剧作品格不高，观念平庸，炫奇失真，浅薄无味，匠气颇浓而非大方之家。曾将"临川四梦"全部谱写成昆曲的清乾隆间戏曲音乐家叶堂，认为阮大铖"以尖刻为能，自谓学玉茗堂，其实全未窥其毫发"（《纳书楹曲谱续集》），这是比较精到的评语。

受汤显祖影响最深、成就也最大的明末传奇作家应数孟称舜。孟称舜（1599—?），字子塞、子若，号卧云子、花屿仙史。会稽（今浙江绍兴）人。所作杂剧有《桃花人面》等六种。传奇有《娇红记》《二胥记》《贞文记》《二乔记》《赤伏符》，后两种已经亡佚。

《娇红记》是孟称舜的代表作。该剧源于元人宋梅洞的《娇红传》小说，以及王实甫、刘东生、沈龄等的同名剧本。全剧叙王娇娘与申纯倾心相爱，王家却将女儿许配给了财大气粗、咄咄逼人的帅公子，致令娇娘与申纯先后抑郁而亡。《西厢记》和《牡丹亭》都是通过男主角高中状元来捍卫其偷情私合后的婚姻成果，而《娇红记》中的申纯即使赴试高中也仍然不能成就婚姻、捍卫爱情；名阀世家依旧在泼天富贵和总体气势上压倒着新进士子，两者的地位仍然有天壤之别。这也说明申娇之爱是在排除了政治功利目的之后的真心悦慕，他们以真正的爱情作为起点和终点，不得不在严酷的现实面前以死来殉情、明志，去做最后的抗争。就王娇娘而言，她所企盼的爱情理想是获得生同舍、死同穴、才貌相当、心性一致的"同心子"。豪家富室，她自然不屑一顾；就连司马相如式的文人，她也弃置不嫁，因为"聪明人自古多情劣"。崔莺莺对张生的以身相许，带有白马解围后感恩和酬誓的意味；杜丽娘与柳梦梅的梦中交欢，是封建束缚下的青春能量的释放；而申、娇之间的偷香窃玉，既抛弃了外在的功利目的，又是具备深厚情感基础的渴望已久的行动。因此其欢会以相知和相思作为纯粹的前提，既不带有外在因素的掺入，也不待婚姻形式的预先认可，是一种充满理性的情感行为。这对情侣死后化为坟头的鸳鸯，正是在向世人传哀示警。其《泣舟》《双逝》和《仙圆》等出戏，沉痛悱恻、悲上加悲，依稀可见《孔雀东南飞》和《同窗记》的叠影，却又是《娇红记》所特有的场面。所以陈洪绶批点此剧曰："泪山血海，到此滴滴归源；昔人谓诗人善怨，此书真古今一部怨谱也。"中国悲剧以"怨谱"定名，《娇红记》是较早的一部传奇。

注　释

〔1〕傅惜华所编《明代传奇总目》（人民文学出版社 1959 年版）著录明传奇剧目 950 种。其中有作家姓名可考者 618 种，无名氏所作 332 种。

〔2〕唐诗人元稹（779—831）所撰自传体小说《莺莺传》曾题名为《传奇》。裴铏所撰小说集亦题名《传奇》。由此出发，"传奇"最先成为唐代文言小说的专名。元末明初，"传奇"又往往指元杂剧。例如《录鬼簿》在列举了一批元杂剧作家后，有"右前辈编撰传奇名公，仅止于此，才难之云，不其然乎"之叹（《中国古典戏曲论著集成》（二），中国戏剧出版社 1959 年版，第 117 页）。《辍耕录》等书的"传奇"亦作此义。明嘉靖之后，"传奇"一般专指明杂剧之外、以南曲为主谱成的中长篇戏曲。

〔3〕参见《南词叙录》的提法。该书认为"南戏始于宋光宗朝"，或云"宣和间已滥觞，其盛行则自南渡，号曰永嘉杂剧"。"其曲，则宋人词而益以里巷歌谣，不叶宫调，故士大夫罕有留意者。……顺帝朝，忽又亲南而疏北，作者猬兴，语多鄙下，不若北之有名人题咏也。"高明《琵琶记》"用清丽之词，一洗作者之陋，于是村坊小伎，进与古法相参，卓乎不可及已"（《南词叙录》，《中国古典戏曲论著集成》（三），中国戏剧出版社 1959 年版，第 239 页）。

〔4〕语出徐复祚《曲论》（《中国古典戏曲论著集成》（四），中国戏剧出版社 1959 年版，第 236 页）。

〔5〕李开先，字伯华，号中麓，山东章丘人。嘉靖八年（1529）进士。"嘉靖八才子"之一。传奇《宝剑记》的最后写定者。另作有院本《园林午梦》，编有《词谑》，著有诗文集《闲居集》等。中国科学院文学研究所编《中国文学史》等多种书籍认为李开先的生年是弘治十四年（1501）（《中国文学史》（三），人民文学出版社 1979 年版，第 890 页）。游国恩、王起等主编的《中国文学史》则认为李开先的生卒年是1502—1568（《中国文学史》（四），人民文学出版社 1964 年版，第 64 页）。卜键等学者在论文与专著中都赞成后一种提法，参见《〈李氏〉族谱的发现》（《戏剧学习》1985 年第 1 期）。

〔6〕李开先四十罢官的原委，一般认为是对夏言内阁的斗争失败所致，《曲海总目提要》还认为《宝剑记》是讥诋严嵩父子之作。还有一些学者称李开先罢官是受到"当权派的排挤"，"并不是他作了什么进步的政治斗争"（徐朔方《评〈李开先的生平及其著作〉》，《文学遗产》增刊第九辑）。卜键亦认为罢官属于派系斗争，李开先未曾弹劾夏言（《关于李开先生平几个史实的考辨——兼与宁茂昌同志商榷》，《山东师大学报》1985 年第 2 期）。

〔7〕对于《宝剑记》的评价，扬抑两端相差甚远。极力表彰者盛赞该剧为明代戏曲中"最优秀的作品"（路工《李开先的生平及其著作》，中华书局 1959 年版）。徐朔方等人反

对这种过分抬高的提法，甚至认为地主阶级思想的贯穿，使得戏剧版中的林冲是在小说的基础上大大后退了（参见注〔6〕）。另有一说声称"写政治斗争的作品不一定就高于描写因强占别人妻女而引起冲突的作品"，剧本强调忠奸斗争这条主线，反而使其意义缩减得狭小了（金宁芬《略谈明清水浒戏的思想特点》，《中国古典小说戏曲论集》，上海古籍出版社 1985 年版）。

〔8〕另外还有魏良辅创始昆曲的传统说法。豪雨于 20 世纪 60 年代初在《新民晚报》上发表《昆曲的创始人是否魏良辅》，说"魏良辅青年期因为不能从北曲中争胜，潜心苦练，创始了昆腔"（赵景深《中国戏曲丛谈》，齐鲁书社 1986 年版，第 223～229 页；黄芝岗《论魏良辅的新腔创立和他的〈南词引正〉》，《中华文史论丛》1962 年第 2 辑）。

〔9〕梁辰鱼，字伯龙，号少白、仇池外史，昆山（今属江苏）人。作有传奇《浣纱记》、杂剧《红线女》、散曲集《江东白苎》等。

〔10〕第一部根据昆曲新腔所写的传奇，有的学者认为是郑若庸的《玉玦记》（蒋星煜《昆山腔发展史的再探索》，《上海戏剧》1962 年第 12 期）。王永健亦不赞成《浣纱记》是第一部昆腔传奇的说法："根据创作的时间来排列，按照魏良辅等人革新后的昆山腔格律创作的传奇作品，第一部是《红拂记》，作者是张凤翼，长洲人；第二部是《玉玦记》，作者是郑若庸，昆山人；第三部是《鸣凤记》，作者是太仓人，到底是谁，学术界尚有争议，笔者认为是唐仪凤；第四部是《浣纱记》。"（《中国戏剧文学的瑰宝——明清传奇》，江苏教育出版社 1989 年版，第 51 页）但这些说法，均尚未得到学界公认。

〔11〕一般认为《浣纱记》寄托着作者的政治理想和社会忧患感。但也有从演唱形式方面来着重考虑的提法。陆萼庭认为《浣纱记》的写作，"其目的是专门便于演唱，扩大昆腔的影响，争取更多的群众，并且正确地引向舞台艺术的广阔道路"（《昆曲演出史稿》，上海文艺出版社 1980 年版，第 36 页）。周贻白说梁辰鱼的《浣纱记》"一是为了使昆山腔更能流传广泛"，二是"借昆山腔的唱腔使自己的文章增色"（《中国戏曲史发展纲要》，上海古籍出版社 1979 年版，第 272 页）。

〔12〕《鸣凤记》的作者，毛晋《六十种曲》和《古今传奇总目》等书认为是王世贞。焦循《剧说》和《曲海总目提要》等书认为是王世贞及其门人、门客。吕天成《曲品》等书认为是无名氏。王永健认为是唐仪凤（参见注〔10〕）。

〔13〕关于《玉簪记》的渊源问题，学术界有不同看法。除了《古今女史》中关于陈妙常的简短记载外，黄裳认为《张于湖误宿女贞观》杂剧对传奇有直接的影响（《玉簪记》校注本前言，古典文学出版社 1956 年版）；赵景深认为《玉簪记》传奇与小说《张于湖传》相近，与杂剧相异（《〈玉簪记〉的演变》，《明清曲谈》，古典文学出版社 1957 年版，第 80 页）；王季思《中国十大古典喜剧集》称"高濂的《玉簪记》基本情节沿自小说《张于湖传》，某些场面的处理也受杂剧《张于湖误宿女真观》的影响"（《中国十大古典喜剧集》，上海文艺出版社 1982 年版，第 80 页）。

〔14〕沈璟的剧作，古往今来的评价一般不太高。例如今人周续赓等认为沈璟剧作"内容

多说忠说孝，因果报应。思想平庸，毫不足取"（《中国古代戏曲十九讲》，北京出版社 1986 年版）。较为褒扬的有李真瑜《沈璟戏曲创作的再认识》，认为沈氏剧作对研究明代戏曲史有着不容忽视的意义（《文学遗产》1985 年第 4 期）。叶长海说沈璟"是一个熟悉舞台艺术而且寓庄于谐的杰出的喜剧作家"（《中国戏剧学史稿》，上海文艺出版社 1986 年版，第 148 页）。

〔15〕 "沈汤之争"是戏曲史上的一桩学术公案。有的学者认为是汤显祖在《答吕姜山》等信中彻底否定了沈氏的声律论，揭开了论战的序幕。沈氏便在《词隐先生论曲》中展开了针锋相对的反击（吴新雷《戏曲史上临川派与吴江派之争》，《江海学刊》1962 年第 12 期）。周育德等人则认为"沈汤之争"并不存在，因为他们"素未谋面，无直接的书柬往还，没有理论上的互相辨难"，而且吴江派与临川派本身也不存在（《也谈戏曲史上的"沈汤之争"》，《学术研究》1981 年第 3 期）。

〔16〕 据《南词新谱》载，《同梦记》为"词隐先生未刻稿"，并于卷一六、卷二二录有两曲。王骥德《曲律》亦云沈璟"曾为临川改易《还魂》字句不协者"。但汤显祖《答凌初成》却云："不佞《牡丹亭记》，大受吕玉绳改窜。"今查有关著录，尚未发现吕改戏目，其子吕天成《曲品》也未提。所以汤显祖所见改本究竟为沈璟所作，还是吕玉绳之另外改本，今难断定。

〔17〕 此说据《明史》及近年发现的《宜兴吴氏宗谱》等资料。另据王夫之《永历实录》卷四及《南明野史》等载，吴炳系被俘后病故或绝食而死。

〔18〕 对吴炳的评价，长期以来褒贬不一。李渔认为吴炳是汤显祖之后一位极有实力的作家，其剧作"才锋笔藻，可继《还魂》"（《闲情偶寄》，《中国古典戏曲论著集成》（七），中国戏剧出版社 1959 年版，第 62 页）。青木正儿说吴炳"才气横溢，足为玉茗堂派之佼佼者"（《中国近世戏曲史》，商务印书馆 1936 年版，第 319 页）。20 世纪下半叶以来，学术界对吴炳的评价较低。像北京大学中文系 1955 级《中国文学史》和游国恩等《中国文学史》这样有较大影响的著作，都认为吴炳是偏重于形式主义的作家。近年来的一些研究者则多认为吴炳的剧作在歌颂个性解放、揭露社会黑暗和追求政治清明等方面，具有较为积极的意义，因而对吴炳肯定较多。

第七章 汤显祖

与元代剧坛上诸家并立、各有千秋的创作局面不同,明代剧坛在总体上呈现出一峰独秀、群山环拱的气象。汤显祖作为明代成就最高、影响最大的剧作家,其"临川四梦"达到了同时代戏剧创作的高峰。一些中外学者曾将汤显祖与莎士比亚进行平行比较,认为这两位戏剧大师在 16 世纪与 17 世纪之交的东西方剧坛上,都作出了泽惠人类的卓越贡献。近年来,美国学者还将《牡丹亭》列为世界百部经典名剧中的第 32 部。[1]

第一节 汤显祖的生平与思想

坎坷的仕途　　　徘徊于儒、道、释之间　　　人生的"至情"论

汤显祖 (1550—1616),字义仍,号海若,又号若士,晚年自号茧翁,自署清远道人,江西临川人。他的一生历经嘉靖、隆庆、万历三个时代,那正是朝廷腐败、社会动荡的明代中晚期。明世宗好声色、喜丹术,明神宗酒色财气四毒俱全。朝中宦官专权未息,内阁党争又起。边关外患颇多,北有俺答部落的频频骚扰,南有倭寇的时时进犯,都给京畿地区和东南沿海数省的人民造成了深重的劫难。

承袭了四代习文的家风[2],汤显祖 5 岁就能属对联句。10 岁学古文,尤其欣赏《文选》。14 岁补为诸生,在县学里名列前茅。21 岁时又以排名第八的成绩中了举人。崭露头角的汤显祖,先后印行了《红泉逸草》《雍藻》(已佚)和《问棘邮草》等三部诗集。

这位踌躇满志的江西才子开始向京城发展,但在进士科考中却屡考屡败,受挫十载,直到万历十一年 (1583) 才以第三甲第 211 位的排名中了进士。汤显祖在科考上如此坎坷,其中确有原委。据云当朝首辅张居正曾先后两次让汤显祖为其子陪考,并许愿使其高中鼎甲。但正直的汤显祖每次都断然拒绝,

自谓"吾不敢从处女子失身也"（邹迪光《临川汤先生传》）。直到张居正病故后，汤显祖才得以跻身进士行列[3]。此时，张四维和申时行两位内阁新要又令其子前来接纳，汤显祖再度敬谢不敏，当然也就不能官居要津。苦等一年后，汤显祖要求到南京去，作了个掌管礼乐祭祀的太常寺博士。

万历十九年（1591），官闲志不闲的汤显祖向皇帝上本，在措辞激烈的《论辅臣科臣疏》中直接抨击首辅申时行等朝廷大员，当然也间接批评了褒贬失当的神宗。这引起了申时行等人的极大愤怒，也冒犯了君威，汤显祖遂被贬谪到偏远的广东徐闻县任小吏典史[4]。两年后，汤显祖被调到贫穷的浙江遂昌担任知县。他在遂昌任上灭虎清盗、劝学兴教；每逢除夕、元宵，还令狱中人犯回家团圆或上街观灯，成为两浙县令中政声极佳的官员。

弹指之间，汤显祖在仕途上已经颠簸了15年，任遂昌知县也满5年了。继任首辅王锡爵也曾被汤显祖上疏时抨击过，自然对他不甚喜欢，有意压下了荐举汤显祖的公文。长期屈沉下僚的汤显祖，上感于官场的腐败黑暗，下感于地方恶霸之有恃无恐，还因为爱女、大弟和娇儿先后夭亡的强烈刺激，乃于万历二十六年（1598）毅然辞官，归隐于临川玉茗堂中。于百感交集之中，汤显祖创作了《牡丹亭》（1598）、《南柯记》（1600）、《邯郸记》（1601），连同以前所写的《紫钗记》在内，合称为"临川四梦"或"玉茗堂四梦"，并在剧作中完整地展示了他的"至情"论。

汤显祖的"至情"论主要是源于泰州学派，同时也渗透着佛道的因缘。

汤显祖的老师罗汝芳，是泰州学派代表人物王艮的三传弟子。罗汝芳在任云南参政时，因全力阐扬泰州学派的理论而被罢官。他在《近溪子集》等书中提出"制欲非体仁"的观点，肯定了人的多重欲求。汤显祖从其师身上直接体悟了泰州学派的一些主张，自谓"一生疏脱，然幼得于明德（汝芳）师"（《答邹宾川》）。对汤显祖的思想大有启发的人物，还有王学左派的后期代表、著名的反封建斗士李贽。李贽的诸多论说带有市民阶层强烈的个性解放色彩，对汤显祖产生了积极的影响。与李贽并列为当时思想界"二大教主"的禅宗佛学家达观和尚，也与汤显祖有着多年的神交。达观在其有生之年，几乎总在关注着他。汤显祖中举后曾在南昌云峰寺题过两首禅诗；没想到时隔二十馀年，达观在见到汤显祖之时，还能一字不差地背诵出来。就连汤显祖的"寸虚"佛号，也是达观所赐。

业师罗汝芳、亦师亦友的达观和尚、素所服膺的李卓吾先生，在汤显祖思想与人格的形成过程中矗立起三座丰碑。他曾深情地回顾道："如明德先生者，时在吾心眼中矣。见以可上人（达观）之雄，听以李百泉之杰，寻其吐属，如获美剑。"（《答管东溟》）可见，他们对汤显祖确立以戏曲救世、用至情悟人的观念都影响至深。

仙风道骨的隐居传统、寻幽爱静的家庭祖训，也在一定程度上左右着汤显祖的人生选择。祖父40岁后隐居于乡村，并劝慰孙儿弃科举而习道术；祖母亦对佛家经文诵读不倦。就连汤显祖的启蒙老师徐良傅，虽然身为理学名臣徐纪之子，在因冒犯直言而被罢免武进县令之职后，也对蓬莱仙境景仰契念。罗汝芳也深通神仙吐纳之旨。凡此种种，都潜移默化地影响着汤显祖的人生信念。他之所以没有偏执于仙佛一端，也与仙理佛旨之左右牵引所形成的相对平衡有关。徘徊出入在儒、释、道的堂庑之间，使得汤显祖更加洞彻事理，更能从容构建自己的"至情"世界观，并在戏剧创作中予以淋漓尽致的演绎和张扬。

汤显祖的"至情"论大致表现在三个方面。

从宏观上看，世界是有情世界，人生是有情人生。"世总为情"（《耳伯麻姑游诗序》），"人生而有情"（《宜黄县戏神清源师庙记》），"情"与生俱来并始终伴随着生命进程。而且"万物之情，各有其志"（《董解元西厢记题词》），各有其秉性和追求。"思欢怒愁"等表象、感伤宣泄等渠道，都是情感流程中的不同环节。世间之事，非理所能尽释，但一定都伴随着情感旋律的抑扬。

从理想上看，有情人生的最高境界是"至情"，《牡丹亭》便是"至情"的演绎。汤显祖在该剧《题词》中说："情不知所起，一往而深。生者可以死，死可以生。生而不可与死，死而不可复生者，皆非情之至也。"这种贯通于生死虚实之间、如影随形的"至情"，呼唤着精神的自由与个性的解放。

从传播途径上看，最有效的"至情"感悟方式是借戏剧之道来表达。戏剧表演可以"生天生地生鬼生神，极人物之万途，攒古今之千变"，使得观众在戏剧审美活动中无故而喜，无故而悲，将旁观者从冷漠无情与麻木不仁的状态中调整过来，"无情者可使有情，无声者可使有声……人有此声，家有此道，疫疠不作，天下和平"。人们可以在"至情"的感召卜，于戏剧的弦歌声中，把世界变成美好的人间（《宜黄县戏神清源师庙记》）。

汤显祖曾经尝试过以情施政，在县令任上创建其"至情"理想国。情之所至，除夕、元宵所放之囚犯按时归狱，无一逃逸；情之所感，当他辞官西去时，遂昌黎民代表追到扬州苦苦挽留。汤显祖为百姓开办了相圃书院，百姓也为业已离任的好县令在书院中建立了供奉的生祠[5]。然而绝情无义的朝廷及其大小爪牙们的倒行逆施，最终击碎了汤显祖政治"至情"理想国的美梦。于是，他就借梨园小天地展现人生大舞台的瑰丽画面，在戏剧艺术中畅快恣意地演绎出无情、有情和至情的三大层面和多元境界。他甚至把戏剧的情感教化作用自由铺张、无限放大，从而把戏剧看成是一种可与儒、释、道并列的极为神圣的精神文化活动。他的《宜黄县戏神清源师庙记》虽然挟裹着夸饰、排比的修辞意味，但却寄寓着其以"至情"为中心的社会理想，充满着丰富与热情的人文关怀精神。汤显祖再三强调人的情感需要，肯定人的审美欲求，这正是对程朱理学无视情感欲望的有力反拨，是对统治阶级所设置的重重精神枷锁的挣脱与释放。

第二节　汤显祖的代表作《牡丹亭》

《牡丹亭》的题材渊源　　人物性格冲突　　浪漫主义风格
文化警示意义

据汤显祖自己说，《牡丹亭》一剧"传杜太守事者，仿佛晋武都守李仲文、广州太守冯孝将儿女事，予稍为更而演之"（《牡丹亭题词》）。但与该剧最为接近之蓝本，还是《杜丽娘慕色还魂》话本[6]。

汤显祖以点石成金的圣手，将话本的认识意义与审美价值提升到新的高度。话本原是两个太守、一双儿女，门当户对，终偕连理的喜剧框架。汤剧则将男主人公的社会地位下移为穷秀才身份，就连科考的盘缠都要靠他人资助。话本中的双方父母既属同级，承认儿女婚姻何等爽快；而剧中的杜大人要认来路不明的女婿，则比登天还难。话本中正反两方面冲突的阵营十分单薄，剧本中则增添了腐儒陈最良、花神、判官等一系列新的角色，从而使冲突的构建更为丰厚完整。话本窘迫仓促地讲完一个言情故事，剧本则舒缓从容地演述出一幕幕如诗如画的抒情场面。论及《牡丹亭》的渊源与蓝本，丝毫无损于汤显祖的光辉，反而更进一步体现出这位天才作家对文化遗产的倚重和发展。

《牡丹亭》不仅仅写了外在事件的矛盾扭结，更写活了诸多人物形象，重点描摹出主要人物不断发展着的性格，并使得隐性而内在的戏剧冲突渐次升级[7]。

杜丽娘与小丫头春香、青年书生柳梦梅构成了全剧冲突的正方。

身为官宦人家的千金小姐，杜丽娘才貌端妍，聪慧过人。四书能逐一记诵，摹卫夫人书法几可乱真。作为掌上明珠般的独生女，她对父母无比孝顺。作为女学生，她对老师十分尊敬，一见面就提出要为师母绣双寿鞋。但在这样一位淑静温顺的娇小姐身上，同时也显示出与大自然的天然谐和感，体现出对美与爱的强烈追求；在其心细如丝的分析能力和独立识见之上充分张扬出反叛束缚、酷爱自由的精神。她的女红精巧过人，便在衣裙之上绣上了成双结对的美丽花鸟。她对陈先生"依注解书"的授课方法深感不足，认为《诗经》中的《关雎》篇并不是歌咏后妃之德，而是对自由相亲的鸟儿、浪漫结对的君子与淑女的礼赞。一旦她面对菱花镜发现了自己无比娇艳的"三春好处"，当她步入了充满着生机、流淌着春意的后花园中，她的惆怅无奈、她的委屈与痛苦便如江潮般在心头激荡。诗词乐府的深厚修养，春情秋恨的花季苦恼，对古来才子佳人先偷期密约、后成就佳偶的再三揣摩，都使得杜丽娘喟然长叹：

> 年已及笄，不得早成佳配，诚为虚度青春。光阴如过隙耳，（泪介）可惜妾身颜色如花，岂料命如一叶乎！

无可排遣的春情幽怨愈积愈多，决堤冲防，势所必然。她终于在昏然梦幻中，经由花神的引点，得到了书生柳梦梅的及时抚爱。那种怜玉惜香的爱惜与温存，那些半推半就的腼腆与主动，那般刻骨铭心的极乐体验与无限回味，都成为杜丽娘高于一切的情感财富。她那番"这般花花草草有人恋，生生死死随人愿，便酸酸楚楚无人怨"的强烈感伤，正是对所谓恋爱自由、死而不怨的殷切呼唤。

由唯唯诺诺的官宦之家的千金小姐，发展到勇于决裂、敢于献身的深情女郎，这是杜丽娘性格的第一度发展。此一度发展是如此的迅捷，升华得如此强烈，梦醒之后与现实的距离和反差又是如此之巨大，以致杜丽娘不得不以燃尽生命全部能量的代价，病死于寻梦觅爱的徒然渴望之中。但杜丽娘的可贵之处不仅在于能为情而死，还表现在面对阎罗王时敢于据理力争，表现在身为鬼魂而对情人柳梦梅的一往情深，以身相慰，最终历尽艰阻，为情而复生，与柳梦梅在十分简陋的仪式下称意成婚。这是杜丽娘性格的第二度发展与升华，所谓"一灵咬住"，决不放松，"生生死死为情多"。

杜丽娘性格的第三度发展，表现在对历经劫难、终得团圆之胜利成果的保护与捍卫。面对亲爹爹再三打压她那状元夫君的淫威，回应老父亲在金銮殿上指着嫡亲女儿"愿吾皇向金阶一打，立见妖魔"的狠心，杜丽娘在朝堂之上时而情深一叙，时而慷慨陈词，把一部为情而死生的追求史演述得那般动人，就连皇上也为之感动，甚至亲自主婚，"敕赐团圆"。作者正借此表达了对生死之恋与浪漫婚姻的深情礼赞。

小丫头春香是一位活泼可爱的人物。从某种意义上说，春香正是杜丽娘性格中调皮、直率层面的外化。闹学的主角是她，而后台则是杜丽娘。尽管杜丽娘还是用"一日为师，终生为父"的格言去教训春香，但她本人又何尝不想与丫环一块去玩耍呢？发现后花园的是春香，而在后花园中演出一幕男欢女爱、惊神泣鬼的梦中好戏的，正是小姐本人。春香的导引与陪衬，使得杜丽娘更为仪态万方、光彩照人。这一对少女红花绿叶、珠联璧合般的联袂登场，与后世舞台本中那圣母般的花神形象交相辉映，将女性美的群体阵容渲染得靓丽如画。

书生柳梦梅的性格基调是痴情、钟情与纯情。拾到美女图便想入非非，就着春容叫唤出真身来，此谓之痴情；此前在梦中便与素昧平生的杜丽娘结合，此谓之钟情；旅居过程中又与女鬼幽会，使之起死回生后又对她忠心不二，此谓之纯情。《牡丹亭》所谱写的这首至真、至纯、至美的爱情颂歌，是中国戏剧史上令人心醉、心悸乃至心折的经典曲目。此外，为杜丽娘的真情所感召，爽快可爱的判官鬼卒、特别富于理解力与同情心的皇帝，都加入了正方的阵营，这就使得杜丽娘在人鬼两个世界的波澜起伏中得以处变不惊、起死回生，终获胜利。

构成本剧内在冲突的反方阵营，主要有南安太守杜宝和老塾师陈最良两人。杜宝主要代表顽固的封建统治阶级，陈最良则代表着陈腐迂阔的封建教化系统。他们都对杜丽娘惊世骇俗的举动不能理解，不肯承认。用杜宝的话说，是"古者男子三十而娶，女子二十而嫁"，女儿点点年纪，知道什么七情六欲？用陈最良的话讲，他活了一辈子，从来就不晓得伤什么春，动什么情。这些缺情寡感的封建家长们，其反常心态与扭曲人格本身就十分可悲，他们又如何能理解并认识杜丽娘那么丰富多彩的有情世界？

杜宝作为父亲，对女儿其实也颇为"关心"。尽管不许女儿闲眠的斥责过于严厉，但他要求女儿多读诗书，并特为丽娘延师教化，也是为了女儿"他日到人家，知书达理，父母光辉"。但这位固执而呆板、严守封建伦常的父亲，却从未真正关注女儿的身心发展和情感变化。只有当女儿游园得病后，他才开始担忧："半边儿是咱全家命。"但只要一涉及官场事务，他便立刻以国事为重，把气息奄奄的女儿抛在了脑后。尤其是当杜宝位极人臣后，他的人格愈加扭曲，心理愈加异化，不仅缺乏起码的家庭温情，而且显得绝情绝义。为了维护官场上的清誉，这位平章大人绝不肯认柳梦梅作女婿，只恨没能将柳生乱棍打死；当他得知女儿复生事后，不仅不亲自勘验，破涕为喜，反而再三奏本，请皇上着人擒打妖女。哪怕活生生、娇滴滴的亲女儿再三痛陈原委，他也决不为之所动。这道理很简单：他宁要一个贞节的亡女，也不认一位野合过的鲜活杜丽娘。说到底是怕妨碍了他的官位尊严。王思任在《批点玉茗堂牡丹亭叙》中评价杜丽娘为"月可沉，天可瘦，泉台可瞑，獠牙判发可狎而处，而梅柳二字，一灵咬住，必不肯使劫灰烧失"；而说"杜安抚摇头山屹，强笑河清，一味做官，片言难入"，这正是对女儿重深情而乃父重高官的精到点评。

奇幻与现实的紧密结合，强烈的主观精神追求，浓郁的抒情场面，典雅绚丽的曲文铺排，都体现出《牡丹亭》较为典型的浪漫主义风格和多重艺术魅力。《牡丹亭》中的天上地下、虚实正奇达到了一种从心所欲的境界。仅仅为了春情的驱驰，杜丽娘没有爱却可以得到爱，没有情人却可以生发出情人，虽然是春梦一场却又俨然如真，甚至为了追求梦中情人而一命归阴，又死而复生。正如汤显祖本人的《题词》所云："梦中之情，何必非真？天下岂少梦中之人耶？必因荐枕而成亲，待挂冠而为密者，皆形骸之论也。"

尽管汤显祖可以使人物故事虚到极点，但有时却又落脚到真切之处。例如杜丽娘死而复生之初，柳梦梅便迫不及待地要与之交欢。在遭到小姐的婉拒后，柳生以日前的云雨之情反唇相讥。于是杜丽娘便耐心解释说："秀才，比前不同。前夕鬼也，今日人也。鬼可虚情，人须实礼。"她反复表白自己依旧是豆蔻含苞的处女身，魂梦之时的交合与兴奋，原于真身无碍。每当汤显祖笔下的人物在梦境魂乡时，那一种泼天也似的自由精神便无所不在、无所不为；一旦梦醒还阳，便"成人不自在"，活着的小姐必须遵循人间的礼法，受种种无奈的束缚。这种先虚后实、虚实结合乃至虚则虚之、实则实之的写法，正好将理想与现实融会贯通起来，提醒人们去做现实中的浪漫主义者和理想中的现实主义者。

以一系列抒情场次表现主人公强烈的追求，使其主观精神外化，并在此基础上令戏剧冲突持续升级，这正是《牡丹亭》的神韵与魅力之所在。从《惊梦》《寻梦》到《写真》《闹殇》，都是杜丽娘的情感抒发得至为强烈、命运呈现得至为酸楚的重点抒情场次。《惊梦》是写对美和爱的发现与拥抱，《寻梦》是对美与爱的深刻回味与强烈追忆，《写真》是描摹美的容颜及保存爱的信息，《闹殇》是写美的毁灭与爱的持续延伸。

最使人感慨的是《惊梦》这场戏。这是对自然、青春和爱情的礼赞，自始至终充满庄严华妙的仪式感。为了这次赏春游园，杜丽娘事先经过了精心准备，临行前又细细梳妆，悉心打扮，极尽千娇百媚之态、娇羞万种之容，"步香闺怎便把全身现"。带着剪不断、理还乱的春闷万种，杜丽娘一入花园便如痴如醉，顿生大梦初醒之感：

> 原来姹紫嫣红开遍，似这般都付与断井颓垣。良辰美景奈何天，赏心乐事谁家院！恁般景致，我老爷和奶奶再不提起。朝飞暮卷，云霞翠轩；雨丝风片，烟波画船……锦屏人忒看的这韶光贱！

这不仅仅是对春光之美无人识得的叹息，更重要的是对自身之美无人怜惜的感喟。现实中解决不了的困惑、幽怨和涌动着的春情，只能在梦中靠色彩斑斓的如意世界来体贴关怀。如是则有可人意的俊书生手持柳枝来拨云化雨，又有花神来保护现场，待其情得意满后，则以一片落花惊醒香魂，将美妙幽香的仪式感渲染到极致。《惊梦》作为古典戏曲中最令人感佩、发人深思的儿女风情戏，整体浸润着浪漫主义的青春感伤之美、自然追求之美、情爱欲望之美和理想实践之美。

《牡丹亭》又是一部兼悲剧、喜剧、趣剧和闹剧因素于一体的复合戏[8]。各种审美意趣调配成内在统一的有机体。全剧共55出，前28出大体属于以喜衬悲的悲剧，后27出属于以悲衬喜的喜剧，所以王思任在批叙中说："其款置数人，笑者真笑，笑即有声；啼者真啼，啼则有泪；叹者真叹，叹则有气。"仅仅为了争取爱的权利，便不得不付出生命的代价，这既是杜丽娘本人的青春悲剧，也是家庭与社会的悲剧，《诀谒》《闹殇》《魂游》等出戏，都极其悲凉凄婉；而《闺塾》等出戏则极富喜剧色彩。天真活泼而又调皮的春香，与老成持重却时带迂腐的陈先生，在犯规与学规之间彼此较量，呈现出反差甚大的强烈喜剧效果。石道姑、俺答与三娘子等人的设置，更带有闹剧、趣剧的味道。但其中的悲剧意味也着实令人伤感：原来正值青春妙龄之人，往往难得佳偶，常常要挣扎在梦魂死生之间！原来做官是要以六亲不认、牺牲情感作为代价的！这种悲喜交融、彼此映衬的戏曲风格，正是富有中国戏曲特色的浪漫精神的具体呈现。

诞生于16世纪末的《牡丹亭》，有其特殊的文化警世意义。

一是以情反理，反对处于正统地位的程朱理学，肯定和提倡人的自由权利和情感价值，褒扬像杜丽娘这样的有情之人，从而拨开了正统理学的迷雾，在受迫害最深的女性心头吹拂起阵阵和煦清新的春风。身处明代社会的广大女性，确实有如生活在水深火热的监牢之中：一方面是上层社会的寻欢作乐、纵欲无度，另一方面是统治阶级对女性的高度防范与严厉禁锢。用程朱理学来遏止人欲毕竟过于抽象，于是便用太后、皇妃的《女鉴》《内则》和《女训》来教化妇女。当然最为直接、生动、具备强烈示范意义的举措是树立贞节牌坊。明代的贞节牌坊立得最多，这些牌坊下所镇压着的，是一个个贞节女性的斑斑血泪和痛苦不堪的灵魂。《明史》卷三〇一《烈女传》实收308人，未曾入传的全国烈女数以千计。《牡丹亭》横空出世之后，温暖并开启了多少女性的心胸！封建卫道士们痛感"此词一出，使天下多少闺女失节"，"其间点染风流，惟恐一女子不销魂，一方人不失节"（黄正元《欲海慈航》），这正是慑于《牡丹亭》意欲解救天下弱女子的强烈震撼力所发出的嘤嘤哀鸣。

　　二是崇尚个性解放，突破禁欲主义。肯定了青春的美好、爱情的崇高以及生死相随的美满结合。千金小姐杜丽娘尚且能突破自身的心理防线，逾越家庭与社会的层层障碍，勇敢迈过贞节关、鬼门关和朝廷的金门槛，这是振聋发聩的闪电惊雷，是对许多正在情关面前止步甚至后缩的女性们的深刻启示与巨大鼓舞。杜丽娘的处境原是那般艰难。父亲拘管得那么严密，她连刺绣之馀倦眠片刻，都要受到严父的呵责，并连带埋怨其"娘亲失教"。请教师讲书，原也是为了从儒教经典方面进一步拘束女儿的身心。可怜杜丽娘长到如花岁月，竟连家中偌大的一座后花园都未曾去过；这华堂玉室，也恰如监牢一般……所以禁锢极深的杜丽娘反抗也极烈，做梦、做鬼、做人都体现出无限的"至情"。

　　三是商业经济日益增长、市民阶层不断壮大的新形势，对于正在兴起的个性解放思潮起了推波助澜的作用。汤显祖所师事的泰州学派、所服膺的李贽学说乃至达观的救世言行，都是市民社会发展到一定阶段的必然产物。尽管汤显祖没有像李贽"头可断"而"身不可辱"、达观"断发如断头"那样去生死打拼，但他却以另外一种唯美至极的戏剧样式，在文学艺术领域开辟了思想解放、个性张扬的新战场。

　　作为影响极大的主情之作，《牡丹亭》虽然表现出激情驰骋、辞采华丽的浪漫主义戏剧风格，但也必须看到，《牡丹亭》其实还未从根本上跳出"发乎情，止乎礼义"的传统轨道。特别是后半部戏在总体上还是遵理复礼的篇章，作者并没有彻底实现其以情代理的哲学宣言。他的个性解放思路尚未从根本上脱离封建藩篱，而只是对其中特别戕杀人性、极其违背常情的地方进行了理想化的艺术处理。乞灵于科考得第、皇上明断，这也是戏曲的常套之一。即便如此，汤显祖终究还是封建时代中勇于冲破黑暗，打破牢笼，向往烂漫春光的伟大先行者。《牡丹亭》也成为古代爱情戏中继《西厢记》以来影响最大、艺术成就最高的一部杰作，杜丽娘已经成为人们心中青春与美艳的化身，至情与纯情的偶像。

第三节　"临川四梦"中的另外三部戏

《紫钗记》　　　《南柯记》　　　《邯郸记》　　　"四梦"之比较

　　汤显祖创作的第一本完整的传奇是《紫钗记》。他的处女作是《紫箫记》。但《紫箫记》只写到第三十四出就中辍了[9]，后来他在南京太常寺博士任上将《紫箫记》删削润色，易名为《紫钗记》，于万历十五年（1587）将全剧初稿写成[10]。该剧主要以唐传奇《霍小玉传》为本事，也借鉴了《大宋宣和遗事》中的部分情节。演述唐代诗人李益在长安流寓时，于元宵夜拾得霍小玉所遗紫玉钗，遂以钗为聘，托媒求婚。婚后，李益赴洛阳考中状元，从军立功。卢太尉再三要将李益招为娇婿，反复笼络并软禁李益，还派人到霍小玉处讹传李益已被卢府招赘。小玉相思成疾，耗尽家财，无奈中典卖紫玉钗，却又为卢太尉所购得。太尉以钗为凭，声言小玉已经改嫁。豪杰之士黄衫客路见不平，将李益强力挟持到染病已久的小玉处，夫妻遂得以重圆。

《紫钗记》着重塑造了霍小玉和黄衫客两位令人敬重的人物形象。正如汤显祖在该剧《题词》中所云："霍小玉能作有情痴，黄衫客能作无名豪。馀人微各有致。第如李生者，何足道哉！"

霍小玉出身低微，其母本为霍王麾下一名歌姬。但当她一旦与李益相遇，便为才所动、为情所耽、为甜蜜婚姻所陶醉，把全部生存价值和生命理想都拴系在爱情这叶小舟之上。自感卑贱的她在幸福之馀仍不忘为对方着想。先是从时间上看，哪怕李益只爱她八年，她亦心满意足；次是从地位上看，即使李郎另娶了正妻，她小玉做偏房小妾亦心甘情愿。而当这两桩最低限度的愿望都难以实现时，她只能将出卖紫玉钗所得的百万金钱无限绝望地抛撒于苍茫大地！为了一个虽不算负心，但却十分软弱的郎君，霍小玉陪着小心、受尽委屈。如此忠贞不贰、痴情到底的女子，在封建社会的底层之中显得多么善良、纯情、委曲而高尚。她所抛撒的哪里是一片钱雨，分明是揉碎了的寸寸肝肠。而黄衫客的豪侠仗义行为既玉成了有情人的团圆，又对破坏李、霍婚姻的卢太尉的丑恶行径予以了警示。汤显祖通过一位幻想中的壮士，表达了对现实的深度失望，殷切地呼唤着社会的良知。

从结构上看，《紫钗记》仍然有散漫拖沓的倾向，像《折柳阳关》《冻卖珠钗》和《怨撒金钱》之类较为抒情的戏剧性场面，显得太少而缺乏规模。唱词与说白没有完全摆脱骈俪辞章的痕迹，晓畅动人的戏曲味道还不够醇厚。

《南柯记》共44出，取材于唐传奇《南柯太守传》。该剧叙淳于棼酒醉于古槐树旁，梦入蚂蚁族所建的大槐安国，成为当朝驸马。其妻瑶芳公主于父王面前为淳于棼求得官职，因此他由南柯太守又升为左丞相。只为檀萝国派兵欲抢瑶芳公主，淳于棼统兵解围，救出夫人，但夫人终因惊变病亡。还朝后的淳于棼，从此在京中淫逸腐化，为右相所嫉妒，为皇上所防范，最终以"非俺族类，其心必异"为由遣送回人世。

此剧既叙官场倾轧、君心难测，亦状情痴转空，佛法有缘。淳于棼作为一位外来客之所以高官任做，主要是凭借夫人的裙带关系。右相段功是一个嫉妒心浓、阴谋意深的官僚，是他一步步借国王之手钳制淳于棼，最终将这位不可一世的驸马爷轰出本国。"太行之路能摧车，若比君心是坦途；黄河之水能覆舟，若比君心是安流"的深深感叹，使人联想到汤显祖本人的从政经历，以及他主动挂冠归去时对于官场的绝望与彻悟。

《南柯记》的收束部分尤为感人。当淳于棼被逐出大槐安国时，梦虽醒，酒尚温。仔细辨认之后，他明知自己只不过是在蚁穴里结下了情缘、获得过官运，但还是舍不得亡妻，还是要禅师将亡妻及其国人普度升天。若非老禅师斩断情缘，淳于棼还要到公主身边流连下去。由此可见，美在梦中，睡比醒好，现实人间与幻象世界相比，显得如此乏味寡趣、荒唐万般。清初孔尚任写《桃花扇》，结局时让张瑶星大师斩断侯朝宗和李香君的情缘，正是从汤剧中受到的启发[11]。

"临川四梦"中，艺术成就仅次于《牡丹亭》的剧作是《邯郸记》[12]。全剧30折，本事源于唐沈既济的传奇《枕中记》。《南柯记》与《邯郸记》都是以外结构套内结构的方式展开剧情，但《邯郸记》的两套结构要精巧得多，不像前者有散漫拖沓之感。

此剧的外结构演述神仙吕洞宾来到邯郸县赵州酒店，听久困田间的卢生述志。卢生对贫愁潦倒的生活满腹牢骚，声言"大丈夫当建功树名，出将入相，列鼎而食，选声而听，使宗族茂盛而家用肥饶，然后可以言得意也"。吕洞宾即刻便赠一玉枕，让卢生在梦中占尽风光得意、享尽富贵荣华，同时也受尽风波险阻，终因纵欲过度而亡。一梦醒来，店小二为他煮的黄粱饭尚未熟透。在神仙点破后，卢生幡然醒悟，抛却红尘，随吕洞宾游仙而去。这样一个带有游戏性质的外部框架，将全剧的主体内容整个包裹起来，使得卢生所创建的轰轰烈烈的功业及其所处的社会政治环境，都成为有迹可寻却毫无价值、全无意义的虚妄世界。这实则是对明代官场社会的深刻鞭挞和总体否定。

《邯郸记》的内结构演述剧情主体，也即卢生大富大贵、大寂大灭的官场沉浮史。以卢生作为中心人物，贯穿起一应剧情，描摹了官场之上无好人的整幅朝廷群丑图。

崔氏是卢生的政治后台，卢生的发迹离不开其妻崔氏。凭借崔氏四门贵戚的裙带关系，再靠着金钱开路，卢生广施贿赂、平步青云，被钦点为头名状元。真如崔氏所云："奴家所有金钱，尽你前途贿赂！"

从崔氏这里，集中体现出封建社会的婚姻行为实则是一种政治联盟；崔氏强"娶"卢生，实则是下的一笔政治赌注。至于封建官僚机器的重要支柱科举制度，则是一种从上到下无可救药的受贿制度。婚姻的温情脉脉，学问的文才彬彬，科举的神圣兮兮，在一位女子的操纵下全被剥下了堂皇而虚伪的衣妆，露出了追逐权势和金钱的本相。

　　卢生既是封建官场丑恶世象的见证人，同时也是积极的推动者。早在全剧外框架引出时，他就表白了出将入相的强烈政治欲望。崔氏的怂恿进一步煽动起他做官的欲望，"尽把所赠金资引动朝贵，则小生之文字字珠玉矣"，接着便厚颜无耻地拿钱买了一个头名状元。这卢生一入朝门便徇情枉法，蒙蔽皇帝，为自己老婆谋取封诰。他更大的本事，还在于会拍皇帝的马屁。开河是为了让皇帝顺流而下游览胜景，征战是为了让皇帝醉生梦死、乐以忘忧。卢生曾不辞辛苦，亲自挑选了近千名窈窕女郎，别出心裁地让她们袅袅婷婷为御舟摇橹，以众女子明媚的春光来取悦皇帝。征战得胜，他在天山勒石纪功，貌似展示国威，实则是想借此扬名，使得千秋万代后都知道他卢生的丰功伟绩。

　　得志便猖狂，欢乐乃纵欲，这是卢生及官僚社会中上行下效、腐化堕落的本性。皇上送他二十四房美女后，卢生先是道貌岸然地讲御赐美女不可近。当崔氏要奏本送还众女时，卢却慌忙说"却之不恭"！如此受用的结果是使精力透支，早赴阴曹。他在纵欲而亡之前犹死不咽气，原来是在五子十孙都安排妥帖后，还有一位偏房"孽生之子卢倚"尚待荫袭封位；更担心国史上不能全面记载其毕生功绩……裙带行贿、吹牛拍马、得意忘形、恣意享乐、追名逐利、至死不休，真正成为他毕生紧抓不放的最高原则。在封建社会的官场黑幕中，卢生是个非常典型的艺术形象。

　　《邯郸记》中的其他官僚也多面目可憎。宇文融丞相因为卢状元唯独忘了送钱物给他，拒绝融入他的关系网络，所以他才时时播弄并陷害卢生。"性喜奸谗"是其表象，顺我者昌、逆我者亡，不断扩充势力范围是其本性。汤显祖写足了宇文丞相之奸险毒辣，这是对明代首辅们从总体上感到失望的曲折宣泄。剧中看似老实的大臣萧嵩，明知丞相在陷害卢状元，却迫于其淫威，在奏本上也签上自己的名字。但他在用自己的表字"一忠"签名之后，又偷偷在"一"字下加上两点，成为草书的"不忠"。这样做的结果是，既参与了伙同陷害卢状元的事件，又能在以后皇帝为卢生昭雪平反时得以开脱自家罪责。萧嵩此举不仅是明哲保身，而且是以高明的权术害人。他缺乏起码的正直人格，属于官场上为数最多的不倒翁系列。无论是卢败还是宇文亡，他萧嵩总能左右逢源，置自身于不倒之地位，这正是中国封建社会官员们所追求向往的一种智慧型骑墙派境界。

　　就连至高无上的皇帝唐玄宗，剧本也漫画式地摹写出他糊涂和好色两大本性。他糊里糊涂地取了金钱铺路的卢状元，又糊里糊涂地在卢状元为夫人请封诰的文件上签字，还糊里糊涂地要结果卢状元的性命。他只对为之摇橹的一千美女产生浓厚的兴趣。作为一位大明子民和下野官僚，汤显祖不仅鞭挞奸官，而且讥弄皇上；虽说这皇上是大唐天子，但终不免给人以影射当朝之感。这正是汤显祖挂冠归去后的冲天勇气和战斗精神的体现。从正德皇帝到万历皇帝这祖孙四代，一方面劳民伤财、吮尽民脂民膏，另一方面巡幸天下、游龙戏凤，其荒淫与罪恶的故事蔚为系列。《邯郸记》何曾是戏说黄粱美梦，分明是直逼现实！

本剧中真正可爱的人物，是那些虽寥寥数笔但却可钦可敬的下层人民。为卢生开河而拼死拼活的民工群像，挺身而出、解救上吊驿丞的犯妇，精通番语、为卢生反间计奠定成功基础的小士卒，以及为掩护卢生而葬身虎口的小仆童，鬼门关上搭救并扶助卢生的樵夫舟子……正是这些最不起眼的平头百姓，构成了《邯郸记》戏剧天地中的点点亮色。

综观"临川四梦"，我们可以做一些大致的比较：

从题材内容上看，《紫钗记》和《牡丹亭》属于儿女风情戏，《南柯记》和《邯郸记》属于官场现形戏或曰政治问题戏。儿女风情戏主要以单向型或双向型的爱情中人为描摹对象，例如霍小玉对李益是十分强烈的单向恋爱，杜丽娘与柳梦梅则是奇幻而又统一的双向恋爱。在风情戏中，女性是占主体地位的，男子则相对处于从属的地位。在封建社会中，女性的社会地位比较卑微，所受禁锢更为严密。霍小玉因为是已故霍王的庶出之女，所以才有八年之爱或宁愿为妾的降格以求。而杜丽娘在少女时代只能见到严父和迂师这两位男人，她从未有过闺房之外、花园行走的起码权利。但这种严酷、封闭的恶劣环境并不能泯灭她对爱与美的追求，一旦机缘降临，她的全部青春能量必然一触即发，无可遏止。在政治戏中，男子则占主要和绝对的位置。尽管淳于棼和卢生都是扯着老婆的裙带往上爬的，但裙带也只不过是男性中心世界的引线而已。

从审美倾向上看，风情戏的主要基点是对人物发自内心的肯定，充满热情的赞颂。对霍小玉爱郎、盼郎乃至恨郎的过程推进，都是为树立这一痴情女的正面形象服务的。杜丽娘与柳梦梅的生死恋，有若金童玉女的般配，更堪称青春的偶像、挚爱的化身。而政治戏的基点则在于对主要人物及其所处环境的整体否定。《邯郸记》中自上而下，权贵者无一不贪婪，发迹者无一不腐败，所以政治戏始终以揭露和批判作为审美手段。风情戏中的儿女情往往是真善美的体现，政治戏中的官僚行径则无一不是假恶丑的典型。前者寄寓着作者对人生的肯定与期望，后者则表现了对整体生存环境无可救药的痛心疾首。

从哲学主张和理想皈依上看，汤显祖的风情戏时刻高举真情、至情的旗帜，而政治戏则反映出矫情、无情的可憎可恶。风情戏不仅在主要人物身上体现出充沛的理想，而且这种理想和最后权威的裁决是一致的。霍、李的团圆最后还是借助圣旨的权威才得以成就，杜丽娘亦是让皇上充当了证婚人的角色。这说明汤显祖对最高统治者还抱有一定幻想。政治戏中的官僚社会那般腐败不洁，汤显祖便在很大程度上把仙佛两家的出世理想与终极权威联系了起来。然而封建王朝和仙家佛国都没能让汤显祖真正心折。他也看出了时代的衰微和仙佛的虚幻。汤显祖曾向朋友表达过其痛苦莫名、出路难知、悲哀难告的心曲："词家四种（临川四梦），里巷儿童之技。人知其乐，不知其悲！"

从曲词风格上看，汤显祖的风情戏妙在艳丽多姿，政治戏则显得尖锐深刻。曹雪芹在《红楼梦》第二十三回中称赞汤剧中的风情戏《牡丹亭》"艳曲警芳心"，引得林黛玉"心动神摇""益发如痴如醉，站立不住"。政治戏《邯郸记》则与此不同，如《邯郸记·西谍》中的"词陇逼西番，为兵戈大将伤残。争些儿，撞破了玉门关。君王西顾切，起关东挂印登坛，长剑倚天山"，其苍凉壮阔的境界与《牡丹亭》中的缠绵婉转大异其趣。

将"四梦"作比较，情场、官场与道佛教场，各有千秋妙笔；但"四梦"之翘楚，还是汤显祖自己的评价较准确：一生"四梦"，得意处唯在《牡丹》。

第四节　汤显祖的影响

汤显祖影响下的剧作家　　汤剧的社会影响　　"临川四梦"
的演出与传播

以《牡丹亭》为代表的"临川四梦"相继问世后，受到了各方面的关注与重视，产生了广泛而深远的影响。沈德符《万历野获编》说："汤义仍《牡丹亭梦》一出，家传户诵，几令《西厢》减价。"陈石麟在《玉茗堂全集序》中说："惟'四梦记'，真堪压倒王（实甫）、董（解元），辗轹关（汉卿）、马（致远）。"这些提法的实质当然不一定是抑彼扬此，而是把汤显祖及其作品划入了早有定评的最佳剧作家及其杰作的行列。

有一大批剧作家直接受到了汤显祖的影响。他们从剧本的立意构思到曲词的风格熔铸，都刻意模仿汤显祖的剧作，戏曲史上称之为"玉茗堂派"或者"临川派"。通常认为这批剧作家有吴炳、孟称舜、洪昇和张坚等人。吴炳的《粲花别墅五种》，被梁廷楠《曲话》定位为"置之《还魂记》中，几无复可辩"。孟称舜的情爱戏也写得深情婉转。洪昇的《长生殿例言》说："棠村相国尝称予是剧乃一部闹热《牡丹亭》，世以为知言。予自惟文采不逮临川，而恪守韵调，罔敢稍有逾越。"可见《长生殿》受汤显祖影响之深，不仅在词采，更在于全剧的情旨追求。就连孔尚任的《桃花扇》，亦处处可见汤显祖渊源。宋荦《题桃花扇传奇》誉之为"新词不让《长生殿》，幽韵全分玉茗堂"。《品花宝鉴》亦借人物华公子之口，称赞孔剧的《访翠》和《眠香》两出戏："这曲文实在好，可以追步'玉茗堂四梦'，真才子之笔。"张坚的《玉燕堂四种》受汤显祖启示尤多。他在《梦中缘》自叙中极力歌颂"梦之所结，情之所钟也"，从自己神游幻境的美梦发展到剧作中情缘深深的奇梦。邹升恒在该剧题词中说："知音何在？玉茗堂前刚一派；色色空空，勘破尘缘一梦中。"将张坚的创作情结与汤显祖的创作精神紧密地联系在一起。

除了吴、孟、洪、张等作家常被归为"玉茗堂派"之外，《风流院》的作者朱京藩也值得一提。他把汤显祖本人写进戏中，作为风流院主；再把读《牡丹亭》伤心而死的冯小青魂灵安置在风流院内，由一书生拾得小青题诗，因情缘相投也魂归此间。在汤显祖等人的扶助下，小青乃与书生还阳成婚。此剧的明刊本眉批认为，由《牡丹亭》到《风流院》，后者有所发展，而绝非简单拟作。

应该说，汤显祖同时代的剧作家和后代剧人，都在不同程度上从不同方面受到其深刻启迪。就连"吴江派"盟主沈璟，亦曾改《牡丹亭》为《同梦记》，变《紫钗记》为《新钗记》。臧懋循《牡丹亭》、冯梦龙《风流梦》、徐日曦《牡丹亭》、徐肃颖《丹青记》等剧，都是对汤显祖原作的直接改编。至于陈轼的《续牡丹亭》、王墅的《后牡丹亭》，则是对汤剧的续作。不管这些改编或续作的剧本如何曲解原意、删正音律，都不能掩盖或取代汤显祖原作的思想光彩和艺术魅力。

一本传奇，能够在同时代青年人中激起那么大的波澜，这在中国戏剧史上是极为罕见的文化现象。娄江女子俞二娘读《牡丹亭》后，层层批注，深有所感，乃因自伤身世，于17岁就悲愤而亡。汤显祖在得到其批注本后，曾十分惋惜地为俞二娘写过《哭娄江女子二首有序》的悼诗。内江一女子读了汤剧后，愿托终身于汤显祖，后因见其皤然老翁而投水身亡。这当然是带有戏剧色彩的传说（焦循《剧说》）。较为可信的记载是冯小青"冷雨幽窗不可听，挑灯闲看《牡丹亭》，人间亦有痴如我，岂独伤心是小青"的绝命诗，以及杭州演员商小玲上演《寻梦》时的气绝而亡（蒋瑞藻《小说考证》）。这些青年女子的死亡，正是封建势力长期压迫所致，同时也表明《牡丹亭》是闺中怨女们的一部知音书和安魂曲。

慑于汤剧的深广影响，许多封建卫道士对剧作家进行了人身攻击和恣意谩骂。有的说汤显祖"死时手足尽堕"（徐树丕《活埋庵识小录》），有的说"有入冥者，见汤显祖身荷铁枷。人间演《牡丹亭》一日，则答二十"（杨恩寿《词余丛话》引《感应篇》）。在剧作家的故乡抚州府，曾于同治十一年（1872）立下禁书石碑，《牡丹亭》也被列名在内。凡此种种正好从反面表明了汤剧对"正统"社会强烈的震撼力。

"临川四梦"都是案头场上两擅其美的佳作。在广大的读者之外，还有极为众多的演员和观众在演出现场亲身感受汤剧的魅力。汤显祖亲自导演的宜黄腔戏班自不待言，其他声腔剧种也大都以上演汤剧为荣。昆曲上演汤剧尤以细腻、缠绵作为其剧种特征之一，涌现出一代代十分知名的演员。从清宫昇平署的宫廷戏班到为数众多的职业戏班和家庭戏班，上演以《牡丹亭》为主的汤剧，已是衡量其实力和水平的重要标志。众多小说戏曲还将汤剧演出采撷到情节发展之中，例如《红楼梦》借《西厢记》和《牡丹亭》二剧加深了宝黛的感情融合。20 世纪以来，《牡丹亭》曾几度被搬上银幕和荧屏。收集有二千二百多篇诗文和"临川四梦"剧本的《汤显祖集》，也于 1962 年起一版再版[13]。在钱南扬、徐朔方之后，国内外研究汤显祖的论文、专著越来越多，邹元江、程芸和邹自振等学界诸人的开掘也越来越深入。在汤剧翻译方面，汪榕培在中外译者中后来居上，已经将汤剧全部翻译出版[14]。汤剧无穷的艺术魅力和永恒的审美意蕴，已经成为中华民族的一笔重要的精神文化财富。

注 释

〔1〕日本曲学家青木正儿最早提出此说："显祖之诞生，先于英国莎士比亚十四年，后莎氏之逝世一年而卒（莎翁西纪 1564—1616，显祖西纪 1550—1617）。东西曲坛伟人，同出其时，亦一奇也。"（青木正儿《中国近世戏曲史》，王古鲁译，商务印书馆 1936 年初版，第 230 页）中国学者进行比较的更多。例如徐朔方在 20 世纪 60 年代初写成《汤显祖与莎士比亚》一文，发表在《社会科学战线》1978 年第 2 期。陈瘦竹《在纪念汤显祖逝世 366 周年学术讨论会上的报告——异曲同工》中说："366 年以前，世界文坛上两颗巨星先后陨落，一个是我国的汤显祖，一个是英国的莎士比亚。但是他们的作品到今天还放射出光芒。"（《汤显祖纪念集》，江西省文学艺术研究所 1983 年编，第 180 页）

〔2〕汤显祖的曾祖名廷用，"生有隽才，为名诸生"。祖父名懋昭，读书过目成诵，少年时补弟子员，当地人称"词坛上将""博学处士"。汤显祖的父亲名尚贤，"为文高古，举行端方"，珍藏了千馀种杂剧剧本。汤显祖的母亲吴氏是道学家吴允頖的女儿。（《文昌汤氏宗谱》卷首，毛效同《汤显祖研究资料汇编》（上），上海古籍出版社 1986 年版，第 119~125 页）

〔3〕关于汤显祖和张居正的关系，一些人强调两者之间的政治冲突。徐朔方则认为汤显祖因不肯结纳张居正而屡次落第是事实，但"汤显祖和张居正在革新政治方面不仅没有敌对关系，而且还有相当大的共同之处。他对张居正的反感实质上是他对封建专制主义的反感"，从而否认两者之间有着直接的政治冲突（《论汤显祖的思想发展和他的"四梦"》，《戏曲研究》第 9 辑）。

〔4〕万历十九年（1591）三月和闰三月，被认为是不祥之兆的彗星两次出现。汤显祖在

《论辅臣科臣疏》中分析了朝政的弊端，要皇上训督申时行等痛加省悔，以功补过，将杨文举、胡汝宁等贪官、昏官罢斥另选（徐朔方笺校《汤显祖集》（二），中华书局 1962 年版，第 1211 ~ 1214 页）。明神宗对汤显祖倨大的口气不能容忍，在给内阁的批示中说，汤显祖"以南部为散局，不遂己志，敢假借国事攻击元辅。本当重究，姑从轻处了"（《明实录》第 359 册）。

〔5〕汤显祖在遂昌的五年为实现其政治理想作出了积极努力。苏振元认为"在遂昌的五年，是汤显祖进步思想的一个重要时期"，"四梦"中后三部杰作的诞生，"是与他在遂昌时期的思想发展、创作实践和生活积累分不开的"（《汤显祖在浙江遂昌》，《杭州大学学报》1982 年第 2 期）。

〔6〕李仲文事见于《太平广记》所引《法苑珠林》，叙李太守之亡女与某男结合。冯孝将事出于《幽明录》，写冯太守之子帮助女鬼复生，娶为妻室，生有二男。这两事当然有助于《牡丹亭》的构思，但都不是该剧的真正蓝本。汤显祖在该剧《题词》中还提到过汉睢阳王收拷谈生故事，那也只不过是个别细节的相近而已。现存话本《杜丽娘慕色还魂》全文见何大抡的《重刻增补燕居笔记》，明嘉靖进士晁瑮在《宝文堂书目》中著录为《杜丽娘记》，余公仁《燕居笔记》卷八题为《杜丽娘牡丹亭还魂记》。总体而言，《牡丹亭》的主要人物与基本情节都与该话本相近，有些语言诗句在移用过程中稍有更动。杜丽娘的自题小像诗"近睹分别似俨然，远观自在若飞仙。他年得傍蟾宫客，不在梅边在柳边"，在汤剧中沿用不误。

〔7〕关于《牡丹亭》的戏剧冲突，中国科学院文学研究所编的《中国文学史》认为，贯穿全剧的冲突就是情理冲突，具体"表现为杜丽娘、柳梦梅和封建家长杜宝之间公开的和面对面的斗争"（《中国文学史》，人民文学出版社 1979 年版，第 956 页）。董每戡认为，《牡丹亭》没有安排矛盾双方"面对面的火爆斗争"，杜丽娘看似没有受到什么人的压迫而致死，"却又明明觉得有一股巨大的阻力存在"（《五大名剧论》，人民文学出版社 1984 年版，第 296 ~ 297 页）。

〔8〕学术界关于《牡丹亭》有悲剧、喜剧、悲喜剧三类提法。比如郑振铎称《牡丹亭》是"一部离奇的喜剧"（《插图本中国文学史》，作家出版社 1957 年版，第 861 页）。赵景深认为《牡丹亭》是悲剧（《〈牡丹亭〉是悲剧》，《江苏戏剧》1981 年第 1 期）。叶长海认为《牡丹亭》是一个"悲剧和喜剧糅合在一起"的"悲喜剧"（《中国古代悲剧喜剧论集》，上海文艺出版社 1983 年版，第 103 ~ 112 页）。

〔9〕《紫箫记》中辍的原因之一，据汤显祖《紫钗记题词》云，新剧未成，"而是非蜂起，讹言四方"，恐有影射时事之嫌。原因之二是好友帅机批评"此案头之书，非台上之曲也"，不具备上演的可能性。徐朔方《汤显祖年谱》中专列"《紫箫记》未成与政治纠纷无关"一节（中华书局 1958 年版，第 228 页）。针对邓长风等人认为《紫箫记》未成与政治纠纷有关的观点（《〈紫箫记〉未成与政治纠纷有关》，《浙江学刊》1986 年第 1 ~ 2 期），该剧对张居正有所讥刺的说法，徐朔方写有《再论〈紫箫记〉未成与政治无关》（《浙江学刊》1986 年第 4 期）。

〔10〕关于《紫钗记》的完成时间，夏写时另有看法，认为南京删润本并非定本，而是

"在遂昌再度改写《紫钗记》，并于万历二十三年（1595）完成"。"《紫钗记》虽是'四梦'中艺术成就稍次之作，却是一个认识汤显祖、探究汤显祖曲意的关键性作品。"（《汤显祖〈紫钗记〉成年考》，《学术月刊》1984 年第 1 期）

〔11〕对于汤显祖的《南柯梦》，学术界历来不大看重。一般认为，它是部"表现人生如梦的戏曲"（游国恩等《中国文学史》第 4 册，第 81 页），通篇都是"为佛教说法"（石凌鹤《试论汤显祖和其剧作》，《江西日报》1957 年 11 月 12 日），因而是汤显祖"失败的作品"。吴凤雏认为这些说法都只从表象作简单武断的推论，不免失之偏颇。"其实，《南柯梦》是一部思想内容十分丰富、进步倾向十分明显的不朽之作。"（《〈南柯梦〉的思想倾向》，《汤显祖研究论文集》，中国戏剧出版社 1984 年版，第 312 页）

〔12〕《邯郸记》在"四梦"中一般将它排名第二，例如徐朔方称《邯郸记》简练纯净，"它的成就仅次于《牡丹亭》"（《中国大百科全书·戏曲曲艺卷》，中国大百科全书出版社 1983 年版，第 386 页）。黄文锡、吴凤雏则盛赞"《邯郸记》……对当时社会之黑暗，官场之腐败，权贵之骄横，士林之媚谄，都作了尖锐深刻的揭露。其锋芒所指，上至皇帝权臣，旁及科场、制诰、封荫等各种典制，纷纭复杂，无所不及，正无异于一部明代中晚期的《官场现形记》，一部反映封建末世人情风物的百科全书，一篇讨伐万恶的封建社会的战斗檄文"（《汤显祖传》，中国戏剧出版社 1986 年版，第 165 页）。郁华、萍生更认为："《邯郸记》绝不是《牡丹亭》的次篇，而是《牡丹亭》的继续和发展。无论在思想性或艺术上的成就，较之《牡丹亭》它都毫不逊色，甚至有过之而无不及。如果说《牡丹亭》充满了对封建礼教的反抗，那还只是对封建小家族带有怨而不怒的反抗的话，那么《邯郸记》则是针对封建专制王朝，针对整个封建大家族而发的愤怒的讥嘲的批判。"（《〈邯郸记〉新探》，《汤显祖研究论文集》，中国戏剧出版社 1984 年版，第 344 页）

〔13〕徐朔方笺校本《汤显祖集》，中华书局、上海人民出版社 1962 年版。

〔14〕汪榕培译本《牡丹亭》，湖南人民出版社 2000 年版。《邯郸记》，外语教育出版社 2003 年版。《紫钗记》，花城出版社 2009 年版。《南柯记》，上海外语教育出版社 2012 年版。《紫箫记》，上海外语教育出版社 2013 年版。

第八章 《西游记》与其他神怪小说

明代后期，在通俗小说领域中兴起了编著神怪小说的热潮。这批神怪小说，是在儒、道、释"三教合一"的思想主导下，接受了古代神话、六朝志怪、唐代传奇、宋元说经话本和"灵怪""妖术""神仙"等小说话本的影响，吸取了道家仙话、佛教故事和民间传说的养料后产生的。它与讲究"真"与"正"的历史演义、英雄传奇不同，其主要特征是尚"奇"贵"幻"，以神魔怪异为主要题材，参照现实生活中政治、伦理、宗教等方面的矛盾和斗争，比附性地编织了神怪形象系列，并将一些零散、片段的故事系统化、完整化。在这类小说中，有的作品完全以宣扬迷信鬼神与封建道德为主要目的，故事荒唐，文字粗鄙，很快被历史淘汰。但其中以《西游记》为代表的一些优秀作品，往往能以生动的形象、奇幻的境界、诙谐的笔调怡神悦目，启迪心志，一直被读者珍视。

第一节 《西游记》的题材演化及其作者

玄奘取经题材的神化与孙悟空形象的演化　　《西游记》的版本　　作者问题　　吴承恩

《西游记》的成书与《三国志演义》《水浒传》相类似，都经历了一个长期积累与演化的过程。但两者演化的特征并不一致：《三国志演义》《水浒传》是在历史真实的基础上加以生发与虚构，是"实"与"虚"的结合而以"真"的假象问世；而《西游记》的演化过程则是将历史的真实不断地神化、幻化，最终以"幻"的形态定型。

玄奘（602—664）取经原是唐代的一个真实的历史事件。贞观三年（629），他为追求佛家真义，前往天竺，历经百馀国，费时十七载，取回梵文大小乘经论律657部。这一非凡的壮举，本身就为人们的想象提供了广阔的天地。归国后，他奉诏口述所见所闻，由门徒辩机辑录成《大唐西域记》一书。

此书尽管"皆存实录，匪敢雕华"，但以宗教家的心理去描绘的种种传说故事和自然现象，难免已染上了一些神异的色彩。后由其弟子慧立、彦悰撰写的《大唐大慈恩寺三藏法师传》，在赞颂师父、弘扬佛法的过程中，也不时地用夸张神化的笔调去穿插一些离奇的故事。于是，取经的故事在社会上越传越神，唐代末年的一些笔记如《独异志》《大唐新语》等，就记录了玄奘取经的神奇故事。

成书于北宋年间的《大唐三藏取经诗话》，似为一种"说经"话本[1]，它虽然文字粗略，故事简单，尚无猪八戒，"深沙神"也只出现了一次，但大致勾画了《西游记》的基本框架，并开始将取经的历史故事文学化。尤其值得注意的是，书中出现了猴行者的形象。他自称是"花果山紫云洞八万四千铜头铁额猕猴王"，助三藏西行，神通广大，实际上已成了取经路上的主角，是《西游记》中孙悟空的雏形。

取经队伍中加入了猴行者，这在《大唐三藏取经诗话》流传后逐步被社会认可[2]。一个其貌不扬的猴精，开始挤进了取经的队伍，并渐渐地喧宾夺主，这在《西游记》故事的神化过程中关系重大。这个艺术形象的形成，与我国古代神话、民间传说及道、释两教的故事中长期流传着诸如"石中生人"的夏启、"铜头铁额"的蚩尤、"与帝争位"的刑天及一些猿猴成精的奇闻异说有关。比如唐代李公佐的《古岳渎经》所载的"形若猿猴"的淮涡水怪无支祁，其"神变奋迅之状"和叛逆的色彩，就与取经传说中的猴王比较接近[3]。至于印度教经典《罗摩衍那》中的神猴哈奴曼，虽与美猴王也有许多相近之处[4]，但他传入中土，也是被中国化了的。取经故事中的猴行者，以及后来的孙悟空，其形其神，是在中国文化的传统中，融合了历代民间艺人的爱憎和想象后演化而成的。

唐僧、孙悟空、猪八戒、沙僧师徒四人取经故事在元代渐趋定型[5]。作为文学作品，猪八戒首次出现是在元末明初人杨景贤所作的杂剧《西游记》中。在此剧中，深沙神也改称了沙和尚[6]。至迟在元末明初，有一部故事比较完整的《西游记》问世。原书已佚，有一段残文"梦斩泾河龙"约1 200字，保存在《永乐大典》13139卷"送"韵"梦"字条，内容相当于金陵世德堂刊本《新刻出像官板大字西游记》第九回。此外，古代朝鲜的汉语教科书《朴通事谚解》[7]，载有一段"车迟国斗圣"，与世德堂本第四十六回的故事相似。另从此书有关的九条注中，也可窥见这部《西游记》的故事已相当复杂，主要人物、情节和结构已大体定型，特别是有关孙悟空的描写，已与百回本《西游记》基本一致，这为后来作为一部长篇通俗小说的成书打下了坚实的基础。

　　世德堂本《西游记》是现存最早的《西游记》刊本，20 卷，100 回，一般认为初刊于万历二十年（1592）[8]。另据嘉靖、万历间人周弘祖的《古今书刻》著录，曾有"鲁府"与"登州府"刊刻的《西游记》。又，明末盛于斯《休庵影语》称幼时曾阅"出自周邸"的抄本。这些本子可能是世德堂本的祖本，可惜均佚。晚明另流行两种简本[9]，一般认为是繁本的删改本。清初汪象旭、黄周星评刻的《西游证道书》正文基本同世德堂本，于第九回自称据大略堂《释厄传》古本插入"陈光蕊赴任逢灾，江流僧复仇报本"的故事，将原本第九、十、十一回的内容改成第十、十一回。以后名目繁多的清刊评点本正文，大多直接或间接地接受了它的影响。1955 年人民文学出版社排印世德堂本时，也更动了回目，插进了第九回的内容。1980 年重排时，又恢复了世德堂本的原貌，而将第九回附录于后。

　　《西游记》的最后写定者是谁，迄今无定论。现存明刊百回本《西游记》均无作者署名，仅世德堂本卷首陈元之序称："或曰出今天潢何侯王之国，或曰出八公之徒，或曰出王自制。"据此作者或与宗藩王府有关。清初刊刻的《西游证道书》始提出作者为元代道士丘处机，以后的刻本多相沿袭，直到近今还有学者重提此说，[10]但一般认为此说是因将丘的弟子所写的《长春真人西游记》与小说《西游记》相混的结果。此外，曾有个别学者提出作者是元代全真道人尹真人的弟子或许白云等[11]，均反响不大。清代乾隆年间，吴玉搢在《山阳志遗》中首次提出《西游记》的作者是吴承恩，当时虽得阮葵生、丁晏等淮安乡人的响应，但未产生很大的影响。直到 20 世纪 20 年代，经鲁迅、胡适等人的认定，《西游记》的作者是吴承恩的说法就几乎成了定论[12]。但国内外的一些学者也不断提出质疑[13]。在目前正反两方面都未能进一步提出确凿的证据之前，姑且将吴承恩暂定为《西游记》的作者。

　　吴承恩（约 1500—约 1582）[14]，字汝忠，号射阳居士，淮安山阳（今江苏淮安）人。幼年"即以文鸣于淮"，但屡试不第，四十馀岁时始补岁贡生。因母老家贫，曾出任长兴县丞两年，"耻折腰，遂拂袖而归"。后又补为荆府纪善，但可能未曾赴任。晚年放浪诗酒，终老于家。有《射阳先生存稿》4 卷。

第二节　寓有人生哲理的"游戏之作"

　　戏笔中存至理　　对人性自由的向往和自我价值的肯定　　呼唤有个性、有理想、有能力的人性美　　整体性寓意与局部性象征

　　《西游记》作为一部神魔小说，既不是直接地抒写现实的生活，又不类于史前的原始神话，在它神幻奇异的故事之中，诙谐滑稽的笔墨之外，蕴涵着某种深意和主旨。对此，历来的评论家作过种种探讨，大致从认为"幻中有理"，到强调"幻中有趣""幻中有实"，有一个曲折的历程[15]。应该说，小说本身的确或多或少地存在着支撑某一倾向的依据。但就其最主要和最有特征性的精神来看，应该说还是在于"游戏之中暗传密谛"（《李卓吾先生批评西游记》第十九回总批），在神幻、诙谐之中蕴涵着"三教合一"的哲理。这个哲理的主体是被明代个性思潮冲击、改造过了的心学。因而作家主观上想通过塑造孙悟空的艺术形象来宣扬儒家的"存心养性"、道家的"修心炼性"和释家的"明心见性"，维护当时的社会秩序，但客观上倒是张扬了人的自我价值和对于人性美的追求。

　　《西游记》想通过孙悟空的形象来宣扬"三教合一"化了的心学是一清二楚的[16]。心学的基本思想是"求放心""致良知"，即是使受外物迷惑而放纵不羁的心，回归到良知的自觉境界。小说特别选用了"心猿"这一典型的比喻躁动心灵的宗教用语来作为孙悟空的别称。一些回目和诗赞也非常直接和明白地表现了这一寓意，回目如"灵根育孕源流出，心性修持大道生"（第一回），"九九数完魔灭尽，三三行满道归根"（第九十九回）等不少就是用修心炼性的术语所构成的[17]。在诗赞中，说美猴王道："借卵化猴完大道，假他名姓配丹成，内观不识因无相，外合明知作有形。"（第一回）"猿猴道体配人心，心即猿猴意思深……马猿合作心和意，紧缚牢拴莫外寻。"（第七回）这也清楚地表明了作者是把孙悟空当作人心的幻相来刻画的。再从全书内容的构架来看，大致由三个部分组成：一，孙悟空大闹天宫；二，被压于五行山下；三，西行取经成正果。这实际上隐喻了放心、定心、修心的全过程。这种喻意在小说中多有提示，如在前七回，孙悟空上天入地大闹乾坤，即在回目上说他是"心何足""意未宁"（第四回）；第七回被如来佛压在五行山下，就叫作"定心猿"；以后去西天取经，常称是"心猿归正"（第十四回）、"炼魔"（第五十一回）、"魔灭尽"与"道归根"（第九十九回）等。为了表现"心猿归正"的总体设计，作品还让孙悟空不时地向唐僧直接宣传"明心见性"的主张。例如，第二十四回唐僧问悟空何时可到西天雷音，悟空答道："只要你见性志诚，念念回首处，即是灵山。"第八十五回，悟空还用乌巢禅师的《多心经》提醒唐僧道："佛在灵山莫远求，灵山只在汝心头。人人有个灵山塔，好向灵山塔下修。"顿使唐僧明了："千经万典，也只是修心。"正因为《西游记》在总体上是十分清楚地宣扬了与道家"修心炼性"、佛家"明心见性"相融合的心学，故难怪早期的批评家都认同《西游记》隐喻着"魔以心生，亦以心摄"的思想主旨，乃至到鲁迅在强调小说"出于游戏"的同时，也说："如果我们一定要问他的大旨，则我觉得明人谢肇淛说的'《西游记》……以猿为心之神，以猪为意之驰，其始之放纵，上天入地，莫能禁制，而归于紧箍一咒，能使心猿驯伏，至死靡他，盖亦求放心之喻。'这几句话，已经很足以说尽了。"（《中国小说的历史的变迁》第五讲）

《西游记》的作者在改造和加工传统的大闹天宫和取经的故事时，纳入了时尚的心学的框架，但心学本身在发展中又有张扬个性和道德完善的不同倾向，这又和西游故事在长期流传过程中积淀的广大人民群众的意志相结合，就使《西游记》在具体的描绘中，实际上所表现的精神明显地突破、超越了这一预设的理性框架，并向着肯定自我价值和追求人性完美倾斜。具体而言，假如说前七回主观上想谴责"放心"之害，而在客观上倒是赞颂了自由和个性的话，那么以第七回"定心"为转机，以后取经"修心"的过程，就是反复说明了师徒四人在不断扫除外部邪恶的同时完成了人性的升华，孙悟空最终成了一个有个性、有理想、有魄力的人性美的象征。

孙悟空出世不久，在花果山就不想"受老天之气"，他要"独自为王"，"享乐天真"。从表面上看来，他"不伏麒麟辖，不伏凤凰管，又不伏人间王位所拘束，自由自在"，但当他想到暗中还有个"阎王老子管着"，就觉得浑身不自在，"忽然忧恼，堕下泪来"（第一回）。于是他访师学道，学得本领，又打到阴司，将生死簿上的猴属名字一概勾掉，向十殿阎王宣告："今番不伏你管了！"（第三回）作者在具体描写美猴王的这种不受任何管束、追求自由自在的所作所为时，并没有直接说明这就是"放心"行径的形象注脚，甚至也没有在字里行间流露出多少贬义，故留给读者的印象只是他能为追求自由而敢作敢为，像《李卓吾先生批评西游记》评悟空在阴司的除名之举时就赞道："爽利，的是妙人！"后来他大闹天宫，原由是"玉帝轻贤"，"这般渺视老孙"！第一次请他上天，只安排他做一个未入流的"弼马温"，他深感到自己这个"天生圣人"的价值没有得到应有的承认，个人的尊严受到了侮辱："老孙有无穷的本事，为何教我替他养马？""活活的羞杀人！"（第四回）于是打出南天门而去。第二次请他上天，虽然依着他给了个"齐天大圣"的空衔，却是"有官无禄"，并未从根本上得到尊重，于是他"先偷桃，后偷酒，搅乱了蟠桃大会，又窃了老君仙丹"（第五回），反出天门。他说"强者为尊该让我，英雄只此敢争先"，甚至说出了"皇帝轮流做，明年到我家"（第七回），都是顺着强调自我的思路而发出的比较鲜明和极端的声音。这种希望凭借个人的能力去自由地实现自我价值的强烈愿望，正是明代个性思潮涌动、人生价值观念转向的生动反映。然而，作者并不赞成孙悟空"只为心高图罔极，不分

上下乱规箴"，不希望否定整个宗法等级制度，当孙悟空"欺天罔上"，叫嚷
"将天宫让与我"（第七回）时，作者就让如来佛易如反掌地将他压在五行山
下。这形象地反映了封建的等级社会还是不可动摇，维护这个社会的思想也是
根深蒂固的。不论你叫嚷"强者为尊"，还是追求"自由自在"，都只能在适
度的范围内进行。总之，从孙悟空出世到大闹天宫，作品通过刻画一个恣意
"放心"的"大圣"，有限度而不自觉地赞颂了一种与晚明文化思潮相合拍的
追求个性和自由的精神。

小说的主要篇幅是描写孙悟空从唐僧经八十一难，去西天取经。这八十一
难有不少是模式相同的[18]，前后很难找到某种内在的逻辑联系，因而给人以
一种循环往复的感觉。这些周而复始、形形色色的险阻与妖魔，都是用来作为
修心过程中障碍的象征。小说第十七回曾予以点明："菩萨、妖精，总是一
念。"换言之，妖魔实即生于一念之差。所谓"心生，种种魔生；心灭，种种
魔灭"。小说描写了八十一难的磨炼，无非是隐喻着明心见性必须经过一个长
期艰苦的"渐悟"过程。但是，当作者在具体描绘孙悟空等人历尽艰险，横
扫群魔的所作所为时，往往使这"意在笔先"的框架"淡出"，而使一个个有
血有肉的艺术形象凸显。在这些形象中，孙悟空尤为鲜明地饱含着作者的理想
和时代的精神。

孙悟空在取经过程中，仍然保持着鲜明的桀骜不驯的个性特点。这正如在
第二十三回中猪八戒对他的评价："我晓得你的尊性高傲。"他不愿处于"为
奴"的地位（第七十一回），从不轻易地对人下拜，"就是见了玉皇大帝、太
上老君，我也只是唱个喏便罢了"（第十五回）。至于一般的神灵更是不放在
眼里，稍不称意，就要"伸过孤拐来，各打五棍见面，与老孙散散心"（第十
五回）。作为一个皈依教门的和尚，却还把闯地府、闹天宫当作光荣的历史屡
加夸耀；对于那个专门用来"拘系""收管"他，不让他"逍遥自由耍子"
的紧箍儿，则一直念念不忘能"脱下来，打得粉碎，切莫叫那甚么菩萨，再
去捉弄他人"（第一百回）。这都表现了取经路上的孙悟空还是那样的反对束
缚、尊重自我和向往自由，具有一种强烈的个性精神。但是，这时的孙悟空毕
竟不同于先前的齐天大圣，他已肩负着协助唐僧去西天取得真经的崇高使命。
取经，本是一种事业，但实际上已成了他坚韧不拔地追求的一种理想的象征。
为了实现这一理想，他翻山越岭，擒魔捉怪，吃尽千辛万苦，排除重重困难，
从不考虑个人私利，一心以事业为重，即使在被人误解，遭到不公正的待遇，
甚至被唐僧念着紧箍咒、赶回花果山时，还是"身回水帘洞，心逐取经僧"
（第三十回）。这种为理想而献身的精神，也就成了取经路上孙悟空的一个明
显的性格特征。当然，孙悟空等在经历八十一难的具体过程中，是作为一个解

除磨难的英雄出现在读者面前的。在他眼里，没有越不过的险阻，没有镇不住的妖魔，凭着他的顽强拼搏，都能化险为夷，逢凶变吉。在战斗中，他又能随机应变，善于斗智，一会儿变作小虫出入内外，一会儿又化成妖精的母亲或丈夫等去迷惑他们，常常在真真假假、虚虚实实之中，弄得敌人晕头转向，防不胜防。孙悟空的这种大智大勇的英雄精神，与其为实现理想而奋斗到底的献身精神和强烈的个性精神相结合，呈现出了独特的光彩。随着他历经八十一难，扫除众魔，自己也由魔变成了佛，这也就自然地使他的品格更显出完美性和普遍性。而事实上，他的那种英雄风采，正是明代中后期人们所普遍追求的一种人性美。《西游记》是在游戏之中呼唤着孙悟空这样的英雄。

当然，《西游记》作为一部累作型的长篇小说，其整体内涵是十分丰富的。它有总体性的寓意，也有局部性的象征。天才的作家又往往随机将一些小故事像珍珠似的镶嵌在整个体系中，让它们各自独立地散发出折射现实的光芒。比如第十回写唐太宗至阴司时，带了魏徵的一封信递给判官，希望能讲"交情"，"方便一二"，这俨然如人间的"说分上"；第二十九回写宝象国王问群臣谁去救百花公主回国时，"连问数声，更无一人敢答"，这批"木雕成的武将，泥塑就的文官"，就真如李贽批评的当朝庸臣"只解打恭作揖，终日匡坐，同于泥塑"，"一旦有警，则面面相觑，绝无人色，甚至互相推诿"（《焚书》卷四《因记往事》）；第九十三回写猪八戒狼吞虎咽，沙僧告诫他要"斯文"时，八戒叫起来道："斯文！斯文！肚里空空！"沙僧笑道："天下多少'斯文'，若论起肚子里来，正替你我一般哩。"这也是对当时一班只知做时文八股的秀才的有力嘲笑。诸如此类的点缀，看似信笔写来，却能机锋迭出，醒目警世。这也就使人们进一步加深了这样的印象：《西游记》这部"幻妄无当"的神魔小说确实与明代中后期的现实世界有着千丝万缕的联系。

第三节　神幻世界的奇幻美与诙谐性

极幻与极真　物性、神性与人性的统一　多角度、多色调描绘的形象　戏言寓诸幻笔

《西游记》在艺术表现上的最大特色，就是以诡异的想象、极度的夸张，突破时空，突破生死，突破神、人、物的界限，创造了一个光怪陆离、神异奇幻的境界。在这里，环境是天上地下、龙宫冥府、仙地佛境、险山恶水；形象多身奇貌异，似人似怪，神通广大，变幻莫测；故事则上天入地，翻江倒海，兴妖除怪，祭宝斗法。作者将这些奇人、奇事、奇境熔于一炉，构筑成了一个

统一和谐的艺术整体，展现出一种奇幻美。这种奇幻美，看来"极幻"，却又令人感到"极真"。因为那些变幻莫测、惊心动魄的故事，或如现实的影子，或含生活的真理，表现得那么入情入理。那富丽堂皇、至高无上的天宫，就像人间朝廷在天上的造影；那等级森严、昏庸无能的仙卿，使人想起当朝的百官；扫荡横行霸道、凶残暴虐的妖魔，隐寓着铲除社会恶势力的愿望；歌颂升天入地、无拘无束的生活，也寄托着挣脱束缚、追求自由的理想。小说中的神魔都写得有人情，通世故。像"三调芭蕉扇"写铁扇公主的失子之痛；牛魔王的喜新厌旧；铁扇公主在假丈夫面前所表现的百般无奈，万种风情；玉面公主在真丈夫面前的恃宠撒娇，吃醋使泼，真是分不清是在写妖还是写人，写幻还是写真。这正如《李卓吾先生批评西游记》的批语所指出的：《西游记》中的神魔都写得"极似世上人情"，"作《西游记》者不过借妖魔来画个影子耳"（第七十六回总批）。这部小说就在极幻之文中，含有极真之情；在极奇之事中，寓有极真之理。

与小说在整体上"幻"与"真"相结合的精神一致，《西游记》塑造人物形象也自有其特色，即能做到物性、神性与人性的统一。所谓"物性"，就是作为某一动植物的精灵，保持其原有的形貌和习性，如鱼精习水，鸟精会飞，蝎子精有毒刺，蜘蛛精能吐丝；就是他们的性格，也往往与之相称，如猴子机灵，老鼠胆小，松柏有诗人之风，杏树呈轻佻之姿。这些动物、植物，一旦成妖成怪，就有神奇的本领，具有"神性"，从"真"转化为"幻"。然而，作者又将人的七情六欲赋予他们，将妖魔鬼怪人化，使他们具有"人性"，将"幻"与人间的、更深层次的"真"相融合，从而完成了独特的艺术形象的创造。如孙悟空，长得一副毛脸雷公嘴的猴相，具有机敏、乖巧、好动等习性。他神通广大，有七十二般变化的本领。但千变万化，往往还要露出"红屁股"或"有尾巴"的真相。他是一只神猴，却又是人们理想中的人间英雄。他有勇有谋、无私无畏、坚忍不拔、积极乐观，而又心高气傲、争强好胜，容易冲动，爱捉弄人，具有凡人的一些弱点，乃至如信奉"一日为师，终身为父"（第三十一回），遵守"男不与女斗"（第七十二回）的规则，等等，这都深深地打上了社会的烙印。他就是一只石猴在神化与人化的交叉点上创造出来的"幻中有真"的艺术典型。

《西游记》中的神魔形象之所以能给人以一种真实、亲切的感觉，很重要的一点是注意把人物置于日常的平民社会中，多色调地去刻画其复杂的性格。比如孙悟空身上也有诸多凡人的弱点，言谈中时见市井粗话、江湖术语和商人行话。但他主要作为一个理想化、传奇性的英雄，作者让他超越了凡人的感官欲望。他的弱点一般是气质性的，而不是出于个人感官的贪求。与孙悟空不同，猪八戒尽管是天蓬元帅出身，长得长喙大耳，其貌不扬，却更像一个普通的人，更具浓厚的人情味。他本性憨厚、纯朴，在高老庄上干活"倒也勤谨"，帮高家"扫地通沟，搬砖运瓦，筑土打墙，耕田耙地，种麦插秧，创家立业"（第十八回）。在取经路上，在斩妖除怪的战斗中，他是悟空的得力助手。初入取经队伍，就一钉钯把虎怪的头颅筑了九个窟窿。大战流沙河时，他"虚幌一钯，佯输诈败"（第二十二回），在勇敢中也常耍一点聪明。在顽敌面前，从不示弱，即使被俘，也不屈服，虽受气而"还不倒了旗枪"（第四十二回），不失为英雄本色。八百里荆棘岭，仗他日夜兼程开道；七绝岭稀柿同，靠他顶着恶臭拱路。十万八千里取经道上，他有苦劳，也有功劳，最后理所当然地取得了正果。但是，他的食、色两欲，一时难以泯灭；偷懒、贪小，又过多地计较个人的得失。看到美酒佳肴、馒头贡品，常常是流涎三尺，丢人现眼，还多次因嘴馋而遭到妖怪的欺骗。遇见美色，就更是心痒难挠，出乖露丑，乃至快到西天了，还动"淫心"，扯住嫦娥道："姐姐，我与你是旧相识，我和你耍子儿去也。"（第九十五回）他偷懒贪睡，叫他去化斋、巡山，却一头钻进草丛里呼呼大睡。一事当前，不顾同伴的安危，先算计自己不要吃亏，有时因此而临阵逃脱。他还偷偷地积攒"私房"钱，有时还要说谎，撺掇师父念紧箍咒整治、赶走大师兄，或者自己嚷着"分行李"，散伙回高老庄。他的这些毛病，往往是出于人的本能欲求，反映了人性的普遍弱点。这无疑有落后、自私、狭隘的一面，但同时往往能获得人们的理解和同情。他不忘情于世俗的享受，但还执著地追求理想；他使乖弄巧，好占便宜，而又纯朴天真，呆得可爱；他贪图安逸，偷懒散漫，而又不畏艰难，勇敢坚强；他不是一个高不可攀的英雄，而是一个实实在在的"人"。显然，《西游记》用多角度、多色调描绘出来的猪八戒这一艺术形象，与《三国志演义》中的帝王将相、《水浒传》中的英雄豪杰相比，更贴近现实生活，因而也更具真实性。它无疑是中国古代长篇小说在塑造人物形象方面取得长足进步的一个重要标志。

《西游记》在艺术表现上的另一个特点，就是能"以戏言寓诸幻笔"（任蛟《西游记叙言》），中间穿插了大量的游戏笔墨，使全书充满着喜剧色彩和诙谐气氛。这种戏言，有时是信手拈来，涉笔成趣，无关乎作品主旨和人物性格的刻画，只是为了调节气氛，增加小说的趣味性。比如第四十二回写悟空去问观音借净瓶时，观音要他"脑后救命的毫毛拔一根与我作当"，悟空只是不肯，观音就骂道："你这猴子！你便一毛也不拔，教我这善财也难舍。"这"一毛不拔"就是顺手点缀的"趣话"，给人以轻松的一笑。但有的戏言还是能对刻画性格、褒贬人物起到画龙点睛的作用。例如，第二十九回写猪八戒在宝象国，先是吹嘘"第一会降（妖）的是我"，卖弄手段时，说能"把青天也拱个大窟窿"，牛皮吹得震天响。结果与妖怪战不上八九个回合，就撇下沙僧先溜走，说："沙僧，你且上前来与他斗着，让老猪出恭去。""他就顾不得沙僧，一溜往那蒿草薜萝、荆棘葛藤里，不分好歹，一顿钻进；那管刮破头皮，搊伤嘴脸，一毂辘睡倒，再也不敢出来。但留半边耳朵，听着梆声。"这一段戏笔，无疑是对好说大话、只顾自己的猪八戒作了辛辣的嘲笑。另外，有的游戏笔墨也能成为讽刺世态的利器。如第四十四回写到车迟国国王迫害和尚，各府州县都张挂着御笔亲题的和尚的"影身图"，凡拿得一个和尚就有奖赏，所以都走不脱。此时忽然插进一句："且莫说是和尚，就是剪鬃、秃子、毛稀的，都也难逃。四下里快手又多，缉事的又广，凭你怎么也是难脱。"此语看似风趣而夸张，实是对当时厂卫密布、特务横行的黑暗社会的血泪控诉。在《西游记》中，还有的戏谑文字实际上是将神魔世俗化、人情化的催化剂。神圣的天帝佛祖，凶恶的妖魔鬼怪，一经调侃、揶揄之后，就淡化了头上的光环或狰狞的面目，与凡人之间缩短了距离，甚至与凡人一样显得滑稽可笑。比如第七十七回，写唐僧受困狮驼城，悟空往灵山向如来哭诉；当佛祖说起"那妖精我认得他"时，行者猛然提起："如来！我听见人讲说，那妖精与你有亲哩！"当如来说明妖精的来历后，行者又马上接口道："如来，若这般比论，你还是妖精的外甥哩！"这一句俏皮话，就把佛祖从天堂拉到了人间。后来如来佛祖解释因唐僧等未送"人事"而传白经时说："经不可轻传，亦不可以空取。向时，众比丘圣僧下山，曾将此经在舍卫国赵长者家与他诵了一遍……只讨得他三斗三升米粒黄金回来。我还说他们忒卖贱了，教后代儿孙没钱使用。你如今空手来取，是以传了白本。"（第九十八回）当八戒为封得"净坛使者"而表示不满，吵吵嚷嚷时，如来又道："天下四大部洲，瞻仰吾教者甚多，凡诸佛事，教汝净坛，乃是个有受用的品级，如何不好？"（第一百回）如此这般，作者让这尊法相庄严的教主讲出一连串令人发噱的市井话，就使人感到他不那么神圣，而是那么凡俗、亲近。神，就被风趣的戏笔淡化为了人。

第四节　《封神演义》等其他神魔小说

神魔小说流派的形成　　《封神演义》　　《西游记》等神
魔小说的影响

《西游记》之后，至明末短短的几十年间，涌现出了近三十部内容各异、长短不同的神魔小说，迅速形成了与历史演义等明显不同的小说流派。这派小说主要有以下三种类型：

一、《西游记》的续书、仿作、节本，以及与其相配套的系列丛书。《西游记》之后，明人（作者不详）就创作了一部规模相当的《续西游记》100回，写唐僧师徒历经磨难，保护"真经"回长安，在摹拟中也有创造，然与前书相比，毕竟相形见绌，故流传不广。另有《西游补》16回[19]，别开生面，叙孙悟空"三调芭蕉扇"后，被情妖鲭鱼精所迷，渐入梦境，或见过去未来之事，或变各种不同形象，历经迷惑和挣扎，终得虚空主人一呼点醒，乃打杀鲭鱼，又现真我。作品构思奇特，变幻莫测，上下古今，熔于一炉，似真似假，如梦如幻，嬉笑怒骂，皆成文章，在对历史的反思、人生的感叹、现实的批判之中，尽情地抒发了胸中的垒块，并表达了对于"情"的理性思考。在《西游记》的续书中，这是比较受人注目的一部。明代《西游记》的仿作则有方汝浩的《东游记》（全称《新编扫魅敦伦东度记》，一名《续证道书东游记》），100回。书叙不如密多尊者在南印度、东印度"普渡群迷"，继而有达摩老祖率徒弟三人，自南印度至东印度，再往震旦阐扬佛教、扫迷度世。小说将人性中较具普遍意义的弱点，如酒、色、财、气、贪、嗔、痴、欺心、懒惰等塑造成一系列具有类型化和象征意义的"妖魔"形象，并构思了一些演化"心生魔生，心灭魔灭"道理的情节，说教味太重。另外还有一种吴元泰作的《东游记》，全称《八仙出处东游记传》，56回，连缀了铁拐李等八仙得道的故事。此书为系列丛书"四游记"中的一种。其他三种为：《南游记》，即余象斗编的《五显灵官大帝华光天王传》，18回，演华光救母的故事，有一定的可读性；《西游记》，即阳至和（一作"杨致和"）删节、改编《西游记》而成的《唐三藏西游全传》；《北游记》，亦名《北方真武玄天上帝出身志传》，24回，亦由余象斗编，记真武大帝成道降妖事，文字拙劣。从总体上看，这"四游记"虽在民间颇为流行，但艺术价值不高。

二、为神仙立传型作品。明代神魔小说中有相当数量是为佛道两教以及民间流传的各类神仙立传的，其中有的是独传式，写一人为主；也有的是合传型，将数人凑在一起。前者如达摩、观世音、许旌阳、吕纯阳、萨真人、天妃、钟馗、韩湘子、华光、真武、济颠、关帝、牛郎织女等；后者如二十四罗汉、八仙等。这类作品大都先写传主的出身始末，后叙其降妖除害、济世渡人的故事，结构松散，形象干瘪，宗教性强，但因民间信仰所致，也有一定的市场。

三、与历史故事相交融的作品。这类作品，或将历史的故事幻想化，或将虚幻的人物历史化，历史在这里只是作为一种背景或点缀，其主色调仍是由神魔鬼怪、奇事奇境所显现出来。晚明的这类代表作有《封神演义》《三宝太监西洋记》《三遂平妖传》等。罗懋登编的《三宝太监西洋记》，100回，书成于万历二十五年（1597）。作者有感于国势的衰微，想借郑和下西洋的故事，激励君臣，重振国威，但又着意于宣扬法力无边，因果轮回，故写得妖奇百出，使人感到荒诞不经。全书几乎全由对话堆砌而成，缺乏细节描写和人物性格刻画，情节枝蔓，文词不佳，战争描写也多承袭《三国志演义》《西游记》等小说。《三遂平妖传》演文彦博讨平王则、永儿夫妇事[20]。对造反人物多诬蔑为"妖人"，将历史上实有的本事演变为神道妖魔间的争斗。书中也反映了一些社会的黑暗和人民的苦难，语言朴素流畅，幽默泼辣，塑造了几个有血有肉的形象。在这类小说中，影响最大的要数《封神演义》。

《封神演义》100回，是明代天启年间，由许仲琳、李云翔据民间创作改编而成[21]。全书以武王伐纣、商周易代的历史为框架，叙写天上的神仙分成两派卷入这场争斗，支持武王的为阐教，帮助纣王的为截教。双方祭宝斗法，几经较量，最后纣王失败自焚，姜子牙将双方战死的要人一一封神。小说成功地塑造了殷纣王这个暴君的形象。他沉湎酒色，昏庸无道，炮烙直臣，诛妻杀子，重用奸佞，残害忠良，挖比干之心，剖孕妇之腹，种种暴行，令人发指。纣王这个千古暴君的艺术形象，具有一定的普遍意义，也是明代中后期残暴的政治现实的折射。作者将纣王的昏暴淫乱归罪于狐狸精化身的妲己，狐狸精也就成为蛊惑君王者的代名词和"女人祸水论"的样板。与此相对立的文王、武王则是仁政理想的化身。整部小说贯串了以仁易暴，以有道伐无道的基本思想。小说把明代明令删节的《孟子》中的一些具有古代民主思想的言论，如"君之视臣如手足，则臣视君如腹心；君之视臣如土芥，则臣视君如寇仇"等，通过正面人物之口加以宣扬，甚至让姜子牙一再宣称："天下者，非一人之天下，乃天下人之天下。"这些为"以臣伐君""以下伐上"张本的言论，无疑具有一定的反封建意义。至于写敢闯敢干的少年英雄哪吒在忍无可忍的情况下，竟追杀其父李靖，这不啻是对封建社会中"父要子亡，子不亡是为不孝"的伦理观念的一种反抗。这些进步的思想，显然与晚明尊重人性、张扬个性的社会思潮有关。但另一方面，书中流露了浓重的宿命论的观点，把一切都归结为"成汤气数已尽，周室天命当兴"；又不管正义与非正义，笼统地歌颂其忠君的精神；因而最后敌对双方的人物，乃至助纣为虐的奸佞小人一齐都上了封神台。这些与"女祸论"一起，都削弱了作品的积极意义。

这部小说以想象的奇特擅胜。其人有奇形怪貌、异能绝技，如雷震子生肉翅可飞，土行孙能土遁迅行，杨任在眼中长出双手，哪吒能化成三头八臂，以及千里眼、顺风耳等都脍炙人口。在双方争战中，光怪陆离的法宝，令人眼花缭乱。小说也刻画了一些有性格的人物，如土行孙机智幽默，英勇善战，而又暴躁好色，贪图富贵；闻太师一味愚忠，而又有一股正直之气。特别是"哪吒闹海"一节，把一个七岁小儿从天真顽皮到勇武斗狠的性格发展，写得井然有序，十分可爱。但总的说来，这部小说偏于叙事而略于写人；写人时注重其神奇性而忽略其人性，因而多数人物性格不鲜明。故事情节也多有雷同之处，置阵破阵，斗法破法，往往给人一种程式化的感觉。这都影响了它的艺术感染力。

《西游记》影响下的明末神魔小说主要可分成以上三类，而这三类的不同特点在具体作品中往往相互勾连、交叉，这里只是就其主要倾向而略加分别而已。以后清代的神魔小说大致也是沿着这些路子发展下去，出现了《后西游记》《钟馗斩鬼传》《绿野仙踪》等作品，但其总体成就没有一部超过《西游记》的。《西游记》作为一部神魔小说的代表作，不但在中国文学史上具有崇高的地位，而且也丰富了世界文学的宝库。早在1758年，日本著名小说家西田维则就开始了翻译、引进的工作，前后经过三代人长达74年的艰苦努力，终于在1831年完成了日本版的《通俗西游记》。时至今日，日译本《西游记》已不下三十馀种，还有许多改编本。1987年10月，日本电视工作者把《西游记》搬上电视屏幕。英译本最早见于1895年由上海华北捷报社出版的《金角龙王，皇帝游地府》，系通行本第十、第十一回的选译本。以后陆续出现了多种选译本，其中以1942年纽约艾伦与昂温出版公司出版的阿瑟·韦利翻译的《猴》最为著名。由安东尼（即俞国藩）翻译的全译本《西游记》四卷，在1977—1980年间分别于芝加哥和伦敦同时出版，得到了西方学术界的普遍好评。此外，法、德、意、西、世（世界语）、斯（斯瓦希里语）、俄、捷、罗、波、朝、越等文种都有不同的选译本或全译本。英国、美国、法国、德国等国的大百科全书在介绍这部小说时都给予很高的评价，认为它是"一部具有丰富内容和光辉思想的神话小说"，"全书故事的描写充满幽默和风趣，给读者以浓厚的兴味"[22]。《西游记》无疑是属于世界的。

注 释

〔1〕本书存刻本两种：一为小字本；题为《大唐三藏取经诗话》，中有宋版特色的缺笔字，卷末有"中瓦子张家印"题款一行。一为大字本，题《新雕大唐三藏法师取经记》，盖为前书之异刻。关于本书的性质、成书与刊印年代，众说纷纭。今综合王国维《宋椠大唐三藏取经诗话跋》（《王国维遗书》，上海书店出版社1983年版，第三册《观堂别集》卷三，第151页）、罗振玉《宋椠三藏法师取经记残本跋》（罗氏吉石庵丛书影印本）、德富苏峰《鲁迅氏之〈中国小说史略〉》（日本《国民新闻》1926年11月第14号）、郑振铎《元明小说的演进》（《郑振铎古典文学论文集》，上海古籍出版社1984年版，第364页）、太田辰夫《〈大唐三藏取经诗话〉考》（日本《神户外大论

丛》一七一1、2、3合并号；又见《西游记の研究》，研文出版社1984年版，第19～51页）、小川环树《〈西游记〉的原本及其改作》、程毅中《宋元话本》（中华书局2003年新1版，第107页）及张锦池的《〈大唐三藏取经诗话〉成书年代考论》（《学术交流》1990年第4期）等意见，本书当为成书于北宋年间的一种"说经"话本，刊印于南宋末年。另有学者认为，此书是"俗讲底本（变文）"或"小说话本"，成书于晚唐五代，或南宋，或元代。刊印的时间有宋、元或宋元之际等说法。鲁迅在《中国小说史略》第十三篇《宋元之拟话本》和《关于〈唐三藏取经诗话〉的版本》（《鲁迅全集》第4卷，人民文学出版社2005年版，第281～284页）等文中认为"此书或为元人撰"，"似乎还可怀疑为元椠"，但无确证。

〔2〕王静如《敦煌莫高窟和安西榆林窟中的西夏壁画》（《文物》1980年第9期）指出，在安西榆林窟有三处西夏壁画《唐僧取经图》上，已画着唐僧、孙行者和白马。南宋的一些诗文，也谈到了"猴行者"在取经路上发挥了不小的作用。如刘克庄诗《释老六言十首》其四曰："一笔受楞严义，三书赠大颠衣，取经烦猴行者，吟诗输鹤阿师。"张世南《游宦纪闻》卷四载永福县张僧人诗曰："无上雄文贝叶鲜，几生三藏往西天……苦海波中猴行复，沈毛江上马驰前。"（四部丛刊本《后村先生大全集》卷第四十三）

〔3〕参见鲁迅1922年8月21日致胡适信（《鲁迅全集》第11卷，人民文学出版社2005年版，第428～430页），鲁迅《中国小说史略》第九篇《唐之传奇文》（下）（《鲁迅全集》第9卷，人民文学出版社2005年版，第84～95页），吴晓铃《〈西游记〉与〈罗摩延书〉》（《文学研究》1958年第1期），苏兴《〈西游记〉的地方色彩》（《西游记及明清小说研究》，上海古籍出版社1989年版，第65页）。

〔4〕参见胡适《西游记考证》（《胡适古典文学研究论集》，上海古籍出版社1988年版，第886页）、季羡林《〈西游记〉与〈罗摩衍那〉》（《文学遗产》1981年第3期）。

〔5〕今存于广东省博物馆的一个元代瓷枕上已有四人形象。甘肃省甘谷县的华盖寺中保留的元代壁画《唐僧取经归来图》上，也有个大腹便便的猪八戒。

〔6〕在金元之际的戏曲创作中，有金院本《唐三藏》，已失传；元代有吴昌龄的杂剧《唐三藏西天取经》，仅于《北词广正谱》《纳书楹曲谱》《升平宝筏》《万壑清音》等书中存有残曲。

〔7〕《朴通事谚解》是一部汉、朝语对照的教材，存朝鲜肃宗三年（1677，相当于康熙十六年）刊印本，系经由崔世珍（？—1542）改订过的《朴通事》和《朴通事集览》的合本。原书由朝鲜边暹等编著，约成于高丽后期，相当于元朝末年。今有日本京都帝国大学昭和十八年（1943）影印本和韩国亚细亚文化社1973年影印本。

〔8〕现存世德堂本有五套，分别藏于台湾故宫博物院、日本日光山轮王寺慈眼堂、日本天理大学图书馆、日本浅野图书馆、日本广岛大学图书馆，各本多数卷目题为"金陵世德堂梓行"，也有个别几卷题为"金陵荣寿堂梓行"，卷十六又题作"书林熊云滨重锲"，似均非原刊本。

〔9〕明代另有简本两种：一为朱鼎臣编辑的《唐三藏西游释厄传》，10卷69则，篇幅约为

百回本的四分之一，但有唐僧出身的故事；另一种为阳至和（杨致和）编定的《西游记传》，4卷40回，篇幅与朱鼎臣本相近，无唐僧出身故事。这两种简本，多数学者认为是百回本的删节本。

〔10〕丘处机（1148—1227），自号长春子，登州栖霞人，为道教全真派的首领。曾应元太祖成吉思汗之诏，率门人"历四载""经数十国，为地万有馀里"，西行到雪山（《金莲正宗记》和《元史·释老传》）。其门人李志常作《长春真人西游记》二卷叙其事迹，现存《道藏》中。清初汪象旭评刻本《西游证道书》卷首有署名"虞集"的序，称此小说为"国初丘长春真君所纂"。近今重提《西游记》作者为丘处机的主要见：陈敦甫《西游记释义》（台北全真教出版社1976年版），（美）浦安迪《明代小说四大奇书》（中国和平出版社1993年版，第153页）等。

〔11〕清代华胥子（陈文述）《西泠仙咏自叙》云："《西游记》只二卷，载在《道藏》。所记自东至西程途日月及与元太祖问答之语。……世传《西游记》，则邱祖门下史真人弟子所为，所言多与《性命圭旨》相合，或即作《圭旨》之史真人弟子从而演其说也。"（见《武林掌故丛书》第五集）清代桂馥《晚学集》卷五《书圣教序后》述及"唐高僧三藏法师玄奘"事迹后有按语云："许白云《西游记》由此而作。"

〔12〕认为此书是吴承恩所作的主要论著是鲁迅的《中国小说史略》、胡适的《西游记考证》（《胡适古典文学研究论集》，上海古籍出版社1988年版，第908～913页）及苏兴的《也谈百回本〈西游记〉是否吴承恩所作》（《社会科学战线》1985年第1期）等。主要理由是：一，《天启淮安府志》卷十九《艺文志·淮贤文目》载："吴承恩，《射阳集》四册口卷，《春秋列传序》，《西游记》。"二，小说使用了淮安方言。三，吴承恩写过志怪小说《禹鼎志》，而且他的诗歌如《瑞龙歌》《二郎搜山图歌》等与《西游记》的风貌相接近。

〔13〕否定《西游记》作者是吴承恩的主要论著见：俞平伯《驳〈跋销释真空宝卷〉》（1933年7月《文学》创刊号）、（日）太田辰夫《西游记杂考》（日本《神户外大论丛》第21卷第1、2号合刊）、矶部彰《中国人对〈西游记〉的鉴赏与传播——以明代正德年间至崇祯年间为中心》（《东方宗教》第五十五号，1980年版）、章培恒《百回本〈西游记〉是否吴承恩所作》等（《献疑集》，岳麓书社1993年版）。主要论点是：一，《天启淮安府志·淮贤文目》所著录的《西游记》未说明性质、卷数等，未必就是小说。二，清初黄虞稷的《千顷堂书目》明确将吴承恩《西游记》归入史部舆地类。三，南京世德堂本刊于1592年，离吴承恩去世仅10年，其卷首陈元之序已不知作者是谁。四，小说中真正的淮安方言并不多，而吴语多。五，刘勇强、黄永年等提出在第七、九、二十九回等多处行文过程中漫不经心地嵌入"承恩"两字，甚至与"并不光辉的八戒"相并列（刘勇强《奇特的精神漫游》，生活·读书·新知三联书店1992年版，第263页；黄永年《西游记前言》，《西游记》，中华书局1993年版，第30页）。

〔14〕关于吴承恩的生卒年，有1510—1580、1504—1582、1500—1582等多种推测，均无确切材料可证。

〔15〕明清两代的评论家"或云劝学，或云谈禅，或云讲道"（鲁迅《中国小说史略》第十七篇），大致都承认它"虽极幻妄无当，然亦有至理存焉"（谢肇淛《五杂俎》卷十五，上海古籍出版社 2002 年《续修四库全书》据明万历四十四年刊本影印）。到"五四"前后，与整个学术界同传统决裂的思潮有关，一些学者如胡适等强调《西游记》"至多不过是一部很有趣的滑稽小说，神话小说，他并没有什么微妙的意思"（《西游记考证》，《胡适古典文学研究论集》，上海古籍出版社 1988 年版，第 923 页）。鲁迅在《中国小说史略》和《中国小说的历史的变迁》中也一再说"此书则实出于游戏"。他们强调的是幻中有趣。半个多世纪以来，随着社会政治意识的不断强化，人们也就越来越习惯于用社会政治的观点来读解这部小说，如有人用农民起义的模式来解释孙悟空大闹天宫和后来的"投降"，就认为小说的主题是前后矛盾的。后此，比较流行的是"主题转化说"：前 7 回突出"反抗的主题"，后 88 回转入了"取经神话的主题"。此外，还有人民斗争说、歌颂市民说、安天医国说、诛奸尚贤说、批判佛教说等诸多说法。这些说法此起彼伏，具有一个共同的特征，即都强调幻中见实，甚至认为幻即是实。

〔16〕《西游记》强调三教同源，三教的术语多混用，特别在心学的范畴内更是十分融合，如佛家的"禅心""明心"，道家的"内丹""修心"等都与心学切合。但小说对三教的认识并不很深入，多有附会，对一些三教的代表人物又常常进行抨击或揶揄，如第五十二回、第九十八回至九十九回等处写佛家菩萨，第三十七回至四十回、四十四回至四十五回、七十八回至七十九回、八十七回等处写道士真人，第十七回、四十一回、五十七回等处写儒士的"道学气"等都较明显。这往往是作者借以表现蔑视权贵或嘲讽现实。

〔17〕其他如第十四回"心猿归正，六贼无踪"，第二十三回"三藏不忘本，四圣试禅心"，第三十六回"心猿正处诸缘伏，劈破傍门见月明"，第五十回"情乱性从因爱欲，神昏心动遇魔头"，第六十二回"涤垢洗心惟扫塔，缚魔归正乃修身"，第七十六回"心神居舍魔归性，木母同降怪体真"，第八十三回"心猿识得丹头，姹女还归本性"等回目，都表现了这一哲学寓意。

〔18〕如师徒四人先是庆幸渡过了某一难关，不久又碰到了诸如饥饿、寒冷等困难，冒出了一个新的妖怪。经过偷袭或较量，将唐僧（有时兼及徒弟）摄入魔窟。然后，孙悟空凭着自己的神通或请求神佛的援助，终将妖魔降服，然后就继续上路。

〔19〕作者董说（1620—1686），字若雨，浙江乌程（今湖州）人。明末诸生，曾参加复社，出张溥门。明亡后为僧，更名南潜，字月涵。著述甚富，有《董若雨诗文集》。《西游补》约作于崇祯十三年（1640），现存崇祯刊本。

〔20〕《三遂平妖传》现存 4 卷 20 回本题"东原罗贯中编"，一般认为是据罗贯中原本的重刊本，也有人认为是据 40 回本的删节本。泰昌年间有 40 回本张无咎序刊的《天许斋批点北宋三遂平妖传》。后于崇祯年间有嘉会堂刊《墨憨斋批点北宋三遂平妖传》，亦 40 回，其识语云："旧刻罗贯中《三遂平妖传》二十卷，原起不明，非全书也。墨憨斋主人曾于长安复购得数回，残缺难读，乃手自编纂，共四十卷，首尾成文，

始称完璧，题曰《新平妖传》，以别于旧。"故一般认为 40 回本是冯梦龙的增补本，嘉会堂本是张无咎序刊本的修订本。

〔21〕 参见章培恒《〈封神演义〉的性质、时代和作者》，《献疑集》，岳麓书社 1993 年版，第 306 页。另，孙楷第等曾据《传奇汇考》卷七《顺天时》传奇解题云 "《封神演义》系元时（当是明时）道士陆长庚作" 而判为陆作。长庚名西星，兴化人，诸生。约生于正德十五年（1520），至万历二十九年（1601）82 岁时仍在世。若陆长庚作，则书成于明代隆庆至万历年间。今存《封神演义》有上图下文本，似早于天启年间刊。

〔22〕 本段材料及引文参见王丽娜《中国古典小说戏曲名著在国外》，学林出版社 1988 年版，第 96～127 页。

第九章 《金瓶梅》与世情小说的勃兴

所谓世情小说，就是以"极摹人情世态之歧，备写悲欢离合之致"（笑花主人《今古奇观序》）为主要特点的一类小说。小说涉及世情，自可溯源到魏晋以前，但从晚明批评界开始流行的"世情书"的概念来看，主要是指宋元以后内容世俗化、语言通俗化的一类小说。从鲁迅的《中国小说史略》起，学术界一般又用世情小说（或称人情小说）专指描写世俗人情的长篇。于是，鲁迅称之为"最有名"的《金瓶梅》，就常常被看作是世情小说的开山之作。之后，明清两代的世情小说，或着重写情爱婚姻，或主要叙家庭纠纷，或广阔地描绘社会生活，或专注于讥刺儒林、官场、青楼，内容丰富，色彩斑斓。

第一节 《金瓶梅》的创作时代及其作者

文人独立创作的长篇小说　　成书的时代　　作者之谜
《金瓶梅》的版本

《金瓶梅》的成书，与"四大奇书"中的另外三种不同，并没有经过一个世代累作的过程[1]。第一次透露世上存在《金瓶梅》这样一部小说的信息，见于万历二十四年（1596）袁宏道给董其昌的信。袁宏道在信中问："《金瓶梅》从何得来？"袁宏道的弟弟中道也曾回忆董其昌对他说过："近有一小说，名《金瓶梅》。"（袁中道《游居柿录》）沈德符听说后，一时间犹"恨未得见"（沈德符《万历野获编》）。据当时这些广闻博识的文人的口气，可知这部小说刚刚成书不久。在现存的《金瓶梅词话》中存在着的一些话本故事、时曲小调等，也只是作为"镶嵌"在作家独立构思的蓝图上的个别片段，它们不是《金瓶梅》的雏形作品，也不能证明此前曾经有过一部雏形作品。事实上，至今也未见一个《金瓶梅》的主要人物和主要情节曾经"世代"流传过。至于小说中留有的说唱艺术的痕迹，有的是由于

"镶嵌"所致，也有的是因为模仿所成。这和书中行文时有粗疏、错乱等，都难以作为累积型集体创作的证据。《金瓶梅》是中国第一部文人独立创作的白话长篇小说。

《金瓶梅》成于何时？万历中后期开始传说它作于嘉靖年间[2]，但从 20 世纪 30 年代起，人们陆续发现小说写到了万历年间的一些故实[3]，故一般研究者认为它成于万历前中期，即在董其昌、袁宏道等人看到抄本前不久。这个时代，官商结合，商业经济繁荣，市民阶层正在崛起，人们在两极分化中，受到金钱和权势的猛烈冲击，价值观念发生了急剧的变化，奢华淫逸之风也迅即弥漫了整个社会。《金瓶梅》即反映了这样一个时代，也只有这样的一个时代才能产生这样的一部小说。

关于《金瓶梅》的作者，现在还是一个谜。《金瓶梅词话》卷首欣欣子所作的序称"兰陵笑笑生作"。古称"兰陵"之地有二：一为今山东枣庄，另一为今江苏武进，现在尚难考定何者为是。同时代的《花营锦阵》之中，也有署名"笑笑生"的一首《鱼游春水》，但不知两个"笑笑生"是否为一人。万历间人谈及该书的作者时，有的说是被"陆都督炳诬奏"者（屠本畯《山林经济籍》），也有的说是"嘉靖间大名士"（沈德符《万历野获编》），有的说是"绍兴老儒"（袁中道《游居柿录》），也有的说是"金吾戚里"门客（谢肇淛《金瓶梅跋》），都语焉不详。后世学者作了种种猜测和推考，特别是近年来，有王世贞作、李开先作、贾三近作、屠隆作、汤显祖作、王稚登作等多种说法[4]，但都缺乏确凿的佐证。

《金瓶梅》成书后最初以抄本流传。今见最早的刊本是万历丁巳（1617）年署刊的《新刻金瓶梅词话》，人称"词话本"或"万历本"。崇祯年间有《新刻绣像批评金瓶梅》问世，人称"崇祯本"。一般认为后者是词话本的评改，即将词话本的回目、正文稍作删改、修饰后再加评点和图像刊行。清康熙年间，张竹坡以崇祯本为底本，将正文的个别文字修改后另作详细评点，以《张竹坡批评金瓶梅第一奇书》之名行世，人称"第一奇书本"或"张评本"。"民国十五年"（1926）又有存宝斋排印的《真本金瓶梅》（后改称《古本金瓶梅》）出版。此书将张评本中的秽笔全部删改，第一次以"洁本"的面貌问世而畅销一时。根据以上情况，最接近原作的应是词话本。词话本中以目前台北故宫博物院藏本为最佳。词话本的影印本中，有古佚小说刊行会本（1933）与日本大安株式会社本（1963）、台北联经出版事业公司本（1978）等，通行的是人民文学出版社 1985 年 5 月排印的删节本。本书所据即为古佚小说刊行会影印的词话本。

第二节　封建末世的世俗人情画

由一家而写及天下国家　　从暴露社会的矛盾走向剖视扭曲
的人性　《金瓶梅》的悲剧性　　关于性描写的问题

《金瓶梅》的书名，乃是由小说中的潘金莲、李瓶儿、庞春梅三人的名字合成。故事开头借《水浒传》中"武松杀嫂"一节而演化开来，写潘金莲与西门庆皆未被武松杀死，潘氏遂嫁西门为妾。第十回至第七十九回，主要写西门庆的暴发暴亡和以金、瓶为主的妻妾间的争宠妒恨。最后 21 回，是写众妾流散，一片"树倒猢狲散"的衰败景象。全书的背景安置在北宋末年，但它所描绘的世俗人情，都是立足于现实的。

《金瓶梅》看来是写西门一家的日常琐事，但正如张竹坡在《第一奇书金瓶梅读法》中所说的那样："因西门庆一分人家，写好几分人家，如武大一家，花子虚一家，乔大户一家，陈洪一家，吴大舅一家，张大户一家，王招宣一家，应伯爵一家，周守备一家，何千户一家，夏提刑一家……凡这几家，大约清河县官员大户屈指已遍，而因一人写及一县。"不但如此，小说还通过苗青害主、贿赂蔡京、结交蔡状元、迎请宋巡按、庭参太尉、朝见皇上等一系列故事，从西门一家而写及了"天下国家"。在这里，上至朝廷，下及奴婢，雅如士林，俗若市井，无不使之众相毕露；其社会政治之黑暗，经济之腐败，人心之险恶，道德之沦丧，一一使人洞若观火。《金瓶梅》写世情，真是达到了鲁迅所说的"著此一家，即骂尽诸色"（《中国小说史略》）的境地。

显然，《金瓶梅》写世情不在于一般的描摹，而是着意在暴露。它的暴露，不但有广度，而且能在普遍的联系中把矛头集中到封建的统治集团和新兴的商人势力，从而触到了当时社会的基本矛盾，反映了当时的时代特征，因而显得具有相当的深度。小说的主人公西门庆，本是一个小商人，他凭着"近来发迹有钱"，靠勾结衙门，不法经商，拼命敛财，财越积越多；又凭借金钱来贿赂官场，打通关节，官越攀越高。于是，他在官商勾结、权钱交易的世界里，肆无忌惮地淫人妻女，贪赃枉法，杀人害命，无恶不作，却又能步步高升，称霸一方。从这里可以看到，被金钱锈蚀了的封建官僚机器已经彻底腐烂了。作者曾经用十分明确的语言指出，当时"风俗颓败，赃官污吏，遍满天下，役烦赋重，民穷盗起，天下骚然"，就是因为"奸臣当道"；而奸臣之所以能当道，就是因为他们得到了皇上的"宠信"（《新刻金瓶梅词话》第一回、第三十回）。西门庆从蔡京手中买来的一纸"理刑副千户"的"诰身劄付"，就是由"朝廷钦赏"给蔡京的（第三十回）。曾御史弹劾西门庆"贪肆不职"的罪状条条确凿，却由于西门庆"打点"了蔡京，结果一道圣旨下来，曾御史受到了处罚，西门庆则得到了嘉奖（第四十八回）。于此可见，这个社会腐败势力的总后台就是皇帝，而这个皇帝本身就"朝欢暮乐""爱色贪杯"。他为了满足一己之私欲，营建艮岳，搞得"官吏倒悬，民不聊生"（第六十五回）。在封建专制社会里，将暴露社会黑暗的焦点集中到以皇帝为首的最高统治集团身上，可谓抓住了腐朽的封建政治的要害。更何况《金瓶梅》时代的明神宗，就是一个以终年不见朝臣，日处深宫荒淫，"行政之事可无，敛财之事则无奇不有"（孟森《明清史讲义》）而出名的皇帝。这就不难理解当时的读者读了这部小说之后，认为它就是在"指斥时事"（沈德符《万历野获编》）了。

假如说小说对腐朽的封建统治集团进行了不遗馀力的抨击的话，那么对于新兴的商人势力则抱着一种颇为复杂的态度来加以暴露。作者在传统的道德观念和"重农抑商"思想的支配下，总体上是将西门庆作为新兴商人的代表放在被批判的位置上，把他写成一个罪恶累累、欲壑难填、不得好死的恶棍。但与此同时，在新思潮的熏染下，又常常不自觉地把这个不顾传统道德、破坏封建秩序、蔑视朝廷法规、不信因果报应而一味疯狂地追求金钱和女人、尽情地享受人世快乐的商人，写得那样精明强干。他不仅靠勾结官府，非法买卖而获利，而且也凭着有胆有识，善于经营而赚钱[5]，就在短短的五六年间，从一爿生药铺起家，竟拥有了解当铺、绒线铺、缎子铺、绸绢铺等五家商号，"外边江湖走标船，扬州兴贩盐引，东平府上纳香蜡，伙计主管约有数十。……赤的是金，白的是银，圆的是珠，光的是宝"（第六十九回），已成家资巨万的豪商。他财大气粗，地方上的巡按、御史、内相、太监等纷纷前来屈尊俯就；出身于书香门第，"家里也还有一百亩田、三四带房子"的秀才不得不受雇于这个不通文墨的商人（第五十六回）；饶有家财的孟玉楼改嫁时，不要"斯文诗礼人家，又有庄田地土"的举人，却认为西门庆"像个男子汉"（第七回）；"走下坡车儿"的白皇亲只以三十两银子的低价[6]，就向炙手可热的西门庆质当了"一座大螺钿大理石屏风"，外加"两架铜锣铜鼓连铛儿"（第四十五回）；出身于"世代簪缨，先朝将相"之家的林太太，也心甘情愿去填补这个"轩昂出众"的大官人的欲壑（第六十九回）。无情的现实已证明：象征着农本的、封建的势力正在走向没落，而新兴的商人正凭着诱人的金钱，获得他所需要的一切。西门庆宣布："咱闻那佛祖西天，也止不过要黄金铺地；阴司十殿，也要些楮镪营求。咱只消尽这家私广为善事，就使强奸了姮娥，和奸了织女，拐了许飞琼，盗了西王母的女儿，也不减我泼天的富贵！"（第五十七回）

显然，作者在写西门庆这个丑恶的强者时，半是诅咒，半是欣羡，以至写他的结局时，一会儿让他转世成孝哥，以示"西门豪横难存嗣"；一会儿又让他去东京"托生富户"，不离富贵（第一百回）。这种情节上的明显错乱，生动地反映了生活在人生价值取向正在转变过程中的作者，最终还是在感情上游移不定，难以用一定的标准去评判新兴的商人。

然而，西门庆这个中国 16 世纪的商人正当兴旺发达的时候，却因恣意纵欲，很快地断送了自己的生命，同时也断送了自己的事业。作者在这里将一把冰冷的解剖刀指向了人性的弱点。"食、色，性也"，人生对于财的追求和色的贪爱，本是一种自然的本能。小说的第七回说："世上钱财，乃是众生脑髓，最能动人。"而两性间的"滋味"，更常常被形容为"美快不可言"。作者对于财色，并非一味加以否定。对于女性的压抑和苦闷，表现了一定的同情；对于女性个体意识的萌动也流露了一定的赞美之情。这与晚明"好货好色"的人性思潮是合拍的。但与此同时，作者又以冷峻的笔触、客观的描写表明了假如仅仅以一种原始的动物本能，腐朽的感官享受，乃至无限膨胀的占有欲去向禁欲主义挑战，其结果只能是理性的淹没，人性的扭曲，乃至自身的毁灭。西门庆的贪财好色就完全建筑在摧残他人人性和戕害自身生命的基础之上。他对人欲的贪求已异化为人性的扭曲和人生的毁灭。不但如此，小说中的金、瓶、梅等诸多女性，似乎也都被社会的规范、封闭的家庭、单调的生活挤压得只知道人生最低层次的追求。扭曲了的人性，使她们将肉欲变成了生命的原动力。她们以此去撞击吃人的封建礼教，但在撞击中自己也步入了邪恶。她们在争风吃醋、勾心斗角的漩涡中变得心狠手辣，乃至谋害人命，而最后一个个因这样或那样的贪"淫"而葬送了年轻的生命。这就使《金瓶梅》并不是停留在一般的道德劝惩层次上的戒贪、戒淫，而是在更深的层次上揭示了人类的本性、人性的弱点及异化。它警示世人：在人欲与天理、个体与客体的矛盾中，兽性毕竟不等于人性。

清人张潮说过："《金瓶梅》是一部哀书。"（《幽梦影》）它的悲剧意义，不仅仅在于表现了封建专制社会由于统治集团的骄奢淫逸、贪赃枉法和资本势力的冲击而日暮途穷；也不仅仅在于写到了穷人们度日如年，卖儿鬻女，过着"把孩子卖了，只要四两银子"（第三十七回）的悲惨生活；而且也在于揭示了中国 16 世纪商人的艰难崛起，及其在新的经济关系尚未得到充分发展的情况下，不得不与腐朽的封建势力相勾结的丑态；也在于客观地表明了晚明涌动着的人性思潮，当还没有找到新的思想武器去冲击传统禁欲主义的时候，人的觉醒往往以人欲放纵的丑陋形式出现，而人欲的放纵和人性的压抑一样，都在毁灭着人的自身价值。腐朽的当然在走向死亡，新兴的同样也前途渺茫。整个

《金瓶梅》世界一片漆黑，令人感到悲哀，感到窒息。

面对着这样一个悲剧世界，作者常常用色空和因果报应的思想来进行解释。但这部小说最受人诟病的就是书中存在着大量的性行为的描写，以至长期被一些人视为"淫书"。在晚明肯定人欲的思潮中，人们普遍不以谈房闱之事为耻，赤裸裸的性描写可见诸各类出版物中。《金瓶梅》中有些性描写虽然与暴露社会黑暗、刻画人物性格、开展故事情节有一定关系，但毋庸讳言，其中有不少显得笔墨游离，文字粗鄙，情趣低级，有腐蚀读者心灵的作用，特别不宜青少年阅读。这也就影响了它的价值和流传。

第三节　白话长篇小说发展的里程碑

寄意于时俗　　从歌颂到暴露　　人物性格的立体化　　网状结构　　妙在家常口头语

《金瓶梅》作为第一部文人独立创作的白话长篇小说，在艺术上虽有诸多粗疏之处，但它在许多方面作出了历史性的贡献，具有里程碑的意义。

《金瓶梅》在创作上最显著的特点，早就被欣欣子序的第一句话指出来了，这就是"寄意于时俗"。所谓"时俗"，就是当代的世俗社会。长篇小说的题材从来源于历史或神话，到取材于当代现实的社会，无疑是一个重要的转变。而《金瓶梅》所描写的现实，主要又不是朝代兴衰、英雄争霸等大事，而是家庭生活中的日常琐事；人物也不是帝王将相、英雄豪杰、神仙鬼怪，而是生活中的平凡人物。小说将视角转向普普通通的社会、琐琐碎碎的家事、平平凡凡的人物，这就在心理上与广大读者拉近了距离，给人以一种身临其境、亲睹亲闻之感。这标志着我国的小说艺术进入了一个更加贴近现实、面向人生的新阶段。

与题材的转变有关，作品的立意也有变化。以前的《三国志演义》《水浒传》《西游记》等长篇小说，虽也写到一些反面的角色作为陪衬，但总的立意在歌颂，热情歌颂了一些明君贤臣和英雄豪杰，直接宣扬了某种理想和精神。《金瓶梅》则着意在暴露。它用冷静、客观的笔触，描绘了人间的假、丑、恶。与之相适应的是，广泛而成熟地运用了"或幽伏而含讥，或一时并写两面，使之相形"（鲁迅《中国小说史略》第十九篇）等讽刺手法，在作者不加断语的情况下，是非立见。比如第三十三回写韩道国刚当西门庆的伙计，就在街上洋洋得意地吹大牛，说与西门庆"三七分钱，掌巨万之财，督数处之铺，甚蒙敬重"云云。最妙的是，这个甘心让老婆与西门庆通奸，并关照老婆

"休要怠慢了他，凡事奉他些儿"的家伙，竟不知羞耻地吹嘘说与西门庆"彼此通家，再无忌惮，不可对兄说，就是背地他房中话儿，也常和学生计较。学生先一个行止端正，立心不苟。……大官人正喜我这一件儿"。说得正热闹，忽见一人慌慌张张前来报告他老婆与人通奸被当场抓住，拴到铺里要解官了。作者在这里一无贬语，但这个无耻小人的丑恶面目暴露无遗。《金瓶梅》的这种立意和笔法，在后世的《儒林外史》《官场现形记》等小说中都有所继承和发展。

　　《金瓶梅》比之《三国志演义》《水浒传》等从"说话"的基础上发展起来的小说，在塑造人物形象方面也迈进了新的一步。这首先表现在小说描写的重心开始从讲故事向写人物转移。小说中的故事从传奇趋向平凡；节奏放慢，在相对稳定的时空环境和叙事角度中精雕细刻一些人物的心理和细节。写李瓶儿病危、死亡到出葬，竟用了两回半近三万字的篇幅，仅临终一段就写了一万馀字，把西门庆、李瓶儿及众妻妾等的感情世界刻画得细致入微。小说中写了不少平淡无奇的琐事，与情节的开展没有多大关系，只是为了写心，为了刻画性格。例如第八回写潘金莲久等西门庆不来，心中没好气，一会儿要洗澡，一会儿又睡觉，一会儿打相思卦，一会儿又要吃角儿；当发现角儿少了一个时，就将气出在迎儿身上，痛打了她二三十鞭子；放她起来后，又叫她打扇；打了一回扇，又用尖指甲在她脸上掐了两道血口子。如此这般，刻画了潘金莲"无情无绪"的心境和狠毒暴戾的性格。像这类"闲笔"，在以前的长篇小说中是比较少见的。《金瓶梅》在塑造人物形象方面另一大进步是注意多色调、立体化地刻画人物的性格。以往长篇小说中的人物性格一般是单色调、特征化的。这就是以某种性格特征为核心，其他诸多的性格元素只是用同一色调、在同一方向上加以补充。即使如曹操的"奸"与"雄"，也不是相反的两种色调。"雄"只是"奸"的强化剂，使他成为一个"奸绝"。所以，正如鲁迅所说，《三国志演义》"写好的人，简直一点坏处都没有；而写不好的人，又是一点好处都没有"（《中国小说的历史的变迁》第四讲）。《西游记》从不同的角度，用不同的色调塑造了猪八戒这一形象，是一个新的开端。而在《金瓶梅》中，更多的形象就像生活中的人物一样有恶有善，色彩斑驳。例如奴才来旺的妻子宋惠莲，长得俏丽、聪慧，但又浅薄、淫荡，贪钱财，爱虚荣。当西门庆与她勾搭上以后，她一心想爬上"第七个老婆"的位子，以至教唆主子打发她丈夫"马不停蹄"地"远离他乡做买卖去"。但当发觉来旺遭陷害，自己被欺骗时，她觉得愧对丈夫，也愧对自己。这个"辣菜根子"也发作了，大骂西门庆："你原来就是个弄人的刽子手，把人活埋惯了。害死人，还看出殡的！"人们劝她说："守着主子，强如守着奴才。"但一颗被惊醒了的正直的良心使她不能忘记曾经在贫贱生活中与丈夫建立起来的一段真情。她上吊了，带着强烈的悲愤和羞惭离开了这个吃人的世界。即使如写西门庆，也并没有将这个"混账恶人"简单化。吴典恩借钱，他在借据上把"每月行利五分"抹去，说日后"只还我一百两本钱就是了"（第三十一回）；常时节交不上房租，乱作一团，后来寻下房子只要三十五两银子，他却拿出一封五十两，说是剩下的可开个小本铺儿，"月间撺的几钱银子儿，勾他两口儿盘搅过来"（第六十回）。这多少有点市民所赞颂的"仗义疏财，救人贫难"（第五十六回）的精神。李瓶儿临死时，潘道士特别告诫他："切忌不可往病人房里去，恐祸及汝身！"可是，他不忍相舍："宁可我死了也罢，须得厮守着，和他说句话儿。"瓶儿死后，他抱着身下有血渍的尸体哭得死去活来，口口声声叫："宁可教我西门庆死了罢，我也不久活于世了，平白活着做什么！"（第六十二回）应该说，这个"打老婆的班头，降妇女的领袖"（第十九回），在这时不无一点真情。建立这种感情的基础当然并不纯正，但作品所表现的这种感情的发展是合理的、真实的。西门庆毕竟不是一个恶魔，而是一个恶人，是一个用不同色调描绘出来的活生生的人。

《金瓶梅》从说话体小说向阅读型小说的过渡，也反映在从线性结构向网状结构的转变上。以往的长篇小说，往往是用一条线将一个个故事贯穿而成，每一个故事又大都是以时间为序纵向直线推进，且有相对的独立性。《金瓶梅》则从复杂的生活出发，全书并不是以单线发展，每一故事在直线推进时又常将时间顺序打破，作横向穿插以拓展空间，这样，纵横交错，形成了一种网状的结构。从全书来看，总的是写西门庆一家的兴衰，其中以西门庆为中心，形成一条主线，与此相并行的如金莲、瓶儿、春梅等故事又都可以单独连成一线，它们在一个家庭内矛盾纠葛、联成一体。这个家庭又与市井、商场、官府等横向相连。于是使全书组成一个意脉相连、浑然一体的生活之网。再从局部来看，如第十四回至第十九回，主干情节是写李瓶儿与西门庆偷情至娶嫁，但在这个故事纵向推进的过程中，横向穿插进许多既与主干情节相关而又可独立于外的人物和事件，如李瓶儿为潘金莲拜寿，吴月娘为瓶儿做生日，西门庆梳笼李桂姐，杨戬被参，陈洪充军，陈经济带大姐来避祸，以及西门庆派来保去东京行贿等等，各色人物和故事相互交叉，相互制约，像生活本身一样丰富多彩，十分自然，既千头万绪，又浑然一体。

《金瓶梅》的语言，多用"市井之常谈，闺房之碎语"（欣欣子《金瓶梅词话序》），在口语化、俚俗化方面作出了可贵的尝试。中国古代的小说，从文言到白话是一大转折。在长篇小说的发展中，《三国志演义》还是半文半白，《水浒传》《西游记》在语言的通俗化、个性化方面前进了一大步，但基本上还是一种经过加工的说书体语言。《金瓶梅》是文人创作的写俗人俗事的小说，与之相适应的是在语言俚俗上下工夫，用的"只是家常口头语，说来偏妙"（张竹坡第二十八回批语）。小说又大量吸取了市民中流行的方言、行话、谚语、歇后语、俏皮话等等，熔铸成了"一篇市井的文字"（张竹坡《金瓶梅读法》）。有时写得平淡无奇，有时显得汪洋恣肆，如第八十六回写王婆揭潘金莲的老底时说：

> 你休稀里打哄，做哑装聋！自古蛇钻窟窿蛇知道，各人干的事儿各人心里明。金莲，你休呆里撒奸，两头白面，说长并道短，我手里使不的你巧语花言，帮闲钻懒！自古没个不散的筵席，出头椽儿先朽烂。人的名儿，树的影儿。苍蝇不钻没缝儿弹（蛋）。你休把养汉当饭，我如今要打发你上阳关！

这一连串的俗谚，像连珠炮似地打出，把一个"呆里撒奸""养汉当饭"的潘金莲的嘴脸揭露无遗，又活画出了一个伶牙俐齿、老辣凶悍的媒婆形象。《金瓶梅》的语言，是在富有地方色彩的家常口头语上提炼出来的文学语言。它虽然并未淘尽套话，汰除芜杂，时有生僻、粗鄙之病，但总的风貌是俚俗而不失文采，铺张而又能摹神。它不但是刻画人物"面目各异"的形象的有力工具，而且也给整部作品带来了浓郁的俗世情味和鲜明的时代特征。以后《儒林外史》《红楼梦》刻意用"京白"来将口语净化，《醒世姻缘传》《海上花列传》之类则重在方言上下工夫，都是在不同角度上受了《金瓶梅》的影响。

第四节　《金瓶梅》的续书及其影响

《续金瓶梅》等续书　　　《金瓶梅》奠定了世情小说发展的
基础　　　《金瓶梅》在国外

《金瓶梅》最早的续书名《玉娇李》（或作《玉娇梨》）。据沈德符《万历野获编》载，此书亦出《金瓶梅》作者之手，袁中郎知其梗概："与前书各设报应因果，武大后世化为淫夫，上烝下报，潘金莲亦作河间妇，终以极刑，西门庆则一骏憨男子，坐视妻妾外遇，以见轮回不爽。"沈德符曾见首卷，谓"秽黩百端，背伦灭理。……然笔锋恣横酣畅，似尤胜《金瓶梅》"。张无咎《批评北宋三遂平妖传叙》云："《玉娇梨》《金瓶梅》另辟幽蹊，曲中奏雅……其《水浒》之亚乎。"此书早佚，与后来的《玉娇梨》并非一书。

明末遗民丁耀亢作《续金瓶梅》[7]，借吴月娘与孝哥的悲欢离合及金、瓶、梅等人转世后的故事，大写北宋亡国、金人南犯的军国大事，"意在刺新朝而泄黍离之恨"（平步青《霞外捃屑》卷九），故丁耀亢以此而罹祸下狱。然此书过多的因果说教和不时穿插的秽笔，削弱了小说的思想意义，也使整部作品结构松散。康熙年间，有人将其中有碍于清朝当局的内容和枯燥无味的说教汰除殆尽，又在情节上稍作整合，并改易了书中人物的名字，以《隔帘花影》之名面世[8]，也被目为"淫词小说"而遭禁。民国初年，孙静庵又将《续金瓶梅》重新删改，在艺术手法上参考了《隔帘花影》，在政治思想上保留了所有触犯清政府的违禁之语，以迎合资产阶级民主革命的思潮，书名《金屋梦》。此外还有《三续金瓶梅》《新金瓶梅》《续新金瓶梅》等，都是一些粗制滥造的恶札。

《金瓶梅》对后世的影响，主要不在于有几部续书，或为其他文学样式提供了素材[9]，而是为以后不论在数量上还是在质量上都占压倒优势的世情小说的发展奠定了基础，把我国长篇小说的发展划成了两个阶段。以后的世情小说主要有两大流派，一派是以才子佳人的故事和家庭生活为题材来描摹世态的，另一派是以社会生活为题材、用讥刺笔法来暴露社会黑暗的。前者如《玉娇梨》《平山冷燕》《醒世姻缘传》《红楼梦》《海上花列传》等，以《红楼梦》为代表；后者如《儒林外史》《官场现形记》《二十年目睹之怪现状》等，以《儒林外史》为代表。它们都这样或那样地表现为"深得《金瓶》壶奥"（《红楼梦》庚辰本第十三回脂批），与《金瓶梅》之间有着明显的继承和发展的关系。当然，《金瓶梅》对一些淫邪的艳情小说的泛滥，也有推波助澜的不良影响。

《金瓶梅》受到国外学者的高度重视。在西方，最早在1853年法国出现了节译本。日本在1831年至1847年就出版了由著名通俗作家曲亭马琴改编的《草双纸新编金瓶梅》（草双纸即江户时代插画通俗小说）。现在的外文译本有英、法、德、意、拉丁、瑞典、芬兰、俄、匈牙利、捷、南斯拉夫、日、朝、越、蒙等文种。美、法、日等大百科全书都给予很高的评价，认为"它在中国通俗小说的发展史上是一个伟大的创新"，"作者对各种人物完全用写实的手段，排除了中国小说传统的传奇式的写法，为《红楼梦》《醒世姻缘传》等描写现实的小说开辟了道路"。有的美国学人曾经这样评价《金瓶梅》在世界文学中的地位："中国的《金瓶梅》与《红楼梦》二书，描写范围之广，情节之复杂，人物刻画之细致入微，均可与西方最伟大的小说相媲美。……中国小说在质的方面，凭着上述两部名著，足可以同欧洲小说并驾齐驱，争一日之短长。"[10]法国著名学者艾琼伯（Étiemble）在为法译本作序时，高度肯定小说

"巨大的文学价值",同时也承认它是一部"社会文献"。正像 20 世纪 30 年代中国的郑振铎感叹"金瓶梅的时代是至今还顽强地在生存着"(《谈〈金瓶梅词话〉》,1933 年 7 月《文学》创刊号)一样,他也"忧心忡忡地从《金瓶梅》中读到了我们西方社会道德的演变"[11]。与其他几部明代小说相比,"在西方翻译家和学者那里,《金瓶梅》的翻译、研究工作是做得最好的"[12]。

注 释

〔1〕也有学者认为《金瓶梅》是一部世代累作型的长篇小说。如冯沅君《古剧说汇》中的《〈金瓶梅词话〉中的文学史料》(商务印书馆 1947 年版),潘开沛《金瓶梅的产生和作者》(《光明日报·文学遗产》第 18 期,1954 年 8 月 29 日),徐朔方《〈金瓶梅〉成书新探》(《中华文史论丛》1984 年第 3 期)等。

〔2〕屠本畯《山林经济籍》曾提到"相传嘉靖时"作。此段文字约作于万历三十五年(1607)。于万历四十一年之后,沈德符《万历野获编》云:"闻此为嘉靖间大名士手笔。"谢肇淛《金瓶梅跋》也说"相传永陵中"作。万历四十五年廿公《金瓶梅跋》说:"为世庙时一钜公寓言。"

〔3〕参见吴晗《〈金瓶梅〉的著作时代及其社会背景》(《文学季刊》创刊号,1934 年 1 月),黄霖《〈金瓶梅〉成书问题三考》(《复旦学报》,1985 年第 4 期),叶桂桐《〈金瓶梅〉成书年代新线索》(《北京师范大学学报》,1988 年 4 月号),梅节《〈金瓶梅〉成书的上限》(《金瓶梅研究》第 1 辑,江苏古籍出版社 1990 年版),荒木猛《〈金瓶梅〉执笔时代的推定》(日本《长崎大学教养部纪要》第 35 卷第 1 号,第 1～6 页,1994 年 7 月)。

〔4〕王世贞说,见朱星《金瓶梅考证》,百花文艺出版社 1980 年版。李开先说,最早见于 1962 年版中国科学院文学研究所编的《中国文学史》第 949 页的脚注。据说此由吴晓铃提出,后吴作有《大陆外的〈金瓶梅〉热》一文,见《环球》1985 年第 8 期。贾三近说,见张远芬《金瓶梅新证》,齐鲁书社 1984 年版。屠隆说,见黄霖《金瓶梅作者屠隆考》《金瓶梅作者屠隆考续》,《复旦学报》1983 年第 3 期、1984 年第 4 期。汤显祖说,见芮效卫《汤显祖创作〈金瓶梅〉考》,《金瓶梅西方论文集》,上海古籍出版社 1987 年版。王稚登说,见鲁歌、马征《〈金瓶梅〉作者王稚登考》,《社会科学研究》1988 年第 4 期。

〔5〕例如第五十回至六十回写到他同乔亲家合开缎子铺,各人出资五百两,通过先已买通关节的巡盐御史蔡蕴弄到三万盐引贩卖到南京、湖州,再用本利购进当地货物转回清河倒卖,一次就获利二三万两白银。再如从他为缎子铺制定的利润分配原则来看,也颇能调动实际经营者的积极性和增强他们的责任感,即他本人得利五分,合股的乔亲家得三分,其馀二分由实际经营管理的伙计韩道国、甘润、崔本三人均分。

〔6〕据应伯爵说:"休说两架铜鼓,只一架屏风,五十两银子还没处寻去。"(《新刻金瓶梅

词话》第四十五回，文学古籍刊行社 1957 年影印万历刊本，第 1173 页）

〔7〕 丁耀亢（1599—1669，卒年另有 1670、1671 等说法），字西生，号野鹤，又号紫阳道
人、木鸡道人等。山东诸城人，明末诸生。清顺治九年（1652）由顺天籍拔贡，充镶
白旗教习。十一年（1654）任容城教谕，5 年后迁惠安令，不就。《续金瓶梅》定稿
于顺治十八年（1661）63 岁左右。康熙四年（1665），因此书罹祸入狱。得赦后归隐
故里。诗集有《丁野鹤遗稿》，另有《蚺蛇胆》等传奇 4 种。有人认为，《醒世姻缘
传》也可能是他所作。

〔8〕 《隔帘花影》，48 回，不题撰人。卷首有四桥居士所撰序文一篇。顺康间作家"天花
才子"编辑的小说《快心编》，题有"四桥居士评点"，可见《隔帘花影》当刊于
《续金瓶梅》遭禁后不久的康熙年间。

〔9〕 如后世据《金瓶梅》改编的杂剧有《傲妻儿》，传奇有《奇酸记》《金瓶梅传奇》，弹
词有《雅调秘本南词绣像金瓶梅传》《富贵图》等。

〔10〕 本段参考王丽娜《中国古典小说戏曲名著在国外》，学林出版社 1988 年版，第
130 页。

〔11〕 转引自宋伯年主编《中国古典文学在国外》，北京语言学院出版社 1994 年版，第
451 页。

〔12〕 夏志清《中国古典小说导论》第五章《金瓶梅》，胡益民等译，安徽文艺出版社
1988 年版，第 182 页。

第十章 "三言""二拍"与明代的短篇小说

　　明代的短篇白话小说在宋元话本小说的基础上有很大的发展，特别是在明代中后期，随着商业经济的活跃、思想的不断开放、印刷业的繁荣，白话短篇小说由编辑到创作，从口头文学到书面文学的转化过程中，成绩斐然，以"三言""二拍"为代表，出现了一大批色彩各异的短篇小说集，呈现一派繁荣的景象。与此同时，文言短篇小说从明初《剪灯新话》的创作，到后期大量的笔记、传奇、总集的问世，也有所变化和发展，为以后《聊斋志异》等作品的出现准备着条件。

第一节　白话短篇小说的繁荣

　　《清平山堂话本》及"熊龙峰小说四种"　　　　冯梦龙与"三言"　　　凌濛初与"二拍"　　　《型世言》及明末其他白话短篇小说集

　　宋元的"说话"技艺到明代仍然流行，一般称之为"说书"或"评话"。焦循《剧说》卷一引《国初事迹》说：

　　　　洪武时令乐人张良才说评话，良才因做场擅写"省委教坊司"招子，贴市门柱上。有近侍言之，太祖曰："贱人小辈，不宜宠用。"令小先锋张焕缚投于水。

这则故事除了表明统治者鄙视艺人、残酷无情之外，也说明了明初尽管思想控制很严，不利于通俗文艺的发展，但也并不废止说书。到明代中后期，统治者对评话、话本和通俗小说等产生了浓厚的兴趣[1]。民间说书等也受到广大市民的普遍欢迎[2]。一些说书艺人与文人相结合，不断地润色、改编和创作了一些话本。随着读者的增多、出版印刷业的发展，刊刻的话本也陆续增多。嘉靖年间晁瑮编的《宝文堂书目》中，就著录了几十种单刊话本。单刊话本的逐步丰富，为话本总集或专集的编辑创造了条件。

现知最早的话本小说总集是嘉靖年间洪楩编刊的《清平山堂话本》[3]。原书分《雨窗》《长灯》《随航》《欹枕》《解闷》《醒梦》六集，每集又分上下两卷，每卷5种，共60种，故又称《六十家小说》。今仅残存29篇[4]，其中24篇为《宝文堂书目》所著录，一般学者认为它们基本上保存了宋元明以来的一些话本小说的原貌[5]，有较高的研究价值。

继《清平山堂话本》之后，万历年间书商熊龙峰也刊印了一批话本小说[6]，今存仅四种，藏于日本内阁文库，1958年由古典文学出版社合在一起排印出版，定名为《熊龙峰小说四种》。这四种小说俱见《宝文堂书目》著录，一般认为其中《张生彩鸾灯传》一篇是宋人话本，《苏长公章台柳传》是元人所写，《冯伯玉风月相思小说》和《孔淑芳双鱼扇坠传》出于明代。

另有《京本通俗小说》一书，含小说九种[7]，1915年由当时著名藏书家缪荃孙刊行，据称是在沪上"亲串妆奁"中发现的，"的是元人写本"。今多数学者认为它是一部伪书[8]。

这样，"三言"之前的话本小说主要见于《清平山堂话本》和"熊龙峰小说四种"，另有零星单篇散见于通俗类书之中或单独印行。明代中叶以后，随着话本小说的流行，一些文人在润色、加工宋元明旧篇的同时，开始有意识地模仿"话本小说"的样式而独立创作一些新的小说。这类白话短篇小说有人称之为"拟话本"[9]。从鲁迅起，一般又将"三言"之后的白话短篇小说都归属于"拟话本"一类。

"三言"的编著者冯梦龙（1574—1646），字犹龙，别署龙子犹、墨憨斋主人、顾曲散人等，长洲（今苏州）人。出身于书香门第，"才情跌宕，诗文丽藻，尤明经学"（《苏州府志》卷八一《人物》），但一生功名蹭蹬，至崇祯三年（1630）57岁时才选为贡生，61岁时任福建寿宁知县，"政简刑清，首尚文学，遇民以恩，待士有礼"（《寿宁县志》）。4年后秩满离任，归隐乡里。清兵南下时，曾参与抗清活动，后忧愤而卒。

冯梦龙自幼接受儒学的熏陶，但又生长在商业经济十分活跃的苏州，年轻时常出入青楼酒馆，"逍遥艳冶场，游戏烟花里"（王挺《挽冯犹龙》），熟悉市民生活。曾去李贽生活过20年的湖北麻城讲学，深受李氏思想的影响，人称他"酷嗜李氏之学，奉为蓍蔡"（许自昌《樗斋漫录》卷六）。这就使他成为晚明主情、尚真、适俗文学思潮的代表人物，通俗文学的一代大家。他曾改编长篇小说《平妖传》《列国志》，鼓动书商购印《金瓶梅》；纂辑过文言小说及笔记《情史》《古今谭概》《智囊》和散曲选集《太霞新奏》；创作、改编了传奇剧本十馀种，合刊为《墨憨斋定本传奇》；收录、编印了民歌《挂枝儿》《山歌》等。而在通俗文学方面最大的成就是"三言"的编著。

"三言"是《喻世明言》《警世通言》《醒世恒言》三部小说集的总称。《喻世明言》亦称《古今小说》，但"古今小说"实为"三言"的通称[10]。"三言"每集40篇，共120篇。分别刊于天启元年（1621）前后、天启四年（1624）、七年（1627）。这些作品有的是辑录了宋元明以来的旧本，但一般都作了不同程度的修改；也有的是据文言笔记、传奇小说、戏曲、历史故事，乃至社会传闻再创作而成，故"三言"包容了旧本的汇辑和新著的创作，是我国白话短篇小说在说唱艺术的基础上，经过文人的整理加工到文人进行独立创作的开始。它"极摹人情世态之歧，备写悲欢离合之致"（笑花主人《今古奇观序》），是宋元明三代最重要的一部白话短篇小说的总集。它的出现，标志着古代白话短篇小说整理和创作高潮的到来。

在"三言"的影响下，凌濛初编著了《初刻拍案惊奇》（刊于1628年）和《二刻拍案惊奇》（刊于1632年）各40卷[11]，人称"二拍"。凌濛初（1580—1644），字玄房，号初成，别号即空观主人，乌程（今浙江湖州）人。18岁补廪膳生，后科场一直不利。55岁时，以优贡授上海县丞，后擢徐州通判并分署房村。崇祯十七年（1644），李自成部进逼徐州，忧愤而死。他一生著述甚多，而以"二拍"最有名。"二拍"与"三言"不同，基本上都是个人创作，"取古今来杂碎事可新听睹、佐谈谐者，演而畅之"（即空观主人《拍案惊奇序》）。它已经是一部个人的白话小说创作专集。它的问世，标志着中国短篇小说的创作进入了一个新的阶段。"二拍"所反映的思想特征与"三言"大致相同，艺术水平也在伯仲间，故在文学史上一般都将两书并称。至明末，有署"姑苏抱瓮老人"者，见"三言"与"二拍"共200种，"卷帙浩繁，观览难周"（笑花主人《今古奇观序》），故从中选取40种成《今古奇观》。后三百年中，它就成为一部流传最广的白话短篇小说的选本。

在"三言""二拍"的推动下，明末清初白话短篇小说的创作如雨后春笋，繁盛一时。先后刊印的有天然痴叟的《石点头》、周清源的《西湖二集》、陆人龙的《型世言》、西湖渔隐主人的《欢喜冤家》、古吴金木散人的《鼓掌绝尘》、华阳散人的《鸳鸯针》、东鲁古狂生的《醉醒石》等多种。这些作品随着明末政治形势的严峻，人文思潮的变化，大致从侧重于主情到倾向于重理，虽然更加关心现实，但说教气味转为浓重。在艺术表现方面，在一些具体形式上有所新变，如突破了一回一篇的模式，数回成一篇，有向中篇过渡的趋势；增加"头回"故事，以加强对正文的铺垫；以及回目之外另加标题等，但总的艺术表现水准呈下降的态势，真正代表明代白话短篇小说最高成就的还是"三言"与"二拍"。

第二节 市民社会的风情画

商人成为时代的宠儿 婚恋自主和女性意识的张扬 对
于贪官酷吏的抨击和清官的市民化 "情"与"理"的
矛盾与向"礼"的回归

在"三言""二拍"中，也有不少借历史故事，以阐发作者善恶伦理观念
的作品，但其主要篇幅和精彩部分，则是写世俗的人情百态。晚明社会，随着
商业和手工业的发展，都市的繁荣，城市市民的急剧增长和重商思想的抬头，
有更多的商人、小贩、作坊主、工匠等成为小说中的主角。特别是商人，作为
当时商品经济中最活跃的分子和市民的主要代表，在"三言""二拍"中作为
正面的主人公而频频亮相，这在中国小说发展史上是一个值得注意的现象。

在传统的观念中，"士、农、工、商"，商居其末。而在"三言"中，经
商买卖已被视为正当的职业，商人的地位有了明显的提高。《蒋兴哥重会珍珠
衫》就写到社会上流传着这样的"常言"："一品官，二品客。"客商凭着金钱
的力量，已在百姓的心目中建立起仅次于官员的地位。《杨八老越国奇遇》中
的杨八老，"年近三旬，读书不就"，决定改行经商，其妻也不以读书科考为
唯一出路，劝夫"不必迟疑"。后虽经千难万险，终也"安享荣华，寿登耄
耋"。"二拍"中的重商思想表现得更加明显，如《赠芝麻识破原形》中的马
少卿，出身"仕宦人家"，当有人认为"经商之人，不习儒业，只恐有玷门
风"时，他理直气壮地说："经商亦是善业，不是贱流！"特别是在《叠居奇
程客得助》中写到"徽州风俗，以商贾为第一等生业，科第反在次着"，人生
的价值就以得利的多少来衡量。值得注意的是，这篇小说所写的主人公程宰与
海神女结良缘、发大财的故事也意味深长。历来在义学作品中只有文人雅士或
在民间故事中勤劳诚实的农民能得到的仙女，如今却移情于一个"经商俗
人"。这充分地说明了生气勃勃的商人正在取代读书仕子而成为时代的宠儿。
他们在拥有大宗财富的同时，也能得到非凡的"艳遇"。他们趾高气扬，开始
俯视社会上的各色人等，瞧不起穷酸的"衣冠宦族"和文人学士，纷纷表示
不愿意与他们联姻结好[12]。在金钱面前，门第与仕途已黯然失色。小说所描
写的这种社会心理的微妙变化，表现了晚明时代的鲜明特点，反映了一种新的
价值取向。

"三言""二拍"的编者对商人的感情也与以往传统的观念不同。"三言"

中活跃的商人，多数已不是贪得无厌之徒和为富不仁之辈，而往往是一些善良、正直、纯朴，而又能吃苦、讲义气、有道德的正面形象，如《吕大郎还金完骨肉》中的布商吕玉、《施润泽滩阙遇友》中的小商人施复等，都拾金不昧，心地善良。《刘小官雌雄兄弟》中的小店主刘德"平昔好善"，赢得了"合镇的人"的"欣羡"。《卖油郎独占花魁》中的卖油郎秦重"做生意甚是忠厚"，因而顾客"单单作成他"的买卖。《徐老仆义愤成家》中的阿寄长途贩运，历尽艰辛，终于发财。正如作品中有诗赞道："富贵本无根，尽从勤里得。"有时候，作品也表现了他们凭经商的智慧，掌握行情，灵活应变而获得厚利，如《徐老仆义愤成家》；有时候也透露出商业竞争的火药味和雇工剥削的血腥气，如《施润泽滩阙遇友》[13]，但这一切都被作者"好人致富"的思想冲淡了。新兴商人所获之"利"都被蒙上了传统道德之"义"而显得那么温情脉脉和天经地义。比较起来，"二拍"中的一些作品更注重描写商人的逐"利"而不是求"义"，更直接地接触到了商业活动的本质。如其第一篇《转运汉遇巧洞庭红》写一个破产商人出海经商而终致巨富。它的故事源于明周元暐的《泾林续记》。周元暐明确地将这故事归于"闽广奸商，惯习通番"一类。而凌濛初则赞扬了商人们靠"转运"致富，靠冒险发财，反映了晚明海运开禁后，市民百姓对于海外贸易的兴趣，对商人们投机冒险、逐利生财的肯定。再如《叠居奇程客得助》中的程宰经海神指点经商之道后，以囤积居奇而暴富；《乌将军一饭必酬》中的杨氏，一而再再而三地鼓励侄子"大胆天下去得"，为追求巨额利润而不怕挫折，不断冒险，这些人和事都得到了作者的赞美。这种不是从道义的角度而是直接从经商获利的角度去描写商人，去赞美他们的囤积居奇、投机冒险、积极进取的商业活动，确实更贴近经商活动的本质特点，更准确地反映了晚明商人势力迅速崛起的时代特征。

歌颂婚恋自主，张扬男女平等的作品在"三言""二拍"中占有很大的比重，而且也最脍炙人口。比如《宿香亭张浩遇莺莺》一篇，少女莺莺与张浩私定盟约的故事与《西厢记》相类似，但结局却大不一样。当莺莺闻知张浩为父母所逼而另娶他人之后，并没有听凭命运的摆布，而是大胆地诉之于父母，告之于官府，指控张浩"忽背前约"，要求法庭"礼顺人情"。小说最后以喜剧结尾，实际上肯定了"礼"向"情"的倾斜。《乔太守乱点鸳鸯谱》中的乔太守，也公开主张"相悦为婚，礼以义起"，认为青年男女之间的接触相爱，乃如"移干柴近烈火，无怪其燃"。这种对于"情"的尊重，与"男女之大防"的封建礼教和"父母之命，媒妁之言"的包办婚姻是对立的。而值得注意的是，"三言"中这种男女爱恋之情包蕴着丰富的社会内容。比如《卖油郎独占花魁》中的秦重，一见"容颜娇丽，体态轻盈"的"花魁娘子"就

"身子都酥麻",但莘瑶琴并没有对他"一见钟情"。她从感受到秦重"又忠厚,又老实"和体贴入微的照顾,到突破"可惜是市井之辈"的门第偏见,再到看清卖油郎不同于"豪华之辈、酒色之徒",而是个"知心知意"的"志诚君子"时,才主动表示要嫁给他。而这时的秦重却也没有立即应允,还担心这个"平昔住惯了高堂大厦,享用了锦衣玉食"的她当不了卖油郎的妻子。直到莘瑶琴发出了"布衣蔬食,死而无怨"的坚定誓言时,两心才真正相通。他们的婚姻是建立在真正相爱的基础之上,是一种相互平等、相互尊重和相互了解的关系。在"二拍"中,像《通闺闼坚心灯火》中的罗惜惜与张幼谦、《李将军错认舅》中的刘翠翠和金定,也都是经过了青梅竹马、耳鬓厮磨、相互熟悉的过程后才萌发了生死不渝的坚贞爱情。"三言""二拍"所表现的这种婚恋自主的精神,既突破了门当户对、父母包办的陋习,也突破了"一见钟情"、人欲本能的冲动,而打上了新时代的印记。

"三言""二拍"在描写爱情故事时,还具有尊重女性的意识,流露了男女平等的思想。宋明以来的封建婚姻关系中,贞节观念是套在女性脖子上的一副沉重的精神枷锁。突破贞节观念是晚明人文思潮影响下尊重人性、妇女解放的一种表现。"三言"的第一篇《蒋兴哥重会珍珠衫》中的王三巧被陈大郎引诱失贞,丈夫蒋兴哥知道后虽然"如针刺肚",万分痛苦地休了她,但还是对她深情不减,十分尊重,只是责怪自己"贪着蝇头微利,撇她少年守寡,弄出这场丑来"。三巧被休后,听了母亲"别选良姻"的劝导,也就改嫁。陈大郎的妻子在丈夫死后,也痛快地"寻个好对头"。最后蒋兴哥也不嫌三巧二度失身,又破镜重圆。在这些市民身上,讲究的是人生的真情实感和尊重自己爱的权利,传统的三从四德、贞操守节之类已被相对地淡化。在"二拍"中,对于女性"失节"的问题,似乎表现得更为宽容[14]。《姚滴珠避羞惹羞》《酒下酒赵尼媪迷花》《顾阿秀喜舍檀那物》《赵司户千里遗音》《李将军错认舅》《徐茶酒乘乱劫新人》《两错认莫大姐私奔》等篇,都在不同程度上用谅解、同情的笔触写到了丈夫与失节之妇重归于好,甚至"越相敬重"。这种新的妇女观的思想基础,就是对于女性的尊重。在《满少卿饥附饱飏》中就两性间的关系问题曾有这样一段议论:

> 天下事有好些不平的所在!假如男人死了,女人再嫁,便道是失了节,玷了名,污了身子,是个行不得的事,万口訾议;及至男人家丧了妻子,却又凭他续弦再娶,置妾买婢,做出若干的勾当,把死的丢在脑后,不提起了,并没有人道他薄幸负心,做一场说话。就是生前房室之中,女人少有外情,便是老大的丑事,人世羞言;及至男人家撇了妻子,贪淫好

色，宿娼养妓，无所不为，总有议论不是的，不为十分大害。所以女子愈
加可怜，男子愈加放肆。这些也是伏不得女娘们心理的所在。

这段话公开地抨击了封建社会中以男子为中心的传统观念，迫切地呼唤着两性
关系的平等。在这思想基础上，有的小说不仅仅表现了女性婚恋的自主和平
等，而且赞颂了女性为追求人格的尊严而进行的不屈不挠的斗争。《杜十娘怒
沉百宝箱》中的杜十娘，就是一个维护女性人格尊严的典型。她作为一个名
妓，并不像传统文学作品中的妓女那样以"从良"为生活目标。她追求的是
一种建立在人格平等和相互尊重基础上的爱情。当她一旦发现自己误认为
"忠厚志诚"的爱恋对象李甲以千金的代价转卖了自己的时候，并没有用价值
连城的百宝箱去换取负心人的回心转意，更没有含羞忍辱地去当孙富的玩物，
而是义正辞严地面斥了李甲、孙富，与百宝箱一起怒沉江底，用生命来维护自
己的爱情理想与人格尊严。她的这种人格力量震撼人心。像这类作品，最能使
人感受到晚明社会涌动的人文思潮。

在"三言""二拍"中，还有为数不少的作品旨在揭露官场的腐败和社会
的黑暗[15]。正如"初刻"《恶船家计赚假尸银》开头所指出的那样："如今为
官做吏的人，贪爱的是钱财，奉承的是富贵，把那'正直公平'四字撇却东
海大洋。"他们只知道"侵剥百姓""诈害乡民"，"将良善人家拆得烟飞星
散"，这就无异于"盗贼"；而所谓"盗贼"，"仗义疏财的倒也尽有"，因而
"二拍"的作者禁不住发出了"每讶衣冠多盗贼，谁知盗贼有英豪"的感慨
（《乌将军一饭必酬》）。在暴露官吏贪酷的篇章中，特别引人注目的是《硬勘
案大儒争闲气》，凌濛初在这里竟把矛头指向朱熹。这个当时被捧为"圣人"
的理学大师，在小说中竟是个挟私报复，心灵卑鄙，行刑逼供，诬陷无辜的十
足小人。"三言""二拍"的作者在鞭挞奸臣、贪官、酷吏和种种社会恶势力
时，主要是用一颗正直的知识分子的良心来观照的；当他们在刻画一些"清
官"形象时，则往往较多地带上了市民化的色彩。那些"贤明"的"青天"，
往往能重视人的价值，承认人情、人欲的合理性。因而在精明公正、为民做主
的过程中，也不忘自己捞点实惠（《滕大尹鬼断家私》）；有的则不拘礼法，风
流自赏，公开娶妓，或者以"官府权为月老"，去成全有情人的越"礼"行为
（《单符郎全州佳偶》《玉堂春落难逢夫》《乔太守乱点鸳鸯谱》等）。这些官
吏显然不那么正统死板、僵化冷酷，多少体现了新兴市民的意志和愿望。

在时代新思潮的影响下，"三言""二拍"确实表现了不少新的内容，具
有重要的认识价值，可称为晚明市民文学的代表作。但是也应该看到，它们在
肯定情和欲时，往往过分地描写人的自然本能，有过多直露的秽笔而遭到人们

的訾病；另一方面又不适当地强化文学的教化功能，大谈忠孝节义、因果报应，散发着陈腐的气息，即使如《蒋兴哥重会珍珠衫》《杜十娘怒沉百宝箱》这样的优秀作品也打上了这样的印记。这种矛盾，“二拍”比之“三言”更为突出，因而人们往往给“三言”以更高的评价；或者说，“三言”将我国古代白话短篇小说推向高峰，而“二拍”则越过高峰而面向下坡。事实上，“二拍”之后，随着晚明国事的艰难，强调经世致用的实学思潮的兴起，在文学上要求关心国计民生，有益世道人心的呼声越来越高。这也影响了繁盛一时的白话短篇小说创作，使之向“劝善惩恶”的方面倾斜。《型世言》就是这种创作倾向的代表。这部小说尽管在揭露明末黑暗社会方面有可取之处，但其主旨是树立忠孝节烈楷模“以为世型”（《型世言》第一回回末评），向人灌输“君臣、父子、夫妇、兄弟、朋友之理道”（梦觉道人序）。这时的白话短篇小说创作，除了《欢喜冤家》等作品中的个别篇章还偶尔对人“情”有所肯定之外，绝大多数都是主张克制“情”“欲”，回归“理”“礼”。这就形成了“三言”“二拍”之后白话短篇小说创作的主要倾向。

第三节　“无奇之所以为奇”

将平凡的故事写得曲折工巧　　细致入微的写心艺术
体式和语言的变化

凌濛初在《拍案惊奇序》中说："今之人但知耳目之外牛鬼蛇神之为奇，而不知耳目之内日用起居，其为谲诡幻怪非可以常理测者固多也。"他宣布在艺术上追求的目标是"耳目前怪怪奇奇"，即在日常题材、平凡故事中显示出小说的传奇性。这种艺术，被睡乡居士的《二刻拍案惊奇序》称为"无奇之所以为奇"。实际上，这也就是"三言""二拍"的共同艺术取向。

通观"三言""二拍"，并不是完全没有写"牛鬼蛇神"的内容[16]；在以"耳目之内日用起居"为题材的篇章中，也有个别情节简单、以阐发思想为主的作品。但其多数作品由于题材的平凡，就更需要用巧妙的构思、奇异的关目来激发读者的兴趣。而且从"三言""二拍"主要供人阅读而不是诉诸听觉来看，也有条件把情节写得复杂多变。因此从总体上说，它们的故事比以往的话本小说写得更为波谲云诡、曲折多变。在表现上常常采用巧合误会的手法，把情节弄得迷离恍惚，波澜起伏。例如《十五贯戏言成巧祸》中王翁给刘贵十五贯钱，而崔宁卖丝所得也"恰好是十五贯钱，一文也不多，一文也不少"。由于刘贵的一句"戏言"，二姐误以为真而离家出走，途中正遇崔宁；此时盗贼正巧入刘贵之室行凶，窃得十五贯钱。这些巧合，酿成了一桩冤案。后来刘妻正巧被那个行凶的盗贼劫掠，使此案得以了结。这种"无巧不成书"的手法运用得好，才使小说的情节发展腾挪顿挫，出人意料，又显得合情合理。既以"巧"传"奇"，又以"巧"寓"真"。

为了使情节巧妙多变，作者运用一些"小道具"贯串始终，使整个故事既结构完整，又波澜迭起。如《蒋兴哥重会珍珠衫》中的一件"珍珠衫"，蒋兴哥赠给爱妻王三巧，三巧转赠给情夫陈大郎；蒋兴哥从大郎处见到此物，就知妻子已有外遇，忍痛休了三巧。后陈大郎病故，珍珠衫落到了其妻平氏手里；平氏再嫁给蒋兴哥，旧物又归原主。最终三巧与兴哥破镜重圆，兴哥就将此物再次赠给三巧。《陈御史巧勘金钗钿》中的"金钗钿"、《赫大卿遗恨鸳鸯绦》中的"鸳鸯绦"、《顾阿秀喜舍檀那物》中的"芙蓉屏"等等，也都是以一件"小道具"将整篇小说勾连得既一波三折，又严谨工整。

"三言""二拍"情节之"奇"，还表现在突破了单线结构的模式，而尝试用复线结构、板块结构和变换视角。如在《张廷秀逃生救父》中，一方面写赵昂夫妇害人，另一方面写张廷秀逃生救父，两条线有分有合，交叉推进，将复杂丰富的生活场面交织在一起。《田舍翁时时经理》将昼夜的故事分成两大块：白天牧童放牧受苦，夜晚在梦中享尽富贵，相互更替，形成了强烈的反差。《襄敏公元宵失子》写襄敏公儿子被拐骗，从仆人、孩子、拐子三个角度来复述同一件事情，把一个简单的故事写得曲折生动、摇曳多姿。

悲剧性与喜剧性的情节交互穿插，创造一种"奇趣"，也是"三言""二拍"常用的手法。宋元话本中多爱情悲剧，而晚明的文学界崇尚"趣"字，短篇小说的创作也就多喜剧团圆之作。当然，在"三言"中也有如《杜十娘怒沉百宝箱》那样震撼人心的悲剧，但冯梦龙、凌濛初显然更乐意写一个完美的结局并在作品中营造一种喜剧气氛。像"三言"中《乔太守乱点鸳鸯谱》写代姊"冲喜"、姑嫂拜堂，乃至后来纠纷百出，实在是封建包办婚姻的大悲剧，但它以计中计、错中错、趣中趣相互交叉，最终又以戏剧性的"乱点鸳鸯谱"作结，皆大欢喜。《玉堂春落难逢夫》中的主要人物都有一段悲剧性的经历，如王景隆金银散尽，沦落"在孤老院讨饭吃"时，却与玉堂春合作，骗得鸨儿团团转，使读者忍俊不禁。在"二拍"中，同样也充满着幽默、讽刺和戏剧性。他们将悲喜的情节巧妙搭配，相互衬托，增强了小说的新奇性和趣味性。

在刻画人物个性方面，"二拍"比"三言"略嫌粗糙，有类型化的倾向[17]。但总的说来，这两部小说还是运用了传统的白描手法，塑造了许多血肉饱满、个性鲜明的人物形象，其中如杜十娘、莘瑶琴等人物的性格，写得流动变化，富有层次感。在具体表现手法上，这两部作品比以前的话本小说显得更为细腻。写环境，写动作，写对话，写细节，时见精雕细刻的笔墨。特别是细致入微的心理描写，更受人们的重视。中国古代的小说，因受史传文学、话本小说等影响，往往只重外部言行的描写，不大习惯于直接描摹人物的心理活动。而在"三言"中，则可比较多地看到生动、细致的心理描写。如《蒋兴哥重会珍珠衫》写蒋兴哥见到珍珠衫，确知妻子与人有私后，用长达五六百字的篇幅，把他内心的气恼、悔恨、矛盾、痛苦，写得丝丝入扣。《卖油郎独占花魁》写秦重初见"花魁娘子"时，既惊又喜，既自卑又自豪，既想追求又有担心，"千思万想"，最后决定积钱以求见。作者将他的心底波澜刻画得纷繁复杂，又入情入理，深刻地表现了一个小商人在晚明时代中勇于进取的精神。除此之外，如"三言"中的《金玉奴棒打薄情郎》《金令史美婢酬秀童》《玉堂春落难逢夫》《白玉娘忍苦成夫》，"二拍"中的《转运汉遇巧洞庭红》《丹客半黍九还》等，也都有细腻精致的心理描写。这在中国古代写心传神的艺术史上，是一种新的开拓。

"三言"中有的作品是根据宋元旧本加工改编而成的，也有的是根据社会现实，或前人笔记、传奇等编写创作而成的，这就存在着一个对于传统话本体式继承和革新的问题。冯梦龙在加工、编写"三言"的过程中，实际上已经超越了说话人的话本模式，而重塑了一种专供普通人案头阅读的白话短篇小说文体。比如，话本的"入话"只是用来稳定和招徕听众，往往与正文的内容关系松散，且比重过大；冯梦龙删繁就简，使之与正文的内容有较为紧密的联系。话本中夹杂了大量的韵文，以供歌唱或吟诵，调节听众的情绪，渲染说话的气氛；他则大幅度地加以删改，以扫除阅读时的障碍。话本结尾时，说话人用以宣告"话本说彻，权作散场"之类的套话，也被视为阅读的累赘而略去。更重要的是，冯梦龙、凌濛初在语言的通俗性上进一步作了努力。比如《清平山堂话本·西湖三塔记》写白娘子的容貌完全是一套陈词滥调：

> 宣赞着眼看那妇人，真个生得：绿云堆发，白雪凝肤。眼横秋水之波，眉插春山之黛。桃萼淡妆红脸，樱珠轻点绛唇。步鞋衬小小金莲，玉指露纤纤春笋。

冯梦龙的《白娘子永镇雷峰塔》则用口语改写成：

> 许宣看时，是一个妇人，头戴孝头髻，乌云畔插着些素钗梳，穿一领白绢衫儿，下穿一条细麻布裙。

这段文字自然而贴切地写出了许宣的视觉感受。

第四节　明代的文言小说

《剪灯新话》与其他传奇小说　　不同类别的文言笔记小说
专集与丛书的大量刊行　　明代文言小说的地位和影响

在以《娇红记》为代表的元代文言小说之后，明代文言小说的创作也并不寂寥。特别是在白话小说尚未形成气候的明代前期年间，文言小说更是显得活跃。

明初，瞿佑的一部《剪灯新话》轰动了文坛[18]。此书共 4 卷 20 篇，另有附录一篇。这些小说，大都写元末天下大乱时的一些故事，具有幽冥怪奇的色彩。其中不少作品以荒诞的形式，记录了乱世士人的心态。如《华亭逢故人记》写全、贾二子，于"国兵围姑苏"时起兵援张士诚，因兵败赴水而死。后游魂遇故人于郊外，坐论怀才之士在乱世之中"贫贱长思富贵"与"富贵复履危机"的两难心理，很能反映当时士人的心曲。他们感慨韩信、刘文静等"功臣""卒受诛夷"，这正当明太祖大杀功臣之时，其矛头所向，不言自明。在《修文舍人传》中，作者又借人物之口，抨击当世用人"可以贿赂而通，可以门第而进，可以外貌而滥充，可以虚名而躐取"，流露了作者对于黑暗社会不满的情绪。

书中许多爱情婚姻故事，散发出一些市民生活的气息。世俗的平民、商人开始成为小说中的主人公。他们蔑视礼教，大胆地追求婚恋的自主。如《联芳楼记》写一对富商姐妹薛兰英、薛蕙英，聪明秀丽，能为诗赋。一日，窥见青年商贩郑生在河边洗澡，就"以荔枝一双投下"，主动表示爱慕。晚上，垂下竹兜，就将郑生吊上高楼，"自是无夕而不会"。双方父母知道后，也没有按照礼教来加以训斥，倒是开明地成全了他们。这种新的婚恋观在《翠翠传》中也表现得十分明显。小说中的女主角翠翠是一位"淮安民家女"。她与同学金定私下相爱后，向父母公开表示："妾已许之矣，若不相从，有死而已，誓不登他门也！"而当男家贫寒，自觉"门户甚不敌"，不敢遽然答应时，女方的家长则表示："婚姻论财，夷虏之道。吾知择婿而已，不计其他！"显然，他们对于封建礼教、门当户对之类并不在乎。后来，翠翠在战乱中"失身"，作者对她也毫无谴责之意。最终还是让一对有情人在冥冥中长相厮守。附录《秋香亭记》，写商生与杨采采自幼相爱，互约为婚，元末乱起，天各一方，终致有情人难成眷属，采采嫁给了开彩帛铺的王氏为妇。这个悲剧带有自传的色彩[19]，但在客观上也写出了乱世带给百姓的灾难，并反映了商人势力的滋长。

《剪灯新话》中有的作品具有明显的模仿前人名篇的痕迹，诗词的穿插有时也嫌略多，但总的看来，诚如凌云翰在序言中所说的："矧夫造意之奇，措词之妙，粲然自成一家言。读之使人喜而手舞足蹈、悲而掩卷堕泪者，盖亦有之。"这就不难理解，一时间它不但能使所谓"市井轻浮之徒争相诵习"，而且也使"经生儒士，多舍正学不讲，日夜记意（忆），以资谈论"（《英宗实录》卷九十）。它的出现，标志着明代传奇小说的崛起，并有力地影响着有明一代乃至清代的文言小说创作。在它之后，明代不断地有一些传奇小说集问世，也间有一些佳作，如李昌祺《剪灯馀话》中的《芙蓉屏记》《秋千会记》、陶辅《花影集》中的《心坚金石传》、邵景詹《觅灯因话》中的《桂迁梦感录》、宋懋澄《九籥集》及附《别集》中的《负情侬传》《珠衫》等都较有特色。另有一些单篇别行的传奇小说，如马中锡的《中山狼传》等，也脍炙人口，广泛流传。

在传奇小说史上别具一格的是，明代出现了一批"中篇传奇小说"[20]。这类作品都直接或间接地受了《娇红记》的影响，内容都写爱情故事，篇幅突破万字，有的甚至超过了4万字（如《刘生觅莲记》）。永乐年间李昌祺《剪灯馀话》中的《贾华云还魂记》和成化末年玉峰主人的《钟情丽集》都写青年男女对于纯正爱情的执著追求，曲折生动，且都有与《娇红记》一争短长的意思。不同的是，《贾华云还魂记》拖上了一个喜剧的尾巴，淡化了悲剧的色彩，而《钟情丽集》则完全以喜剧团圆作结。在《钟情丽集》的带动下，弘治至嘉靖间出现了中篇传奇创作的高潮。较早出现的《龙会兰池录》《丽史》《荔镜传》《怀春雅集》等大都注重描写男女青年大胆、主动地追求婚恋自主，冲击传统不合理的婚姻制度，也间有暴露社会的笔墨。特别是《辽阳海神传》一篇，写徽商程贤与海神相恋，经商发财的故事，想象奇特，文字清丽，反映了当时商业贸易的情况和商人地位的提高，备受人们的青睐。随着社会舆论对于人欲的过分张扬和世风的日趋颓靡，嘉靖年间出现了好几种专注于描写纵欲乃至性乱的作品。这些小说又几乎都同时宣扬科第功名和得道成仙，充分暴露了个人欲望过分膨胀必然导致的人性全面扭曲。后来问世的《刘生觅莲记》就批评这些作品"兽心狗行、丧尽天真"。它与万历后成书的《双双传》等，力图挽回颓风，重新向"情"靠拢，并也显示出对于社会正常秩序的尊重，品格有所回升，但最终也没有出现上乘的佳作。

明代各类笔记数量之繁富，品种之齐全，都远胜唐宋。志怪类，如祝允明的《志怪录》、陆粲的《庚巳编》、杨仪的《高坡异纂》、闵文振的《涉异志》、徐常吉的《谐史》、洪应明的《仙佛奇踪》、钱希言的《狯园》、王同轨的《耳谈》、郑仲夔的《耳新》、碧山卧樵的《幽怪诗谈》等，有的嘲讽朝政的腐败，有的曲折地反映市民百姓的愿望，有的歌颂人间的真情，也有的在形式上有所革新，写得委曲动人，饶有兴味。志人类，重在记琐闻轶事的如陆容的《菽园杂记》，以精美的文笔叙掌故，记风情，论史事，时有一些独到而通达的见解。张应俞的《杜骗新书》，集中了种种诈骗的故事，广泛地暴露了明末浇漓的世风。梅鼎祚的《青泥莲花记》汇录了历代妓女的事迹，将她们歌颂为出污泥而不染的莲花，表现她们对自由、爱情的追求和悲惨的遭遇。另有一类专记琐语清言的志人笔记，如何良俊的《语林》，也较有名。它网罗了自汉至元二千七百馀则旧闻，经过剪裁熔铸之后，自有其时代特色和个性色彩，且全书风格统一，"有简澹隽雅之致"（《四库全书总目·何氏语林》）。总的说来，明代的这些志怪、志人类的笔记小说，在当时的文人圈中还有广泛的市场，但在艺术上毕竟缺少开拓。至晚明，富有市民气息的幽默笑话类的作品开创了一个新的局面。这可能与当时商业经济活跃，思想比较自由开放，以及与文人尚"趣"等社会风气有关。现存的明末笑话作品不下三十馀种。其代表作是冯梦龙的《古今谭概》（后改名为《古今笑》《笑史》）和《笑府》。这两部书汇辑了古今民间笑话近二千五百则，以明快清峻的文笔，讽刺了封建官吏、不法奸商、无能医生、迂腐塾师各色人等，从一个侧面暴露了两千年封建社会的弊端和人性的弱点，把笑话艺术推向了高峰。

　　随着文言小说创作的兴盛和读者的爱好，收集、汇刊各类文言小说也蔚然成风。上述《幽怪诗谈》《青泥莲花记》《语林》《古今谭概》等书，实际上都带有汇辑的性质。在这类书中，冯梦龙的《情史》也较有名。它编辑了历史上的爱情故事共八百七十馀篇，分成24卷，其中不少篇章肯定了反抗封建礼教，赞美了纯洁、忠贞的爱情，表现了一种比较新的爱情观，为以后戏曲小说的创作提供了丰富的素材。此外，比较著名的小说选集或丛书有《艳异编》《虞初志》《古今说海》《合刻三志》《顾氏文房小说》《广四十家小说》《稗海》《稗乘》《五朝小说》《说郛》（重编本）、《花阵绮言》等，另外一些通俗类书如《国色天香》《燕居笔记》《万锦情林》《绣谷春容》等也选录了大量的小说。这些书籍收集、保存了自古至明大量的文言小说，功不可没，但多数编者是为了营利的需要而加以辑录，态度不太严肃。

　　明代的文言小说创作，尽管未曾造就出一流的作家和作品，但在文学史上也有其不可忽视的地位。它们对于清代的文言小说，起了一种承上启下的作用。《聊斋志异》等作品，无论在题材的选择、情节的构思，还是在表现手法、审美意向、风神韵致等方面，都受到它们的影响。明代的文言小说与白话小说，也互相影响，互相补充。白话小说广阔的题材、通俗的语言、曲折的情节、较长的篇幅，甚至话本的某些体式等都对文言小说的发展有过影响；而文言小说精美的语言、细腻的笔法、雅洁的内容、含蓄的韵味，也对白话小说的提高起过作用。特别是明代的文言小说为白话小说和戏曲创作、发展提供了丰富的素材，创造了良好的条件[21]。例如《续艳异编》等书所收的《王翘儿传》，全文仅1 200字，后来成为白话小说《胡总制巧用华棣卿，王翠翘死报徐明山》（《型世言》）、《胡少保平倭战功》（《西湖二集》）、《绿野仙踪》和戏曲《两香丸》的题材来源，最后，由"青心才人"编成一部长达20回的白话小说《金云翘传》。在世界文坛上，明人的文言小说也是颇有影响的。1813年，越南诗人阮攸曾将《金云翘传》移植为同名的诗体小说，成为一部饮誉世界文坛的名著。《剪灯新话》在15世纪中叶传到朝鲜，金时习随即仿作《金鳌新话》一书，成为韩国小说的始祖。16世纪传到日本，很快就出现了多种翻译本和改写本，至德川幕府时，各种版本"镌刻尤多，俨如中学校之课本"（董康《书舶庸谭》卷一下）。16世纪初，越南人阮屿也在《剪灯新话》的直接影响下，创作了越南第一部传奇小说《传奇漫录》，对越南小说的发展产生了重大的影响。而在我国，《剪灯新话》却在正统年间就遭到禁毁[22]，以至于相当长的一段时期内受到国人的冷落，从而形成国内与国外的强烈反差。

注 释

〔1〕参见本编绪论注〔9〕。

〔2〕如明无名氏《如梦录·街市记第六》（中国书店1990年影印三怡堂丛书本）载："相国寺每日寺中有说书、算卦、相面，百艺逞能，亦有卖吃食等项。"

〔3〕洪楩（pián），字子美，生卒年不详。嘉靖间的藏书家和出版家。曾刊《夷坚志》《唐诗纪事》等书籍多种。所刊书籍的版心均有"清平山堂"四字。据马廉《清平山堂话本序目》推定，其书刊刻"当在嘉靖二十年至三十年间（1541—1551）"（《清平山堂话本》附录，文学古籍刊行社1955年影印本，第537页）。

〔4〕1928年，日本学者长泽规矩也透露在日本内阁文库藏15篇残本，次年，由北京古今小品书籍印行会影印出版，因其版心有"清平山堂"字样，故名《清平山堂话本》。1933年，马廉又在天一阁发现清平山堂刊印的话本小说12篇，其书题根有"雨窗集上""欹枕集上""欹枕集下"，由马廉平妖堂影印出版。1955年文学古籍刊行社合于一起影印出版，仍题《清平山堂话本》。后阿英发现残文两篇，曾著《记嘉靖本翡翠轩及梅杏争春》一文介绍（《小说闲谈》，古典文学出版社1958年版，第24页）。

〔5〕根据前人著录和小说中的地名、官制、故实、语言等，一般学者判定《清平山堂话

本》中有宋代、元代和明代的作品（"熊龙峰小说四种"和"三言"等情况与此略同）。凌濛初《拍案惊奇序》曾指出，冯梦龙编刊"三言"时，"宋元旧种，亦被搜括殆尽"，说明当时还流传着一定数量的宋元旧本。

〔6〕熊龙峰，本名佛贵，字东润，万历间书商。关于"熊龙峰小说四种"的刊刻时间，除王古鲁曾怀疑刊于嘉靖年间之外，一般学者均认为刊于万历年间（马幼垣《熊龙峰所刊短篇小说四种考释》，原载台北《清华学报》新 5 卷第 1 期；又收入刘世德编《中国古代小说研究》一书，上海古籍出版社 1983 年版）。

〔7〕实刊七种，另有《定州三怪》和《金主亮荒淫》两种因"破碎太甚"和"过于秽亵"而"未敢传摹"。

〔8〕关于《京本通俗小说》的真伪问题大致有三种意见：一，鲁迅、胡适相信缪氏所说，如鲁迅《中国小说史略》第十二篇《宋之话本》所论《京本通俗小说》即是。二，郑振铎《明清两代平话集》（《小说月报》1931 年第 22 卷第 7、8 期）、孙楷第《中国短篇小说的发展与艺术上的特点》（《文艺报》第 4 卷第 3 期，1951 年 5 月 25 日）、李家瑞《从俗字的演变上证明〈京本通俗小说〉不是影元写本》（《图书季刊》第 2 卷第 2 期，1935 年 6、7 月）、胡士莹《话本小说概论》（中华书局 1980 年版，第 491～492 页）等不信是"影元人写本"，但认为它不是伪书，而是明人所编。三，认为它是由缪氏伪造的。最初由日本学者长泽规矩也于 1928 年提出（《京本通俗小说与清平山堂话本》，《小说月报》1928 年第 20 卷第 6 期），但未得重视。至 1965 年，马幼垣、马泰来兄弟的《〈京本通俗小说〉各篇年代及其真伪问题》（台北《清华学报》新 5 卷第 1 期，后收入马幼垣《中国小说史集稿》）发表，才引起学术界的强烈反响。后胡万川的《〈京本通俗小说〉的新发现》（《中华文化复兴月刊》第 10 卷第 10 期，后收入作者的《话本与才子佳人小说之研究》）、苏兴的《〈京本通俗小说〉辨疑》（《文物》1978 年第 3 期，后收入作者的《西游记及明清小说研究》）等都力主此说，且较有分量，但目前尚有人反对伪造说。

〔9〕"拟话本"之名最先由鲁迅在《中国小说史略》中提出，其第十三篇《宋元之拟话本》系指《青琐高议》《大唐三藏法师取经诗话》《大宋宣和遗事》等宋元作品。而其第二十一篇《明之拟宋市人小说及后来选本》论及"明末则宋市人小说之流复起，或存旧文，或出新制，顿又广行世间"时，称这批小说为"拟宋市人小说"。20 世纪 50 年代以来，学界所用的"拟话本"通常指后一类小说。

〔10〕《喻世明言》天许斋刊本题《全像古今小说》，但总目上题"古今小说一刻"，其"识语"又曰："本斋购得古今名人演义一百二十种，先以三分之一为初刻云。"叶敬池刊本《醒世恒言》题全称为《绘像古今小说醒世恒言》，且其序谓："此《醒世恒言》四十种，所以继《明言》《通言》而刻也。"故知"古今小说"实为三书的通称。"三言"的全称当分别是：《古今小说喻世明言》《古今小说警世通言》《古今小说醒世恒言》。

〔11〕今存尚友堂本《二刻拍案惊奇》第二十三卷与《初刻》第二十三卷相重，第四十卷为杂剧《宋公明闹元宵》，故实有小说 38 卷。其第五卷、第九卷版心与其他各篇不

同，可见已不是初刊原貌。此书 40 卷乃书商凑补而成。

〔12〕如"三言"中的《两县令竞义婚孤女》，写王奉把原许配给官家之子的女儿与侄女调
包后嫁给富商之子。"二拍"中的《通闺闼坚心灯火》，写商人罗家不愿与"衣冠宦
族"张忠父联姻。《韩秀才乘乱聘娇妻》中的富商金朝奉就"不舍得把女儿嫁于"
"满腹文章"的穷儒韩师愈。

〔13〕《施润泽滩阙遇友》中写到施复买下了隔壁"连年因蚕桑失利"而卖掉的两间小屋，
后又"买了左近一所大房屋"，实际上是商业竞争中的吞并行为；又写到他"开起三
四十张绸机，又讨几房家人小厮"等等，其雇工剥削也可以想见。

〔14〕在"三言"《蔡瑞虹忍辱报仇》中，蔡瑞虹还是以"失节"为辱而自杀。

〔15〕如"三言"中的《沈小霞相会出师表》《卢太尉诗酒傲王侯》《李玉英狱中讼冤》，
"二拍"中的《恶船家计赚假尸银》《进香客莽看金刚经》《王渔翁舍镜崇三宝》《青
楼市探人踪》《钱多处白丁横带》等。

〔16〕《二刻拍案惊奇》中谈鬼谈神的作品明显增多，郑振铎在《明清二代的平话》中说它
"全书几乎弥漫了鬼气"（《中国文学研究》，作家出版社 1957 年版，第 415 页）。

〔17〕"二拍"中一些人物常常是某种道德品质或特定身份的符号，如不法之徒叫卜良，游
手好闲的流氓就姓游名守字好闲，以及潘家富翁、孙官人、王渔翁甚至连名字都没
有。这无意中暴露了作者并不重视他们，没有把他们当作一个独立的人，而是作为
一类人的代表。

〔18〕瞿佑（1341—1427），字宗吉，号存斋，籍属山阳（今江苏淮安），祖居钱塘（今浙
江杭州）。入明，官仁和训导、临安教谕等。建文中入南京为太学助教，升周王府长
史。成祖时因"诗祸"谪保安 10 年。仁宗年间召还，在英国公张辅家主家塾 3 年。
著有《乐府遗音》《归田诗话》等。据《剪灯新话》瞿佑自序，此书成于洪武十一
年（1378），其著作权本无问题。但明中叶王锜《寓圃杂记》、都穆《听雨纪谈》引
周鼎之言，说此书系窃取杨维桢原稿，加入部分己作而成。《金瓶梅词话序》又称
"卢景晖之《剪灯新话》"。明人丛刻选录此书篇目时，又往往妄题撰者姓名，更制造
了混乱。

〔19〕此说始于凌云翰《剪灯新话序》，但未作具体说明。后人陈述的理由主要是：此篇别
置附录，可见非一般；孔门弟子有名商瞿，故用"商生"暗示作者之名；商生的
部分经历与作者相同；秋香亭即是作者家传桂堂的影射。

〔20〕郑振铎 1929 年作的《中国小说的分类及其演化的趋势》始称这类小说为"中篇小
说"（《郑振铎古典文学论文集》，上海古籍出版社 1984 年版，第 334 页）。后日本伊
藤漱平径称为"中篇传奇"（《〈娇红记〉成书经纬：其变迁及流传过程》，台湾《中
外文学》第 13 卷第 12 期）。另外也有人将它们称之为"诗文小说"（孙楷第）、"文
言话本""文言拟话本"（薛洪勣）和"长篇传奇小说"（日本大塚秀高）等。据叶
德均、薛洪勣说，这类小说"至少在四十种以上"（叶著《戏曲小说丛考》，中华书
局 1979 年版，第 535 页；薛文《明清文言小说管窥》，吉林省社会科学院《学术研
究丛刊》1980 年第 1 期，第 83 页）。

〔21〕此略举数例，以见一斑：

文言小说	白话小说	戏 曲
《剪灯新话》： 《翠翠传》	"二刻"：《李将军错认 舅，刘氏女诡从夫》	叶宪祖： 《金翠寒衣记》 袁 声：《领头书》
《剪灯馀话》： 《贾华云还魂记》	《西湖二集》： 《洒雪堂巧结良缘》	沈希福：《指婚记》 谢天瑞：《分钗记》 冯之可：《姻缘记》 阙 名：《金凤记》 梅孝巳：《洒雪堂》
《花影集》： 《心坚金石传》	《情楼迷史》十二回	阙 名：《霞笺记》
《九籥别集》： 《珠 衫》	《古今小说》： 《蒋兴哥重会珍珠衫》	袁于令：《珍珠衫记》 叶宪祖：《会香衫》 闲闲子：《远帆楼》

〔22〕顾炎武《日知录之馀》卷四《禁小说》引明实录云，正统七年（1442）二月，国子祭酒李时勉奏请禁毁"《剪灯新话》之类"书籍，认为"若不严禁，恐邪说异端，日新月盛，惑乱人心"。这是现知最早的官方确定禁毁某部小说的文字材料。

第十一章　晚明诗文

晚明诗文领域无论是文学观念还是创作倾向，都出现了新的特点。当时激进的思想家、文学家李贽，接受了王阳明哲学理论的影响，站在王学左派的立场，其文学观念与创作带有抨击伪道学与重视个性精神的离经叛道的色彩，对晚明文坛具有启蒙作用。以袁宏道为代表的公安派，在接受李贽学说的同时，提出以"性灵说"为内核的文学主张，肯定了文学真实地表现人的个性化情感与欲望的重要性，并力矫前后七子复古实践所难以克服的拟古蹈袭的弊病。但公安派在具体创作中也存在矫枉过正的弱点，从"独抒性灵"走向俚俗肤浅的极端，客观上淡化了文学的艺术审美特性。继公安派之后，以锺惺、谭元春为首的竟陵派崛起于文坛，他们继承了公安派的某些文学趣味，而针对公安派的流弊，力图将文学引入"幽情单绪""孤行静寄"的境界，这在一定程度上显示出晚明文学中激进活跃精神趋于衰落的迹象。

作为晚明散文创作一大特色的小品文在这一阶段趋于兴盛，它体制短小精练，风格轻灵隽永，反映了晚明时期文人文学趣尚的某种变化。这些小品文大多描写文人士大夫日常生活及趣味，真实生动地表现他们新的生活情调与审美意趣，形成了个人化、生活化以及求真写实的创作特征。

明代末年，时局动荡不安，明朝政府面临覆灭的危机。特殊的时代环境给文坛带来新的影响。以陈子龙等为代表的一些文人，重新举起复古旗帜，力图挽救明王朝的危亡，其作品多表现国变时艰及兴亡之感，带有鲜明的时代特征。

第一节　李　贽

价值观念中的叛逆色彩　　"童心说"　　犀利坦直的文风

李贽（1527—1602）是晚明时期杰出的思想家[1]，也是一位标新立异而对当时文坛产生很大影响的文学家。他中年以后辞去了官职，专意于著书讲学，不少内容"掊击道学，抉摘情伪"（钱谦益《列朝诗集小传》闰集《卓吾先生李贽》），直接把攻击的目标对准伪道学，被人目为异端，他也公然以"异端"自居[2]。后被当政者以"敢倡乱道，惑世诬民"（《明神宗实录》卷三六九）的罪名逮捕，在狱中自杀身亡。

李贽的思想极具叛逆色彩与反抗精神，他提出："穿衣吃饭即是人伦物理，除却穿衣吃饭，无伦物矣。"（《焚书》卷一《答邓石阳》）从正面肯定了人的生活欲望的合理性，与程朱理学"存天理，灭人欲"的观念相悖逆。他还主张"各从所好，各骋所长"，甚至提出："夫天生一人，自有一人之用，不待取给于孔子而后足也。"（《焚书》卷一《答耿中丞》），强调人的个性与自身价值，否定传统思想权威至高无上的偶像地位。这些重视个性与肯定人欲的言论，激进尖锐，对晚明社会反抗传统价值体系起着启蒙作用。

李贽的文学观念也包含离经叛道的因素。他在那篇著名的《童心说》中称："天下之至文，未有不出于童心焉者也。"所谓"童心"即是"绝假纯真，最初一念之本心也"（《焚书》卷三）。"绝假纯真"，即不受道学等外在"闻见道理"的蔽障和干扰；"最初一念"，实则指人本然的私心，所谓"夫私者，人之心也。人必有私，而后其心乃见"（《藏书》卷三二《德业儒臣后论》）。《童心说》的另一重内涵，则是强调自我思想情感的表现，真诚无欺，注重的是性情之真[3]。故以为，"若失却童心，便失却真心；失却真心，便失却真人。人而非真，全不复有初矣"。因而，天下的"至文"，都应是作者本然情感和欲望的真实表现。在李贽看来，要保持"童心"，使文学存真去假，就必须割断与道学的联系。他认为"六经、《语》《孟》乃道学之口实，假人之渊薮也，断断乎其不可以语于童心之言明矣"（《焚书》卷三《童心说》），将那些传统儒学经典斥为与"童心之言"相对立的伪道学的根据，这在当时的环境中自有它的进步性与深刻性。

和文学观念相一致，李贽的作品也往往显得论点鲜明，立意奇特，直写自我对生活独到的见解，抨击假道学的虚伪面目，直率辛辣，锋芒毕露，具有挑战性，如他的《赞刘谐》：

> 有一道学，高展大履，长袖阔带，纲常之冠，人伦之衣，拾纸墨之一二，窃唇吻之三四，自谓真仲尼之徒焉。时遇刘谐。刘谐者，聪明士，见而哂曰："是未知我仲尼兄也。"其人勃然作色而起曰："天不生仲尼，万古如长夜。子何人者，敢呼仲尼而兄之？"刘谐曰："怪得羲皇以上圣人尽日燃纸烛而行也！"其人默然自止。然安知其言之至哉！李生闻而善曰："斯言也，简而当，约而有馀，可以破疑网而昭中天矣。其言如此，

其人可知也。盖虽出于一时调笑之语，然其至者百世不能易。"

作者借刘谐之口，嬉笑怒骂，讽刺嘲弄了披着"纲常""人伦"外衣的道学之徒，并将蔑视的目光对准孔子这位传统的偶像，语气大胆辛辣，无所掩饰。又他的《自赞》《高洁说》《三蠢记》等篇以坦直率真的笔调对自我作了写照，显示自己不向世俗屈服的个性。如《自赞》：

> 其性褊急，其色矜高，其词鄙俗，其心狂痴，其行率易，其交寡而面见亲热。其与人也，好求其过，而不悦其所长；其恶人也，既绝其人，又终身欲害其人。志在温饱，而自谓伯夷、叔齐；质本齐人，而自谓饱道饫德。分明一介不与，而以有莘藉口；分明毫毛不拔，而谓杨朱贼仁。动与物迕，口与心违。其人如此，乡人皆恶之矣。昔子贡问夫子曰："乡人皆恶之何如？"子曰："未可也。"若居士，其可乎哉！

文章语气酣畅率直，从性行诸端着笔，把自己描写成一位个性乖张的狂士，显出狷介超俗的胸次，要在展现一己"异端"之性。

值得一提的是，李贽生平还作有不少书札，这些作品大多直述个人生活观念，以言辞犀利、态度分明、文风质直见长，成为其文学创作中的重要组成部分。

第二节　以袁宏道为代表的公安派

以"性灵说"为内核的文学主张　　直写胸臆的抒情特征
清新轻逸的艺术风格　　浅率化的流弊

在晚明文坛，公安派是一个具有相当影响的文学派别，主要人物有袁宗道、袁宏道、袁中道三兄弟，其中袁宏道（1568—1610）的影响尤为突出[4]，是公安派的首要人物。因他们是湖北公安人，所以人称公安派。

公安派提出了一系列体现晚明文学新价值观的理论主张。"性灵说"便是他们提出的一个著名的口号。袁宏道在《叙小修诗》中这样评述其弟袁中道的诗作：

> 大都独抒性灵，不拘格套，非从自己胸臆流出，不肯下笔。有时情与境会，顷刻千言，如水东注，令人夺魄。其间有佳处，亦有疵处。佳处自

不必言，即疵处亦多本色独造语。然予则极喜其疵处，而所谓佳者，尚不能不以粉饰蹈袭为恨，以为未能尽脱近代文人气习故也。（《袁宏道集笺校》卷四《锦帆集》之二）

推崇"独抒性灵，不拘格套"，就是从诗歌创作的角度，强调真实表现作者个性化思想情感的重要性，反对各种人为的约束以及"粉饰蹈袭"。做到这一点，即使作品有"疵处"，也是值得赞赏的，因为在袁宏道看来，"大概情至之语，自能感人，是谓真诗"。不但如此，抒发"性灵"还要摆脱道理闻识的束缚。《叙小修诗》称赞"今闾阎妇人孺子所唱《擘破玉》《打草竿》之类，犹是无闻无识真人所作，故多真声。不效颦于汉魏，不学步于盛唐，任性而发，尚能通于人之喜怒哀乐嗜好情欲"。这一说法显然受到了李贽"童心说"的影响[5]。"童心说"从反道学的角度，把"道理闻见"看成是"童心"（或"真心"）失却的根本原因，袁宏道则在此基础上，将"无闻无识"与"真声"之作作了因果联系，进而肯定人们"性灵"中蕴含的各色各样个人情感与生活意欲的合理性，将表现个体自由情性和欲望看作文学创作的重要内容。所谓"任性而发"，即真正体现"信心而出，信口而谈"（同上书卷一一《解脱集》之四《张幼于》），客观上要求削弱传统道德规范对文学的影响力。

从提倡直抒"性灵"出发，公安派反对拟古蹈袭。以前后七子为代表的复古流派，在明中期文坛发动了一场文学变革，但与此同时，也暴露出他们及其追随者在创作实践上所存在的模拟失真的弊病。对此，袁宗道（1560—1600）在其《论文》篇中提出学古贵"学达"[6]，也即"学其意，不必泥其字句也"。认为"彼摘古字句入己著作者，是无异缀皮叶于衣袂之中，投毛血于骰核之内也"。如果"心中本无可喜事而欲强笑，亦无可哀事而欲强哭"，结果只能是"其势不得不假借模拟耳"，"虚浮""雷同"（《白苏斋类集》卷二〇）的弊病便不可避免。袁宏道《雪涛阁集序》则认为，"夫复古是已，然至以剿袭为复古，句比字拟，务为牵合，弃目前之景，摭腐滥之辞"，那么"夫即诗而文之为弊，盖可知矣"（《袁宏道集笺校》卷一八《瓶花斋集》卷六）。他们并不是简单地反对复古，而是觉得复古如限于"模拟"或"剿袭"，仅仅在形式上求得与古人相似，终会流于失败。

公安派以"性灵说"作为文学主张的内核，而反映在创作上则注重有感而发、直写胸臆。比如袁宏道《戏题斋壁》一诗：

　　一作刀笔吏，通身埋故纸。鞭笞惨容颜，簿领枯心髓。奔走疲马牛，跪拜羞奴婢。复衣炎日中，赤面霜风里。心若捕鼠猫，身似近膻蚁。举眼尽无欢，垂头私自鄙。南山一顷豆，可以没馀齿。……

此诗作于袁宏道吴县令任上。早在明神宗万历二十二年甲午（1594）作者在京候选时，曾作《为官苦》一诗，流露了"男儿生世间，行乐苦不早。如何囚一官，万里枯怀抱"的厌官情绪。而这一首诗则更是从不同的侧面极言为官所受的苦辛屈辱，倾吐了繁重而压抑的仕宦生活给诗人带来的苦闷，并流露出想要挣脱官场束缚而寄身自由自在的田园生活的愿望。

与袁宏道一样，袁中道（1570—1624）作品也多有畅抒襟怀之作[7]，感情色彩浓厚，其《感怀诗五十八首》即为代表，如其中的第六首：

> 步出居庸关，水石响笙竽。北风震土木，吹石走路衢。蹀躞上谷马，调笑云中姝。囊中何所有？亲笔注阴符。马上何所有？腰带五石弧。雁门太守贤，琵琶为客娱。大醉砍案起，一笑将其须。振衣恒山顶，拭眼望匈奴。惟见沙浩浩，群山向海趋。夜过虎风口，马踏万松林。我有安边策，谈笑靖封狐。上书金商门，傍人笑我迂。

钱谦益《列朝诗集小传》丁集中《袁仪制中道》称袁中道"长而通轻侠，游于酒人，以豪杰自命"，"泛舟西陵，走马塞上，穷览燕、赵、齐、鲁、吴、越之地，足迹几半天下"。这首诗便是作者游历生活的形象写照，基调豪爽放逸，强烈而自然地刻画出诗人落拓不羁的气度和怀才不遇的抑郁心情。

信手而成、随意而出的写作态度，也使得公安派作家不太喜欢在作品中铺陈道理，刻意雕琢，他们往往根据生活体验与个人志趣爱好，抒情写景，赋事状物，追求一种清新洒脱、轻逸自如、意趣横生的创作效果，读其作品，很少让人有雍容典雅、刻板凝重之感。《四库全书总目》集部《袁中郎集》提要在总结袁宏道作品的风格时，以为"其诗文变板重为轻巧，变粉饰为本色，致天下耳目于一新"。这也可说是公安派创作上的一个共同特点。如袁宏道《初至绍兴》一诗：

> 闻说山阴县，今来始一过。船方革履小，士比鲫鱼多。聚集山如市，交光水似罗。家家开老酒，只少唱吴歌。

诗以轻松舒展的笔调描写了山阴当地的风土人情，饶有生活意趣，语言俗白活泼。又如写村中所遇："稻熟家家酿，山香处处诗。"（《宿村中》）写道中所见："天色滑如卵，江容润似纱。"（《嘉兴道中》）写日暮之景："野火烘云脚，霜风老地皮。"（《日暮》）写古树之态："有若老翁醉，赪颐照头雪。"（《古树》）一事一景一物，也颇显生新而富含趣致，可见诗人审美情调之一斑。类似的意趣也见于袁中道诗，如他的《听泉》之一：

> 一月在寒松，两山如昼朗。欣然起成行，树影写石上。独立巉岩间，侧耳听泉响。远听语犹微，近听涛渐长。忽然发大声，天地皆萧爽。清韵入肺肝，濯我十年想。

一个寒意侵人而月光皎洁的夜晚，诗人独自徜徉在山岩间，侧耳倾听潺湲山泉的流水声，远近不一而产生的或弱或强的听泉效果，让诗人醉心其中，尽情领略自然的妙趣。诗所勾勒的画面清新轻俊，写景与抒情融为一体，较好地刻画出沉浸于自然美趣之中的诗人悠闲愉悦的心境。

随意轻巧的风格有时也让公安派走上另一端。一些作品因过于率直浅俗，加上作者不经意的创作态度，以至于"戏谑嘲笑，间杂俚语"（《明史》卷二八八《袁宏道传》），虽然没有刻意造作的腔调，但不恰当地插入大量俚语俗语，破坏了作品的艺术美感。如袁宏道《人日自笑》诗："是官不垂绅，是农不秉耒；是儒不吾伊，是隐不蒿莱；是贵着荷芰，是贱宛冠佩；是静非杜门，是讲非教诲；是释长鬓须，是仙拥眉黛。"他的另一首《渐渐诗戏题壁上》："明月渐渐高，青山渐渐卑；花枝渐渐红，春色渐渐亏；禄食渐渐多，牙齿渐渐稀；姬妾渐渐广，颜色渐渐衰。"如此打破常规的写作方法，可以看出作者"信心而出，信口而谈"的用意，却使诗作毫无诗意可言，不能不说是败笔。

除诗歌之外，公安派的散文创作成就也较高，尤其是游记、传记，多有佳篇。

第三节　以锺惺、谭元春为代表的竟陵派

公安派文学主张的继承与变异　　幽深奇僻的艺术境界
晚明文学思潮的回落

继公安派之后，以锺惺、谭元春为代表的竟陵派崛起于文坛，并产生较大的影响。锺、谭均为湖北竟陵人，因名竟陵派。

在文学观念上，竟陵派受到过公安派的影响，提出重"真诗"，重"性灵"。锺惺（1574—1625）以为[8]，诗家当"求古人真诗所在，真诗者，精神所为也"（《诗归》卷首《诗归序》）。谭元春（1586—1637）则表示[9]："夫

真有性灵之言，常浮出纸上，决不与众言伍。"（同上书卷首《诗归序》）这些主张都是竟陵派重视作家个人情性流露的体现，可以说是公安派文学论调的延续。尽管如此，竟陵派和公安派的文学趣味还是存在着差异。首先，公安派虽然并不反对文学复古，他们只是不满于仿古蹈袭的做法，但主要还是着眼于作家自己的创造，以为"古何必高，今何必卑"（《袁宏道集笺校》卷六《锦帆集》之四《丘长孺》），推崇"各呈其奇"，"互穷其变"（袁中道《珂雪斋集》卷一一《中郎先生全集序》）。而竟陵派则看重向古人学习，钟、谭二人就曾合作编选《诗归》[10]，表示"非谓古人之诗，以吾所选为归，庶几见吾所选者，以古人为归也"；主张"引古人之精神，以接后人之心目"（《诗归》卷首钟惺《诗归序》），达到一种所谓"灵"而"厚"的创作境界[11]。其次，公安派在"信心而出，信口而谈"的口号下，不免流于率直浅俗，竟陵派则提出求古人"精神"所在，要在"察其幽情单绪，孤行静寄于喧杂之中，而乃以其虚怀定力，独往冥游于寥廓之外"，而不可取古人"极肤、极狭、极熟，便于口手"所为（《诗归》卷首钟惺《诗归序》），即强调通过对古人"精神的接引"，在总体上追求一种幽深丰厚、静默虚寂、孤清奇峭的文学审美情趣，同公安派浅率轻直的风格相对立。这样的文学趣味在钟、谭等人作品中时有显露，比如：

> 渊静息群有，孤月无声入。冥漠抱天光，吾见晦明一。寒影何默然，守此如恐失。空翠润飞潜，中宵万象湿。……（钟惺《宿乌龙潭》）
>
> 自是名山里，清泉日夜流。初生如欲动，稍远不知休。气冷谷中草，影吹溪上楸。无人常此汲，空令一桥幽。（谭元春《咏九峰山泉》）

前诗描绘出一幅万籁俱寂、孤月独照、寒影默然的宿地图景，给人以幽峭、凄清与峻寒的感觉。后诗以山泉为吟咏对象，也含一种清冷、幽寂的味道。可以发现，这种幽峭而清寒的景象，在钟、谭等人诗中多有呈现。如"孤烟出其外，相与成寒空"（钟惺《山月》），"霜下暮寒半，鸦翻山气深"（钟惺《初阴》），"寒松通石魄，幽竹覆泉声"（钟惺《天开岩》），"雁入凄清远，砧知惨澹先"（谭元春《寒月》），"寒通远里无非旭，冬满平畴但有烟"（谭元春《登白龙寺阁》）。由此凸显在诸诗中的幽寒凄清的基调，大概就是竟陵派作家所要追求的"幽情单绪""奇情孤诣"的创作境界吧。钱谦益曾讥刺竟陵派诗风"以凄声寒魄为致"，"以噍音促节为能"，"其所谓深幽孤峭者，如木客之清吟，如幽独君之冥语，如梦而入鼠穴，如幻而之鬼国"（《列朝诗集小传》丁集中《钟提学惺》），所言虽有偏颇之嫌，但确实点出了一些主要的特征。

应该说，竟陵派提倡学古要学古人的精神，以开导今人心窍，积储文学底蕴，这与单纯在形式上蹈袭古风的做法有着很大的区别，客观上对纠正明中期复古派拟古流弊起着一定的积极作用。再者他们也较为敏锐地看到了公安派末流俚俗肤浅的创作弊病，企图另辟蹊径，绝出流俗，也不能不说具有一定的胆识。但是，竟陵派并未真正找准文学变革的路子，他们偏执地将"幽情单绪""孤行静寄"这种超世绝俗的境界当作文学的全部内蕴和终极目标，将创作引上幽深奇峭的孤诣独造之路，缩小了文学表现的视野，也减弱了在公安派作品中所能看到的那种直面人生与袒露自我的勇气，其中的理性或退守意识为之增强，显示出晚明文学思潮中激进活跃精神的衰落。

第四节　晚明小品文

小品文的兴盛　　　小品文的创作特色　　　小品文的影响

在晚明文学发展进程中，小品文的创作占据着一席重要的地位，它代表了晚明散文所具有的时代特色。

顾名思义，小品文体制较为短小精练，与"春容大篇"相区别[12]。体裁上则不拘一格，序、记、论、跋、碑、传、铭、赞、尺牍等文体都可适用。小品文在晚明时期趋向兴盛，与当时文人文学趣味发生变化有着重要的联系，人们的欣赏视线从往日庄重古板的"高文大册"，转移到了轻俊灵巧而有情韵的"小文小说"[13]，从而扩大了小品欣赏的读者群和创作的数量，一些小品文的选本和以小品命名的文集也随之出现[14]。

晚明小品文创作风格上的一个显著特点是趋于生活化、个人化，不少作家喜欢在文章中反映自己日常生活状貌及趣味，渗透着晚明文人特有的生活情调和审美趣尚。公安派袁氏三兄弟的作品在这方面具有代表性。如袁宏道的《西湖二》有这样的记述：

> 西湖最盛，为春，为月。一日之盛，为朝烟，为夕岚。今岁春雪甚盛，梅花为寒所勒，与杏桃相次开发，尤为奇观。……余时为桃花所恋，竟不忍去。湖上由断桥至苏堤一带，绿烟红雾，弥漫二十余里。歌吹为风，粉汗为雨，罗纨之盛，多于堤畔之草，艳冶极矣。
>
> 然杭人游湖，止午、未、申三时，其实湖光染翠之工，山岚设色之妙，皆在朝日始出，夕舂未下，始极其浓媚。月景尤不可言，花态柳情，山容水意，别是一种趣味。此乐留与山僧、游客受用，安可为俗士道哉！

　　这是一篇赏玩杭州西湖六桥一带春景的游记小品，篇中不仅描绘了山水花草的美景，游春仕女的艳态，而且点出"花态柳情，山容水意"怡人心目的乐趣。作者将"山僧""游客"看作是享受自然美景的对象，显示出清雅闲适的审美情调。

　　对个人游赏生活的投入和乐于在作品中给予表现，从另一个方面增强了晚明文人在日常生活中捕捉美、鉴赏美的能力，提高了游赏小品的艺术价值，特别是一些描绘自然美景与抒写赏玩情怀的作品在表现手法上更趋雅洁、精致、自然。如袁中道《游荷叶山记》写荷叶山晚景："俄而月色上衣，树影满地，纷纶参差，或织或帘，又写而规。至于密树深林，迥不受月，阴阴昏昏，望之若千里万里，窅不可测。划然放歌，山应谷答，宿鸟皆腾。"以素雅简练的笔触展现了晚间幽寂萧森的山景。袁宏道《天池》描绘苏州山郊春景："时方春仲，晚梅未尽谢，花片沾衣，香雾霏霏，漭漫十馀里，一望皓白，若残雪在枝。奇石艳卉，间一点缀，青篁翠柏，参差而出。"作者抓住梅、竹、柏的色彩对比，渲染自然景致所散发的春天气息，给人以清新幽雅的美感。

　　在表现生活化、个人化情调的游赏之作中，张岱（1597—1679）的一些小品尤显出色[15]。他的《陶庵梦忆》《西湖梦寻》与《琅嬛文集》等著作中保存了不少上乘之作。明人祁豸佳说他"笔具化工，其所记游，有郦道元之博奥，有刘同人之生辣，有袁中郎之倩丽，有王季重之诙谐，无所不有其一种空灵晶映之气"（张岱《西湖梦寻》卷首《西湖梦寻》序）。像《西湖七月半》《湖心亭看雪》等都是为人称道的名篇。现节录《西湖七月半》为例：

　　　西湖七月半，一无可看，止可看看七月半之人。看七月半之人，以五类看之。其一，楼船箫鼓，峨冠盛筵，灯火优傒，声光相乱，名为看月而实不见月者，看之；其一，亦船亦楼，名娃闺秀，携及童娈，笑啼杂之，环坐露台，左右盼望，身在月下而实不看月者，看之；其一，亦船亦声歌，名妓闲僧，浅斟低唱，弱管轻丝，竹肉相发，亦在月下，亦看月而欲人看其看月者，看之；其一，不舟不车，不衫不帻，酒醉饭饱，呼群三五，跻入人丛，昭庆、断桥，嘄呼嘈杂，装假醉，唱无腔曲，月亦看，看月者亦看，不看月者亦看，而实无一看者，看之；其一，小船轻幌，净几暖炉，茶铛旋煮，素瓷静递，好友佳人，邀月同坐，或匿影树下，或逃嚣里湖，看月而人不见其看月之态，亦不作意看月者，看之。

文章属追忆之作，借摹绘西湖游人情态，烘托繁丽热闹的生活气氛，刻画可谓生动传神，细致入微，层层的白描文字，得自作者真切的体验、细心的观察，也夹杂着他醉恋于昔日"繁华靡丽"生活的怀旧情绪。

生活化、个人化的特点，也使晚明小品文往往从平常与细琐处透露出作家体察生活含义、领悟人生趣味的精旨妙意，因而显得情趣盎然，耐人寻味。王思任（1574—1646）《屠田叔笑词序》[16]："王子曰：笑亦多术矣，然真于孩，乐于壮，而苦于老。海上憨先生者老矣，历尽寒暑，勘破玄黄，举人间世一切虾蟆傀儡马牛魑魅抢攘忙迫之态，用醉眼一缝，尽行囊括。日居月储，堆堆积积，不觉胸中五岳坟起，欲叹则气短，欲骂则恶声有限，欲哭则为其近于妇人，于是破涕为笑。"屠田叔即晚明文人屠本畯（自号憨先生），序文从释"笑"态着眼，在屠氏《笑词》中细细体味出作者"胸中五岳坟起"的真正创作心态，道尽所谓"笑""苦于老"的含义，意味深长。而王氏的《游慧锡两山记》则写到另一种风情："居人皆蒋姓，市泉酒独佳。有妇折阅，意闲态远，予乐过之。……至其酒，出净磁，许先尝论值。予丐冽者清者，渠言'燥点择奉，吃甜酒尚可做人乎？'冤家，直得一死！"一个是希望买到"冽者清者"好酒的酒客，一个是善于经营与周旋的卖酒妇，两者的言语举动构成一幅平常而意趣横生的生活小景，语言也风趣放达。张岱《王谑庵先生传》说王思任："聪明绝世，出言灵巧，与人谐谑，矢口放言，略无忌惮。"（《琅嬛文集》卷四）上面这篇小文似能反映他性情之一二。

晚明小品文的另一个特点是率真直露，注重真情实感，不论是描写个人日常生活，表达审美感受，还是评议时政，抨击秽俗，时有胸臆直露之作。如张岱《自为墓志铭》，以袒露的笔法写出自己年轻时"极爱繁华"的纨绔子弟生活经历。且不论这种生活态度的是与非，客观上他在作品中塑造出了一个真我的形象，不带虚浮习气。袁宏道《叙陈正甫会心集》阐述的是"世人所难得者唯趣"和"夫趣得之自然者深，得之学问者浅"的道理，无所隐讳地表露崇尚"无拘无缚""率心而行"的真实心态。而王思任的《让马瑶草》则显出"笔悍而胆怒，眼俊而舌尖"（张岱（《琅嬛文集》卷四）《王谑庵先生传》）的笔势。马瑶草即南明权相马士英，瑶草为其字。文章痛斥了马士英专权祸政以及南明政权覆灭之际奔逃自脱的行径，其中写道："当国破众散之际，拥立新君，阁下辄骄气满腹，政本自出，兵权在握，从不讲战守之事，而但以酒色逢君，门户固党，以致人心解体，士气不扬。叛兵至则束手无措，强敌来则缩颈先逃，致令乘舆迁播，社稷丘墟。观此茫茫，谁任其咎！"词意慷慨直率，淋漓犀利，作者胸中积藏的激愤昂直之气跃然纸上。

晚明时期小品作者层出，除上面提到的这些文人之外，像屠隆、虞淳熙、汤显祖、潘之恒、冯梦龙、刘侗、祁彪佳等人都是当时较有成就的名家。晚明小品文创作对后世产生了很大影响，一直到20世纪二三十年代。如当时周作人曾称赞张岱等人的小品"别有新气象，更是可喜"（《周作人文选》卷三《再谈俳文》），并注意到晚明小品对现代散文创作的影响。林语堂则从公安派作家袁宏道等人文风中品味出"幽默闲适"的趣尚而加以提倡。由此，可以看出晚明小品文在这些现代作家文学观念和创作中打上的某些印记。

第五节　明末文坛

复社与几社　　陈子龙、夏完淳诗歌创作的时代特征

继晚明江南士大夫政治团体东林党后，明末江南地区一些文人组织相继崛起。崇祯初年，太仓人张溥、张采等发起带有政治团体性质的文社——复社。与此同时，松江人陈子龙和同邑夏允彝、徐孚远、周立勋等创建几社，与复社彼此呼应。这是两个在当时有较大影响的文人团体，以"复古学"为宗旨，企图从文化上复兴传统精神，挽救明朝政府的危亡。

陈子龙（1608—1647）是复社与几社文人中的重要代表[17]。复社领袖张溥死后，他事实上成了两社的主帅，并为明末文坛成就较为突出的作家。在文学主张上，他注重复古，如论诗认为"既生于古人之后，其体格之雅，音调之美，此前哲之所已备，无可独造者也"（《陈忠裕公全集》卷二五《仿佛楼诗稿序》）。但他并不泥古不化，而是提倡在学习古法中贯穿作家个人的真情实感，即所谓"情以独至为真，文以范古为美"（同上书卷二五《佩月堂诗稿序》）。由此出发，他肯定前后七子的文学复古之举，以为"北地、信阳力返风雅，历下、琅琊复长坛坫，其功不可掩，其宗尚不可非也"，但也指出他们"摹拟之功多而天然之资少"乃至"意主博大，差减风逸；气极沉雄，未能深永"（《仿佛楼诗稿序》），实即要求学古与求真相统一。同时，处在明末危亡之际，陈子龙的文学主张也包含了经世实用的因素，如以为诗之"本"，乃在"忧时托志"，提出："夫作诗而不足以导扬盛美，刺讥当时，托物联类而见其志，则是《风》不必列十五国，而《雅》不必分大小也，虽工而余不好也。"（同上书卷二十五《六子诗序》）因而具有明显的时代特征。

陈子龙的创作以诗见长，清人吴伟业说他"诗特高华雄浑，睥睨一世"（《梅村家藏稿》卷五十八《梅村诗话》）。尤长于七律，王士禛称之为"沉雄瑰丽，近代作者未见其比，殆冠古之才"（《香祖笔记》卷二）。他的一些作品表达了自己建功树业的志向与壮士失意的胸臆，具有浓烈的感情色彩，如《岁暮作》：

黄云蔽晏岁，壮士多愁颜。终年无奇策，落拓井白间。已迟青帝驾，而悲白日闲。胡我常汲汲？天路难追攀。蕙兰不见采，将无忧草菅。茫然一俯仰，徒见云雨还。美人在层霄，春风鸣佩环。望之不盈咫，就之阻重关。西驰太行险，东上梁父艰。握中瑶华草，三顾泪潺湲！

陈子龙处于明清交替之际，面对动荡的时局，还创作了不少忧时伤事的作品，他的《小车行》《卖儿行》《流民》描写了当时难民流落无依、困迫无措的窘境，《惜捐》《今年行》《策勋府行》《白靴校尉行》《檀州乐》《辽事杂诗八首》等篇章，或抨击权贵专擅，或指斥朝政弊端，或感叹时局艰危，大多散发出慷慨激越、沉郁悲凉的气息。明亡后，陈子龙写下了许多反映亡国哀痛的作品，凄怆悲壮，别有意味，《秋日杂感》十首便是代表，如第一首：

满目山川极望哀，周原禾黍重徘徊。丹枫锦树三秋丽，白雁黄云万里来。夜雨荆榛连茂苑，夕阳麋鹿下胥台。振衣独上要离墓，痛哭新亭一举杯。

此诗为作者抗清兵败，避居吴中时所作。孤独而抑郁的诗人，面对荒凉衰败的景象，勾起山河沦落的忧伤，同时也激起他以古代猛士要离相勉而欲重振其志的愿望。全诗穿插一些历史典故，与抒情融为一体，自然妥帖，增强了艺术感染力。

夏完淳（1631—1647）也是明末一位杰出的文人[18]，他是几社创始人之一夏允彝之子，师事陈子龙，深受其影响，同有声名。他的文学成就，尤其是诗歌创作方面，为人所称道。清人沈德潜说他"诗格""高古罕匹"（《明诗别裁集》卷一一）。他的创作大致可分为前后两个阶段，前期作品受其师陈子龙复古思想的影响，注重摹古，讲究音调辞藻。明亡后，诗风有所变化，多有悼亡抒志及反映国变时艰的篇章。如他的《细林夜哭》一诗为悼念老师陈子龙所作，其中有"肠断当年国士恩，剪纸招魂为公哭""为我筑室傍夜台，霜寒月苦行当来"诗句，表达出对其师深切的崇敬之情及国破人亡的哀痛，感情凄楚哀婉，真切动人。又如《即事》《鱼服》《霸图》《别云间》等作，寄寓了诗人强烈的兴亡之感及立志复国而不甘屈服的坚毅志向。如《别云间》：

三年羁旅客，今日又南冠。无限河山泪，谁言天地宽！已知泉路近，欲别故乡难。毅魄归来日，灵旗空际看！

这首诗为作者遭清兵逮捕，临行诀别故乡时所作，诗中流露出对乡土的深切依恋和誓死复国的心志，于悲凉中寄寓激昂之情。

除诗歌外，夏完淳的文章也有上乘之作，《土室馀论》《狱中上母书》《遗夫人书》等即是代表。《狱中上母书》是作者被捕后在南京狱中写给嫡母和生母的绝笔信，书中既写到对家中"哀哀八口，何以为生"的牵恋及亲恩未报的遗恨，又表露了"人生孰无死，贵得死所耳"的壮心，笔法细腻而感情真挚。

注　释

〔1〕李贽，字宏甫，号卓吾，又号温陵居士，晋江（今属福建）人。明世宗嘉靖三十一年壬子（1552）中举人，授教官，历任南京刑部主事、云南姚安府知府。有《焚书》《续焚书》《藏书》《续藏书》等。

〔2〕李贽《答焦漪园》曾说："又今世俗子与一切假道学，共以异端目我，我谓不如遂为异端，免彼等以虚名加我，何如？"（《焚书》卷一，中华书局1975年排印本，第8页）。

〔3〕参见左东岭《李贽与晚明文学思想》，天津人民出版社1997年版，第161~162页。

〔4〕袁宏道，字中郎，号石公。与兄宗道、弟中道并有才名，时称"三袁"。明神宗万历二十年壬辰（1592）进士，历任吴县令、顺天教授、国子监助教、礼部主事，仕至吏部稽勋郎中。有《袁中郎全集》。

〔5〕袁宏道与李贽有过交往。袁中道《吏部验封司郎中中郎先生行状》记述了袁宏道同李贽相交及受其影响的情形："时闻龙湖李子（贽）冥会教外之旨，走西陵质之。李子大相契合，赠以诗，中有云：'诵君金屑句，执鞭亦忻慕。早得从君言，不当有老苦。'盖龙湖以老年无朋，作书曰《老苦》故也。仍为之序以传。留三月馀，殷殷不舍，送之武昌而别。先生既见龙湖，始知一向掇拾陈言，株守俗见，死于古人语下，一段精光，不得披露。至是浩浩焉如鸿毛之遇顺风，巨鱼之纵大壑。能为心师，不师于心；能转古人，不为古转。发为语言，一一从胸襟流出，盖天盖地，如象截急流，雷开蛰户，浸浸乎其未有涯也。"（《珂雪斋集》卷一八，上海古籍出版社1989年排印本，第755~756页）。

〔6〕袁宗道，字伯修，号石浦。明神宗万历十四年丙戌（1586）会试第一，选庶吉士，授翰林编修，仕至右庶子。有《白苏斋类集》。

〔7〕袁中道，字小修，号凫隐居士。少有文名，豪迈任侠，从两兄宦游京师，多交名士，纵游四方。明神宗万历四十四年丙辰（1616）中进士，由徽州教授，历任国子博士、南京礼部主事。仕至南京吏部郎中。有《珂雪斋集》。

〔8〕锺惺，字伯敬，号退谷。明神宗万历三十八年庚戌（1610）进士，仕至福建提学佥事。有《隐秀轩集》。

〔9〕 谭元春，字友夏，号鹄湾。屡次乡试不利，至明熹宗天启七年丁卯（1627）始中解元，明思宗崇祯十年丁丑（1637）死于赴京会试的旅途中。有《谭友夏合集》。

〔10〕《诗归》共 51 卷，其中隋以前诗 15 卷，单行称《古诗归》，唐人诗 36 卷，单行称《唐诗归》。

〔11〕 锺惺《与高孩之观察》曾谈到他对"灵"与"厚"创作境界的看法："诗至于厚而无馀事矣。然从古未有无灵心而能为诗者，厚出于灵，而灵者不即能厚。弟尝谓古人诗有两派难入手处：有如元气大化，声臭已绝，此以平而厚者也，《古诗十九首》、苏、李是也；有如高岩峻壑，岸壁无阶，此以险而厚者也，汉《郊祀》《铙歌》、魏武帝乐府是也。非不灵也，厚之极，灵不足以言之也。然必保此灵心，方可读书养气，以求其厚。若夫以顽冥不灵为厚，又岂吾孩之所谓厚哉？"（《隐秀轩集》卷二十八，上海古籍出版社 1992 年排印本，第 474 页）。

〔12〕"小品"一词原用来指称佛经，如《世说新语·文学》："殷中军读《小品》，下二百签，皆是精微，世之幽滞。尝欲与支道林辩之，竟不得。今《小品》犹存。"刘孝标注云："释氏《辨空经》，有详者焉，有略者焉。详者为《大品》，略者为《小品》。"（余嘉锡《世说新语笺疏》，中华书局 1983 年排印本，第 229 页）。明人所称的"小品"含义已有差异，如王纳谏在《叙苏长公小品》云："人于万物，大者取大，小者取小。诗文亦然。……余读古文辞诸春容大篇者，辄览弗竟去之。噫嘻，此小品之所以辑也！"（明万历刻本卷首）这里"小品"的词义显然同巨篇长幅的"春容大篇"相对而言。

〔13〕 袁中道《答蔡观察元履》："近阅陶周望祭酒集，选者以文家三尺绳之，皆其庄严整栗之撰，而尽去其有风韵者。不知率尔无意之作，更是神情所寄，往往可传者托不必传者以传，以不必传者易于取姿，炙人口而快人目。班、马作史，妙得此法。今东坡之可爱者，多其小文小说，其高文大册，人固不深爱也。使尽去之，而独存其高文大册，岂复有坡公哉！"（《珂雪斋集》卷二十四，上海古籍出版社 1989 年排印本，第 1045 页）。袁文所说的"小文小说"在体制上与"高文大册"正相反，接近王纳谏所谓"小品"的说法。喜读富有风韵神情的"小文小说"而不爱"庄严整栗"的"高文大册"，反映出当时文人一种新的文学审美情趣。

〔14〕 如当时就有黄嘉惠（选）《苏黄小品》、华淑（编著）《闲情小品》、朱国祯（撰）《涌幢小品》、陆云龙（选）《皇明十六家小品》、潘之恒（撰）《鸾啸小品》、陈继儒（撰）《晚香堂小品》等。参见陈万益《晚明小品与明季文人生活》，台湾大安出版社 1987 年版，第 26 页。

〔15〕 张岱，字宗子，一字石公，号陶庵，山阴（今浙江绍兴）人。生于世宦之家，少为纨绔子弟，喜好豪奢。一生未入仕途。清兵南下，入山不出。

〔16〕 王思任，字季重，号谑庵，山阴（今浙江绍兴）人。明神宗万历二十三年乙未（1595）进士，仕至礼部尚书。清兵攻破山阴后，绝食而死。有《王季重十种》。

〔17〕 陈子龙，字卧子，号大樽，华亭（今上海松江）人。明思宗崇祯十年丁丑（1637）进士。南明弘光朝时任兵科给事中。清兵攻破南京后，曾组织抗清活动。后被捕，

投水而死。有《陈忠裕公全集》。

〔18〕夏完淳，原名复，字存古，华亭（今上海松江）人。少时已博览群籍，能文善诗，才质过人。清兵南下，即投身于抗清活动，后被捕罹难，年仅 17 岁。有《夏节愍全集》。

第十二章　明代的散曲与民歌

　　作为一种源自民间的文学样式，散曲在元代十分兴盛，而在明代又有了较大的发展，从题材开掘到艺术风格，出现了一些新的特点。比起曲调清新自然、语言浅俗活泼的元代散曲，明代散曲呈现脱离民间本色而趋于文人化的发展态势，特别是明中叶以后，词藻化、音律化的现象比较突出。从作家的地域分布和风格特征来看，明代散曲大致上可以分为南北两派，北派风格大多豪爽雄迈、质朴粗率，南派则清丽俊逸、细腻婉约。

　　民歌创作在明代形成繁荣的局面，尤其是自明代中叶以来，南北地区广为流行。广大下层民众的喜爱以及一些文人士大夫的重视，推动着民歌创作的发展。不少作品以男女情爱为主题，具有浓郁的庶民生活气息。晚明时期，由通俗文学家冯梦龙编辑的民歌专集《童痴一弄·挂枝儿》和《童痴二弄·山歌》较有特色，代表着明代民歌创作的主要成就。

第一节　明代散曲

　　相对沉寂的明初散曲创作　　弘治正德年间散曲的重新兴盛
　　嘉靖以后散曲创作的繁荣

　　明代散曲创作总体上处于盛而不衰的状态，作家人数众多，创作数量可观[1]。而在不同阶段以及具体作家身上，发展状况与创作风格又各有特点。

　　相对于中后期而言，明初的散曲创作显得比较沉寂，成就不高，当时较有影响的数皇室贵族朱有燉，有散曲集《诚斋乐府》。由于长期生活在北方而对南方音调不太熟悉的缘故，朱有燉所作多为北曲，并被认为开了弘治、正德年间北曲隆盛的先声[2]。但他对南曲也比较欣赏，曾用心研习[3]。大致来说，朱有燉的作品在艺术上追求音律之美，明人沈德符称其"调入弦索，稳叶流丽，犹有金元风范"（《万历野获编》卷二五《词曲·填词名手》）。受生活环境的影响，朱氏散曲中庆贺、游乐、题情、赏咏等题材占多数，表现出雍容华贵、放逸闲适的贵族趣味，内容比较单调。但也有个别作品写到他精神世界的另一面，如《北中吕山坡里羊·省悟》第一首便有"膏粱供奉，寰区知重，浮生自觉皆无用。德尊崇，禄盈丰，浑如一枕黄粱梦"的感慨，虽处于优裕的生活环境，却难以消除精神生活贫乏所带来的空虚颓唐之感，不失为作者内心世界某种真实的写照。

弘治、正德年间，散曲创作开始走向兴盛，作家不断出现，像北方的王九思、康海，南方的王磐、陈铎等人，都是具有代表性的作家。当时，北曲在总体上仍占据一定的优势。王九思和康海分别有散曲集《碧山乐府》《沜东乐府》，两人同为前七子文学阵营中的成员，政治上也有相似的遭遇，正德年间都曾被列为宦官刘瑾同党而或遭贬官，或遭罢职。坎坷的生活际遇使他们更清醒地看到世俗环境尤其是仕宦生涯中的种种险恶。王九思《次韵赠邵晋夫》套曲："宦海深他怎游，势门开众所趋，眼前世态难觑。"（《一煞》）康海《满庭芳·遣兴》："数年前曾待金门漏，胆颤心愁。时运乖难消世口，路歧多偏惹闲尤。"反映了世态炎凉和官场中的压抑、艰险，充满了愤世嫉俗之感。

王九思、康海去官后常在一起游处，《明史》卷二八六《王九思传》称他们"每相聚沜东鄠、杜间，挟声伎酣饮，制乐造歌曲，自比俳优，以寄其怫郁"。他们的不少作品写到了解官后放情任性的生活态度，以畅抒胸中块垒，风格雄爽浑朴，跌宕率直，体现着北方作家豪放雄迈的创作特征：

> 热功名一枕蝶，冷谈笑两头蛇，老先生到今晒破些。枉费喉舌，枉做豪杰，越伶俐越着呆。绕柴门山色横斜，扫香阶花影重叠。沉醉浊醪也，稚子紧扶者。嗟！再休去风波里弄舟楫。（王九思《寨儿令·对酒》）

> 数年前也放狂，这几日全无况。闲中件件思，暗里般般量。真个是不精不细丑行藏，怪不得没头没脑受灾殃。从今后花底朝朝醉，人间事事忘。刚方，徯落了膺和滂。荒唐，周全了籍与康。（康海《雁儿落带过得胜令·饮中闲咏》）

这些作品放达中寄寓失意，悠闲中含藏不平，抒写了传统士大夫既不愿放弃仕途进取，又对自身遭遇无能为力而聊以自慰的心态，蕴含作者较为复杂的意绪，感情色彩浓厚。

与王九思、康海创作相比，这一阶段以王磐、陈铎等人为代表的南方散曲家的作品，内容则显得较为广泛，风格大多清丽俊逸。王磐（约1470—1530）著有散曲集《王西楼先生乐府》[4]，作品数量并不多，但取材比较丰富，或记事写景，或咏物述志。他的《朝天子·咏喇叭》讽刺了宦官特权横行的行径，是为人常提及的名作[5]。套数《久雪》则将雪描绘成"颠倒把乾坤碍，分明将造化埋"（《南吕一枝花》），而又使"遍地下生灾"的"冷祸胎"（《梁州》），实是借此来表达对社会恶势力的不满。这些都显示出作者正直的胸襟。他一生不求仕进，自称是"不登科逃名进士"，"不耕田识字农夫"（《村居·梁州》），闲逸的隐居生活在其笔下成为心志所向的归宿，如套数《村居》写出了一介隐士孤高洒脱的情怀：

> 不登冰雪堂，不会风云路；不干丞相府，不谒帝王都。乐矣村居，门巷都栽树，池塘尽养鱼。有心去与白鹭为邻，特意来与黄花做主。（《南吕一枝花》）

陈铎（约1488—约1521）散曲有《秋碧乐府》《梨云寄傲》《滑稽馀韵》等集[6]。其中《秋碧乐府》《梨云寄傲》是他前期的作品，题材大多模仿前人风月闺情之作，并没有多少新的开拓，但文字清丽可观，王世贞说他"所为散套，既多蹈袭，亦浅才情，然字句流丽，可入弦索"（《艺苑卮言》附录一）。较有特色的应数他的《滑稽馀韵》，描写的对象主要是城市各种行业中的人物，取材上有新的突破。对于这些人物，作者有表示赞美同情的，如写瓦匠"弄泥浆直到老，数十年用尽勤劳"（《水仙子·瓦匠》），铁匠"锋芒在手高，锻炼由心妙"（《雁儿落带过得胜令·铁匠》；也有加以嘲讽痛斥的，如说门子"铺床叠被殷勤，献宠希恩事因"（《天净沙·门子》），牢子"归家欺侮街坊，仗势浑如虎狼"（《天净沙·牢子》），表现出作者鲜明的爱憎态度。有的作品刻画人物较为成功，如写媒人"沿街绕巷走如飞，两脚不沾地"（《朝天子·媒人》），巫师"手敲破鼓，口降邪神。福鸡净酒嗯一顿，努嘴胖唇"（《满庭芳·巫师》），描绘形象生动。应该说，《滑稽馀韵》较广泛而真实地反映了明朝中叶以来逐渐繁荣的城市生活面貌和市民众相。

自嘉靖年间以来，与整个文学创作演化的步调相一致，散曲创作进一步繁荣，南北方都有不少作家涌现，其中如金銮、冯惟敏、梁辰鱼、施绍莘等都是当时较有成就的文士，各家创作风格从总体上看更趋于丰富多样。随着昆山腔的兴起，一些地区南曲盛兴，而北曲有衰落的趋势[7]。

冯惟敏（1511—约1580）是北人作家中的佼佼者[8]，也是这一时期散曲创作的大家，有散曲集《海浮山堂词稿》。他的作品描绘的生活面较广，具有较强的现实感，不少内容或反映时艰，或抨击政治弊端，或摹写其他人情世态，真实地反映了现实生活的不同方面。如《胡十八·刘麦有感》《折桂令·刘谷有感》《玉江引·农家苦》《傍妆台·忧复雨》等作，对遭遇自然灾害和官府捐税之苦的农家给予关注与同情。《玉江引·纪笑》抒发对"更不辨苍白，何处寻公论"的畸形世态的愤激之情。而套数《改官谢恩》则写到官场"忘身许国非时调，奉公守法成虚套"（《油葫芦》）的阴暗面。

冯惟敏也有很多抒写个人生活和心志的作品，特别是他解官归田后写下了不少遣情抒怀的篇章，流露出对昔日仕宦生活的烦倦和厌恶，刻画悠闲落拓的心境。他的套数《十自由》堪为代表：

> 膝呵见官人软似绵，到厅前曲似钩，奴颜婢膝甘卑陋。擎拳曲跽精神长，做小伏低礼数周。俺如今出门两脚还如旧，见了人平身免礼，大步挡搜。（《二煞》）
>
> 足呵任高情行处行，趁闲时走处走，脚跟儿磴脱了牢笼扣。潜踪洞壑寻深隐，濯足沧浪拣上流。皂朝靴丢剥了权存后，再不向鸳班鹄立，穿一对草履云游。（《一煞》）

作者将闲适的归居生活和拘束的官场情形作对比，表达了对洒脱自在生活的向往。

冯惟敏散曲格调大多爽逸豪迈，遣词造句率直明白，体现出北派作家的创作风格，《河西六娘子·笑园六咏》便是一例，其二、六咏：

> 人世难逢笑口开，笑的我东倒西歪，平生不欠亏心债。呀，每日笑胎嗨，坦荡放襟怀，笑傲乾坤好快哉！
>
> 名利机关没正经，笑的我肚儿里生疼，浮沉胜败何时定？呀，个个哄人精，处处赚人坑，只落得山翁笑了一生。

金銮（1494—1583）生于北方[9]，但长期寓居南京，所以作品有着南方作家的风格。著有《萧爽斋乐府》。他的散曲题材上大多为酬应、游宴、嘲谑、风情等，并无多少创新，但艺术上较有特点：一是讲究音律和谐，风格清丽婉转，冯惟敏称他"一字字堪人爱，一声声音吕和谐"（《海浮山堂词稿》卷一《酬金白屿》）。二是笔法亦庄亦谐，自然活泼，常于轻巧自如的勾勒中透出隽永的意味。如《晓发北河道中·落梅风》："干了些朱门贵，谒了些黄阁卿，将他那五陵车马跟随定，把两片破皮鞋磨的来无踪影，落一个脚跟干净。"语气间杂戏谑，在自我解嘲之中，流露出几丝为生活所迫而求谒权贵的无奈。三是语言朴实浅显，《锁南枝·风情集常言》尤为突出，其中如："心肠儿窄，性气儿粗，听的风来就是雨。尚兀自拨火挑灯，一密里添盐加醋。前怕狼，后怕虎，筛破的锣，擂破的鼓。"有时还插入一些生活化的俚言俗语，如"鼻凹里砂糖怎舔，指甲上死肉难粘"（《沉醉东风·风情嘲戏》），"骨朵嘴挂油瓶，谁人是你眼中丁"（《胡十八·风情嘲戏》），这些都使散曲语言更为生动形象，富有生活气息。

梁辰鱼有散曲集《江东白苎》。他"素蹈歌场，兼猎声闱"（《咏帘栊序》），精通音律，曾采用昆山腔创作传奇《浣纱记》。其散曲作品讲究锻字炼句，文辞典丽华美，并注意吸收词的写作手法，因此不少曲文呈现出词味重而曲味淡的特征。《江东白苎》中像酬赠、题咏、艳情等散曲常见题材的作品占有一定比例，又有不少为"代作"，真正引人注意的是一些抒情写怀的篇章，它们从不同侧面较真实地表现了作者的内心世界，如《白练序·暮秋闺怨》：

> 西风里，见点点昏鸦渡远洲。斜阳外，景色不堪回首。寒骤，谩倚楼，奈极目天涯无尽头。消魂处，凄凉水国，败荷衰柳。

此曲虽取题闺怨，但据曲序，实是作者有感于自己"沦身未济，落魄不羁"，"非儿女之情多，实英雄之气塞。因假闺人之意，以开烈士之膺"，曲中悲凉凄怆的语调，显出作者英雄失路、襟抱难开的抑郁，感情深沉，为作者胸次真实的展露。梁辰鱼的一些吊古和悼亡之作，前者如《小桃红·过湘江吊屈大夫》《玉抱肚·过湘江》《玉抱肚·铜雀台怀古》，后者如《瓦盆儿·己巳立秋夜雨悼亡姬胥云房作》《孝南歌·庚午初秋悼亡改定旧曲》《破齐阵·辛未五月咏时序悼亡作》，也多以情思宛曲、描画细腻、意味隽永而见长，不失为梁氏曲中的上乘之作。

梁辰鱼散曲以工词藻著称，继而后起而与梁氏齐名的另一位散曲家沈璟则注重声律，人称其"斤斤三尺，不欲令一字乖律"（王骥德《曲律》卷四《杂论》）。两者在曲坛造成很大影响，不少人或崇梁或崇沈，于是明代散曲逐渐转向词藻化、音律化。但过分注重文辞声律，在一定程度上束缚了散曲的创作。

施绍莘（1581—1640）是晚明时期重要的散曲作家[10]，著有散曲集《秋水庵花影集》，其中套数占多，共86首，小令72首。他的作品大多"随境写声，随事命曲"（《春游述怀》跋），较少受文辞与声律的约束，与当时词藻化、音律化的创作风气有所不同，被认为是特立于梁辰鱼、沈璟创作派别之外，而与之"俨成鼎足之势"[11]。

题材多样、独造新境是施氏散曲一大特点，他善于捕捉生活中各种人情物态，在作品中加以表现，所谓"花月下，香茗前，诗酒畔，风雪里"，以至

"茅茨草舍之酸寒，崇台广囿之弘侈，高山流水之雄奇，松龛石室之幽致，曲房金屋之妖妍，玉缸珠履之豪肆，银筝宝瑟之萦魂，机锦砧衣之怆思，荒台古路之伤心，南浦西楼之感喟，怜花寻梦之幽情，寄泪缄丝之逸事，分鞋破镜之悲离，赠枕联钗之好会，佳时令节之杯觞，感旧怀恩之涕泪"（《秋水庵花影集》自序），都成为描摹的内容。在作者的笔下，它们往往情状毕具，新意生发，别具一番意味。以套数《杨花》中的《前腔》一曲为例：

> 天涯日暮，江头春尾，汉苑隋堤休矣。模糊如梦，一痕惊破游丝。偏向酒旗风底，画舫栏边，唐突无规矩。一从飘泊也不来归，但林外声声哭子规。留不住，推不去，有人独立斜阳里，怀古泪，送春杯。

此曲重在写意摹神，由春日四处飞扬的杨花，引发出作者"模糊如梦"的感觉，再归结到凄迷忧郁的怀古送春情怀，造意新颖，回味隽永。

施曲的另一特点是注重情感的自然贯注，较少有矫饰做作的毛病。比如他的作品中尽管不乏那些男女风情的曼吟低唱，但由于情激而发，所谓"情至文生，不能已已"（《赠人》跋），仍有一定的艺术魅力，不同于同类题材的一些平庸之作，《怀旧》《怀旧重和彦容作》《与妓话旧感赠》《赠嫩儿》《感亡妓和阆生作》等即是代表。

第二节 明代民歌

明代民歌创作的兴盛　　民歌流行的原因　　《山歌》与《挂枝儿》

明代民歌在南北地区都广为流行[12]，在文学史上有着重要的地位。明人卓人月以为："我明诗让唐，词让宋，曲让元，庶几《吴歌》《挂枝儿》《罗江怨》《打枣竿》《银绞丝》之类，为我明一绝耳。"（陈宏绪《寒夜录》上卷引）民歌的繁荣，与当时文学审美趣味的变化有着密切关系。自明中期起，城市商业经济不断发展，市民阶层逐渐崛起，像民歌这样直接反映民众生活而又具有鲜活艺术生命力的俗文学，越来越受到广大民众尤其是市民阶层的普遍欢迎，所谓"不问南北，不问男女，不问老幼良贱，人人习之，亦人人喜听之"（沈德符《万历野获编》卷二五《词曲·时尚小令》）。在如此的环境之中，一些文人士大夫的雅俗观念也随之发生变化，尤其是经过耳濡目染，对昔日不登大雅之堂的民间俗曲另眼相看，如李开先称其"语意则直出肺肝，不加雕刻"，"情尤足感人"（《李中麓闲居集》卷六《市井艳词序》），袁宏道以为是"任性而发"之"真声"（《袁宏道集笺校》卷四《锦帆集》之二《叙小修诗》），冯梦龙则将其看作是"借男女之真情，发名教之伪药"（《山歌》卷首《序山歌》）。有的甚至亲自参与整理、创作与传播工作。这对民歌的兴盛，也起着一定的推动作用。

现存最早的明代民歌集子，为成化年间金台鲁氏刊行的《新编四季五更驻云飞》《新编题西厢记咏十二月赛驻云飞》《新编太平时赛赛驻云飞》《新编寡妇烈女诗曲》四种。《新编四季五更驻云飞》中不少是描绘男女情爱婚姻的作品，在内容上较有特色：

> 每日沉沉，晓夜思量哑口唇，懒把身躯整，羞对菱花镜。嗏！到老也无心。使尽金银，奴奴心不顺，受尽诸般不称心。（《每日沉沉》）
>
> 受尽荣华，红粉娇娥不顺他。名声天来大，说起家常话。嗏！把奴配与他。你有钱时买求媒人话，空有珍珠都是假！（《受尽荣华》）

这两首作品都刻画了女性在传统婚姻制度下所表现出的苦闷与不满的情绪，她们希望能由自己来掌握命运，获得自由幸福的婚姻生活，而不是用荣华富贵来取代这一切。《新编太平时赛赛驻云飞》所收大多为歌咏故事的民歌，如《苏小卿题恨金山寺》《双渐赶苏卿》《王魁负桂英》等，形式上为联曲。

嘉靖以来，出现了不少收有民歌作品的文学选本，如张禄选辑的《词林摘艳》、郭勋选辑的《雍熙乐府》、陈所闻选辑的《南宫词纪》、龚正我选辑的《摘锦奇音》，以及熊稔寰选辑的《徽池雅调》等，都或多或少地载录了一部分民歌。这一方面说明当时民歌创作趋于繁盛，另一方面也意味着选辑者对那些民间俗曲时调的重视。这些选本收录的民歌，有相当一部分也是描写男女私情的作品，现举两例：

> 是话休题，你是何人我是谁？你把奴抛弃，皮脸没仁义。呸！骂你声负心贼，歹东西，不上我门来，到去寻别的，负了奴情迁万里。（《雍熙乐府·驻云飞·闺怨》）
>
> 傻俊角，我的哥，和块黄泥儿捏咱两个，捏一个儿你，捏一个儿我，捏的来一似活托，捏的来同床上歇卧。将泥人儿摔碎，着水儿重和过。再捏一个你，再捏一个我。哥哥身上也有妹妹，妹妹身上也有哥哥。（《南宫词纪·汴省时曲·锁南枝》）

前一首表达女子对负情男子的怨恨，措辞直率泼辣，宣泄淋漓尽致；后一首描绘女子对恋人的痴情，感情真切，想象奇特，都具有浓郁的民间气息。

晚明时期，对民歌收集整理表现出极大热情的是冯梦龙。他投入相当精力编辑了两部民歌专集《童痴一弄·挂枝儿》和《童痴二弄·山歌》。《童痴一弄·挂枝儿》收录的是明万历前后流行起来的民间时调"挂枝儿"，仅有极少数为冯梦龙和他朋友的拟作[13]。全书分私部、欢部、想部、别部、隙部、怨部、感部、咏部、谑部、杂部十大类[14]。《童痴二弄·山歌》多用吴语，是现存明代民歌中保存吴中地区山歌数量最多的一种专集[15]。全书除卷十为桐城时兴歌，卷一至卷九分私情四句、杂歌四句、咏物四句、私情杂体、私情长歌、杂咏长歌六大类。这两部民歌集从一个侧面表现了明代社会尤其是晚明时期下层民众的生活风貌。冯梦龙在《叙山歌》中说："山歌虽俚甚矣，独非郑、卫之遗欤？且今虽季世，而但有假诗文，无假山歌，则以山歌不与诗文争名，故不屑假。苟其不屑假，而吾藉以存真，不亦可乎？"（《山歌》卷首）这不仅道出了冯梦龙对民间俗曲的肯定态度，也可以说是从去伪存真的角度对他所编辑的民歌的创作特征作了总体的概括。

《挂枝儿》和《山歌》作为明代俗文学作品，其题材内容丰富多样，艺术形式新奇活泼，体现出以下几大特点：

一是真实地描绘出社会平民阶层的各种世情俗态，民俗味道浓烈。《挂枝儿》的《谑部》《杂部》以及《山歌》的《杂咏长歌》中不少篇目就属于这一类的作品。如《挂枝儿·谑部·山人》写山人"并不在山中住"，"止无过老着脸，写几句歪诗，戴方巾称治民，到处（去）投刺"。明季中叶以来，山人势力趋于活跃，他们或"挟诗卷，携竿牍，遨游缙绅"，甚至"接迹如市人"（钱谦益《列朝诗集小传》丁集上《吴山人扩》），与传统山人的生活方式不尽相同。这首《山人》歌显然是当时山人生活逼真的写照。

二是热烈歌咏青年男女自由的爱情生活。《挂枝儿》和《山歌》中很大一部分是情歌，它们往往用大胆率真的口吻吐露出男女主人公对爱情的强烈渴望和执著追求。如《山歌·私情四句·娘打》：

　　吃娘打子吃娘羞，索性教郎夜夜偷。姐道郎呀，我听你若学子古人传得个风流话，小阿奴奴便打杀来香房也罢休。

歌中的女子显因偷情而遭到其母的责打，但她非但没有怯懦与后悔，反而更加鼓起追求爱情的勇气。又如《挂枝儿·欢部·分离》：

> 要分离，除非是天做了地；要分离，除非是东做了西；要分离，除非
> 是官做了吏。你要分时分不得我，我要离时离不得你。就死在黄泉也，做
> 不得分离鬼。

以朴实而坚定的语气表达出对爱情至死不渝的执著。这些感情炽热的情歌中有
时夹杂着一些露骨的性描写，在一定程度上影响了创作的格调，但也应该看
到，它们的出现，反映了创作者和编辑者大胆肯定和展现人欲的一种生活趣
味，这与明代中叶以来活跃开放的文化风气有关。

三是形象刻画、语言运用等艺术手法丰富新颖，显示出明代民歌创作技巧
进一步趋于成熟。《挂枝儿·私部·错认》：

> 月儿高，望不见（我的）乖亲到。猛望见窗儿外，花枝影乱摇，低
> 声似指我名儿叫。双手推窗看，（原来是）狂风摆花梢。喜变做羞来也，
> 羞又变做恼。

通过描写女子认人的错觉，巧妙地刻画出她等待情人焦急不安的心理。再如
《山歌·私情四句·送郎》节录：

> 送郎出去并肩行，娘房前灯火亮瞪瞪。解开袄子遮郎过，两人并做子
> 一人行。

"解开袄子遮郎过"这一细节生动形象，恰好地传递出歌中女子随机应变的机
智。至于这些民歌的语言，由于它们从民间孕育脱胎而出，大多通俗形象、新
奇自然、富有生气，极具艺术表现力。这方面的例子很多，如《挂枝儿·私
部·耐心》："熨斗儿熨不开眉间皱，快剪刀剪不断（我的）心内愁，绣花针
绣不出鸳鸯扣。"《挂枝儿·私部·虚名》："蜂针儿尖尖的刺不得绣，萤火儿
亮亮的点不得油，蛛丝儿密密的上不得箔。"《挂枝儿·想部·痴想》："（你到
把）砂糖儿抹在（人的）鼻尖上，舔又舔不着，闻着扑鼻香。你到丢下（些）
甜头也，教人慢慢的想。"语言生动奇妙，让人耳目一新。

注 释

〔1〕据凌景埏、谢伯阳所编《全明散曲》（齐鲁书社 1995 年版），其收明代有名可考的散
曲作者达四百多人，辑小令一万零五百多首，散套两千多篇。

〔2〕参见梁乙真《元明散曲小史》，商务印书馆 1934 年版，第 261 页。

〔3〕朱有燉在《南曲楚江情序》中曾提到他研习南曲《罗江怨》一事："予居于中土，不习南方音调。……迩者闻人有歌南曲《罗江怨》者，予爱其音韵抑扬，有一唱三叹之妙。乃令其歌之十馀度，予始能记其音调，遂制四时词四篇，更其名曰楚江情。"（谢伯阳编《全明散曲》朱有燉卷，齐鲁书社 1994 年版，第一卷，第 285 页）

〔4〕王磐，字鸿渐，号西楼，高邮（今属江苏）人。善音律。终身未仕。

〔5〕《北中吕朝天子·咏喇叭》："喇叭，锁哪，曲儿小，腔儿大。官船来往乱如麻，全仗你抬声价。军听了军愁，民听了民怕，那里去辨甚么真共假？眼见的吹翻了这家，吹伤了那家，只吹的水尽鹅飞罢。"（谢伯阳编《全明散曲》王磐卷，齐鲁书社 1994 年版，第一卷，第 1049 页）蒋一葵《尧山堂外纪》"王磐"条载："正德间，阉寺当权，往来河下者无虚日。每到辄吹号头，齐丁夫，民不堪命。王西楼有《咏喇叭朝天子》一首。"（明万历刻本《尧山堂外纪》卷九四）

〔6〕陈铎，字大声，号秋碧，下邳（今江苏邳州）人。世袭卫指挥使。潜心词曲，精通音律，有"乐王"之称。

〔7〕沈德符《万历野获编》卷二五《词曲·北词传授》："自吴人重南曲，皆祖昆山魏良辅，而北调几废，今惟金陵存此调。"（《万历野获编》，中华书局 1959 年版，第 646 页）

〔8〕冯惟敏，字汝行，号海浮，临朐（今属山东）人。明世宗嘉靖十六年丁酉（1537）中举人，历任涞水知县、镇江儒学教授、保定通判。

〔9〕金銮，字在衡，号白屿，陇西（今属甘肃）人。寓居南京。有《徙倚轩诗集》。

〔10〕施绍莘，字子野，号峰泖浪仙，华亭（今上海松江）人。屡试不第，于是绝意仕进。精通音律，工词曲。

〔11〕参见梁乙真《元明散曲小史》，商务印书馆 1934 年版，第 438 页。

〔12〕沈德符《万历野获编》卷二五《词曲·时尚小令》："元人小令行于燕、赵，后浸淫日盛。自宣、正至成、弘后，中原又行《锁南枝》《傍妆台》《山坡羊》之属。……自兹以后，又有《耍孩儿》《驻云飞》《醉太平》诸曲，然不如三曲之盛。嘉、隆间乃兴《闹五更》《寄生草》《罗江怨》《哭皇天》《干荷叶》《粉红莲》《桐城歌》《银纽丝》之属，自两淮以至江南，渐与词曲相远，不过写淫媟情态，略具抑扬而已。比年以来，又有《打枣竿》《挂枝儿》二曲，其腔调约略相似……又《山坡羊》者，李、何二公所喜，今南北词俱有此名，但北方惟盛爱《数落山坡羊》。其曲自宣、大、辽东三镇传来。"（《万历野获编》，中华书局 1959 年版，第 647 页）

〔13〕据关德栋《童痴一弄·挂枝儿》序，此集中可以确定为冯梦龙及其友人拟作的为 12 首，其中冯梦龙 4 首（《私部·骂杜康》评注附录一首，《别部·送别》评注附录一首，《咏部·竹夫人》评注附录二首），米仲韶 1 首（《欢部·打》），董遐周 1 首（《想部·喷嚏》），白石主人 1 首（《别部·送别》评注附录），丘田叔 3 首（《别部·送别》评注附录），黄方胤 1 首（《隙部·是非》），李元实 1 首（《咏部·骰子》）。见《明清民歌时调集》上册，上海古籍出版社 1986 年版，第 18～19 页。

〔14〕《童痴一弄·挂枝儿》有明写刻本，残存九卷，其中卷一至卷八完整，卷九《谑部》
　　　有残缺。整理本卷九《谑部》残缺部分及卷十《杂部》据姚燮《今乐府选》补。

〔15〕《童痴二弄·山歌》共十卷，其中卷一至卷九所辑多为吴语山歌，仅卷十所辑为桐城
　　　时兴歌。见《明清民歌时调集》上册《山歌》卷，上海古籍出版社1986年版。

第八编　清代文学

绪　　论

明末崇祯十七年（1644），李自成率农民起义军攻陷北京，朱明王朝顷刻崩溃。此时已在辽东地区称帝立国号的清朝统治集团，乘机挥军攻入山海关，宣布定都北京，揭开了中国最后一个封建王朝的帷幕。

清王朝统治中国共 267 年。它从定鼎北京起，经过 40 年的征服战争，统一了中国。为巩固政权，它采取了恢复生产、安定社会的措施，一度国势增强，社会繁荣，版图辽阔，出现过史家所称的"康乾盛世"。随着社会的发展，统治阶级的腐朽，社会矛盾日益加深，便又走向了衰落。待到 19 世纪中叶的道光年间，中国受到了外国列强的侵略，清王朝的架子虽然没有倒塌，社会性质却发生了根本性的变化，中国历史进入了近代。

鸦片战争以前的清代文学，上承明中叶以后文学发展的新趋势，属于中国文学近古期的第一段。然而，清代文学又呈现出一种集中国古代文学之大成的景观，各种文体都再度辉煌，蔚为大观，取得不容忽视的成就。

第一节　文化专制下的学术和文学

文化专制：独尊程朱理学　　编书与禁书　　日益严苛的文字狱　　汉学的兴盛　　桐城古文正宗的确立　　文学的滞化现象

清王朝统治者由于很早便利用了明王朝的降臣降将，朝廷的设立悉依明制，也懂得要采用汉族的儒家思想控制社会思想文化，定都伊始便摆出了尊孔崇儒的面孔，"修明北监为太学"，规定学习《四书》《五经》《性理》诸书，科举考试用八股文，取《四书》《五经》命题（《清史稿》卷八一"选举一"）。康熙皇帝是历代少有的博学而重视文教的帝王，读书甚多，特别崇尚朱熹，曾说朱熹"文章言谈之中，全是天地之正气，宇宙之大道。朕读其书，察其理，非此不能知天人相与之奥，非此不能治万邦于衽席，非此不能仁心仁政施于天下，非此不能内外为一家"（《御纂朱子全书·序言》）。他还任用了一批信奉宋代程朱理学的官员，如魏裔介、熊赐履、汤斌等所谓"理学名臣"，编纂理学图书，升朱熹为孔庙大成殿配享十哲之次，成为第十一哲。宋代理学遂成为清代的官方哲学。

清王朝控制社会文化思想的方式之一是编书。康熙在三藩之乱即将平定之时，便着手实行"偃武修文"的措施，诏开博学鸿词科，意欲将全国的学者名流吸收到朝廷之中，虽有一些人拒征，还是录取了数十人，开始编修《明史》，并先后编出了《康熙字典》《渊鉴类函》《佩文韵府》《古今图书集成》《全唐诗》等。乾隆年间编成的《四库全书》收经史子集典籍三千四百馀种，近十万卷，为我国古代文化典籍之一大总汇。主持编纂的纪昀等人作成《四库全书总目提要》，对已收入的三千四百馀种和未收入而存目的六千七百馀种书籍，作了简要的介绍评论。从保存古代文化典籍的角度说，这未尝不是一件功德。但是，清王朝在以行政手段搜集全国图书的同时，也作了一次大规模的图书检查，并且明令各地查缴"违碍"的书籍，然后销毁。最初还只是查禁"有诋触本朝之语"的明季野史，后来更扩大查禁范围，宋人言辽金元、明人言元的著作中"议论偏谬"者，明末将相朝臣的著作，明末清初文人如黄道周、张煌言、吕留良、钱谦益、屈大均等人的著作，都在查禁之列。据统计，乾隆时被禁毁的书籍有"将近三千馀种，六七万卷以上，种数几与《四库》现收书相埒"（孙殿起《清代禁书知见录·自序》）。就此而言，这又是一次文化专制造成的图书厄运。

清王朝控制社会思想的更严厉的手段是大兴文字狱，案件之繁多，株连之广，惩治之残酷，超过历史上任何一个朝代。清初的军事征服阶段，清王朝尚无暇顾及文化学术。康熙一朝文字狱尚少，著名的庄廷鑨《明史》案、戴名世《南山集》案，都是对抗拒思想的镇压，因为其中记载、议论明末史事，表现出眷恋明王朝的思想情绪。雍正朝文字狱渐多，著名的曾静、张熙案追究至已逝世的吕留良的著作，还是在于消除人们的反清意识。乾隆朝文字狱最为频繁。朝廷苛责地方官吏，官吏深恐一并参处，举报之风大增，于是望文生义、捕风捉影、故入人罪的情况，便屡屡发生，几乎每年都有以文字致罪的[1]。吟诗作文，乃至属联拟题，都有可能被随意引申曲解，遭致杀身灭族之祸，文人普遍怀有忧谗畏讥、惴惴不安的心情，形成了畏惧、郁闷的心态和看风使舵的处世态度。当时就有人描述说，"今之文人，一涉笔惟恐触碍于天下国家"，"人情望风觇景，畏避太甚，见鳝而以为蛇，遇鼠而以为虎，消刚正之气，长柔媚之风，此于人心世道，实有关系"（李祖陶《迈堂文集》卷一《与杨蓉诸明府书》）。这也就影响当时的学术风气，造成如后来龚自珍说的

"避席畏闻文字狱，著书都为稻粱谋"（《龚定盦诗集·咏史》）的情况。

乾嘉汉学从学术源流上讲，可以说导源于清初的顾炎武，从其学术精神上讲，则是清王朝文化专制的结果。在文字狱的恫愒下，人们承袭了清初学者的治学方法，却丢掉了经世致用的精神，多是不关心当世之务，只埋头于古文献里进行文字训诂，名物的考证，古籍的校勘、辨伪、辑佚等工作。乾隆时期有多位汉学家被召入四库馆，参与了《四库全书》的编纂。乾嘉汉学家在文字、音韵、训诂、金石、地理等学术方面，作出了卓越的贡献，在中国学术史上占有一定的历史地位[2]。但总的看来，却只能说是做了丰实的学术研究的基础工作，脱离现实的倾向导致缺乏思想理论的建树，这不能不说是一种历史的遗憾。

清王朝的文化政策及乾嘉学风也多方面地影响到文学。桐城派古文及其正宗地位的确立，与科举考试用八股文和汉学的兴盛都有关系。古文原本包括应用散文和文学散文，明末清初的小品文和大量迹近小说的传记文，显示着古文中文学散文的发展。桐城派理论奠基人方苞提出"古文义法"说，即所谓"言有物""言有序"，讲求的是文章之"雅洁"。他是信奉程朱理学的，曾奉敕选录明清诸大家的时文，编成《钦定四书文》，颁为时文程式，被称为"以古文为时文，允称极则"（《清史稿》卷八一"选举三"）。他以"雅洁"为标准的"义法"说，也就是以雅正的文辞，简明有序地记事、议论。就他对历代文章的评论，特别是对清初吴越遗民"尤放恣"、或杂小说家言、"无一雅洁"的指责看[3]，有排挤文学性散文的倾向，形成对明清之际的古文风格的反拨。当时便有人说他"以古文为时文，却以时文为古文"。到姚鼐又将"古文义法"说，发展为"义理""考据""辞章"的三合一，这显然是受正在兴盛的汉学的影响，连学术也纳入文章的要素，与他自己论文章的"神、理、气、味"与"格、律、声、色"的理论，就相抵牾了。郭绍虞在《中国文学批评史》中说："大抵望溪处于康雍'宋学'方盛之际，而倡导古文，故与宋学沟通，而欲文与道之合一，后来姚鼐处于乾嘉'汉学'方盛之际，而倡导古文，故复与汉学沟通，而欲考据与词章之合一。他们能迎合当时统治阶级的意图而为古文，又能配合当时知识分子所倡导的学风以为其古文，桐城文之所由成派，而桐城文派之所由风靡一时，当即以此。"（第七十六节"方苞古文义法"）

汉学之学术思想还渗透进诗歌和小说领域。在诗歌方面明显的表现是翁方纲对王士禛神韵说和沈德潜格调说的修正、别解，提出他的肌理说。王士禛生活于康熙朝，他主神韵说是将诗尚含蓄蕴藉的特点强调到极致的程度，变得意境朦胧，意蕴幽微，不可言说。沈德潜生活于乾隆朝，论诗悉依儒家诗教，尚温柔敦厚，中正和平，声雄韵畅，统归于格调，成"盛世之音"。翁方纲认为诗皆有格调、神韵，都虚而不实，"无可着手"，于是"指之曰肌理"。(《复初斋文集》卷一八《仿同学一首为乐生别》）他所谓"肌理"，意即可以捉摸的"理"，包括义理、文理，类乎方苞所说"有物""有序"，也就将"理"作为诗之本、诗之法。所以他称宋人作诗三昧是："会粹百家句律之长，穷极历代体制之变，搜讨古书，穿穴异闻，作为古律，自成一家。"(《石洲诗话》卷四）在他看来，"考据训诂之事与辞章之事，未可判为二途"(《复初斋文集》卷四《蛾术篇序》)。这样，诗便不是陶冶性情，而是可资考据学术渊源、历史是非得失的材料。汉学成为一种风气，也影响了小说：一是历史小说重在叙述历史事件，如《东周列国志》，作者自谓是"有一件说一件"，"哪里有功夫去添造"，不仅可作"正史"看，而且可学到稽古、用兵之类的学问（蔡元放《东周列国志读法》)。一是"以小说为庋学问文章之具"（鲁迅《中国小说史略》第二十五篇），如《野叟曝言》《镜花缘》等，作品虽有人物、情节，也有思想内蕴，但以逞才学为能事，添入许多学问、技艺，便违背了小说艺术的本性。应当说文化专制造成的汉学学风，也造成清中叶文学的背离文学的滞化现象。

第二节　清代人文思潮与文学

清初的学术转向　　理欲之辨的深化　　文学社会功用的强调　　文学批评理论的发展　　文学中的人文意识

明清之际的社会大动荡、大变革震撼了广大文人的心灵，引起了一批思想敏锐深沉的学者如黄宗羲、王夫之、顾炎武等人对社会历史进行反思，学术思想发生了深刻的转变，在中国学术史上划出了一个新时代。

清初几位思想家大都是反宋明理学的。他们的学术渊源不同，反对的态度不一致，有的激烈反对，有的是修正，但一致的是痛弃宋明理学空谈心性，不务实学，及其所造成的"束书不观，游谈无根"的学风。黄宗羲批评，"今之言心学者，则无事乎读书明理；言理学者，其所读之书不过经生之章句，其所穷之理不过字义之从违"，"天崩地解，落然无与吾事，犹且说同道异，自附于所谓道学者"(《南雷文约》前集卷一《留别海昌诸同学》)。顾炎武更为激烈，说："不习六艺之文，不考百王之典，不综当代之务，举夫子论学论政之大端一切不问，而曰'一贯'，曰'无言'，以明心见性之空言，代修己治人之实学。股肱惰而万事荒，爪牙亡而四国乱，神州荡覆，宗社丘虚。"(《日知录》卷七"夫子之言性与天道"条）将明代的亡国归咎于宋明理学所造成的学风，自然不切实际，但也正说明他们是深慨于明亡清兴的社会巨变，而要改变明代空言心性的虚浮学风，提倡经世致用的实学，致力于研究历史上的典章制度，从历史的治乱兴衰中探究治世之道，即所谓"当世之务"。他们开拓了学术研究领域，在各自的学术方面作出了卓异的贡献，提出了许多具有启蒙意义的新思想。王夫之发展了古代的唯物论和社会进化论，他的《读通鉴论》对中国古代历史作出了一些新的精辟论断。顾炎武的《日知录》和《天下郡国利病书》，在社会经济、政治、文化、教育等方面，发表了一些改变旧制度的意见，如"均田""均贫富"、废科举生员、地方按人口比例推举官员等，以及"寄天下之权于天下之民""保天下者，匹夫之贱有责"的思想。黄宗羲的《明夷待访录》更对封建君主专制制度做出了无比激烈的批判。清初学者的思想超越了单纯反清的性质，反映了改变封建制度的历史进步要求，对晚清的改良运动产生过不小的影响[4]。

　　清初学者对明代王阳明心学的扬弃，特别是对晚期李卓吾非儒薄经反传统思想的否定，实为一种矫枉过正的偏激。学术思想和社会思潮的发展从来不是简单的对立、否定，而是扬弃中有继承，继承中有扬弃。由王阳明的心学蜕变出王学狂禅派，李卓吾被称为异端之尤，再到清初的启蒙思想家，在人性的问题上便呈现了这样的蜕变、转化的过程。王阳明的基本思想是："心即理也。此心无私欲之蔽，即是天理"，"以此纯乎天理之心，发之事父便是孝，发之事君便是忠，发之交友治民便是信与仁，只在此去人欲存天理上用功便是。"（《传习录》下）可见王阳明的心学原是要人消除私欲，一切照封建伦理道德立身行事。李卓吾出于王学，却将人心从架空臆说中拉出，返还给现实社会，从人人要生存（即所谓"吃饭穿衣"）和发展（即所谓"富贵利达"）的基点出发，做出了相反的结论："夫私者，人之心也。人必有私，而后其心乃见；若无私，则无心矣。"（《藏书》卷二《德业儒臣后论》）他说："寒能折胶，而不能折朝市之人；热能伏金，而不能伏竞奔之子，何也？富贵利达所以厚吾生之五官，其势然也。是故圣人顺之，顺之则安矣！"（《焚书》卷一《答耿中丞》）肯定了"私"也就是"欲"为人之自然本性，也就否定了压制人的"私""欲"的封建伦理关系及其道德信条的合理性。清初思想家虽然反对心学空言心性，甚至诋毁李卓吾，但实质上却接过李卓吾的"人必有私"的命题，肯定私欲的合理性，不同的是他们进而以此为基点将"欲""理"统一起来。王夫之说，"理欲皆自然"（《张子正蒙注》卷三），"有欲斯有理"（《周易外传》卷二），"人欲之各得，即天理之大同"（《读四书大全说》卷四）。黄宗羲也说："天理正从人欲中见，人欲恰好处即天理也。向无人欲，则亦并无天理之可言矣。"（《南雷文定》后集卷三《陈乾初先生墓志铭》）在这里，"人欲"成了基本，"天理"也就由宋明理学家所说的"人欲"的对立物，即封建伦理关系的精神幻影，变为"人欲之各得"的社会理想。要达到"人欲之各得"，人人各遂其欲，"人欲"就要落到"恰好处"，要己所不欲勿施于人。正是由此出发，黄宗羲发出了对封建君主专制制度的批判，谓君主是强"使天下之人不敢自私，不敢自利，以我之大私为天下之大公"，不惜"屠毒天下之肝脑，离散天下之子女，以博我一人之产业"（《明夷待访录·原君》）。这样，理欲之辨就由李卓吾的个性解放精神延伸为社会解放的理想，由思想领域的反传统拓展为对社会制度方面的批判、探讨[5]。

　　在学术思想、社会思潮的转变中，文学思想也随之发生了显著的变化。清初的文学思想也就是清初社会思潮的组成部分。黄宗羲、顾炎武、王夫之三位思想家，文学观虽不尽一致，对文学问题的关注程度也不相同，但都重视文学的社会功用，抛弃了晚明文学的表现自我、个性解放、率真浅俗的理论观念。顾炎武最为突出。他自身是诗人，也认为"诗本性情"，但强调应"为时""为事"而作（《日知录》卷二一"作诗之旨"条）。对于文章，他更认为"须有益于天下"，所谓"有益"就是"明道""纪政事""察民隐""乐道人善"（《日知录》卷一九"文须有益于天下"条）。顾炎武的文学观可以称之为经世致用的文学观。黄宗羲论文学注意到了文学的特质，认为"诗之道从性情而出"，往往是不平之鸣，所以"诗之道甚大，一人之性情，天下之治乱，皆所藏纳"（《南雷诗历·题辞》）。他论及文与诗之不同、诗人之才情在创作中的作用和诗的表情方式，谓诗人是"情与物合，而不能相舍"，"即风云月露、草术鱼虫，无一非真意之流通"（《南雷文案》卷三《黄孚先诗序》）。不过，他还是将诗中表达的性情分作"一时之性情"和"万古之性情"，认为"离人思妇，羁臣孤客，私为一人之怨愤"，"其词亦能造于微"，而超越"一身之外"，关乎治乱兴衰，"合乎兴、观、群、怨、思无邪之旨"的性情，才更有历史的内容和价值（《南雷文定》四集卷一《马雪航诗序》）。可见他还是注重诗的社会意义和历史价值。王夫之论文学较之顾炎武、黄宗羲更加著重于文学的基本问题，他以哲学家的思维，对人类文化的发生发展、广义的文学（所谓政教之文）与美文学（即诗）的本质、功用的区别，诗的审美特征及其在创作和阅读中的规律等一系列的问题，做了系统、缜密的理论阐述。他论诗的本质、创作和阅读，表述为"情"的生发、表达和接受（所谓"以情自得"），从而也就贴近了诗的审美特征。所以，他说诗是"陶冶性情，别有风旨，不可以典册、简牍、训诂之学与焉"，甚至不赞同"诗史"说（《姜斋诗话》卷一）。但又说情有"贞""淫"之分，有"盛世之怨"和

"乱世之怨"之别,意义有所不同,在不同的时代环境中应有不同的节制(《诗广传》卷三)。这就又讲究诗的社会意义和效用了。

待到清中叶,清初的启蒙思潮虽然受到扼制,有所消沉,但随着社会矛盾的日趋激化,反映在文化学术领域,明清之际启蒙思潮又重新抬头,这便表现为汉学的裂变。汉学家戴震的"由词以通道"的治学方法,使他由古籍文字的训诂进入对理学问题的研讨和对宋代理学的批判,他也就成了一位哲学家、思想家[6]。他的《孟子字义疏证》发挥自然人性论,说"人生而后有欲,有情,有知",认为"人伦日用,圣人以通天下之情,遂天下之欲,权之而分理不爽,是谓理"。由此批判宋儒"以理杀人",说:"上以理责其下,而在下之罪,人人不胜指数。人死于法,犹有怜之者;死于理,其谁怜之!"实际上是对封建纲常非人道性的痛切至深的批判。汪中好古博学,考证古代典章制度,恢复了顾炎武的经世致用的精神,发表了与传统思想相左的观点,认为荀子得孔子之真传,力驳孟子以"无父"诬墨子为枉说,被翁方纲指为"名教之罪人",要革除他的秀才资格[7]。汪中在研讨古"礼"的题目下,发表反对封建婚姻制度,反对妇女夫死殉节的"妇道",说:"本不知礼,而自谓守礼,以陨其生,良可哀也。"(《述学·女子许嫁而婿死从死及守节议》)

有清一代文学的兴衰变化,与清初开启的启蒙思潮的消长有着或明或隐的联系。

清初几位学者的思想,作为一种启蒙思潮,不能不影响到文学创作,或直或曲地渗入文学作品中。他们反对晚明的张扬个性、自适自娱、崇尚率直浅俗的文学倾向,强调文学的社会功用,以及他们对诗学的发展,这也就再度提高了诗的地位,或者说是维护了诗的正宗地位,并推动了诗风的转变。清代诗的繁荣、诗的批评理论的兴旺、诗话的大量涌现,与之不无关系。对文学社会功用的强调,影响到上层文人的文学创作,戏曲作品趋于雅正,悲剧意识超过了娱乐格调。康熙朝后期出现的两部传奇杰作——《长生殿》和《桃花扇》,题材虽有古今之别,却都表现着深沉的历史反思,而且与清初启蒙思潮息息相通。两部剧作都采取了以男女离合之情写国家兴亡之感的结构模式,对情爱是尊重的,却又和国家兴亡绑在一起,把国家兴亡摆在了个人的情爱之上。《长生殿》是以国家和百姓的不幸讽谕"占了情场,弛了朝纲"的君主,《桃花扇》是用"皮之不存,毛将焉附"的逻辑喝断亡国后还贪恋情场的人。两剧在社会观、情爱观、君主观等方面,以及其间存在的似乎不可思议的矛盾现象,都与清初启蒙思潮相契合。

在清中叶,文学领域也呈现出类似晚明的一股思潮,反传统,尊情,求变,思想解放。袁枚是突出的代表人物。袁枚秉性洒脱不拘,行事便有向世俗挑战的精神。他在诗坛上公开批评、嘲讽沈德潜的格调说和翁方纲的肌理说，重建和发挥性灵说，认为诗重性情，强调表现真我、真性情，创作重灵机和真趣。他认为"情所最先，莫如男女"（《小仓山房文集》卷三〇《答蕺园论诗书》）。他写了许多爱情诗、艳情诗。虽然其中有轻佻之病，但总的说，袁枚的思想和诗作表现出个性解放的叛逆精神。这一时期，小说虽屡遭禁止，新作也少优秀作品，但却如平地一声雷似的，突然出现《儒林外史》《红楼梦》两部文学巨著。《儒林外史》以真实的图像执行了对科举制度的批判任务，连同小说中一些正面形象如杜少卿等，都可以从启蒙思想家的著作里发现其思想底蕴。《红楼梦》完整地解剖了一个富贵的大家庭，从多个方面显示出其腐朽、脆弱、无望，人人都是不幸的，有奴仆的不幸，也有公子小姐的悲哀，还有爱情的悲剧和没有爱情的婚姻的悲剧；更通过意象化的小说主人公贾宝玉对人生的思索，表现出一种觉醒意识，在他的怪诞的话语中寄寓着人文思想的光彩。这两部巨著都反映着历史的进步要求。

第三节　清代文学的历史特征

集历代文学之大成　　文学古典形态的再度辉煌　　新兴文体的飞跃　　演变的趋势

清代是中国最后一代封建王朝，一个少数民族贵族集团经过武力征服而建立的封建王朝。中国文学历史悠久，到清代已经经过数度变迁，数度形态各异的辉煌，有着丰厚而多彩的历史积累。社会的和文化的种种背景，造成了有清一代文学独具的历史特征。

清代文学较之以往各代异常繁富，甚至可谓驳杂。一方面是元明以来新兴的小说、戏曲，入清之后依然蓬勃发展，另一方面是元明以来已经呈现弱势的诗、古文，乃至已经衰落下来屈居于陪衬地位的词、骈文，入清之后又重新振兴起来。举凡以往各代曾经盛行过、辉煌过的文学样式，大都在清代文坛上占有一席之地。各类文体大都拥有众多的作者，写出了大量的作品，数量之多超过以往各代，包括它们盛行的那个时代。各类文体曾经有过的类型、作法，出现过的风格，清代作者也大都承袭下来，有人学习效法，也有人独辟蹊径有所创新，相当多的作者达到了很高的造诣，写出了许多优秀的乃至堪称珍品、杰构的传世之作，如吴伟业的歌行诗和王士禛的神韵诗，陈维崧的登临怀古词和纳兰性德的出塞、悼亡词，洪昇的《长生殿》和孔尚任的《桃花扇》两部戏曲，汪中的骈文《哀盐船文》，文言小说中有蒲松龄的《聊斋志异》，白话章回小说有吴敬梓的《儒林外史》和曹雪芹的《红楼梦》。郭绍虞在其《中国文学批评史·绪论》中论及清代学术之集大成时说:"就拿文学来讲,周秦以子称,楚人以骚称,汉人以赋称,魏晋六朝以骈文称,唐人以诗称,宋人以词称,元人以曲称,明人以小说、戏曲或制艺称,至于清代的文学则于上述各种中间,或于上述各种之外,没有一种比较特殊的足以称为清代的文学,却也没有一种不成为清代的文学。盖由清代文学而言,也是包罗万象而兼有以前各代的特点的。"[8]清代文学可以说是以往各类文体之总汇,呈现出一种蔚为大观的集大成的景象。

对于清代文学的这种集大成的景象,自然还是要作具体分析的,各体文学的成就、历史地位是不一样的。但其中有个突出的现象,就是曾经兴盛过的文体之再度兴盛,实际上也是中国文学传统精神和古典审美特征的复归与发扬。

诗在唐代已经定型,体式完善,成就极高,成为后世之典范,再经过宋诗之补充,元明作者步趋其后,缺少开拓、创新。在明清鼎革的社会动乱之际,与学术文化思潮由空疏之心学转向复古形态的经世致用之学相呼应,诗歌创作转向伤时忧世,遗民诗人之呼号、悲愤、励志,其他诗人之徘徊观望,黍离之悲、沧桑之感,成为清代前期诗的主旋律。遗民诗人关注国运民生,缘事而发,虽然他们的身世遭遇、才学性情各异,但却几乎一致地以前代关注国运民生、志节高尚的诗家为师法对象,如屈大均推尊屈原,顾炎武继踵杜甫,吴嘉纪学习杜甫诗中取法汉乐府之一格。清初诗从总体上说是继承和发扬了贯穿中国诗史中的缘事而发,有美刺之功,行"兴、观、群、怨"之用的传统精神,同时也继承和发扬了传统的审美艺术的特征。如果说遗民诗主要还是以其诗史般的内容和所表现的志节情操而称重当时、影响后世,而另有些诗人则在诗艺方面更有所开拓、创造。如吴伟业的歌行诗,专取明清之际关乎兴亡之人事,创作出了《圆圆曲》《鸳湖曲》一批叙事活脱、词藻富丽、情韵悠然的诗篇,在白居易之后又开拓出叙事诗的一种新境界。稍后的王士禛追踪六朝以来诗的冲和淡远一格,他的神韵诗将中国诗尚含蓄蕴藉的特征,推向了极致,在中国诗史上也是一个贡献。可以说中国诗的传统精神和古典审美特征,在清代又一次获得了发扬。

词作为一种抒情诗体,曾在两宋度过了黄金时代,元明两代呈现衰落之势。也是在明清鼎革之际,词发生了转机,走出俚俗,归于雅道,成为徬徨苦闷中的文人委婉曲折地抒写心曲的方式。待到江南"科场案""奏销案""通海案"诸大案接连发生[9],在政治环境的压力下,词更成为文人曲写心迹的方式,作者蔚起,出现了地方性的词人群和较大范围的倡和活动[10],以陈维崧为宗主的阳羡词派、朱彝尊为领袖的浙西词派形成,词的创作呈现了"中兴"的局面。陈维崧、朱彝尊都扬弃了词为"小道"的观念，认为词与"经""史"同等重要，可与"诗"比肩，肆力填词。他们的词取材不尽相同，风格各异，但都开拓了词的境界，带动了有清一代词家竞驰，出现了被誉为"北宋以来，一人而已"（王国维《人间词话》）的纳兰性德。清人词无论从规模或成就上讲，都足称大观，再次显示并发展了词的特异的抒情功能。

经过唐、宋两次古文运动，骈文趋向衰微。清初文人以骈文寄托才情，从而揭开了骈文复兴的序幕。到乾嘉时期，骈文大盛，形成与桐城派古文对抗的局面，这既与清代社会环境的压抑、文化学术思潮的复古倾向有关，也和其后汉学兴盛的学风有关，骈文作家中便多著名的学者，如作《哀盐船文》的汪中，为骈文力争正统地位的阮元等。但从当时发生的骈文与古文之争论看，却反映出骈文复兴之文学底蕴，就是要求恢复文章艺术之美。尽管这种古雅的文体对作者和读者都要求有更高的学识和文学素养，但在清代毕竟又盛行一时，而且经过争论产生了不拘骈散之论，更不失为唐宋古文运动之后的一种历史补偿，对后来的文章，如梁启超之新文体，也有一定的影响[11]。

清代文学也表现出新兴文体的雅化倾向和雅俗并存、互渗的状态，斑驳陆离中闪现出耀眼的光芒。

戏曲方面，在明代盛行的传奇已经文人化，杂剧更落入案头化的地步。入清后传奇、杂剧都顺从着晚明的趋势，创作更加活跃。一方面，一些原来并不看重戏曲的正统文人，乃至文学名流，也在遭逢国变、落泊失意的境遇中，于诗文之馀操笔编写戏曲，抒写亡国之痛、出处两难的心态和佗傺失意的情怀。这类作者有吴伟业、王夫之、尤侗、嵇永仁等。他们作传奇、杂剧，大都取历史故事加以随意虚构，乃至幻化，寄托个人的情感、心迹，抒情性冲淡了戏剧性，也就更加脱离舞台，加重了案头化倾向，但也表明戏曲已获得了正统文人广泛的认同，影响到如李玉等原本依附于舞台表演而编剧的作家的剧作，增强了社会历史意识。另一方面，一些作者追随明亡前夕阮大铖、吴炳等开创的风情喜剧的路子，注重戏剧性，多是利用巧合、误会、阴错阳差制造生动的情节。李渔是这类剧的能手。他还就明代传奇剧的得失，总结出一套系统的编剧和表演的理论，著成《闲情偶寄》一书。李渔的理论和剧作表明明代以来戏曲创作重心由"曲"向"戏"转移，也可以说是戏曲向戏剧本质特征的回归与创作的成熟[12]。戏曲创作中社会历史意识的增强和对戏剧性的注重这两个方面的综合，便涌现出了一个戏曲的高峰——《长生殿》和《桃花扇》两部杰作的诞生。此后戏曲的雅化堕入道德教化，或者变成纯案头的读物，古典戏曲也就失去了艺术生命。

清初的小说也是顺从明末小说的趋势，旧作的新编虽仍不绝如缕，但作家独创的作品却日益增多，从总体上看是迈入了独创期。拟话本小说结束了改编旧故事的路子，取材于近世传闻和当代新事，贴近了实际生活，却渗入了文人意识；讽世的气味加重了，却缺乏艺术的酿造，并且愈来愈趋向伦理道德的说教[13]。另一种情况是爱情婚姻小说雅化，蜕变为才子佳人小说。李渔的小说创作表现出更高的主体意识，故事情节演绎的是其超乎常人的为人处世的经验和对人情世态的调侃，这也就进一步改变了话本小说的叙事模式和风格，议论的成分增大了，作者的既定意向胜过并取代了生活的内在逻辑。长篇小说迈入个人独创期，作品纷繁多样。有的是沿着晚明世情小说的路子，在醒世的旗号下展示最世俗的人生图画，如《醒世姻缘传》颇为鲜活，叙写用民间口语，富有幽默之趣；有的是叙写近世朝野政事，艺术上大都比较粗糙，如《梼杌闲评》掺入了虚构的魏忠贤发迹史[14]，才有了小说味道；有的是就明代几部著名小说作续书以写心，境界不一，如陈忱的《水浒后传》唤出水浒英雄进行抗金保宋的战斗，寄托了清初遗民的心迹，也给小说增添了抒情性质。小说已成为社会的一种文化需要，康熙朝以后虽然屡有禁令，神魔、公案类仍不断滋生，世情类也相继有新作出来，还出现了打破畛域集多类性质于一体的作品，以及杂陈学艺的小说、用文言文作成的小说。其中《镜花缘》是颇有特色的。在众多作者或适俗或别出心裁的创作中，终于有人感受到时代的脉搏，领悟到了小说的文学特征，面对现实人生，将平凡的生活变成真实而有审美内蕴的小说世界，于是吴敬梓创作了《儒林外史》，曹雪芹创作了《红楼梦》。

由以上论述可以看出，清代文学在前期和中叶是有变化的。前期文学关注国运民生，有着炽烈的社会责任感和深沉的历史意识，传统文体和已经雅化的戏曲取得了很高的成就，影响深远。在清中叶，传统文体虽然也很活跃，流派纷呈，诗说文论竞相争鸣，但成就和影响却远抵不上小说。不过《红楼梦》和《儒林外史》的出现，并非孤立的现象，与它同时的性灵派诗人袁枚等人的诗歌创作，也透露出时代的新信息。

注 释

[1] 据故宫博物院文献馆《清代文字狱档》，乾隆朝文字狱最多，数倍于康熙、雍正两朝，多有用语不当，误犯时忌，未避庙讳御名，或家藏明清之际人之书版者，也有因诗句被曲意引申解说定谳为讪谤忤逆之语的。

[2] 梁启超《清代近三百年学术史》最后四章以《清代学者整理旧学之总成绩》为题，分别论述了乾嘉学派为中心之清代学者在经学、小学、音韵学、辨伪书、辑佚书、史学、地理学诸方面的贡献，可资参考。

〔3〕沈廷芳《书方望溪先生传后》引方苞语："古文义法，不讲久矣。吴越间遗老尤放恣，或杂小说，或沿翰林旧体，无一雅洁者。"或杂小说，指的是清初侯方域等人之传记文杂有小说笔法；或沿翰林旧体，是指陈维崧等作骈体文。

〔4〕梁启超《清代近三百年学术史》《清代学术概论》两书中，曾数说他和谭嗣同等人受黄宗羲《明夷待访录》的影响，并曾经私印传播，作为宣传维新之工具。

〔5〕侯外庐《中国早期启蒙思想史》（人民出版社 1956 年版）第一章《十七世纪的中国社会和启蒙思潮的特点》、第二章第六节《王夫之人性论中的近代命题》、第三章第一节《黄宗羲的经济思想及其社会根源》、第三章第二节《黄宗羲的近代民主思想》、第四章《顾炎武的社会思想》等部分，有具体的分析和论述。

〔6〕戴震是乾隆汉学皖派的大师，在文字、音韵、测算、典章制度诸方面有独到的研究。他曾充任四库馆纂修官。在先秦古籍的校勘、考证、训诂等方面著作甚多，富有哲学价值的是《孟子字义疏证》。《清史稿》卷四八八"儒林二"本传说："震之学，由声音、文字以求训诂，由训诂以寻义理。"

〔7〕汪中，字容甫，江都（今属江苏扬州）人，家贫，早年曾为书商售书。乾隆四十二年（1703）拔贡，不再应试。生平研究六经子史，博考三代典礼，至于名物象数，识议超卓，著有《荀子通论》《贾谊新书序》等。因其推尊墨子，指孟子以"无父"之说诋毁墨子为非，翁方纲斥之为"名教之罪人"，见《复初堂文集》卷十五《书墨子》。

〔8〕《中国文学批评史》第 5 页，新文艺出版社 1955 年版。

〔9〕"科场案"发生于顺治十四年（1657）。"奏销案"发生于顺治十八年（1661）。对此两案，孟森《明清史论著集刊》下册有专门考证。"通海案"发生于顺治十六年（1659）郑成功进攻江南之后，清廷兴狱治响应郑成功的绅民。

〔10〕影响最大的唱和活动有杭州的"江村唱和"、扬州的"红桥唱和"和北京的"秋水轩唱和"。具体情况可参看严迪昌《清词史》第二、三章。

〔11〕曹虹《清嘉道以来不拘骈散论的文学史意义》一文可资参考。（《文学遗产》1997 年第 3 期）

〔12〕《闲情偶寄》分"词曲部""演习部"，"词曲部"论戏曲剧本的创作，"演习部"论戏曲演唱，为我国第一部系统的戏曲创作和表演的理论著作。"词曲部"首论"结构"，然后论"词采""音律""宾白""科诨"等问题，"结构"一章谈的是编剧要"立主脑""减头绪"等问题，与西方戏剧理论的"动作整一性"相符，可谓强调了戏曲剧作的戏剧性。

〔13〕康熙以降，拟话本小说趋于衰落，新作品位不高，教化意识增强，成为劝诫之工具。代表作品有笔炼阁主人的《五色石》《八洞天》，玉山草亭老人的《娱目醒心编》。郑振铎《明清二代的平话集》（《中国文学研究》，作家出版社 1957 年版）论到"当时的著作界的风气"，说："随了正学的提倡的结果，连小说中也非谈忠说孝不可了。"

〔14〕《梼杌闲评》原书不题作者，邓之诚《骨董续记》引缪荃孙《藕香簃别钞》之考证，疑为明崇祯朝做过大理寺丞的李清所著。李清，字映碧，入清不仕，闭门著述，有

《三垣笔记》《南渡录》《南北史全注》等。《梼杌闲评》成书年代尚难考定，小说最后一回回目有"明怀宗旌忠诛恶党"一句，"怀宗"是崇祯帝朱由检吊死后京中士人加给他的私谥，其成书当明清易代之后。参见《古本小说集成》（上海古籍出版社本）卷首《前言》。

第一章　清初诗文的繁荣与词学的复兴

明清鼎革，激化了民族矛盾与斗争，中原板荡，沧桑变革，唤起汉族的民族意识与文人的创作才情，给文学注入了新的生命。富有民族精神和忠君思想的遗民诗人的沉痛作品，体现了那个时代的主旋律，即便曾一度仕清的诗坛名流，也在诗歌里抒发家国之痛，映照兴亡，寄寓失节的忏悔。这两部分诗文以对现实的敏锐反映而具有鲜明的历史特征。稍后的诗人及其他作者，虽无强烈的民族思想和家国之悲，但也慨叹时世，俯仰人生，写出了风格独特的篇什。已呈式微之势的词则应时而复兴，倚声填词蔚然成风。散文的内容偏重经世救国，崇实致用，在传记文里多用小说笔墨。清初诗文改变了元明以来的颓势，出现了新的繁荣。

第一节　遗民诗人

顾炎武、黄宗羲、王夫之　　　屈大均和吴嘉纪　　　其他遗民诗人

清初最富有时代精神的诗歌是遗民的作品。清卓尔堪《明遗民诗》辑录作者五百人，诗歌三千馀首[1]，比南宋遗民诗在数量和质量上皆有过之。著名的诗人有顾炎武、黄宗羲、王夫之、吴嘉纪、屈大均、杜濬、钱澄之、归庄、申涵光等，他们受传统的民族思想、爱国主义熏陶，反对清朝的民族压迫与歧视，虽然出发点仍是儒家的"严夷夏之防"，如顾炎武所说："君臣之分，所关者在一身；夷夏之防，所系者在天下。"（《日知录》卷七《管仲不死子纠》）但在民族矛盾异常尖锐的特定时期，怀抱救世拯民思想，关注国家、民族的前途和命运，奔走呼号，以"有亡国、亡天下"区分朝代更替和民族沉沦，用"保天下者，匹夫之贱与有责焉"的生存危机和民族忧患，唤醒人心，复兴家国，显然包含着反对压迫和侵略的正义性和爱国精神，在当时激励了汉族人民的反抗斗争，也对后世产生过积极的影响，"天下兴亡，匹夫有责"成

为中华民族爱国主义传统的一个有机组成部分。遗民诗人用血泪写成的诗篇，或悲思故国，或讴歌贞烈，或谴责清兵，或表白气节，具有抒发家国之悲和同情民生疾苦的共同主题，体验深切，感情真挚，反映易代之际惨痛的史实与民族共具的感情，笔力遒劲，沉痛悲壮，肇开清诗发展的新天地。

以气节高尚而被后世敬仰的是顾炎武、黄宗羲、王夫之三大学者。

顾炎武（1613—1682）初名绛，明亡后改炎武，字宁人，学者称亭林先生，江苏昆山人。明末加入复社，清兵入关，在江南积极参与抗清活动，失败后亡命北方，考察山川，访求豪杰，图谋恢复，晚年终老于陕西华阴[2]。他论诗"主性情"，反对模拟，提倡"文须有益于天下"。他"生无一锥土，常有四海心"（《秋雨》），四百多首诗，拟古、咏怀、游览、即景等围绕抒发民族感情和爱国思想的主题，反清复明和坚守气节是其诗突出的色调。《秋山》写江南人民的反清斗争和清兵屠戮烧杀的罪行。《精卫》讽刺专营安乐窝的燕雀之辈，表示"我愿平东海，身沉心不改"的决心。《京口即事》歌颂史可法镇守扬州的英雄业绩。《千里》述自己参加王永祚领导的湖上抗清义军。《海上》四首，则以凝练沉重之笔，抒发登高望海的悲壮情怀，苍劲质实。如第一首：

> 日入空山海气侵，秋光千里自登临。十年天地干戈老，四海苍生痛哭深。水涌神山来白鸟，云浮仙阙见黄金。此中何处无人世，只恐难酬烈士心。

诗中洋溢着决心报国、抗清复明的坚强信念。他劝友人善处珍惜，保持操守，"寄语故人多自爱，但辞青紫即神仙"（《友人来，座中口占二绝》）。到垂暮之年，仍然表达其炽烈的爱国热忱，有《恭谒孝陵》《再谒孝陵》《自大同至西口》等。随着岁月的消逝和希望的幻灭，渐知挥戈返日之无术，感伤沉郁的情绪稍增，但不灰心，至死犹坚，故其诗雄浑有力，慷慨悲壮，如《五十初度时在昌平》："远路不须愁日暮，老年终自望河清。"《又酬傅处士次韵》："苍龙日暮还行雨，老树春深更著花。"都可说是掷地作金石声。

顾炎武的诗是诗人崇高的人格和深厚学力的表现，笔墨矜重，不假巧饰，其格调质实坚苍，沉雄悲壮，往往接近杜甫，如《酬王处士九日见怀之作》：

> 是日惊秋老，相望各一涯。离怀销浊酒，愁眼见黄花。天地存肝胆，江山阅鬓华。多蒙千里讯，逐客已无家。

顾诗在清代评价就很高，沈德潜说："词必己出，事必精当，风霜之气，松柏之质，两者兼有。就诗品论，亦不肯作第二流人。"（《明诗别裁集》卷一一）

黄宗羲（1610—1695）字太冲，号南雷，学者称梨洲先生，浙江余姚人。明末以反对阉党著名，清兵入关，积极投身抗清斗争，后隐居著述，屡拒清廷征召[3]。他是著名的思想家、史学家和文学家，关心天下治乱安危，以学术经世，论诗称"情者，可以贯金石，动鬼神"，强调诗写现实则"夫诗之道甚大，一人之性情，天下之治乱，皆所藏纳"；注重学问，推崇宋诗，与吴之振等选辑《宋诗钞》，扩大宋诗影响，推动浙派形成。诗歌感情真实，沉著朴素，具有爱国精神和高尚情操，《云门游记》《感旧》《宋六陵》《哭外舅叶六桐先生》《哭沈昆铜》等，抒发亡国之痛和怀念殉难亲友，虽有悲凉之感，但不消沉颓丧，屡屡表白身处逆境而不低头的顽强精神，如"于今屈指几回死，未死犹然被病眠"（《卧病旬日未已，闲书所感》），"莫恨西风多凛烈，黄花偏奈苦中看"（《书事》），"砚中斑驳遗民泪，井底千年尚未消"（《周公谨砚》）等，皆勃郁浩然的正气。《山居杂咏》更是铿锵的誓言：

> 锋镝牢囚取次过，依然不废我弦歌。死犹未肯输心去，贫亦其能奈我何？廿两棉花装破被，三根松木煮空锅。一冬也是堂堂地，岂信人间胜着多。

王夫之（1619—1692）字而农，号薑斋，湖南衡阳人。明崇祯举人，曾从永历桂王举兵抗清，南明灭亡后隐遁归山，埋首著述，博通经学、史学和文学，贡献卓著，学者称船山先生[4]。他生于"屈子之乡"，受楚辞影响，步武《离骚》，用美人香草寄托抒怀，如《绝句》："半岁青青半岁荒，高田草似下田荒。埋心不死留春色，且忍罡风十夜霜。"借舒草之心"不死"，喻坚忍不拔之志和恢复故国"春色"的理想。《落花诗》《补落花诗》《遣兴诗》《读指南集》等，缠绵悱恻，喻意深远。王夫之自叹"抱刘越石之孤愤，而命无从致"（王之春《先船山公年谱》引王夫之自题墓碑词），表现"孤愤"是其诗突出的内容，如《补落花诗》九首之一："乘春春去去何方，水曲山隈白昼长。绝代风流三峡水，旧家亭榭半斜阳。轻阴犹护当时蒂，细雨旋催别树芳。唯有幽魂消不得，破寒深醊土膏香。"以落花飘魂抒写胸中郁结的亡国之恨，含蓄蕴藉，深沉瑰奇。七绝《走笔赠刘生思肯》："老觉形容渐不真，镜中身似梦中身。凭君写取千茎雪，犹是先朝未死人。"以诗明志，直到"垂死病中魂一缕，迷离唯记汉家秋"（《初度口占》），仍然不忘故国岁月，于凄楚里见其高风亮节。

　　遗民诗人可与顾、黄、王并肩的，当推吴嘉纪和屈大均，吴多作危苦之词，屈则富于浪漫幻想。吴嘉纪（1618—1684）是一介布衣[5]，与煮盐灶户为伍，困厄潦倒，深受压迫剥削和灾祸肆虐之苦，诗歌极写兵燹灾荒和民生疾苦。《风潮行》《朝雨下》《海潮叹》等述泰州一带自然灾害，惨不忍睹。《挽饶母》《难妇行》《过兵行》等，揭露清军屠杀掳掠，令人发指。《临场歌》《归东陶答汪三韩过访》等，反映官吏催租逼税，敲骨吸髓。《东家行》记江北婚嫁陋习，《李家娘》写"扬州十日"惨相，《一钱行赠林茂之》赞遗民品质，或长歌，或短制，直抒胸臆，纯用白描，但运思深刻，写状如绘，如《绝句》："白头灶户低草房，六月煎盐烈火旁。走出门前炎日里，偷闲一刻是乘凉。"明白如话，不假雕饰，靠内在感情把盐工之苦写到极致，幽淡似陶，沉痛似杜，形成质朴古淡的苍劲风格。屈大均（1630—1696）曾削发为僧，还俗改今名，北上游历，密谋抗清，"险阻艰难，备尝其苦"[6]，诗歌是其心灵历程的写照。他以屈原后代自居，学屈原《离骚》，兼学李白、杜甫，诗歌奔放纵横，激荡昂扬，于雄壮中飞腾驰骋，豪气勃勃，"如万壑奔涛"，在遗民中乃至整个诗界独树一帜。五律出色，自谓"可比太白"。《大同感叹》《猛虎行》《菜人哀》等揭发清兵屠戮暴行，《旧京感怀》《过大梁作》《登罗浮绝顶》等诉说家国兴亡悲哀，《梅花岭吊史相国墓》《哭顾宁人》《赠傅青主》等抒发仰慕忠节之情，大都抚时感世，缘事而发，尤其表现坚定的民族立场和抗清意志的诗歌，可与顾炎武相比，如"万里丹心悬岭海，千年碧血照华夷"（《经紫罗山望拜文信国墓》），"孤臣馀草莽，匪石一心坚"（《咏管宁》），"七尺今犹壮，堪为大汉捐"（《代景大夫舟自五屯所至永安州之作》），即使壮志难酬，兴复无望，他也信心满怀，"纵是灰寒终不灭，神灵看与蜃楼同"（《古铜蟾蜍歌》），"乾坤未毁终开辟，日月方新尚混茫"（《庚午元日作》）。他的诗"以气骨胜"，豪宕而多苍凉悲慨之音，如《通州望海》："狼山秋草满，鱼海暮云黄。日月相吞吐，乾坤自混茫。乘槎无汉使，鞭石有秦皇。万里扶桑客，何时返故乡？"凭吊沧海，想象奇伟，在雄健夭矫里寄寓故国之思，凄楚感怆，却也写出"超然独行"的豪迈气概。

　　屈大均在清初影响颇大，与陈恭尹、梁佩兰并称"岭南三大家"[7]。陈恭尹（1631—1700）诗歌感时怀古，抒发亡国之悲，间或也表达矢志复明的决心，激昂盘郁，擅长七律，《邺中》《读秦纪》等，是所谓"人无数篇"的名作。梁佩兰（1629—1705）曾仕清朝，行藏出处与屈大均、陈恭尹有别，诗多酬赠与写景，七古苍凉伉爽，《易水行》《养马行》等状写社会民情，寄有深意，能独开生面。

　　其他遗民诗人，阎尔梅（1603—1679）的诗歌吊古伤今[8]，感念时事，

格调苍劲。《满巡抚赵福星遣官招余余却之》云："殷商全赖西山士，蜀汉孤
生北地王。岂有丈夫臣异类，羞于华夏改胡装。"表白全节，可谓硬骨铮铮。
他长于古体，《绝贼臣胡谦光》《沧州道中》等豪宕雄壮，诗情激楚，是富有
特色的作品。杜濬（1611—1687）诗学杜甫[9]，风格浑厚，五律《登金山塔》
浑灏精深，负名当时，诗人吴伟业说："吾于此体（五言律），得杜于皇《金
焦诗》而一变，然犹以为未逮若人也。"（引自杜濬《变雅堂文集》卷八《祭
少詹吴公文》）《初闻灯船鼓吹歌》抚今追昔，感慨秦淮歌舞盛衰，令读者欷
歔太息而不能禁。钱澄之（1612—1693）诗歌写甲申国变[10]，足可证史。
《悲愤诗》《桂林杂诗》《行路难》等，以永历时事寄于诗，时歌时泣，悲痛
感人。《催粮行》《乞儿行》《田家苦》等，写民众流离无告惨状，情浓意深，
沉郁悲怆。晚年隐居乡间，民族感情与田园闲适融合一体，在《田园杂诗》
《田间杂诗》《夏日园居杂诗》里，白描直写，冲淡自然，既反映农村的生活，
又砥砺自己的民族气节，"深得香山、剑南之神髓"，并有独具一格的特点。
归庄（1613—1673）为人豪迈尚气节[11]，与顾炎武有"归奇顾怪"之称。
《悲昆山》《伤家难作》《断发》和《万古愁》曲等，声情激越，沉痛愤慨，
《万古愁》更是清散曲少有的杰作。《落花诗》，体物寄托，揭发士林的种种心
态，哀婉酸苦。"不信江南百万户，锄耰只向陇头耕。"（《己丑元日》）写出
遗民新的思想境界，也委实可贵。

第二节　古文三大家

清初散文　　　侯方域　　　魏禧　　　汪琬　　　其他古文家

　　唐宋古文的传统，在明代受到了复古派学秦汉文和公安、竟陵派抒写性灵
的冲击。明末清初，天崩地解，学者们倡经世致用，以振兴民族。顺应时代的
要求，钱谦益、黄宗羲、顾炎武等学者都对散文写作提出了一些要求，散文在
清初大致上回到了讲求"载道"的唐宋古文传统上，并对"道"及其他方面
作了修正和扩展。

　　清初的论说文多为学者所为，他们留心世务，研经治史，发表意见，作品
不仅是优秀的散文，也有学术和思想上的价值，如黄宗羲的《明夷待访录》、
王夫之的《黄书》、顾炎武的《生员论》《形势论》等。这一时期，明末的小
品文处于衰落与蜕变期，但张岱、尤侗、廖燕等人仍有所创作。由于时代的变
化，他们的作品内容或沿袭晚明小品的文风，而以沧桑之思代替闲情之趣，或
趋向严肃，如"匕首寸铁，刺人尤透"（廖燕《选古文小品序》），随着文网

日密，也就逐渐消歇。

写作文学散文的有被称为"清初三大家"的侯方域、魏禧和汪琬[12]。魏以观点卓越、析理透辟见长，汪则写人状物笔墨生动，侯方域的影响最大，继承韩、欧传统，融入小说笔法，流畅恣肆，委曲详尽，推为第一。"三家"是桐城派的嚆矢。

侯方域（1618—1654）少有才名[13]，入清未仕。早期为文流于华藻，功力欠深，自述"仆少年溺于声伎，未尝刻意读书，以此文章浅薄，不能发明古人之旨"，有"春花烂漫，柔脆飘扬，转目便萧索可怜"之弊（《与任王谷论文书》），后学八大家，转益多师，臻于成熟。《壮悔堂文集》10卷，体裁多样，内容广泛，议论而指斥权贵的如《癸未去金陵日与阮光禄书》《答田中丞书》等，抒情而摅写怀抱的如《与方密之书》《祭吴次尾文》等，评说而论功罪的如《朋党论》《王猛论》《太子丹论》等，或义正词严，酣畅饱满，或缠绵悱恻，声情并茂，或雄辩汪洋，纵横奔放，有唐宋八大家的遗风。敢于打破文体壁垒，以小说为文，则是写掾吏、伶人、名伎、军校等下层人物的作品，如《赠丁掾序》，歌颂丁掾廉洁正直，忠于职守的优秀品质；《马伶传》写艺人马伶为求演技精进，投身为仆三年艺成的事迹；《任源邃传》赞扬平民出身的任源邃抗清被捕，宁死不屈的高贵精神；《李姬传》再现风尘女子李香识大义、辨是非的品德和节操，都"以小说为古文辞"，提炼细节，揣摩说话，刻画神情，像《李姬传》所选的三个典型事件，精择李香对话组成，切合身份与心境，曲折生动，使人物个性鲜明，堪称性格化的语言，突破陈规，具有短篇小说的特点。

魏禧（1624—1680）论文以有用于世为目的[14]，要"关系天下国家之政"，反对模拟，不"依傍古人作活"，自谓"少好《左传》、苏老泉，中年稍涉他氏，然文无专嗜，唯择吾所雅爱赏者"。他博学多闻，身际易代，怀抱遗民思想，关心天下时务。人物传记表彰抗清殉国和坚守志节之士，如《许秀才传》《哭莱阳姜公昆山归君文》等，感慨激昂，低回往复，既有淋漓尽致的描摹，也有纡徐动荡的抒情，兼有欧、苏之长。《大铁椎传》是其名篇，叙事如状，写身怀绝技的剑侠的遭际和愤懑，神情毕现，豪爽照人，篇末寄意不为世用的感慨，耐人寻味。政论散文则识见超人，精义迭现，《蔡京论》《续朋党论》等独出己见，议论风生，《答南丰李作谋书》，谈教育人才应"恢宏其志气，砥砺其实用"，观点正确，方法可取，《宗子发文集序》提出积理练识，纠正模拟剽古之弊，识见精当，行文酣畅，凌厉雄杰，表现出善于议论的个性和明理致用的文章风格。

汪琬（1624—1690）散文力主纯正[15]，对侯方域《马伶传》、王猷定

《汤琵琶传》等小说写法颇示不满，偏于保守。所作原本六经，叙事有法，碑传尤为擅长，"公卿志状皆得琬文为重"，受到后世正统文士的推崇。《陈处士墓表》《申甫传》《书沈通明事》等记事简当不繁，代表碑传文的水平。《答陈霭公书》《陶渊明像赞并序》《送王进士之任扬州序》等清晰简要，自然流畅，与唐顺之、归有光等文风相近。记叙苏州市民反暴政的《周忠介公遗事》，为世称道，文以周顺昌事迹为主线，写东林党人与阉党的斗争，突出周被逮时苏州市民仗义执言和群情激愤的热烈场面，有些描写如"众益怒，将夺刃刃（毛）一鹭"，魏忠贤爪牙被打而"升木登屋"，抱头鼠窜，真实生动，称得上散文中的优秀作品。

近世论者提出廖燕可与"清初三大家"比肩[16]。廖燕（1644—1705）字人也，号柴舟，广东曲江（今韶关市）人。他思想之新颖，议论之大胆，甚至超过明代怪杰李贽。学术文《性论一》《性论二》《格物辨》等抨击程朱理学，胆识过人，史论文《汤武论》《高宗杀岳武穆论》《明太祖论》等，推翻陈说，无所蹈袭，《金圣叹先生传》真实生动，《半幅亭试茗记》抒写性灵，文笔恣肆疏隽，议论深阔，在清初散文作家中确实别具特色。

清初散文家还有王猷定、冒襄、姜宸英、邵长蘅、王弘撰、宋起凤等，各以不同的表现方法和风格特点抒发感情，反映现实，笔墨灵活，取材广泛，而以歌颂抗清斗争及其殉难的英雄志士，形成这一时期重要的写作题材。姜宸英的《奇零草序》、邵长蘅的《阎典史传》、前述汪琬的《江天一传》，还有时间稍晚的全祖望《梅花岭记》等所表现的崇高民族思想，如清末黄摩西评论的："云雷郁勃，风涛轩怒，震国民之耳鼓，至今渊渊作响。"（《国朝文汇序》）

第三节　钱谦益与虞山诗派

钱谦益的行迹与心态　　　前期的诗作　　　宏伟、沉郁、典丽的《后秋兴》　　　虞山诗派

清初诗坛沿袭明季馀绪，云间派、虞山派、娄东派鼎足而三，而虞山派和娄东派，因钱谦益和吴伟业主领，出现新的局面，影响最大。

钱谦益（1582—1664），字受之，号牧斋，晚号蒙叟、绛云老人、东涧遗老等，江苏常熟人。明万历进士，官至礼部尚书，清顺治二年迎降，授官礼部侍郎管秘书院事，充修明史副总裁，旋归乡里，从事著述，秘密进行反清斗争。他曾是东林党魁，清流领袖，南明时却依附马士英、阮大铖，后又事清，

丧失大节，为士林所诟病。事后，他又和南明政权的抗清力量，如瞿式耜、郑成功等暗中联系，支持和参与反清活动，曾给永历桂王"上陈三局"，为其谋划，密件载《瞿式耜集》卷一《报中兴机会疏》里。顺治十六年（1659）郑成功发动金陵之役，他前后奔走，赴金华和松江，策反清军将领，还密赴郑成功军营晤谈，与明遗民如黄宗羲、阎尔梅等密切往还，忏悔自赎，取得世人谅解。

在明朝钱谦益仕途蹭蹬，屡起屡踬，历尽坎坷挫折，感时愤世，郁塞苦闷。《初学集》中诗歌，愤慨党争阉祸，痛心内忧外患，所谓"感时独抱忧千种，叹世常流泪两痕"[17]。《乙丑五月削籍南归十首》《费县三首》《狱中杂诗三十首》等诗，既有清正之士的孤愤，也有失意者的感喟，其中写出东林人士的命运——"未成麟甲先供伐，稍出蓬蒿已被镵"，前后六君子被逮——"黄门北寺狱频仍，录牒刊章取次征"，以及自己劫后馀生——"抱蔓摘瓜馀我在，执手俱为未死人"，并和忧虑国事融作一体，如《狱中杂诗三十首》之十一。他狱解南还，曾拜望事功卓著而削职在家的孙承宗，作《谒高阳少师公于里第感旧述怀八首》，希望孙承宗再度出山，统筹边防，经略辽东，寄托收复失地的爱国之情。对李自成、张献忠纵横川、豫，杀明藩王，仇视憎恨，但也还有《王师二十四韵》，揭露"王师"疯狂屠杀，"堑沟填老弱，竿矟贯婴儿。血并流为谷，尸分踏作齑"的罪行，指出农民"相将持桮棬"揭竿而起，是"割剥缘肌尽，诛求到骨齐"的结果。《葛将军歌》不惜笔墨，讴歌市民领袖葛成，把他与反抗阉党而牺牲的苏州五义士并列，推崇备至。他退居林下期间，为柳如是所写恋慕诗、唱和诗，以及游黄山的一组诗歌，清新可诵；而描绘黄山壮丽美景的山水诗，则是不可多得的佳作。

经历了故国沧桑、身世荣辱的巨大变故，他入清后的诗歌更显出鲜明的艺术个性和创作特色。除了悲悼明朝、反对清廷和恢复故国的主调外，还弥漫着"楚奏钟仪能忘旧，越吟庄舃忍思他"（《见盛集陶次他字韵诗重和五首》）的"羁囚"哀音。《有学集》中《夏五诗集》《高会堂诗集》等，是记载反清复明的"专集"，《西湖杂感二十首》《哭稼轩留守一百十韵》《书梅村艳诗后四首》等，哀感顽艳，沉郁苍楚，既有"冬青树老六陵秋，恸哭遗民总白头"的失国之苦，也有"水天闲话天家事，传与人间总泪零"的耻辱，以及从心底发出的"莺断曲裳思旧树，鹤髡丹顶悔初衣"的忏悔自白，还有诋斥新朝，描写清兵蹂躏破坏的作品，如《吴巨手卍斋诗》："人民城郭总萋迷，华观琼台长蒺藜。几家高户无蛛网，是岁空梁少燕泥。"在《后秋兴》（结集时题名《投笔集》）诗里，一扫哀悼明亡的悲怆凄苦，为郑成功反清复明的胜利唱起嘹亮的凯歌，如第一叠《金陵秋兴八首次草堂韵》之一：

龙虎新军旧羽林，八公草木气森森。楼船荡日三江涌，石马嘶风九域阴。扫穴金陵还地肺，埋胡紫塞慰天心。长干女唱平辽曲，万户秋声息捣砧。

之二：

杂虏横戈倒载斜，依然南斗是中华。金银旧识秦淮气，云汉新通博望槎。黑水游魂啼草地，白山战鬼哭胡笳。十年老眼重磨洗，坐看江豚蹴浪花。

中兴在望，欣喜若狂，对郑成功进军南京和人民的支持，给予热情歌颂，气魄宏大。随着军事失利，功败垂成，他愤激之情不可遏止，连叠十三韵，记录郑成功与南明永历政权的军事斗争，以及他和柳如是的抗清活动，实为一部"诗史"。如《后秋兴八首之二·八月初二闻警而作》，听到郑成功军事受挫，他以棋为喻，要"小挫我当严警候"，不为所动，"换步移形须着眼"，再振旗鼓，转败为胜。第三叠《八月初十日小舟夜渡，惜别而作》记载只身会见郑成功以及柳如是的慷慨资助："破除服珥装罗汉（姚神武有先装五百罗汉之议，内子尽囊以资之，始成一军），减损斋盐饷伏飞。"桂王被杀消息传来，"鼠忧泣血，感恸而作"，在《后秋兴十三》里说："海角崖山一线斜，从今也不属中华。"明朝灭亡，孤寂无主，无所归依的失落和葬身无地的哀痛，使《投笔集》笼罩上沉郁悲凉的情调，表现"不成悲泣不成歌"的愤慨，画出思想情绪演进的轨迹[18]。

钱谦益自觉地致力于清诗学建设，嗤点前贤，对明代复古派和反复古派进行尖锐的批判，也各有所取，对复古派取其借鉴古人精神，但不囿于"汉魏盛唐"，剔除模仿形似；对反复古派"取其申写性灵"，摒弃其"师心而妄"，"轻才寡学"。他强调时代、遭遇和学问的重要性，建立起"诗有本"的真情论，以真诚的具有时代意义的感情为核心，达到性情、世运、学养三者并举。他主张转益多师，兼采唐宋，广收博取，推陈出新，对补救明七子模拟盛唐与公安、竟陵的粗疏草率、幽深孤峭，确立有清一代诗风，起了"导乎先路"的作用。所作诗歌叙事抒情，各体兼擅，尤工近体，七言律诗情词怆恻，沉雄苍凉，入杜堂奥，学得神髓，长篇和组诗动辄几十韵和上百韵的有数十首之多。《后秋兴》是大型的七律组诗，八首一组，相互关联，十三组诗浑然一体，是一个有机结合的整体。连叠杜诗原韵，一叠再叠至十三叠104首，另附自题诗4首，澜翻不穷，无斧凿凑韵之痕，为历来次韵诗所未有，是一种创造性的史诗巨制，显示出炉火纯青的艺术造诣。他在广泛继承的基础上创新出奇，故能笼罩百家，肇开风气。他又延引后进，奖掖新人。王士禛、施闰章、宋琬、冯班等人都是由他提携成名。曾受其亲炙的还有一批诗人[19]。由于他在诗歌领域的重要地位，被称为清诗的开山宗匠。

受钱谦益的影响，在其家乡常熟产生了虞山诗派，主要成员有冯舒、冯班、钱曾、钱陆灿等人。这个诗派的代表人物冯班（1602—1671）曾师从钱谦益[20]，反对七子、竟陵派和严羽《沧浪诗话》，著《钝吟杂录》专摘严羽以禅喻诗之谬。他的诗歌沉丽细密，锤炼藻绘，根柢徐、庾而出入温、李，抒发亡国悲痛，婉而多讽。《题友人〈听雨舟〉》借画以抒明亡之恨。《有赠》则托古喻今："隔岸吹唇日沸天，羽书惟道欲投鞭。八公山色还苍翠，虚对围棋忆谢玄。"以史实和今景的交融写出讽刺南明不能御敌的故国哀思，寄托深沉而含蓄有味。冯班论诗有独到之处，诗歌也有个人的面目和特色，并以标榜晚唐李商隐而自张一军，势力颇大，使虞山派"诗坛旗鼓，遂凌中原而雄一代"，后来的吴乔和赵执信或继承或私淑冯班诗论，批评王士禛的神韵说，可说是虞山诗派的馀波涟漪。

第四节 吴伟业和"梅村体"叙事诗

吴伟业的身世　　观照历史兴亡　　痛失名节　　梅村体——歌行体的新境界

在清初诗坛上，吴伟业与钱谦益并称。吴伟业才华出众，其歌行诗"梅村体"风行一代。他的诗有程穆衡、靳荣藩、吴翌凤等人分别进行笺注，这在清代诗人中罕有其比。

吴伟业（1609—1671）[21]，字骏公，号梅村，江苏太仓人。崇祯进士，官至少詹事，明亡里居，清顺治十年（1653）被迫出仕，任秘书院侍讲，迁国子监祭酒，三年后丁嗣母忧南还，居家而殁。在明朝他以会元、榜眼、宫詹学士、复社领袖，主持湖广乡试，辅贰南雍，"为海内贤士大夫领袖"，名垂一时，但生不逢时，命途多舛，仕明而明亡，不愿仕清而违心仕清，成了"两截人"，丧失士大夫的立身之本，遭世讥贬，深感愧疚，诗歌成了他的寄托，感慨兴亡和悲叹失节是其吟咏的主要内容。陈文述说"千古哀怨托骚人，一代兴亡入诗史"（《颐道堂诗集》卷一《读吴梅村诗集，因题长句》），就是这种情况的概括。

围绕黍离之痛，吴伟业以明末清初的历史现实为题材，反映山河易主、物是人非的社会变故，描写动荡岁月的人生图画，志在以诗存史。这类诗歌约有四种：第一种以宫廷为中心，写帝王嫔妃戚畹的恩宠悲欢，引出改朝换代的沧桑巨变，如《永和宫词》《洛阳行》《萧史青门曲》《田家铁狮歌》等。第二种以明清战争和农民起义斗争为中心，通过重大事件的记述，揭示明朝走向灭亡的趋势，如《临江参军》《雁门尚书行》《松山哀》《圆圆曲》等。第三种以歌伎艺人为中心，从见证者的角度，叙述南明福王小朝廷的衰败覆灭，如《听女道士卞玉京弹琴歌》《临淮老妓行》《楚两生行》等。最后还有一种以平民百姓为中心，揭露清初统治者横征暴敛的恶政和下层民众的痛苦，类似杜甫的"三吏""三别"，如《捉船行》《芦洲行》《马草行》《直溪吏》和《遇南厢园叟感赋》等。此外还有一些感愤国事，长歌当哭的作品，如《鸳湖曲》《后东皋草堂歌》《悲歌赠吴季子》等，几乎可备一代史实。他在《梅村诗话》中评自己写《临江参军》一诗："余与机部（杨廷麟）相知最深，于其为参军周旋最久，故于诗最真，论其事最当，即谓之诗史可勿愧。"这种以"诗史"自勉的精神，使他放开眼界，"指事传词，兴亡具备"，在形象地反映社会历史的真实上，取得突出的成绩，高过同时代的其他诗人。

痛失名节的悲吟，是他诗歌的另一主题。这以清顺治十年出仕为标志，在灵与肉、道德操守与生命保存之间，吴伟业选择苟全性命，堕入失节辱志的痛苦深渊，让自赎灵魂的悲歌沉挚缠绵，哀伤欲绝。《自叹》《过吴江有感》《过淮阴有感》、组诗《遣闷》等，忏悔自赎，表现悲痛万分的心情，"误尽平生是一官，弃家容易变名难"，"我本淮王旧鸡犬，不随仙去落人间"。《怀古兼吊侯朝宗》诗说：

> 河洛烽烟万里昏，百年心事向夷门。气倾市侠收奇用，策动宫娥报旧恩。多见摄衣称上客，几人刎颈送王孙。死生总负侯嬴诺，欲滴椒浆泪满樽。

诗人自注："朝宗归德人，贻书约终隐不出，余为世所逼，有负夙诺，故及之。"在《贺新郎·病中有感》词里，自我剖析："故人慷慨多奇节。为当年沉吟不断，草间偷活。""脱屣妻孥非易事，竟一钱不值何须说。"临死仍不忘反省："忍死偷生廿载馀，而今罪孽怎消除？受恩欠债应填补，总比鸿毛也不如。"自怨自艾，后悔不迭。吴伟业是真诚的，以诗自赎确实是其心音的流露，《梅村家藏稿》以仕清分前后两集，"立意截然分明"，表示他不回避和掩饰自己的污点，死时遗命家人殓以僧装，题曰"诗人吴梅村之墓"，用以表明身仕二姓的悔恨与自赎的真心。这类诗歌对我们认识在理想与现实、感情与理智的困扰与冲突里挣扎的人生悲剧，有着启迪作用。

吴伟业以唐诗为宗，五七言律绝具有声律妍秀、华艳动人的风格特色。而他最大的贡献在七言歌行，《四库全书总目提要》评说："其中歌行一体，尤所擅长。格律本乎四杰而情韵为深，叙述类乎香山而风华为胜，韵协宫商，感均顽艳，一时尤称绝调。"他是在继承元、白诗歌的基础上，自成一种具有艺术个性的"梅村体"。它吸取白居易《长恨歌》《琵琶行》和元稹《连昌宫词》等歌行的写法，重在叙事，辅以初唐四杰的采藻缤纷，温庭筠、李商隐的风情韵味，融合明代传奇曲折变化的戏剧性，在叙事诗里开出新境界。"梅村体"的题材、格式、语言情调、风格、韵味等具有相对稳定的规范，以怆怀故国和感慨身世荣辱为主，又突出叙事写人，多了情节的传奇化。它以人物命运浮沉为线索，叙写实事，映照兴衰，组织结构，设计细节，极尽俯仰生姿之能事。"梅村体"叙事诗约有百首，如《永和宫词》《萧史青门曲》《鸳湖曲》《圆圆曲》《听女道士卞玉京弹琴歌》等，把古代叙事诗推到新的高峰，对当时和后来的叙事诗创作产生了很大的影响。《圆圆曲》是"梅村体"的代表作，也是吴伟业脍炙人口的长篇歌行，它以吴三桂、陈圆圆的悲欢离合为线索，以极委婉的笔调，讥刺吴为一己之私情叛明降清，打开山海关门，沦为千古罪人。全诗规模宏大，个人身世与国家命运交织，一代史实和人物形象辉映，运用追叙、插叙、夹叙和其他结构手法，打破时空限制，不仅重新组合纷繁的历史事件，动人心魄，也使情节波澜曲折，富于传奇色彩。细腻地刻画心理，委婉地抒发感情，比喻、联珠的运用，历史典故与前人诗句的化用，增强了诗歌的表现力。而且注重转韵，每一转韵即进入新的层次。诗人画龙点睛般的议论穿插于叙事里，批判力量蓄积于错金镂彩的华丽辞藻中，"恸哭六军俱缟素，冲冠一怒为红颜"，精警隽永，成了传颂千古的名句。

吴伟业歌行成绩突出，誉满当世，袁枚说"公集以此体为第一"（《吴梅村全集》卷第二附"评"）。赵翼评吴伟业诗："以唐人格调，写目前近事，宗派既正，词藻又丰，不得不推为近代中之大家。"（《瓯北诗话》卷九）受其影响写作"梅村体"的吴兆骞（1631—1684）因丁酉科场案[22]，遣戍黑龙江宁古塔，《秋笳集》描写塞外风光和郁愤情怀，苍凉凄楚。吴兆骞的《榆关老翁行》《白头宫女行》，以"老翁"和"宫女"的身世遭遇和荣辱变迁，反映家国灭亡，感慨沉沦，与"梅村体"诗歌一脉相承。至清末王闿运《圆明园词》、樊增祥前后《彩云曲》、杨圻《天山曲》、王国维《颐和园词》等，都是"梅村体"的遗响。

第五节 词的中兴和纳兰性德

词的中兴 陈维崧和阳羡词派 朱彝尊和浙西词派 纳兰性德和"京华三绝"

经过元明两代的沉寂，词在明清易代之际摆脱柔靡，出现了中兴的气象。当时的朱彝尊说："词虽小技，昔之通儒巨公往往为之，盖有诗所难言者，委曲倚之于声，其词愈微，而其旨益远，善言词者，假闺房儿女子之言，通之于《离骚》、变雅之义，此犹不得志于时者所宜寄情焉耳。"（《曝书亭集》卷四十《红盐词序》）词人云集，高才辈出，仅顺、康两朝就逾二千家，词作五万馀首，绽开色彩各异的奇葩。

揭开清词帷幕的陈子龙于词推尊五代北宋[23]，以"婉畅浓逸"为宗，沧桑变后，其《湘真词》抒写抗清复明之志和黍离亡国的哀思，突破闺房儿女的纤柔靡曼，"上接风骚，得倚声之正"。接着是遗民词，王夫之、屈大均、今释澹归等为其代表。王夫之有《船山鼓棹》初、二集和《潇湘怨词》。其词以顺治八年分界，前期词怆怀故国，宛转多思，如《满江红·新月》托意圆满的未来，表达复国信念；《忆秦娥·灯花》象征南明残局，写自己孤忠；《昭君怨·咏柳》以千丝万缕，诉亡国悲哀，等等，比兴寄托，寓意深邃。后期归隐衡阳，有《摸鱼儿》"潇湘小八景"8首，摹写河山秀丽，缅怀故国，激励斗志。康熙十年再写"大八景"，表达志节，抱定"石烂海还枯，孤心一点孤"（《菩萨蛮》）的意志，体兼骚、辨，芳菲缠绵，特多曲隐寄托情味，风格遒上。他以辛弃疾《摸鱼儿·暮春》情韵，兼宋末王沂孙《碧山乐府》遗意，不时突破音律的限制，熔铸"字字楚骚心"的蕴藉萧瑟的风格。屈大均《道援堂词》，又称《骚屑》，纵横跌宕，豪健雄放，《长亭怨·与李天生冬夜宿雁门关作》，纯以白描的潜气内转，抒发矢志复明之心。《紫萸香慢·送雁》咏物抒情，触发身世和处境的忧危，声情激越，都有辛词的气骨。《梦江南》和《木兰花慢》一字一泪，感伤凄婉，饱含遗民的亡国悲怀。自他们爱国之词出，便扭转了词风发展的轨辙。今释澹归（1614—1680）有《徧行堂词》[24]，作于剃发出家之后，苍劲悲凉，沉痛凄厉。他喜次稼轩、竹山韵，如《贺新郎·感旧次竹山兵后寓吴韵》等，但比辛弃疾、蒋捷词多苦涩之味。《满江红·大风泊黄巢矶下》感叹身世，绾结黄巢，题新词益新。《沁园春·题骷髅图》七首等，联章叠韵，动辄数首或数十首，也开词坛未有之局，为雄放一派的翘楚。遗民词或写怀念故明，或记抗清复国，或咏物言志，表示不仕二姓的气节，或以古喻今，寄托回天无力的悲愤，鼓荡起词风向现实靠拢的势头。

清初词坛，流派纷纭，迭现高潮，出现了以陈维崧为首的阳羡词派、朱彝尊为首的浙西词派和独树一帜的著名满族词人纳兰性德，后者又与曹贞吉、顾贞观合称"京华三绝"。

阳羡词宗陈维崧（1625—1682），字其年，号迦陵，江南宜兴（今属江苏）人。其父陈贞慧，为明末著名复社文人。陈维崧少有才名，入清后出游四方，晚年举博学鸿词科，官翰林院检讨。他学识渊博，性情豪迈，才情卓越，兼以过人的哀乐，学习苏、辛，使豪放词大放异彩，平生所作一千八百馀首，居古今词人之冠[25]。他尊词体，以词并肩"经""史"，摈弃"小道"和"词为艳科"的传统观念，继承《诗经》和白居易"新乐府"精神，敢拈大题目，写出大意义，反映明末清初的国事，无愧"词史"之称。《夏初临·本意，癸丑三月十九日用明杨孟载韵》《尉迟杯·许月度新自金陵归，以〈青溪集〉示我感赋》等，眷怀故国，悲悼明朝灭亡；《贺新郎·纤夫词》《八声甘州·客有言西江近事者，感而赋此》等，记赋役征丁、兵燹破坏之苦；《南乡子·江南杂咏》《金浮图·夜宿翁村，时方刈稻，苦雨不绝，词纪田家语》等，写苛捐杂税、自然灾害，抒民生之哀，均可存"史"，并冲破"诗庄词媚"的畛域，对词的发展有重要意义。其风格导源于辛弃疾，但开疆辟远，比辛词抑郁悲哀更重。他也学苏轼逸怀浩气，却因生活沉重，没有苏词的洒脱旷达。感伤故国之情于悲愤苦涩里盘旋曲折，如《夏初临·本意》中"蓦然却想，三十年前，铜驼恨积，金谷人稀"，"许谁知，细柳新蒲，都付鹃啼"，使上阕所写"山市成围"的景观纳入"铜驼""金谷""鹃啼"的氛围，笼罩悲悼家国的阴影，令人黯然神伤。名词《醉落魄·咏鹰》咏物言志，抒发壮志难酬的悲壮襟怀，个性更为突出：

> 寒山几堵，风低削碎中原路。秋空一碧无今古。醉袒貂裘，略记寻呼处。　　男儿身手和谁赌？老来猛气还轩举。人间多少闲狐兔？月黑沙黄，此际偏思汝。

描写鹰睥睨一切的雄姿，比喻作者像鹰搏击人间"狐兔"，却难以奋飞，苦闷感慨，词气激烈。以豪情抒悲愤，是陈词的风格特征。他在宋明之后异军突起，成为清词的一面旗帜，集结万树、蒋景祁、史唯园、陈维岳等大批阳羡派词人，为词的振兴作出重要贡献。

随着清朝统一全国，走向鼎盛，阳羡派悲慨健举、萧骚凄怨之声，渐成难合形势要求的别调异响，以朱彝尊等为代表的浙西词派顺应太平，以醇正高雅的盛世之音，播扬上下，绵亘康、雍、乾三朝。

朱彝尊（1629—1709）字锡鬯，号竹垞，晚称小长芦钓鱼师，浙江秀水（今嘉兴）人。康熙十八年（1679）应博学鸿词试，出仕清廷。博通经史，工诗词古文，尤长于词，有《江湖载酒集》等词集4种[26]，是浙西词派开创者，与李良年、李符、沈皞日、沈岸登、龚翔麟号为"浙西六家"，和陈维崧并称"朱陈"，执掌词坛牛耳，开创清词新格局。他推尊词体，崇尚醇雅，宗法南宋，以姜夔、张炎为圭臬，自述"不师秦七，不师黄九，倚新声玉田差近"（《解佩令·自题词集》），还与汪森辑录《词综》，推衍词学宗趣和主张。他在清朝步入盛世时，提出词的功能"宜于宴嬉逸乐，以歌咏太平"（《紫云词序》），投合文人学子由悲凉意绪转入安于逸乐的心态，也适应统治者歌颂升平的需要，故天下向风，席卷南北。

朱彝尊词集里"宴嬉逸乐"的欢愉之辞，有《静志居琴趣》写男女爱情，《茶烟阁体物集》和《蕃锦集》的咏物集句。其中情词为世称颂，独具风韵，如《高阳台》"桥影流虹"，《无闷·雨夜》"密雨垂丝"，《城头月》"别离偏比相逢易"，《鹊桥仙·十一月八日》等，感情真挚，圆转流美。《桂殿秋》描写心心相印的男女爱情，含蓄不露，情致深婉，是情词的佳作：

> 思往事，渡江干。青蛾低映越山看。共眠一舸听秋雨，小簟轻衾各自寒。

他身逢易代，故国沧桑，也提出词中十之一"言愁苦者"，要"假闺房儿女子之言，通之于《离骚》、变雅之义"，织进时代的悲哀与亡国的感慨，将磊落不平之气和吊古伤今之情，化为歌儿檀板。所以《江湖载酒集》中的词作，时见愤激，哀婉沉郁，如《长亭怨慢·雁》《风蝶令·石城怀古》《百字令·度居庸关》《金明池·燕台怀古和申随叔翰林》等。《卖花声·雨花台》抚今追昔，感慨物是人非，写得视野开阔，精警有力，最能体现他的才情和风格：

> 衰柳白门湾，潮打城还。小长干接大长干，歌板酒旗零落尽，剩有渔竿。　　秋草六朝寒，花雨空坛。更无人处一凭栏。燕子斜阳来又去，如此江山。

句琢字炼，清醇高雅。浙西词派在其影响下，标举清空醇雅风格，蕴藉空灵，无轻薄浮秽之弊，也不落浓艳媚俗。即使艳情咏物，也力除陈词滥调，独具机杼，音律和谐。但他重在字句声律上用功夫，限制了创造的天地，也给该派带来堆填弄巧的风气。

清词振兴的硕果是纳兰性德（1654—1685）[27]，他原名成德，因避讳改名性德，字容若，号楞伽山人，满洲正黄旗人，太傅明珠长子。康熙进士，官至一等侍卫，深受宠信，但他厌倦随驾扈从的仕宦生涯，产生"临履之忧"的恐惧和志向难酬的苦闷[28]，再目睹官场的腐败，日夕读《左传》《离骚》自我排遣，失望和烦恼让他"读《离骚》，洗尽秋江日夜潮"（《忆王孙》），随处宣泄勃郁侘傺的心情，如他扈驾外出所写的《蝶恋花·出塞》：

今古河山无定据，画角声中，牧马频来去。满目荒凉谁可语，西风吹老丹枫树。　　从前幽怨应无数。铁马金戈，青冢黄昏路。一往情深深几许？深山夕照深秋雨。

缀景荒凉，设色冷淡，个人命运的"幽怨"和回顾历史引发的惆怅，同悼亡的心灵创伤融为一体，酿成哀郁凄婉的情调，贯穿他的全部词作。如《好事近》"马首望青山"，《望海潮·宝珠洞》等的思古伤今，《金缕曲·赠梁汾》《金缕曲·简梁汾时为吴汉槎作归计》等对人才落魄的悲愤，《忆王孙》"西风一夜剪芭蕉"等抨击黑暗，都透现出词人的极度烦闷和不平，也折射出他"羁栖良苦"的悲哀与怨愤。

纳兰论词主情，崇尚入微有致。爱情词低回悠渺，执著缠绵，是其词作的重要题材，有《相见欢》"落花如梦凄迷"，《蝶恋花》"眼底风光留不住"等。与原配卢氏伉俪情笃，而他必须护驾扈从，轮值宫廷，难以忍受别离与相思的痛苦，孰料婚后3年，卢氏死于难产。为爱妻早逝所写悼亡词，如《金缕曲·亡妇忌日有感》、《蝶恋花》"辛苦最怜天上月"等，一字一咽，颡泪泣血，不仅极哀怨之致，也显示了纯正的情操，可与苏轼《江城子·记梦》相比。纳兰词标出悼亡的有七阕，未标题目而词近追恋亡妇、怀念旧情的有三四十首。既有"唱罢秋坟愁未歇，春丛认取双栖蝶"（《蝶恋花》）的倾诉，也有《山花子》的梦见亡妻，醒来惟见遗物的无限哀伤：

欲话心情梦已阑，镜中依约见春山。方悔从前真草草，等闲看。
环佩只应归月下，钿钗何意寄人间。多少滴残红蜡泪，几时干。

纳兰词真挚自然，婉丽清新，善用白描，不事雕琢，运笔如行云流水，纯任感情在笔端倾泻。他还吸收李清照、秦观的婉约特色，铸造出个人的独特风格。

《蕙风词话》的作者况周颐甚至把他推到"国初第一词人"的位置。

曹贞吉（1634—1698）咏物怀古、哀生伤逝之词[29]，寄托遥深，如《百字令·咏史》《贺新郎·再赠柳敬亭》《满庭芳·和人潼关》等，雄深苍浑，法度谨严又能出以新意，并折射世事。《留客住·鹧鸪》是其"绝调"名篇，为世所重。顾贞观（1637—1714）为救因科场案发配宁古塔的吴兆骞写的两首《金缕曲》[30]，纯以性情结撰而成，极为著名。所著《弹指词》以情取胜，宛转幽怨。此外吴伟业、彭孙遹、毛奇龄等，也写有优秀词作，蔚成群星闪烁的灿烂景观。

第六节　王士禛与康熙诗坛

"钱王代兴"　　王士禛的神韵说和其神韵诗　　入蜀使粤诗的变化　　康熙朝的其他诗人

继遗民诗人之后崛起的诗人有王士禛、朱彝尊、施闰章、宋琬、赵执信、查慎行等人，最负盛名的是王士禛。

王士禛（1634—1711），字贻上，号阮亭，别号渔洋山人，山东新城（今桓台县）人。他出身世家大族，顺治进士，官至刑部尚书。他受家庭的熏陶，自幼能作诗，并有诗名[31]。顺治十六年选为扬州推官，其诗受到诗坛盟主钱谦益的称赞，并希望他代己而起，主持风雅。钱谦益去世后，王士禛成为一代正宗。他论诗以神韵为宗。早在南朝时人们就用神韵来品评人物，评论绘画。用来论诗，其主旨与锺嵘《诗品》的"滋味"说、司空图的"韵外之致"（《与李生论诗书》）大体相同，而以"不著一字，尽得风流"（《二十四诗品》）和"羚羊挂角，无迹可求"（严羽《沧浪诗话》）为最高境界。《蚕尾续集序》说："梅止于酸，盐止于咸，饮食不可无酸咸，而其美常在酸咸之外，酸咸之外者何？味外味也；味外味者，神韵也。"指出所谓神韵，是要求诗歌具有含蓄深蕴、言尽意不尽的特点。以此为宗旨，对清幽淡远、不可凑泊而富有诗情画意的诗特别推崇，唐代王维、孟浩然的诗正是其创作的典范。

王士禛的诗歌创作，早年从明七子入手，"中岁逾三唐而事两宋"[32]，晚年又转而宗唐，但是在这三次转变中，提倡"神韵说"是贯穿始终的。在他的诗作中，风神独绝的神韵诗占了主流，尤其是模山范水、批风抹月的"山水清音"，冲和淡远，风致清新，继承王维、孟浩然一派的家数，含情绵渺而出之纤徐曲折，惨淡经营却不露斧凿痕迹，词句明隽圆润，音节流利跌宕，代表了其诗的主要成就和特色，发扬了古典诗歌含蓄蕴藉之美。24 岁在济南大明湖所赋《秋柳四首》，为其成名之作，大江南北和者不下数十家。诗中博取秋柳凋伤的自然意象和历史兴废的人事意象，把对秋柳的感伤推向了历史、空间的无限，使人感到秋柳无时不关情，秋柳无处不销魂，秋柳无人不伤神，表达了易代之后人们普遍的物是人非、盛景难住的幻灭感。此后他在南京作的《秦淮杂诗》20 首、在扬州作的《冶春绝句二十首》都委婉地表现了朝代更替的悲哀，如《秦淮杂诗》第一首：

> 年来肠断秣陵舟，梦绕秦淮水上楼。十日雨丝风片里，浓春烟景似残秋。

这些诗含蓄空灵，把鼎革后的失落与迷茫，转向超脱和玄远，追求幽静淡泊之美，强化了诗的审美特征。代表作《再过露筋祠》：

> 翠羽明珰尚俨然，湖云祠树碧于烟。行人系缆月初堕，门外野风开白莲。

还有《寄陈伯玑金陵》：

> 东风作意吹杨柳，绿到芜城第几桥？欲折一枝寄相忆，隔江残笛雨潇潇。

前者描绘水乡河湖纵横的宁谧景色，宛然如画，特别是风神清秀的白莲，既实写祠外之景，又虚应神像与贞女，"不即不离，天然入妙"，引发读者想象和联想的翅膀，馀音袅袅。后者思念孤居南京的朋友，不直陈其情，借"杨柳""残笛"和"潇潇"细雨，谱出悠悠思念的心曲，言近意远，令人低回遐想。

　　入蜀使粤诗的变异，是王士禛宗宋的反映和结果。康熙十一年（1672）典试四川和二十四年（1685）祭告南海所作《蜀道集》《南海集》，如施闰章所说："往日篇章清如水，年来才力重如山。"（《施愚山全集》卷三十九《学徐诗集》）意境开阔，气概不凡，风格苍劲雄放。如《晚登夔府东城楼望八阵图》《定军山诸葛公墓下作》《南阳》《荥泽渡河二首》等，即景感怀，吊古伤今，格调激越，气韵沉健。《登白帝城》诗云：

> 赤甲白盐相向生，丹青绝壁斗峥嵘。千江一线虎须口，万里孤帆鱼复城。跃马雄图馀垒迹，卧龙遗庙枕潮声。飞楼直上闻哀角，落日涛头气不平。

凭吊历史古迹，刻画名城形胜，抒发兴亡感慨，声情悲壮，风格接近杜甫。此外，清新自然如《茅山进香曲》，轻捷明快如《大风渡江四首》，格调激越如《蝲矶灵泽夫人祠二首》，旖旎柔媚如《悼亡诗·哭张宜人作》等，表现出多方面的艺术造诣。但神韵诗为其独擅，实践了自己的诗歌理论主张，也开创了神韵诗派，成员中较为著名的有吴雯、洪昇、宗元鼎等人。

康熙诗坛上，朱彝尊和王士禛并称"南朱北王"；施闰章、宋琬也称"南施北宋"，四人由明入清，在新朝应举仕进，统领诗坛。只有查慎行和赵执信于清朝定鼎后出生，是大家中的后劲[33]。

朱彝尊的成就主要在词，诗也卓然名家，被尊为浙派开山祖。他早年生活贫困，遭逢丧乱，参加抗清斗争，《祁六座上逢沈五》《祁六紫芝轩席上留别》《梅市逢魏璧》等可见抗清活动的蛛丝马迹。诗歌感慨沧桑，沉痛激切，如《同沈十二咏燕》："节物惊人往事非，愁看燕子又来归。春风无限伤心地，莫近乌衣巷口飞。"咏物抒怀，借飞燕表达亡国之悲；笔触所及，反映社会矛盾和民生疾苦。《捉人行》《马草行》《晓入郡城》等，揭露兵火乱后的萧条景象和统治者的残酷野蛮，有较浓郁的生活气息。登临游览吊古伤今，如《雁门关》《鸳鸯湖棹歌》100首等，可称佳篇。随着应试博学鸿词，入仕清廷，"一著朝衫底事差"，创作跌入低谷，歌功颂德、交际应酬之作连篇累牍。归田后描写自然山水如《天游观万峰亭》《延平晚宿》等生动形象，清丽可读。作于康熙四十年（1701）的《玉带生歌》，以吟咏文天祥遗砚，推崇民族英雄文天祥及其抗元气节，曲折流露自己的心绪，是前期诗歌的回声。他的诗以学力、辞藻见长，用笔雄健，叹息故国沦亡，感慨民生疾苦，俯仰艰难身世，大抵苍凉悲壮，郁怒激烈，但后期格调平和，追求醇雅，安于恬淡，师法也从学唐到兼取两宋，诗歌风格的转变，比较鲜明地反映了清初诗坛演变的趋势，带有典型的过渡意义。

施闰章（1618—1683）比较关心现实生活和民间苦难[34]，诗歌铺叙时事，叹息民艰，如《卖船行》《临江悯旱》《牧童谣》《浮萍兔丝篇》《病儿词》等，写到"君看死者仆江侧，伙伴何人敢哭声"（《百丈行》），"不见西南战地赤，杀人如草鸟不食"（《棕毛行》），也极为真挚沉痛。他宗法唐人，反对浮华，但格调平缓，温柔敦厚，缺少"噍杀恚怒之音"。他认为"兴朝治宽大，文禁尚疏略"（《楢李遇计甫草》），词场无须"兵气"，应当温婉和气，即使上述反映民瘼的作品，也终和且平。工于五言，风格空灵淡泊，如《燕子矶》："绝壁寒云外，孤亭落照间。六朝流水急，终古白鸥闲。树暗江城雨，天青吴楚山。矶头谁把钓？向夕未知还。"描绘长江矶石一带空阔寂寥的景色，虽有沧桑易代之感，但冲淡闲远，委婉忠厚，较多文人高雅的格调和诗教的品质，反映出他与遗民诗人的区别。

宋琬（1614—1673）诗突出反映"中丁家难，晚遭逆变"的伤时叹世之感[35]，《庚寅狱中感怀》《晨星叹》《九哀歌》《诏狱行》等，写其受诬系狱，"百口若卵危，万端付瓦裂"（《寄怀施愚山少参》）的不幸遭遇，抒发盘郁胸中的哀痛愁苦。施闰章读后说："摧折惊魂断，哀歌带血腥。"关注民生的如《同欧阳令饮凤凰山下》《渔家词》等，感慨沉重。凭吊故国如《赵五弦斋中谦集限郎字》《长歌寄怀姜如须》等，苍凉激宕。写山水风光的如《登华山云峰台》《登西岳庙万寿阁》等，诗风雄健，别开一境。其诗由学明七子上溯到宋、唐。他擅写七言诗，风格雄深磊落，虽迭遭变故，困厄多于欢愉，时发激昂悲愤之音，但总的表现委婉中正，怨而不怒，"境事既极，亦复不盭于和平"，与施闰章诗歌具有共同倾向。

查慎行（1650—1727）受学于黄宗羲[36]，诗歌学苏、陆，尤致力苏轼，得宋人之长，是浙派承前启后的大家。赵翼对其评价极高，说："功力之深，则香山、放翁后一人而已。"（《瓯北诗话》卷十）诗歌擅长白描，气求调畅，词务清新，入深出浅，时见精妙。如《芜湖关》《麻阳运船行》《白杨堤晚泊》等铺写时事，慷慨愤激；《闸口观罾渔者》《芦洲行》《悯农诗》等，刻写民瘼，情辞真切。旅途纪游和登临怀古，佳什联翩，短章如《舟夜书所见》："月黑见渔灯，孤光一点萤。微微风簇浪，散作满河星。"极写渔灯变幻之妙。长篇古风如《五老峰观海绵歌》《中秋夜洞庭对月歌》等意境壮阔，笔墨雄放。近体凝练有力，如《题杜集后》："漂泊西南且未还，几曾蒿目委时艰。三重茅底床床漏，突兀胸中屋万间。"颇有陆游之风。在清初学宋诗人中，他的成就最高。

赵执信（1662—1744）著《谈龙录》推崇"诗中有人"之旨[37]，诗歌注重反映现实，力去浮靡，揭露社会黑暗，申诉官吏罪恶，如《氓入城行》记述县令带爪牙鹰犬下乡搜刮，百姓奋起反抗，"一呼万应齐挥拳"，极为可贵。其他《道傍碑》《吴民多》《水车怨》等也"直而切"，或写自然灾害，或刺催科官吏，爱憎分明。罢官漫游和归田闲居之作，也时露愤激和不平，《寄洪昉思》："垂堂高坐本难安，身外鸿毛掷一官。"《涉淄水感怀》："而今不作齐门客，才溯清淄最上流。"《感事二首》之二"谁信武安作黄土，人间无恙灌将军"等，都用语尖锐，思致清新。即使写山水美景和田园风光，也色彩鲜明，自然真切，如《蓬莱阁望诸岛歌》《太白酒楼歌》等。在神韵诗风靡天下时，他"越佚山左门庭"，宗法晚唐，自写性情，清新峭拔，不讲含蓄，镂刻发露，和神韵诗冲和淡远异趣。在当时诗人的盛世之音里，惟他似乎有不谐和的变调。其他彭孙遹、宋荦、顾景星等，也都以各自的成绩，装点清初诗歌繁荣的景象。

注　释

[1] 卓尔堪《明遗民诗》卷首《凡例》云："至耳目所未逮，正在访求补入。四方同志，倘有留心收录者，敢恳邮筒惠寄，以便续选入集。"康熙间刊十二卷本收诗人 317 人，雍正间刊十六卷本增 183 人，总计整 500 人。参看潘承玉《清初诗坛：卓尔堪与〈遗民诗〉研究》，中华书局 2004 年版，第 294 页。

[2] 顾炎武事迹大致载《清史稿》卷四八一本传。他治学注重经世致用，著有《天下郡国利病书》《日知录》《亭林诗文集》等。明亡后奔走四方，曾试行垦田、畜牧，考察关塞山川。

[3] 黄宗羲抗清活动及屡拒清廷征召事载《清史稿》卷四八〇本传。他著有《明夷待访录》《明儒学案》《宋元学案》，诗文集有《南雷文定》《南雷文约》《南雷诗历》。

[4] 王夫之归隐衡阳石船山，杜门著述，有《黄书》《噩梦》《思问录》《周易外传》《姜斋诗文集》等，凡三百馀卷，晚清始合刻为《船山遗书》。事载《清史稿》卷四八〇本传。

[5] 吴嘉纪字宾贤，号野人，江苏泰州人。《清史稿》卷四八四本传说他"贫甚，虽丰岁常乏食"，"由所遭不偶，每多怨咽之音，而笃行潜修，特为一时推重"。有《陋轩诗》。

[6] 屈大均初名绍隆，字翁山，广东番禺人。作有《生圹自志》记其生平行迹与心志。有《道援堂集》《翁山诗外》《翁山文外》。近世朱希祖有《屈大均传》，载《中山大学研究所月刊》第 1 卷第 5 期。

[7] "岭南三大家"之称，缘于稍后王隼取屈大均、陈恭尹、梁佩兰诗合刻为《岭南三家集》。陈恭尹字元孝，广东顺德人，明亡后出游四方，晚年归家，以诗文自娱，自称罗浮布衣，有《独漉堂集》。梁佩兰，字芝五，号药亭，60 岁中进士，选庶吉士，不一年假归，有《六莹堂集》。《清史稿》卷四八四有传。

[8] 阎尔梅，字用卿，号古古，一号白耷山人，沛县（今属江苏）人。明亡，曾参加抗清活动，事败下狱，后出亡十馀年。有《阎古古全集》。

[9] 杜濬，字于皇，号茶村，湖北黄冈人。明亡后流寓南京，时与江南遗民、过往名流倡酬，落拓终老，有《变雅堂集》（邓之诚《清诗纪事初编》卷一小传）。

[10] 钱澄之，原名秉镫，字饮光，自号田间老人，安徽桐城人。明末国子监生，入清曾麻衣芒鞋，出游四方，晚年"绳床土室，埋照终年"（郑方坤《国朝名家诗钞小传》卷一）。有《藏山阁集》。

[11] 归庄，字玄恭，号恒轩，江苏昆山人。明亡，曾与顾炎武共同参加抗清斗争，事败衣僧服亡命。所著《恒轩集》等，皆不存，后人辑为《归玄恭遗著》《归玄恭文续钞》，近有《归庄集》（中华书局 1962 年版）。

[12] 《清史稿》卷四八四《侯方域传》，末云："方域健于文，与魏禧、汪琬齐名，号

'国初三家'。"

〔13〕侯方域，字朝宗，河南商丘人。父为明末兵部尚书。他早年有才名，游南京，流连秦淮间，与复社名流相契合，与方以智、冒襄、陈贞慧并称"四公子"。入清居家，曾应乡试，中副榜。《清史稿》卷四八四有传。

〔14〕魏禧，字叔子，一字冰叔，号裕斋，江西宁都人。终生未仕。与兄际瑞、弟礼等人讲学易堂，有文名，号"宁都三魏"。康熙十七年（1678），荐举博学鸿词科，以病辞。有《魏叔子集》。《清史稿》卷四八四有传。

〔15〕汪琬，字苕文，号钝庵，江苏长洲（今苏州）人。顺治十二年（1655）进士，为部曹，以疾辞归尧峰山，闭户著述，学者称尧峰先生。康熙十七年（1678）应博学鸿词试，授编修。有《钝翁类稿》。《清史稿》卷四八四有传。

〔16〕廖燕著有《二十七松堂集》，国内流传不广，长时期没有受到研究者的注意。光绪三十一年（1905），黄节读日本昭和刻本《二十七松堂集》，写了《廖燕传》（《国粹学报》第9号），1926年容肇祖著《记廖燕的生平及其思想》，都盛赞廖燕的异端思想及其文章。台湾"中央研究院"中国文哲研究所筹备处《珍本古籍丛刊》收入林子雄、林庆彰编《二十七松堂集》附《廖燕作品补编》《廖燕研究资料汇编》，1995年出版。

〔17〕语出程先贞《阅钱牧斋初学集却寄》，《海右陈人集》卷下，上海古籍出版社1981年影印康熙刊本。

〔18〕陈寅恪《柳如是别传》（上海古籍出版社1982年版）下第五章《复明运动》，对《后秋兴》做了烛幽索隐的考释，应当是可信的。

〔19〕钱谦益晚年编选了一部《吾炙集》，有《虞山丛刻》本，收20人诗，大都是受过他教诲、指点的，其中有龚鼎孳、钱澄之、邓汉仪等人。

〔20〕冯班，字定远，号钝吟，明末诸生，入清不仕。著《钝吟集》。《清史稿》卷四八四有传。

〔21〕吴伟业卒于康熙十年（1671）十二月下旬，按公历已是1672年1月，仍依传统记法，不改公历。

〔22〕吴兆骞，字汉槎，江苏吴江人。少有才名，吴伟业曾将他与彭师度、陈维崧誉为"江左三凤凰"。顺治十四年（1657）流放宁古塔23年，赖友人顾贞观求助纳兰性德，方得赦还。

〔23〕陈子龙生平请参见第七编第十一章注〔17〕。

〔24〕今释澹归，本名金堡，字道隐，杭州人。明末进士，官知县。清兵南下，奔走抵抗，曾为南明桂王朝给事中。明亡，托迹为僧，法名今释，号澹归。见容肇祖《徧行堂集残本跋》，《中山大学语言历史研究所周刊》第6集第72期。

〔25〕《清史稿》卷四八四本传载："尝由汴入都，与朱彝尊合刻一稿，名《朱陈村词》，流传至禁中，蒙赐问，时以为荣。"又云："诗雄丽沈郁，词至千八百首之多，尤前此未有也。"词集《湖海楼词》，有中华书局《四部备要》本。

〔26〕朱彝尊诗词文辑入其《曝书亭集》。他又有《明诗综》，《清史稿》卷四八四本传称

"或因人录诗，或因诗存人，铨次为最当。"

〔27〕纳兰性德生于顺治十一年（1654）十二月，按公历已是 1655 年 1 月。仍依传统记法，不改公历。

〔28〕纳兰性德虽是满洲贵族子弟，但经过国子监的学习，从徐文元、徐乾学兄弟学习经史，与徐乾学编刻《通志堂经解》，自著《渌水亭杂识》等，有一定的学养，又"好宾礼大夫，与严绳孙、顾贞观、陈维崧、姜宸英诸人游"（《清史稿》卷四八四本传），成进士，授侍卫之职，与其志向非常不合，"荐绅以不得上第入词馆，为容若叹息"（徐乾学《纳兰君墓志铭》）。

〔29〕曹贞吉，字升六，号实庵，山东安丘人。康熙三年（1664）进士，官至礼部郎中。有《珂雪词》。《清史稿》卷四八四本传说："兼工倚声，吴绮选《名家词》，推为压卷。"

〔30〕顾贞观，字华峰，号梁汾，江苏无锡人。康熙十一年（1672）举人，官内阁中书。与纳兰性德友善。《清史稿》卷四八四本传说："世特传其词，与维崧及朱彝尊称词家三绝。"

〔31〕济南新城王氏在明代后期是一大官宦世家，有诗名者数人，其叔祖王象春以诗名万历间，钱谦益曾称赞其诗（王士禛《带经堂诗话》卷七"家学类"）。

〔32〕此语见于俞兆晟《渔洋诗话序》转述王士禛的话。

〔33〕朱庭珍《筱园诗话》："顺治中，海内诗家称南施北宋。康熙中，称南朱北王。谓南人则宣城施愚山、秀水朱竹垞，北人则新城王阮亭、莱阳宋荔裳也。继又南取海宁查初白，北取益都赵秋谷益之，号'六大家'。后人因有《六家诗选》之刻。"

〔34〕施闰章，字尚白，号愚山，安徽宣城人。顺治六年（1649）进士，授刑部主事，擢山东学政，迁江西参议，分守湖西道。康熙初，裁缺归里。康熙十八年（1679）应博学鸿词科，授翰林院侍讲，转侍读，纂修《明史》。有《施愚山先生全集》。《清史稿》四八四有传。

〔35〕宋琬，字玉叔，号荔裳，山东莱阳人。顺治四年（1647）进士，官至浙江、四川按察使。中间曾被族人告发私通于七起义军，两次下狱。官四川按察使时，遇三藩叛乱，全家陷落，他惊惧成疾而死。有《安雅堂集》。《清史稿》卷四八四有传。

〔36〕查慎行，浙江海宁人。初名嗣琏，为太学生，因观演《长生殿》与洪昇、赵执信被劾。后改名慎行，字悔馀，号初白，康熙四十二年（1703）进士，授编修。有《敬业堂集》。《清史稿》四八四有传。

〔37〕赵执信，字伸符，号秋谷，晚号饴山老人，山东益都颜神镇（今为淄博市博山区）人。康熙十八年（1679）进士，授编修，官至右春坊右赞善。因国丧期间观演《长生殿》被劾罢官，时人有"可怜一曲《长生殿》，断送功名到白头"之句（金埴《不下带编》）。有《饴山堂集》《谈龙录》。《清史稿》四八四有传。

第二章　清初戏曲与《长生殿》《桃花扇》

　　清初戏曲创作保持了明末的旺盛势头。在明末已经活跃的以李玉为代表的苏州剧作家仍然进行创作，吴伟业、尤侗等一批有才学的文化名流也以戏曲来抒写心意，李渔等人则专事风情喜剧的创作。这三类作家的剧作，命意、作法、风格各异，标志着戏曲创作艺术的更加成熟，也对后来的戏曲创作产生了影响，迎来了康熙朝两大传奇——《长生殿》和《桃花扇》的诞生。

第一节　清初戏曲

　　吴伟业和尤侗寄托心曲的抒情剧　　　李玉等苏州剧作家的新编历史剧　　李渔的风情喜剧

　　明清易代的社会动乱震撼了汉族文人们的心灵。诗是文人们普遍的抒情方式，自然也就繁盛一时，并取得超越元明的成就。一些学养、诗艺甚高的文化名流，在诗文之馀也选择了戏曲寄托悲愤、哀思，抒写内心难言的隐衷[1]。现有作品存世的有吴伟业、黄周星、丁耀亢、王夫之等人。吴伟业可视为其中的代表。

　　吴伟业的剧作有《秣陵春》传奇和《通天台》《临春阁》杂剧。他曾为李玉的《北词广正谱》作序，序中说："今之传奇，即古者歌舞之变也。然其感动人心，较昔之歌舞更显而畅矣。盖士之不遇者，郁积其无聊不平之慨于胸中，无所发抒，因借古人之歌哭笑骂，以陶写我之抑郁牢骚；而我之性情，爱借古人之性情，而盘旋于纸上，宛转于当场。"正是出于对戏曲的这种认识，这位极有才华的诗人偶尔作剧，他的三部戏曲都是借历史人物而随意生发，以发抒其胸中之抑郁牢骚。《临春阁》牵合南朝冼夫人和陈后主、张贵妃的故事，叙写冼夫人有武功，张丽华有文才，陈亡后张丽华自尽，冼夫人入山修道。剧情与史实不甚相合，写张丽华的故事也不同于一般诗人借以表兴亡之感，其中含有对女色亡国论不满的思考，借冼夫人之口说出朝中"文武无人效忠"，"把江山坏了"（《清人杂剧初集》）。《通天台》演梁朝沈炯亡国后流寓长安，郁郁寡欢。一日登汉武帝所筑通天台，上表陈述心事，醉卧中梦汉武帝爱其才，欲授以官。沈炯力辞，说："国破家亡，蒙恩不死，为幸多矣，陛下怜而爵我，我独不愧于心乎！"（《清人杂剧初集》）《秣陵春》传奇情节更加奇幻，演南唐亡国后，徐适游金陵，和李后主宠妃黄保仪之侄女黄展娘，彼此在南唐宫中的遗物宝镜和玉杯中见到影子，从而相爱，后来在天堂由已登仙界的李后主、黄保仪牵合，结成连理。徐适返回世间，遭人诬陷被捕，经友人上奏朝廷为之辩冤，宋朝皇帝令当场作赋，特旨取为状元，与黄展娘再结为夫妇，最后以徐适夫妇参拜李后主庙，原宫中乐工曹善才弹唱李后主遗事结束全剧。（《梅村家藏稿》董刻本附）当时尤侗《梅村词序》中说："所谱《通天台》《临春阁》《秣陵春》诸曲，亦于兴亡盛衰之感三致意焉，盖先生之遇为之也。"（《西堂杂俎三集》卷三）尤侗所说"遇"，指的是吴伟业早年以榜眼及第，因涉入党争，崇祯皇帝亲览其试卷，批曰"正大博雅，足式诡靡"。此剧虚构徐适受李后主冥恩的故事，知情者自然能看出其中所寓吴伟业眷恋明末亡国皇帝的情结，抒发的是亡国之悲。然而，剧中又写到徐适受到宋朝皇帝的赏识，虽然力辞不受官，但还是表示"谢当今圣主宽洪量，把一个不伏气的书生降"（第三十一出《辞元》）。联系吴伟业曾被迫应荐出仕清朝的事情，也不难悟出其中又隐寓着他徘徊于旧恩与新遇、名节与功名之间的矛盾心理。剧中毕竟未写出徐适授官的情节，仍以不忘旧恩拜祭李后主作结，诗曰："门前不改旧山河，惆怅兴亡系绮罗，百岁婚姻天上合，宫槐摇落夕阳多。"（第四十一出《仙祠》）这也正表现出吴伟业一类文人在出处问题上的困惑和无奈。《秣陵春》受到当时文人的称赞，原因正在于此。吴伟业作诗是大手笔，剧中曲词，学元曲明传奇清丽一格，清新自然，而作剧却不当行，杂剧情节平板，传奇又失于冗杂，表现出案头化的倾向。

清初开始其文学活动的文学名流尤侗（1618—1704），字同人、展成，号悔庵，晚号西堂老人，长洲（今苏州市）人，有《西堂全集》。明清间他曾五应乡试不中，顺治间以贡生授永平推官，不久又因惩罚旗丁罢官。事出偶然，他以文章受到顺治的称赏，再献上杂剧《读离骚》，也获得皇帝赞赏，遂有才子之名[2]。他作有五部杂剧和一部传奇，都是在仕途遭困厄之际作成。杂剧《读离骚》演屈原遭谗放逐的故事，《桃花源》演陶渊明辞官归田园隐居成仙的故事，《清平调》演李白奉诏赋诗中状元的故事，《吊琵琶》演王昭君和番、蔡文姬祭青冢的故事，《黑白卫》演聂隐娘的故事。除最后一种脱胎于唐人小说，其他四种都是借用历史上著名才人的故事传说，经过点染、牵合、改制，来抒写他个人仕途受挫、怀才不遇的悲愤、期望。《钧天乐》传奇则是基本出自虚构，上卷演书生沈白（字子虚）、杨云（字墨卿）赴京应试，因科场有私弊，考官受贿徇情，皆下第，杨云身亡，沈白上书揭发科场私弊，被视为不敬，乱棍打出，愤懑而死。下卷演天界召试真才，沈白、杨云并中高科，赐宴，奏钧天乐，二人功名婚姻并得美满。(《古本戏曲丛刊五集》) 全剧以主人公在人间、天上两种不同的遭遇，表现对现实中科举黑暗、文人受困的强烈不满。阆峰氏在本剧卷末题词中注云："《钧天乐》一书，展成不得志而作，又伤卿谋（尤侗挚友）之早亡。书中沈子虚即展成自谓，因以杨墨卿为卿谋写照耳。"细读此剧，阆峰氏所说是中肯的。正因如此，所以上卷宣泄抑郁不平之气，嬉笑怒骂，酣畅淋漓，而下卷写天界，随意编造，至于荒唐无稽，了无意趣。尤侗诗文均有相当造诣，又通晓音律，所作戏曲虽多有牵合失于无稽的地方，但大都发自痛切之情，也反映出当时怀才不遇的文人的共同心声，所以也赢得了许多文坛名流的称赏。

清初这一类剧作家不少是诗文大家，他们以馀事作剧，大都是借他人之酒杯，浇自己之垒块，不惜添加奇幻乃至荒诞的情节，然曲词雅致，增强了戏曲的抒情性，减弱了戏剧性，更忽视舞台演出的特点，也就多成案头读物。

以李玉为代表的苏州剧作家大都是与舞台表演紧密联系的专门编剧的剧作家。他们在明末已经开始了编剧生涯，并有作品广泛演出，产生了相当的影响，入清以后仍然活跃在剧坛上，随着社会的变化，创作也发生了转变，创作出有影响的作品。

跨越明清两代的苏州剧作家，除李玉外，还有朱素臣、朱佐朝、叶雉斐、毕魏、丘园等人。朱素臣名㴶，有传奇 19 种，最著名的是《十五贯》（又名《双熊梦》）。朱佐朝字良卿，与朱素臣为兄弟，作传奇三十馀种，广为传唱的是《渔家乐》。丘园字屿雪，常熟人，《常昭合志》有传，《海虞诗苑》卷五收其诗 5 首，作有传奇 10 种，最著称的是《虎囊弹》《党人碑》。叶雉斐（一作叶稚斐）名时章，作传奇 10 种，代表作是《琥珀匙》。毕魏字万后，作传奇 8 种，代表作是《三报恩》。他们大都是苏州府名不见经传的小文人，通曲律，长期为供应戏班演出而编剧，时而合作。剧作的基本倾向、风格大体一致，最初多取材于"三言"和其他历史传说故事，反映市井间的社会伦理问题，劝惩意识较重，剧中出现许多社会下层人物的形象，有市民、奴仆、妓女、渔家女等，旧的道德伦理观念较浓重，但也透露出平民百姓的愿望。他们编剧不是自遣自娱，而是为演出提供剧本，考虑到舞台演出的要求和效果，从而改变了以曲词为核心的戏曲观念，把戏剧结构放到了重要位置上，增强了戏剧性，曲词也趋向质朴，宾白的地位有所提高，丑角的宾白往往带有方言的特点。苏州剧作家事实上已成为一个群体，一个戏剧文学的流派。

　　明清易代也影响到苏州作家群的创作，使他们由主要关心社会平凡生活的伦理问题，转向关注历史政治的风云，创作出了许多历史剧，参加进清初历史反思的社会思潮中来。他们中的杰出代表李玉的创作便清楚地显示出这种变化。

　　李玉（1610—约1671）字玄玉，后因避康熙讳改作元玉，号苏门啸侣，吴县（今属江苏）人。他出身微贱，父亲可能是明末相国申时行家庭戏班中曲师，所以吴绮说他"家传自擅清平调"[3]。吴伟业《北词广正谱序》说："李子元玉，好奇学古士也，其才足以上下千载，其学足以囊括士林。而连厄于有司，晚几得之，仍中副车。甲申以后，绝意仕进。"焦循《剧说》卷四说："元玉系申相国家人，为申公子所抑，不得应科试，因著传奇以抒其愤。"这说明李玉终生致力于戏曲并获得相当高的成就，与其特殊的身世是有关系的。

　　李玉作有传奇三十多种，今存二十馀种，数量之多为明清传奇作家所少有。早年的剧作以《一捧雪》《人兽关》《永团圆》《占花魁》为最著，可视为其成名之作[4]。《一捧雪》脱胎于沈德符《万历野获编·补遗》卷二所载严嵩当政时为《清明上河图》而构陷王忬的故事，剧中突出了仆人莫诚代主人莫怀古受戮，莫怀古小妾雪艳娘刺死负义小人汤裱褙殉节的内容。《人兽关》据《警世通言》中《桂员外穷途忏悔》小说改编，以桂薪忘恩负义为主干，还先后写了别的人负桂薪的情节，强化了谴责忘恩负义的主题。《永团圆》演一个嫌贫爱富的故事：江纳开始主动与重臣蔡家攀亲，蔡家败落便翻脸悔亲，后来蔡子中试，又极尽趋从之能事。《占花魁》演《醒世恒言》里《卖油郎独占花魁》的故事，添入了莘瑶琴被拐卖沦落为妓的情节。这四种传奇表现的是社会下层的世态人情，着重嘲讽鞭挞的是唯利是图、忘恩负义的卑劣行径，道德高尚者倒是出自微贱中人，这种情形近乎"三言"小说的世界，而道德意识又更重了些，《一捧雪》里的莫诚尽义于主人竟至主动去代死，比起《醒世恒言》里"徐老仆义愤成家"来更加可悲了。也正是由于李玉是带着道德感情去写他心爱的和憎恶的人事，表现力求尽致，强化了戏剧冲突，剧作便有感染力，所以能得到观赏者的好评，如钱谦益所说，"元（玄）玉氏《占花魁》《一捧雪》诸剧，真足令人心折"，"每一纸落，鸡林好事者争被管弦"（《眉山秀题辞》）。

　　入清以后，李玉由于受到明亡清兴的刺激，也许还由于他的剧作受到文坛名流的称赞而涉足上层文化圈，便由关注世态人情而转向关注朝政军国之事，并以此种心态去反观历史，编出许多历史题材的剧作，其中也有寄托寓意性的。《千忠戮》（又名《千钟禄》）演明初燕王朱棣以武力夺取帝位，建文帝和程济化装僧道流亡西南的故事，写了方孝孺、程济等一批忠臣形象，全剧慷慨激昂，抒写的是兴亡之悲，《惨睹》出中建文帝唱的【倾杯玉芙蓉】"收拾起大地山河一担装，四大皆空相"一曲，与洪昇《长生殿·弹词》中李龟年唱的【南吕一枝花】"不提防馀年遭离乱"，成为社会上广泛传唱的流行曲，便表明了其中的隐情。《万里缘》演明清战乱中黄向坚只身远去云南寻父的故事，孝子寻亲本有失怙者寻求依托之意，加之作品又通过主人公的耳闻目睹，写进了南明遗事，诸如史可法死守扬州，壮烈殉国，意义就超出了一般寻亲的范围。

　　李玉晚期的代表作是《清忠谱》。清初刻本题"李玉元玉甫著"，"同里毕魏万后、叶时章雉斐、朱㿥素臣仝编"[5]，苏州剧作家群的主要人物都参与了此剧的创作，表明他们很重视这个剧作。《清忠谱》表现的是晚明天启年间魏忠贤阉党迫害东林党人周顺昌等人，引发了苏州市民暴动的政治事件。作者以周顺昌为主脑，牵合杨涟、魏大中、左光斗等人遇难的事迹，反映了阉党恃权横行的黑暗政治，更着重表现的是周顺昌等人刚正不阿、宁死不屈的精神。特别是剧中写进了市井细民颜佩韦、马杰、周文元、杨念如、沈扬五人急公好义，聚众请愿，对抗官府，以及最后苏州百姓捣毁魏忠贤生祠的场面，突出地塑造了颜佩韦的高大形象，反映了晚明社会市民阶层的壮大，初步显示出成为一种势力的历史特征。吴伟业《清忠谱序》中说："以公（指周顺昌）事填词传奇者凡数家，李子元玉所作《清忠谱》最晚出，独以文肃（文震孟）与公相映发，而事俱按实，其言亦驯雅。虽云填词，目之信史可也。"其实，《清忠谱》的创作并没有完全拘泥于史实，如巡抚毛一鹭在苏州建造魏忠贤生祠原是在周顺昌被害之后，剧中写为周顺昌被逮之前，显然是为了设置《骂像》一出，以表现周顺昌的刚正无畏的品格。《清忠谱》的成功还在于将纷繁的历史事件，经过艺术的选择、提炼，着意于表现出人物的性格、精神，构成了谨严有序、形象鲜明又有激情贯注于其中的艺术世界。吴伟业在《清忠谱序》中又说："甲申之变，留都立君，国是未定，顾乃先朋党，后朝廷，而东南之祸亦至。""假令忠介公（周顺昌）当日得久立于熹庙之朝，拾遗补过，退倾险而进正直，国家之祸宁复至此？"这也正是《清忠谱》的弦外之音。

　　在清初剧作家中，李渔代表了擅写风情趣剧的一类，风情趣剧并非清初始有，在明末已经成为了一种类型，戏曲史家把它看作是汤显祖的临川派和沈璟的吴江派合流的结果，突出的代表是阮大铖和吴炳。李渔的剧作和他们的剧作是一脉相承的。

　　李渔（1611—1680）字笠鸿，号笠翁，别署笠道人，作小说署觉世稗官，浙江兰溪人。他明末应乡试不中，明清易代，家道中落，不再应科举。顺治八年（1651）移家省城杭州，过着"卖赋以餬其口，吮毫挥洒怡如"（黄鹤山农《玉搔头序》）的生涯。他的戏曲、小说大部分是寓居杭州十年间作成的，刊行后颇为畅销，以此受到了一些达官名流的垂青、资助。顺治十七年（1660）又移家南京，经营芥子园书坊，交结名流，时常带着自家的戏班周游各地，到达官贵人府第打抽丰，成为一个很有名气的托钵山人。李渔自负才情，沾染了晚明士人放诞自适的遗风，不讳言享乐和饮食男女，但在清初的历史环境中又缺乏前辈人非儒薄经的勇气，不敢触怒社会，有意避开政治和社会深层问题，便以"道学风流合二为一"的达人自居，用自己的才艺和别出心裁的经验之谈，周旋于社会名流中，博得达官贵人的施与而又不失体面。他作戏曲小说也是用来娱乐人心的。他曾说："唯我填词不卖愁，一夫不笑是我忧。"（《风筝误》末出）他还曾声明："不肖砚田餬口，原非发愤著书；笔蕊生心，匪托微言以讽世。"（《曲部誓词》）他的戏曲小说，正是这样。

李渔作剧10种，总题《笠翁十种曲》。这10种传奇几乎全是演婚恋故事，这并不说明他特别关注婚恋问题，而是反映着他的戏剧观念，"十部传奇九相思"，戏曲主要是演男女情事的。这10种传奇自然也反映出晚明以来尚情的思想，赞成爱情婚姻自主，反对父母包办儿女婚事，特别欣赏对情的执著。如由他的小说《谭楚玉戏曲传情，刘藐姑曲终死节》改编的《比目鱼》，男女主人公为情而双双投水，化为比目鱼，情节与比喻都极动人、极优美。但是，李渔的娱乐主义却渗入了其中，抹去了应有的悲剧意蕴。《玉搔头》写皇帝与妓女的爱情，正德皇帝认为男女相交是在真情，而不在地位，因此冒雪私访，声称"万一有了差池，我也拼一死将他殉"，这固然颇有点"不爱江山爱美人"的反传统的意思，而李渔也只是作为有奇趣的故事，剧中又有许多轻佻、庸俗，甚至秽亵的细节和曲白，成为一部格调不高的风情闹剧，只有俗趣，而无情韵。《风筝误》是李渔的代表作。此剧兼学阮大铖的《春灯谜》和《燕子笺》，以放风筝为缘机，引发了才子与佳人、拙人与丑女相互错位而又终于各得其配的婚恋故事。全剧由迭出的阴错阳差的情节构成，但李渔运思工巧，密针细线，营造出了一个虽然倒误丛生却自成一种理路，其中也有美丑对比和美刺意义的喜剧世界。此剧虽然也未能完全免俗，杂有些庸俗恶趣，但整体上具有了喜剧的性质，并且曲词、宾白流畅通俗，肖似人物口吻，极富有生活的滑稽风趣，所以在当时便成为广泛演唱的流行剧目，许多地方翻刻该剧本。

李渔及其先行者和后继者，虽然没有作出堪称杰作的作品，他们的剧作大都是在男女风情的范围内变化翻新，格调不高，表现出媚俗的倾向，但作为明清间的一种戏曲流派，也代表了一种以娱乐为宗旨的文学倾向，是不应忽视的，在他们的难称优秀的剧作中运用了多种喜剧手法，如误会、巧合、错认、弄巧成拙、弄假成真等，也为喜剧的创作和喜剧理论的发展提供了经验材料。

第二节　《长生殿》

洪昇生平　　天宝遗事的历史底蕴　　《长生殿》的重史意识与杨贵妃形象　　化长恨为长生的意蕴　　艺术风格

康熙剧坛上最成功、最有影响的作品是洪昇的《长生殿》和孔尚任的《桃花扇》。两剧的作者都以其剧作肇祸，一个革除了监生资格，一个罢了官，而当时许多人还是对这两部剧作表示了极大的兴趣，给予了很高的赞赏。金埴题诗说："两家乐府盛康熙，进御均叨天子知。纵使元人多院本，勾栏争唱孔洪词。"（《题桃花扇传奇》）

洪昇（1645—1704），字昉思，号稗畦，钱塘（今浙江杭州市）人。他生于世代官宦而中落的缙绅之家，妻子是官至大学士的黄机的孙女，也通词曲。他作有《四婵娟》杂剧，四折分别写晋代谢道韫、卫夫人，宋代李清照，元代管仲姬四才女的故事，寄托着他婚姻美满的情怀。他做了约二十年的太学生，追随京中名流，如王士禛、李天馥、朱彝尊、吴天章、赵执信等人，联吟唱和，赢得了诗名。由于他同父母失和，其父又曾"被诬遣戍"[6]，虽得到当道的开脱，但家境也败落了，他在北京是处在穷困不遇的境遇中，其诗中曾写到，"移家失策寓长安，若问生涯尔便难"（《稗畦集·赠徐灵昭》）；"八口总为衣食累，半生空溷利名场"（《省觐南归留简长安故人》）。康熙二十七年（1688），《长生殿》三易稿而成，京城盛演，次年八月，与赵执信、查慎行等人宴饮观剧，因其时佟皇后丧服未除，被人告发，赵执信被罢官，洪昇被革除国子监籍。这就是有名的"演《长生殿》之祸"[7]。

《长生殿》演的是唐明皇与杨贵妃的历史故事，习称天宝遗事。唐明皇和杨贵妃的离合生死之情是与安史之乱紧密联系在一起的，有其深邃的历史内蕴，自发生之时便有诗人咏叹。杜甫的《哀江头》已开其端，诗中抚今追昔，意多哀悼："明眸皓齿今何在？血污游魂归不得。清渭东流剑阁深，去住彼此无消息。人生有情泪沾臆，江花江草岂终极！"感叹之情冲淡了诗人在乱前《丽人行》诸诗中表现的讽刺之意。到中唐时期，更有许多文人进行历史的反思，出现了许多咏叹诗和多种追忆天宝遗事的稗史小说。白居易的《长恨歌》是以诗人的才情，避开史书、杂史中所记唐明皇、杨贵妃的不伦淫乱之事，叙写唐明皇和杨贵妃的爱情，采用了民间传说，突出唐明皇在马嵬事变后对杨贵

妃的深挚思念，情词悱恻，哀感动人。但诗中也用了"汉皇重色思倾国"，
"姊妹兄弟皆列土"，"不重生男重生女"，"渔阳鼙鼓动地来，惊破霓裳羽衣
曲"等婉而有讽的诗句。"天长地久有时尽，此恨绵绵无绝期"，这无限感慨
中无疑蕴含有对唐王朝盛世消失的惋惜、慨叹和讽谕之意。后来，身历金元易
代之变的白朴作《梧桐雨》杂剧，演唐明皇宠爱杨贵妃，乱了朝政，导致安
史之乱的发生，被迫让杨贵妃自缢，最后着重表现他失去杨贵妃的悲哀，成为
一幕"纯粹的悲剧"。白朴虽非唐人，没有杜甫、白居易的那种痛切之情，但
他也怀亡国之痛，他的《天籁集》中便有许多首抒写兴亡之感的词，《梧桐
雨》也同样是借历史故事抒写兴亡之悲的。

　　洪昇重新演绎唐明皇杨贵妃的故事，基本上是继承了白居易诗和白朴剧的
内容和意蕴，而有所改变。他的《长生殿·自序》表明其创作思想："余读白
乐天《长恨歌》及元人《秋雨梧桐》杂剧，辄作数日恶。""辄作数日恶"，
语出《世说新语·言语》："谢太傅语王右军曰：'中年伤于哀乐，与亲友别，
辄作数日恶。'""恶"是指很伤感，情绪极坏。洪昇说这段话的意思表明，他
深为两篇作品所感动，又不满意作品写得过于感伤。所以后文说明他作《长
生殿》，是写唐明皇、杨贵妃之情事，而命意在于显示"乐极哀来"的道理，
以"垂戒来世"。就这一点说，与白居易诗、白朴剧的意蕴是一致的，但他要
改变故事的悲剧结局，让唐明皇、杨贵妃"败而能悔"，"死生仙鬼都经遍，
直做天宫并蒂莲"。这种创作思想，也就决定了《长生殿》上下两卷作法和风
格的不尽一致。

　　洪昇作《长生殿》融合进唐以来叙述、咏叹天宝遗事的诗文、传说等许
多材料，剧中出现的许多人物、情节大都是有依据的。上半部表现出尊史重真
的精神。他"念情之所钟，在帝王家罕有"，剧作重在唐明皇、杨贵妃的"钗
合情缘"（《长生殿·例言》），却做了如实的描写，写出了封建宫廷中帝王与
妃子的真实关系、真实情况。皇帝有无上权力，也拥有众多的嫔妃。唐明皇钟
情于杨贵妃，也就意味着许多嫔妃的被冷落，如剧中曲文所说"莫问他别院
离宫玉漏长"（《定情》），唐明皇可以随心所欲召幸别的嫔妃，乃至密召杨贵
妃的姐姐幽会（《幸恩》）。杨贵妃本能地表现点妒意，便被谪出宫，只好自悔
骄纵，借献发传情感动君心（《献发》）。她始终怀着"自来宠多生嫌衅，可知
道秋叶君恩恁为人"的心态，为讨得唐明皇的欢心，运用了女人的一切条件
和手段：美貌、温顺、眼泪、投其所好谱曲、献舞，直到公然干涉唐明皇召幸
梅妃，她说："江采蘋，江采蘋，非是我容不得你，只怕我容了你，你就容不
得我也。"（《夜怨》）洪昇在《长生殿》中真实地展现了封建帝王与妃嫔的情
爱生活，也塑造出了一个具有高度艺术真实的宠妃的性格。这是洪昇在文学史

上作出的卓越贡献。

在《长生殿》里，伴随着唐明皇、杨贵妃故事的进展，交叉地写出了与之相关联的朝政事件，将《长恨歌》中虚化了的内容显露出来。由于唐明皇宠爱杨贵妃，杨氏一门男女都获得了殊荣，杨国忠做了右相，独揽朝政，杨贵妃的三个姊妹封做了夫人，"恁僭窃，竞豪奢，夸土木"，"可知他朱甍碧瓦，总是血膏涂"（《疑谶》）。杨国忠纳贿招权，使临阵失机的边将安禄山逃脱刑罚，还受到皇帝的宠眷，滋生了野心。中间还有《进果》一出，南海和蜀州的使臣为了在限期内把新鲜的荔枝送到杨贵妃的嘴里，驰马飞奔，撞死了卖卜的老人，踏坏农民的庄稼，两家还在驿站中发生了争夺马匹的纠纷。唐明皇宠爱杨贵妃，"占了情场，弛了朝纲"，还给百姓带来了灾难。当他们经历过爱的波折达到感情的诚挚、对天上双星盟誓的时候（《密誓》），安禄山的兵马也就动地而来，随着发生了六军迫使唐明皇让杨贵妃自缢的马嵬悲剧（《埋玉》）。这一切都表现得真实、体察至微而合乎现实的逻辑。

马嵬事变，杨贵妃自缢，这一场帝王家的爱情悲剧已经完成了。《长生殿》没有像《梧桐雨》杂剧那样以唐明皇怀着痛苦的心灵夜雨思人作结，而是一方面表现现实中发生的唐明皇杨贵妃悲剧的馀波，如野老"献饭"、乐工雷海青"骂贼"、李暮等睹物伤人（《看袜》）、李龟年悲唱兴亡等，委婉的讽谏、对乱臣贼子的咒骂、对主人公不幸的惋惜，合成一部兴亡之感的交响曲；另一方面则表现唐明皇和死后的杨贵妃在真和幻两个世界里发生感情交流，经过"冥追""觅魂""补恨""寄情"，执著的感情和真诚的忏悔，终于得到了天孙、玉帝的恩准，双双进入月宫，实现了"长生殿里盟言"（《重圆》）。这就将《长恨歌》里无法实现的幻景化做了幻想中实现了的美好愿望，以精神的"长生"消解了现实的"长恨"。这固然还是留下了非现实的缺憾，却表现出对至真之情的崇尚，重新弘扬晚明尚情的思想，前人称《长生殿》是一部"热闹的《牡丹亭》"（《长生殿·例言》引语），便是就此说的。

《长生殿》前后两部分是不一致的。前一部分是写实，是爱情的悲剧；后一部分是写幻，是鼓吹真情。从结构上说，两者是对立的，但又是互相依存的。没有前半部分现实的悲剧，后半部分鼓吹至真之情便无从生发；没有后半部分唐明皇杨贵妃的忏悔、重圆，则成了《梧桐雨》式的悲剧，只是留下了一份历史的遗憾。这种既对立又依存的关系，虽然中间转换得有些勉强，却正构成了《长生殿》的结构特征和思想特色：写唐明皇杨贵妃之情事，并不限于言二人之情，而是含而不露地拓宽了"情"的内涵，充分地表现出剧作第一出《传概》里所申述的命意："古今情场，问谁个真心到底。但果有精诚不散，终成连理……感金石，回天地，昭白日，垂青史，看子孝臣忠，总由情至。先圣不曾删《郑》《卫》，吾侪取义翻宫徵，借太真外传谱新词，情而已。”这与清初的启蒙思潮是息息相通的。

《长生殿》长达50出，以唐明皇杨贵妃的故事为主线，以朝政军国之事为副线，编织进唐以来文人记述过的、诗人咏叹过的人事，内容非常丰满，至如吴梅所评：“取天宝间遗事，收拾殆尽。”（《顾曲麈谈》）两条线交叉发展，彼此关联，情节错综，脉络极清晰，组合得相当紧凑而自然。唐明皇杨贵妃这条主线，又以定情的金钗钿盒时隐时现贯穿其中，而且每次出现都有不同的寓意：上半部开始是定情之物，马嵬殉葬是失盟的表征；下半部杨贵妃鬼魂把玩是写失情之怨，最后是用以证情，重圆结案，既使全剧的情节有着内在的联系，又体现了主人公悲欢离合的变化。全剧上下两部分虽各有侧重，但也有许多对照、呼应，如上半部写现实的悲剧，插入了幻想的《闻乐》一出，为下半部杨贵妃仙归蓬莱伏下了引线；下半部主要以幻笔写情，插入《献饭》《看袜》《骂贼》等写实场面，与上半部唐明皇的失政、宠信安禄山、杨氏一门的骄奢，有着明显的对照意义。《长生殿》结构细密，场面安排上轻重、冷热、庄谐参错，都是出于匠心经营，从而将传奇剧的创作推向了艺术的新高度。

《长生殿》的曲文糅合了唐诗、元曲的特点，形成一种清丽流畅的风格，叙事简洁，写景如画，在基本格调的范围里又随人物之身份、性情、情感的不同而有所变化。曲文中也较多地化用了唐诗、元曲的名句，《惊变》《雨梦》等出的曲词，基本上是由《梧桐雨》的曲文脱化而来的，却融化得极妙，如同自撰之新曲。《长生殿》曲文的优长处更在于具有浓厚的抒情性，能够声情兼备地表达出人物的内心感情及心理活动。如《献发》中杨贵妃因感君心无定而忧苦、欲献发传情以感动君心的复杂心理，《夜怨》中杨贵妃等待唐明皇不到的焦急、苦闷心情，《闻铃》《雨梦》等出中唐明皇失去杨贵妃的烦恼、怨恨、痛苦的感情，都表达得很细腻、真切、动人。《弹词》中老伶工李龟年唱的一套【转调货郎儿】，追述往事，凄婉动人，成为当时广为传唱的名曲。

第三节　《桃花扇》

孔尚任的际遇与《桃花扇》的创作　　历史反思与征实精神
下层人物形象　　国家至上的思想　　戏剧结构　　人物形
象的塑造

继《长生殿》之后问世并负盛名的《桃花扇》，是一部演近世历史的历史剧。作者孔尚任一生的升沉荣辱颇具戏剧性，而且与康熙皇帝有着直接的关系。

孔尚任（1648—1718）字聘之，号东塘，山东曲阜人。孔子六十四代孙。他生于清朝，青年时代曾努力争取由科举进入仕途，为此还卖田纳粟捐了监生的科名，却未达到目的。康熙二十三年（1684），康熙皇帝第一次南巡，返程过曲阜祭祀孔子，孔尚任被推举在祭典后讲经，受到康熙的称许，让他引驾观览孔庙、孔林，当即指定吏部破格任用。这样他就由一个乡村秀才陡然成了国子监博士。这种非同寻常的际遇，孔尚任自然是感动之至，为此写了《出山异数记》。康熙看中的是他是一位有才学的圣裔，特拔入仕含有表示尊孔崇儒的意思。次年，孔尚任在国子监做了半年的学官，又受命随同工部侍郎去淮扬治理下河，疏浚黄河海口。康熙可能是有意给他个升转正途的机会，但事情却走向了另外的方面。当时的河道总督靳辅不同意疏浚下河海口，和下河衙门官员发生争执，闹到朝廷中形成两派官僚互相攻讦，下河工务时起时停，三年下来靳辅一方胜利，撤销了下河衙门。在淮扬三年间，孔尚任广泛结交当地的或流寓扬州的文士，往还酬唱，还时而举行二三十人的诗酒之会，俨然成了主持风雅的名士。他在淮扬写了六百多首诗，都收入《湖海集》中。

他结交的名士不少是前朝遗老，如黄云、许承钦、邓汉仪、杜濬、冒襄等，在晤谈中常听到他们缅怀往事，感慨兴亡。他在幼年时曾听前辈人讲过李香君的故事[8]，很感兴趣，此时听他们更加有声有色的讲述，感动中生发了创作欲望。最值得注意的是冒襄，他是明末南京四公子之一，揭发阮大铖的《留都防乱揭帖》的署名人，对侯方域、李香君非常熟悉。一次冒襄不顾77岁高龄、百里路途，从如皋到孔尚任的驻所兴化，"同住三十日"[9]，应当是非常详细地讲述了南明弘光小朝廷的兴亡之事。下河衙门解散后，孔尚任待命扬州，乘机去南京游览，在秦淮河船上听人讲明末旧事，看了已经破残的明故宫，到栖霞山访问了隐居的身历北京甲申之变和南京弘光败局的张怡，也就是写进《桃花扇》中的历史见证人张瑶星道士。这无疑是一次有意识的创作访问。孔尚任到淮扬治河，没有做出什么业绩，却成了《桃花扇》创作的缘机，并为其日后的创作做了极充分的准备。

孔尚任于康熙二十九年（1690）返北京后，又做了多年的国子监博士，才转为户部官员。他有一种被冷落的感觉，有诗云："十年南北似浮家，名姓何人记齿牙？"（《长留集·晚庭》）"渐觉名心如佛淡，顿教老兴入诗浓。"（《长至日集观音庵，同顾天石、林同叔、王汉卓、陈健夫、李苍存论诗联社》）在和京中闲曹、流寓的骚人墨客结社唱酬的同时，孔尚任悄悄作成了《桃花扇》。康熙三十八年（1699）六月，《桃花扇》定稿，一些王公官员竞相借抄，康熙也索去阅览[10]。次年春，《桃花扇》上演，引起朝野轰动，孔尚任也随之不明不白地被罢官。孔尚任的罢官好像是一个疑案，其实迹象已表明其深层的原因就是在于他写了《桃花扇》[11]。

　　《桃花扇》演的是南明弘光小朝廷的兴亡始末,他在《桃花扇小引》中说明其命意是:"场上歌舞,局外指点,知三百年之基业,隳于何人?败于何事?消于何年?歇于何地?不独令观者感慨零涕,亦可惩创人心,为末世之一救。"明清易代,引起了人们的心灵震撼,忧愤成思,在清初形成了追忆历史的普遍心理,写史书的人之多,稗史之富,在中国历史上是罕有的[12]。这种心理也反映在文学方面,诗歌中尚史意识的抬头,吴伟业歌行诗的辉煌,散文中传记文和忆旧小品的发达,时事小说的出现,都是这种社会心理的表现,其中也就寄寓着兴亡之感。《桃花扇》反映的南明弘光小王朝的兴亡历史,当时曾经为人们关注,事后也为人们痛心。孔尚任虽然其生也晚,未曾经历,但他创作《桃花扇》显然是受到了曾经亲历其事、心有馀痛的遗老们的影响,从一定程度上说是代他们进行历史反思的,归根结底还是清初那种痛定思痛、反观历史的文化思潮的反映。

　　《桃花扇》是一部最接近历史真实的历史剧。孔尚任在创作中采取了征实求信的原则,他在《桃花扇·凡例》中说:"朝政得失,文人聚散,皆确考时地,全无假借。至于儿女钟情,宾客解嘲,虽稍有点染,亦非乌有子虚之比。"所以,全剧以清流文人侯方域和秦淮名妓李香君的离合之情为线索,展示弘光小王朝兴亡的历史面目,从它建立的历史背景,福王朱由崧被拥立的情况,到拥立后朱由崧的昏庸荒佚,马士英、阮大铖结党营私、倒行逆施,江北四镇跋扈不驯、互相倾轧,左良玉以就粮为名挥兵东进,最后史可法孤掌难鸣,无力回天,小王朝迅速覆灭,基本上是"实人实事,有根有据",真实地再现了历史,如剧中老赞礼所说:"当年真如戏,今日戏如真。"(《桃花扇·孤吟》)只是迫于环境,不能直接展现清兵进攻的内容,有意回避、改变了一些情节。孔尚任对剧中各类人物作了不同笔调的刻画,虽然忠、奸两类人物的结局加了点虚幻之笔,如剧中柳敬亭说的,"这些含冤的孝子忠臣,少不得还他个扬眉吐气,那些得意的奸雄邪党,免不了加他些人祸天诛",以达到"惩创人心"的艺术目的,但总的说,作者的褒贬、爱憎是颇有分寸的,表现出清醒、超脱的历史态度。

　　《桃花扇》中塑造了几个社会下层人物的形象,最突出的是妓女李香君和艺人柳敬亭、苏昆生。照当时的等级贵贱观念,他们属于为衣冠中人所不齿的倡优、贱流,在剧中却是最高尚的人。李香君毅然却奁,使阮大铖卑劣的用心落空,她孤身处在昏君、权奸的淫威下,誓不屈节,敢于怒斥权奸害民误国。柳敬亭任侠好义,奋勇投辕下书,使手握重兵又性情暴戾的左良玉折服。在《桃花扇》稍前演忠奸斗争的戏曲中出现过市井细民的正面形象,但多是忠于主人的义仆，如《一捧雪》中的莫诚，或者是支持忠良的义士，如《清忠谱》中的颜佩韦五人，都还是处在配角的位置上。《桃花扇》中的李香君、柳敬亭等，都是关心国事、明辨是非、有着独立人格的人物，使清流文人相形见绌，更不要说处在被批判地位的昏君、奸臣。这自然是有现实的依据，反映着晚明都会中部分妓女的风雅化以至附庸政治的现象，这种现象在诗歌、传记、笔记中反映出来，但剧中形成的贵贱颠倒的对比，不只是表明孔尚任突破了封建的等级贵贱观念，其中也含有他对尊贵者并不尊贵，卑贱者并不卑贱的现实的愤激情绪，以及对此所作出的思索。这是当时许多旨在存史、寄托兴亡之悲的稗史所不具备的。

尽管孔尚任对人物的褒贬还是使用传统的道德术语，如"孝子忠臣"之类，但其褒贬标准却扩大了"忠"的内涵，由以朝廷、皇帝为本变为以国家为根本。福王朱由崧监国，代表着国家，但他关心的只是"天子之尊""声色之奉"，忘记了为君的职责，国家亡了，也就失去了为君的依托，连性命也不保了。马士英、阮大铖之徒，乘国家败亡之机拥立朱由崧，说是"幸遇国家大变，正我们得意之秋"（《桃花扇·迎立》），拥立得势后，阮大铖说"天子无为，从他闭目拱手；相公（指马士英）养体，尽咱吐气扬眉"（《媚座》）。他们把国家、朝廷的不幸当作自己的大幸，窃权滥为，谋千秋富贵，招致国家败亡，朝廷不存，他们也就失去了权势、富贵、性命。清流文人以风流自许，饮酒看灯，欣赏戏曲，寻访佳丽，出于门户之见揭发阉党馀孽，为保护门户请左良玉东下，移兵堵江，江北一空，国家覆亡，陈贞慧、吴应箕才恍然大悟："日日争门户，今年傍哪家？"（《沉江》）由此，孔尚任最后离开了征实的原则，虚构了《入道》一出，让张瑶星道士呵斥了在国破家亡之后重聚的男女主人公："呵呸！两个痴虫，你看国在哪里？家在哪里？君在哪里？父在哪里？偏是这点花月情根，割它不断么！"侯方域和李香君听了，"冷汗淋漓，如梦忽醒"，双双入道[13]。孔尚任借张道士之口说的这番话，实际上也就是孔尚任观照南明兴亡的基本点，这对晚明崇尚情欲的思潮是一个反拨和修正，但也不是回归到以君臣之义为首要的封建伦理中，而是把国家放在了人伦之最上，以国家为君、臣、民赖以立身的根本。这同黄宗羲在《明夷待访录》中所发表的关于君、臣与天下万民之关系的意见，角度虽然不同，而精神是一致的。因此，《桃花扇》的艺术世界所展示出的国家与君、臣、民的关系，由张瑶星说出的"皮之不存，毛将焉附"的道理，其意义也就超越了明清易代的兴亡之悲。

《桃花扇》在艺术构思上是非常成功的。孔尚任在力求遵守历史真实的原则下，非常合适地选择了侯方域和李香君的离合之情，连带显示弘光小王朝的兴亡之迹。侯方域和李香君的结合，本是明末南京清流文人的一件风流韵事[14]，又是复社和阉党馀孽斗争的一个小插曲。作者以此事作为戏剧的开端，既表现出复社文人的作风和争门户的意气，又使全剧从一开始便将儿女之情与兴亡之迹紧紧结合在了一起。《却奁》一出，侯、李二人卷入了政治门户斗争的漩涡，表现出弘光朝建立前南京的政治形势，为后来阮大铖得势后倒行逆施，迫使侯、李分离，立下了张本。侯、李之分离，既是弘光小朝廷建立后两种力量发生变化的结果，又为多方面展示小朝廷的面目、处境创造了条件：通过李香君的遭遇，从《拒媒》到《骂筵》，反映出马士英、阮大铖掌握权柄的小朝廷的腐败；通过侯方域的出奔与复归，展示出江北四镇的斗争、离析和史可法的孤立，以及左良玉的东下。弘光小朝廷覆灭后，侯、李二人重聚，双双入道，表现的是二人儿女之情的幻灭，而促使二人割断花月情肠的又是国家的灭亡。弘光小王朝的兴亡始末，就是这样艺术地再现了出来。

　　《桃花扇》创作的成功还表现在人物形象众多，但大都人各一面，性格不一，即便是同一类人也不雷同。这显示出孔尚任对历史的尊重，如实写出人物的基本面貌。如同是武将，江北四镇都恃武逞强，但行事、结局却不同：高杰无能，二刘投降，黄得功争位内讧，却死不降北兵；左良玉对崇祯皇帝无限忠心，但骄矜跋扈，缺少谋略，轻率挥兵东进。侯方域风流倜傥，有几分纨绔气，却关心国事。这其中也反映出孔尚任对人物性格的刻画较其他传奇作家有着更自觉的意识，要将人物写活。如同是权奸，马士英得势后横行霸道，而阮大铖则奸诈狡猾，都表现得淋漓尽致，从而在剧中营造出生动的场面和气氛。杨龙友的形象尤有特色。他周旋于两种力量之间，出面为阮大铖疏通复社文人，带人抓走李香君的假母，在马士英、阮大铖要逮捕侯方域时，又向侯方域通风报信；他趋从、奉迎马士英、阮大铖，在李香君骂筵中面临杀身之危时，又巧言救护李香君，诚如《桃花扇·媚座》批语所说："作好作恶者，皆龙友也。"他多才多艺，八面玲珑，表现出一副政治掮客的圆滑嘴脸和老于世故的复杂性格。

　　《桃花扇》在清代传奇中是一部思想和艺术达到完美结合的杰出作品。

注　释

〔1〕当时邹式金《杂剧三集序》中说："迩来世变沧桑，人多怀感。或抑郁忧愤，抒其禾黍铜驼之怨；或愤懑激烈，写其击壶弹铗之思；或月露风云，寄其饮醇近妇之情；或蛇神牛鬼，发其问天游仙之梦。"（《杂剧三集》，中国戏剧出版社1958年影印本卷首）

〔2〕《清史稿》卷四八四本传载尤侗受知于顺治皇帝，"以才子目之"事。后来，尤侗应康熙十八年（1679）博学鸿词科中二等，授翰林院检讨，康熙皇帝称之曰"老名士"，

"天下羡其荣遇"。剧作当是他早年不得意时所作。

〔3〕吴绮语引自《林蕙堂全集》卷二五《满江红·次楚畹赠玄玉》。清焦循《剧说》谓李玉系"申相国家人"。近世曲家吴梅曾称李玉的父亲是申用懋的仆人（冯沅君《怎样看待〈一捧雪〉》,《文学评论》1964 年第 5 期）。联系吴绮的词,可推断李玉父辈是苏州申时行家戏班的曲师。

〔4〕《一捧雪》等四剧合称"一人永占",有明末崇祯刊本。钱谦益《眉山秀题词》中说,他曾在顺治三年（1646）寓苏州时读到李玉剧作,提到《占花魁》《一捧雪》诸剧。

〔5〕《古本戏曲丛刊》第三集有《清忠谱》清初刻本之影印本。

〔6〕洪昇诗有《啸月楼集》《稗畦集》。后者《除夕泊舟北郭》题下注:"时大人被诬遣戍。"《一夜》中云:"国殇与家难,一夜百端忧。"具体情况可参看章培恒《洪昇年谱》（上海古籍出版社 1979 年版）"康熙十年""康熙十八年"项下考证。

〔7〕关于"演《长生殿》之祸",清人笔记中记述颇多。近世叶德均有《演长生殿之祸》,载其《戏曲论丛》（日知出版社 1936 年版）,考证颇详。章培恒《洪昇年谱》（上海古籍出版社 1979 年版）亦附有《演长生殿之祸考》。

〔8〕《桃花扇本末》首条云:"族兄方训公（孔尚则）崇祯末为南部曹。予舅翁秦光仪先生,其姻娅也,避乱依之,羁栖三年,得弘光遗事甚悉,旋里后数数为予言之。""独香姬面血溅扇,杨龙友以画笔点之,此则龙友小史言于方训公者,虽不见诸别籍,其事新奇可传。"这当是孔尚任作《桃花扇》的一个契机、一种动因。

〔9〕据孔尚任《湖海集》卷十一《与冒辟疆先生》:"昭阳天边之水,非万不得已如张骞者,谁肯乘槎？先生以马齿之故,远就三百里,同住三十日,饱我以行厨,投我以奚囊之玩,促促言别,情何以堪？"

〔10〕《桃花扇本末》中云:"《桃花扇》本成,王公荐绅莫不传抄,时有纸贵之誉。己卯秋夕,内侍索《桃花扇》本甚急,予之缮本莫知流传何所,乃于张平州（勄）中丞家觅得一本,午夜进之直邸,遂入内府。"索阅者当是康熙皇帝。

〔11〕孔尚任罢官原因无明确记载。据当时孔尚任与其友人的诗句,如孔尚任自云"命薄忽遭文字憎,缄口金人受谤诽"（《长留集·放歌赠刘雨峰》）；顾彩说"朱绂遂因诗酒捐,白简非有贪饕证"（《往深斋诗集·有怀户部孔东塘》）,可见他是以文字获罪的。《桃花扇本末》云此剧作成时,"内侍索《桃花扇》甚急","午夜进之直邸,遂入内府"。可见康熙皇帝曾关注此剧,作者之罢官当与此有关系。详见袁世硕《孔尚任年谱》（齐鲁书社 1987 年版）"康熙三十八年""康熙三十九年"项下考证。

〔12〕全祖望一生整理明季稗史,曾说:"明季稗史,不下千种。"（转引自谢国祯《增订晚明史籍考序》,上海古籍出版社 1981 年新版）

〔13〕侯方域在明亡后隐居家乡,并未入道,还曾经被胁迫参加河南乡试,中副榜。孔尚任在剧中写他与李香君入道,显然是出于创作意旨的需要。

〔14〕侯方域作有《李姬传》,载其《壮悔堂文集》卷五。有关此事清初余怀《板桥杂记》、现代陈寅恪《柳如是别传》（上海古籍出版社 1982 年版）,有较详细的记载、考证。

第三章　清初白话小说

　　入清以后白话小说仍然保持了旺盛的编创势头。这是因为白话小说拥有比诗文更大范围的读者，书坊竞相刊印。清初许多不肯屈节事清的遗民文人和科举失意的落拓文人，也纷纷作起小说来。遗民文人多是出于内心的苦闷和关怀世道之心，于诗文之外另寻一种表达方式。落拓文人多是由于受着小说盛行这种文化现象的诱导，有的是直接受到书坊主的邀请，投入小说编创中来，作为一种谋生之道。

　　作者的身份、境遇和创作目的不同，清初的白话小说也就呈现出多种类型，大体说来有这样几种：明代小说名著的续书、摹写世态人情的世情小说、叙写明清之际政事的时世小说、才子佳人小说。应当说，在清初各类小说都没有出现堪称杰作的作品，但是，这毕竟是中国小说史上的一个丰收的时期，顺治、康熙间新出的作品总计有上百部，标志着小说创作总体上已由改编迈入个人独创的阶段。其中一些作品也呈现新的创作特征，在中国小说的发展中起到了承先启后的作用。

第一节　小说续书与《水浒后传》

　　清初的小说续书　　两种续法：仿造和假借　　陈忱的行迹
假"水浒"人物以写心　　小说的抒情性

　　明代《水浒传》等四大小说行世，产生了巨大的影响，成为后来小说作者仿效的对象，也出现了续书现象。明末已有人写《西游记》的续书，入清后更出现了一批续书。康熙年间，刘廷玑便已注意到这种文学现象，他说："近来词客稗官，每见前人有书盛行于世，即袭其名，著后书副之，取其易行，竟成习套。"（《在园杂志》卷三）

　　清初的小说续书大致有两种作法。一种是仿造，作者刻意仿照原书，用原书的主要人物或者他们的后身，演绎出与原书相类似的故事情节，成为一部相类似的小说。天花才子评的《后西游记》[1]、青莲室主人的《后水浒传》[2]，便是这类续书。这种续书虽然也蕴含有一定的新意，如《后西游记》改唐僧师徒取经为其替身唐半偈及孙小圣、猪一戒、沙弥西天取"真解"，寓有嘲谑社会佞佛惑民的意旨；《后水浒传》叙写宋江、卢俊义等转世的杨幺、王摩等36人在洞庭湖造反的故事，中间还插入了杨幺潜入宫中进谏宋高宗"远谗去佞，近贤用能，恢复宋室"一段情节，隐寓着清初遗民的情绪，但全书模拟原书的痕迹过重，人物性格也与原书的人物大体相近，文笔疲弱，缺乏新的艺术创造。刘廷玑批评说："作书命意，创始者始倍极精神，后此纵佳，自有崖岸，不独不能加于其上，亦即媲美并观，亦不可得。何况续以狗尾，自出下下耶！"（《在园杂志》卷三）对于这种仿造型的续书，刘廷玑的评语是非常中肯的。

另一种续书是作者假借原书的一些人物，另行结撰故事情节，内容、意蕴都与原书大为不同。丁耀亢的《续金瓶梅》[3]，以两宋之交金兵南侵为时代背景，以原书的吴月娘携子逃难为时断时续的线索，先后写了西门庆、潘金莲、陈经济等人转世后的淫恶孽报，以及蒋竹山、苗青叛国通敌的罪恶，中间还插叙了宋徽宗被掳、张邦昌称王伏法、韩世忠梁红玉大败金兵、秦桧通敌卖国等历史故事。吴月娘逃难的情节，描绘出了一幅兵荒马乱、百姓流离的乱世景象，行文中还出现了清代特有的"蓝旗营""旗下"之类的语词，插叙宋金间军国大事，褒忠诛奸，第五十三回写金兵屠扬州，引入的【满江红】词里发出了"清平三百载，典章文物，扫地俱休"的悲叹。显然，亲身经受过明清易代战乱之苦的作者，是借续书影射现实，抒发心中对清朝以武力征服、取代明朝的愤懑。只是为了避开文网，作者假托为顺治皇帝颁行的《太上感应篇》作注解而作此小说，书中"杂引佛典道经儒理，详加解释，动辄数百言"（鲁迅《中国小说史略》第十九篇），又过多堆积了用以显明阴阳果报的情节，内容庞杂，而且多涉笔淫秽，这都成为突出的缺陷。

清初的小说续书中，陈忱的《水浒后传》是比较优秀的。

陈忱（1615—1671？），字遐心，号雁宕山樵，浙江乌程（今属湖州）人，身历明清易代的战乱，抱遗民之痛，绝意仕进，栖身田园，与吴中许多遗民文士优游文酒，曾参加叶桓奏、顾炎武、归庄等名士组成的惊隐诗社[4]。顺治十六年（1659）郑成功、张煌言由海上攻入长江，连陷瓜州、宣城，会师围金陵，抗清的声势大振。陈忱兴奋地写了《拟杜少陵〈收京〉》，诗云："渤澥风云合，楼船蔽远天。樯移扬子树，旗拂秣陵烟。诸将横戈进，羁臣藉草眠。遥瞻双阙外，正与楚烽连。"（《浔溪诗征》卷五）事败后，清廷大兴"通海案"，逮治有响应活动的绅民。陈忱友人魏耕因为曾遮道阻留张煌言，"请入焦湖，以图再举"，被逮就刑。（全祖望《鲒埼亭集》卷八《雪窦山人坟版文》）陈忱也为避祸四处藏身，有诗云："闭门卧风雨，只此远危机。事去不须问，家亡何所依？"（《浔溪诗征》卷八《仲春二十四日四十九岁初度》）《水浒后传》便是他在这个期间作成的[5]。

陈忱托名"古宋遗民"作《水浒后传》，说作者在山河破碎之际，"穷愁潦倒，满眼牢骚，胸中块垒，无酒可浇，故借此残局而著成之"（《水浒后传序》），无疑是自道他作此小说是借以抒愤写心的。《水浒后传》依据原书的结局，叙写梁山英雄中剩存的李俊、燕青等三十二人再度起义，由反抗贪官污吏，转为反抗入侵的金兵，惩治祸国通敌的奸臣、叛将，燕青在金兵占领的地区救助被掳的民众，去金营探视做了阶下囚的宋徽宗，全伙救出被金兵围困的宋高宗，保护他奠都临安，种种情节都寄托了陈忱的亡国之恨和关心国事的无限心曲。书中写李俊起义于太湖，继而开拓海岛，最后全伙聚集海上，建基立业，更明显地是由郑成功、张煌言拥兵海上抗清的实事而生发的小说情节，个中反映着当时江南遗民们寄恢复希望于海上和坚决不臣服新王朝的普遍心态。

这种借续书抒愤写心的作法，一般难以在艺术上获得较大的成功。《水浒后传》也未能完全摆脱这种常规。造出李俊等人在海上建基立业的情节，虽然寄托遥深，却缺乏内在的生活血肉，特别是最后以岛国中众多功臣成婚，"赋诗演戏大团圆"作结，更是落入了俗套。但是，陈忱是一位有诗文素养的文士，在小说叙事方面也表现出一些新特点。《水浒后传》是续《水浒传》之书，也属于英雄传奇一类，但叙事模式发生了变化，人物、情节没有了同类小说的那种传奇色彩，而趋向寻常生活化，抒情写意性增强了。如第二十四回燕青探视被俘的宋徽宗，献青子黄柑一节，没有突出写燕青身履险境的智勇，主要是写了燕青和成了阶下囚的老皇帝的十分动情的对话，似极平淡，却意蕴深沉，表露着较浓郁的感伤情绪。书中写人物活动时往往加进几笔实地景物描写，如第九回写李俊太湖赏雪，第十四回写戴宗泰山观日出，第三十八回写燕青、柴进登吴山俯瞰临安景象，月夜游西湖等，都是就实地实景写生，真切、自然，造成情景交融的艺术境界。有些地方还进而由之引出人物的感慨、议论，如写燕青、柴进在吴山看四周景物，山川秀丽，宫阙参差，城内街市繁荣，柴进感叹说："可惜锦绣江山，只剩得东南半壁！家乡何处？祖宗坟墓远隔风烟。如今看起来，赵家的宗室，比柴家的子孙也差不多了。对此茫茫，只多得今日一番叹息！"这种借小说人物抒情写意的笔法，也就使小说带有了几分抒情写意性。这无疑是通俗小说文人化带来的新的艺术素质。

第二节 《醒世姻缘传》

作者与成书年代　　独创的长篇世情小说　　荒唐的因果报
应模式　　鲜活的社会众生相　　宿命外壳中的真实内蕴
叙事的幽默与喜剧风格

　　《醒世姻缘传》署名"西周生"。对作者的真实姓名，研究者做过不同的
推断，但都缺少真凭实据[6]。小说是用山东一带方言作成，故事背景主要是
山东济南府绣江县（章丘的别称）明水镇，有浓厚的乡土气息，中间写到明
代末年这一带地方的实有人事，如济南"守道副使李粹然"（第二十一回），
"癸未"（崇祯十六年）除夕"大雷霹雳，震雹狂风"（第二十七回），《济南
府志》里都有记载。这说明小说作者是明末清初生活在这个地方的一位文人，
小说作成于清初顺治年间[7]。
　　《醒世姻缘传》是继《金瓶梅》之后问世的一部长篇世情小说，风格也相
近，其中的人物还引经据典式地引用了"西门庆家的潘金莲"的话语（第三
回）[8]，受《金瓶梅》的影响是明显的。但这部小说的创作没有借用旧的故事
框架，没有较多地采用或改制已有的作品，而是完全取材于现实生活，虚构出
全新的小说人物和生活图画，而且还有一个明确的要解释社会人生的基本问题
（夫妻关系恶劣的原因）的题旨，小说的情节结构也是由此而设计的。从这个
角度说，《醒世姻缘传》是最早的一部作家独创的长篇世情小说。
　　《醒世姻缘传》原名《恶姻缘》，全书一百回，按照佛教的因果报应观念，
先后写了两世的两种恶姻缘。前二十二回叙写前世的晁家：浪荡子晁源纵妾虐
妻，小妾珍哥诬陷大妻计氏私通和尚，致使计氏投缳自尽。小说开头还写了晁
源伴同珍哥打猎，射杀一只狐精。这都成为冤孽相报的前因。第二十二回以后
叙写今世的狄家：狄希陈是晁源转生，娶了狐精托生的薛素姐为妻，后米又继
娶了计氏转生的童寄姐，婢女珍珠是珍哥转生的。狄希陈受尽薛素姐、童寄姐
的百般折磨、残酷虐待，珍珠也被童寄姐逼死，"偿命今生"。最后，狄希陈
梦入神界，虔诵佛经，便"一切冤孽，尽行消释"。为营造这样一个荒唐的两
世姻缘的故事，小说中还写进了一些荒唐的情节和无稽的说教，整部小说有着
浓重的荒诞神秘的色彩。
　　但是，当作者的笔触转向现实人生的时候，却又相当清醒，体察得很深
切，在他主观编造的因果报应的故事框架的内外，描绘出相当丰富的真实而鲜
活的世态人情。顽劣子弟私通关节便成了秀才，三年赃私十多万两的赃官罢职

时还要"脱靴遗爱",逼死人命的女囚使了银子在狱中依然养尊处优摆生日宴席,狱吏为了占有美貌的女囚不惜纵火烧死另一名女囚,无文无行的塾师催逼学生缴脩金就像官府追比钱粮,江湖医生故意下毒药加重病情进行勒索,尼姑、道婆搬神弄鬼骗取钱物,媒婆花言巧语哄骗人家女儿为人作妾,乡村无赖瞅着族人只剩下孤儿寡母便谋夺人家的家产,新发户转眼就嫌弃亲戚家"穷相"。这部声称主旨在于明因果的小说,倒是全景式地反映出了那个时代吏治腐败、世风浇薄的面貌。

小说对作为因果关系的两个家庭、两种恶姻缘的描写也是有具体的生活内容的。晁家的计氏原本并非是不幸的,当初计家比较富裕,嫁到较贫寒的晁家时,除了丰厚的妆奁,还带来一顷田地,公婆欢心,丈夫也有几分惧怕,曾过了几年舒心日子。后来公公贪缘钻营,做了知县,晁家富贵了,晁源更加浪荡,娶了小妾,喜新厌旧,计氏才逐渐陷入了等于被遗弃的境地。她很苦恼,孤寂无聊,被尼姑钻了空子,经常来她房里走动,便成了被珍哥诬陷的根据和晁源要"休了她,好离门离户"的借口。这一切都写得很实际,没有羼入任何神秘的成分。作为因果链条上今世的狄家,尽管交代出与前世人物的对应关系,荒诞的内容添加了许多,但还是写出了现实的生活内容。薛素姐是带有几分神秘性的,写她超常的乖戾,虐待丈夫狄希陈,棒打、鞭笞、针刺,乃至神差鬼使地射丈夫一箭,是由于神人给她换了一颗恶心,但也写出了造成她那种虐待狂的现实原因。薛素姐出嫁前已闻知狄希陈性情浮浪,却只能听命于家长结成没有爱情的婚姻。临出阁时,母亲谆谆叮嘱:夫主是女人的终身依靠,不得违拗,丈夫即便偷丫头、嫖妓女,也要容忍,丈夫弃妻宠妾都是那做女人的量窄心偏激出来的。这就使薛素姐对男人先有了一种敌意。婚后,狄希陈果然不本分,薛素姐发现妓女孙兰姬送给狄希陈的汗巾子、红绣鞋,对他扭打拷问,便招致了婆婆的不满。狄婆子说:"汉子嫖老婆,犯什么法?""没帐,咱还有几顷地,我卖两顷你嫖,问不出这针眵的罪来!"(第五十二回)在那种男子可以纳妾、嫖妓女,而女子却必须谨守"不妒之德"的社会里,薛素姐对不忠实的丈夫越来越严厉、凶悍的惩罚,实则是出自女性本能的妒情和对男性放纵的反抗。小说中还写了薛素姐不顾父母的阻拦出去逛庙会的情节,她事后得意地说:"你们不许我去,我怎么也自己去了!"(第五十六回)这也反映着妇女对现实的清规戒律的反抗意识。薛素姐的乖戾、凶悍是由那种社会所造成的人性的变态,虽然有作者的扭曲成分,但也有真实的社会内容,而且比其他小说中的悍妇形象更深刻地透露出"悍"的原因。

就小说开头作为缘起的一段议论和小说以晁家为前世、狄家为今世的结构看,作者显然是出于男权意识有憾于世间家庭的"阴阳倒置,刚柔失调",意即丈夫受妻妾的辖制、欺凌的现象而发作的。作者独将薛素姐写成狐精转世的一个心肠极恶的悍妇，更表现出男权主义的立场。有意思的是，小说中展现出来的人生图画却超越了作者的思想，且不说纵妾虐妻的晁源，即便是受妻凌辱的狄希陈也有咎由自取的现实因素，他的轻浮，对薛家的背义，也是导致薛素姐敌视、虐待他的原因[9]。小说为揭示男性被女性欺凌的原因，追究到了男性压迫女性的人生悲剧，表现为一个循环相因的生活过程，在这个因果报应的荒谬逻辑中，也正蕴含着一个现实逻辑的内核：女性对男性的欺凌，也就是对男性压迫的反抗。小说在以因果报应警世劝人的思想躯壳里，包孕着呼吁尊重女性、夫妻应当"相敬如宾"的现实意义。这就是《醒世姻缘传》超越一般写悍妇而旨在维持所谓夫纲的地方。

　　《醒世姻缘传》受《金瓶梅》的影响，写社会家庭间的寻常细事，真切、细致、贴近生活原貌，对城乡下层社会的描绘更富有鲜活的生活气息。作者对人情世态，揣摩得深切，在写实的基调上，往往加些夸张之笔，显示出其人其事的滑稽可笑，形成讽刺艺术的效果。小说中出现的各类人物，无论是官员、乡绅、塾师、乡约、媒婆、江湖医生、市侩商人、尼姑道婆、农村无赖，大都写出各自独具的那种卑陋的势利嘴脸，可说是写尽众生相。小说用方言俗语描摹人物情状，字里行间流露出一种诙谐幽默的情趣。如第八十八回写仆人吕祥挑唆薛素姐追赶狄希陈去西川，中途拐了骡子逃走，被扬州差人看破，顿时心虚的光景：

　　　　怎禁的贼人胆虚，一双眼先不肯与他做主，眊眊稍稍，七大八小起来；其次那脸上颜色，又不合他一心，一会红，一会白，一会焦黄将去；再其次那舌头，又不与他一溜，搅粘住了，分辨不出一句爽利话来。

叙述中还常用几句夸张的形容，如写晁源惧怕小妾，珍哥的话刚出口，他"没等听见，已是耳朵里冒出脚来"；写薛素姐"一个搜风巴掌打在狄希陈脸上"，"外边的都道是天上打霹雳，都仰着看天"。这些形容都富有幽默、诙谐的情趣。诗人徐志摩曾称赞作者"行文太妙了，一种轻灵的幽默渗透在他的字句间"，"他是一位写趣剧的天才"（《〈醒世姻缘〉序》）。

第三节　李渔的短篇小说

　　清初的拟话本小说　　李渔的小说创作　　演绎个人经验和情趣　　专断的叙述与叙述的机巧　　讽谕和娱乐

　　明清之际的拟话本小说，在白话短篇小说的发展中，处在由整理、改编迈向独创的过渡时期。冯梦龙编辑"三言"之后，编创"二拍"的凌濛初曾声明：宋元旧篇已被冯氏"搜括殆尽"，"因取古今来杂碎事可新听睹、佐谈谐者，演而畅之"，"其事之真与饰，名之实与赝，各参半，文不足征，意殊有属"（《拍案惊奇序》）。到清初，可供凭借的旧材料更加难得，作家们转向记述当时见闻，凭经验结撰故事，便是势所必然。拟话本小说由改编转向独创，自主性也就增大了，必然在内容和形式上都发生相应的变化，摹写世情的小说占了主导地位，话本的体制失去了约束力，作为"入话"的诗词和头回不再是不可缺少的，叙述中引证诗词的数量大为减少，等等。这时期的小说集有东鲁古狂生的《醉醒石》[10]，圣水艾衲居士的《豆棚闲话》[11]，酌玄亭主人的《照世杯》[12]等。创作上最有特色的是李渔的《无声戏》《十二楼》。

　　李渔的这两部小说集都是他自兰溪移家杭州后数年间作成并刊行的。最先刊行的是《无声戏小说》12篇，继而刊行了《无声戏二集》6篇。顺治十七年（1660）工部侍郎张缙彦被劾，罪状之一为曾"编刊"（实为资助）《无声戏二集》，内有掩饰其过去迎降李自成之事的话语，结果张被流放。后李渔将二书重新编排，抽换了关于张缙彦的一篇，易名为《连城璧》，分内外两集，共18篇[13]。《十二楼》包括12篇小说，每篇都写及一楼，并以楼名标题，故名。卷首有杜濬序，初刊本序末署"顺治戊戌中秋日锺离濬水题"。李渔作小说亦如作戏曲，自行刻售，是作为一种谋生之道。他将先出的小说集题名"无声戏"，意即不演唱的戏曲，表明在其小说观念中与戏曲一样重视故事情节的新奇有趣，也意味着他作小说要赢得读者的欢喜。所以，他摆脱了改编、因袭的作法，有自觉的创造意识，锐意求新。他的两部小说集共计30个短篇，大都是就个人的经验见闻，运用想象自行结撰的。后来，他曾颇为自负地宣称："若稗官野史，则有微长，不效美妇一颦，不拈名流一唾，当世耳目为我一新。使数十年来无一湖上笠翁，不知为世人减几许谈锋，增多少瞌睡！"（《笠翁文集》卷三《与陈学山少宰》）

　　李渔的短篇小说全是叙写世情的，展示的是社会家庭间财产、婚姻、子嗣、立身处世的问题，从题材角度说，与前出之"三言""二拍"中写市井生活的作品是一样的。不同的是李渔的小说不是摹写社会人生的实况，他所营造的小说世界，大都是与现实世界似是而非，所显示的不是真实的生活，而是他别出心裁的经验之论和游戏人生的意趣。在《妒妻守有夫之寡，懦夫还不死之魂》里，费隐公有二十多房妻妾，"正妻不倡酸风，众姬妾莫知醋味"，一些不堪妻妾扰闹的男子纷纷前来讨教，他以"妒总管"自居，登坛说法，广授"弭酸止醋之方"，还率领众信徒向邻家妒妇淳于氏大兴问罪之师，展开了一场关于妒道与夫道的大辩论，最后铺谋设计，制服了妒妇。他的《疗妒羹》传奇演的就是这个故事，读者一眼便可以看出并非真实生活的故事。联系李渔自己妻妾众多，曾屡以"妾不专房妻不妒"自诩，不难看出他作此小说的底蕴，费隐公的"弭酸止醋之方"，也就是夫子自道其治家疗妒的经验。《鹤归楼》写两位新进士，娶的是一对表姊妹，新婚不久便奉命出使异国。郁子昌与妻子眷恋惜别，别后相思不已，数年下来夫老妻死；段于初抱惜福安命的哲学，生离权做死别，以绝情的态度断了妻子思念之心，八年后归来，夫妇颜貌如初。段于初解释他这种方法的妙处是："假做无情，怏怏而别，她自然冷了念头，不想从前的好处，那些凄凉日子就容易过了。"还说："这个法子就是男子寻常出门远行，也该此法"，"知道出去一年，不妨倒说两载"，"宁可使她不望，忽地归来，不可令我失期，致生疑虑！"小说图解的、由段于初说明的这种法子，其实也就是李渔的生活哲学的机巧，他在《粤游家报》里就曾向家人讲过这番道理（《笠翁文集》卷三）。这类小说还只是李渔将个人的生活经验化作生活的图画，《三与楼》《闻过楼》两篇则直是自寓之作，前者引入了他的两首《卖楼》诗，后者引入了他的《伊园十便》诗，联系他在杭州期间的行迹，不难看出两篇小说的主人公虞素臣、顾呆叟，其实就是他自己，小说叙写的就是不耻干谒的山人李渔自己起楼卖楼的辛酸和希冀达官友人资助的曲微心态。在白话小说创作中，李渔是最早勇敢地投入自己、表现自己的作家。

李渔作小说也继承了拟话本小说与生俱来的关乎名教、有裨风化的套数，篇首篇尾总要做一番说教，有少数作品径直是劝善惩恶、维持世道的内容。但是，李渔绝少在封建纲常伦理上做文章，所发的大都是别出心裁的饮食日用之道，如"惜福安穷"，儿子无论亲生，养子都要一样看待，死时不妨劝妻妾改嫁等等，可见他并非道学先生。有时，他还会做点调侃语，如《妻妾抱琵琶梅香守节》里，侍婢碧莲为主人抚养孩子，最后主人归来，碧莲做了他的正室，作者说："可见做好事的原不折本，这叫皇天不负苦心人也。"在一些篇章里，劝惩性的说教就只是一种敷衍。如《合影楼》里发的是"男女大防"要"防微杜渐"，而故事叙写的男女恋情却受到了肯定，最后通情达理地让有情人终成了眷属，顽固的家长则成了被愚弄、嘲笑的人物，说教也就成了虚假的门面。拟话本小说固有的教诲宗旨，在李渔的小说里完全变了味道。

李渔的小说创作突出地表现着一种玩世的娱乐性。他曾自谓其作小说戏曲是："尝以欢喜心，幻为游戏笔。"（《笠翁诗集》卷五《偶兴》）表白得很坦诚，也很确切。他写社会家庭间的纷争，总是以"欢喜心"让好人不必付出大的牺牲，最后得到好报，人生的酸味苦情都被冲淡、化解了；写人生浮沉穷通，总是用"游戏笔"让困顿中的人物神差鬼使般地陡然时来运转，富贵起来，好不欢喜。小说虽不全无劝惩之意，但主要还是娱乐人心。《换八字苦尽甘来》写皂吏蒋成由于八字不好，事事吃亏倒霉，人称"蒋晦气"；算命先生为他戏改了八字，便交上了好运，要钱有钱，要官得官。作者尽管煞有其事地做点并不能自圆其说的表面文章，说这还是因为蒋成老实，而实则是用调侃游戏之笔编造了一个歪打正着的故事，让读者开心。《归正楼》写一位神通颇大的拐子改邪归正的故事，题目很正经，但小说没有着意写他归正前的拐骗恶行，他还是颇善良的，倒是在他立意归正后，具体写了他用拐子的手段骗来银子，建起了一座佛堂，还说是骗人作福。李渔并没有顶真地按题目作文章，而是以玩世不恭的态度作游戏文章。有些篇章竟至涉笔极丑陋、污秽之事，也是为媚俗而跌入了庸俗。

李渔意识到了艺术世界和现实世界的不同，在小说创作中有着活跃的创造意识，但却过分地强调了创造的自由性，以为可以不受任何约束地"为所欲为"[14]。所以，他的小说表现出一种主观专断的叙事特征和情节的随意性。他并不掩饰他作为叙述者的存在，总是以自己的名义和口吻进行叙述，不仅在篇前篇后絮叨地发议论，叙述故事时也会随时介入他的解释和俏皮的调侃。他很少放弃叙述，作客观的展示，他说什么就是什么，懒得去描写人物的相貌、气质和活动的场景，藉以增强故事的可信性和情节发展的合理性。他选定了一个题目，便无顾忌地摆布人物，编织故事。他往往只凭着"时来运转""因祸得福""好人好报"之类的口头禅，便可以轻而易举地让皂吏蒋成、落泊文人秦世良（《失千金祸因福至》）、乞儿"穷不怕"（《乞儿行好事，皇帝做媒人》）富贵起来。他要写才子的风流，便让书生吕哉生交上桃花运，有三个妓女真情实意地爱上了他，还出资为他娶来了一位大家闺秀，兼收了一位倾慕于他的富媚（《寡妇设计赘新郎，众美齐心夺才子》）。这就只能说是一些有趣的故事，而不是真实的人生写照。李渔毕竟精于人情世故又有文学才智，他编造的故事里也蕴含着人生的机趣。他的几篇小说大都取意尖新，突破才子佳人小说的模式。《谭楚玉戏里传情，刘藐姑曲终死节》就伶人的身份和独特的生活环境，写男女主人公在舞台上借戏文传情，在面临被拆散的情况下，假戏真做，双双赴水殉情，成为李渔小说中最合乎人情事理而又最见其聪明才思的一段情节。《夏宜楼》用一架当时还是稀罕物的望远镜作为媒介，写了一场男女并不在一处的爱情的发生和胜利，在叙事上又运用了控制视角的方法，使情节在悬念和解释的更替中进行，可以说别出心裁，富有情趣。《合影楼》就环境的特征，写一对男女在两家后园墙下相通的水池边对影盟心，荷叶传诗，终成眷属，意境新颖，随着家长态度的变化和爱情的顺逆，水池也发生了分隔和沟通的变化，连环境也带有了象征意蕴。

第四节　才子佳人小说

一种小说类型　　作家的创作底蕴　　才子佳人的婚姻梦想
顺乎情而不悖乎礼　　故事的模式化及其演变

清初各类小说中，数量最多的是才子佳人小说。才子佳人的婚恋小说由来已久，唐代元稹的《莺莺传》以后，传奇小说、话本和拟话本小说中都不少见，旨趣是不同的。清初一时出现许多本这类小说，蔚为大宗，内容基本一致，与以往的才子佳人小说迥然不同，成为清初小说的一大类型。

清初的才子佳人小说是从晚明话本小说发展而来，篇幅增长了，一般在15至20回之间，成为章回式的中篇，书名也多仿照《金瓶梅》由主要人物姓名中的一个字拼合而成，如《玉娇梨》《平山冷燕》。文字比较清顺、规范，中间夹有较多的诗词韵语，大多数是以诗词为主人公发生爱情的契机，有的诗词写得还颇有韵致。从这一点说，这类小说又受到了明人传奇的影响。就小说的内容说，这类小说是晚明拟话本中婚恋小说的新变。"三言""二拍"里都有才子佳人的婚恋小说，多是写文人的风流艳事，重在情欲的爱悦，有着浓厚的世俗色彩。清初的这类小说叙才子佳人才色相慕，终成连理，是超世俗情欲的，追求理想的配偶，却严守礼教规范，并往往与才子的功名遇合纠缠在一起，题旨、意趣与晚明小说是不一样的。

清初才子佳人小说的代表作家是天花藏主人张勻[15]，樗李烟水散人徐震[16]。张勻编著并经营刊印，多为才子佳人小说，最著名的是《玉娇梨》《平山冷燕》《定情人》等。徐震是在最初写出传奇类的小说《女才子书》之后，受书坊主人的邀请作起才子佳人小说的，作品有《合珠浦》《珍珠舶》《赛花铃》等。他们都是失去了科举仕进缘机的文人，在小说创作迈入兴盛之际，作小说是一种谋生的方式。他们都曾自述其境遇、心境。张勻在《天花藏合刻七才子书序》中说："顾时命不伦"，"淹忽老矣"，"欲人致其身，而既不能；欲自短其气，而又不忍，计无所之，不得已而借乌有先生以发其黄粱事业"，"凡纸上之可喜可惊，皆胸中之欲歌欲哭"。徐震在《女才子书叙》里述说穷困不遇的境况，还特别讲到家中没有梁鸿孟光"举案齐眉"之乐的遗憾，自谓作小说"虽无异乎游仙之虚梦，跻显之浮思"，然"泼墨成涛，挥毫落锦，飘飘然若置身凌云台榭，亦可以变啼为笑，破恨成欢矣"。这都道出了他们写才子佳人小说的深层底蕴。

　　清初这类小说最先出的几部都是才子佳人求偶择婚的故事。才子必定要有才貌双全的佳人为偶，于是外出访求，"游婚姻之学"；才女也必定待才子而嫁，于是个人和家长乃至朝廷都要试才选婿，也就往往引出权豪的构陷，又有无才的小人拨乱其间。作者心目中的"才"主要是能诗擅文，诗便成了男女主人思慕、追求的契机和表达倾慕之情的方式，婚姻之事便注入了文雅风流的内容。权豪由于为子女提亲被拒绝而进行构陷，才子佳人大都难免为避害而易名迁徙之苦，故事也就曲折起来。但是，其中几乎完全没有现实的礼法、婚姻制度对青年人的爱情所造成的阻力、不幸，几乎所有家长对子女的自主择婚都是支持的。小说最后都是以才子佳人终成眷属而结束，又往往是才子中高科、奉旨成婚，富贵风雅都有了。清初的才子佳人小说所描绘的，正如它们的作者所表述的，不过是他们徒自憧憬的富贵风流梦。

　　清初才子佳人小说将晚明世情小说的纷繁世界转向文人、淑女的一角，由文人们的风流韵事变为求偶择婚的庄语，也反映了社会文化思潮的变化。这类小说中明白表现了自主择婚的意识，提出了以才、貌相当为条件的爱情婚姻观。丢了现实中还占据着支配地位的家长包办婚姻、子女不得自主的封建观念，让所谓佳人超脱了"无才便是德"、只是做男子的附属的境地，有的小说还特别突出了佳人的才智、胆识，如《定情人》的江蕊珠。这显然是承受了晚明反传统礼教、反理学的社会文化思潮的影响。但是，这些小说的作者使婚恋主题雅化、淡化，甚至淘汰掉青年男女相爱的自然情欲的动因和内容，突出了诗词才情的欣赏，将男女之情引向择婚的风雅上去，自主择婚而不越出礼教设定的范围，才子佳人之间只有爱慕而没有爱情的冲动和情思，更没有幽会、私奔，情被超俗化自然也就无伤大雅了。当时的官僚文人刘廷玑说："近日之小说，若《平山冷燕》《情梦柝》《风流配》《春柳莺》《玉娇梨》等类佳人才子慕才慕色，已出之非正，犹不至于大伤风俗。"（《在园杂志》卷二）这也说明清初才子佳人小说言男女之情而不悖乎礼的思想特征。

　　作者多是为谋生而作小说，他们并不熟悉上层社会和得意文人的生活，创作缺乏生活体验的基础，继《玉娇梨》《平山冷燕》而出的才子佳人小说，多是在其奠定的格局中做些变化，旨趣和情节模式大体相类，人物缺乏有生活血肉的个性，所以后来受到了如曹雪芹在《红楼梦》开头借石头之口所作的"千部共出一套"的批评[17]。

　　清初才子佳人小说对后世小说创作也产生了相当的影响。康熙以后出现的《好逑传》《驻春园小史》等，都是沿袭了《玉娇梨》《平山冷燕》的套路，只是增加了世情方面的描写，加入侠义乃至神怪的情节。曹雪芹虽然批评了才子佳人小说，创作上也确实是与之大不一样，由编织才子佳人超俗的婚姻理想，转向直写上层社会人生婚恋之不幸，艺术造诣更是才子佳人小说不能比拟的，但是，《红楼梦》中对女子情有独钟的文化内蕴，显示出的心灵结合的爱情观，大观园中试诗才、联吟唱和的情节，也还是发脉于才子佳人小说。清初才子佳人小说无疑是中国小说历史链条中的一个环节。

注　释

〔1〕《后西游记》，清刻本，署天花才子评点。刘廷玑《在园杂志》卷三提及其书，初刊当在清初。苏兴《论后西游记》认为有可能产生于明末。（《明清小说论丛》第二辑）

〔2〕《后水浒传》，署青莲室主人辑，卷首有序，末署"采虹桥上客题于天花藏"。天花藏主人为《平山冷燕》作者，见本章注〔15〕。

〔3〕丁耀亢生平请参见本书第七编第九章注〔7〕。《续金瓶梅》存顺治原刻本，《古本小说集成》（上海古籍出版社）有影印本。

〔4〕陈忱，光绪《乌程县志·人物》有小传。杨凤苞《秋室集》卷一《书南山草堂遗集后》记吴中惊隐诗社，入社名流有陈忱之名，末云："后之续遗民录者，必有取于斯也夫。"

〔5〕《水浒后传》原刊本封面书题"康熙甲辰仲秋镌"。甲辰为康熙三年（1664）。《古本小说集成》（上海古籍出版社）有影印本。

〔6〕对《醒世姻缘传》作者的推断有多种，其中影响较大的是蒲松龄说。清代已有此传说。胡适作《醒世姻缘传考证》，附孙楷第写给他的一封长信，根据小说所用方言、写到的实有人事等情况，推断为蒲松龄作（上海亚东图书馆 1933 年 10 月刊印《醒世姻缘传》卷首）。然缺少有力的证据，后来的研究者多持非蒲松龄说，并相继提出以下数说：一章丘文士说，见徐朔方《论〈醒世姻缘传〉以及它和〈金瓶梅〉的关系》，《社会科学战线》1989 年第 2 期；丁耀亢说，见田璞《〈醒世姻缘传〉的作者新证》，《河南大学学报》1985 年第 6 期；贾应宠说，见徐复岭《〈醒世姻缘传〉的作者和语言考论》，齐鲁书社 1993 年版，都缺乏实证材料。

〔7〕曲阜《颜氏家藏尺牍》卷三有周在浚致颜光敏一札，内容是讨回《恶姻缘》小说，原因是"吴中近已梓完，来借一对，欲寄往耳"。此札作于康熙二十年（1681）颜光敏南游期间。《醒世姻缘传》卷首"凡例"后附跋语中称此书原名《恶姻缘》，此外不见有题名"恶姻缘"的另一部小说。由此可以断定《醒世姻缘传》"弁语"末尾所题"辛丑"为顺治十八年（1661），也就是小说作成的时间。

〔8〕《醒世姻缘传》第三回里珍哥说："这可是西门庆家潘金莲说的：'三条腿的蟾希罕，两条腿的骚老婆子要千取万。'"此话见于《金瓶梅》第八十七回，原是周守备家的管家说的，原为"三足蟾没处寻，两脚的老婆愁那里寻不出来"！这是作者凭记忆用了《金瓶梅》里的话，以致弄错了说话的人物，文字也不一致，这也说明他是读过《金瓶梅》的。

〔9〕诗人徐志摩《〈醒世姻缘〉序》中说："他（指狄希陈）的受罪固然是可怜，素姐的

发威几乎是没有一次没有充分理由的。"(《新月》第 4 卷第 1 号，1932 年 1 月)

〔10〕《醉醒石》署东鲁古狂生编辑，作者真实姓名不可考，就行文口气称"明朝""先朝""国朝"，及所用方言特点，当为由明入清的山东文人。全书 15 卷，各叙一故事，内容多是写社会现象，如官吏的贪贿、僧人术士的奸诈、科举的腐败等。文笔简洁，情节过于简略，又好发评议，训诫气味过重。

〔11〕《豆棚闲话》，作者真实姓名不详，就书中《首阳山叔齐变节》《空青石蔚子开盲》所叙内容看，作者应当是位身经明清鼎革的文人。这部小说集的特点，一是以豆棚下轮流说故事为线索，串联起 12 篇故事，类似西方小说《一千零一夜》《十日谈》，在中国短篇小说集中可称首创。二是随意生发，抒写胸中不平之气，有的是就历史故事做反面文章，冷讽热嘲，意味隽永，语言酣畅，在清初拟话本小说中堪称上乘。

〔12〕《照世杯》，署酌玄（为避讳改作"元"）亭主人编次，真实姓名不可考，就卷首吴山谐野道人序，可知与丁耀亢、李渔、杜濬同时。小说作成于顺治末年。全书 4 卷，各叙一篇故事，篇幅稍长，缺乏剪裁，写世态人情之庸俗龌龊，缺少深刻的意蕴。

〔13〕日本尊经阁藏李渔《无声戏小说》原刻本，十二回，卷首有伪斋主人序；佐伯文库藏《连城璧》，正集十二回，续编六回，卷首有睡乡祭酒序。《无声戏二集》无存本。伊藤漱平为佐伯文库《连城璧》影印本所作《解说》对从《无声戏》变为《连城璧》的情况有较详细的考论，伪斋主人即为张缙彦。御史萧震弹劾张缙彦事，载于《清史列传·贰臣传》，其疏云："缙彦仕明为尚书，闯贼至京，开门迎纳，犹旧事在前朝，已邀上恩赦宥，乃自归诚后，仍不知洗心涤虑，官浙江时，编刊《无声戏二集》，自称'不死英雄'，有'吊死在朝房，为隔壁人救活'云云。"事涉朝中党争，《无声戏二集》事只是张缙彦被人家抓到的一个把柄。（江巨荣《〈无声戏〉与刘正宗、张缙彦案》，《中国古代文学丛考》第二辑，复旦大学出版社 1987 年版）

〔14〕李渔在《笠翁偶集·词曲部下》中说："文字之最豪宕、最风雅，作之最健人脾胃者，莫过填词一种"，"未有真境之为所欲为，能出幻境之上者：我欲做官，则顷刻之间便臻荣贵；我欲致仕，则转盼之际又入山林；我欲作人间才子，即为杜甫、李白之后身；我欲娶绝代佳人，即做王嫱、西施之元配……"这段文字反映着李渔的文学创作观。

〔15〕署天花藏主人著、编、述、序的才子佳人小说有十多种，最著名的是《玉娇梨》《平山冷燕》。孙楷第《中国通俗小说书目》题《玉娇梨》为张匀作，未有论证。苏兴有《天花藏主人及其才子佳人小说》《张匀、张劭非同一人》（载其《西游记及明清小说研究》，上海古籍出版社 1989 年版），论证天花藏主人即为嘉兴张匀。《古本小说集成》（上海古籍出版社）影印本《平山冷燕》卷首《前言》也论证天花藏主人为张匀。

〔16〕署烟水散人编著的小说有《女才子书》《珍珠舶》《合浦珠》《赛花铃》等 9 种。《女才子书》卷首钟斐序，称作者为"徐子秋涛"。《昭代丛书》别集收《牡丹亭谱》，署"秀水徐震秋涛录"，自序云："往余曾辑《女才子书》。"可证烟水散人即为嘉兴徐震。考见《古本小说集成》第一辑《女才子书》（上海古籍出版社 1991 年影印

本）卷首《前言》。

〔17〕见《红楼梦》第一回，原文是："至若佳人才子等书，则又千部共出一套，且其中终不能不涉于淫滥，以致满纸潘安、子建，西子、文君，不过作者要写出自己的那两首情诗艳赋来，故拟出男女二人姓名，又必旁出一小人其间拨乱，亦如剧中之小丑然。"（《脂砚斋重评石头记》庚辰本）

第四章 《聊斋志异》

在明代，传奇小说呈现出兴盛的势头，形成与宋元话本小说雅俗并行的局面。明初，瞿佑作《剪灯新话》，以艳语叙写烟粉、灵怪故事，引起一些文人纷纷仿效，先后有李祯的《剪灯馀话》、赵弼的《效颦集》等，乃至遭到朝廷禁止。明嘉靖以后，文禁渐开，又有邵景詹作《觅灯因话》，宋懋澄作《九籥别集》等。同时，还有不少人编纂古今志怪小说，有《艳异编》《说郛》《顾氏文房小说》《情史类编》等，先后刊印出来，一时颇为盛行。在这种风气之下，清初的著名文人也往往写几篇为有奇行异事的小人物立传的传奇式文章[1]。在以志怪传奇为特征的文言小说中，最富有创造性、文学成就最高的是清初蒲松龄写的《聊斋志异》。

第一节 蒲松龄与《聊斋志异》的成书

大半生在科举中挣扎　　塾师生涯　　徘徊于雅俗文化之间
《聊斋志异》的创作与成书

蒲松龄（1640—1715）字留仙，一字剑臣，号柳泉居士，世称聊斋先生。明崇祯十三年（1640）生于淄川县（今山东淄博）。蒲氏虽非名门大族，却世代多读书人。父亲蒲槃，自幼习举子业，乡里称博学洽闻，但科举失意，遂弃儒经商，积二十馀年，赢得家资颇丰实。待经过明清易代之际的战乱，年纪渐老，无心经营，加以子女较多，食指日繁，家道便衰落下来。他无力延师，便亲自教子读书，将科举功名的希望寄托在儿子们身上。

蒲松龄兄弟 4 人，惟他勤于攻读，文思敏捷，19 岁初应童子试，便以县、府、道三试第一进学，受到当时做山东学道的文学家施闰章的奖誉，"名藉藉诸生间"（乾隆《淄川县志》卷六《人物志》）。此后却屡应乡试不中。他在科举道路上挣扎了大半生，直到年逾古稀，方才援例取得了个岁贡生的科名，不数年也就与世长辞了。

蒲松龄一生位卑家贫。他 25 岁前后与兄弟分居，只分得几亩薄田和三间老屋。他志在博得一第，锐意攻读，常与同学研讨时艺，联吟唱酬，无暇顾及家计，子女接连出生，生活便陷入艰窘。31 岁时，曾应聘南游做幕僚，在做江苏宝应县令的同乡孙蕙衙门里帮办文牍。他极不甘心为人做幕僚，仅一年便辞幕返家。此后数年间，他辗转于本县缙绅之家，做童蒙师，或代拟、誊抄文稿，以养家糊口。康熙十八年（1679）进入本县毕家坐馆。毕氏在明末是显赫的大官宦之家，与当地世家大族皆连络有亲。馆东毕际有在清初曾任南通州知州，罢职归田，为本县的一大乡绅。蒲松龄在毕家一面教毕际有的几个孙子读书，研习举业，一面代毕际有写书札，应酬贺吊往来。蒲松龄诗文俱佳，毕际有一派风雅名士气度，宾主相处十分融洽。在毕家，蒲松龄生活安适，受到礼遇，有东家丰富的藏书可读，还可以继续写《聊斋志异》，按期去济南应试。所以，他尽管时有寄人篱下之感，有不得亲自教子孙读书之叹，但也别无更佳处境，何况与东家老少有了感情，乃至感到"居斋信有家庭乐"（《聊斋诗集·赠毕子伟仲》）。如此，他在毕家足足待了 30 个年头，70 岁方才撤帐归家，终其馀年。

蒲松龄困于场屋，大半生在缙绅人家坐馆，生活的内容主要是读书、教书、著书，可谓一位标准的穷书生。这种身世地位，使他一生徘徊于两种社会之间：一方面，他虽非农家子，但身居农村，家境贫寒，一度径直是贫窭大众中的一员，经受过生活的困苦和科举失意的折磨，也受过催租吏的逼迫、恫吓；另一方面，他长期与科举中人交往，特别是进入毕家后，经常接触当地的缙绅名流、地方官员，以能文赢得他们的青睐，待之以礼，乃至承山东按察使喻成龙慕名相邀，做了一次臬台署中的座上客[2]，还曾结识身为朝中高官兼诗坛领袖的王士禛，并有二十馀年的文字之交[3]。

这种身世地位便规定了蒲松龄一生的文学生涯，也是摇摆于文士的雅文学和民众的俗文学之间。他生长于农村，幼年受到乡村农民文化的熏陶，会唱俗曲，也曾自撰新词。只是近世传抄的"聊斋小曲"，已难辨其真伪[4]。他以能文为乡里称道，所写文章多是骈散结合，文采斐然，惜乎现存《聊斋文集》中多是代人歌哭的应酬文字，只有几篇赋事状物的四六文，才是属于他自己的文学作品。他也曾染指于词，作品较少，仅存百馀首，显然是出于一时的兴致或交往之需要，方才偶尔操笔。他的诗作甚丰，进学伊始，意气风发，曾与学友张笃庆、李尧臣等人[5]，结为"郢中社"，"以宴集之馀暇，作寄兴之生涯"（《聊斋文集·郢中社序》）。然其社集唱酬诗不存，存诗起自康熙九年（1670）秋南游登程经青石关之作，最后一首为康熙五十三年（1714）除夕所作绝句，距其寿终仅 22 日，凡千馀首，可谓终身不废吟咏。其诗如其人，大抵皆率性抒发，质朴平实，熨帖自然，可见其平生苦乐辛酸，其中颇有些伤时讥世之作，更看出其忧直磊落的性情。他身为塾师，中年曾写过《省身语录》《怀刑录》等教人修身的书，晚年《聊斋志异》基本辍笔，更转而热心为民众写作，一方面用当地民间曲调和方言土语创作出《姑妇曲》《翻魇殃》《禳妒咒》《墙头记》等反映家庭伦理问题的俚曲，寓教于乐；一方面又为方便民众识字、耕桑、医病，编写了《日用俗字》《农桑经》《药祟书》等文化普及读物。这各类著作都收入近人编辑的《蒲松龄集》[6]中。

蒲松龄自谓"喜人谈鬼""雅爱搜神"。其执友张笃庆康熙三年（1664）有《和留仙韵》，诗云："司空博物本风流，涪水神刀不可求。"自注："张华官至司空，著《博物志》，多记神怪事。"[7]后来，张笃庆写给蒲松龄的诗中屡有"聊斋且莫尽谈空""谈空谈鬼计尚违"一类的句子，表明他这里自注张华作《博物志》事，说"涪水神刀不可求"，也是寓规劝之意，意思是说"神怪事"既虚幻不实，写来也没有实际意义[8]。这也表明蒲松龄从青年时期便热衷记述奇闻异事、写作狐鬼故事了。他在康熙十八年（1679）春，将已作成的篇章结集成册，定名为《聊斋志异》，并且撰写了情辞凄婉、意蕴深沉的序文——《聊斋自志》，自述创作的苦衷，期待为人理解。此后，他在毕家坐馆的日子里仍然执著地写作，直到年逾花甲，方才逐渐搁笔[9]。《聊斋志异》是蒲松龄大半生陆续写作出来的。

蒲松龄生前无资刻印这部卷帙甚巨的作品，然而早在他创作之际，便有人传抄；他逝世后抄本流传愈广[10]。半个世纪后，即乾隆三十一年（1766），《聊斋志异》终于经赵起杲、鲍廷博据抄本编成16卷本刊刻行世，世称青柯亭本。嗣后近二百年间刊印的各种本子，都由之而出。青柯亭本并非全本，除删掉了数十篇，还改动了一些有碍时忌的字句。20世纪60年代初，张友鹤汇集包括近世发现的作者半部原稿在内的多种本子，整理出一部会校会注会评本，简称"三会本"[11]。《聊斋志异》的原有篇章可谓囊括无遗了。

第二节　狐鬼世界的建构

一书而兼二体　　用传奇法以志怪　　神怪、梦幻的艺术
形式化　　狐鬼花妖的人情化和意象性

《聊斋志异》总共近五百篇，体式、题材、作法和风格多种多样，思想和艺术境界是不平衡的。就文体来说，其中有简约记述奇闻异事如同六朝志怪小说的短章，也有故事委婉、记叙曲微如同唐人传奇的篇章。清代学者纪昀讥其

"一书而兼二体",鲁迅称之为"拟晋唐小说",都是指的这种情况。就取材来说,其中有采自当时社会传闻或直录友人笔记者,篇首或篇末往往注明某人言、某人记;也有就前人的记述加以改制、点染的,如《种梨》原本于《搜神记》中的《徐光》,《凤阳士人》与唐人白行简的《三梦记》之一梦基本情节相同,《续黄粱》显然脱胎于唐人传奇《枕中记》等;还有并没有口头传说或文字记述的依据,而是完全或基本上由作者虚构的狐鬼花妖故事,如《婴宁》《公孙九娘》《黄英》等。应当说这后一类多为脍炙人口的名篇佳什,足以代表《聊斋志异》的文学成就,体现了出于六朝志怪和唐人传奇而胜于六朝志怪和唐人传奇的创作特征。

《聊斋志异》里绝大部分篇章叙写的是神仙狐鬼精魅故事,有的是人入幻境幻域,有的是异类化入人间,也有人、物互变的内容,具有超现实的虚幻性、奇异性,即便是写现实生活的篇章,如《张诚》《田七郎》《王桂庵》等,也往往添加些虚幻之笔,在现实人生的图画中涂抹上奇异的色彩。从这个角度说,它与六朝志怪小说同伦。由于其中许多篇章描写委曲,又有别于六朝志怪小说之粗陈梗概,而与"始有意为小说"的唐人传奇相类。所以,鲁迅在《中国小说史略》中称之为"用传奇法,而以志怪"。

《聊斋志异》里的神仙狐鬼精魅故事,不仅在叙事模式上超越了六朝志怪小说,更为重要的一点是"志怪"的性质发生了变化。六朝人志怪是将"怪异非常之事"当作曾经有过的事情,记述出来可供读者"游心寓目","亦足以发明神道之不诬"[12]。蒲松龄多是有意识地结撰奇异故事,连同其中的神仙、狐、鬼、花妖,都是出自他个人的心灵的创造,个中便有所寄托、寓意。一个明显的例子是《狐梦》篇,他自述其友人毕怡庵读了先期作成的《青凤》,羡慕篇中书生耿去病与狐女青凤相爱的艳福,心向往之,于是也发生了梦遇狐女的一段姻缘。有趣的是狐女临诀别时,向毕怡庵提出一个要求:"聊斋与君文字交,请烦作小传,未必千载下无爱忆如君者!"作者最后还现身自云:"有狐若此,则聊斋之笔墨有光荣矣。"这篇带有谐谑情趣的故事,绝不意味着毕怡庵真的做了那样的梦,而是作者为那位天真的友人编织了那样的梦,借以调侃、逗趣而已。但蒲松龄并非只是假狐女故事以游戏,寄托严正的题旨方是其主要的创作目的。他在《聊斋自志》里先说"人非化外,事或奇于断发之乡;睫在目前,怪有过于飞头之国。遄飞逸兴,狂固难辞;永托旷怀,痴且不讳",后说"集腋为裘,妄续幽冥之录;浮白载笔,仅成孤愤之书"。可见蒲松龄假虚拟狐鬼花妖故事以抒发情怀,寄托忧愤,已成为主导的创作意识,他期望读者的不是信以为真,而是能领会寄寓其中的意蕴。在六朝志怪小说中,"怪异非常之事"是作品的内容;在《聊斋志异》里,神仙狐鬼精魅的怪异故事作为小说的思想内蕴的载体，也就带有了表现方法和形式的性质。

与这个变化同时发生的还有更深层次的思维性质及其功用的变化。贯穿六朝志怪小说中的神道观念及其思维模式，诸如灵魂不灭，人死为鬼；物老成精，能化人形；幽明相通，梦幻与现实世界互渗互补，都具有神秘性质。蒲松龄也因袭了这些神秘思维模式，结撰出诡谲奇丽的狐鬼花妖故事，从思维形态、方式上看并无二致，但却不完全是在原来迷信意义上的因袭，而是弃其内质而存其形态，作为文学幻想的审美方式和表现方法用于小说创作中，从而也就摆脱了神道意识的拘束，在这个领域里获得了自由，可以随意地藉以观照现实世界，抒写人生苦乐，出脱个人的内心隐秘。

《聊斋志异》结构故事的一种模式是人入异域幻境，其中有入天界，入冥间，入仙境，入梦，入奇邦异国。在宗教文化及受其影响的志怪传奇中，天界、冥间、仙境是人生的理想归宿和善恶的裁判所，具有神秘的权威性，令人敬服、恐惧、企羡；梦是人与神灵交往的通道，预示着吉凶祸福。在《聊斋志异》里，这一切都被形式化，多数情况是用作故事的框架，任意装入现实社会的或作家个人心迹的映像。仙人岛上并没有成仙得道的仙人，在那里上演的是一幕轻薄文士被一位慧心利舌的少女嘲谑的喜剧（《仙人岛》）。在《罗刹海市》里作为前后对照的两个海外国度，大罗刹国不重文章，以貌取人，而且妍媸颠倒，必须"花面逢迎"；海市国里推重文士，能文的游人便获荣华富贵。这都不过是在怀才不遇、处世艰难的境遇中的作者心造的幻影。前者是现实的讽刺漫画，后者是戏拟的理想图，以"海市"名之，便寓谈空的意思。《梦狼》写白姓老人梦中到了做县令的儿子的衙门里，看到满是吃人的狼，白骨堆积如山，儿子也在金甲猛士面前化为虎，被敲掉了牙齿。嗣后获知，现实中儿子果然在那一日醉中坠马，跌落牙齿。这显然是为表现"官虎吏狼"这个比喻性的主题而虚拟了这样一个奇异之梦。其中虽然有天罚，梦也有应验，但作为惩罚方式并施于喻体和喻本，寓意明显，颇有奇趣，本来的神秘意义也就被冲淡了。

在《聊斋志异》里，幽冥世界的形式化最为明显。鬼的观念产生于人类早期对死亡的恐惧，鬼所生存的冥间的主宰者也成了主宰人的生死的神。佛教传入后，注入了地狱和果报观念，对人施加的影响更强烈，更令人恐惧。部分志怪小说也起了传播作用。蒲松龄对冥间及鬼官的描写，没有屈从渗透进民间信仰中的本有的观念和固定模式，而是随意涂抹。如果说有些篇章赋予阎罗、城隍以公正的面貌（如《考城隍》《李伯言》），用冥间地狱作为对人的恶行恶德的惩罚、警告方式（如《僧孽》《阎王》），艺术幻想还没有跳出信仰意识的窠臼的话，那么另外一些精心结撰的篇章则是只用作映照现实社会的艺术工具，镜头多是对着官府的。席方平为受凌辱的父亲入冥府伸冤，城隍、郡司、冥王各级衙门，都是贪贿、暴虐，屡受酷刑，他感到"阴曹之暗昧尤胜于阳间"（《席方平》）。冥间的考弊司，堂下石碣刻着"孝悌忠信""礼义廉耻"，司主虚肚鬼王却是专事榨取，初来之秀才"不必有罪"，"例应割髀肉"，行贿才可赎免。闻人生入考弊司目睹秀才们被割肉的情景，愤而大呼："惨惨如此，成何世界！"（《考弊司》）这种类似游戏之笔，既是对阴司之神的玩亵，也明显地将人世官府的黑暗、官僚的贪残映照出来，读者自会意识到两者的对应关系，对冥间的揭露其实就是对现实社会的揭露。最值得称道的《公孙九娘》，它写的是莱阳生入鬼村与鬼女公孙九娘的一段短暂的姻缘，像是六朝志怪小说已有、唐以后的传奇小说中更多见的幽婚故事，然而，这只是故事的框架。小说开头先交代了背景："于七一案[13]，连坐被诛者，栖霞、莱阳两县最多。一日俘数百人，尽戮于演武场中，碧血满地，白骨撑天。"这个事实是故事生发的基础，也定下了故事的悲怆基调。莱阳生入鬼村，先后见到死于"于七一案"的亲故——朱生、甥女，新识的公孙九娘母女，全是温文柔弱的书生、女子，听他们一一泣诉遭株连而死于非命的不幸。他与公孙九娘成亲的花烛之夕，"忽启金镂箱里看，血腥犹染旧罗裙"，九娘"枕上追怀往事，哽咽不能成眠"。在这里，人鬼之遇合实际上是为那些惨死者设置的吐苦情、诉幽怨的场合。人鬼遇合是子虚乌有，而吐诉的却是真实的血泪，幽婚式的故事里装入的是现实政治主题。

《聊斋志异》故事结构的另一模式是狐、鬼、花妖、精怪幻化进入人世间。这类非人的形象，在六朝志怪小说中已经出现了，它们虽然幻化为人的体形，却依然是物怪而少人情，偶然出现对人至少是意味着不祥，化为美女是引诱人的手段。《聊斋志异》中的异类，尤其是女性的，是以人的形神、性情为主体，只是将异类的某种属性特征融入或附加在其身上。花姑子是獐子精，所以让她身上有香气（《花姑子》）；阿纤是鼠精，写其家窨有储粟，人"窈窕秀弱"，"寡言少怒"，与鼠的本性相符（《阿纤》）；绿衣女"绿衣长裙，宛妙无比"，"腰细殆不容掬"，善歌而"声细如蝇"，是依据蜜蜂的特征写出的（《绿衣女》）。这种幻化、变形不是神秘的，而是艺术的幻想。狐鬼形象更只是写其为狐为鬼，带有些非人的特点，性情完全与常人无异。所有异类形象又多是在故事进展中或行将结束时，才显示一下其来由和属性，形成"偶见鹘突，知复非人"的艺术情趣。

《聊斋志异》里的狐鬼花妖精怪形象，也是用作观照社会人生的。它们多数是美的、善的，给人（多是书生）带来温馨、欢乐、幸福，给人以安慰、帮助，可以说是寄托意愿，补偿现实的缺憾。如《红玉》中狐女出现于故事的开头和尾部，主体部分是书生冯相如遭到豪绅的欺凌而家破人亡的惨剧。开头红玉来救穷书生是铺垫，冯家遭难后再来，为冯相如保存、抚育孩子，以主妇自任，恢复家业；《凤仙》中的凤仙不堪忍受家庭中的炎凉之态，自动隐去，留下一面神奇镜子显现自己的喜忧，激励所爱的书生刘赤水攻读上进，都是反映了丑恶庸俗的世态，又表达了与之抗争的意愿。有的篇章还开掘出了人的可贵的心灵，进入了更高的境界。《宦娘》中的鬼女宦娘，敬爱琴艺极高的温如春，爱而不能结合，暗中促成他与善弹筝的葛良工结为伉俪，最后在音乐欣赏的满足和爱情的缺憾交织的心情中悄然隐去；《阿绣》中的狐女为赢得刘子固的爱情，幻化为刘子固所爱的阿绣，在美与爱的竞争中却为刘子固对阿绣的痴情感动，意识到阿绣之真美，便转而助成刘子固与阿绣结合，让所爱者爱其所爱，这都超越了人的单纯情爱，上升到更高的文明层次。

还有一种狐鬼花妖，它们的性格、行为表现的是一种情志、意向，可以称为象征性的文学意象。黄英是菊花精，名字便是由"菊有黄花"化出。菊花由于陶渊明的"采菊东篱下，悠然见南山"诗句，被赋予高洁的品格，喻淡泊名利、安贫乐道的清高节操。蒲松龄笔下的黄英，精于种菊、卖菊，以此致富。她认为"自食其力不为贫，贩花为业不为俗"，以种菊、卖菊致富是"聊为我家彭泽解嘲"。她与以市井谋利为耻的士子马子才婚前婚后的分歧、纠纷，马子才总是处在尴尬不能自处的位置上。黄英的形象体现着读书人传统的清高观念的变化（《黄英》）。叙写王子服追求狐女婴宁结成连理故事的《婴宁》，并非纯粹的爱情主题。婴宁在原生的山野中，爱花爱笑，一派纯真的天性，天真到似乎不懂得"葭莩之情"与"夫妻之爱"的差别，不知道还该有生活的隐私。当她进入人世，便不得葆其天真、无拘无束了，不再笑，"虽故逗，亦终不笑"。"婴宁"之名，取自庄子所说："其为物，无不将也，无不迎也；无不毁也，无不成也，其名撄宁。撄宁也者，撄而后宁者也。"（《庄子·大宗师》）所谓"撄宁"，就是指得失成败都不动心的一种精神境界。蒲松龄也用过这个意思，其《跌坐》诗云："闭户尘嚣息，襟怀自不撄。"婴宁的形象可以说是这种境界的象征体现。赞美婴宁的天真，正寄寓着对老庄人生哲学中所崇尚的复归自然天性的向往。

神秘意识转化为审美方式，也表现于若干看似单纯记述奇闻异事的短章中。如《骂鸭》写盗鸭人白某，吃了盗来的鸭子，身上生出鸭毛，奇痒，经鸭主骂过，方才好了。如果只是如此叙述，可谓记述了一件奇闻而已。蒲松龄重点写的是白某受到神的启示后，反复请求鸭主痛骂，鸭主本不愿骂恶人，待白某自认盗鸭和说明求骂的原因，方才骂了。世间竟有求骂者，作为惩报的骂竟变成了施恩，作品便有了意趣。《野狗》写清兵镇压于七起义，杀人如麻，一位农民在逃难的归途中遇到清兵，吓得屈伏于人尸堆中，又遭到了吃人尸的野狗的袭击。把清兵和野狗摆在一样的位置上，寓意也就在其中了。这类短章虽然是粗陈梗概，也有了意蕴，超越了单纯记述奇闻异事的笔记体。

第三节　狐鬼世界的内涵

创作的抒情表意性　科举失意的心态　落寞生活中的梦幻　刺贪刺虐　现实伦理与精神超越　崇高与庸俗并存

　　《聊斋志异》谈鬼说狐，却最贴近社会人生。在大部分的篇章里，与狐鬼花妖发生交往的是书生、文人，发生的事情与书生、文人的生活境遇休戚相关，即便是没有直接关系的，也没有超出他们的目光心灵所关注的社会领域，从这里也就表现了一种既宽广而又集中的独具的视角。联系作者蒲松龄一生的境遇和他言志抒情的诗篇，则不难感知他笔下的狐鬼故事大部分是由他个人的生活感受生发出来，凝聚着他大半生的苦乐，表现着他对社会人生的思考和憧憬。就这一点来说，蒲松龄作《聊斋志异》，像他作诗填词一样是言志抒情的。

　　《聊斋志异》创作的这个特点，以写书生科举失意、嘲讽科场考官的篇章最为明显。蒲松龄19岁进学，文名日起，却屡应乡试不中，断绝了功名之路。他饱受考试的折磨，一次次名落孙山，沮丧、悲哀、愤懑不仅倾注于诗词里，也假谈鬼说狐发泄出来。《叶生》中的叶生，"文章词赋，冠绝当时，而所如不偶，困于名场"，这正是他自己的境况。叶生怀才不遇，抑郁而死，死不瞑目，幻形留在世上，将生前拟就的制艺文传授给一个年轻人。同样的文章产生了不同的结果，那个青年连试皆捷，进入仕途。叶生表白说："是殆有命，借福泽为文章吐气，使天下人知半生沦落，非战之罪也。"谓困于场屋并非文章不好，而是命运不济，其实是作者的心声。对蒲松龄来说，这番话有几分自信，却更多无可奈何的悲哀。所以，他又随即显示出这种心迹幻象是不实际的：叶生自己也乡试中举，衣锦还乡，迎头却是妻子的棒喝："君死已久，何复言贵？……勿作怪异吓生人。"叶生闻之，"忧然惆怅"，"扑地而灭"。以此结束其得意的魂游，可见作者心情的沉痛。此篇末尾一大段"异史氏曰"，直抒其科场失意之悲愤，语言极为激烈，同作者壮年所作《大江东去·寄王如水》《水调歌头·饮李希梅斋中》两首词，意思完全相同，语句也多一致，不难看出小说与词作的内在联系。清人冯镇峦评点说："余谓此篇即聊斋自作小传，故言之痛心。"（三会本卷一本篇附评）这位评点家的感知是切中肯綮的。

蒲松龄长期困于场屋，感受最强烈的是科举弊端。他认为科举弊端症结在于考官昏庸，黜佳才而进庸劣。《聊斋志异》里许多篇章对科场考官冷嘲热讽，不遗馀力，嬉笑怒骂，皆成文章。《司文郎》篇的核心情节是一位盲僧人凭嗅觉判别文章优劣，与科场的取落形成鲜明反差，最精彩的是盲僧人的气愤话："仆虽盲于目，而不盲于鼻，今帘中人并鼻亦盲矣！"这是讽刺考官一窍不通。《贾奉雉》中又有一位异人，深知科举弊病，劝贾奉雉效法拙劣文章应试，说"帘内诸官，皆以此等物事进身，恐不能因阅君文，另换一副眼睛肺肠也"。他教贾奉雉"于落卷（劣等不取的试卷）中，集其冗泛滥不可告人之句，连缀成文"，在科场中神差鬼使地写了出来，竟中了经魁（经书试题第一名）。放榜后，贾奉雉再读其文，汗流浃背，感到这是"以金盆玉碗贮狗矢，真无颜出见同人"。这些幻设的讽刺，矛头仅指向科场考官，虽然还不够深刻，但也表达出像作者一样怀才不遇的文士的愤懑心情。

《聊斋志异》里众多的狐鬼花妖与书生交往的故事，也多是蒲松龄在落寞的生活处境中生发出的幻影。一类情节比较单纯者，如《绿衣女》《连琐》《香玉》等，大体是写一位书生或读书山寺，或书斋临近郊野，忽有少女来到，或吟唱，或嬉戏，给寂寞的书生带来了欢乐，数度相会，方知非人，或者进而生出一些波折。有理由认为这正是他长期处在孤独落寞境遇中的精神补偿。他长期在缙绅人家坐馆，受雇于人，一年中只在年节假日返家小住几日，他曾在题为《家居》的诗里感慨说："久以鹤梅当妻子，且将家舍作邮亭。"独自生活的寂寞，不免假想象自遣自慰，如他在独居毕氏宅第外花园时曾有诗云："石丈犹堪文字友，薇花定结欢喜缘。"（《聊斋诗集·逃暑石隐园》）《绿衣女》《香玉》等篇，不过是将这等自遣寂寞的诗意转化为幻想故事。还有一些故事，狐鬼花妖的出现不只是让苦读的书生或做了馆师的书生解除了寂寞，还使书生受到敬重、鼓励，事业上也获得上进，为之编织出种种理想的梦。蒲松龄曾写过一出小戏《闹馆》和俗曲《学究自嘲》，反映穷书生做乡村塾师的辛酸，其中自然有他个人的亲身感受。写河间徐生坐鬼馆的《爱奴》却是另一番景象：鬼馆东蒋夫人礼遇厚待徐生，徐生为她"既从儿懒，又责儿工"大发脾气，她赶忙"遣婢谢过"，最后还将徐生喜爱的婢女相赠，"聊慰客馆寂寞"。篇末异史氏曰："夫人教子，无异人世，而所以待师之厚也，不亦贤乎！"这正是一般做塾师的书生们跂予望之的。狐女凤仙将穷秀才刘赤水带到了家中，狐翁对女婿们"以贫富为爱憎"，凤仙以丈夫"不能为床头人吐气"为憾，留下一面镜子相激励。刘赤水"朝夕悬之，如对师保，如此二年，一举而捷"。篇末异史氏曰:"吾愿恒河沙数仙人,并遣娇女婚嫁人间,则贫穷海中,少苦众生矣!"(《凤仙》)这也只能是像作者一样困于场屋的书生的天真幻想。

幻想是对现实的超越,非人的狐鬼花妖形象可以不受人间伦理道德特别是所谓"男女大防"的约束。蒲松龄借着这种自由,写出了众多带着非人的符号、从而摆脱了妇道闺范的拘束、同书生自主相亲相爱的女性,也写出了为道德理性所禁忌的婚姻之外的男女情爱。在这里面,除了作为现实的一种补偿、对照,其中还蕴含对两性关系的企望和思索,突出了精神的和谐。如《白秋练》中白鳖豚精与慕生相爱,是以吟诗为纽带和内容的,诗是生命和爱情不可或缺的凭借。《娇娜》更带有对两性关系的思索性的内涵,这篇小说前半部分是写孔雪笠见到美丽的狐女娇娜产生爱悦之情,后半部分在孔雪笠与另一狐女松姑成婚后,仍然写他与娇娜的关系,松姑反被抛到一边:先是孔雪笠奋不顾身从鬼物爪中抢救下娇娜,被暴雷震毙;后是娇娜不顾男女大防与孔雪笠口吻相接,将丹丸度入其口中,嘘入其喉下。作者最后自道其心思:"余于孔生,不羡其得艳妻,而羡其得腻友也。观其容可以忘饥,听其声可以解颐,得此良友,时一谈䜩,则色授神与,尤胜于颠倒衣裳矣。"玩味小说情节和夫子自道,可以认为作者是用了并不确当的语言,表达了他感觉到的一个人生问题:得到"艳妻"不算美满,更重要的是"腻友"般的心灵、精神上的契合,不言而喻,美满应是两者的统一。

蒲松龄没有将自己的小说创作局限于仅就个人的境遇而发,只写个人的失意、落寞。在那个时代,官贪吏虐,乡绅为富不仁,压榨、欺凌百姓,是普遍的现象。位贱家贫的蒲松龄,有一副关心世道、关怀民苦的热心肠,又秉性优直,勇于仗义执言。抒发公愤,刺贪刺虐,也成为《聊斋志异》的一大主题。如《席方平》借阴司写人间官府尽是贪赃枉法,施虐无辜,篇中二郎神对城隍、郡司、冥王的判词,实际上是声讨地方官僚的檄文。《续黄粱》袭用了唐传奇《枕中记》的故事框架,而题旨则由富贵如梦的启示,转为极写朝廷宰辅大臣擅作威福,"荼毒人民,奴隶官府",无恶不作的罪恶。《公孙夏》写王子的门客、与督抚有故交的公孙夏,劝说一位太学生行冥贿、图阴官的荒诞故事,将现实社会中官场的肮脏交易做了讽刺性的揭露。脍炙人口的名篇《促织》,前半部分叙写的是由"宫中尚促织之戏,岁征民间"造成的一幕民间悲剧;后半部分以幻化之笔,叙写一头神奇善斗的促织使皇帝大悦,抚臣受到宠遇,县令以卓异闻,不幸丧子、献虫的平民成名也得到了厚爱。前后两部分合起来,便表现了一个严肃的主题:"天子一跬步,皆关民命,不可忽也。"其中也有对邀宠媚上而残民的官僚的讥讽,他们是以百姓的血泪换得奖赏的,作者最后冷语刺骨地说："天将以酬长厚者（指不幸的主人公），遂使抚臣、令尹并受促织恩荫。闻之：一人飞升，仙及鸡犬。信夫！"这种巧妙的恶骂，可见作者对这班官僚的怨怒之深。

大半生做塾师的蒲松龄自然也很关注家庭伦理、社会风气，时而就其闻见感受，写出一些讥刺丑陋现象、颂扬美好德行的故事。与上述几类故事不同，大约是由于立意在于劝诫，这类篇章多数是直写现实人生，少用幻化之笔，而且是以现实的伦理道德观念作为美刺的原则。这样，当他讥刺社会、家庭中的负义、伪孝、弃妇种种失德现象的时候，笔锋是犀利的；而要为社会树立一种道德楷模的时候，如《张诚》《曾有于》，以主人公的逆来顺受、委曲求全、调和家庭嫡庶兄弟关系为美德，虽然表现了淳风厚俗的愿望，但却失之迂阔。《珊瑚》《邵女》等篇中精心塑造了现实妇女的典型：珊瑚被休而不再嫁，受凶姑悍娌虐待而无怨；邵女甘心作人妾，受大妇的凌辱至于炮烙，而"以分自守"，更是鼓吹了女性为夫权而牺牲一切的奴性。还有颇可注意的另一种情况，就是实际的感受突破了传统的道德观念，对人生的某些问题有了独特的思索。《乔女》中的主人公形体丑陋，而心性善良，承受着丑陋带来的不幸。老而且贫的丈夫死后，她拒绝了急待续弦的孟生的求婚，理由是"残丑不如人，所可自信者，德耳。又事二夫，官人何取焉？"孟生"益贤之，向慕尤殷"，她终未相许。然而，当孟生暴卒后，她却前往哭吊，并在孟家遭到侵凌时，挺身而出，为之护理家业，抚育幼子至成人。以丑女作为正面颂扬的主人公已是小说中的超俗之作，写她未许身再嫁，却许之以心，实际上做了孟生的没有名分的"未亡人"，作者和他的小说人物一样，都已走出了旧道德的藩篱。《田七郎》是写社会交往的：猎户田七郎受了富家公子的救助之恩，后来又为报恩而拼上性命。小说突出展示的是田七郎意识到受人恩就要报人恩，极不愿意受人之恩，以避免承担报恩的义务，但由于家贫而未能幸免。这样，报恩的故事也就含有了深刻的悲剧内蕴，显示出作为社会交往的道德准则："受人知者分人忧，受人恩者急人难"，表面上是彼此平等的，但由于人有富贵贫贱之别，用以为报的也就不同："富人报人以财，贫人报人以义。"知恩报恩的道德准则实际上是片面的、不公平的。蒲松龄演绎的这个故事，表现了他对当时崇尚的、文学家反复讴歌的人际道德原则之一的"义"的思考、质疑，也可称之为一种思想觉醒。

《聊斋志异》是蒲松龄在大半生中陆续写出来的。由于境遇的不尽一样，关心的事情有所变化，写作态度、旨趣也有抒忧愤、寓劝惩、寄闲情、写谐趣、记见闻之别，所以近五百篇作品内容颇复杂，思想境界极不一致，甚至自相矛盾，可以说是崇高与庸俗并存。即便如此，《聊斋志异》的狐鬼世界所展示的社会内容，作者寄托其中的幽思、憧憬，也大大地超迈前出之文言小说而独步千古了。

第四节　文言短篇的艺术创新

多种小说模式　　情节的丰美　　小说诗化倾向　　叙述语言平易简洁　　人物语言多样

在《聊斋志异》的创作中，结撰狐鬼花妖的故事具有了文学表现形式的性质，与之伴生并互为因果的是创作自主性的极大增强。蒲松龄要抒写个人独特的生活感受感知，曲折地写出内心的隐秘，同时也要酿造合适的表现方式，为此而付出心思，并且在不断的创作中体验到了这种创造的乐趣，意识到了这种创作的文学价值，这种创作从而也就成为他自由驰骋的天地，大半生乐此不疲的文学事业。所以，《聊斋志异》在文言小说的创作艺术上有多方面的创新，虽然有的成功，有的并不成功，但毕竟将文言短篇小说推到了空前而后人又难以为继的艺术境界。

《聊斋志异》增强了小说的艺术素质，丰富了小说的形态、类型。小说的要素之一是故事情节。文言小说演进的轨迹之一便是由粗陈梗概到记叙委婉。《聊斋志异》中精心结撰的故事多是记叙详尽而委曲，有的篇章还特别以情节曲折有起伏跌宕之致取胜。如《王桂庵》写王桂庵江上初逢芸娘，后沿江寻访苦于不得，再后偶入一江村，却意外地再见芸娘，却又由于一句戏言，致使芸娘投江；经年自河南返家，途中又蓦地见到芸娘未死，好事多磨，几乎步步有"山穷水复，柳暗花明"之趣。《西湖主》写陈弼教在洞庭湖落水，浮水登崖，闯入湖君禁苑、殿阁，本来就有"犯驾当死"之忧，又私窥公主，红巾题诗，到了行将被捉、必死无疑的地步，却陡地化险为夷，变凶为吉，做了湖君的乘龙快婿，极尽情节腾挪跌宕之能事，可以说情节的趣味性胜过了内容的意义。然而，这也只是作者创作的一种艺术追求，《聊斋志异》里也有不重故事情节、乃至无故事性的小说。《婴宁》有故事情节，作者倾力展示的却是婴宁的性格，其他的人物，如为她的美貌倾倒而痴情追求的王子服，以及她居住的幽僻的山村、长满花木的院落，都是为烘托她那种近于童稚的绝顶天真而设置的；入世以后受礼俗的束缚，"竟不复笑"，也是意味着原本天真的消失。这篇似可称作性格小说。《绿衣女》写一位绿衣长裙的少女进入一位书生的书斋，发生的只有平淡而不俗的欢娱情状，没有故事性，结尾处一个小波折，只是要显示少女原是一个蜜蜂精，似乎可称作散文式小说。许多篇幅不太长的篇章，只是截取生活的一个片段，写出一种情态、心理。如《王子安》写的是一位秀才应乡试后放榜前醉卧中瞬间的一种幻觉：听到有人相继来报，他已连试皆中，不禁得意忘形，初而喜呼赏钱，再而要"出耀乡里"，受到妻子儿子的嘲笑。《金和尚》没有事件，无情节可言，而是零星写出一位僧侣地主的房舍构造、室内陈设、役使仆从、出行等方面的情况，以及死后殡葬盛况，更像是一篇人物特写。《聊斋志异》里作品类型的多样化，既表明作者仍然因袭了旧的内涵无明确界定的小说观念，所以其中也有简单记事的短篇，但也表明作者又有探索性的创造，增添了不专注故事情节的小说类型。

《聊斋志异》中许多优秀的作品，较之以前的文言小说，更加强了对人物环境、行动状况、心理活动等方面的描写。作者对各类人物形象，都描写出其存在的环境，暗示其原本的属性，烘托其被赋予的性格。如《莲花公主》写主人公的府第："叠阁重楼，万椽相接，曲折而行，觉千门万户，迥非人世。"依蜂房的特征状人间府第，莲花公主之为蜂王族属便隐现其中。《连琐》开头便写杨于畏"斋临旷野，墙外多古墓，夜闻白杨萧萧，声如涛涌"，为鬼女连琐的出场设置了阴森的环境。《婴宁》中婴宁所在幽僻山村、鸟语花香的院落、明亮洁泽的居室，一一描绘如画，又与她的美丽容貌、天真性情和谐一致，带有象征意义。写人物活动时具体生动，映带出人物的情态、心理，也是以往的文言小说所少有的艺术境界。如《促织》写成名在县令严限追比的情况下捕捉促织、怀着惴惴不安的心情与人斗促织两个情节，细致入微，令读者犹如亲见，为之动容。《花姑子》写花姑子情注少年，煨酒沸腾，自掩其情，惟妙惟肖，情趣盎然。《聂小倩》写鬼女聂小倩初入宁采臣家对婆母之戒心能理解承受，尽心侍奉，对宁采臣有依恋之心，却不强求，终于使婆母释疑，变防范为喜爱，有浓郁的生活内蕴，展示出女子的一种谦卑自安的性情。在一些篇章中还突出地描绘出一种场面，发挥不同的艺术功用：《晚霞》中水宫的各部舞队的演习，是为男女主人公提供感情交流的机遇；《劳山道士》中劳山道士宴客的幻化景象，是对心地卑微的王生"慕道"之心的考验和诱惑，也成为情节转折的契机；《狐谐》重点叙写的是狐女与几位轻薄书生相讥诮的对答场面，不露其形貌，只由其言语、嬉笑之声，便刻画出一种爽快、机敏而诙谐的性格。《聊斋志异》使小说超出了以故事为本的窠臼，变得更加肥腴、丰美，富有生活情趣和文学的魅力。

《聊斋志异》中许多篇章带有诗化倾向。文言小说中有诗，通常是人物以诗代言，六朝志怪小说已肇其端，唐人传奇更多用之，明代传奇小说如《剪灯馀话》等，几成惯例，篇中人物多以歌诗通情，反成累赘。《聊斋志异》中只是偶尔用之，而且极少写出整首的诗词，却由此显出作者以诗入小说的艺术匠心。譬如《公孙九娘》有九娘洞房枕上吟诗二首，哭诉不幸的身世，凄婉动人，写出其内心苦情，又不啻是本篇的主题歌；《连琐》开头连琐和杨于畏的联吟，既是二人发生联系的契机，又造出了幽森的气氛。尤其别出心裁的是《白秋练》，叙写的是爱情的波折，而自始至终以吟诗为情节：慕生喜吟诗招来白秋练的爱情，受阻后彼此以吟诗医好相思之疾，白秋练临死还嘱咐慕生："一吟杜甫《梦李白》诗，死当不朽。"将吟诗与爱情扭合在一起，赋予神奇的力量，精灵故事的奇异性也就被诗意化了。《宦娘》《黄英》则是另一种情况，整个故事是借助传统的诗歌意象建构的。《宦娘》中的爱情婚姻是以音乐为媒介，宦娘由爱温如春的琴艺而爱其人，宦娘为温如春谋得的妻子葛良工善筝，全篇的构思便是建立在古诗名句"琴瑟友之"（《诗经·周南·关雎》）的意蕴上。《黄英》写菊精，显然是借陶渊明诗歌中的菊花意象做反面文章。

《聊斋志异》的诗化倾向，不仅表现于小说叙事中运用了诗句、诗意，还表现于许多篇章程度不同地带有诗的品格特征。作者假狐鬼抒情写意，这两个方面都决定了小说的情节、人物多是意象化的，表现的不是世俗的人生相，而是超俗的、理想化的、幻化变形的人情事理，个中寄寓着诗一般含蓄朦胧，甚至不易捉摸的内蕴。《婴宁》《白秋练》便是这样，婴宁的性格是由她情不自禁地多笑、近乎童稚无知的话语表现出来的，白秋练的钟情是与她以吟诗为生命的诗魂融合在一起的，都是诗意化的，可意会却难以言传。其他如《翩翩》，故事袭用了古老的刘阮天台遇仙女式的框架，翩翩存在于白云仙乡，可以为罗子浮采白云、蕉叶制衣，她导演出的使罗子浮衣随心变的谐谑剧，富有神话传说的妙趣，而她为原本浮浪的罗子浮医疮，为之生儿育女，警告性的闺房戏谑，又犹如现实生活中的妻子，最后又让她归入虚幻，罗子浮再也找不到了。这个真幻交融的故事，不再是对仙界的憧憬，也非一般爱情的颂歌，而是作者心造了一个温和而又能正丈夫之心的贤能妻子的幻影。空灵而又鲜活，颇有诗的"镜花水月"之韵致。《聊斋志异》里有一些写人的癖好情笃的篇章，如《书痴》写书呆子，《酒狂》写酒徒，《鸽鸰》写鸟迷，《阿宝》写情痴，都是专就所好所笃演绎出几乎不可思议的故事，极度夸张地表现出其超常之情、超常之状，这便超越了单纯的褒贬，成为艺术的审美对象，富有娱目赏心的情趣。

《聊斋志异》的叙事也吸取了诗尚含蓄蕴藉的特点。作者虽然用全知的视点，却时而故作含糊，造成扑朔迷离的意味。如《花姑子》开头写安幼舆暮归：

经华岳山中，迷窜山谷中，心大恐。一矢之外，忽见灯火，趋投之。

数武中，歘见一叟，伛偻曳杖，斜径疾行。安停足，方欲致问。叟先诘谁何。安以迷途告，且言灯火处必是山村，将以投止。叟曰："此非安乐乡。幸老夫来，可从去，茅庐可以下榻。"安大悦，从行数里许，睹小村。叟扣荆扉，一妪出，启关曰："郎子来耶？"叟曰："诺。"

这段叙述便有许多疑点，也就是伏有一些悬念，待读完全篇方才知道"灯火"是什么，老者何以要疾行，老妪何以知道"郎子"要来，这一切又是意味着什么。这样写法对读者便有吸引力，造成艺术的娱悦感。《西湖主》最后一段是：陈弼教入赘洞庭湖君家，自然是成了仙，又写他仍在人间家中，一如常人。他的一位友人舟过洞庭，受到他的款待，返里后却见他仍在家中，问："昨在洞庭，何归之速？"他笑着答曰："君误矣，吾岂有分身术耶！"是耶？非耶？答案留给读者。其他如《连琐》《劳山道士》《绿衣女》等，都是结而不尽，留有馀韵。堪称绝唱的是《公孙九娘》的结尾，九娘嘱托莱阳生将她的骨殖迁回故乡，待莱阳生百年后并葬在一起，使她这个不幸的女子总算有了归宿。作者却没有让她的愿望得以实现，莱阳生"忘问志表"，无法找到九娘的葬处，来年再来寻找，而九娘却怒而不见了。就事论事，无法对九娘不谅解莱阳生的粗心做出合理解释。然而，这也正显示出作者作如此结尾之良苦用心：不肯以九娘死后愿望的满足，减弱她生前无法消除的冤恨，冲淡全篇的悲怆的意境气氛。留下这个似乎不可理解的疑问，篇终而意不尽，正可以使读者品味，从而不会掩卷即忘公孙九娘及她所代表的那些惨遭不幸的人们，不独馀韵而已。

《聊斋志异》是文言小说，运用的是长期以来文人通用的所谓"古文"语言。文言也有多种语言风格，《聊斋志异》近五百篇的语言风格也不尽一致。就总体说，其语言特点是保持了文言体式的基本规范，适应小说叙事的要求，采用了唐宋以来古文辞日趋平易的一格，又糅合进了一些口语因素，小说人物的语言尤为显著，于是形成了叙述语言平易简洁，人物语言则灵活多样的特点，并在叙事状物写人诸方面达到了真切晓畅而有意味的境界，完成了各自的艺术使命。

《聊斋志异》的叙述语言较一般的文言浅近，行文洗练而文约事丰。一些篇幅较短者，如《镜听》《雨钱》《骂鸭》等，都不过百字左右，却完整地写出了一种人物的嘴脸心态，又富有谐谑之趣。篇幅长者故事委曲，情节有伸缩、详略之别，略写能尽致，详作刻画描摹也没有闲字闲笔。略如《红玉》开头写冯相如初见红玉情景："一夜，相如坐月下，忽见东邻女自墙上来窥。视之，美。近之，微笑。招以手，不来亦不去。"用文言句式，却明白如话；

极凝练，却层次分明地写出了人物动态、情状。详如《王桂庵》开头描绘王桂庵与芸娘初见钟情的场面：王桂庵故意高声吟诗，芸娘"似解其为己者，略举首一斜视之"；王桂庵投以金锭，芸娘"拾弃之"；王桂庵再投去金镯，芸娘"操业不顾"，当其父亲归来时，便"从容以双钩覆蔽之"，文字简练，不仅当时的景象如绘，而且显示出芸娘多情而持重的性格，并隐含着全篇情节发展的根由。作者叙事状物力求就事就物应有之状况来写，其中包括想象中的幻境幻象，语言也呈现出灵活的特点。无论是写景如《王桂庵》中的江村之疏篱茅舍，《雷曹》中之天上星空，还是写事如《小谢》中两个小鬼头之恶作剧，《邵女》中媒婆说媒的话语等等，都宛如实景实情，可以说大大地发挥了也发展了文言的叙事功能，达到了古文大家未曾达到的境界。

《聊斋志异》的人物语言所占比重大，也因人因事而多样化。在保持文言基本体式的限度内，人物语言有雅、俗之别。雅人雅语，不妨有人掉书袋，书札杂用骈俪的句子；俗人语、婆子语带生活气息，时而插入口头俚词俗语。其中也有庄谐之别，慧心女以诗传情，闺房戏谑竟至曲解经书，戏用孔孟之语。这都增强了文言小说的小说性，进一步拉大了与传记文的距离，更富有生活气和趣味性。

第五节 《聊斋志异》的馀响

文言小说的再度蔚兴 　　顺随与抗衡 　　《子不语》等
《阅微草堂笔记》 　　《聊斋志异》在国外

《聊斋志异》青柯亭刊本一出，就风行天下，翻刻本竞相问世，相继出现了注释本、评点本，成为小说中畅销书，直到《红楼梦》出来，这个势头也未减弱。影响更大的是它还引起不少作者竞相追随仿作，文言小说出现了再度蔚兴的局面。而这种写作潮的带头者竟是声名显赫的诗人袁枚和主修《四库全书》的学者纪昀，这也是小说史上少有的现象。

乾隆末年以来陆续问世的文言小说，显然大都受到《聊斋志异》的影响，而对《聊斋志异》的态度却是不同的。《聊斋志异》原本是"一书而兼二体"，题旨意趣也有不同，后来的作者也就有不同的取向。大体说来，可分为两种：一是顺随、仿效，偏重于记叙委曲，有沈起凤的《谐铎》、和邦额的《夜谭随录》、长白浩歌子的《萤窗异草》等，袁枚的《子不语》也可以算做此类；一是抗衡，有纪昀的《阅微草堂笔记》、屠绅的《六合内外琐言》（亦名《璅蟫笔记》）、俞樾的《右台仙馆笔记》等。

　　顺随、仿效一类，较早的是《子不语》和《夜谭随录》。《子不语》共千馀篇[14]，记述的多是鬼怪之事。作者自序云：平生"文史外无以自娱，乃广采游心骇耳之事，妄言妄听，记而存之，非有所惑也"。可见与蒲松龄之创作颇不相同。书中虽有讥刺理学虚迂、佛道迷信及嘲谑世情的篇章，但多为搜奇志怪之作，失之芜杂。作者很有才情，行文自然活脱，富有幽默感，然多数记述简略，每每记出人、事之时、地及讲述人的姓名，表现了向六朝志怪小说回归的趋向。《夜谭随录》[15]，据作者和邦额自序，其创作思想与袁枚相似，而作法则仿效《聊斋志异》，通过怪异故事反映社会丑恶现象，也有映照时事者，记叙有所渲染，注意刻画人物、描绘场景，鲁迅称它："记朔方景物，及市井情形者，特可观。"（《中国小说史略》第二十二篇）只是作者思想陈腐，宣扬佛教果报观念，津津乐道伦理，妨碍了艺术上进入新的境界。

　　仿效《聊斋志异》近似而较好的作品是《谐铎》《萤窗异草》[16]。两部小说集都是借鬼神物怪反映社会人生，故事有所寓意，写法上也有仿效的痕迹，如《谐铎》每篇末有以"谐曰"起首的一段议论，颇有《聊斋志异》篇末"异史氏曰"的精神，有些篇章或明或暗地是由《聊斋志异》蜕化而成，《萤窗异草》尤其突出。两部小说集也有各自的特点。《谐铎》映照的社会生活方面，与《聊斋志异》大体相近，官场的腐败、科举的弊端、社会势利诸相，均有反映，其中也寄寓着忧愤，然多讽刺小品、寓言性故事，构思巧妙，富有谐谑的情趣，寓人情物理于其中。《萤窗异草》中妇女题材的作品最多，脱胎于《聊斋志异》的便有多篇，也反映出了妇女的不幸和抗争，一般篇幅较长，故事离奇曲折，注重写出完整的人物形象。然而，这两部小说集的作者却没有蒲松龄那种全身心投入的创作精神，运思缺乏直接的生活体验的底蕴，作品的思想和艺术都没有达到《聊斋志异》的水平。

　　抗衡的一类，首发自《阅微草堂笔记》。纪昀（1724—1805），字晓岚，《阅微草堂笔记》中署"观弈道人"，直隶献县（今河北献县）人，由编修官至侍读学士，曾谪戍乌鲁木齐三年，释还后主纂《四库全书》，累迁至礼部尚书。《阅微草堂笔记》包括主修《四库全书》以来先后作成的《滦阳消夏录》《如是我闻》《槐西杂志》《姑妄听之》《滦阳续录》，最后由其门人盛时彦合刊，一题《阅微草堂笔记五种》[17]。纪昀是读过《聊斋志异》的。《槐西杂志》中记东昌书生夜行遇狐女一则，直接作《聊斋志异》中《青凤》的反面文章[18]。著《阅微草堂笔记》有可能是由《聊斋志异》引起的，但更是他晚年在历尽宦海、阅历已深、心情安详的境遇中，给自己找到的抒发情怀并寄寓劝惩的一种文字事业。

　　纪昀批评《聊斋志异》"一书而兼二体"，主要是指摘传奇式的志怪，认为"燕昵之词,媟狎之态,细微曲折,摹绘如生。使出自言,似无此理;使出作者代言,则何以闻见之"(《姑妄听之》盛时彦跋引纪昀语)。他在《滦阳续录》写成后更进一步申述为作叙事之文,应"不失忠厚之意,稍存劝惩之旨","不颠倒是非","不摹写才子佳人","不绘画横陈"(《滦阳续录》)。可见他是要小说有忠厚劝世之意义,摒除描写男女爱情的笔墨。这样,他著《阅微草堂笔记》也就只能是向笔记杂录靠拢,丢弃了《聊斋志异》的文学精神和艺术境界。

纪昀是大学问家,阅历丰富,也有文学才华。《阅微草堂笔记》记叙见闻,结撰小故事,辨正史地讹误,发表议论,虽然思想保守,记神鬼物怪之事往往寓有针砭社会上荒谬的习俗、道学家的"不情之论",展示人情事理的篇什,能给人以有益的启示。他运思有灵性,命笔自如,行文洒脱。鲁迅评之曰:"凡测鬼神之情状,发人间之幽微,托孤鬼以抒己见者,隽思妙语,时足解颐","复叙述雍容淡雅,天趣盎然,故后来无人能夺其席。"[19]《阅微草堂笔记》虽远不足与《聊斋志异》相颉颃,但也不失为独树一帜的作品,在文人中产生了一定的影响。嗣后相继而出的作品,就直是回到了笔记杂录的路上去了。

《聊斋志异》不仅在中国文学史上产生了深远巨大的影响,还冲出国界,走向了世界。[20]从19世纪中叶,《聊斋志异》流传国外,迄今已有英、法、德、俄、日等二十多个语种的选译本、全译本。在日本尤为突出,全译本就先后有三种。在明治时期,有些作者还仿效《聊斋志异》写作怪异故事。著名作家芥川龙之介改作《聊斋志异》里的故事,最有名的一篇是与《聊斋志异》同名的《酒虫》。

注　释

〔1〕清初古文家为有奇行异事的小人物作传者甚多,仅张潮《虞初新志》辑入的文章已足观了,其中有吴伟业《柳敬亭传》,侯方域《马伶传》《李姬传》,王猷定《汤琵琶传》《李一足传》,余怀《王翠翘传》,魏禧《大铁椎传》等。这与当时的社会文化思潮有关,文笔上增强虚拟描摹,迹近小说。汪琬曾说:"前代之文有近于小说者,盖自柳子厚始","然子厚文气高洁,故未觉其流宕也。至于今日,则遂以小说为古文辞矣。"(《跋王于一遗集》)张潮辑这类文章,题曰《虞初新志》,意味着他已视之为小说了。

〔2〕蒲箬《清故显考岁进士候选儒学训导柳泉公行述》,《蒲松龄集》附录。

〔3〕详见袁世硕《蒲松龄与王士禛交往始末》,《蒲松龄事迹著述新考》,齐鲁书社1988年版。

〔4〕唐梦赉《志壑堂诗集》卷十《七夕宿绰然堂同苏贞下、蒲留仙》："乍见耆卿还度曲，同来苏晋亦传觞。"前句是以宋词人柳永字指代蒲松龄。这表明蒲松龄早年会唱俗曲、尝写曲词。今存题名《聊斋小曲》的旧抄本，难以断定是蒲松龄作的，所以《蒲松龄集》中未收入。

〔5〕张笃庆、李尧臣是蒲松龄同邑执友。张笃庆字历友，有诗名，《清史稿·文苑传》有传。李尧臣字希梅，在当地有文名，《山东通志·人物志》有传。

〔6〕《蒲松龄集》，路大荒整理，上海古籍出版社 1962 年初版。

〔7〕载张笃庆《昆仑山房诗集》（旧抄本）七言律诗卷，后文所引诗句同。

〔8〕"涪水神刀"为三国时蒲元为诸葛亮炼刀事，见唐《艺文类聚》（卷六〇）宋《太平御览》（卷三四五）等类书《蒲元传》。今本张华《博物志》无此条，张笃庆用此典故或欠斟酌，然其取喻"神怪事"的意思是明显的。

〔9〕《聊斋志异》共计 490 馀篇，其中部分篇章的写作年代可以考知，多有蒲松龄年逾半百之作，最晚的一篇是《夏雪》，记"丁亥年七月初六日，苏州大雪"。"异史氏曰"："世风之变也，下者益谄，上者益骄，即康熙四十馀年中，称谓之不古，甚可笑也。"当是康熙四十六年（1707）蒲松龄 68 岁时写的。

〔10〕有文献表明蒲松龄生前死后有多家传抄《聊斋志异》，现在已发现的有康熙抄本（已残）、24 卷抄本、铸雪斋抄本、易名《异史》的抄本以及黄炎熙选抄本等。

〔11〕张友鹤整理的《聊斋志异》"三会本"，依照现存的半部蒲松龄手稿本（有古典文学刊行社 1954 年影印本）、铸雪斋抄本、《聊斋志异拾遗》诸本，补足了青柯亭刊本未收的篇章，篇目齐全；校正了青柯亭刊本删改的文字，基本上恢复了原貌；并汇集了清代有影响的几家注释、评语，是迄今最佳读本，对研究者也大有裨益。

〔12〕引文摘自干宝《搜神记序》。干宝序的内容是强调所叙怪异非常之事的真实性，声称"苟有虚错"，愿受"讥谤"。他作志怪书的指导思想是以阴阳灾异推论时政得失和人事是非的"天人感应"论。葛洪作《神仙传》自序中也有说明神仙固然世人难见，但却不能"谓为妖妄之说"，以此为道家的神仙之说张目。这都说明六朝志怪书的作者是要读者信以为真。

〔13〕于七起义是清初山东爆发的一次影响最大的群众抗清的事件。顺治五年（1648），于七于栖霞聚众起义，曾攻占莱阳、文登、即墨数州县，到康熙元年（1662）才被镇压下去。清廷派靖东将军济席哈协同山东总督祖泽溥进行围剿，大肆杀戮，株连甚广。《山东通志·兵防志》《莱阳县志·兵事》均有记载。

〔14〕《子不语》正集 26 卷，续集 10 卷。正集作于乾隆五十三年（1788）之前，续有所作，汇为续集。因元人说部中有同名之书，易名《新齐谐》。

〔15〕《夜谭随录》，作者和邦额，满洲镶黄旗人，曾做过山西乐平县令。卷首自序署乾隆四十四年（1779），一本作乾隆五十六年（1791）。

〔16〕《谐铎》作者沈起凤，号蒉渔，江苏吴县人。举人，50 岁前后曾为安徽祁门县学官。作有许多种戏曲，今存《报恩缘》《才人福》《文星榜》《伏虎韬》4 种传奇。（吴梅《蒉渔四种曲跋》）

《萤窗异草》，署长白浩歌子。《八旗艺文编目》"子部稗说"类著录，题"满洲庆兰著。庆兰字似村，庠生，尹文端公子"。尹文端公为乾隆间大学士尹继善，其子庆兰能诗，袁枚《随园诗话》曾称赏之。《萤窗异草》今存最早的刊本是光绪初申报馆丛书本，平步青《霞外捃屑》卷六否认为庆兰作，以为实系上海申报馆文人冒名为之。戴不凡《小说见闻录》著录一抄本，题《聊斋剩稿》，即《萤窗异草》，就其纸色看，认为"当不晚于乾隆"。

〔17〕盛时彦，字松云，北平（今北京市）人，纪昀的弟子。他在为《阅微草堂笔记》作的序中说明了他"合五书为一编"，"请先生检视一过，然后摹印"的情况。

〔18〕参看杨义《中国古典小说史论》第二十章《〈阅微草堂笔记〉的叙事智慧》："《阅微草堂笔记》直接嘲讽《聊斋》的本文，有《槐西杂志》记述东昌书生夜行一则。这位书生稔熟《聊斋》青凤、水仙诸事，希望有狐仙艳遇"，结果却被狐翁戏弄，"安排为婚仪上的傧相"。"蒲松龄笔下散发着青春气息的狐魅意象，到这里已变得寡情欲而多心计了。"中国社会科学出版社1995年版，第501页。

〔19〕《中国小说史略》第二十二篇《清之拟晋唐小说及其支流》，《鲁迅全集》第八卷，人民文学出版社2005年版，第215～227页。

〔20〕参见王丽娜《〈聊斋志异〉在国外》，《蒲松龄研究集刊》第2集，齐鲁书社1981年版。

第五章 《儒林外史》

18世纪中叶，我国文坛出现了两部影响深远的伟大作品——《儒林外史》和《红楼梦》。两部书的作者吴敬梓和曹雪芹有着相近似的身世经历，又都不约而同地用白话小说的形式，把自己大半生的亲身经历和体验或直接或间接地写了出来，最终二人皆死于穷困潦倒。当吴敬梓的灵柩运往南京时，金兆燕曾题诗说："著书寿千秋，岂在骨与肌。"（《棕亭诗钞》卷五《甲戌仲冬送吴文木先生旅榇于扬州城外登舟归金陵》）的确，《儒林外史》一书为吴敬梓赢得了不朽的身后名，它是我国古代讽刺文学中最杰出的代表作，标志着我国古代讽刺小说艺术发展的新阶段。

第一节 吴敬梓与《儒林外史》的创作

科第兴盛的家族　　　科举失意与觉醒　　　取材于现实士林

吴敬梓（1701—1754），字敏轩，号粒民。安徽全椒人。移家南京后自号秦淮寓客，因其书斋署"文木山房"，晚年又自号文木老人。

吴敬梓出身于一个"科第家声从来美"的科举世家。曾祖一辈，兄弟五人，四人中进士，曾祖父吴国对是顺治十五年（1658）殿试第三名，俗称探花，官至翰林院侍读，提督顺天学政[1]。祖父一辈，族祖父吴晟是康熙十五年（1676）进士，吴昺是康熙三十年（1691）殿试第二名，俗称榜眼。到了父辈逐步中落，父吴霖起，拔贡，曾为赣榆县教谕，是个清贫的学官[2]。

吴敬梓从小受到传统儒家思想的教育。前辈对科举的热衷追求，对经史特别是《诗经》的备加推崇，都对吴敬梓产生了潜移默化的影响，他从小就读经习文，准备走科举仕进之路。但是，他并没有完全受封建教育的束缚，对诗词歌赋以至野史杂书都饶有兴趣，这为他以后的文学创作打下了坚实的基础。

吴敬梓在少年时代过了几年安逸的读书生活，13岁"丧母失所恃"，14岁随父到赣榆任所。到了康熙六十一年（1722），规矩方正的吴霖起被罢除了县学教谕,吴敬梓随父回到全椒。第二年,吴霖起抑郁而死。父亲一死,族人欺他两代单传,近族亲戚、豪奴狎客相互勾结,纷纷来侵夺祖遗财产。正如他在《移家赋》中所追述的:"兄弟参商,宗族诟谇。"[3]他的族兄吴檠也说:"他人入室考钟鼓,怪鸮恶声封狼贪。"(金榘《泰然斋集》卷二附吴檠《为敏轩三十初度作》)这使他看清了封建家族伦常道德的虚伪,萌生了与仰仗祖业和门第过寄生生活的庸俗人物分道扬镳的念头。于是,吴敬梓的人生道路发生了重大转折。他由激愤变为任达放诞,"迩来愤激恣豪侈,千金一掷买醉酣。老伶少蛮共卧起,放达不羁如痴憨"(金两铭《和(吴檠)作》,同前)。他以阮籍、嵇康为榜样,追慕建安文人的风雅,反抗虚伪的礼教,表现出慷慨任气、放诞不羁的人生态度。由于他挥霍放荡和乐于助人,致使父亲死时留下的财产消耗殆尽,逐步落入贫困交加的境地,因而也招来了庸夫俗子的非议。"田庐尽卖,乡里传为子弟戒。"(《文木山房集》卷四《减字木兰花》)在家乡亲友的讥笑和世俗舆论压力下,他在33岁时,怀着决绝的感情,变卖了在全椒的祖产,移家南京,开始了卖文生涯。在南京,他结识了许多文人学者乃至科技专家以及普通市民,扩大了自己的眼界,增长了见识。特别是他接触了代表当时进步思潮的颜(元)李(塨)学派的学者[4]。他们反对理学空谈,倡导务实的学风;要求以礼乐兵农作为强国富民之道;反对空言无益的八股举业,提倡以儒家的"六艺"作为教育内容,培养对国家有用的人才。时代思潮在他思想上打下了鲜明的烙印,六朝故都南京的山水名胜,引发着追慕魏晋文人的情感,他进一步突破了"名教"的束缚,发展了恣情任性的狂放性格。

吴敬梓也曾想走科举荣身之路。可是,他以弱冠之年考取秀才之后,始终不能博得一第。29岁时,去滁州参加科考,因为他的狂放行为被禀报到试官那里,终以"文章大好人大怪"而落第。沉重的打击,使他对科举制度的怀疑加深了。36岁时,曾被荐举参加博学鸿词科的考试,他参加了地方一级的考试,但到了要赴京应试时,却以病辞[5]。几经波折,他对科举制度的弊端有了深刻认识,再不应乡试,也放弃了"诸生籍",不愿再走科举仕进的道路,唱出了"恩不甚兮轻绝,休说功名"(《内家娇》)的心声,甘愿以素约贫困的生活终老。

吴敬梓的生活陷入困境,常典当度日,甚至断炊挨饿。由富贵跌到贫困的逆境里,他备尝了人情冷暖、世态炎凉,对社会有了更清醒、冷峻的观察和认识。艰难的生活并没有使他屈服。乾隆十六年(1751),当乾隆首次南巡,在南京举行征召,许多文人迎銮献诗时,吴敬梓却没有去应试,而是像东汉狂士向栩一样"企脚高卧"(金兆燕《棕亭诗钞》卷三《寄吴文木先生》)。

吴敬梓生活的最后几年常从南京到扬州访友求助,常诵"人生只合扬州死"的诗句。不幸言中，乾隆十九年（1754）农历十月二十八日在扬州与朋友欢聚之后，溘然而逝。"涂殡匆匆谁料理？可怜犹剩典衣钱！"（程晋芳《勉行堂诗集》卷九《哭吴敏轩》）极其悲惨地结束了他坎坷磊落的一生。

"外史纪儒林，刻画何工妍！吾为斯人悲，竟以稗说传。"（《勉行堂诗集》卷二《怀人诗》十八首之十六）吴敬梓在穷愁困苦中完成了《儒林外史》这部传世杰作。《儒林外史》主要是在移家南京之后写作的，大约在乾隆十四年（1749）49 岁时已基本完稿[6]。此后数年，他还在不断修改，但主要精力已转向学术研究。

《儒林外史》所写人物，大都实有其人。吴敬梓取材于现实士林，人物原型多为周围的亲友、相识相知者。如杜慎卿、马纯上、虞育德、庄绍光、迟衡山、牛布衣，等等[7]。杜少卿则是作者的自况。他的主要事迹与吴敬梓基本相同，而且是按照生活中原有的时间顺序安排的，如杜少卿在父亲去世后的"平居豪举"，借病不参加博学鸿词的廷试、祭泰伯祠等。作者在生活原型的基础上撷取适当的素材，通过想象虚构，加以典型化，取得了很大成功。《儒林外史》是饱含着作者的血泪，熔铸着亲身的生活体验，带有强烈的作家个性的作品。

《儒林外史》的版本历来有 50 回本、55 回本、56 回本等歧说。但 50 回本、55 回本均未见。现存最早的刻本是嘉庆八年（1803）卧闲草堂的巾箱本，56 回[8]。

除《儒林外史》外，吴敬梓还有《文木山房集》4 卷，清乾隆年间刻本，收入他 40 岁以前的诗文，近年陆续发现《文木山房集》以外的诗文三十三篇，和考释《诗经》的《诗说》四十三则[9]。

第二节　科举制度下的文人图谱

命意在批判科举　　科举扭曲的社会和文人　　科举派生的
"名士"

《儒林外史》假托明代故事，除了楔子写元明易代时王冕的故事外，正文从明宪宗成化（1465—1487）末年写到神宗万历二十三年（1595）为止。其实，小说展示的是 18 世纪清代中叶的社会风俗画。它以知识分子的生活和精神状态为题材，对封建科举制度下知识分子的命运进行了深刻的思考和探索。

小说开篇第一回，就借王冕的故事"敷陈大义"，"隐括全文"。作者借王冕之口痛斥八股科举制度导致知识分子一味追逐功名富贵，从而"把那文行出处都看轻了"，使"一代文人有厄"。

作品在标举了王冕这个不受科举制度牢笼的榜样后，作为强烈对比，紧接着描写了两个把科举作为荣身之路的可怜又可笑的人物——周进和范进。周进应考到 60 岁，还是个童生，只好到薛家集去教书糊口，却受尽新进秀才梅玖的奚落。偶然路过的举人王惠更加飞扬跋扈，自吹自擂，夸耀自己的身份，大吃大喝，却让周进陪在旁边用"一碟老菜叶，一壶热水"下饭。王惠走后，"撒了一地的鸡骨头、鸭翅膀、鱼刺、瓜子壳"，"周进昏头昏脑，扫了一早晨"。鲜明的对照，显示出科举制度造成的文人社会地位和人格的不平等，令读者仔细咀嚼。后来，周进连村塾教书匠这个饭碗也丢掉了，只好替一伙商人去记账。因此，当他进省城参观贡院时，大半生没有取得功名所郁积的辛酸悲苦，所忍受的侮辱欺凌，一下子倾泻出来，"一头撞在号板上，直僵僵不省人事"，苏醒后满地打滚，放声大哭。可是命运突然发生了喜剧性变化，他中了举人、进士，做上了国子监司业，奚落过他的梅玖冒称是他的学生，他在村塾中写下的对联，被恭恭敬敬地揭下来裱好，薛家集也供奉起他的"长生禄位"。

范进考了二十多次，到 54 岁还是童生。进考场时"面黄肌瘦，花白胡须，头上戴一顶破毡帽"，"还穿着麻布直裰，冻得乞乞缩缩"。由于周进同病相怜的赏识，考取了秀才并又中了举，脆弱的神经经受不了这突如其来的强烈刺激，竟然发了疯，半天才清醒过来。范进中举之后，他的丈人胡屠户、乡绅张静斋以及邻里，立刻从鄙薄变为谄谀。先前胡屠户骂范进是"尖嘴猴腮，也该撒泡尿自己照照，不三不四就想天鹅屁吃"，现在却说"才学又高，品貌又好"，是"天上的星宿"。"一向有失亲近"的张静斋也连忙送银子，赠房产。只两三个月，"范进家奴仆、丫鬟都有了，钱米是不消说了"。范进的母亲为这瞬间发生的巨大变化而惊讶、困惑、欣喜，以至"大笑一声，往后便跌倒"，"归天去了"。

通过周进、范进的悲喜剧辛辣地讽刺了这种弄得人神魂颠倒的科举制度。这种制度并不能选拔人才，周进、范进科举的失败和成功完全是偶然的。他们把自己的生命全部投入了八股举业，结果造成了精神空虚，知识贫乏，以至范进当了主考官竟然连宋代苏轼这样的大文豪都不知是何许人。同时，着力描写周进、范进命运转变中环绕在他们周围人物的色相，深刻地表现了科举制度对各阶层人物的毒害，及造成的乌烟瘴气的社会风气。

科举制度和八股时文的毒害还侵入了闺阁之中。鲁小姐受其父鲁编修的教育，信了父亲说的八股文做得好，"一鞭一条痕，一掴一掌血"，别的"都是野狐禅、邪魔外道"的昏话，从小就读经书，习八股。自己不可能去参加科举，只得寄希望于丈夫，不料丈夫对八股时文却"不甚在行"，鲁小姐非常伤心，新婚燕尔却愁眉泪眼，长吁短叹，以为"误我终身"。后来又把举业梦寄托在儿子身上，四岁起就"每日拘着他在房里讲《四书》，读文章"。

在不顾品行而疯狂地追逐功名富贵的社会环境里，人性发生了扭曲和蜕变。作者用五回篇幅描写了匡超人如何从一个纯朴的青年堕落成无耻的势利之徒。匡超人出身贫寒，在流落他乡时，一心惦记着生病的父亲："我为人子的，不能回去侍奉，禽兽也不如。"但是，他逐步发生了变化。先是受马二先生的影响，把科举作为人生的惟一出路；考上秀才后，又受一群斗方名士的"培养"，以名士自居，以此作为追名逐利的手段；后又受到衙吏潘三的教唆，做起流氓恶棍的营生。社会给他这样三条路，他巧妙地周旋其间，一步步走向堕落。他吹牛撒谎，停妻再娶，卖友求荣，忘恩负义，变成一个衣冠禽兽。可是当他侍奉久病的父亲，敬事兄嫂，亲睦乡里，表现出人性的纯良时，他只能是个卖豆腐的小百姓；而当他变质之后，却拥有了荣耀和幸福，"高兴长安道"，洋洋得意了。这是一个造成人品堕落的社会，因而只有人品堕落的人才能在这个人生舞台上得到发展。

科举是求取功名的桥梁，少数幸运者一旦功成名就，就要用无厌的贪求来攫取财富，压榨百姓。他们出仕多为贪官污吏，处乡则多是土豪劣绅。科举制度实际上成为政治腐败的根源。王惠由举人而进士，补授南昌知府，一到江西就打听"地方人情，可还有甚么出产？词讼里可也略有些甚么通融"。为了实现"三年清知府，十万雪花银"的发财梦，他把原任衙门里的"吟诗声、下棋声、唱曲声"换成了"戥子声、算盘声、板子声"，"衙役百姓，一个个被他打得魂飞魄散，合城的人无一个不知道太爷的厉害，睡梦里也是怕的"。

戴着科举功名帽子的在乡士绅，却成了堕落无行的劣绅。严贡生就是一个典型。他利用自己的特权和与官府的关系，无耻地讹诈和欺压百姓。一口新生小猪误入邻家，他声称寻回来"不利市"，逼人买下，待邻家养到一百多斤了，一次错跑进严家来，他又把猪关了不还，还把来讨猪的邻居打折了腿。一纸并未付款的借约当时未还，后别人来讨还，他竟索要利银。他为儿子娶媳妇雇了两只船，立契到后付船钱，他却挖空心思设计了一个圈套，剩下几片云片糕，故意丢在舵工顺手的地方，诱使舵工吃掉，上岸时诈称那是他花几百两银子买的"药"，要写帖子把舵工送到衙里打板子，船家只好求饶。他在臭骂一顿之后赖掉船钱扬长而去。

如果说通过严贡生主要揭露利用科举功名欺压百姓的劣行，那么，王仁、王德这一对难兄难弟则充分暴露了这些"代圣人立言"的道学儒生的虚伪。当王仁、王德的妹妹病危时，妹夫严监生请他们来商议将妾赵氏扶正的问题。

他们先是"把脸来丧着不则一声",当严监生每人送一百两银子后,他们"拍着桌子道:'我们念书的人,全在纲常上做工夫,就是做文章,代孔子说话,也不过这个理;你若不依,我们就不上门了。'"他们又拿了严监生的五十两银子,"义形于色地去"操办将赵氏扶正的宴席了。他们根本不顾骨肉亲情,是"忘仁忘德"、虚伪势利的小人。

作品除了写以科举作为荣身之路的八股迷,戴着科举功名帽子的士绅之外,还写了寄生于举业文事的八股选家马纯上的赤诚与愚昧。马二先生是个正派人物,他古道热肠,乐于助人。他与匡超人萍水相逢,却怜才助贫,赠送银两、衣物,让他回家侍奉父母;对蘧公孙,虽是初交,却不惜罄囊为之销赃弭祸;对骗过他的洪憨仙,仍捐资为之装殓送殡。他真诚地用毕生的精力投入举业文事。他对八股情有独钟,无怨无悔,据他自己说:"小弟补廪二十四年,蒙历任宗师的青目,共考过六七个案首,只是科场不利,不胜惭愧!"他热心地宣扬八股取士的制度,认为"举业二字,是从古及今人人必要做的","人生世上,除了这事,就没有第二件可以出头"。他全身心地投入八股文的选评,希望能帮助年轻人去争取功名富贵。马二先生痴迷于八股文,结果变成了一个麻木愚昧的人。他的精神世界一片荒芜,他那套文思定势消解了他鉴赏美景的能力,所以游西湖时,对这"天下第一个真山真水的景致"浑然不觉。他的才华枯萎了,头脑里除了八股文那些套语之外,已经没有其他词汇了,所以游了半天西湖,搜索枯肠,才说出一句"真乃'载华岳而不重,振河海而不泄,万物载焉'!"的套话。通过马二先生的形象,作者展示了一个被科举时文异化了的读书人的迂腐熏人的灵魂。

科举制度的派生物就是产生了一批沽名钓誉的所谓"名士"。他们或因科场败北,或因自身条件的限制无法取得功名进入仕途。于是这些不甘寂寞的"聪明人"就刻诗集,结诗社,写斗方,诗酒风流,充当名士。他们表面风雅潇洒,骨子里却忘不了功名富贵。这群名士的丑恶行径,构成腐败社会的文化奇观。作者通过莺脰湖边、西子湖畔和莫愁湖上的庸俗闹剧对他们作了抉肤剜骨的描绘和讽刺。

已故中堂之子,现任通政之弟娄三、娄四公子,"因科名蹭蹬,不得早年中鼎甲,入翰林,激成了一肚子牢骚不平"。在京师闲得无聊,返回故里,在江湖上访士求贤,想博得战国时信陵君、春申君求贤养士的美名,于是一伙"名士"聚集在他们周围,凑成了一个莺脰湖聚会,"席间八位名士,带挈杨执中的蠢儿子杨老六也在船上,共合九人之数。当下牛布衣吟诗,张铁臂击剑,陈和甫打哄说笑,伴着两公子的雍容尔雅,蘧公孙的俊俏风流,杨执中古貌古心,权勿用怪模怪样:真乃一时胜会"。作者通过聚会前后的介绍,揭示了"名士们"的滑稽丑态。杨执中像是个呆子，就如他手里摩弄的炉一样是个待价而沽的假"古董"。权勿用被杨执中吹捧为有"经天纬地之才"的高人，后来杨执中的儿子偷了权勿用的钱，两人吵架，杨执中骂他是疯子。权勿用被人告发，衙役"把他一条链子锁去了"。更可笑的是"侠客"张铁臂半夜从屋檐上滚下来，提一革囊，声称是仇人的脑袋，吓得二娄心胆皆碎，骗走五百两银子，并谎称可以用药水顷刻间化人头为水，二娄信以为真，又设"人头会"，请"名士们"来欣赏。众人齐聚，张铁臂久等不到，革囊已臭，打开一看，原来是个猪头。从此二娄"半世豪举，落得一场扫兴"，"闭门整理家务"，"名士"们也作鸟兽散了。

西子湖畔聚集着一帮斗方名士。以医生兼名士的赵雪斋为首，还有冢宰后嗣胡三公子、头巾店老板景兰江、冒充秀才的盐务巡商支剑峰等人，他们高谈阔论，拣韵联诗，附庸风雅，攀附权贵，讨些残炙冷饭来慰藉内心对功名富贵的欲求。他们羡慕赵雪斋："虽不曾中进士，外边诗选上刻着他的诗几十处，行遍天下，那个不晓得有个赵雪斋先生？只怕比进士享名多着哩！"这就道出了他们当名士的真实目的。但是，"读书毕竟中进士是个了局，赵爷各样好了，到底差一个进士。不但我们说，就是他自己心里也不快活的是差着一个进士"。流露出这帮标榜"不讲八股"的名士们内心深处的悲哀。

"莫愁湖高会"的导演是杜慎卿。他出身于名门世家，不但外表温文尔雅，而且颇有才气。他对朝政发些不同流俗的议论，赞扬永乐夺位，批评方孝孺迂阔古板。看不起萧金铉之类的斗方名士，也不屑于做假名士那些冒充风雅的"故套"，颇有点真名士的风度。但这一切都掩盖不了他精神的空虚无聊和虚伪做作。他顾影自怜，"太阳地里看见自己的影子，也要徘徊大半日"。他一面称隔着三间屋也能闻见女人的臭气，一面却迫不及待地纳妾。他表面声称"朋友之情，更甚于男女"，实际上是酷好男风。季苇萧跟他开了个玩笑，给他介绍了个"美男"。他"次早起来，洗脸、擦肥皂，换了一套新衣服，遍身多薰了香"，兴冲冲地去拜访，结果"只见楼上走下一个肥胖的道士来……一副油晃晃黑脸，两道重眉，一个大鼻子，满腮胡须，约有五十多岁的光景"。这种期待中产生的反差，令读者捧腹大笑。他还想出一个不同于假名士们俗套的"希奇"办法，召集了全城一百多个做旦角的戏子来表演，品评他们的"色艺"，"好细细看他们袅娜形容"。这次莫愁湖高会，不但满足了他的好色渴求，也为他招致了风流倜傥的美名，使"这位杜十七老爷名震江南"。

如果说匡超人是中科举之毒而堕落变质的话，那么，牛浦郎就是由羡慕名士而颠狂痴迷。牛浦郎是市井小民，也没有读多少书，但是自作聪明，有着强烈的出人头地的愿望。他偷了店里的钱买书读，要破破"俗气"。后又偷甘露寺和尚珍藏的牛布衣的诗集，从中看到一条不费力气可以出名的路："可见只要会做两句诗，并不要进学、中举，就可以同这些老爷们往来。何等荣耀！"于是就冒名行骗，以诗人牛布衣的身份骗取县官的信任，与官员往来，以此抬高身价，侮辱长辈，叫他的妻兄当仆人。后来他与另一个骗子牛玉圃相遇，两人互相利用，又互相算计，闹出一幕幕闹剧。他是个"自己没有功名富贵而慕人之功名富贵"的"鸡鸣狗吠之徒"。

《儒林外史》俯仰百年，写了一代儒林士人在科举制度下的命运，他们为追逐功名富贵而不顾"文行出处"，把生命耗费在毫无价值的八股制艺、无病呻吟的诗作和玄虚的清谈之中，造成了道德堕落，精神空虚，思想荒谬，才华枯竭，丧失了高尚的人格，失去了人生的价值。对于理想的文人应该怎样才能葆有高尚的人格和实现人生的价值，吴敬梓又陷入理性的沉思之中。

第三节　理想文士的探求

杜少卿形象的人文内涵　　　"真儒"与实学思想　　　金陵市井奇人与理想人格

《儒林外史》也描写了一批真儒名贤，体现了作者改造社会的理想。作者理想的人物是既有传统儒家美德，又有六朝名士风度的文人，追求道德和才华互补兼济的人生境界。

杜少卿是作者殷情称扬的理想人物。他淡薄功名，讲究"文行出处"。朝廷征辟，但他对朝政有着清醒的认识，"正为走出去做不出甚么事业"，"所以宁可不出去好"。他装病拒绝应征出仕："好了！我做秀才，有了这一场结局，将来乡试也不应，科、岁也不考，逍遥自在，做些自己的事罢！"这就背离了科举世家为他规定的人生道路。

杜少卿傲视权贵，却扶困济贫，乐于助人，有着豪放狂傲的性格。汪盐商请王知县，要他作陪，他拒不参加："我那得工夫替人家陪官！"王知县要会他，他说："他果然仰慕我，他为甚么不先来拜我，倒叫我拜他？"但到了王知县被罢官，赶出衙门，无处安身时，杜少卿却请他到家来住："我前日若去拜他，便是奉承本县知县，而今他官已坏了，又没有房子住，我就该照应他。"对贫贱困难的人，他平等对待，体恤帮助；杨裁缝母亲死了，无力殡葬，他就慷慨资助；给领戏班的鲍廷玺一百两银子，让他重操旧业，奉养母亲。

杜少卿既讲求传统的美德，在生活和治学中又敢于向封建权威和封建礼俗挑战，追求恣情任性、不受拘束的生活。他遵从孝道，"但凡说是见过他家太老爷的，就是一条狗也是敬重的"。因此，他对父亲的门客娄老爹极为敬重，"养在家里当祖宗看待，还要一早一晚自己伏侍"。但是，他敢于向封建权威挑战，对当时钦定的朱熹对《诗经》的解说，大胆提出质疑，认为《溱洧》一篇"也只是夫妇同游，并非淫乱"。对《女曰鸡鸣》的解释是，提倡独立自主、怡然自乐的生活境界。对当时盛行的看风水、迁祖坟的迷信做法，他极力反对，认为应"依子孙谋杀祖父的律，立刻凌迟处死"。他不受封建礼俗的拘束，"竟携着娘子的手，出了园门，一手拿着金杯，大笑着，在清凉山冈子上走了一里多路"，使"两边看的人目眩神摇，不敢仰视"。

他尊重女性，反对对妇女的歧视与摧残。他笃于夫妻情爱，别人劝他娶妾，他引用晏子的话："今虽老而丑，我固反见其姣且好也。"他反对纳妾，说："娶妾的事，小弟觉得最伤天理。天下不过是这些人，一个人占了几个妇人，天下必有几个无妻之客。小弟为朝廷立法：人生须四十无子，方许娶一妾，此妾如不生子，便遣别嫁。"虽然他的主张还受着封建孝道的影响，不很彻底，但在当时已是石破天惊的见解了。对敢于争取人格独立的沈琼枝，他充满了敬意。沈琼枝是读书人家的女儿，被盐商宋为富骗娶作妾，她设计裹走宋家的金银珠宝，逃到南京卖文过日子，自食其力。人们都把她看作"倚门之娼"，或疑为"江湖之盗"，但杜少卿却说："盐商富贵奢华，多少士大夫见了就销魂夺魄，你一个弱女子，视如土芥，这就可敬的极了。"

他尊重个性，追求自由自在的生活。友人到他家聚会，"众客散坐，或凭栏看水，或啜茗闲谈，或据案观书，或箕踞自适，各随其便"。他和六朝文人一样反对名教而回归自然，把自然山水当作自己的精神家园，所以他对妻子说："你好呆，放着南京这样好顽的所在，留我在家，春天秋天，同你出去看花吃酒，好不快活！为甚么要送我到京里去？"在名士风度中闪耀着追求个性解放的光彩。

杜少卿表面上狂放不羁，但是仍然怀着一颗忧国忧民之心。真儒们以道德教化来挽救颓世，赢得他的敬重，虽然他的家产几乎已经耗尽，但仍然捐三百两银子修泰伯祠。他的理想和追求并不为凡夫俗子所理解，被骂为"最没品行"的人，要子侄们在读书桌上贴一纸条，"上面写道：'不可学天长杜仪'"。杜少卿在那样的社会里，只能陷入苦闷和孤独，他在送别虞博士时说："老叔去了，小侄从今无所依归矣。"

杜少卿较之传统的贤儒有着狂放不羁的性格，少了些迂阔古板；较之六朝名士，有着传统的道德操守，少了些颓唐放诞。他是一个既有传统品德又有名士风度的人物，既体现了传统的儒家思想，又闪耀着时代精神，带有个性解放色彩，与贾宝玉同为一类人物，不过传统思想的烙印更深一些而已。

庄绍光出身读书人家，少有才华，十一二岁就会做七千字的长赋。年近四旬，只闭门著书，不肯妄交一人。后被荐举，皇帝两度召见，有重用之意，但他深知朝廷的腐败，慨叹"看来我道不行了"，"恳求恩赐还山"。大学士太保公"欲收之门墙，以为桃李"，遭到他的拒绝。于是，太保公找借口让皇帝不要重用，只是允其还山，并把玄武湖赐给他。还乡之后，地方官吏纷纷来拜，"庄征君穿了靴又脱，脱了靴又穿"，恼怒之下，连夜搬往玄武湖，回归到大自然的怀抱中，过自由自在的生活。

吴敬梓的社会改造理想深受颜李学派的影响。颜元曾说："如天下不废予，将以七字富天下：垦荒，均田，兴水利。以六字强天下：人皆兵，官皆将。以九字安天下：举人才，正大经，兴礼乐。"（李塨《习斋先生年谱》卷下）《儒林外史》正是主张以"礼乐兵农"的实学取代空谈性理的理学，以"经世致用"的学问取代僵化无用的科举时文。迟衡山说："而今读书的朋友，只不过讲个举业，若会做两句诗赋，就算雅极的了，放着经史上的礼、乐、兵、农的事，全然不问！"作品里写了两件大事，一是祭泰伯祠，一是萧云仙重农桑、兴学堂，用以体现作者的社会理想。庄绍光、迟衡山等真儒名贤，因"我道不行"而"处"而不出，但是，他们没有忘记社会责任，渴望能实现自己改造社会的理想。他们倡议集资修建泰伯祠，以礼让天下的泰伯作为道德典范，借此习学礼乐，"成就些人才"，"助一助政教"。于是由大儒虞博士主祭，演出了一场鼓乐喧天的祭祀大典。接着又写了文武兼备的戍边将领萧云仙在青枫城带领农民垦田植树，兴修水利，开办学堂，开启民智，具体实施"礼乐兵农"的社会复兴方案。

吴敬梓改造社会的理想与时代进步思潮相呼应，具有鼓吹政教，提倡实学，反对浮言，谋取事功的意旨，但是却披着古代"礼乐兵农"的外衣。他的社会理想是走托古改制的路子，在现实生活中缺乏基础，因而是不可能实现的。作者清醒地认识到这一点，书中笼罩着幻想破灭的悲凉情绪。曾几何时，传闻天下的泰伯祠就墙倒殿斜，乐器祭器尘封冷落，"贤人君子，风流云散"。萧云仙武功文治，轰轰烈烈，到头来却被工部核算追赔，破产还债，他的"礼乐兵农"的社会改造方案以失败而告终。

作者在探求理想的同时，对封建文化作了进一步的反思，其批判的锋芒指向封建礼教和社会习俗。王玉辉是一个受封建礼教毒害极深的迂拙夫子。当了三十年秀才，考不上举人，进不了官场，却立志要写三部"嘉惠来学"的书，宣传封建礼教和礼仪。他不仅不惜以残年之力进行说教，而且身体力行。当女儿提出要以死殉节时，他不但没有劝阻，反而大加鼓励："我儿，你既如此，这是青史上留名的事，我难道反拦阻你？你竟是这样做罢。"当他得知女儿从夫自尽的噩耗时，还仰天大笑："死的好！死的好！"这里，没有坏人引诱，也没有法律规定，却是顽固的封建礼教的毒害，使王玉辉的女儿自觉从容地绝食而亡，使王玉辉不自觉地成为"以理杀人"的帮凶。

真儒名贤的教化不能挽救日下的世风，追逐功名富贵的社会风气愈演愈烈，遍及社会各个角落。五河县追名逐利、奉承谄媚的恶俗，汤公子和陈木南嫖妓的丑态，妓女聘娘官太太的迷梦，假中书的闹剧等等，充分揭露了社会的乌烟瘴气、卑鄙龌龊。

作者既看到社会改造理想的难以实现，又不忍放弃对社会理想和完美人格的追求。他也把目光投向社会的底层，写出一群远离科举名利场，不受功名富贵污染的市井平民的形象。修乐器的倪老爹，看坟的邹吉甫，开小米店的卜老爹，开小香蜡店的牛老儿等等，他们朴实善良，相濡以沫，古风犹存，充满人间真情的温馨。

当真儒名贤"都已渐渐消磨了"的时候，作者在全书末尾写了"四大奇人"。季遐年，既以写字为生，又以写字自娱；王太是围棋高手，又是安于卖火纸筒子的小贩；开茶馆的盖宽，画一手好画，但不攀附权贵；做裁缝的荆元，弹一手好琴，以此自遣。他们自食其力，多才多艺，安贫乐道，高雅脱俗，过着"又不贪图人的富贵，又不伺候人的颜色，天不收，地不管"的自由自在的日子。这"四大奇人"，是知识分子高雅生活"琴棋书画"的化身，是作者心造的幻影，是文人化的市井平民，是作者为新一代读书士子设计的人生道路，体现作者对完美人格的追求。但是，幻影终归是幻影，因为"那一轮红日，沉沉的傍着山头下去了"，荆元悠扬的琴声"忽作变徵之音，凄清婉转"，令人"凄然泪下"。

第四节　《儒林外史》的叙事艺术

长篇结构的新形式　　叙事艺术的新特点　　讽刺艺术的新成就

《儒林外史》是有着思想家气质的文化小说，有着高雅品位的艺术精品。它与通俗小说有不同的文体特征，因而其叙事方法也发生了明显的变化。

中国乃至世界近代长篇小说传统的结构方式是由少数主要人物和基本情节为轴心而构成一个首尾连贯的故事格局。《儒林外史》是对百年知识分子厄运进行反思和探索的小说，很难设想它还有可能以一个家庭，或几个主要人物构成首尾连贯的故事，完成作者的审美命题。如果那样，就有可能把科举制度下知识分子的种种行为集中在几个人身上，造成某种箭垛式的笑料集锦。吴敬梓熟读经史，深谙古史笔法，他要写出一部"儒林"的"外史"，也就采取了编年和纪传相结合的方法，以时间为序，写出了一代二三十个人物的行状，创造了一种长篇小说的独特结构。它冲破了传统通俗小说靠紧张的情节互相勾连、前后推进的通常模式，按生活的原貌描绘生活，写出生活本身的自然形态，写出随处可见的日常生活。

作者根据亲身经历和生活经验，对百年知识分子的厄运进行思考，以此为线索把"片断的叙述"贯穿在一起，构成了《儒林外史》的整体结构，此一模式对后世小说特别是晚清小说有很大的影响。第一回通过"楔子"以"敷陈大义"，"隐括全文"，然后又以最后一回"幽榜"回映"楔子"，首尾呼应，浑然一体。除"楔子"和结尾外，全书主体可分为三部分。第一部分，自第二回起至三十回止，主要描写科举制度下的文人图谱，以二进（周进、范进）、二王（王德、王仁）、二严（严贡生、严监生）等人为代表，以莺脰湖、西子湖、莫愁湖聚会为中心，暴露科举制度下文士的痴迷、愚昧和攀附权贵、附庸风雅，同时，展现了社会的腐败和堕落。第二部分，自三十一回起到四十六回止，是理想文士的探求。作者着重写三个中心：修祭泰伯祠，奏凯青枫城，送别三山门。围绕这三个中心，塑造了杜少卿、迟衡山、庄绍光、虞育德、萧云仙等真儒名贤的形象。第三部分，自四十七回至五十五回止，描写真儒名贤理想的破灭，社会风气更加恶劣，一代不如一代，以至于陈木南与汤由、汤实二公子在妓院谈论科场和名士风流了。但是，作者没有绝望，仍在探索，写了"四大奇人"，用文人化的自食其力者来展示他对未来的呼唤。

中国古代长篇小说多以传奇故事为题材，可以说都是"传奇型"的。到了明代中叶，从《金瓶梅》开始，才以平凡人为主角，描写世俗生活。而完全完成这种转变的，则是《儒林外史》。它既没有惊心动魄的传奇色彩，也没有情意绵绵的动人故事，而是当时随处可见的日常生活和人的精神世界。全书写了二百七十多人，除士林中各色人物外，还把高人隐士、医卜星相，娼妓狎客、吏役里胥等三教九流的人物推上舞台，从而展示了一幅幅社会风俗画，致使有人感到"慎毋读《儒林外史》，读竟乃觉日用酬酢之间无往而非《儒林外史》"（卧闲草堂本第三回末总评）。

《儒林外史》摆脱了传统小说的传奇性，淡化故事情节，也不靠激烈的矛盾冲突来刻画人物，而是尊重客观再现，用寻常细事，通过精细的白描来再现生活，塑造人物。马二先生游西湖，没有惊奇的情节，没有矛盾冲突，只是按照马二先生游西湖的路线，所见所闻，淡淡地写去。写他对湖光山色全无领略；肚子饿了，没有选择地"每样买了几个钱，不论好歹，吃了一饱"；见到书店就问自己的八股文选本的销路如何；看到御书楼连忙把扇子当笏板，扬尘舞蹈，拜了五拜；遇到丁仙祠里扶乩，就想问功名富贵；洪憨仙引他抄近路，他以为神仙有缩地腾云之法。这平淡无奇的描写却把这个八股选家的愚昧、迂腐的性格写活了。写匡超人回家，"他娘捏一捏他身上，见他穿着极厚的棉袄，方才放心"。通过这样平常的细节，把母亲对他的爱以"摹神之笔"刻骨铭心地写了出来。

《儒林外史》所写的人物更切近人的真实面貌，通过平凡的生活写出平凡人的真实性格。像鲍文卿对潦倒的倪霜峰的照顾和对他儿子倪廷玺的收养，甘露寺老僧对旅居无依的牛布衣的照料以及为他料理后事的情谊，牛老儿和卜老爹为牛浦郎操办婚事，他们之间的相恤相助等等，都是通过日常极平凡细小甚至近于琐碎的描写，塑造了普通百姓真诚朴实的性格，感人至深。

人物性格也摆脱了类型化，而有丰富的个性。严监生是个有十多万银子的财主，临死前却因为灯盏里点着两根灯草而不肯断气。然而他并不是吝啬这个概念的化身，而是一个活生生的人。他虽然悭吝成性，但又有"礼"有"节"，既要处处保护自己的利益，又要时时维护自己的面子。所以，当他哥哥严贡生被人告发时，他拿出十多两银子平息官司；为了儿子能名正言顺地继承家产，不得不忍痛给妻兄几百两银子，让他们同意把妾扶正；妻子王氏去世时，料理后事竟花了五千银子，并常怀念王氏而潸然泪下。一毛不拔与挥银如土，贪婪之欲与人间之情，就这样既矛盾又统一地表现出人物性格的丰富性。

作者不但写出了人物性格的丰富性，而且写出了人物内心世界的复杂性。王玉辉劝女殉节，写出他内心的波澜：先是一次关于青史留名的侃侃而谈，接着是两次仰天大笑，后又写他三次触景生情，伤心落泪。从笑到哭，从理到情，层层宕开，写出王玉辉内心观念与情感的不断搏斗，礼教和良心的激烈冲突。又如第一回多层次揭示了时知县的内心世界。他先是在危素面前夸口，心想官长见百姓有何难处，谁知王冕居然将请帖退回，不予理睬。他便想：可能是翟买办恐吓了王冕，因此不敢来。于是决定亲自出马。可是他这一念头被另一种想法推翻，认为堂堂县令屈尊去拜见一个乡民，会惹人笑话。但又想到"屈尊敬贤，将来志书上少不得称赞一篇。这是万古千年不朽的勾当，有什么做不得！"于是"当下定了主意"。这里，种种复杂心理不断转折、变幻，心态在纵向中曲线延伸，让人看到他那灵魂深处的活动。

《儒林外史》中每个人物活动的过程并不长，但能在有限的情节里，体现出人物性格的非固定性，即性格的发展变化。匡超人从朴实的青年到人品堕落，写出他随着环境、地位、人物之间关系而改变的性格，在他性格变化中又体现着深刻的社会生活的变动。

古代小说人物的肖像描写往往是脸谱化的，如"面如冠玉，唇若涂脂"，"虎背熊腰，体格魁梧"等等。《儒林外史》掀掉了脸谱，代之以真实的细致的描写，揭示出人物的性格。如夏总甲"两只红眼边，一副锅铁脸，几根黄胡子，歪戴着瓦楞帽，身上青布衣服就如油篓一般，手里拿着一根赶驴子的鞭子，走进门来，和众人一拱手，一屁股就坐在上席"。通过这一简洁的白描，夏总甲的身份、教养、性格跃然纸上。

自然景物的描写也舍弃了章回小说长期沿袭的程式化、骈俪化的韵语，运用口语化的散文，对客观景物作精确的、不落俗套的描写。如第三十三回，杜少卿和几位好友在江边亭中烹茶闲话，凭窗看江，"太阳落了下去，返照着几千根桅杆半截通红"；第四十一回，杜少卿留朋友在河房看月，"那新月已从河底下斜挂一钩，渐渐的照过桥来"。随手拈来，自然真切，富有艺术美。

《儒林外史》改变了传统小说中说书人的评述模式，采取了第三人称隐身人的客观观察的叙事方式，让读者直接与生活见面，大大缩短了小说形象与读者之间的距离。作者尽量不对人物作评论，而是给读者提供了一个观察的角度，由人物形象自己呈现在读者面前。例如在薛家集观音庵，让读者亲见亲闻申祥甫、夏总甲的颐指气使，摆"大人物"架势，骄人欺人，较少对人物作内心剖白，只是客观地提供人物的言谈举止，让读者自己去想象和体味。又如作者只写"把周先生脸上羞的红一块白一块"，"昏头昏脑扫了一早晨"，并没有剖白周进内心活动，人们却可以想象到他当时的内心感受。作者已经能够把叙事角度从叙述者转换为小说中的人物，通过不同人物的不同视角和心理感受，写出他们对客观世界的看法，大大丰富了小说的叙事角度。如西湖边假名士的聚会，主要通过匡超人这个"外来者"的新鲜感受，看到这些斗方名士的名利之心和冒充风雅的丑态。

吴敬梓企图创造一种与生活更直接不隔的、显示着生活本身流动的、丰富的、原生状态的艺术。《儒林外史》叙事的新特点与作者的美学思想是一致的。

吴敬梓怀着高尚的理想和道德情操，但在现实生活中处处碰壁。狂狷而豁达的性格，使他睥睨群丑，轻蔑流俗。"先生豁达人，哺糟而啜醨，小事聊糊涂，大度乃滑稽。"（金兆燕《甲戌仲冬送吴文木先生旅榇于扬州城外登舟归金陵》）这样的气质和禀赋，使他采用了讽刺的手法去抨击现实。

鲁迅在《中国小说史略》中简括地论述了中国讽刺小说的渊源和发展："寓讥弹于稗史者，晋唐已有，而明为盛，尤在人情小说中。"然而多数作品或"大不近情"，类似插科打诨；或非出公心，"私怀怨毒，乃逞恶言"；或

"词意浅露，已同谩骂"。《儒林外史》将讽刺艺术发展到新的境界，"秉持公心，指擿时弊"，"戚而能谐，婉而多讽"，"于是说部中乃始有足称讽刺之书"（第三十三篇《清之讽刺小说》）。

讽刺的生命是真实。吴敬梓是"儒林"中人，对"儒林"中的人事感受至深，便本着史家据事直书的态度，运用古史的"春秋笔法"，"心有所褒贬，口无所臧否"，通过精确的白描，写出"常见""公然""不以为奇"的人事的矛盾、不和谐，显示其蕴含的美刺意义。例如严贡生正在范进和张静斋面前吹嘘："小弟只是一个为人率真，在乡里之间从不晓得占人寸丝半粟的便宜。"言犹未了，一个小厮进来说："早上关的那口猪，那人来讨了，在家里吵哩。"通过言行的不一，揭示严贡生欺诈无赖的行径。又如汤知县请正在居丧的范进吃饭，范进先是"退前缩后"地坚决不肯用银镶杯箸。汤知县赶忙叫人换了一个瓷杯，一双象箸，他还是不肯，直到换了一双白颜色竹箸来，"方才罢了"。汤知县见他居丧如此尽礼，正着急"倘或不用荤酒，却是不曾备办"，忽然看见"他在燕窝碗里拣了一个大虾元子送在嘴里"，心才安下来。真是"无一贬词，而情伪毕露"。再如五河县盐商送老太太入节孝祠，张灯结彩，鼓乐喧天，满街是仕宦人家的牌仗，满堂有知县、学师等官员设祭，庄严肃穆。但盐商方老六却和一个卖花牙婆伏在栏杆上看执事，"权牙婆一手扶着栏杆，一手拉开裤腰捉虱子，捉着，一个一个往嘴里送"。把崇高、庄严与滑稽、轻佻组合在一起，化崇高、庄严为滑稽可笑。

《儒林外史》具有悲喜交融的美学风格。吴敬梓能够真实地展示出讽刺对象中戚谐组合、悲喜交织的二重结构，显示出滑稽的现实背后隐藏着的悲剧性内蕴，从而给读者以双重的审美感受。周进撞号板，范进中举发疯，马二先生对御书楼顶礼膜拜，王玉辉劝女殉夫的大笑……这瞬间的行为是以他们的全部生命为潜台词的，所以这瞬间的可笑又蕴含着深沉的悲哀，这最惹人发笑的片刻恰恰是内在悲剧性最强烈的地方。作者敏锐地捕捉人物瞬间行为，把对百年知识分子命运的反思和他们瞬间的行为巧妙地结合在一起，使讽刺具有巨大的文化容量和社会意义。

《儒林外史》将中国讽刺小说提升到与世界讽刺名著并列而无愧的地位[10]，这是吴敬梓对中国小说史的巨大贡献。

注　释

〔1〕吴敬梓《文木山房集》卷一《移家赋》自注："曾祖兄弟五人，四成进士，一为农。"
　　朱彭寿《旧典备征》卷四："同胞兄弟有四人并擢甲科者殊鲜，特志之：安徽全椒吴

沛子国鼎，明崇祯癸未；国缙，顺治壬辰；国对，顺治戊戌，探花；国龙，明崇祯
癸未。"

〔2〕另有一说：吴霖起为吴敬梓的嗣父，生父为吴雯延（陈美林《吴敬梓身世三考》，《吴
敬梓研究》，上海古籍出版社 1984 年版，第 93～97 页）。

〔3〕关于吴敬梓的祖遗财产被宗族侵夺事，他在《移家赋》里有简括的陈述。陈美林《吴
敬梓评传》（南京大学出版社 1990 年版）第三章第二节"乡居岁月"有考释。

〔4〕吴敬梓的执友程廷祚是颜李学派的学者。程廷祚号绵庄，曾致书李塨表示对颜元著述
服膺之意，李塨到南京讲学，曾多次问学。梁启超《中国近三百年学术史》列程廷祚
为颜李学派学者。其《青溪文集续编》中有《与吴敏轩书》及为吴敬梓姊所作《金
孺人传》。

〔5〕此据程晋芳《文木先生传》："安徽巡抚赵公国麟，闻其名，招之试，才之，以博学鸿
词荐，竟不赴廷试，亦自此不应乡举。"（《勉行堂文集》卷六）一说，吴敬梓参加了
抚院级的考试，到督院级的考试，却以"病"未能终场，也就不能赴京应廷试了（陈
美林《吴敬梓评传》第三章第五节"鸿博之试"）。

〔6〕程晋芳《怀人诗》载《勉行堂诗集》卷二《春帆集》，按诗之编年次第，当作于乾隆
十四年（1749）秋。可见此时《儒林外史》已基本完稿。

〔7〕群玉斋刊《儒林外史》金和《跋》中曾指明"书中杜少卿乃先生自况"，杜慎卿为其
族兄吴檠，庄绍光为程廷祚，马纯上为冯粹中，"沈琼枝即随园老人所称扬州女子"
等。何泽翰著《儒林外史人物本事考略》（上海古籍出版社 1985 年版），考索甚详。
这对研究《儒林外史》的创作特征，是有裨益的。

〔8〕关于《儒林外史》原作应是多少回的问题，研究者有不同意见：一，清末金和《儒林
外史跋》中提出：原本仅 55 回，最末"幽榜"一回系后人"妄增"。鲁迅《中国小
说史略·清之讽刺小说》从其说。二，吴敬梓友人程晋芳作《文木先生传》，称《儒
林外史》50 卷（《勉行堂文集》卷二）。胡适《吴敬梓年谱》据之认为除"幽榜"一
回为后人"妄增"外，"馀下的五十五回之中，大概还有后人增加的五回"。章培恒进
而论证原作就为 50 回，详见其《〈儒林外史〉原貌初探》等文（《献疑集》，岳麓书
社 1993 年版）。三，原作就是 56 回，并无后人增加者。陈美林主此说，文章题为
《关于〈儒林外史〉"幽榜"的作者及其评价问题》（《吴敬梓研究》）。

〔9〕据金和《儒林外史跋》（清同治八年群玉斋活字本）、沈大成《全椒吴征君诗集序》
（《学福斋集》卷五）的记载，吴敬梓的儿子吴烺在其父身后编定有 12 卷本《文木山
房集》，可惜至今大部分未发现。程晋芳等友朋说他有《诗说》若干卷，长期湮没无
闻，近年始发现其抄本。李汉秋、项东昇校注《吴敬梓集系年校注》（中华书局 2011
年版）已收入《文本山房集》和佚诗佚文及《诗说》。

〔10〕《儒林外史》已有英、俄、法、德、越、日、韩、捷克、匈牙利 9 个语种的外文译
本。参见宋伯年主编《中国古典文学在国外》，北京语言学院出版社 1988 年版。

第六章 《红楼梦》

在明清小说中，最为后人称道的莫过于《红楼梦》。鲁迅曾说："自有《红楼梦》出来以后，传统的思想和写法都打破了。"（《中国小说的历史的变迁》）该书问世不久，即以手抄本的形式广为流布，"可谓不胫而走者矣"（程伟元《红楼梦序》）。20 世纪以来，《红楼梦》更以其所塑造的异常出色的艺术形象和极其丰富深刻的思想底蕴，使学术界产生了以该书为研究对象的专门学问——"红学"。曹雪芹当年将《红楼梦》一书"于悼红轩中披阅十载，增删五次，纂成目录，分出章回"之后，曾感慨万端地题写一绝："满纸荒唐言，一把辛酸泪。都云作者痴，谁解其中味？"（第一回）这也就成为"红学"家和读者永远说不完的话题。

第一节　曹雪芹的家世与《红楼梦》的创作

"生于繁华，终于沦落"的一生　　　《红楼梦》的版本
高鹗和程伟元

《红楼梦》的作者曹雪芹（约 1715—约 1763）[1]，名霑，字梦阮，号雪芹，又号芹圃、芹溪。祖籍辽阳[2]，先世原是汉人，明末入满洲籍，属满洲正白旗包衣（奴仆）。后来他的祖先随清兵入关，得到宠幸，成为显赫一时的世家。据史料记载，雪芹高祖曹振彦，顺治年间任山西平阳府吉州知州，后升浙江盐法道。曾祖曹玺，因"随王师征山右有功"，成为顺治的亲信侍臣（康熙《江宁府志》未刊稿卷一七《宦迹》）。曹氏不仅因武功起家，而且同康熙还有一种特殊关系。曹玺的妻子是康熙的乳母，雪芹祖父曹寅则少年时作过康熙的"伴读"。康熙继位后，就派曹玺为江宁织造。这是内务府的"肥缺"，它除了为宫廷置办各种御用物品外，还充当皇帝的耳目，访察江南吏治民情。继曹玺之后，曹寅及曹颙、曹頫，祖孙三代四人均担任过这一要职，其间又曾兼两淮巡盐御史，共约六十年。因此，曹家成为当时江南财势熏天的"百年

望族"。康熙六次南巡，其中四次由曹寅负责接驾，驻跸于织造府。曹家也是"诗礼之家"。曹玺"少好学，深沉有大志"。曹寅则是著名的诗人、学者兼藏书家[3]。他曾奉旨在扬州主持编刻《全唐诗》和编纂《佩文韵府》。

曹家既然是康熙的亲信近臣，那么它的兴衰际遇，就势必同皇室内部的矛盾斗争紧密联系在一起。雍正皇帝继位后，曹家开始失势。雍正五年（1727），曹頫以"行为不端"，"骚扰驿站"和"织造款项亏空"的罪名被革职抄家。

曹雪芹生长在南京，少年时代曾经历过一段富贵繁华的贵族生活。在他十三四岁时，随着全家迁回北京。回京后，他曾在一所皇族学堂"右翼宗学"里当过掌管文墨的杂差，境遇潦倒，生活艰难。晚年移居北京西郊，生活更加穷苦，"满径蓬蒿"，"举家食粥"。他以坚忍的毅力，专心致志地从事《红楼梦》的写作与修订。乾隆二十七年（1762），幼子夭亡，他陷于过度的忧伤和悲痛，卧床不起。到了这年除夕，终因贫病交加而离开人世[4]，遗留下来的只有一部未完成的《红楼梦》。

"生于繁华，终于沦落。"曹雪芹的家世从鲜花着锦之盛，一下子落入凋零衰败之境，使他深切地体验着人生悲哀和世道的无情，也摆脱了原属阶级的褊狭，看到了封建贵族家庭不可挽回的颓败之势，同时也带来了幻灭感伤的情绪。他的人生体验，他的诗化情感，他的探索精神，他的创新意识，全部熔铸到这部呕心沥血的旷世奇书——《红楼梦》里。

《红楼梦》最初以80回抄本的形式在社会上流传，多题名《石头记》。这些传抄本大都有署名脂砚斋、畸笏叟等人的评语，因此习惯上称之为"脂评本"或"脂本"[5]。属于这个系统的本子，历年来不断有所发现，至今已有十多种。主要有甲戌本（1754）[6]，残存16回；己卯本（1759），残存41回又两个半回；庚辰本（1760），残存78回；甲辰本（1784）[7]，存80回，书名《红楼梦》。此外还有列藏本、戚蓼生序本（又称"有正本"，即有正书局于1912年石印的戚蓼生序本）等[8]。

《红楼梦》全书120回。后40回文字，一般认为是高鹗所补[9]。高鹗（约1738—约1815），字兰墅，祖籍辽东铁岭（今属辽宁），属汉军镶黄旗。乾隆六十年（1795）进士，官至翰林院侍读，著有《高兰墅集》《兰墅诗抄》《小月山房遗稿》《吏治辑要》等。乾隆五十六年（1791），程伟元和高鹗将《红楼梦》前80回与后40回合成一个完整的故事，以木活字排印出来，书名为《红楼梦》，通称"程甲本"。第二年，程高二人又对甲本做了一些"补遗订讹""略为修辑"的工作，重新排印，通称"程乙本"。"程乙本"的印行，结束了《红楼梦》的传抄时代，使《红楼梦》得到广泛传播。

　　高鹗和程伟元增补的《红楼梦》后40回，有功有过，功大于过。首先，由于有了后40回而使《红楼梦》成为一部结构完整、首尾齐全、浑然一体的文学作品；其次，它写出了全书中心事件、主要人物的悲剧结局，如黛玉之死、贾家之败、宝玉出家等，从而保持原有矛盾的发展，基本上符合前80回的倾向；第三，有的情节描写生动精彩，如潇湘惊梦、黛玉迷性、焚诗稿、魂归离恨天等，有较强的艺术感染力。缺点是安排了贾府"兰桂齐芳，家道复初"的"大团圆"结局，违背了原作"好一似食尽鸟投林，落了片白茫茫大地真干净"的预判，削弱了作品的批判力度；艺术描写上也较前80回逊色。

第二节　贾宝玉和《红楼梦》的悲剧世界

宝黛钗爱情婚姻悲剧和大观园的毁灭　　封建大家族没落的悲剧　　贾宝玉和人生悲剧

　　《红楼梦》是一部内涵丰厚的作品，展示了一个多重层次、又互相融合的悲剧世界。

　　作者对全书作了匠心独运的安排。《红楼梦》题名《石头记》，说是无才补天的顽石在人世间的传记。这块顽石幻化为贾宝玉，他经历了"木石前盟"和"金玉良缘"的爱情婚姻悲剧，目睹了"金陵十二钗"等女儿的悲惨人生，体验了贵族家庭由盛而衰的巨变，从而对人生和尘世有了独特的感悟，正如鲁迅所说："悲凉之雾，遍被华林，然呼吸而领会之者，独宝玉而已。"（《中国小说史略》第二十四篇）全书以贾宝玉为轴心，以他独特的视角来感悟人生。前五回，以宝玉的来历为中心扼要地介绍了天上的太虚幻境和尘世的荣宁两府，《好了歌》和《红楼梦十二支曲》提示着贾宝玉所经历的三重悲剧，作家的寓意和人物的命运巧妙地隐伏其中。

　　《红楼梦》的大部分故事是以"天上人间诸景备"的大观园为舞台的。大观园是太虚幻境在人间的投影，是一个理想世界，但又不是"世外桃源"，它依附于大观园外的现实世界，不断受到现实世界的影响、渗透和袭扰。这是一个以贾宝玉为中心的"女儿国"。"女儿是水作的骨肉，男人是泥作的骨肉。我见了女儿，我便清爽；见了男子，便觉浊臭逼人。"女儿被看作是天地间的灵气所钟，是生命的精华；而男人是与女儿相对立的"渣滓浊沫"，是与女儿悲剧相对立的悲剧制造者。这是以贾宝玉独特的观察为分界线的，也是曹雪芹对人生和生命的独特理解。因此，他将贾宝玉和一群身份、地位不同的少女放在这个既是诗化的、又是真实的小说世界里，来展示她们的青春生命和美的被毁灭的悲剧。

爱情婚姻问题是她们生命中最重要的部分。宝玉和黛玉、宝钗的爱情婚姻悲剧是全书的主线。贾宝玉是贾府的继承人，是贾家兴旺的希望所在，他应该走一条科举荣身之路，以便立身扬名，光宗耀祖。他也应该有一个"德言工貌"俱全的女子作妻子，主持家政，继续家业。可是他却力图挣脱家庭强加于他的名缰利锁，做了个无拘无束、自由自在的"富贵闲人"。他"最不喜务正"，"不肯念书"，不愿走仕途经济的人生道路。这样，他就违背了封建家庭给他规定的生活道路，成了"不肖子孙"。在婚姻问题上，他既不考虑家族的利益，门当户对；也不按照传统道德的要求，去选择封建淑女。他追求的是心灵契合的感情。

林黛玉是一个美丽而聪慧的少女。她早年父母双亡，家道中落，孤苦伶仃，到贾府过着寄人篱下的生活。但是她任情率性，保持了自然的性情，保存了较多的自我。她孤高自许，在那人际关系冷漠的封建大家庭里，曲高和寡，只有贾宝玉成为她唯一的知音，遂把希望和生命交付给宝玉。她并没有为了争取婚姻的成功而屈服于环境，也没有适应家长的需要去劝告宝玉走仕途经济的道路。她我行我素，用尖刻的话语揭露着虚伪和庸俗，以高傲的性格与环境对抗，以诗人的才华去抒发对自己命运的悲剧感受。"愿奴胁下生双翼，随花飞到天尽头。天尽头！何处有香丘？未若锦囊收艳骨，一抔净土掩风流。质本洁来还洁去，强于污淖陷泥沟。"她为保持自己的人格尊严和纯洁的爱情而付出全部的生命。林黛玉的性格充满了矛盾。她寄居贾府，既感到"一年三百六十日，风刀霜剑严相逼"，但又没有父母兄长，无家可归，离不开贾府，甚至把自己的婚姻大事还寄托在他们身上；她既热烈追求爱情自由，但封建礼教的束缚又使她不断地受到内心的煎熬，使她的爱情特别地深沉而扭曲。内心世界的矛盾和她与生俱来的感伤气质、病弱之躯结合在一起，借助诗歌的渲染而深入人心，成为中国古代感伤主义和悲剧精神的化身，获得了永恒的艺术魅力。

薛宝钗是一个美貌而性格温顺的少女。她宽厚豁达，从容大度，言谈举止从礼合节。对长辈，她奉行"悦亲"之道，事事让长辈高兴，但不盲从，当长辈们犯糊涂的时候，她也要规劝。如薛蟠这个"呆霸王"因对柳湘莲无礼而遭到毒打后，偏袒儿子的薛姨妈执意要为儿子报复，宝钗劝母亲不可"偏心溺爱"，不能"倚着亲戚之势欺压常人"，化解了一场冲突。林黛玉把对宝玉的爱情视为生命，因而特别敏感，把宝钗作为自己的"对手"，常常对她旁敲侧击，但宝钗仍以宽容处之，采取了似浑然不觉的退避的态度，经过一段时间的真诚相待，终于"兰言解疑癖"，化解了敌意。对赵姨娘、贾环这样人品不佳的人物，她采取了不冷不热的态度，既不过于亲近，也不排斥歧视，显出她的心胸气度。因此，她博得贾府上下一片的赞扬。她信奉传统道德，认为"女子无才便是德"，规劝黛玉"你我只该做些针黹纺绩的事……最怕看了这些杂书，移了性情，就不可救了"；她认为男人们应该"读书明理，辅国安民"，所以规劝宝玉注重"仕途经济"；她有封建等级观念，对金钏的投井，对尤三姐、湘莲的悲剧，都采取了冷漠的态度，成为符合封建标准的"冷美人"。薛宝钗律己甚严，自觉地用"礼"约束自己。在爱情上，她分明对宝玉情有所钟，却将这种感情封闭到庄而不露的地步；在才学上，她是大观园中唯一可以与林黛玉抗衡的才女，但时时以"女子无才便是德"约束自己、规范别人；在生活上，她也有爱美的天性和很高的审美能力，可她却常常自觉不自觉地去压抑自身的爱好和情趣。她信从封建道德使自己失去了许多童心，许多自由，逐渐被封建闺范磨去了应有的个性锋芒：对自己所爱的人与物不敢有太强烈的追求，而对自己不喜爱的人与事也不敢断然决裂，她的生命处在一种扭曲抑制的状态。

面对与之朝夕相处的林黛玉、薛宝钗这两个才貌双全的少女，贾宝玉顺从了情志的选择。薛宝钗虽然爱着宝玉，但是，她并不理解宝玉那颗"童心"，对他的任性乖张不以为然，所以这个"冷美人"难以获得贾宝玉的炽热的赤子之心。而贾宝玉与林黛玉有"木石前盟"，这象征着他们在太虚幻境中就有着刻骨铭心的感情。在大观园这个特殊环境里，他们又有当时青年男女不可能有的耳鬓厮磨、形影不离的滋生爱情的可能。经过微妙的爱情试探，经过"三天恼了，两天好了"的感情折磨，宝玉终于选择了从不劝他显身扬名，从来不说这些"混帐话"的林黛玉，两个诗人的赤子之心碰撞在一起了。而在贾府日益衰败的条件下，贾薛两家希望宝玉和宝钗结成"金玉良缘"，以"德貌工言俱全"的宝钗来作宝玉的贤内助，主持家政，继承祖业。在关系着家族兴衰的问题上，封建家长决不会让步，他们只能不顾宝玉、黛玉的愿望而扼杀了他们的爱情，造成宝黛的爱情悲剧。象征着知己知心的"木石前盟"被象征着富与贵结合的"金玉良缘"取代了。虽然贾宝玉被迫与薛宝钗结婚，"到底意难平"，最终"悬崖撒手"，造成了宝玉与宝钗没有爱情的婚姻悲剧。

围绕着"悲金悼玉"的爱情婚姻悲剧，《红楼梦》还写出了"千红一哭""万艳同悲"的"女儿国"的悲剧。才选凤藻宫的元妃，到"那不得见人的去处"，闷死在深宫；迎春误嫁"中山狼"，被折磨致死，"一载赴黄粱"；探春"才自精明志自高，生于末世运偏消"，远嫁他乡，"掩面泣涕"；惜春"勘破三春景不长"，出家为尼，"可怜绣户侯门女，独卧青灯古佛傍"。贾府"四春"，免不了"原应叹息"的命运。史湘云虽"英豪阔大"，爽朗乐观，"终久是云散高唐，水涸湘江"，命运坎坷。李纨终身守寡，谨守妇道，但仍摆脱不了"枉与他人作笑谈"的悲剧。自幼遁入空门、带发修行的妙玉,"欲洁何曾洁",到头来依旧是"终陷淖泥中"。至于大观园里的女奴,命运更为悲惨。"心比天高,身居下贱"的晴雯,被逐出大观园,抱恨夭亡;司棋因被剥夺了婚姻自由以死抗争,撞墙自尽。作品极为深刻之处在于,并没有把这个悲剧完全归于恶人的残暴。其中一部分悲剧是封建势力的直接摧残,如鸳鸯、晴雯、司棋这些人物的悲惨下场,但是更多的悲剧是封建伦理关系中的"通常之道德、通常之人情、通常之境遇"所造成的,是几千年积淀而凝固下来的正统文化的深层结构造成的人生悲剧。大观园里的悲剧是爱情、青春和生命之美被毁灭的悲剧。作者不仅哀悼美的毁灭,而且深刻揭示了造成这种悲剧的根源,这是对封建社会和文化进行的深刻反思,也是一种精神的觉醒。

《红楼梦》里的荣宁两府系开国勋臣之后,"功名奕世,富贵传流",正是康乾时期贵族世家的典型代表。小说以贾府的衰落过程为主线,贯穿起史、王、薛等大家族的没落,描绘了上至皇宫,下及乡村的广阔历史画面,广泛而深刻地反映了封建末世复杂深刻的矛盾冲突,显示了封建富贵家族的本质特征和必然衰败的历史命运。

贾府是封建特权阶级,是靠剥夺和奴役维持其生存的。特权维护贾府,也制造罪恶。依附贾府的官僚贾雨村,故意葫芦判案,开脱薛蟠的人命官司;他为贾赦谋夺石呆子的古扇,逼得别人家破人亡。连贾府的少妇王熙凤也可以随意操纵官府,制造冤案。靠剥夺占有而极富贵的贾府,府第宏丽,设饰豪华,充斥着名目繁多的美器珍玩,享用着精美的饮食,使农村老妇刘姥姥惊诧不已。至于秦可卿的丧事、贾元春省亲的盛事,那奢华靡费的程度就更是惊人了。这也正养成了贾府主子们的享乐、纵欲的本性。女主子只知安富尊荣,贪图享受,勾心斗角地维护着个人的权利。男主子则精神空虚,如贾敬妄求长生,服丹致命;贾赦作威作福,沉湎酒色;贾政还像个"正人君子",却庸碌无能,一筹莫展;下一代的贾珍、贾琏,都是道德堕落的淫乱之徒。真是"一代不如一代"。在这贵族之家那重帷绣幕的背后,堆积着淫乱和罪恶,充塞着令人窒息的霉烂,不断腐蚀着这座封建大厦。

尤其深刻的是,在小说展示的贾府的生活图画里,显示出维持着这个贵族之家的等级、名分、长幼、男女等关系的礼、法、习俗的荒谬,揭开了封建家庭"温情脉脉面纱"内里的种种激烈的矛盾和斗争。正如探春所说:"可知这样大族人家,若从外头杀来,一时是杀不死的,这是古人曾说的'百足之虫,死而不僵',必须先从家里自杀自灭起来,才能一败涂地!"

贾宝玉是个半现实半意象化的人物[10]。作者把他对社会和人生的思考,怨恨、企盼都熔铸到贾宝玉的形象里。贾宝玉不愿走封建家庭给他规定的人生道路，但又对自己"一技无成""半生潦倒"感到悔恨；他是"富贵闲人"，希望自由自在，任性逍遥，但又"爱博而心劳"，"无事忙"，就像警幻仙姑所说的："天分中生成一段痴情。"他的"痴情"，不仅表现在对黛玉的钟情，还表现在他对一切少女美丽与聪慧的欣赏，对她们不幸命运的深切同情。在大观园里，宝玉对女儿们关怀备至。如第三十回"龄官画蔷痴及局外"，第六十回"呆香菱情解石榴裙"。他对遭受欺凌的女儿也更为体贴，一有机会便以自己的一腔柔情去抚慰那些受伤的心。如第四十四回，写平儿受到贾琏和凤姐的打骂，躲到怡红院来。宝玉喜出望外，尽心服侍，精心为平儿梳妆打扮。平儿走后，他又感叹不已：

> 忽又思及贾琏，惟知以淫乐悦己，并不知作养脂粉。又思平儿并无父母兄弟姐妹，独自一人，供应贾琏夫妇二人。贾琏之俗，凤姐之威，他竟能周全妥帖，今儿还遭荼毒，想来此人薄命，比黛玉犹甚。想到此间，便又伤感起来，不觉洒然泪下。

贾宝玉的叛逆性格以"似傻如狂""行为乖张"的形式表现出来。"囫囵不可解"的疯话、呆话，带着点孩子气的可笑的行为，包含着对封建社会视为神圣的"文死谏，武死战"之类封建道德原则的蔑视，对仕途经济的人生道路和男尊女卑的封建礼教的反抗，在"疯傻"的言行中，神圣变为无稽，幸福变为痛苦。

宝玉所珍视的女儿像花朵一样，无可挽回地枯萎下去，甚至被摧残而凋零；他所厌恶甚至憎恨的恶势力，仍疯狂地维持着统治地位。他满怀着希望但找不到出路，因为他所反对的，正是他所依赖的。于是，他感到了人生的痛苦。如第七十八回宝玉去哭吊晴雯未果，又听说宝钗已搬出大观园：

> 宝玉听了，怔了半天，因看着那院中的香藤异蔓，仍是翠翠青青，忽比昨天好似改作凄凉了一般……门外的一条翠樾埭上也半日无人来往，不似当日……心下因想："天地间竟有这样无情的事！"悲感一番，忽又想到了司棋、入画、芳官等五个；死了的晴雯……大约园中之人不久都要散的了。

这里宝玉的痛苦已超越了一个家庭破败之痛苦和个性压抑之痛苦，这是属于众多人的痛苦，是感到人生有限、天地无情的痛苦。他绝望又找不到出路，一种孤独感和人生转瞬即逝的破灭感，透着诗人气质，散发出感伤的气息。但是宝玉又不愿意孤独,不愿意离开生活,离开他钟爱的黛玉和众多的女子,因而更加深了他的痛苦。宝玉悟破人生,对生命价值的认识与作品中所写的家庭的衰败结合在一起的时候,作品就产生了更加动人的艺术魅力。

从整部作品看,《红楼梦》笼罩着一层由好到了,由色到空的感伤色彩。《好了歌》及其注解就是人生悲剧的主题歌。贯穿在《好了歌》里的中心思想是"变",荣与辱、升与沉、生与死都在急剧的变化中。由于对一切传统的、现存的思想信念和社会秩序提出了大胆的怀疑和挑战,同时,又因为新的出路、新的社会理想又那么朦胧,因而倍觉感伤,带着"色空"、梦幻的情绪。热爱生活又有梦幻之感,入世又出世,这是曹雪芹在探索人生方面的矛盾。曹雪芹并不是厌世主义者,他并不真正认为人间万事皆空,也并未真正勘破红尘,真要劝人从所谓的尘梦中醒来,否则,他就不会那样痛苦地为尘世之悲洒辛酸之泪,就不会在感情上那样执著于现实的人生。他正是以一种深挚的感情,以自己亲身的体验,写出入世的耽溺和出世的向往,写出痛苦的人生真相和希求解脱的共同向往,写出矛盾的感情世界和真实的人生体验。

第三节 《红楼梦》的人物塑造

真实的人 人各一面的底蕴 性格表现的多面性 美
丑的互渗 对照与互补

《红楼梦》文学创作上的新境界和巨大成功,突出地表现在塑造出了成群的性格鲜明而又富有社会内蕴的人物形象。小说中出现的有姓名的人物多达四百八十多人,给读者留下深刻印象的至少也有数十人。不独像贾宝玉、林黛玉、薛宝钗、王熙凤、袭人、晴雯等频繁出现的主要人物,即便是着笔不多、乃至偶尔一现其相的人物,如寄生于贾府的"槛外人"妙玉、一次责骂主子而被捆绑起来塞了一嘴马粪的焦大、在主子面前以口齿伶俐逞能的小丫头小红,还有到贾府打秋风的农村老妇刘姥姥,也都令读者掩卷不忘,耐人寻味,成为近世众人评说的对象。

《红楼梦》写人物"打破了历来小说窠臼",不再是凡写女子都是"如花似玉,一副脸面","凡写奸人,则用鼠耳鹰腮等语"(《脂砚斋重评石头记》甲戌本眉批),而是曹雪芹就自己对现实世界的感受、体验而塑造出来的真实的人物。即便是占据着小说情节的中心地位、体现着他观照世界的心灵的贾宝玉,虽带有浓重的意象化的特点,也没有使之成为完全理想化的人物,他也还没脱尽富家公子的习性。鲁迅评说《红楼梦》的价值:"其要点在敢于如实描写，并无讳饰，和从前的小说叙好人完全是好，坏人完全是坏的，大为不同，所以其中所叙人物，都是真的人物。"[11]所谓"真的人物"，就是虽然不是实有，但却是现实世界中某种人物的真实的写照，反映那种人物的真实面貌。

正由于是"真的人物"，所以才人各一面，不仅不同身份、境遇的人物，即便身份、境遇相同相近的人物，也各有其自己的性情，行事中表现出不同的价值取向和人生态度。同是贾府的男主子：贾政正经古板，庸碌无为；贾赦贪图享乐，贪婪成性；贾敬精神空虚，妄求长生而死于丹毒；贾珍耽于玩乐，纵欲乱伦；贾琏卑鄙下流，简直是一个无赖。他们性情上的异同，正映射出那个阶层的守旧、虚弱、堕落、丑恶的几种表现及其总体腐败的趋势。同是贵族小姐，贾元春端庄淑雅，"才选凤藻宫"，荣贵中蕴含着人生的苦痛；迎春木讷怯懦，安分守己，是大家庭中居于弱势地位的人物的常态；探春精明逞强，表现为她为摆脱庶出的名分之不幸而挣扎、拼搏；幼小的惜春孤僻冷漠，对家中糜烂生活采取回避自保的态度。她们的不同性情显现出那种珠光宝气笼罩中的女子"原应叹息"的不同情况。同是怡红院的丫环，袭人的温顺老诚，博得主子的信任；晴雯的任性而为，无所顾忌，遭致了谤毁，重病被逐。她们各自的性情也有着真实的社会内涵，显现出不同类型的婢女的不同遭遇，因而具有不同的典型意义。

《红楼梦》写人物改变了已往小说人物类型化、性格简单化的写法，一些主要人物性格有着多个侧面的，乃至是美丑互渗的表现，成为小说中的"圆型人物"，真实鲜活的人物。最突出的是王熙凤。

王熙凤是荣国府里年轻美貌的掌权的女主子，与上下各类人物都要打交道。她对老祖宗贾母刻意地逢迎邀宠，对主内政的王夫人非常敬顺，受命必行，虽然不无虚与委蛇、假情周旋的因素，那谐谑的谈吐、逢场做戏的机敏，也着实讨得贾母的欢心、王夫人的信赖，不失为能干孝顺的好媳妇。她对荣宁二府的姊妹、妯娌们，远近亲疏各异，虽然以利害关系为转移，那豪爽泼辣的气势，却也赢得了大家的信服，从来未伤和气。对府中的各等级的奴仆、婢女，恩威并施，采取了笼络和压制、怀柔和虐待并用的统治术，成了奴仆们最惧怕的主子。当得知贾琏偷娶尤二姐时，她摆着一副屈尊谦让的姿态，"外作贤良"，却暗兴官司，挟制贾琏，阴险地将尤二姐置于死地。她一方面是治家的能手，驾驭着这繁杂的大家庭，连宁国府大办秦可卿丧事还要请她总理一切；另一方面却是营私的里手，克扣、拖延发放各房的月例银，拿出去放债，还依恃家族权势，勾结官府，包办官司，蛀蚀和败坏着她依赖的这个家族。小说从生活的多个侧面，写出了这样一个美丽聪明的时善时恶、时而爽朗时而阴险、时而温良时而狠毒的贵家管家女人的形象。在不计其数的小说作品中，王熙凤是一个罕见的，复杂得令读者难以简单地判定其美丑的人物。

《红楼梦》里还有许多人物，特别是女性人物，都是不能简单地判定其美丑、善恶的，虽然并不是都像王熙凤那样复杂，但却也都富有深蕴。譬如赵姨娘和探春。赵姨娘是一个年老色衰的女人，在家庭中是半奴之身，地位低下，被正经主子歧视。她仇视名分正、地位优越的王夫人、王熙凤，时而歇斯底里地发作一番，甚至要使用阴险卑劣的手段害死掌家务大权的王熙凤和受到百般宠爱的贾宝玉。探春是赵姨娘的亲生女儿，却拼力靠向王夫人，嫌弃亲生弟弟贾环，特别亲近贾宝玉。就现象来说，赵姨娘心理阴暗，行为卑劣，令人厌恶，但小说中却显示出了她在那种冷酷的嫡庶关系中时常受歧视、欺侮的情况，阴暗心理是那种处境造成的，卑劣的害人行为是那种受歧视、欺负的处境逼出来的，虽然未必值得肯定、同情，但也折射出那种制度、礼法的荒谬。探春心存高远又干练精明，知道那种制度、礼法的不可改变，也难以抗争，为了摆脱自己与生俱来的劣势，便以正经小姐自居，处处防备被人小视，在"抄检大观园"时，她打了"狗仗人势"的王善保家的一巴掌，维护了"正经"小姐的人格尊严。而在主持家务，处理作为仆人的舅舅的丧事赏银问题上，毫不徇情地依旧例行赏，甚至公然和赵姨娘争执名分问题，否认赵国基是舅舅，又显得过于绝情了。这就是真实的生活，真实的人物。小说显示出了其中的荒谬，读者不必对探春的性情、行事做简单化的或褒或贬的道德判断，那样便必然失之于片面，忽略其中蕴含的意义。这种情况在《红楼梦》里还有，如对薛宝钗的随分从时、胸襟豁达、极会做人的形象刻画，对刘姥姥在贾府里巧于周旋、甘心受戏弄的性格描写，对焦大骂主子是些"畜生"，声称"要往祠堂里哭太爷去"的言词的使用，都是不能脱离那种环境和具体背景，抽象地判断其是非、美丑的，重要的是要透过那种现象进行深层次的理解。

《红楼梦》中众多的人物是处在贾府内外的偌大的关系网中的，也自然形成了不同性质的系列，而其更为突出的优点是着意于人物之间的相互映照，互为补充，生发出更为丰富、深刻的意思。读者最容易看出林黛玉和薛宝钗的比照，小说正是通过两种背景、两样性情的两位聪明美丽的女子的两种结局，显示出封建婚姻的荒谬。宝、黛的爱情悲剧是人生不幸，玉、钗没有爱情的婚姻也是人生不幸。在对照中这两种不幸才一起真实深切地显示出来。不同人物的互为诠释，赵姨娘和探春之间最为明显深刻：没有表现赵姨娘的受歧视的处境，就无从显示出探春争强好胜力图摆脱亲生母女关系的现实原因。值得寻味的还有在探春理家为赏银子的事与赵姨娘的口角中涉及的袭人父死赏银多少的问题。袭人是当家主子宣布明里放在贾宝玉房里的准姨娘。这里联系起来，也就意味两个人有着一种关系：早年的赵姨娘和现在的袭人一样，袭人的将来也会是像赵姨娘一个样子。这就显示贵族之家这类所谓姬妾的女人的生存状况。其他，如让刘姥姥和贾母见面叙谈，几句颇为得体的对答，连同随后大观园中的一场宴食，就不止是让刘姥姥惊诧这贵族之家的侈华，还有着"生来受苦的"和"生来是享福的"两类老妇人的对照意义：刘姥姥被折腾得厉害，醉酒，泻肚子，第二天依然健康地离去，而贾母则受了风寒，请大夫治疗，最尊贵的人却是最虚弱的。这类对照、互补性的人物描写，在《红楼梦》里往往是多义的，耐人寻味的。

第四节 《红楼梦》的叙事艺术

写实与诗化融合　　　浑然一体的网状结构　　　叙事视角的变换　　　个性化的文学语言

《红楼梦》对小说传统的写法有了全面的突破与创新，它彻底地摆脱了说书体通俗小说的模式，极大地丰富了小说的叙事艺术，对中国小说的发展产生了深远的影响。

曹雪芹以他自己独特的方式去感觉和把握现实人生，又以独特的方式把自己的感知艺术地表达出来，形成了独特的叙事风格，这就是写实与诗化的完美融合：既显示了生活的原生态又充满诗意朦胧的甜美感，既是高度的写实又充满了理想的光彩，既是悲凉慷慨的挽歌又蕴蓄着青春的激情和幽深的思考。

曹雪芹在《红楼梦》第一回中开宗明义地宣布了他所遵循的创作原则。他首先批评了那些公式化、概念化、违反现实的创作倾向，认为这种创作远不如"按自己的事体情理"创作的作品"新鲜别致"。那些"大不近情，自相矛盾"之作，"竟不如我半世亲睹亲闻的这几个女子"，"至若离合悲欢，兴衰际遇，则又追踪蹑迹，不敢稍加穿凿，徒为供人之目而反失其真传者"。他既不借助于任何历史故事，也不以任何民间创作为基础，而是直接取材于现实社会生活，是"字字看来皆是血"，渗透着作者个人的血泪感情。作品"如实描写，并无讳饰"，保持了现实生活的多样性、现象的丰富性。从形形色色的人物关系中，显示出那种富贵之家的荒谬、虚弱及其离析、败落的趋势。《红楼梦》又不同于严格的写实主义小说，作者是以诗人的敏感去感知生活，着重表现自己的人生体验，自觉地创造一种诗的意境，使作品婉约含蓄，既是那样的历历在目，又是那样的难以企及。它不像过去的小说居高临下地裁决生活，开设道德法庭，对人事进行义正词严的判决，而是极写人物心灵的颤动、令人参悟不透的心理、人生无可回避的苦涩和炎凉，让读者品尝人生的况味。整部小说雄丽深邃又婉约缠绵，把中国古代小说从俗文学提升到雅文学的品位，成为中国小说史乃至整个中国文学史上的奇葩。

作品借景抒情，移情于景，从而创造出诗画一体的优美意境，把作品所要歌颂的爱情、青春和生命加以诗化，唱出了美被毁灭的悲歌。"慧紫鹃情辞试莽玉"，致使宝玉大病之后对黛玉越发痴情。当他看到山石后面那"狂风落尽深红色，绿叶成荫子满枝"的杏树，先是"仰望杏子不舍"，接着又对岫烟择夫之事反复推求，"不免伤心，只管对杏流泪叹息"，正在悲叹时，"忽有一个雀儿飞来，落于枝上乱啼"，于是触景生情，心下想道："这雀儿必定是杏花正开时他曾来过，今见无花空有子叶，故也乱啼。这声韵必是啼哭之声……但不知明年再发时，这个雀儿可还记得飞到这里来与杏花一会了？"这里的景不过是一柳一杏一雀而已，却挑起了宝玉多少情感活动，把潜伏在心底的意识也给唤醒，从而使宝玉对黛玉的痴情，对一切事物充满怜爱之情的性格特征，得到了诗意的描绘。当黛玉被无意中关在怡红院外，独自在花荫下悲戚之时，那附近柳枝花朵上的宿鸟栖鸦一闻此声，俱忒楞楞飞起远避，不忍再听。真是"花魂默默无情绪，鸟梦痴痴何处惊"！无情的花鸟经过移情于景的艺术描写，便有了人的灵魂、人的感情，把黛玉那难以言传的苦情愁绪，淋漓尽致而又含蓄委婉地表达出来。作者将诗化的山水和人物的精神面貌相互融合，创造出许多优美的意境。比如黛玉葬花时的飞燕飘絮，衬着落花流水；宝黛在沁芳闸同读《西厢》时的落红阵阵，衬着白瀑银练；还有湘云醉卧石凳的红香散乱，衬着蜂蝶飞舞；宝琴折梅时的红梅衬着白雪；女儿联诗时的冷月衬着鹤影，等等，诗境入画，画中有诗，从而使人物更添神采，景物更具气韵，作品的叙事由于渗入了抒情因素而具有一种空灵、高雅、优美的风格。

象征手法的运用，引领读者伴随弦外之音，去参透人生的奥秘，也使作品像诗一样具有含蓄、朦胧的特点，给读者留下了更多的想象空间，引起几百年来不断的猜想、思索，成为长久的探索的课题。《红楼梦》里的象征除一般的观念象征，如用翠竹象征黛玉的孤标傲世的人格，用花谢花飞、红消香断象征少女的离情伤感和红颜薄命之外，更有创造性的是整体象征和情绪象征。整体象征如石头，既是石又是人的双重含义，造成了小说双重层次的艺术世界：一个是以人间故事为代表的写实的具象世界，一个是以石头阐明的意象世界，两者的复合和交织，便使作品所提供的美学启迪意义呈现出多义性。情绪象征如三十六回，宝钗独自走入怡红院，宝玉正在午睡，袭人坐在身旁替他做兜肚，上面绣着一对鸳鸯。宝钗和袭人闲聊几句后，袭人有事走开，"宝钗只顾看着活计，便不留心，一蹲身，刚刚的也坐在袭人方才坐的所在，因又见那活计实在可爱，不由的拿起针来，替他代刺"。这时黛玉、湘云从窗外走过，看着这种情景，忍着笑走开了：

> 这里宝钗只刚做了两三个花瓣，忽见宝玉在梦中喊骂说："和尚道士的话如何信得？什么是金玉姻缘，我偏说木石姻缘！"薛宝钗听了这话，不觉怔了……

这里包含着许多供人们思索的问题：宝钗是有意还是"不留心"地坐在宝玉身旁？宝钗为什么看见绣鸳鸯的兜肚觉得特别可爱而"不由的"拿起来代绣？宝钗坐在宝玉身旁想些什么？宝玉梦中的喊骂是与宝钗的心理活动暗合的吗？宝玉的梦中喊骂是他内心活动的流露吗？总之，这里不仅表现出宝玉、宝钗、黛玉和湘云之间微妙的感情纠葛，而且预示着宝玉和宝钗"纵然是齐眉举案，到底意难平"的婚姻悲剧。这样的情绪象征，激起和唤醒了某种感情或意绪，如果不追寻梦境与人物关系史的隐密关系，就难以破译这种象征含义。

曹雪芹比较彻底地突破了中国古代小说单线结构的方式，采取了多条线索齐头并进、交相联结又互相制约的网状结构。青埂峰下的顽石由一僧一道携入红尘，经历了人间的悲欢离合，又由一僧一道携归青埂峰下，这在全书形成了一个严密的、契合天地循环的圆形的结构。在这个神话世界的统摄之下，以大观园这个理想世界为舞台，着重展开了宝、黛爱情的产生、发展及其悲剧结局，同时，体现了贾府及整个社会这个现实世界由盛而衰的没落过程。从爱情悲剧来看，贾府的盛衰是这个悲剧产生的典型环境；从贾府的盛衰方面看，贾府的衰败趋势促进了叛逆者爱情的滋生，叛逆者的爱情又给贾府以巨大的冲击，加速了它的败落。这样全书三个世界构成了一个立体的交叉重叠的宏大结构。《红楼梦》众多的人物与事件都组织在这个宏大的结构中，互相影响，互相制约，筋络连接，纵横交错，层次分明，有条不紊。它像用千条万条彩线织起来的一幅五光十色的巨锦，天衣无缝，浑然天成，既像生活本身那样丰繁复杂，真实自然，又笼罩着一层真真假假、实实幻幻的神秘的面纱。

《红楼梦》采用"草蛇灰线，伏脉千里"，"注此写彼，手挥目送"的方法，使每一个情节具有多方面的意义，故事和画面之间的转换非常自然，不着痕迹。例如，周瑞家的送宫花介绍了宝钗不爱花儿粉儿的性格；她见到了香菱，交代了葫芦案里英莲的下落；见到惜春与智能，伏下了惜春出家的结局；最后送到黛玉处，黛玉多心而尖刻的性格跃然纸上。不但一个情节起多方面的作用，而且情节之间的转换又非常自然。又如芒种节那天，大观园的姊妹们在一起，独不见黛玉，宝钗找到潇湘馆处，半路上飞来一双"玉色蝴蝶"，于是有了宝钗扑蝶。她追踪到滴翠亭旁，又引出小红与坠儿的私情话。小红中了宝钗的"金蝉脱壳计"后，正担心黛玉听了她的私情话，忽见凤姐在山坡上招手叫她，于是引起小红去取工价银，回来不见凤姐，碰到晴雯、碧痕，受到一顿奚落，至此，作家撒下宝钗把笔锋向别处暗转，又通过小红寻凤姐把读者带到稻香村，生动地描写了小红的伶俐口才，至此稍作一顿，又转到潇湘馆去，终于引出黛玉葬花。由寻找黛玉到黛玉葬花，中间情节、场景多次转换，不断地推进情节的进展，在情节进展中展开了宝钗、小红、凤姐、晴雯、黛玉的性格描写。情节转换和运转就如同百道溪流时分时合地顺着一个方向蜿蜒流泻，只见奔流而不见生硬、中断或牵合之处。

《红楼梦》把大小事件错综结合着写，小矛盾凝聚成大矛盾，小事件积累成大事件，一段平静生活之后，就有一个浪头打来，虽然都是日常的生活，但仍是波澜起伏、情趣盎然。在宝玉挨打之前，先写了茗烟闹书房、叔嫂逢五鬼、宝玉诉肺腑、蒋玉菡赠茜香罗、金钏投井、贾环告发等，使宝玉挨打成为集结了许多矛盾的大事件。挨打之后引起袭人进谗言、晴雯送手帕、黛玉题诗、宝钗送药、薛家兄妹争吵等一系列事件，展开了宝玉与贾政之间不同生活道路的冲突，揭示了嫡庶之间、夫妻之间、母子之间的矛盾，刻画了许多人物的性格，推动了情节的发展和生活场景的转换。《红楼梦》就是以元春探亲、宝玉挨打、抄检大观园、黛死钗嫁等重大事件为分水岭，把大大小小的事件和人物组织起来，条理清晰，首尾连贯，各个事件互为因果，连环勾牵，毫不间断，几乎没有任何一个线索可以从这幅天然的织锦中抽得出来。刘姥姥三进大观园，贾府里宝钗、凤姐、宝玉、贾母四个生日的安排，都起了重要作用，标志着爱情婚姻悲剧和家庭衰败的过程。甚至整个大观园的景色，也随着贾府的盛衰和宝黛爱情悲剧的发展而变化。当贾府兴盛，宝黛爱情萌芽时，大观园里是"花光柳影，鸟语溪声"，"一切沐浴在春光里"；当贾府盛极将衰，宝黛爱情成熟时，正是闷热而令人烦躁的夏天；到了贾府日见衰败，宝黛爱情因得不到家长的支持陷入困境时，萧瑟的秋天已经来临，"寒塘渡鹤影，冷月葬诗魂"。到了这个彻头彻尾的悲剧结束时，"落叶萧萧，寒烟漠漠"，落得一片白茫茫大地真干净。

中国古代白话小说由说书发展而来，因此，说书人是全知全能的叙述者。《红楼梦》虽然还残留了说书人叙事的痕迹，但作者与叙述者分离，作者退隐到幕后，由作者创造的虚拟化以至角色化的叙述人来叙事，在中国小说史上第一次自觉采用了颇有现代意味的叙述人叙事方式。这种叙事方式的转变，既便于作者尽量避免直接介入，又便于作者根据不同的审美需要和构思来创造不同的叙述人，有利于体现作家的个人风格，有利于展示人物的真实面貌，深入人物的内心世界，进行细致而深刻的心理描写，达到人物个性化的目的。

　　《红楼梦》不但在叙述者问题上突破了说书人叙事的传统，而且在叙述角度上也创造性地以叙述人多角度复合叙述，取代了说书人单一的全知角度的叙述。叙述人叙述视点的自由转换进一步改变了传统的叙事方式。例如第三回林黛玉初进荣国府，从全知视角展开叙述，在此基础上，穿插了初进贾府的林黛玉的视角，通过她的眼睛和感受来看贾府众人，又通过贾府众人的眼睛和感受来看林黛玉，叙述人和叙述视角在林黛玉和众人之间频繁地转换。而林黛玉与宝玉的见面写得尤为精彩：

　　　　一语未了，只听外面一阵脚步响，丫鬟进来笑道："宝玉来了。"黛玉心中疑惑着："这个宝玉，不知是怎生个惫懒人物，懵懂顽童？"——倒不见那蠢物也罢了。心中想着，忽见丫鬟话未报完，已进来一个年轻的公子……黛玉一见，便吃一大惊，心下想道："好生奇怪，倒像在那里见过一般，何等眼熟到如此！"

这是黛玉眼中的宝玉。接下去，写宝玉眼中的黛玉：

　　　　贾母因笑道："外客未见，就脱了衣裳，还不去见你妹妹！"宝玉早已见了多一个姐妹，便料定是林姑妈之女，忙来作揖。厮见毕归坐，细看形容，与众各别：两弯似蹙非蹙罥烟眉，一双似喜非喜含情目……宝玉看罢，因笑道："这个妹妹我曾见过的。"

宝玉和黛玉的初次见面，两人互相观察，叙述视点在两人中互相转换，而他们都感到彼此似曾相识，这便是两心交融的"永恒的一瞬"，深刻地写出了这带有神秘性的心灵感受。

　　刘姥姥三进荣国府，从一个社会底层人物眼中来观察贵族之家的奢华生活，引起了她的强烈感受和对比。作者在运用石头的全知叙事之中，融入了刘姥姥的限知视角，把握了刘姥姥初进荣国府的整个过程，又细致地把刘姥姥独特的观察感受直接传达出来：

　　　　刘姥姥只听见咯当咯当的响声，大有似乎打箩柜筛面的一般，不免东瞧西望的。忽见堂屋中柱子上挂着一个匣子，底下又坠着一个秤砣般一物，却不住的乱晃。刘姥姥心中想着："这是什么爱物儿？有甚用呢？"正呆时，只听得当的一声，又若金钟铜磬一般，不防倒唬的一展眼。接着又是一连八九下。方欲问时，只见小丫头子们一齐乱跑，说："奶奶下来了。"

通过刘姥姥的视角把钟比作匣子，把钟摆比作秤砣，这都是农家常见之物，是刘姥姥所熟悉的。而挂钟则是当时富贵之家才有的东西，刘姥姥无法了解，还被钟声吓了"一展眼"，最终也没弄清楚是"什么爱物儿"。这样把全知叙事和限知叙事结合起来，灵活地运用参与故事者的限知叙事，把作品写得更加真实，人物性格更为鲜明。

《红楼梦》的作者是语言大师，他继承我国文学语言的优良传统并加以丰富和发展，达到炉火纯青的地步。《红楼梦》以北方口语为基础，融会了古典书面语言的精粹，经过作家高度提炼加工，形成生动形象、准确精练、自然流畅、有生活气息和感染力的文学语言。《红楼梦》的叙述语言是接近口语的通俗浅显的北方官话，它用词准确生动、新鲜传神，富有立体感。描写人物神态时，把人物的动作感情和心灵状态都描摹了出来。例如二十三回，当宝玉听到贾政叫他时："登时扫去兴头，脸上转了颜色，便拉着贾母扭的好似扭股儿糖，杀死不敢去……宝玉只得前去，一步挪不了三寸，蹭到这边来……宝玉只得挨进门去……宝玉答应了，慢慢地退出去，向金钏儿笑着伸伸舌头，带着两个老嬷嬷一溜烟去了。"描写风景时，则别具一番情趣，有强烈的抒情气氛，有浓厚的诗情画意。如第四十九回宝玉一早起来，往窗外一看：

> 原来不是日光，竟是一夜大雪，下将有一尺多厚，天上仍是搓绵扯絮一般……出了院门，四顾一望，并无二色，远远的是青松翠竹，自己却如装在玻璃盒内一般……回头一看，恰是妙玉门前拢翠庵中有十数株红梅如胭脂一般，映着雪色，分外显得精神，好不有趣！

描写场面时，又写得生动活泼，富有立体感。如第四十回，写刘姥姥装疯卖傻，给贾府人们逗笑：

> 贾母这边说声"请"，刘姥姥便站起身来，高声说道："老刘，老刘，食量大似牛，吃个老母猪，不抬头。"自己却鼓着腮不语。众人先是发怔，后来一听，上上下下都哈哈大笑起来。史湘云撑不住，一口饭都喷了出来；林黛玉笑岔了气，伏着桌子"嗳哟"；宝玉早滚到贾母怀里，贾母笑的搂着宝玉叫"心肝"；王夫人笑的用手指着凤姐儿，只说不出话来；薛姨妈也撑不住，口里茶喷了探春一裙子；探春手里的饭碗都合在迎春身

上；惜春离了坐位，拉着她奶母叫揉一揉肠子。地下无一个不弯腰屈背，也有躲出去蹲着笑去的，也有忍着笑上来替他姊妹换衣裳的，独有凤姐、鸳鸯二人撑着，还只管让刘姥姥。

《红楼梦》的人物语言达到个性化的高度，最为人们所称道。书中人物语言能准确地显示人物的身份和地位，能形神兼备地表现出人物的个性特征。黛玉语言机敏、尖利；宝钗语言圆融、平稳；湘云语言爽快、坦诚；宝玉的语言温和、奇特，常有"呆话"；贾政的语言则装腔作势，枯燥乏味；晴雯的语言锋芒毕露；凤姐的语言机智诙谐，妙语连珠。

对主要人物的语言，既注意写出其主体特征，又适应多样化、复杂化的性格因素，如实地写出这种主体因素在不同情境下的不同表现，不同的语言色彩。如凤姐平时语言风趣诙谐，但在大闹宁国府时，却因感情失控而变得杀气腾腾；宝钗平日语言稳重平和，但偶然也会因受伤害而出语激愤；黛玉平时语言尖利，但向宝玉敞开心扉时，却情语绵绵，真挚动人。

第五节　《红楼梦》的影响

续书蜂出　　反复改编　　对创作的深远影响　　红学

《红楼梦》在中国文学史上具有崇高的地位和深远的影响，主要表现在以下几个方面：

《红楼梦》刊行后，相继出现了一大批续书，如逍遥子的《后红楼梦》、秦子忱的《续红楼梦》、陈少海的《红楼复梦》、海圃主人的《续红楼梦》、归锄子的《红楼梦补》、临鹤山人的《红楼圆梦》等，共三十多种。这些续作有两种类型：一是接在《红楼梦》第一百二十回之后，一是接在第九十七回"林黛玉焚稿断痴情，薛宝钗出闺成大礼"之后。它们的内容，则多将原书的爱情悲剧改为庸俗的大团圆，让悲剧主人公或死后还魂得遂凤愿，或冥中团聚终成眷属。他们金榜题名，夫贵妻荣，一夫多妾，和睦相处，家道复初，天下太平。总之，"遂使吞声饮恨之红楼，一变而为快心满志之红楼"（秦子忱《续红楼梦》卷首郑师靖序）。由于续作者思想庸俗，境界不高，艺术上荒诞不经，十分拙劣，它们与《红楼梦》相比，真有天壤之别。但是，这些续书的大量涌现，从另一方面说明《红楼梦》本身的巨大成就和艺术魅力。

《红楼梦》备受社会的欢迎，所以便陆续有人将其搬上舞台。据不完全统计，在清代以《红楼梦》为题材的传奇、杂剧有近二十多种。到了近代，花部戏勃兴，在京剧和各个地方剧种、曲种中出现了数以百计的红楼梦戏。其中梅兰芳的《黛玉葬花》、荀慧生的《红楼二尤》等，经过杰出艺术家的再创作，成为戏曲节目中的精品，经久上演而不衰。近些年来电影、电视连续剧更把它普及到千家万户，风靡了整个华人世界。

《红楼梦》的出现，是在批判地继承唐传奇以及《金瓶梅》和才子佳人小说的创作经验之后的重大突破，成为人情小说最伟大的作品。在它之后，出现了模仿它的笔法去写优伶妓女的悲欢离合、缠绵悱恻的狭邪小说，如《青楼梦》《花月痕》以及鸳鸯蝴蝶派小说，但是，它们只是学了皮毛，而抛弃了它的主旨和精神。到了"五四"以后，古典小说研究肇兴，开始重新评介《红楼梦》，鲁迅等人阐述了《红楼梦》现实主义的精神和杰出成就，使《红楼梦》的现实主义精神得以回归，许多作家受《红楼梦》的影响，创作出了带有浓厚的自叙传色彩的小说。直至当代，《红楼梦》仍然成为许多作家永远读不完、永远可以学习、汲取创作经验的文学珍品。

《红楼梦》问世后，引起人们对它评论和研究的兴趣，并形成一种专门的学问——红学。据李放《八旗画录注》说："光绪初，京朝士大夫尤喜读之（指《红楼梦》），自相矜为红学云。"如果说，那还是句戏语，其后近百年来，《红楼梦》的评论、研究日益发展、兴盛，确乎成了一种专门的学问。从早期的评点、索隐，到20世纪前期的"新红学"，再到50年代后的文学批评，论著之多真是可以成立一所专门的图书馆。[12]《红楼梦》的作者问题、文本的思想内涵、人物形象、艺术特征等方面，都得到了日益深细的探讨、解析，近三十年间更呈现出生机勃勃、欣欣向荣的景象。

《红楼梦》这部伟大作品是属于中国的，也是属于世界的。不仅在国内已有数以百万计的发行量，有藏、蒙、维吾尔、哈萨克、朝鲜等多种文字的译本，成为家喻户晓的名著，而且已有英、法、俄等十几种语种的摘译本、节译本和全译本，并且在国外也有不少人对它进行研究，写出不少论著。《红楼梦》正日益成为世界人民共同的精神财富[13]。

注 释

〔1〕《红楼梦》的作者是曹雪芹，自胡适1921年发表《红楼梦考证》以来，学界绝大多数对这一结论都是肯定的，但也不断有人提出质疑。较有代表性的是戴不凡《揭开〈红楼梦〉作者之谜》一文（《北方论丛》1979年第1期）。有关这场论争，可参看《红楼梦著作权论争集》（《北方论丛》编辑部编，山西人民出版社1985年版）。曹雪芹的卒年主要有壬午、癸未两说。壬午说系根据甲戌本第一回脂评："能解者方有辛酸之

泪，哭成此书。壬午除夕，书未成，芹为泪尽而逝。余尝哭芹，泪亦待尽。……甲午八日泪笔。"壬午除夕，即乾隆二十七年除夕（1763 年 2 月 12 日）。癸未说系根据敦敏《懋斋诗钞》中《小诗代柬寄曹雪芹》，按《懋斋诗钞》编年的次序推断写于癸未年。敦诚《挽曹雪芹》诗，注明是甲申（1764）所写。因此认为，曹雪芹于癸未除夕，即乾隆二十八年除夕（1764 年 2 月 1 日）逝世。曹雪芹的生年，根据敦诚挽诗"四十年华付杳冥"，及张宜泉《伤芹溪居士》诗原注"年未五旬而卒"，再由曹雪芹的卒年逆推上去。周汝昌认为曹雪芹生年是 1724 年，胡适认为是 1719 年。现多数学者倾向定于 1715 年。

〔2〕曹雪芹的籍贯，历来有丰润和辽阳两说。丰润说是李玄伯于 1931 年《故宫周刊》发表的《曹雪芹家世新考》中提出，后周汝昌在《红楼梦新证》中力主之。但丰润第六次重修《曹氏宗谱》却不载曹雪芹这一支名讳。《丰润县志》亦未提及曹寅等。辽阳《五庆堂重修曹氏宗谱》载其始祖为曹俊，第六世祖为曹锡远，以此判断曹雪芹祖籍为辽阳。今多数学者同意这种说法。

曹家的旗籍，有的认为是汉军，有的认为是满洲正白旗。经学术界考定，曹家早先是属汉军旗，大约在天聪八年（明崇祯七年，1634）前转为多尔衮率领的满洲正白旗。

〔3〕曹寅字子清，号棟亭，官江宁织造，与江南文学名流颇多交往。有《棟亭集》，又编刻善本古籍《棟亭十二种》。《清史列传》卷七二"文苑"、《清史稿》卷四九一"文苑"均有传。

〔4〕今存敦敏《懋斋诗钞》、敦诚《四松堂集》、张宜泉《春柳堂诗集》，都有赠、吊曹雪芹的诗。敦敏诗有《小诗代柬寄曹雪芹》《河干集饮题壁兼吊雪芹》等，敦诚诗有《寄怀曹雪芹》《挽曹雪芹》等，张宜泉诗有《伤芹溪居士》等。他们都是曹雪芹的友人，诗中反映出曹雪芹临终前数年的境遇、性情以及身后的凄凉，真切可信。这三个诗集，均有古典文学刊行社 1955 年影印本。

〔5〕脂砚斋是谁，历来众说纷纭。有的认为是曹雪芹的叔叔，有的认为是兄弟，有的认为是关系亲近的人，甚至有人怀疑不是曹雪芹同时人，脂评是后人伪作。但多数学者认为脂评出自与曹雪芹关系密切的亲近人之手，对研究《红楼梦》具有重要的意义。

〔6〕甲戌本、己卯本、庚辰本均题名《脂砚斋重评石头记》。甲戌本，由于第一回正文中有"至脂砚斋甲戌抄阅再评"之语，故有此称。己卯本，第四册（第三十一回至第四十回）回目页记有"脂砚斋凡四阅评过，己卯冬月定本"字样，故有此称。庚辰本，第四册回目页记有"庚辰秋月定本"字样，故有此称。这三本子所标出的干支是脂砚斋抄阅重评的年代，今存的本子不全是原本，其中有的是过录本。

〔7〕甲辰本，题名《红楼梦》，卷首有梦觉主人序，末署"甲辰岁菊月中浣"。甲辰为乾隆四十九年（1784），已接近高鹗、程伟元补足一百二十回之时。

〔8〕列藏本，二十多年前发现于苏联列宁格勒图书馆，故有此简称。此本题《石头记》，缺第五、六两回，存七十八回。戚蓼生序本，题《石头记》，原八十回，民初上海有正书局据以石印。现原本仅存前四十回，卷首有戚蓼生序。戚蓼生为乾隆间人，事迹

略可考，见周汝昌《红楼梦新证》下册《戚蓼生与戚本》。

〔9〕张问陶《船山诗草》卷十六《赠高兰墅鹗同年》诗题注："传奇《红楼梦》八十回以后俱兰墅所补。"因此，多数人认为《红楼梦》后四十回是高鹗续作。但程伟元、高鹗在程乙本《红楼梦引言》中说："书中后四十回系就历年所得，集腋成裘，更无他本可考。惟按其前后关照者，略为修辑，使其有应接而无矛盾。至其原文，未敢臆改，俟再得善本，更求厘定，且不欲尽掩其本来面目也。"加以乾隆抄本百二十回《红楼梦稿》的发现，高鹗续作之说发生动摇，因此，张问陶所说高鹗"所补"，可能是根据部分残存原稿加以修改、补写，并非完全由高鹗续作。

〔10〕对贾宝玉这个形象的认识是解析《红楼梦》的一个关键。"新红学"家把他看作作者曹雪芹的自我写照，从而建构了自传说。1954年自传说受到批评之后，评论者将他看作一般写实小说的人物，与现实生活中的人等量齐观，也就导致了贾宝玉是否是封建叛逆的争论。其实，贾宝玉是意象化的小说人物，是作家的心灵的映象（袁世硕《贾宝玉心解》，《文史哲》1986年第4期）。

〔11〕《中国小说的历史的变迁》，《鲁迅全集》第九卷，人民文学出版社1981年版。

〔12〕《红楼梦》的研究史，有的按时代划分，从清乾隆、嘉庆年间到1921年以前为旧红学时期；从1921年胡适《红楼梦考证》出版到1954年为新红学时期；从1954年批判胡适《红楼梦》研究至今为现代红学时期（郭豫适《红楼梦研究小史稿》、《红楼梦研究小史续稿》，由上海文艺出版社分别在1980年和1981年出版）。有的从学术流派的角度来划分，分为索隐派、考证派和文学批评派（刘梦溪《红楼梦与百年中国》，河北教育出版社1999年版）。

〔13〕参见宋伯年主编《中国古典文学在国外》，北京语言学院出版社1988年版。

第七章　清中叶诗文词多元发展的局面

　　康熙末年，清朝开始步入中期，雍正、乾隆两朝号称"盛世"。这一时期，在政治经济稳定繁荣的背后潜伏着深刻的危机。受统治者"稽古右文"政策和训诂考订的朴学影响，社会上读书风气高涨，文学创作活跃，差不多历代出现过的风格和流派，都有回应和接响。诗派有沈德潜、厉鹗、翁方纲和袁枚、赵翼等设坛立帜，分庭抗礼；自成一格的郑燮、黄景仁等也竞逐其间。古文则桐城派以正宗自居，声势浩大。骈文异军突起，再度兴盛。张惠言则开创常州词派，把词的创作和理论推向尊词体、重寄托的阶段。

第一节　流派纷呈的诗坛和袁枚

　　诗坛多元格局　　　袁枚及性灵派诗人　　　盛世中的哀唱：郑燮、黄景仁

　　乾嘉诗坛，才人辈出，各领风骚。沈德潜、翁方纲，或主格调，或言肌理，固守儒雅复古的阵地；厉鹗扩大浙派的门户；袁枚、赵翼、郑燮标榜性灵，摆脱束缚，追求诗歌解放；黄景仁等抒写落寞穷愁，吟唱出盛世的哀音。

　　沈德潜（1673—1769）论诗原本叶燮[1]，经其推演，以儒家诗教为本，倡导格调说，尊唐抑宋，使诗歌"去淫滥以归雅正"（《唐诗别裁集序》），起到"和性情、厚人伦、匡政治"的教化作用，《说诗晬语》开宗明义第一条："诗之为道，可以理性情，善伦物，感鬼神，设教邦国，应对诸侯，用如此其重也。"鼓吹"温柔敦厚，斯为极则"，要求诗歌创作"一归于中正和平"。（《重订唐诗别裁集序》）为使"格高""调响"，他以唐人为楷式，以古诗为源头，选辑《古诗源》《唐诗别裁集》《明诗别裁集》等，树立学习的范本，影响颇大。其诗歌创作也如明代七子，古体摹汉魏，近体法盛唐。因长期困穷科场，曾接触人世祸患，也写有一些"以微词通讽谕"的诗歌，如新乐府《制府来》《哀愚民效白太傅体》和《海灾行》《刈麦行》等，讽刺官吏跋扈，

反映民生疾苦，语言朴素自然。近体诗《金陵咏古》等也写得高亢雄健。但其大量诗作雍容典雅，平庸无奇，为典型的台阁诗体。

和沈德潜同时的厉鹗（1692—1752）继朱彝尊、查慎行为浙派盟主[2]，主张作诗参以书卷，学习宋人，好用宋代典故，著有《宋诗纪事》。其诗主要是写山水，以杭州和西湖风景为主，遍及一山一水，一草一木。如《灵隐寺月夜》：

> 夜寒香界白，洞曲寺门通。月在众峰顶，泉流乱叶中。一灯群动息，孤磬四天空。归路畏逢虎，况闻岩下风。

诗中境界流露一种寒意。其他如《初晴晓行湖上》《早春登孤山四照亭》等，于幽新隽妙融入孤寂冷落之情，"语多隽味"。他曾自述"性喜为游历诗，搜奇抉险，往往有得意句"（《盘西记游集序》）。他作诗重学问，主空灵，合写景与宗宋为一，代表浙派的风格特点。杭世骏、金农、吴锡麒等辅佐左右，在当时势力颇大，"近来浙派入人深，樊榭家家欲铸金"（《洪北江诗文集·更生斋诗》卷二）。清人所称"浙派"，基本上专指厉鹗一派，其影响一直延续到清末。

翁方纲（1733—1818）论诗倡肌理说[3]，主张"为学必以考证为准，为诗必以肌理为准"（《志言集序》）。杜甫《丽人行》有"肌理细腻骨肉匀"之句，翁方纲用"肌理"一词来论诗，包括义理与文理。义理为"言有物"，指以六经为代表的合乎儒家道德规范的思想与学问；文理为"言有序"，指诗律、结构、章句等作诗之法。义理为本，通变于法，以考据、训诂增强诗歌的内容，融词章、义理、考据为一。他认为"士生今日，宜博精经史考订，而后其诗大醇"（《粤东三子诗序》）。翁方纲是学者，博通经术，其诗歌理论也受到考据学风的影响，"所为诗，自诸经注疏以及史传之考订、金石文字之爬梳，皆贯彻洋溢其中"（《清史稿》本传）。如《汉石经残字歌》《汉建昭雁足灯歌为王述庵臬使赋》等，以学问为诗，用韵语作考据，遭到袁枚"错把抄书当作诗"（《仿元遗山论诗绝句》）的批评。从与他同时的钱载，到道、咸年间的程恩泽、郑珍、何绍基和清末沈曾植等，所产生的学人之诗和宋诗运动，都由肌理说推动而来。

给诗坛吹进清新空气，独树一帜的是袁枚。袁枚（1716—1797）字子才，号简斋，钱塘（今浙江杭州）人，因辞官后定居江宁小仓山随园，世称随园先生，自号仓山叟、随园老人等。乾隆四年（1739）进士，改庶吉士，入翰林院，后外放于江苏溧阳、江宁等地任县令。乾隆十三年（1748）辞官，结束仕宦生涯，隐居随园[4]。他标举性灵说，与沈德潜、翁方纲的格调说和肌理说相抗衡，影响甚大，形成了性灵派。

袁枚生活通脱放浪，个性独立不羁，颇具离经叛道、反叛传统的色彩。他宣扬性情至上，肯定情欲合理，在性与情上，主张即"情"求"性"（《书复性书后》），突出尊情；在言志与言情上，认为"诗言志，言诗之必本乎性情也"（《随园诗话》卷三）。他强调情是其诗论的核心，男女是真情本源。他与沈德潜等人反复辩论，公开为写男女之情的诗歌张目，在当时颇有振聋发聩之效。他还鲜明地表示"郑孔门前不掉头，程朱席上懒勾留"（《遣兴》），认为"宋学有弊，汉学更有弊"（《答惠定宇书》），宋儒偏于心性之说近乎玄虚，而汉儒偏于笺注也多附会，进而质疑"六经"，指出其言未必"皆当""皆醇"，并借庄子之语抨击"六经尽糟粕"（《偶然作》），对虚伪的假道学深恶痛绝，表现出封建社会末期个性解放思想的再次苏醒。袁枚论诗宗尚性灵。所谓"性灵"，其含义包括性情、个性和诗才。性情是诗歌的第一要素，"性情以外本无诗"（《寄怀钱屿沙方伯予告归里》），即是说诗生于性情，性情是诗的本源和灵魂，诗人要"自把新诗写性情"。而这种性情要表现出诗人的独特个性，"作诗不可无我"，"有人无我，是傀儡也"（《随园诗话》卷七），没有个性，也就丧失了真性情，《续诗品》辟"著我"一品，所谓"字字古有，言言古无"，就是明确提倡创写"有我"之旨。这是性灵说审美价值的核心。然而仅有个性、性情是不够的，还应具备表现这一切的诗才，"诗人无才，不能役典籍运心灵"（《蒋心馀藏园诗序》），艺术构思中的灵机与才气、天分与学识要结合并重。这一在"吟咏性情"的基点上构成完整体系的诗歌理论，冲破了传统与时代风尚，对格调模拟复古、肌理考据学问、神韵纤巧修饰、浙派琐屑饾饤给予有力的冲击，是晚明文艺思潮的隔代重兴[5]，为清诗开创了新的局面。

袁枚作诗以才运笔，抒发性灵，极有特色。他的笔触相当广泛，反映现实、咏物怀古、描绘山川自然和表现个人志趣，大都不受传统思想束缚和正宗格调限制，信手拈来，矜新斗捷，不尽遵轨范。而且清灵隽妙，具有感情奔放、议论新颖、笔调活泼、语言晓畅、句法灵巧等特点，从内容到形式都有一定的创新。如《马嵬》其二：

> 莫唱当年长恨歌，人间亦自有银河。石壕村里夫妻别，泪比长生殿上多。

诗以白居易《长恨歌》与杜甫《石壕吏》对比，将帝妃悲剧转向民间夫妻惨别，翻出新意的同时渗透着对百姓疾苦的深切同情。类似关心民瘼的作品还有《苦灾行》《南漕叹》《捕蝗歌》等，揭露社会弊病的作品则有《鸡》《偶然作》《养马图》等。抒述骨肉之情的《陇上作》《哭三妹五十韵》《哭阿良》等感情真挚，清婉凄恻。

袁枚性好游览，写景之作模山范水，落想不凡，笔墨放纵。《同金十一沛恩游栖霞寺望桂林诸山》《观大龙湫作歌》等诗脍炙人口，前者写桂林群山和七星岩溶洞的奇幻景象，从神话传说写到诡谲奇形，纵横跌宕，兴会淋漓。另有一部分小诗则以清新灵巧见长，如《苔》：

　　　　各有心情在，随渠爱暖凉。青苔问红叶，何物是斜阳？

在极简淡的勾画中，蕴含了对自然生命的多样品性的欣赏、赞美。正如其《遣兴》诗所云："夕阳芳草寻常物，解用都为绝妙词。"《湖上杂诗》更有别出心裁的情趣：

　　　　桃花吹落杳难寻，人为来迟惜不禁。我道此来迟更好，想花心比见花深。

这些诗也如同他说："只将寻常话作诗。"无论从内容或形式说，袁枚诗都显示出向近代文学演进的历史征兆。

与袁枚并称"乾隆三大家"的是赵翼和蒋士铨[6]。赵翼（1727—1814）论诗崇性灵[7]，"力欲争上游，性灵乃其要"（《闲居读书》）。他更重视创新，"不创前无有，焉传后无穷"（《读杜诗》），"诗文随世运，无日不趋新"（《论诗》），强调不囿于成法，敢于破除宗唐宗宋的门户习气，自信"江山代有才人出，各领风骚数百年"。他有经世之才，又是工于考据的史学家，故诗歌多咏史、论世、评诗之作，且议论精警，思想敏锐，幽默诙谐，兼杂以雄奇豪放的气概，《读史二十一首》《偶得》《题元遗山集》等为其见解精辟的代表作。他的创作个性分明，即使一首小诗也旨意洞达，如《晓起》："茅店荒鸡叫可憎，起来半醒半懵腾。分明一段劳人画，马啮残刍鼠瞰灯。"纯用白描，写其羁旅生涯的疲惫与艰辛，却无一丝消沉，洋溢着才情和乐观风采，是其心灵的映现。

蒋士铨（1725—1785）也主张"文章本性情，不在面目同"（《文章四首》）[8]，但其性情还包含"忠孝节义之心，温柔敦厚之旨"，如《题文信国遗像》《南池杜少陵祠堂》等，和袁枚等人有所不同。其描写盛世下的苦难，如《京师乐府词十六首》《饥民叹》《鸡毛房》等作，别开生面，值得重视。抒写亲情有《出门》《岁暮到家》等，感人至深。如后者：

　　　　爱子心无尽，归家喜及辰。寒衣针线密，家信墨痕新。见面怜清瘦，呼儿问苦辛。低回愧人子，不敢叹风尘。

　　张问陶（1764—1814）崇仰袁枚[9]，高唱"文章体制本天生，只让通才有性情"，"天籁自鸣天趣足，好诗不过近人情"（《论诗十二绝句》）。其诗多"骚屑之音"，有《出栈宿宝鸡县题壁十八首》《拾杨稊》等诗，游记怀古之作有《初冬赴成都过安居题壁》《紫柏山谒留侯祠》等。他和袁枚一样，敢于鄙薄道学，"理学传应无我辈"（《斑竹塘车中》）。他有不少与妻子唱和、抒写夫妻之爱的诗，如《春日忆内》："房帏何必讳钟情，窈窕人宜住锦城。小婢上灯花欲暮，蛮奴扫雪帚无声。春衣互覆宵寒重，绣被联吟晓梦清。一事感卿真慧解，知余心淡不沽名。"畅所欲言，无所顾忌，反映出思想的解放。

　　属于性灵派，和"乾隆三大家"对称的"后三家"是舒位、王昙和孙原湘[10]。其中舒位、王昙是龚自珍的先导，后者更为直接。

　　舒位（1765—1815）诗题材广泛[11]，羁旅行役、咏史记游等篇什，性灵与才学兼具，写得洒脱自如，得心应手，且材藻艳丽，旁征博引，如《说蟹三十韵》《鹦鹉地图》等。集华美辞藻与纵横驰骋为一体的有《破被篇》《铁箫歌赠朱亦林》等，龚自珍评之为"郁怒横逸"，显示出乾嘉诗坛风尚转变的新动向。王昙（1760—1817）一生未仕，穷困终身[12]。《重过谷城，书宋汝和观察项王碑》《项王庙》等篇是感慨自身的代表作，借凭吊项羽抒发怀才不遇的愤懑，哭人哭己，喟叹"英雄"身后凄凉，大笔淋漓，诡怪离奇，带有几分粗豪，为龚自珍诗歌的滥觞。孙原湘（1760—1829）的诗清丽俊逸，富巧思，多丽语。《清史稿》本传称"位艳、昙狂，惟原湘以才气写性灵，能以韵胜"[13]。

　　乾嘉诗坛上，吟唱盛世悲歌，可视为性灵派外围的是郑燮、黄景仁等。

　　郑燮（1693—1765），字克柔，号板桥，江苏兴化人。乾隆元年（1736）进士，任山东范县、潍县知县，饶有政声，后以疾辞官[14]。他擅长书画，为"扬州八怪"之一。他论诗提倡"真气""真意""真趣"三真，推崇杜甫"历陈时事，寓谏诤也"，主张诗歌应"道着民间痛痒"（《潍县署中与舍弟第五书》）。他的《郑板桥集》中有许多诗反映民生疾苦，揭露现实黑暗，如《孤儿行》《私刑恶》《悍吏》等，直率大胆，为一般诗人少有。他的抒发才情之作也较多，表现出磊落高尚的人格精神，如《潍县署中画竹呈年伯包大中丞括》："衙斋卧听萧萧竹，疑是民间疾苦声。些小吾曹州县吏，一枝一叶总关情。"《和学使者于殿元枉赠之作》之一："十载扬州作画师，长将赭墨代胭脂。写来竹柏无颜色，卖与东风不合时。"质朴泼辣，独树一格。

　　黄景仁（1749—1783），字仲则，自号鹿菲子，江苏武进人。他一生穷困潦倒，遭际凄凉[15]，自叹"一身堕地来，恨事常八九"（《冬夜左二招饮》）。他作诗"好作幽苦语"，放言无忌地倾泻"盛世"积在心头的怨愤，如："我曹生世良幸耳，太平之日为饿民。"（《朝来》）这在文网高张的乾隆之世，不啻是横破夜天的变徵之音。又如《癸巳除夕偶成》二首之一："千家笑语漏迟迟，忧患潜从物外知。悄立市桥人不识，一星如月看多时。"诗人依稀感觉危机来临，盛世将衰。他常以"落日""西日""斜阳""暮气""晚秋"等意象写景抒情，以"得风气先"，敏锐地感觉到世事殆将有变的征兆，写出个人对社会变迁的"忧患"。

　　他还在诗里抨击是非不分、倒行逆施的黑暗世道，如《悲来行》《泥涂叹》《献县汪丞座中观伎》；揭露人情浇薄，世态炎凉，如《啼乌行》《沙洲行》《和钱百泉杂感》；哀民生之艰，同情民众之苦，如《苦暑行》《涡水舟夜》等。有些嗟贫叹苦和诉说生活窘迫的篇什，如"全家都在风声里，九月衣裳未剪裁"（《都门秋思》），"茫茫来日愁如海，寄语羲和快著鞭"（《绮怀》之十六），"惨惨柴门风雪夜，此时有子不如无"（《别老母》）等句，唱出封建时代寒士的心声，也撕开了"盛世"的虚幻面纱。

　　潜知"忧患"和过人的哀乐，使他对现实极为清醒，积郁满怀，并自视甚高，不肯伏就，以诗歌表现出个性意识在觉醒意义上的深入思考，如《杂感》：

　　　　仙佛茫茫两未成，只知独夜不平鸣。风蓬飘尽悲歌气，泥絮沾来薄幸名。十有九人堪白眼，百无一用是书生。莫因诗卷愁成谶，春鸟秋虫自作声。

　　诗人能博采唐人而自出机杼，"自作声"以发"不平鸣"。他的七言古诗以雄伟的笔触描绘壮丽的自然景色，抒发磊落恣放之情，既似李白豪宕腾挪，又兼韩愈盘转古硬，在跌宕跳跃中流转低吟。《笥河先生偕宴太白楼醉中作歌》是其名篇，全诗恣肆横放，直造太白之室，见者以为谪仙复出，篇末抒写豪情："请将诗卷掷江水，定不与江东向流！"此作使与会八府士子为之辍笔而争相传抄，"一日纸贵焉"（洪亮吉《黄君行状》）。七律清丽绵邈，富有李商隐的优美韵致，瘦硬峭拔处兼得黄庭坚的神髓。那些表现愁苦寒贫之作，扣人心弦，相传毕沅"见《都门秋思》诗，谓值千金，姑先寄五百金，速其西游"（陆继辂《春芹录》）。连现代作家郁达夫也说："要想在乾嘉两代的诗人之中，求一些语语沉痛、字字辛酸的真正具有诗人气质的诗，自然非黄仲则莫属了。"（《关于黄仲则》）黄景仁的诗在过去极易引发知识阶层的广泛共鸣，颇受好评，"声称噪一时，乾隆六十年间，论诗者推为第一"（包世臣《齐民四术》）。

此外，刻画景物能诗中有画的黎简，五七言绝句出入中晚唐、语言华赡的黄任，句法亦骈亦散、语词古奥艰涩的胡天游，工为艳诗的陈文述，气势奔放、语多奇崛的洪亮吉等人，既是诸大家的羽翼，也是清代中期诗坛多元风格的表现者。

第二节　桐城派及其以外的散文

桐城派的出现　　义法说和雅洁的审美标准　　方、刘、姚三祖　　桐城派以外的散文

桐城派在康熙年间由安徽桐城人方苞开创，同乡刘大櫆、姚鼐等继承发展，成为清代影响最大的散文派别，与其异趣的是袁枚、郑燮等桐城之外的散文。

桐城派先驱戴名世（1653—1713），字田有，安徽桐城人[16]。主张为文以"精、气、神"为主，"言有物"为"立言之道"（《答赵少宰书》），提倡"道也、法也、辞也，三者有一之不备而不可谓之文也"（《己卯行书小题序》）。他铺石开路，为桐城派理论的发轫。

奠基者方苞（1668—1749），字凤九，号灵皋，晚号望溪[17]。他树起"义法"说的大旗。《史记·十二诸侯年表序》有"义法"一词，方苞取来论文，"义即《易》之所谓'言有物'也，法即《易》之所谓'言有序'也，义以为经而法纬之，然后为成体之文"（《又书〈货殖传〉后》），合起来说是言之有物而文有条理。分开来说，"义"指文章的内容，"若古文则本经术而依于事物之理，非中有所得不可以为伪"（《答申谦居书》），以儒家经典为宗旨，而他自谓"学行继程朱之后"，故具有明显的服务于当代政治的目的；"法"指文章的作法，包括形式、技巧问题，如布局、章法、文辞等。两者关系是义决定法，而法则体现义。他讲文章作法，或侧重于"虚实详略之权度"，或追求"首尾开合，顺逆断续"之"脉络"，或提倡用语"体要"和简洁，偏重文法，但他认为"义"即在其中，这是"法以义起而不可易者"

（《〈史记〉评语》）。他要求内容醇正，文辞"雅洁"。沈廷芳《书方望溪先生传后》记其语，"古文中不可入语录中语，魏晋六朝人藻丽俳语，汉赋中板重字法，诗歌中隽语，南北史中俳巧语"，使古文用语典雅、古朴、简约，显然适应清统治者"清真古雅"的衡文要求，并给古文建立更严格的具有束缚性的规范。由于与制举之文相通，有利于维护理学道统，所以受到朝野的崇奉和欢迎，"义法"说也成了桐城派遵奉的论文纲领。方苞的古文选材精当，以凝练雅洁见长，开桐城派风气。读史札记和杂说，如《汉文帝论》《辕马说》等简洁严整，无枝蔓芜杂之病。游记如《游雁荡记》，赠序如《送刘函三序》，碑铭如《先母行略》《兄百川墓志铭》《田间先生墓表》等，详略有致，具有法随义变的特点。《狱中杂记》以其亲身经历，揭露狱中种种奸弊、秽污、酷虐，事繁而细，条理分明，文字准确。最著名的《左忠毅公逸事》描绘左光斗形象，笔简语洁，史可法入狱相会一段，凛然正气，尤为感人：

> ……则席地倚墙而坐，面额焦烂不可辨，左膝以下，筋骨尽脱矣。史前跪，抱公膝而呜咽。公辨其声，而目不可开，乃奋臂以指拨眦，目光如炬，怒曰："庸奴！此何地也？而汝来前。国家之事，糜烂至此，老夫已矣，汝复轻身而昧大义，天下事谁可支拄者？不速去，无俟奸人构陷，吾今即扑杀汝！"因摸地上刑械，作投击势。

刘大櫆（1698—1779）上承方苞、下启姚鼐，是桐城派"三祖"之一[18]。他对"义法"理论进行丰富和拓展，以"义理、书卷、经济"的"行文之实"扩大"言有物"的内容，是姚鼐"义理、考据、词章"说的先导。他还认识到"行文自另是一事"，"必有待于文人之能事"，从而对"行文之道"的"神""气""音节"等要素给予重视，突破"言有序"的范围。他所说的"神""气"是作者精神气质在文中的表现，二者比较，"神"是首要的，居于支配地位，"气"是贯穿文章的气势韵味，"神为主，气辅之"。为了使"神""气"易于掌握而不至于无可捉摸，又提出因声求气说，由字句以求音节，再由音节以求声气，音节是行文的关键，诵读能体会文章的"神""气"，这就为探寻"义法"奥妙揭示出门径和方法，也使理论具有较强的实践性和可操作性。因此，在桐城文论发展上，他的地位是不容忽视的。其文章抒发怀才不遇，指摘时弊，以"雄奇恣睢，铿锵绚烂"（吴定《刘海峰先生墓志铭》）称胜。游记文如《游晋祠记》《游大慧寺记》《游万柳堂记》等借景抒情，讽世刺时，近于雄肆奇诡，姚鼐评为"有奇气，实似昌黎"。（《海泊三集序》评语）《书荆轲传后》《送姚姬传南归序》《息争》等可看出其文章的音节之美。

姚鼐（1731—1815），字姬传，室名惜抱轩，人称惜抱先生。乾隆二十八年（1763）进士，充任四库馆纂修官，后辞官告归，先后主讲于江南紫阳、钟山等书院四十多年。他壮大了古文的声势，在桐城派中地位最高[19]。首先，他主张"道与艺合，天与人一"，"义理、考据、词章"合一，让儒家道义与文学结合，天赋与学力相济，"义法"外增加考证，以求三者的统一和兼长，达到既调和汉学、宋学之争，又写出至善极美文章的目的。其次，运用传统的阴阳刚柔说，将多种风格归纳为"阳刚"和"阴柔"两大类。他以生动形象的语言，细致描绘两者鲜明的特色，提出"统二气之会而弗偏"，"协合以为体"，追求刚柔相济，避免陷入"一有一绝无"的片面和极端，接触到文学审美风格的实质问题，对后世影响甚大。最后，把文章的艺术要素提炼为"神、理、气、味"和"格、律、声、色"八字，前四者是内在的"文之精"，处在高层次，后四者是外在的"文之粗"，层次虽低但比较具体，精寓于粗，相互依存，从学习角度，由"粗"把握"精"，待融贯其"精"后再遗弃可见的"粗"的部分，摆脱"文之粗"的束缚，匠心独运，就使古文进入最高境地，细密、完善了刘大櫆因声求气说。他还纂辑《古文辞类纂》，以 13 类体裁选辑七百馀篇自战国、秦汉、唐宋八大家到归有光、桐城派方苞、刘大櫆的古文，以为示范，确立古代散文发展的"正宗"文统，被桐城古文家奉为圭臬，影响甚广。

姚鼐的古文以韵味胜，偏于阴柔，他生活于"乾嘉盛世"，坐而论道，雍容俯仰，晚年以授徒为业，弟子遍及大江南北。他没有方苞的遭遇，也没有刘大櫆的不平，但学习传统眼界宽，对古文艺术体会深，散文成就比桐城派其他作家要高。《登泰山记》《游灵岩记》《泰山道里记序》等文，虽寓考据于辞章，却文法考究，内容扎实，语言凝练简洁，刻画生动，颇有文采，如《登泰山记》写日出一段：

> 戊申晦，五鼓，与子颍坐日观亭待日出。大风扬积雪击面。亭东自足下皆云漫。稍见云中白若樗蒱数十立者，山也。极天，云一线异色，须臾成五采。日上，正赤如丹，下有红光，动摇承之。或曰："此东海也。"回视日观以西峰，或得日，或否，绛皓驳色，而皆若偻。

《游媚笔泉记》雅洁清畅而富有声色，《李斯论》笔法严谨兼婉转有序，《袁随园君墓志铭》《刘海峰先生八十寿序》《复鲁絜非书》等都是脍炙人口的作品。

桐城派以"义法"为基础，发展成具有严密体系的古文理论，切合古代散文发展的格局，遂能形成纵贯清代文坛的蔚蔚大派。姚门之后有管同、梅曾亮、方东树、姚莹"四大弟子"，梅曾亮在姚鼐后"最为大师"，方东树继续鼓吹"义法"理论，使桐城派声势更甚，许多"文宗桐城者"并非都是桐城人，其规模之大，时间之久，为我国文学史所少见。

桐城派分支是阳湖派，代表人物恽敬（1757—1817）和张惠言均为阳湖（今江苏常州）人[20]。他们专志以治古文，但又不愿受桐城文论束缚，兼收子史百家、六朝辞赋，以博雅放纵取胜。恽敬《游庐山记》《游庐山后记》，张惠言《书山东河工序》《吏难》等，比"正统"古文要恣肆不拘，富有词采。桐城派徐脉是道光末叶曾国藩领导的湘乡派和曾门弟子，声威重振，呈一时之盛，但已是回光返照的末势；到"桐城嫡派"的严复、林纾，他们翻译西方著作的业绩，仍未能挽救桐城派古文的颓势，终于在"五四"新文化运动的浪潮里结束了该派的历史命运。

不傍桐城门户、具有明代小品文风采的是袁枚、郑燮和沈复等。

袁枚写散文，也写骈文，议论、碑记、书序、尺牍，几无体不备。大都感情真挚，生动清新，富有个性，甚至放言无忌，敢于冲决传统观念，显示挑战世俗精神和不凡胆识。论说文《郭巨论》《策秀才文五道》等，立意精辟，写得气势逼人而具有雄辩的说服力量。《随园记》表达顺适自然和抒张天性的人生观，《所好轩记》揭示自己种种平凡的情欲，毫无讳饰，看似不用气力，却文气完足，富有灵性和才气。记传如《书鲁亮侪》《厨者王小余传》等，剪裁精心，细节生动，于事中见人，鲜明突出。祭诔文最有抒情色彩，可称美文。如《祭程元衡文》《韩甥哀词》等，尤其是《祭妹文》，于琐事回忆里寄托兄妹手足深情，凄恻悲噎，与韩愈《祭十二郎文》、欧阳修《泷冈阡表》同是祭文中的名作。郑燮的家书和题跋浅白如话，趣味横生，《范县署中寄舍弟墨第四书》谈家常琐细事，全用口语，《靳秋田索画》无拘无束，随意而谈，都让人耳目一新。沈复（1763—？）自传体笔记式散文《浮生六记》[21]，前三卷《闺房记乐》《闲情记趣》《坎坷记愁》，记叙与妻子陈芸的感情生活和悲惨遭遇，文字细腻，不假雕饰，自有一股感人魅力。陈寅恪说："吾国文学，自来以礼法顾忌之故，不敢多言男女间关系，而于正式男女关系如夫妇者，尤少涉及"，"沈三白《浮生六记》之《闺房记乐》所以为例外创作。"（《元白诗笺证稿》）全祖望（1705—1755）字绍衣，号谢山，收集南明史料所写碑铭传记如《梨洲先生神道碑文》《亭林先生神道表》《梅花岭记》等，还有蒋士铨《鸣机夜课图记》，钱大昕《弈喻》也是优秀之作，都冲破桐城派一统天下，表现抒张人情和显现个性的努力。

第三节 骈文的复兴和汪中

骈文复兴及其文化背景　　骈文八家与汪中　　李兆洛《骈
体文钞》

在桐城派以正统自居，声势日张时，骈文也很流行，与其立异争长。随着好者日众，选家应运而生，总集迭出，较著名的是李兆洛编选的《骈体文钞》。

清代骈文的复兴，有其特定的文化背景。清朝统治的日益稳固和文化政策的调整，皇帝"以提倡文化为己任，师儒崛起"（《清史稿·文苑传》），号称"乾嘉学派"的考据学走向鼎盛，"清代学术，超汉越宋"，获得前所未有的发展。踵事增华、编织丽词美语和具有匀称错综的形式之美的骈文，在浓重的学术文化氛围里，重又得到肯定和利用。汉、宋学之争，又使骈文的兴起，带上和桐城派对峙的色彩，汉学重学问，重考据、训诂、音韵之学，对桐城派尊奉以程朱为代表的宋学所造成的空疏浮薄是有力的冲击，风气所及，饱学之士喜爱重典实、讲音律的骈体文，借以铺排遣使满腹的书卷知识，从而刺激了骈文的写作和运用。与繁荣状况相适应，骈文批评理论也在发展，由开始正名争一席之地，到阐发艺术特点，认识和把握文学本质的某些属性，进而达到与古文家争正统的地位。清初陈维崧、毛奇龄开始倡导，中期则有袁枚、孔广森、吴锡麒、曾燠、李兆洛等热情辩护，给予肯定，阮元则著《文言说》，鼓吹骈体，视骈文为正统，将骈散之争推向高潮，同时，吴鼒的《国朝八家四六文钞》、曾燠的《国朝骈体正宗》、李兆洛的《骈体文钞》弘扬骈文正脉，扩大影响。经过这一番推波助澜，骈文势力逐步强大，取得了相当的成功，而其本身也点缀着兴盛的景象。

前期陈维崧以一代词人而偏爱骈体，自谓："吾四六文不多，固吾擅场之体，恨未尽耳！"（《陈迦陵俪体文集跋》）骈文作品如《与芝麓先生书》《苍梧诗序》等，气势宏伟，辞藻丰赡，受到"几于凌徐（陵）扳庾（信）"（汪琬《说铃》）的称赞，为一代骈文开启先路。至雍正、乾隆之际，胡天游承上启下，骈文沉博瑰丽、雄健宏肆，袁枚夸为"直掩徐、庾"，"一以唐人为归"（《随园诗话》卷七）。《大夫文种庙铭》《禹陵铭》《逊国名臣赞序》等是他的代表作。尔后有"骈文八家"的出现，它由吴鼒选辑袁枚、邵齐焘、刘星炜、孙星衍、吴锡麒、洪亮吉、曾燠和孔广森八人骈文为《国朝八家四六文钞》而来。袁枚的骈文流丽生动，文藻秀逸，抒情、议论，都有独抒性灵、自然活脱的特色；邵齐焘崇尚汉魏，骈文用典较少，以文气流宕，清刚矜练为长。洪亮吉与孙星衍是常州派骈文的代表，轻倩清新是他们的特点，但孙才力苦弱，洪则情辞相辉，"每一篇出，世争传之"，名作有《游天台山记》《戒子书》《出关与毕侍郎笺》等。与洪亮吉并称"汪洪"的汪中，在整个清代的骈文作家里，公认是成就最高的一位。

汪中（1744—1794）的骈文内容上取材现实[22]，情感上吐自肺腑，艺术上能"状难写之情，含不尽之意"，风格遒丽富艳，渊雅醇茂，而且用典属对精当妥帖，被视为清代骈文复兴的代表。《哀盐船文》是骈文中的绝作，写仪征盐船失火，毁船百馀艘，死伤千人的事件。作者满含泪水，描述耳闻目见的这幕人间惨剧，如船上人在"炎光一灼，百舫尽赤"时逃命的情景，惨不忍睹：

> 跳踯火中，明见毛发。痛謈田田，狂呼气竭。转侧张皇，生涂未绝。俟阳焰之腾高，鼓腥风而一喷。洎埃雾之重开，遂声销而形灭。齐千命于一瞬，指人世以长诀。

跳入江中的，旋被淹没的惨状，裂肺锥心：

> 亦有没者善游，操舟若神，死丧之威，从井有仁，旋入雷渊，并为波臣。又或择音无门，投身急濑，知蹈水之必濡，犹入险而思济。挟惊浪以雷奔，势若阼而终坠，逃灼烂之须臾，乃同归乎死地。

用语精当，描绘逼真而又凄楚动人，有六朝骈文善于抒情的特点。此文一出，轰动京师，杭世骏为该文作序说："采遗制于《大招》，激哀音于变徵，可谓惊心动魄，一字千金者矣。"《自序》写其一生"著书五车"，动辄得咎，"笑齿啼颜，尽成罪状，跬步才蹈，荆棘已生"的愤懑。《吊黄祖文》借祢衡抒发"飞辩骋辞，未闻心赏"的牢骚和"苟吾生得一遇兮，虽报以死而何辞"的心迹。《经旧苑吊马守真文》在"人生实难"的连接点上，破除偏见，引明末妓女马湘兰为同调，伤悼"俯仰异趣，哀乐由人"的个人遭遇，流露着"同是天涯沦落人"的悲哀。《狐父之盗颂并序》更具思想光彩，歌颂大盗之仁，赞扬其救人美德，在叙狐父之盗救人饥饿，脱人死亡后，作者议论道："吁嗟子盗，孰如其仁？"不仅与"义不食盗者之食"的传统观念相乖，指斥世道人心，也提出生存问题和对道德价值的思考，更显得富有意义。另有《广陵对》《汉上琴台之铭》等均是为人称道的佳作。

　　李兆洛（1769—1841）与恽敬、张惠言合称"阳湖三家"[23]。他私淑桐城姚鼐，但他主张骈散并行，"相杂而迭用"，选录战国至隋代被他认为属于骈体范围的文章 774 篇，汇为规模宏大的《骈体文钞》，分为 32 类。虽选有部分秦汉散文如贾谊《过秦论》、司马迁《报任安书》、诸葛亮《出师表》等，也是在溯源意义上取录，借以证明骈文与古文的亲缘关系，目的"欲合骈散为一，病当世治古文者知宗唐宋不知宗两汉"（《清史稿》本传）。这固然不免矫枉过正，把有些散文也当作骈文看，具有扬骈抑散倾向，和与姚鼐《古文辞类纂》一争高低之意；可是，它对桐城派的后学兼采骈文之长，重视诸子百家文章，产生了启迪和影响。此书在骈文选集中流行较广，影响也大。

第四节　浙派词的嬗变和常州词派的兴起

　　浙派词的嬗变　　常州词派兴起的背景　　《词选》和张惠言　　比兴寄托的词风

　　浙派中期领袖厉鹗，"有才无命剧堪嗟"，落魄一生，"诗文之外，锐意于词"（《秋林琴雅跋》），他推衍朱彝尊"醇雅"说，向往"清空"境界，以"远而文，淡而秀，缠绵而不失其正"为"骋雅人之能事"（《群雅词集序》），学南宋姜夔、张炎，再揽入北宋周邦彦，让音律和文词更为工练。词作以记游、写景和咏物为多，擅长水光山色的描绘，表现幽隽清冷之美。写月夜富春江之游的《百字令》和描摹秋声的《齐天乐》是其代表作。前者云：

　　　　秋光今夜，向桐江，为写当年高躅。风露皆非人世有，自坐船头吹竹。万籁生山，一星在水，鹤梦疑重续。挐音遥去，西岩渔父初宿。
　　　　心忆汐社沉埋，清狂不见，使我形容独。寂寂冷萤三四点，穿过前湾茅屋。林净藏烟，峰危限月，帆影摇空绿。随风飘荡，白云还卧深谷。

　　词以"万籁生山，一星在水"的景色引入"当年高躅"之严光，回忆谢翱等人汐社遗踪，融合诗人的幽怨情怀，渲染孤寂心绪和淹蹇遭遇。下阕采取一组画面喻说，虚实相生，使虚淡轻灵的孤寒之意格外浓重，意境清秀空灵，体现浙派"清空"的审美追求。"雍正、乾隆年间，词学奉樊榭为赤帜，家白石而户梅溪。"（谢章铤《赌棋山庄词话》）但因生活狭窄和心境单一，也有真气少存、意旨浅薄之弊，后学枯瘠琐碎，更加速了浙派的衰落，引起吴锡麒、郭麐等以融贯通变进行挽救。吴锡麒（1746—1818）用"穷而后工"矫正词宜宴喜逸乐说[24]，以"姜（夔）、史（达祖）其渊源"和"苏、辛其圭臬"的"正变斯备"，代替专宗姜夔、张炎的褊狭，动摇浙派的支柱，但其词作骨脆才弱，未能兼姜、史"精心"和苏、辛"横逸"，冲不开浙派的桎梏，作用有限。郭麐（1767—1831）跳出分正变、尊姜张的樊篱[25]，提出摅述性灵，"写心之所欲出，而取其性之所近"（《无声诗馆词序》），其词也"屡变"求异，开放门户，融会众长，振起浙派式微的处境，但他生不逢时，正值张惠言以治经方式说词，词风丕变，故难以扭转没落的命运。

常州派发轫于嘉庆初年，"盛世"已去，风光不再，各种社会矛盾趋于尖锐激烈，朝野上下产生"殆将有变"的预感，浓重的忧患意识使学者眼光重又转向于国计民生有用的实学。在词的领域，阳羡末流浅率叫嚣，浙派襞积饾饤，把词引向淫鄙虚泛的死胡同，物极必反，曾致力经学研究的张惠言顺应变化了的学术空气和思想潮流，"开山采铜，创常州一派"。

张惠言（1761—1802）是学者，又是古文"阳湖三家"之一，更是著名词人[26]。他与兄弟张琦合编《词选》（又名《宛邻词选》），选择精严，并附当世常州词人以垂示范，显示一个在创作和批评两方面均具特色、以地域集结起来的词人群体的存在，因此，《词选》成了一面开宗立派的旗帜。他所写《词选序》全面阐述自己词学理论：主张尊词体，要词"与诗赋之流同类而讽诵"，提高词的地位，倡导意内言外、比兴寄托和"深美宏约"之致，对扭转词风和指导风气起了积极作用。他的《茗柯词》骋情惬意，细致生动，语言凝练干净，无绮靡浓艳之藻，抒发怀才不遇、漂泊无依和羁缚受制等心绪，词旨常在若隐若现之间。如《木兰花慢·杨花》名为咏物，实为抒怀，借杨花吟咏身世之感，体物形神兼备，抒情物我合一，在描摹杨花里寄托追求、失望、游转无定和历经坎坷的心态，是以物写情的传世名作。他的《水调歌头·春日赋示杨生子掞》五首，也是有名的代表作，尤以结篇的第五首为人称道，词云：

> 长镵白木柄，剧破一庭寒。三枝两枝生绿，位置小窗前。要使花颜四面，和著草心千朵，向我十分妍。何必兰与菊，生意总欣然。　　晚来风，夜来雨，晚来烟。是他酿就春色，又断送流年。便欲诛茅江上，只恐空林衰草，憔悴不堪怜。歌罢且更酌，与子绕花间。

慎独以待，只要心不枯寂，"生意总欣然"，虽仍有"感士不遇"之慨，但要旨是自振不颓，清操自守，用以劝勉学子。陈廷焯赞为"热肠郁思，若断仍连，全自《风》《骚》变出"（《白雨斋词话》）。张惠言长期训蒙童和治经，为人严正，论词重意，所作四十多首词，数量不多，但态度严肃，"标高揭己"，实践其词学主张，有力地荡涤淫词、鄙词、游词的词坛三弊，朱孝臧称他为"词源疏凿手"（《彊村语业》）。但其词作也缺少社会内容和历史精神[27]。

常州派张惠言开山，至周济（1781—1839）发扬光大，蔚为宗派[28]。他以艺术审美眼光推尊词体，突出词的"史"性和与时代盛衰相关的政治感慨；对词的比兴寄托，从创作与接受角度上，阐明词"非寄托不入"和"专寄托不出"，揭示最有普遍意义的美学命题，被认为"千古文章之能事尽矣，岂独填词为然"（谭献《复堂日记》）。在正变理论上，他以宋四家周邦彦、辛弃疾、吴文英、王沂孙为学词途径，使学周邦彦、吴文英成了时尚，既纠正浙派浅滑甜熟，也使"常派"真正风靡开来，笼盖晚清时期的词坛。但周济创作与理论脱节，对艺术审美和技巧认识较精密，个人词作却未尽如人意。《味隽斋词》中咏物之作，如《渡江云·杨花》含而不露，温丽婉秀，幽怨里夹以豪宕之气，又耐人寻味，而大多数作品过于强调寄托和不露痕迹，晦涩难懂。吴梅批评说："止庵自作词，亦有寄旨，唯能入而不能出耳。如《夜飞鹊》之'海棠'，《金明池》之'荷花'，虽各有寄意，而词涉隐晦，如索枯谜。"（《词学通论》）

此时不傍浙、常门户，博取各家之长的词人，却成了填词的佼佼者。扬州词人郑燮、继承阳羡词风的蒋士铨、黄景仁、洪亮吉等，或以凄厉之笔，倾泻"盛世"的悲哀，或以幽怨之情，抒发惨伤的心怀。郑燮《板桥词》独标一格，风神豪迈，《满江红·田家四时苦乐歌》描写冬日之苦："老树槎枒，撼四壁、寒声正怒。扫不尽、牛溲满地，粪渣当户。茅舍日斜云酿雪，长堤路断风吹雨。尽村春夜火到天明，田家苦。"放笔直言，情真意切，和其"衙斋卧听萧萧竹，疑是民间疾苦声"同一机杼。他与张惠言、周济等和稍后的项鸿祚、蒋春霖并称"清词后七家"。

注 释

〔1〕沈德潜，字确士，号归愚，长洲（今苏州）人。少受诗法于叶燮。年近古稀始成进士，以诗受到乾隆皇帝的信重，御制诗迭奉敕和，累迁内阁学士、礼部侍郎。乾隆十四年（1749）以年迈归里，乾隆还曾令其校订《御制诗集》。有《归愚诗文全集》。

〔2〕厉鹗，字太鸿，号樊榭，钱塘（今杭州）人。家贫，性孤峭，以授徒吟咏终老。著有《樊榭山房集》。《清史稿》卷四八五有传。

〔3〕翁方纲，字正三，号覃溪，直隶大兴（今属北京）人。乾隆进士，官至内阁学士。有《复初斋文集》。《清史稿》卷四八五有传。

〔4〕《清史稿》卷四八五本传称袁枚辞官居随园，"优游其中者五十年，时出游佳山水，终

不复仕，尽其才以为文辞诗歌"，"论诗主抒写性灵，他人意所欲出，不达者悉为达
之。士多效其体。著《随园集》，凡三十馀种。上自公卿，下至市井负贩，皆知其名。
海外琉球有来求其书者"。袁枚卒于嘉庆二年（1797）农历十一月十七日，按公历已
是 1798 年 1 月。仍依传统纪法，不改公历。

〔5〕袁枚对晚明李贽也曾斥之为"人所共识之妖魅"，"人所共逐之盗贼"（《答戴敬咸孝
廉书》），对袁宏道亦有微词，谓之"根底浅薄，庞杂异端"（《答朱石录尚书》）。这
表明他与李贽、袁宏道在文化思想上是有差异的，也与他自视甚高的性情有关。但就
其思想的实质来说，还是一家眷属。

〔6〕"三家"说源于袁枚、赵翼间之自议，后为诗界公认。尚镕《三家诗话》："近日论
诗，推袁、赵、蒋三家，发自袁、赵。"

〔7〕赵翼，字云崧，号瓯北，江苏阳湖（今武进）人。乾隆二十六年（1761）进士，授编
修，出知广西镇安府，曾奉命赴滇南大学士傅恒军幕赞画军事，擢贵西兵备道。他又
是一位史学家，著有《廿二史札记》《陔馀丛考》。其《瓯北诗话》依次评论盛唐至
康熙朝十馀位著名诗人，虽然体例不一，却初具诗歌史的性质。诗集名《瓯北诗钞》。
《清史稿》卷四八五有传。

〔8〕蒋士铨，字心馀，江西铅山人。乾隆二十二年（1757）进士，授翰林院编修，不久乞
病归。作有《忠雅堂全集》《藏园九种曲》。《清史稿》卷四八五有传。

〔9〕张问陶，字仲冶，四川遂宁人。乾隆五十五（1790）年进士，历检讨、吏部郎中，官
至莱州知府。有《船山诗草》。《清史稿》卷四八五本传载："始见袁枚，枚曰：'所
以老而不死者，以未读君诗耳！'"说明其诗与袁枚的性灵说甚相契合。

〔10〕"后三家"之说，缘于当时"以宏奖风流为己任"的法式善最欣赏舒位、王昙、孙原
湘三人的诗，"作《三君子咏》以张之"（《清史稿》卷四八五《法式善传》）。

〔11〕舒位，字立人，直隶大兴（今属北京）人。读书极博，却屡试不第，贫困潦倒，旅
食四方。有《瓶水斋诗集》。陈文述有《舒铁云传》。

〔12〕王昙，字仲瞿，浙江秀水（今嘉兴）人。有《烟霞万古楼文集》《仲瞿诗录》。

〔13〕孙原湘传，载《清史稿》卷四八五，附《法式善传》后："孙原湘字子潇，昭文
（今江苏常熟）人，嘉庆十年进士，选庶吉士，未仕。"有《天真阁集》。

〔14〕郑燮传见《重修兴化县志》卷八"人物"。他有《板桥诗钞》《板桥词钞》等。现有
《郑板桥集》，上海古籍出版社 1979 年版。

〔15〕黄景仁家贫，多次应乡试未中，以诗见重于安徽督学朱筠、陕西巡抚毕沅、编修洪
亮吉等达官学者。有《两当轩集》。参见李国章标点《两当轩集》（上海古籍出版社
1983 年版）后附毛庆善等编《黄仲则先生年谱》。《清史稿》卷四八五有传。

〔16〕戴名世早年卖文为活，留意明代史事，曾刊行《南山集》。康熙四十八年（1709）进
士，授编修。又二年，以集中称明季三王年号，又引及方孝标《滇黔纪闻》所载桂
王事，被斩。《南山集》一案，株连数百人，方苞也因作《南山集序》系狱。事载
《清史稿》卷四八四本传。故桐城派不承认戴为本派的先驱。

〔17〕方苞，康熙四十五年（1706）中会试，后坐《南山集》案下狱，以有文名得赦，康

熙六十一年（1722）充武英殿修书总裁，三迁内阁学士，礼部侍郎。有《望溪文集》。《清史稿》卷二九〇有传。

〔18〕刘大櫆，字才甫，一字耕南，副贡，官黟县教谕，数年告归。《清史稿》卷四八五本传称："大櫆虽游苞（方苞）门，传其义法，而才调独出，著《海峰诗文集》。姚鼐继起，其学说盛行于时，尤推服大櫆。世遂称曰'方刘姚'"。

〔19〕方东树《管异之墓志铭》中说："乾隆中，海内学者以广博宏通相矜放，而言古文独推桐城姚氏。"（《续碑传集》卷七六）又，方宗城《桐城文录序》说："自惜抱文出，桐城学者大抵奉以为宗师。"（《柏堂集》次编卷一）姚鼐生于雍正九年（1731）十二月，按公历已是1732年1月。仍依传统纪法，不改公历。

〔20〕恽敬，字子居，乾隆四十八年（1783）举人，以教习官北京，后选富阳县令，以署吴城同知，失察被劾罢官，益肆力于文。有《大云山房稿》。《清国史·文苑》本传说："论者谓国朝文气之奇推魏禧，文体之正推方苞，而介乎奇正之间者惟敬。苞之文，学者尊为桐城派，至敬出，学者乃别称为阳湖派云。"

〔21〕沈复，字三白，苏州人，由《浮生六记》知其长期辗转做幕。书名"六记"，初发现前四记，印行传世后，又有人发现《中山记历》《养生记道》，是否原著，尚无确考。参看石昌渝主编《中国古代小说总目·文言卷》《浮生六记》，山西教育出版社2004年版，第91页。

〔22〕汪中生于乾隆九年（1744）十二月，按公历已是1745年1月。仍依传统纪法，不改公历。事迹已见本编《绪论》注〔7〕。

〔23〕李兆洛，字申耆，嘉庆十年（1805）进士，官安徽凤台知县，丁忧去官，历主真儒等书院，而以主讲江阴书院最久，前后近二十年。有《养一斋集》。所编《骈体文钞》收文情况，参见曹虹《阳湖文派研究》（中华书局1996年版）第六章第三节《〈骈体文钞〉的选编宗旨》）。

〔24〕吴锡麒，字圣徵，号谷人，钱塘（今杭州）人。乾隆四十年（1775）进士，官至国子监祭酒。有《有正味斋集》。

〔25〕郭麐，字祥伯，号频伽，江苏吴江人。监生。有《灵芬馆集》，又撰《词品十二则》。

〔26〕张惠言字皋文，嘉庆四年（1799）进士，充实录馆纂修官，散馆，授翰林院编修。他在经学方面卓有成就，尤精于《易》学。文学作品有《茗柯文编》《茗柯词》。《清史列传》《清史稿》均载其传于"儒林"中。

〔27〕清中叶词家力尊词体，强调比兴寄托，虽然主观上想提高词的地位，发挥词的特殊的艺术能事，但忽略了词作为一种抒情方式的社会使命，只以复古求词之改良。

〔28〕张惠言《词选》通行本后有郑善长编《附录》一卷，收张惠言、张琦、黄景仁、左辅、恽敬、钱季重、李兆洛、丁履恒、陆继辂等常州人所作之词，但其影响都不如后出之周济。周济字保绪，一字介存，号止庵，荆溪（今江苏宜兴）人，嘉庆十年（1805）进士，官淮安府教授。有《味隽斋集》，又选有《宋四家词选》。《清史稿》卷四八六有传。

第八章　清中叶的小说戏曲与讲唱文学

清中叶，在"盛世"繁荣景象的背后，清廷对文化的压制非常严酷，文字狱频繁发生，文人们处在苦闷、彷徨中。白话短篇小说开始衰亡，长篇小说虽然数量甚多，但却走向芜杂、幽怪，除《儒林外史》《红楼梦》之外，多数文学价值不高。文人戏剧创作进入低潮，作家大都缺乏对现实社会的关注，或者歌功颂德，粉饰太平，出现大量的内廷承应戏；或者宣扬伦理道德，以戏剧演绎富有教化意义的历史故事。随着昆曲的衰弱，戏剧创作在艺术形式上也逐步僵化，失去了生命力。少数文人的作品重在借历史人物抒写情怀，清新隽永，但也更加案头化，难以付诸舞台演出。真正代表戏曲发展趋势的，是开始与"雅部"争胜的"花部"剧种。作为"花部"的地方戏的兴起，逐渐产生了为广大群众喜闻乐见的皮簧剧。讲唱文学也有新的发展，更为普遍流行，取得了相当的成就。

第一节　《镜花缘》和其他长篇小说

长篇小说的多样化　　李汝珍的《镜花缘》　　寄寓理想、讽刺现实、炫鬻才艺

在《儒林外史》《红楼梦》创作的前后，还有许多长篇小说出现，而且类型繁多。数量较多的是对旧的历史演义和英雄传奇小说的改编，以及由之衍生出的新书，多是安邦定国，褒忠诛奸，虽在民间颇为流行，然蹈袭前出之书，缺乏创意，文笔亦平庸。新创的小说，如夏敬渠的《野叟曝言》、李百川的《绿野仙踪》、李汝珍的《镜花缘》，以及屠绅用文言写的《蟫史》、陈球以四六文作成的《燕山外史》等，作法、风格不一，但多沾染了汉学风气，以炫鬻才学为能事，内容芜杂，程度不同地偏离了小说的文学特性[1]。这些作品都没有达到较高的文学境界，但也反映了当时长篇小说创作的活跃，呈现出多样化的局面，如滋林老人《说呼全传序》中所说："千态万状，竞秀争奇，何

止汗牛充栋。"

《绿野仙踪》和《镜花缘》是其中较好的两部作品。

《绿野仙踪》原作 100 回，刻本 80 回，系经删改而成[2]。作者李百川（约 1720—约 1771），生平事迹不详。据百回抄本自序，他早年家道较富裕，后"迭遭变故"，漂流南北，依人为食。《绿野仙踪》即作于作者辗转做幕宾期间，完成于乾隆二十七年（1762）。小说以明嘉靖间严嵩当政、平倭寇事件为背景，叙写主人公冷于冰愤世道之不良，求仙访道，学成法术，周行天下，超度生灵，斩妖锄怪，既剪除自然妖兽，如"斩鼋妖川江救客商"，也惩治人间"妖怪"，如"救难裔月夜杀解役"，"施计劫贪墨"，"谈笑打权奸"，最后功成德满，驾鸾飞升。其中有神魔的内容，更有世间的人事纷争。作者自谓："总缘蓬行异域，无可解愁，乃作此呕吐生活耳！"（百回抄本卷首自序）事实上也正是这样，小说写神仙飞升和写人间纷争都可见其愤世嫉俗之意。鲁迅曾评之曰："以大盗、市侩、浪子、猿狐为道器，其愤尤深。"（《小说旧闻钞·杂说》）然而，小说中最富有意义而引人入胜的，还是在于描摹世态人情，举凡朝政的紊乱、官场的黑暗、社会的污浊、世态的炎凉，以及权臣的骄横、投靠者的奴颜婢膝、纨绔子弟的放荡、赌棍的无赖、文人的迂酸、妓女的假情，等等，或作漫画式速写，或作工笔细描，多有入木三分的揭露，相当广阔地反映了当时社会的黑暗、污浊和混乱。而缺陷也正在于小说集历史、神魔、侠义、世情于一身，人事繁多、芜杂，描写过于直露，夹有一些秽亵描写，显得境界不高。

成就更高、影响更大的是《镜花缘》。作者李汝珍（约 1763—约 1830），字松石，原籍直隶大兴（今属北京），早年随兄移家江苏海州（今连云港市），长期生活在淮南、淮北一带。他学识广博，"于学无所不窥"，通经史，尤长于音韵，所著《李氏音鉴》颇为学者所重，兼通医书、算学，乃至星相、占卜，又多才艺，琴棋书画、灯谜酒令，无所不能。然"读书不屑屑章句、帖括之学"（余集《李氏音鉴序》），因此竟无功名，仅在河南做过几年治河县丞的小官。《镜花缘》是他历时 20 年在四五十岁时作成的，生前已刻行[3]。

《镜花缘》是一部藉学问驰骋想象，以寄托理想、讽谕现实的小说。作者原拟作 200 回，结果只作成 100 回。小说写武则天篡唐建周，醉后令百花严冬齐放，众花神不敢违令，因此触怒天帝，被贬谪人间为百位才女，其首领百花仙子降生岭南唐敖家，名小山。唐敖科举受阻，绝意功名，随妻兄林之洋、舵工多九公出游海外，见识三十多个国家的奇人异事、奇风奇俗，后入小蓬莱修道不还。唐小山思父心切，也出海寻亲，回国后值武则天开女科，百位才女被录取，众花神得以在人间重聚，连日畅饮"红文馆"，论学谈艺，弹琴弈棋，各显才艺。唐中宗复位，尊武则天为"大圣皇帝"，武则天下诏再开女科，命前科才女重赴"红文宴"。

《镜花缘》表现出了对妇女的地位、境遇的关注、思考。作者针对现实世界的"男尊女卑"，一方面借百花仙女下凡写出了一大批超群出众的女子，如通晓多种异邦语言的枝兰音、打虎女杰骆红蕖、神枪手魏紫樱、剑侠颜紫绡、音乐家井尧春等，男子之能事，她们也能做到，这是以表彰才女的方式，表现出男女平等的思想；另一方面又虚构"女儿国"，与现实社会相反，"男子反穿衣裙，作为妇人，以治内事；女子反穿靴帽，作为男人，以治外事"，让林之洋在那里备尝现实中女子受到的轻侮、摧残。林之洋被纳入宫中，现实中女子遭受的缠足的痛苦，便惊心触目地凸显出来：

> 林之洋两只"金莲"被众宫人今日也缠，明日也缠，并用药水熏洗，未及半月，已将脚面弯曲折作四段，十指俱已腐烂，日日鲜血淋漓……不知不觉，那足上腐烂的血肉都已变成脓水，业已流尽，只剩几根枯骨。

这种近乎游戏的情节正尖锐地表现了对不人道的封建恶俗的抗议。

《镜花缘》最富特色的是前半部书写唐敖游海外诸国的经历、闻见。三十多个国度的名称及其奇异处，主要采自《山海经》《淮南子》及魏晋志怪书，作法大致有两种：一种是就原书所记诸国人的奇形怪状，借小说人物之口加以解说，来揶揄现实社会的种种不良习性。如长臂国，《山海经·海外西经》载：其人"捕鱼水中，两手各操一鱼"。小说中说是其国人贪婪，"非应得之物，混手伸去，久而久之，徒然把臂膀伸长了"《山海经·海外北经》。记无肠国"其为人长而无肠"。小说写其国"富家"把人粪收存起来，让仆婢下顿再吃，至于三番五次地"吃而再吃"，形容财主吝啬刻薄，可谓辛辣。另一种作法是就其国名的含义演绎出情节故事。如《山海经·海外东经》记君子国"其人好让不争"，小说便让唐敖三人游历了一个"礼乐之邦"：相国与士人交往，脱尽仕途习气，"耕者让畔，行者让路"，市井交易卖者要低价，买者执意付高价，一派淳朴祥和的景象。如果说写君子国是以一个理想世界，形成对现实社会的嘲讽，那么对女儿国的描写，则是将现实世界的男女处境完全颠倒过来，让男子尝受现实妇女的痛苦，正如《红楼梦》里贾宝玉的女儿观一样，是以一种虚构的不平等来对抗现实社会的不平等，显示出现实社会的荒谬。伴随着唐敖等人的游踪，小说里还写到一些珍禽异兽奇物，有的带有几分童话之趣。就这部分来说，《镜花缘》与略早的西方小说《格列佛游记》有异曲同工之妙[4]。

　　小说后半部分主要是铺排众多才女在两三天里的欢聚。从第六十九回到九十三回，占了全书近三分之一的篇幅，叙写才女们作赋咏诗、抚琴画扇、弈棋斗草、行酒令、打灯谜，乃至辨古音、论韵谱、释典故，而且往往是辨章源流，陈述技法，游戏中充溢着学究气。作者将他广博的学问知识，全都编织进小说中了。这虽然可以表现众才女们的才艺，但却偏离了小说创作的特性，排挤掉了作品的文学魅力。

　　尽管《镜花缘》存在着如此缺陷，但其思想的机敏，富有幽默感的游戏笔调，特别是前半部书所表现出的耐人寻味的奇思异想，还是使它成为一部别开生面、在小说史上占有一定地位的作品。

第二节　案头化的文人戏曲创作

传奇、杂剧创作的最后阶段　　　蒋士铨等剧作家　　　《雷峰塔传奇》等

　　清中叶的戏剧创作已陷入衰退状态。虽然传奇的体制在向杂剧靠拢，开始多样化，愈加灵活自由，给剧作家驰骋才华提供了更为宽广的天地，但仍未能阻止这种低落下滑的趋势，传奇和杂剧的创作已进入了最后的阶段。其原因除了剧本赖以上演的昆曲雅化甚至僵化而失去广大观众，使剧作成为纯粹的案头读物之外，也与当时意识形态领域内的专制日益强化大有关系，它使戏剧创作失去了鲜活的生命力。

　　这时期的作家，从历史人物和传说故事中取材，宣传封建伦理道德和描写男女风情的作品居多。主要有夏纶《新曲六种》，在各题下直接标举"褒忠、阐孝、表节、劝义、式好、补恨"的主旨，用戏曲创作图解自己的观念。张坚《玉燕堂四种曲》，除《怀沙记》写屈原自沉汨罗江外，其他三种《玉狮坠》《梅花簪》《梦中缘》皆写男女爱情故事，时人合称为"梦梅怀玉"。他主要是模拟风情喜剧旧套，追求场上效果，却缺乏创造性，成就不大。唐英《古柏堂传奇》17 种，多数是杂剧，5 种属传奇，都没有触及深刻的社会问题，甚至宣传忠孝节义和因果报应的思想，但他的剧作语言通俗，情节生动，曲词不受旧格律的束缚。唐英自蓄昆曲家班，熟悉舞台演出，剧本常依据"乱弹"和民间传说改编，如从乱弹《张古董借妻》改编《天缘债》，从《勘双钉》《孟津河》改编《双钉案》(又名《钓金龟》)，并吸取民间戏曲表演的特色，浅俗单纯，易于上演，他的《十字坡》《面缸笑》《梅龙镇》等，后来被改编成京剧《武松打店》《打面缸》《游龙戏凤》等在各地演出，这种情

况，在清中期的戏剧家里为数不多。

成就较大并值得注意的传奇作家是蒋士铨，他在诗坛上与袁枚、赵翼齐名，具有经世济民的抱负，通过戏曲创作，写民族英雄、志士仁人或社会习俗等，不肯落入才子佳人的俗套，他说："安肯轻提南董笔，替人儿女写相思。"（《题憨烈记诗》）现存剧作以《红雪楼九种曲》（又名《藏园九种曲》）最有名，而以《桂林霜》《冬青树》《临川梦》三种受人重视。《冬青树》取材于文天祥、谢枋得以身殉国的史料，表彰其抗元和忠贞不屈的民族气节，痛击卖国投降的留梦炎之流，具有凄怆沉痛的悲剧色彩。《花朝生笔记》说剧本"事事实录，语语沉痛，足与《桃花扇》抗手。先生殆不无故国之思，故托之词曲，一抒其哀与怨"。虽有溢美之辞，但写实和沉痛感情的抒发，是相当明显的。《桂林霜》以吴三桂谋叛，广西巡抚马雄镇不肯投降，与侍妾家人全部殉难，歌颂一门忠义气节，表现褒忠斥叛的道德观念。《临川梦》写汤显祖的主要生平事迹，它以"四梦"中的主要人物和为《还魂记》而死的娄江俞二娘穿插剧中，构思新颖奇特，以汤氏人品才华和壮志难酬寄寓本人的遭遇与愤懑，和杂剧《四弦秋》以白居易和琵琶女沦落天涯抒发作者怀才不遇的感慨一样。他的剧作"吐属清婉，自是诗人本色"。人物刻画细致，语言娴雅蕴藉，以诗歌的才情写作曲辞，优美而富有文采，有汤显祖的遗风。

乾隆年间出现的《雷峰塔传奇》是一部美丽动人的神话传说剧，也是一部感人至深的悲剧，其后更成为我国戏曲史上最优秀的经典剧目之一。

有关白蛇精化为白衣娘子，后被镇于石塔之下的传说，其雏形最早见于宋代话本《西湖三塔记》。到了明代，这个故事在讲唱文学、小说以及戏剧作品中逐渐丰满起来[5]。明末冯梦龙的话本小说集《警世通言》里就收有《白娘子永镇雷峰塔》一篇，其中白娘子与许宣（在后来的传奇剧里也称许仙）的爱情故事已基本定型。而明人陈六龙也曾作传奇剧《雷峰记》（祁彪佳《远山堂曲品》曾加评论），惜已佚失。

蕉窗居士黄图珌的《雷峰塔传奇》写成于乾隆初，分上、下两卷，每卷16出，凡32出。"一时脍炙人口，轰传吴越间。"（《看山阁全集·南曲》卷四）该剧较之以往同类作品在思想境界与艺术成就诸方面均有所突破。它以浓郁的神话色彩和强烈的悲剧性冲突，成功地塑造了多情善良的白娘子的艺术形象。白娘子身上的"妖气"已被减少到最低限度，白蛇精的身份几乎被弱化为一个单纯的符号，仅仅意味着她来自某个非人间凡俗的世界。正是在这一标志来历符号的掩护下，使她可以不受世俗礼法的束缚，异于常人地大胆追求爱情和理想生活。这种处理为世人所接受，到乾隆中叶，民间艺人陈嘉言父女将其修订为40出的梨园演出本，情节臻于完善。乾隆三十六年（1771）徽州文人方成培又对梨园演出本增删改编，"虽稍为润色，犹是本来面目"（方成培《雷峰塔·水斗》总批）。这些剧作热情讴歌了白娘子为争取理想的实现所进行的顽强不屈的斗争和表现出的献身精神，二百年来一直受到观众们的喜爱，许多地方剧种都进行了移植，成为全国范围内常演不衰的传统剧目。

　　杂剧作家以杨潮观《吟风阁杂剧》为代表。杨潮观（1712—1791）字宏度，号笠湖，江苏金匮（今无锡）人[6]。他在四川邛州任知州时，于卓文君妆楼旧址筑吟风阁，遂以阁名作其杂剧的总名。共有 32 个短剧，每剧一折，每折之前有小序，说明作者意图，主题明确。剧本多以史传记载为素材，加以想象点染和褒贬美刺，寄托其对社会的认识和理想，其中部分创作有一定的揭露意义，如《汲长孺矫诏发仓》，写汲长孺奉命往河南救济水灾，从权矫诏，持节发仓，救活数百万灾民，歌颂他关心民众疾苦的精神，其中可能包含作者捐俸拯救杞县灾民的生活内容。《寇莱公思亲罢宴》写寇准生日大摆宴席，老婢刘婆向其哭诉当年其母生活贫苦，靠针黹度日，寇准听后，罢宴自责，写得"淋漓慷慨，音能感人"，成功地表现出寇准的孝思和戒奢崇俭的思想，是脍炙人口的剧目。《东莱郡暮夜却金》表彰东汉杨震的清廉正直，《穷阮籍醉骂财神》借阮籍抒发胸中块垒，其他写魏征、雷海青、鲁仲连等的剧目，从不同角度反映作者对政治问题的看法，有济世之心。但他的目的在于宣传儒家思想和伦理道德，为封建制度补罅弥漏，内容虽然广泛，却充满了讽谕劝惩和说教的意识，影响了创作的深度。《吟风阁杂剧》在体制结构、表现手法等方面力求创新，大多数剧本构思新颖，故事简洁完整，宾白流畅，曲词爽朗生动，富有诗意，有一定成绩，缺点是舞台效果不佳，案头化的文人气息太重。

　　其他杂剧作家有以名人轶事抒发个人胸臆的桂馥（1736—1805）[7]，其杂剧《后四声猿》，包括 4 个短剧：《放杨枝》《投溷中》《谒府帅》《题园壁》，分别以白居易、李贺、苏轼、陆游四位诗人的故事抒发文人不得意的苦情和烦恼，注意人物心理刻画，曲词华丽流畅，尚有戏剧性。舒位杂剧《瓶笙馆修箫谱》、周乐清（1785—1855）杂剧《补天石传奇》八种和张声玠《玉田春水轩杂剧》等，演述古人轶事传说，或追慕，或感慨，或翻古代憾事，皆缺乏激情深意，又大都是脱离舞台的案头之作。戏曲艺术的发展，只有等待"花部"的地方戏出来接力了。

第三节　地方戏的勃兴和京剧的诞生

　　"花部"与"雅部"之争　　皮簧腔与京剧　　地方戏的优秀剧目

地方戏的繁荣和京剧的产生，标志着中国戏曲进入一个新的发展阶段。

元代杂剧和宋元南戏为地方戏树立楷模，推动戏曲的前进。明中叶到清初昆曲以唱腔优美和剧目丰富，在剧坛占有几乎压倒一切的优势。从康熙末至乾隆朝，地方戏似雨后春笋，纷纷出现，蓬勃发展，以其关目排场和独特的风格，赢得观众的爱好和欢迎，与昆曲一争长短，出现花部与雅部之分。李斗《扬州画舫录》说："雅部即昆山腔；花部为京腔、秦腔、弋阳腔、梆子腔、罗罗腔、二簧调，统谓之乱弹。"但地方戏不登大雅之堂，被统治者排抑，昆腔则受到钟爱，给予扶持。花部诸腔则在广大人民的喜爱和民间艺人的辛勤培育下，以新鲜和旺盛的生命力，不停地冲击和争夺着昆腔的剧坛地位。民间戏曲的交流与竞赛，提高和丰富，逐渐夺走昆曲部分场地和群众，但还不能与之分庭抗礼，宫廷和官僚士绅府第所演的大多数还是昆曲，花部剧种处在草根地位，主要在民间演出。

乾隆年间情况开始有了变化。当时地方戏的活动主要集中在北京和扬州两大中心。尤其北京，是全国政治、经济、文化中心，各地造诣较高的剧种，争先恐后在北京演出，"花部"的地方戏自然也从全国范围内的周旋，转为集中在北京与昆曲争奇斗胜。乾隆十六年（1751）皇太后60岁寿辰时，"自西华门至西直门外高梁桥，每数十步间一戏台"，"南腔北调，备四方之乐"（赵翼《檐曝杂记》），是极为显著的一例。花部陆续进京，与雅部进行较量。首先是技艺高超的弋阳腔与昆曲争胜，弋阳腔在北京的分支京腔取得优势，甚至压倒昆曲，出现"六大名班，九门轮转"的局面，受到统治者的青睐，进入宫廷，很快演化成御用声腔，失去刚健清新的特色，逐渐雅化而衰落下去。乾隆四十四年（1779）秦腔表演艺术大师魏长生进京，与昆、高二腔争胜，轰动京师，大有压倒后者的势头，占取上风，以致"闻歌昆曲，辄哄然散去"（徐孝常《梦中缘传奇序》）。清廷出面，屡贴告示，禁止演出，魏长生被迫离京南下。到了乾隆五十五年（1790）弘历皇帝八十大寿，高朗亭率徽班来京演出，以安庆花部，合京、秦二腔，组成三庆班，接着又有四喜班、春台班、和春班，即著名的四大徽班晋京，把二簧调带入北京，与京、秦、昆合演，形成南腔北调汇集一城的奇特景观。统治者想再以行政手段干涉和禁演，但花部已成气候，无法阻止其在京城的发展壮大，最终取得了绝对优势，雅部逐渐消歇。北京花、雅之争，是花部剧种遍地开花，战胜昆曲的一个缩影。

嘉庆、道光年间，地方剧种的高腔、弦索、梆子和皮簧与昆腔合称五大声腔系统。其中梆子和皮簧最为发达。皮簧腔是由西皮和二簧结合而成。西皮起于湖北，由西北梆子腔演变而来，"梆子腔变成襄阳腔，由襄阳腔再加以变化，就成了西皮"。二簧的演变则复杂得多，它是多种声腔融合的产物。明代中叶以后，受弋阳腔、昆山腔的影响，皖南产生了徽州腔、青阳腔（池州腔）、太平腔、四平腔等。四平腔后来逐渐形成吹腔。西秦腔等乱弹也流入安徽，受当地声腔影响，形成拨子，为安徽主要唱腔之一。吹腔与拨子融合，就是二簧调。大约在乾、嘉年间，二簧流传到湖北，与西皮结合，形成皮簧腔。在湖北叫楚调，在安徽叫徽调。乾隆年间四大徽班入京，所唱主要为二簧，也兼唱西皮、昆曲。道光初年，楚调演员王洪贵、李六等搭徽班在北京演出，二簧、西皮再度合流，同时吸收昆、京、秦诸腔的优点，采用北京语言，适应北京风俗，形成了京剧。此后又经过无数艺人的不断努力和发展，京剧逐渐流行到各地，成为影响全国最大的剧种。皇室的宫廷戏剧，在康熙时掌管机构是南府、景山，到乾隆时规模扩大，戏楼之多、演出之频繁、庆典之豪奢，达到极盛，到道光七年（1827），掌管机构改名升平署，直至清末。它对培养戏曲演员，收集整理剧本，提高演艺水平乃至京剧最终形成起到推动作用[8]。

地方戏的剧目，绝大多数出自下层文人和民间艺人之手，靠师徒口授和艺人传抄，在戏班内流传，刊印机会极少，大都散佚。从目前见到的刻本、钞本、曲选、曲谱、笔记和梨园史料的记载可以发现，剧目十分丰富。仅《高腔戏目录》就著录高腔剧本 204 种。玩花主人钱德苍《缀白裘》第六和第十一集收有五十多种花部诸腔剧本。叶堂《纳书楹曲谱》"外集""补遗"，李斗《扬州画舫录》，焦循《剧说》《花部农谭》，以及《清音小集》等书也记载地方戏剧目约有二百种。还有《车王府曲本》，它是清末蒙古族车王府收藏的在北京的戏曲演出本，以京剧为主，其次昆曲，另有高腔、吹腔、西腔、秦腔、皮影戏、木偶戏等和一些不明剧种[9]。这些剧目，或移植昆曲演唱的传奇、杂剧的剧目，或是从民间故事传说和讲唱文学取材，或是改编《三国志演义》《水浒传》《隋唐演义》《杨家将》等通俗小说，带有新的时代特征，题材广泛，贴近生活，由于经过无数艺人琢磨和长期在舞台实践中加工提高，许多戏成为深受群众欢迎的舞台演出本。

地方戏的内容以反映古代政治、军事斗争的戏占有突出地位。如《神州擂》《祝家庄》《贾家楼》《两狼山》等，歌颂反抗斗争和人民群众爱戴的英雄人物。爱情婚姻剧目相对较少，但有新的特点，如《拾玉镯》《玉堂春》《红鬃烈马》等。《穆柯寨》《三休樊梨花》等在爱情戏里别具一格，描写武艺高强、富于胆略的女子积极争取爱情，具有强烈的传奇色彩。社会伦理剧《四进士》《清风亭》《赛琵琶》等，歌颂正直善良，批判负恩忘义；生活小戏《借靴》《打面缸》等活泼清新，富于浓郁的生活情趣。

值得一提的是《庆顶珠》，又名《打渔杀家》，故事来源于陈忱《水浒后传》第九、十两回。原作本写李俊严惩豪绅丁自燮和贪官吕志球，后将二人放还，劝其"改过自新"。而《打渔杀家》改李俊等人为萧恩父女，写梁山起义失败后，萧恩父女隐居河下，打鱼谋生，恶霸丁自燮勾结官府，百般勒索，萧恩父女忍无可忍，杀了丁氏全家，萧恩自刎，女儿出逃。该剧不仅表现了对勾结官府为非作歹的恶霸豪绅的刻骨仇恨，还深刻揭示了官逼民反、封建统治势力与被压迫者之间不可调和的尖锐矛盾和斗争。该剧成功之处在于人物性格的刻画极为出色。剧中令人信服地交代了萧恩思想的转变过程，较好地运用了父、女二人不同性格的对比和衬托，使人物形象鲜明生动，而萧恩与丁家教师爷之间武艺乃至人格的较量也取得了同样的艺术效果。作品既不回避在官兵追捕下萧恩被迫自刎、女儿流落江湖的悲剧性结局，同时又痛快淋漓地嘲弄了以丑角教师爷为代表的反派人物，这就使该剧又带有一些讽刺喜剧的效应，极大地满足了观众的欣赏心理，因此一直受到广泛的欢迎。本戏最早的演出记录见于嘉庆十五年（1810）成书的《听春新咏》，今天观众仍能在舞台上看到演出。

第四节　讲唱文学的盛行

源流、演变和发展　　　弹词与《再生缘》　　　鼓词和子弟书

我国讲唱文学的历史源远流长，今所知最早者为唐代的变文。自唐而下，历代均有各种名称不同的说唱艺术：宋有陶真、鼓子词，金元有诸宫调（后又称"挡弹词"）、词话，明有道情、宝卷。到了清代中叶，弹词、鼓词和子弟书等蓬勃发展起来。

弹词之名，最早见于明代。成书于嘉靖二十六年（1547）田汝成的《西湖游览志馀》卷二十记杭州人八月观钱塘大潮，"其时优人百戏：击球、关扑、鱼鼓、弹词，声音鼎沸"。见于著录的明代弹词作品有梁辰鱼的《江东廿一史弹词》[10]、陈忱的《续廿一史弹词》，可见当时弹词已广泛流传。而弹词之起源更当在此之前，明臧懋循《弹词小序》称元末杨维桢避乱吴中时曾作《仙游》《梦游》《侠游》《冥游》弹词四种，惜皆散佚。今所传弹词多为清中叶以来作品，数量甚夥，以胡士莹《弹词宝卷书目》一书所收最为详备。

弹词的体制由说、表、唱、弹四部分组成。说（说白），即说书人用书中角色的口吻以第一人称来对白；表（表述），即说书人以第三人称进行叙述；唱（唱句），以七言韵文为主，间或杂以三言而成十言句式；弹（弹奏），以三弦、琵琶为主来伴奏。其中说、表、唱、弹俱全者称"唱词"，仅有表、唱、弹而无说者，即纯以第三人称叙事而无代言成分的，称"文词"，"文词"

宜于案头阅读，"唱词"可供演唱。而弹词的开篇仅有唱、弹，少则四句两韵，多则十几韵、几十韵不等，本用以定场，后来逐渐演变为一种独立的曲艺形式，至今"弹词开篇"仍为人们所喜爱。

弹词流行于南方，在语言上有"国音""土音"之分。前者用普通话写成，如《再生缘》《笔生花》和《安邦志》等；后者用方言或杂以方言写成，尤以苏杭、上海一带吴语地区流行的吴音弹词为常见，如《义妖传》《珍珠塔》和《三笑姻缘》等。其他如福建"评话"有《榴花梦》，广东"木鱼书"有《花笺记》，以及浙江的"南词"、四川的"竹琴"、绍兴的"平湖调"等，均属"土音"弹词的别支。

作为一种偏于消闲娱乐的曲艺样式，弹词的演唱较为简便，可供妇女们在家庭中观赏，以此打发无聊漫长的时光。如同《天雨花》自序所说："夫独弦之歌，易于八音；密座之听，易于广筵。"而其文本作为一种文学读物，实际上是一种韵文体长篇通俗小说。它的创作对象基本上是针对"闺中人"和市民阶层的，所谓"闺阁名媛，俱堪寓目；市廛贾客，亦可留情"（侯芝《再生缘序》）。并且弹词的作者也以女性居多，像《再生缘》《天雨花》《笔生花》《榴花梦》的作者皆为女子。因此弹词在情节上常常热衷于叙写才子佳人的悲欢离合，人物命运大起大伏，且最终都有个令人心满意足的"大团圆"结局，带有较多的传奇色彩和女性特有的那种浪漫情调。同时又不可避免地含有程度不等的道德劝诫成分，"但许兰闺消永昼，岂教少女动春思"（《安邦志》开篇诗）。随之而来的另一特征即篇幅很长，规模宏大。其中《榴花梦》近五百万字，堪称巨制，而《安邦志》《定国志》《凤凰山》三部曲敷衍赵匡胤及其后代史事，共72册，计674回，被郑振铎许为"中国文艺名著中卷帙最浩瀚者"（《西谛所藏弹词目录》）。

弹词中最优秀的作品首推《再生缘》。

《再生缘》全书20卷。前17卷陈端生作，后3卷为梁德绳续，道光年间侯芝修改为80回本印行，三人均为女性。陈端生（1751—约1796），浙江杭州人，祖父陈兆伦有声望，曾任《续文献通考》纂修官总裁。端生18岁在北京开始创作《再生缘》，至20岁因母亲病故而停笔。3年后嫁会稽范菼，范因科场案发配新疆伊犁，端生此后续写至17卷不复再作。嘉庆元年（1796）大赦，范菼归，未几，端生病卒。

《再生缘》的故事发生在元代昆明的三大家族之间。大学士孟士元有女孟丽君，才貌无双，许配云南总督皇甫敬之子少华。国丈刘捷之子奎璧欲娶丽君不成，遂百般构陷孟氏、皇甫两家。丽君男装潜逃，后更名捐监应考，连中三元，官拜兵部尚书，因荐武艺高强的少华抵御外寇，大获全胜，少华封王，丽君也位及三台。父兄翁婿同朝为臣，丽君却拒绝相认。终因酒醉暴露身份，丽君情急伤神，口吐鲜血，皇上得知，反欲逼其入宫为妃，丽君怒气交加，进退两难。陈端生至此辍笔。

《再生缘》较成功地塑造了孟丽君的艺术形象，并通过这一人物寄托了作者的人生理想，热情歌颂了当时社会条件下妇女挣脱礼教束缚的思想和行为，赞美了女性的才识和胆略。她"挟封建道德以反封建秩序，挟爵禄名位以反男尊女卑，挟君威而不认父母，挟师道而不认丈夫，挟贞操节烈而违抗朝廷"（郭沫若《〈再生缘〉前十七卷和它的作者陈端生》）。因此，作品在称颂女性智慧的同时也流露出一定的封建说教成分，正如侯芝在原序中所说："叙事言情，俱归礼德。"梁德绳续作结以"大团圆"，似乎也是不得已的必然结局，大约陈端生是实在不愿看到这一了无意趣的结果方才搁笔停作的。

《再生缘》结构庞大，情节离奇曲折，而作者却能在布局安排上驾轻就熟，显示出超人的才华。如第二回，叙写众人观皇甫少华与刘奎璧赌射宫袍一事，场面设置转换频繁，作者一一写来，面面俱到，既使整个气氛活跃热闹，又极富层次感，毫不紊乱，真堪与曹雪芹"群芳开夜宴"式的大手笔相媲美。其叙事文情并茂，徐纡委婉，尤善铺排渲染；刻画人物内心世界则细腻入微，富于女性的敏感。全书词气洒脱流畅，语言雅俗共赏。然而由于基本是以七言排律铺写成百万字的长篇巨制，形式缺少变化而略显单调。作为讲唱艺术，本可由音乐的变化和表演时的处理加以弥补，但作为纯粹的读本，其表现力不能不受到一定的限制。另外，情节的调度安排或留有人为痕迹而稍嫌勉强，状物写貌或堕入俗套而遗神失真。至于脱离生活、有违史实之处，考虑到作者是个足不出户的闺中女子，当然也就可以理解了。

鼓词主要流行于北方，以鼓板击节，配以三弦伴奏。说用散体，唱为韵文。其唱词一般为七言和十言句，其十言句与弹词之三、四、三的节奏截然不同，采用三、三、四的形式。这是有说有唱的成套大书，篇幅较大。后又有与"弹词开篇"相近、只唱不说的小段，称"大鼓书"或径称"大鼓"，至今流传。

鼓词的内容比弹词更加丰富，或写金戈铁马的英雄传奇，如《呼家将》；或写公案故事，如《包公案》；或写爱情婚姻题材，如《蝴蝶杯》；甚至还有滑稽讽刺性的调笑作品，更多的则取材于历史演义和根据以往的文学名著进行改编，前者有《梅花三国》，后者有《西厢记》《红楼梦》等。现存最早的鼓词是明代天启年间刊行的《大唐秦王词话》（又名《唐秦王本传》），传为诸圣邻所作，8卷64回，演说唐太宗李世民东征西讨，开创唐朝基业之事，只是尚未用"鼓词"标名。明末清初贾凫西作《木皮散人鼓词》，是首次以鼓词命名的文人创作，然而有唱无说，也不搬演故事，而是借历代兴衰，褒贬古今人物，对统治者争权夺利的丑恶和封建专制的残暴给予大胆的揭露和讽刺，以此宣泄心中的不平与牢骚。作品剪裁精当，笔锋犀利，语言诙谐活泼，已是鼓词雅化后的佳品。

流行于北方的另一种曲艺形式为子弟书，旧说创始于满族八旗子弟，故名（见震钧《天咫偶闻》）。子弟书属于鼓词的一个分支，只唱不说，演出时用八角鼓击节，佐以弦乐。又分东西两派：东调近弋阳腔，以激昂慷慨见长；西调近昆曲，以婉转缠绵见长[11]。子弟书的乐曲今已失传，由现存文本看，其体制以七言句式为主，可添加衬字，多时一句竟长达 19 字，形式在当时的讲唱文学中最为自由灵活。篇幅相对短小，一般一二回至三四回不等，最长者如《全彩楼》叙吕蒙正故事，也不过 34 回。每回限用一韵，隔句叶韵，多以一首七言诗开篇，可长可短，然后敷演正文。

子弟书盛行于乾隆至光绪年间，长达一个半世纪左右。传世作品很多，傅惜华编《子弟书总目》，共录公私所藏四百馀种，一千多部。取材范围也极广泛。《车王府曲本》中的说唱部分有子弟书 297 种，从一个侧面反映子弟书在北方的兴盛。著名作者东派为罗松窗、西派为韩小窗，罗氏代表作有《百花亭》《庄氏降香》，韩氏代表作有《黛玉悲秋》《下河南》等，1935 年郑振铎主编《世界文库》曾选入二人作品 11 种。子弟书的情节及结构特征明显，即多选取一段富于戏剧性冲突的小故事或典型性场景，很像传统戏曲中的折子戏，不枝不蔓，不注重人物命运的大起大落，而侧重于情绪的抒发。我们可以对比罗松窗的《出塞》和无名氏的《昭君出塞》，两者题材相同，却有异曲同工之妙。前者写王昭君来到大漠，举目望去：

> 这而今茫茫野草烟千里，渺渺荒沙日一轮。数团毡帐连牛厂，几个胡儿牧马群。回头尽是归家路，满目徒消去国魂。向晚来胡女番婆为妾伴，那浑身粪气哎就熏死人。这一日忽见道傍碑一统，娘娘驻马看碑文。看罢低头一声叹：呀，原来是飞虎将军李广坟！

后者叙昭君行至黑河：

> 一望四野真凄惨，山景凄凉好叹人，但只见青青松柏接山翠，片片残霞映日红。飘飘败叶随风舞，纷纷野鸟树梢鸣。凛凛风吹如虎啸，滔滔水响似龙吟。喓喓树木喳喳鸟，翠翠青山淡淡云。娘娘看罢多伤感，回头忽见一宾鸿，只见他孤身无伴声惨切，斜行双翅向南腾……

　　由于子弟书的作者大都具备良好的文学素养，故即便是一些佚名的作品，如《草桥惊梦》《忆真妃》等，也都取得了相当高的艺术成就，"其中好多篇杰作并不比《孔雀东南飞》和《木兰诗》逊色"（赵景深《子弟书丛钞序》）。其影响之大，甚至南方一些曲种也多有借鉴，如贵州的《红楼梦弹词》13 出细目，与子弟书《露泪缘》13 回全相吻合。

注　释

〔1〕 鲁迅《中国小说史略》第二十五篇专论清代"以小说为庋学问文章之具"的文学现象。后在题为《中国小说的历史的变迁》的讲演中，则只讲清代小说中"拟古""讽刺""人情""侠义"四派，可见对炫鬻才学的小说不甚重视了。

〔2〕 此书抄本 100 回，今传原燕京大学迻录本。另有道光十年（1830）刻本，共 24 册，80 回。此外道光二十年（1840）武昌聚英堂刊刻本亦为 80 回本。80 回刊刻本系据百回抄本删改而成。

〔3〕《镜花缘》存道光元年（1821）刻本，其时李汝珍尚在世。柳存仁《伦敦所见中国小说目提要》"镜花缘"条，讲及北京大学图书馆藏马廉隅卿旧藏本，为初刻本，其时当在道光元年之前。可见此小说并非晚年所作。

〔4〕《格列佛游记》是英国 18 世纪作家江奈生·斯威夫特（1667—1745）所作，小说通过主人公在小人国、大人国、飞岛、慧骃国的奇遇，讽刺了当时的社会和统治阶层的腐败。中译本有人民文学出版社出版之张健译本。

〔5〕 明人田汝成谈及陶真（当时的一种说唱艺术）时说："若红莲、柳翠、济颠、雷峰塔、双鱼扇坠等记，皆杭州异事，或近世所拟作者也。"（《西湖游览志馀》卷二〇）又，郑振铎的《中国俗文学史》下册称曾见明崇祯年间抄本《白蛇传》弹词。

〔6〕 周妙中《杨潮观和他的吟风阁》，引袁枚《邛州知府杨君笠湖传》等文献，介绍杨潮观生平最详。文载《文学遗产增刊》九辑，中华书局 1962 年版。

〔7〕 桂馥，字冬卉，山东曲阜人。乾隆五十五年（1790）进士，选云南永平知县，卒于官。他是文字学家，学者将他与段玉裁并称。著有《说文义证》《札朴》《晚学集》。《清史稿》卷四八一"儒林二"有传。《后四声猿》作于他官云南知县甚感遭遇不幸之时。

〔8〕 升平署前身是康熙朝南府、景山，隶属内务府，道光七年（1827）改名升平署。是清廷管理戏曲、教习艺人和承应事务的机构。1924 年朱希祖在北京宣武门汇记书局购得"升平署档案"共计 577 册，基本上是迄今未见过的清宫自顺治、康熙以来手抄的昆、弋剧本，后转让给北京图书馆。1987 年国家图书馆善本整理室登记在《清升平署戏曲档案清册》的有 1 805 种，其中剧本 1 239 册，还有南府时期档案 4 册。参见么书仪《关于升平署档案》，《文学遗产》2008 年第 2 期；王芷章《清升平署志略》，上海书店 1991 年版。

〔9〕 车王全称车登巴咱尔王，清代喀尔喀蒙古族固诺颜部人。其王府坐落于北京安定门内宝钞胡同。1925年这批曲本从王府流入民间，其后辗转藏抄，如今分布北京、广州、台北、东京等地。今传世曲本包括戏曲与说唱两大部分，戏曲有993种，曲艺1 017种，合计2 010种，约五千册。1960年广州中山大学完成全部珍藏1 680本的编目、清理、查对、编写内容提要、撰写题记等工作，出版约20万字的《车王府回本总目提要》一书。参见郭精锐等编著《车王府曲本提要》，中山大学出版社1989年版。

〔10〕 今传杨慎《廿一史弹词》早于梁作，故梁作特标"江东"二字以示有别，但杨慎所作唱文为十字句，与后之弹词以七字句式为主的形制不相吻合，且又名《历代史略十段锦词话》，可知本属元明词话体系，非今所谓弹词。

〔11〕 参见启功《创造性新诗子弟书》，中华书局《文史》第23辑。

第九编　近代文学

绪　　论

　　近代文学是近古期文学的第二段，也是中国古代文学史的最后一个乐章，以1840年鸦片战争为开端，到1919年"五四"新文化运动兴起为止。西方资本主义开辟世界市场，进入中国本土，中断了中国独自发展的道路，中国被纳入西方资本主义主导的世界经济体系之中。比西方几乎落后一个历史阶段的中国，在腐朽的清王朝统治下，完全处于被动挨打的局面，逐渐沦为帝国主义宰割下的半殖民地、半封建社会。这一历史变局给中国社会带来的变化是前所未有的。

　　在这一阶段里，一方面，中国社会的性质和结构开始发生变化，逐渐形成新的经济成分和阶级成分，并在后期出现了资产阶级的政治斗争；另一方面，西方资产阶级文化以日益强劲的势头涌入中国，形成对固有的传统文化观念的强有力的冲击。这两方面的变动，都广泛地牵动着社会上各个阶层，尤其是敏感的知识阶层。封建专制政体要过渡到民主共和政体，人们的身份要从君主的臣仆转化为国家的公民，在传统的生活方式、文化习尚中要接受许多新事物与新观念。虽然这一变化过程是缓慢的、不平衡的，但在思想领域中掀起的震荡却是巨大的。

　　在上述背景下发展的近代文学，从作家身份、文学观念到文学载体、接受对象都逐渐发生新的变化，显示出与此前封建时代文学明显不同的特色。大体说来，可以1894年中日战争为界，分为前后两期。前期变异尚小，后期则变异突出，向现代新文学过渡的痕迹日益明显。

第一节　近代文学发展的文化环境

"欧风美雨"的时代潮　　　新式学堂的涌现　　　踏出国门
翻译事业的发达　　　　现代化传媒的发展

　　进入19世纪，在西方资本主义蓬勃发展的世界格局中，中国要摆脱被宰

割的局面，屹立于世界民族之林，就必须改变落后的封建生产关系，学习西方
先进的生产方式与政治制度。为挽救国家和民族的危机，中国近代先进分子无
不走上从西学中寻求治国药方的道路，"求新声于异邦"（鲁迅《坟·摩罗诗
力说》）。同时，西方资本主义为把中国变为它们的附庸，改善进行经济掠夺
的环境，也需要传播西学，为其开辟更为畅顺的道路。因此"欧风美雨"成
为不可阻挡的历史潮流，西学东渐成为这一时期中国社会中最突出的现象。

中国与近代西方的接触并非从本时期开始。明代中叶，随着葡萄牙人进入
澳门与中国开展贸易，一批耶稣会教士相继来到中国，就已带来西方的宗教和
一些天文、地理方面的科学知识。不过，那时还基本上是正常的文化交流，对
西方文化某些成分的吸收，和中国历史上吸收其他外来文化一样，只是成为传
统文化的补充，并不构成对传统文化和封建制度的威胁。到了本时期，情势不
同了，不但伴随列强的入侵，西学来势加猛，而且采纳西学与变革图强、抗敌
救国直接相关，成为先进人物的自觉行动，迅速形成一股强有力的潮流。鸦片
战争前夕，林则徐为了抗英而搜集西方资料编辑《四洲志》，已开主动研究西
方的风气，改变了被动接受的态势。紧接其后，魏源编纂《海国图志》，系统
介绍西方国家情况，提出"师夷长技"的方针，发出了主动向西方学习的呼
声。此后，大体经历了如梁启超所说的层层深入的三个阶段：第一期是从器物
上感觉不足，想学到外国的船坚炮利；第二期开始从制度上感觉不足，发动了
"变法维新"运动；第三期进一步从文化根本上感觉不足，体悟到不可能以旧
心理运用新制度，要求全人格的觉醒（《五十年中国进化概论》）。伴随这一历
程，对西学内容的引进也逐步提高层次，由自然科学进到人文科学。梁启超
说，第一期"最可纪念的，是制造局里头译出几部科学书"，而第二期"最有
价值的出品，要推严复翻译的几部书，算是把 19 世纪主要思潮的一部分介绍
进来"（同前），这就是把进化论、天赋人权、自由民主等比较重要的资产阶
级思想学说引进了中国。这些都必然引起对传统文化的重新审视，形成思想领
域的革命。

随着西学东渐的逐步深入，西学逐渐渗透到制度、政策层面，引发了一些
重要变革，产生一系列新事物。通西学的人才，不是旧的教育体制所能培养
的，推动了教育体制的变革[1]，陆续办起新式学堂。从同治元年（1862）京
师举办同文馆到光绪二十一年（1895）天津建立中西学堂，洋务派创办各类
新式学堂 22 所。这些学堂的学习内容主要是外语和自然科学，兼及政法，完
全不同于读经书、习八股的旧式书塾。至于较早就已出现的西方传教士在中国
开办的教会学校，更全是西方近代学校的模式。戊戌以后，新式学堂日益增
多，光绪三十一年（1905）清政府下令废科举，兴学堂，全面改变了教育体

制。唐才常描写当时年轻学子"淬然向新"的风气说:"少年子弟之根器稍异、见闻略广者,则不甘心死于时文章句,相与联翩接轸于东西学堂。甚至腹地各省,有触禁网,甘党名,违父兄师保,而毅然出洋就学者。"(《砭旧危言》)

对西学的需求,刺激了留学事业的发展。清政府于同治十一年(1872)开始派遣留学生赴美学习,以后又陆续派遣一些青年学生赴欧。到光绪十七年(1891),先后派出的留学生近二百名。20世纪初,更出现留日狂潮,光绪三十二年(1906)留日学生已达万人。留学生在国外,不仅掌握了外语、自然科学、社会科学以及军事知识,而且亲眼看到资本主义国家的发展,更深切地领会到资本主义文明和资产阶级文化。其中不少人回国后在社会变革和思想启蒙等事业中发挥了重要的作用。严复便是留学英国,后来成为翻译传播西方人文学说的先锋。随着与各国的交往,中国也开始派遣驻外使臣及随行人员[2],他们也都直接受到西方文明的洗礼。

西学的主要载体是书籍,传播与吸收西学的主要渠道是翻译,因而,翻译事业有了迅速的发展。京师同文馆、江南制造局的译书馆,都曾翻译西书。江南制造局从穆宗同治七年(1868)到德宗光绪六年(1880)的十多年中,译出西书一百多种,主要是科技类。此外,西方传教士和教会,也先后翻译出版了一些哲学宗教、政治法律、历史地理方面的图书。这些译著对启蒙培养一代新派人物起了重要作用。梁启超曾谈到康有为购读"江南制造局及西教会所译出各书"后,"于其学力中,别开一境界"(《康南海先生传》)。

近代技术的输入带来文化传媒的进步,制版、印刷采用先进技术,大大提高了出版效率。徐念慈《丁未年小说界发行书目调查表》统计,仅丁未(1907)一年中出版的翻译与创作小说,就有121部,这在过去是难以想象的。具有快速、广泛、高效之称的新型传媒工具——报刊也日益发达起来。19世纪60年代以前,数量尚少,70年代到世纪末发展迅速,此期间先后出版报刊近一百五十种[3]。辛亥革命后,发展势头更猛,戈公振说,"'人民有言论著作刊行之自由'既载诸临时约法中,一时报纸,风起云涌,蔚为大观","当时统计全国达五百家"(《中国报学史》)。其中报纸二百五十馀家,杂志二百馀家。尤其值得注意的是文艺性报刊的涌现。开始是报刊零星刊载一些文艺性作品,到19世纪20世纪之交则出现许多专门的文艺性报刊,仅20世纪初的十馀年间,以小说命名的报刊就近三十种。文艺报刊开辟了文艺作品发表的园地,刺激了创作的繁荣。

西学东渐,为近代文学的发展创造了新的文化环境。

第二节 作家主体的转型与新旧分野

作家知识结构的变化与转型　　思想分野与文学流派的复杂
关系　　政治与艺术发展的不平衡

近代作家与其前的古代作家一个重大不同点，是面对社会性质的急遽变化。这种变化非历史上一般的改朝换代，而是从封建专制社会转化为半殖民地、半封建性质的社会。上层建筑和意识形态都相应发生了巨变。其中贯穿着"新"与"旧"的斗争，"新学"（西学）与"旧学"（中学）的撞击。作为知识层的传统士大夫，生活在此剧烈变革的社会中，不能不进行知识的更新与主体的转型。这是古代文人所不曾有过的。

中国传统的士大夫，除了熟悉以纲常名教为根本的封建制度和传统的文化意识之外，几乎不知天下还有什么其他的学说与制度。每当人们举起经世济时的旗帜时，只能借助已有的知识，从传统的文化遗产、往古的盛世楷模中寻找武器，"托古改制"，求变革于往古。在近代历史的开端上，还很少接触西方文化特别是西方社会学说的龚自珍，仍不脱这种色彩。他不满当时封建专制统治的压制与束缚，以"医国手"进行改革斗争，仍自言是"药方只贩古时丹"（《己亥杂诗》第四十四首）。但是鸦片战争以后，情势发生了根本的变化。西方资本主义入侵的同时，也把它的先进性展示在中国人面前。一变过去只能向古求索的态势，又开辟出一条新路：求新声于异邦、采洋改制。"西学"撼动着人们的灵魂，冲击着人们的意识，吸纳新学，改变旧的知识结构，跟上时代的步伐，成为先行者包括进步作家的自觉选择，也是当时济国救时的必由之路。这一情况贯穿整个近代历史行程，步步深入。

魏源在鸦片战争之前具有进步意义的变革思想还是来自传统文化[4]。但是经历了鸦片战争，他为西方世界的先进性所吸引，便发出"师夷长技"的呼喊，表现出学习西方的强烈意向。他编写《海国图志》，研究和了解西方国家的政治经济情况，以西方的新知识充实自己，已开始突破传统士大夫的知识格局。

随后的洋务运动时期，承袭和发扬魏源的思想，吸纳西方先进科学技术以为"富强之术"，可以说已成为进步开明之士的共识。虽然其中还表现出浓重的保守性，不肯触动封建旧制的根本。所谓"以中国之伦常名教为原本，辅以诸国富强之术"（冯桂芬《校邠庐抗议·采西学议》），"有待于夷者，独船坚炮利一事耳"（同前书《制洋器议》）。以体与用、道与器、本与末、礼与艺的关系来处理中学与西学的关系，中学为体，西学为用，"用"变"体"不变，只是把西方科技作为传统文化的补充。虽然如此，能够认同西方先进的科学技术，接受其带来的一系列新事物，也不同于传统的士大夫了。

到了资产阶级登上政治舞台，社会的变革由器物层面进入政治制度层面，便开始了触及"体"的质的飞跃。梁启超总结说，甲午以前几十年中，言西法者，"不过称其船坚炮利、制造精奇"，"无人知有学者，更无人知有政者"。所谓"学"即西方资产阶级的社会学说，所谓"政"即西方国家的政治体制。他指出，甲午战败以后，"朝野乃知旧法之不足恃"，"纷纷言新法"（均见《戊戌政变记·新政诏书恭跋》）。所谓"新法"，就是以资产阶级思想为核心的政治体系。梁启超描写当时的情景说，过去学者好像生活在暗室中，不知室外还有什么，现在忽然开了一个洞穴，所见都是前所未知的东西，"于是对外求索之欲日炽，对内厌弃之情日烈"，"于是以其极幼稚之'西学'智识"，"向于正统派公然举叛旗矣"（《清代学术概论》）。这已进入从根本上冲击封建纲纪与传统文化的态势。在悠久历史中形成的以儒家思想为核心的传统文化，过去虽然也曾不断发生变化，甚至产生过激烈的学派之争，但其神圣的权威性，作为社会指导思想的崇高地位，却从未发生动摇。现在面对比它领先一个历史阶段的西方文化，开始被重新审视。人们在中学与西学的鲜明对比中，对各自的短长看得越来越清晰，旧学黯然失色，独尊的地位从根本上动摇了[5]。从西方引进资本主义政治体制与资产阶级意识形态的要求，越来越自觉，声势规模也越来越浩大，过去从来是"用夏变夷"，现在却不免要"用夷变夏"[6]了。先行者更加自觉地以"西学"武装自己。

在这一历史流程中，作家主体的转型现象表现得很鲜明，特别是在各个阶段得风气之先的进步士子。如果说近代第一代进步作家龚自珍、魏源还基本上未脱传统士大夫的类型，那么，第二代的康有为、梁启超、黄遵宪等，便已是新旧学的混合型了。他们旧学根柢仍然很深，也还在传统文化中汲取有长久生命力的成分，加以发挥利用，如康有为发扬经今文学公羊义，著《新学伪经考》《孔子改制考》，为维新变法制造理论根据，就是最明显的表现。不过，这已不是用以健全封建制度，而是起着为西学开路的作用。梁启超就自言他们这些东西实质是"借经术以文饰其政论，颇失'为经学而治经学'之本意。故其业不昌，而转成为欧西思想输入之导引"（《清代学术概论》）。梁启超又说："舍西学而言中学者，其中学必为无用；舍中学而言西学者，其西学必为无本。无用无本，皆不足以治天下。"（《西学书目表后序》）虽然还把中学视为本，然而不与西学结合便成无用。社会的实际运作，都在"用"的流程中。这实际等于说，不讲西学，不与西学结合，已不能适应社会需要，传统文化必须吸收融会新的东西，才能为社会变革服务。所以西学的新知已在实际上引导着他们的行动，他们已不同于传统的士大夫了。到了以柳亚子、秋瑾等为代表的第三代作家，不少已经是洋学堂或留学生出身[7]，具有现代气息的知识分子。

在近代较后时期，由于近代报刊和出版事业的发达、稿酬制度的出现，促使文学作品商品化，因而逐渐出现了半专业化的作家，主要是小说家和小说翻译家，如林纾、李伯元、吴趼人等[8]。文字生涯成为生活资料的主要来源，他们也成为过去未曾有过的新型作家群体。

主体的转型，是近代作家的重要现象，各历史阶段涌现的进步作家，以转型程度为标志。这也是近代文学内容日益出新的根本保证。

在社会与意识形态的急遽变化之中，作家对这种变革采取什么态度，具有怎样的政治思想倾向，成为进步与保守的分水岭，所以近代作家的政治思想的分野、新与旧的分野十分鲜明，远超过以往任何时代。一些作家紧跟时代的步伐，站在历史潮头，成为时代的弄潮儿。他们是较早觉醒的一群，是各时期文学的旗手，形成近代文学的主干。他们往往不是以作家，而是以思想家、政治家的身份活动于近代历史舞台上，但他们以内容新颖、鲜明反映时代主题的创作，为近代文学开了新生面，给文坛带来新气息、新风貌，甚至领一时风骚。如鸦片战争前后的龚自珍、魏源，戊戌变法时期的康有为、梁启超、黄遵宪，资产阶级革命时期的秋瑾、柳亚子等。他们先后相续，形成近代进步作家的链条。

近代进步作家与政治的紧密结合，也给一些作家带来某些不可避免的历史局限。他们往往属于不同的政治分野，而近代历史脚步急遽，文化思想更迭迅疾，几乎每经一二十年，就有一个思想层次的转换，已超古人所说的"一世"三十年。因此一时站在潮头的人物，往往不久便被历史无情地抛到潮尾。在近代短短八十多年的历程中，先后经历了封建统治阶级内部改革派与腐朽统治者的对立、洋务派与守旧派的对立、资产阶级改良派与封建顽固派的对立、资产阶级本身反清共和的革命派与拥护立宪的维新派的对立。这就使得各时期的进步作家，各领风骚一时，还没有走完艺术生命的青春期，便已被时代抛到后面。他们的创作往往有前后期之别。前期作品紧密与时代呼应，雄鸡唱晓，大音喤嗒；后期作品的意义则呈现为复杂状态，政治上业已落伍，但在艺术与社会的领域中仍然发挥着某些有益的作用。如资产阶级改良派丰硕的艺术成果，包括诗歌、散文、小说作品，大部分产生于变法运动失败、革命派产生以后，作品所追逐的政治理想已处于历史任务的对立面，但它们的文化思想属于资产阶级的范畴，仍发挥着启蒙作用，其作品的艺术形式也给革命派作家以启发。

在近代，作家政治思想分野是一个方面，艺术宗尚又是一个方面。我国历史悠久，文化传统绵长，如果说古代作家也都面对前代的文化积存，艰于新的创造发展，那么近代作家尤其如此。以诗歌而论，唐诗是巅峰，宋诗从对唐诗的陌生化中开拓新路，从而形成了唐格宋调。此后，元明清三代作家，或宗唐，或宗宋，或唐宋兼采，总不免在浓重的传统笼罩之下。近代作家同样面对此种严峻形势，他们往往依一身的艺术趣味，和蜕旧出新的独自考虑，选择其艺术宗尚，而形成了不同的风格流派，诸如王闿运等的汉魏六朝派，郑珍等的宋诗派，沈曾植、陈三立等的同光体，樊增祥、易顺鼎等的唐宋派，等等。

由艺术宗尚所形成的风格流派，与作家的思想分野，呈现为错综复杂的情况。不宜简单地、笼统地以艺术宗尚论定其政治倾向，死板地将某种宗尚定为进步或守旧。艺术宗尚与思想倾向常有参差，因人而异，甚至因时而异。近代作家都没有摆脱旧体文学形式，站在历史潮头的进步作家也不例外，他们也都有其艺术宗尚，而且并不一律。如魏源是近代思想的先行者，属进步作家行列，但依近代诗评家陈衍的说法，属于喜宋诗的一流[9]，当属于宋诗派。近代进步文学团体南社则提倡唐音，却没有人将其命为唐诗派。究其实，大约进步作家因其作品内容紧贴时代主题，虽然依然使用旧形式，有其艺术宗尚，却被新内容冲淡了，单成一个进步作家系列，不甚注意其艺术宗尚了。相对应的，那些较少反映新内容的作家，艺术宗尚便凸显出来，特别是他们往往以艺术宗尚为号召，举旗帜，结宗派，更加突出了学古的气味。但论到各流派作家群体中的作家，则不可一概而论。其政治分野、思想状况，并不一律，甚至不同时期，亦有不同。如同是同光体的作家，有的属于洋务派，有的属于维新派。同光体代表作家陈三立、沈曾植等，都是维新变法的支持者，表现出明显的趋新倾向，在维新变法时段并不落后于潮流，到了民主革命时期就成为落伍者了。资产阶级革命派文学团体南社，高倡唐音，但其中也有坚持同光体的作者。这些都表明由艺术宗尚所形成的文学流派，并非铁板一块，其中作家的政治思想分野、文学创作状况，都需具体对待。艺术宗尚的选择往往是受审美趣味的支配，还夹杂着艺术表现上蜕旧出新的独特思考与努力。

大约正是由于这种性质和特点，流派之间都是相互包容，而非彼此攻讦。流派的归属也并不影响作家之间的交谊。如鸦片战争前后思想先进的龚自珍、魏源、林则徐等与桐城派的姚莹、宋诗派的何绍基等都有亲密交往。属于不同流派的作家，相互唱酬，切磋诗艺，更是常见之事。唐宋派头领樊增祥、易顺鼎与同光体的魁首陈三立、沈曾植都有交往，唱酬不断。这是艺术上的一种包容胸怀。只是到了南社柳亚子，将艺术宗尚与政治倾向联系在一起，把艺术宗尚视为政治分野，才出现守持一宗而激烈指斥批评其他诗派的情况[10]。也正由于这样的思想和态度，闹出了将拥护同光体的社员驱逐出社的事件[11]，导致了南社的内讧与分裂。

近代中国所面临的危急形势，使反帝反封建、救亡图存成为压倒一切的任务，它是各种进步行动的基本动力，也是左右进步文学的根本力量。近代进步作家往往是站在思想政治斗争第一线的思想家、政治家。对于他们来说，与其说是要创作文学作品，还不如说是急于要把文学用为社会变革的工具。传统的"文以载道"的文学思想，以抽换具体内容的方式高度地发扬起来。进步文学总是和爱国反帝、变革图强的政治斗争紧密结合，几乎没有可以冷静安闲地思索自己、发展自己的空间，这不能不给艺术上的锤炼、创造带来不良影响。像龚自珍、黄遵宪那样思想与艺术都达到很高水平的作家寥寥可数。进步作家大多是以他们已经掌握的艺术手段急切地为其追求的政治目标服务，再没有过去文人那种琢磨艺术的馀裕了。相反，真正能够安恬地埋头于艺术创造的作家，往往不是紧贴现实斗争的人物。鸦片战争时期宋诗派的代表作家郑珍就是一个典型的例子。他对古代诗歌艺术颇有开拓，然而他的诗歌甚至连鸦片战争这样重大的历史事件也很少反映。同光体魁首之一陈三立也是在戊戌变法失败遭斥以后，才全身心投入诗歌创作，创造出足以自立的独特的艺术风格，此时他已退出时代潮流。文学与政治思想分不开，但文学艺术毕竟有其自身的一个创造天地，思想滞后的作家，也还会有其艺术创造的成就。这种情势，造成了近代作家思想与艺术发展不平衡的状况。

第三节　文学观念与作品形态的变化

翻译文学的发展　　文学观念的变化　　作品形态的新变
吸收西方文学技法与民族形式问题

近代以前，我国文学主要是在民族形式的范围内演进。近代，随着西学东渐，西方文学作品逐渐被翻译过来，进入中国作家的视野。外国文学作品的翻译比科技西书为晚，从鸦片战争到中日甲午战争的半个世纪中，寥寥可数，对文坛影响不大。但是，到了戊戌前后，情况发生了显著的变化。维新派很重视西方文艺作品在思想启蒙方面的价值，有力地推动了翻译作品的兴盛。光绪二十三年（1897）《国闻报》发表的《本馆附印说部缘起》，同年出版的康有为《日本书目志》的识语，次年《清议报》第一册发表的《译印政治小说序》，都强调小说在宣传上的无可比拟的作用，并大力鼓吹翻译外国小说，认为小说"入人之深"，"出于经史上"，"美英德法奥意日本各国政界之日进"，"政治小说为功最高"，提出小说是"今日急务"。光绪二十四年（1898）《清议报》

刊出梁启超所译日本政治小说《佳人奇遇》，次年，林纾所译法国言情小说《巴黎茶花女遗事》出版。此后译本渐多，20世纪头十年则有风起云涌之势。光绪三十二至三十四年（1906—1908），每年出版的翻译小说都在百种上下。

翻译文学的启示，促进了文学观念的变化。小说地位空前提高。我国虽然从明清以来已有重视小说戏曲等通俗文学的言论，但把诗词文看作是文学正统的观念并没有根本动摇。维新派从西方国家的历史中看到小说在思想启蒙和社会变革中的作用，把小说从社会文学结构的边缘推到中心的地位，以"小说为文学之最上乘"（梁启超《论小说与群治之关系》）。与此相应，他们提出改良小说和小说界革命的口号，使小说创作更加自觉地为政治服务。梁启超说："今日欲改良群治，必自小说界革命始；欲新民，必自新小说始。"（同前）王无生说："今日诚欲救国，不可不自小说始，不可不自改良小说始。"（《论小说与改良社会之关系》）西方文学中比较流行的悲剧观念也被吸收进来，王国维的《红楼梦评论》即以悲剧观念对《红楼梦》作出新的诠释，高扬悲剧文学作品的价值。蒋观云也强调"使剧界而果有陶成英雄之力，则必在悲剧"（《中国之演剧界》）。

翻译文学还带来一些新的文学类型，尤其是在小说方面。如陆续介绍进来的描写科学推理破案的侦探小说、建立在男女平权基础上的言情小说、以表现政治内容为主体的政治小说、与政治小说密切相关的社会理想小说、发挥科学幻想的科学小说等[12]。在翻译小说的启示下，19世纪末20世纪初，中国也陆续出现此类小说，如梁启超《新中国未来记》、陆士谔《新中国》等政治小说与社会理想小说，李涵秋《雌蝶梦》、吕侠《中国女侦探》等侦探小说，荒江钓叟《月球殖民地》、徐念慈《新法螺先生谈》等科幻小说。中国最早的话剧也是以意大利歌剧《茶花女》的译本为底本改编而演出的。

翻译文学同时带来了一些新的文学表现技法。中国传统小说的叙事模式大体是以第三人称全能视角讲故事，情节发展是顺时性的，人物刻画以言语行动为主，少有环境与心理描写。翻译文学则输入许多不同的描写手段，诸如第一人称的限制性叙事、逆时性的倒叙、人物肖像的具体刻画、环境与心理描写等，为中国小说的表现艺术提供了借鉴，并不同程度地为中国作家所汲取。近代著名小说《二十年目睹之怪现状》的叙事人称、《孽海花》的艺术描写、《九命奇冤》的倒叙结构等，都反映出翻译文学的启导作用。

不过，文学与思想不同。对西学的吸收差不多可以直接拿来，对外国文学的学习与借鉴则复杂得多。文学形式具有民族性，它与民族文化发展的历史、民族文学传统的特点、民族审美心理的趋向紧密关联在一起。所以，近代文学的性质主要决定于内容的近代性，文学形态的变化，包括文学作品形式"西化"的程度则是第二位的。西方文学作品翻译的初期阶段，原著常常被译者改动，以适应中国读者的阅读习惯，如梁启超《十五小豪杰》的翻译尽量向中国的章回体靠拢，海天独啸子《空中飞艇》的翻译尽量向中国的传记体靠拢[13]，都说明民族形式的顽强力量。在后来的发展中，严肃文艺形式上有了很大的变化，而接近广大民众的通俗文艺形式则变化不大也不快，同样表明了这一点。

第四节　文化下移与文体革命

社会思想启蒙与文化的下移　　散文文体的历史性变革与白话文运动　　近代文体革命的实质及其复杂性　　文体变革的历史意义

春秋战国之际有一次文化下移，即从贵族的世袭官学下移到下层实际执事的士。近代由于资产阶级旧民主主义革命兴起，需要向广泛的民众进行思想文化启蒙，必然要打破封建时代士农工商四民的格局，冲破只有士才掌握文化的鸿沟，使文化向更广大的范围内普及。这一过程伴随资产阶级登上政治舞台，达到了高潮。梁启超大呼"改良群治"，"新民"（《论小说与群治之关系》），严复也说"今日要政，统于三端：一曰鼓民力，二曰开民智，三曰新民德"（《原强》修订稿），于是以向广大民众普及文化为轴心强调文体通俗化的主张日益高涨，有力地促进了文学语言由文言向白话转化的伟大历史行程。

在我国诗、词、文、赋的雅文学传统中，长久以来"语"与"文"是脱离的。以唐宋古文与宋人语录相对照，就可以感受到二者之间的距离。雅文学观念排斥以口语为文，语录不被视为文，桐城派古文家还明确提出不可以语录入古文。至于俗文学，诸如宋元话本、明清长短篇小说以及说唱文学等，一直在市民社会中发展，是接近民众的通俗语言，作者也不被视为文人。直至产生于近代的小说《儿女英雄传》《三侠五义》等，情况仍然如此。所以所谓近代文学语言的变革，主要是在文章领域即过去被视为"雅文学"领域里发生的变革。这个变革本身不是近代文学性质的标志，古语文学也可以反映近代性内容；也不是西学送来的体式，文言与白话都是中国自己的民族语言形式，它是中国自身文学语言形式的一次历史性的革命。

近代文体改革是伴随资产阶级文化思想启蒙运动而逐渐展开的。思想启蒙任务没有被提到日程上来的时候，近代的作家也没有表现出自觉要求变革的意向。近代文学的开山龚自珍，曾经提出文学语言不必避俗语，但那主要还是服务于"万事之波澜,文章天然好"(《自春徂秋,偶有所触,拉杂书之……》其十二)的原则,重点在强调自由抒写,达到天然的境界,仍然属于古典美学中追求表现自然的范畴,与提倡为广大民众所能接受和欣赏的通俗化的文学不可同日而语。所以,龚自珍的诗歌还是古体,文章也还是文言,但这并不妨碍他表现反对束缚、张扬个性的属于近代性质的内容。

到了资产阶级改良派黄遵宪,便不同了。如果说他在同治七年(1868)写的《杂感》诗,提出"我手写吾口,古岂能拘牵"(同前,其二)的提炼流俗语入诗的主张,还与龚自珍相近的话,那么,他在光绪十三年(1887)所撰的《日本国志》中提出言文合一的主张,便不是这一层次所能框范的了。他说:"语言与文字离,则通文者少;语言与文字合,则通文者多。"他期望文章能够接近通行的口语,"明白畅晓,务期达意","适用于今,通行于俗",使得"天下之农、工、商贾、妇女、幼稚皆能通文字之用"(《日本国志》卷三十三《学术志二·文学》)。这显然是从日本明治维新的历史经验中,认识到近代性质的社会变革对民众进行思想启蒙的迫切性,才将眼光转向语文改革的问题上来,树立起改革文学语言和文体的鲜明观念。正因为主要动力出于宣传新思想,所以文体改革的范围也基本局限于文章领域。资产阶级改良派领袖人物之一的梁启超说:"国恶乎强?民智,斯国强矣。民恶乎智?尽天下人而读书、而识字,斯民智矣。"(《沈氏音书序》)裘廷梁说:"愚天下之具,莫文言若;智天下之具,莫白话若。"(《论白话为维新之本》)文体改革以改良民智为轴心,面向社会的近代传媒报刊在这方面起了带头作用,它较早地冲破了士大夫雅文学的观念,迈出了通俗化的步伐。陈荣衮曾发表题为《论报章宜改用浅说》的文章,呼吁报章文字的通俗化,要求"作报论者",以"浅说""输入文明",并明确提出:"大抵今日变法,以开民智为先,开民智,莫如改革文言。不改文言,则四万九千九百分之人,日居于黑暗世界之中,是谓陆沉;若改文言,则四万九千九百分之人,日嬉游于琉璃世界中,是谓不夜。"报章文字的通俗化,形成了不同于传统古文的报章文体,这是文体语言的一大变化。梁启超说:"自报章兴,吾国之文体,为之一变,汪洋恣肆,畅所欲言,所谓宗派家法,无复问者。"(《中国各报存佚表》,《清议报》第一百号)在向白话文过渡的过程中,报章文体起了重要的中介作用[14]。

适应资产阶级思想启蒙的需要,在19至20世纪之交,陆续出现白话报刊,而且发展的势头颇猛,蔡乐苏曾著《清末民初的一百七十馀种白话报刊》一文,可见数量之多。但是在一个相当长的时期内,对文字通俗变革的鼓吹,都是从政治宣传的角度来认识的,并没有考虑白话本身的美学价值,这也是文体改革基本囿于散文领域的根本原因。在韵文范围内,只有为了进行通俗教育而撰写的歌词，因与散文变革的目的相同，有明显的通俗化表现[15]。在传统的诗歌领域则基本还是旧体式。提倡言、文合一的黄遵宪的诗歌仍完全是文言旧体，而且用典甚多，其诗歌美学观并没有发生根本的变化。提倡"诗界革命"的梁启超，也还是高举"以旧风格含新意境"的旗帜，明确主张旧瓶装新酒，显然还在传统诗歌审美趣味的左右之下。资产阶级革命文学团体南社的诗歌，表现了民主革命的新思想，但体式格调仍与旧体无异。可是，在与思想启蒙关系密切的散文领域，梁启超则带头创造了更适宜自由表现新思想与更适应广大读者接受的"新文体"，"平易畅达，时杂以俚语、韵语及外国语法，纵笔所至不检束"（《清代学术概论》二十五），实际上是报章文体的进一步发展。

　　在由文言向白话转化这一历史性变革中，梁启超从文学进化的观点论证了其必然性，是一个明显的进步。他说："文学之进化有一大关键，即由古语之文学变为俗语之文学是也。各国文学史之开展，靡不循此轨道。"（《小说丛话》）虽然看到文学语言和文体的变革是一种必然趋势，但由于传统审美观念、审美习惯的作用，其创作实践仍然呈现出艰难复杂的状态。为了向民众进行思想启蒙，很强调文学语言的通俗，但涉及文学的美学价值时，又不免踌躇起来。梁启超将文章分为"觉世之文"与"传世之文"，提出不同的要求："传世之文，或务渊懿古茂，或务沉博绝丽，或务瑰奇奥诡，无之不可。觉世之文，则辞达而已矣。当以条理细备，词笔锐达为上，不必求工也。"（《湖南时务学堂学约》）"传世之文"追求美学价值，"觉世之文"则不追求美学价值，清楚地反映了这种思想状态。不少人难以摆脱对古雅美的恋旧情结，抱着古语文学不肯放[16]，甚至思想很新而文体却极其守旧。严复是传播西方资产阶级主要思潮最为得力的人物之一，他的政论文《救亡决论》《原强》等，笔锋之尖锐，思想之激进，都无愧是近代性质内容的佳作，但他却是坚持古文最力的一员。翻译了大量西方小说的林纾，更是顽固地坚守古文壁垒。对白话从美学的意义上加以肯定，是到"五四"新文化运动时期的事了。新文化运动的斗士钱玄同说："用今语达今人的情感，最为自然；不比那用古语的，无论做得怎样好，终不免有雕琢硬砌的毛病。"（《尝试集序》）另一斗士刘半农呼号要"打破此崇拜旧时文体之迷信，使文学的形式上速放一异彩"（《我之文学改良观》），美学观已经有了明显的变化，文体变革的范围扩展到一切方面，白话诗也诞生了。但近代散文文学语言的通俗化以及继踵兴起的白话文运动，毕竟对文言有所冲击，也为人们接受白话做了一些心理准备，为"五四"白话文体革命创造了一定的条件。

第五节　近代文学流程

近代文学的过渡性质　　近代文学的分期　　近代前期文学
的变化及其特征　　近代后期文学的发展及其与新文学的
接轨

近代文学的开端处于清代的后期，直接清中叶文学，文学形式仍然是承袭
传统的。近代文学的结束期，则在1919年"五四"运动之前，随后的"五
四"新文化运动，取得了文学革命的成功。这一成功，有两个明显的标志：
一是完成了从文言到白话的转化，一是主动接收西方的美学思想及其文学表现
技巧，使中国文学的面貌有了显著的改变，新式的诗歌、散文、小说、戏剧都
产生了一些典范的作品。这两方面的变化都是具有划时代意义的。从此，中国
文学可以毫无愧色地称为"新文学"了。近代文学恰恰横亘在由旧文学到新
文学之间，这种历史地位决定它必然呈现为一种过渡的形态和特点。

近代文学的发展，确实显现出这种艰难曲折的迁移转化的轨迹。文学语言
由文言向白话转化，文学观念与文学表现形式接受西方的某些影响而发生一些
新变化，都是在这个时期中开始并走完它的历史行程的。前者是近代社会变革
推动的文化下移所促成的重要结果，后者是中西两种文化交流撞击所融聚成的
可贵结晶。这两个方面无疑都是近代文学的明显标志和极有价值的贡献，也是
其发展中不可忽视的重大变异，但这些还主要属于文学形态的层面，远非近代
文学的全部。近代文学作为文学发展的一个阶段，还有它独特的不可替代的内
涵，这就是由本历史阶段的时局形势与社会性质所生发出来的深厚内蕴。近代
历史是资产阶级旧民主主义革命的历史，反帝反封建是其根本任务，也是近代
文学两大基本主题，日益深化的反帝反封建的内容是近代文学的根本性的标
志，也是使它成为一段文学史的基础。综合近代文学独具的内涵与文学形态的
变化两个方面来考察，近代文学的发展衍变流程，大体可以中日甲午战争
（1894）为界，分为前后两期。相对来说，前期变化较小，后期变化巨大，与
"五四"新文学接轨的迹象日益分明。

前期，自鸦片战争前后开始，最明显的事态是帝国主义的铁蹄踏上中国大
地。当时，欧风美雨的所谓西学还谈不上什么影响。紧接着的洋务运动时期，
主要是认同了西方科学技术的先进性，影响也还是浅层次的。人们对传统的思
想、文化、制度的信仰，都还没有产生根本性的动摇。西方的文学也还没有输
入。所以，本时期文学在形态上还极少变化，但内容与思想上则表现出某些新

因素。在雅文学领域，虽然紧承乾嘉以来的文学风气，随着惯性向前推衍的力量还相当大；但是西方资本主义的入侵，清王朝的腐败无能，国家与民族的危机成为人们关注的焦点，反帝爱国成为本时期诗歌突出的新内容。在反封建方面也显示出新内涵。龚自珍承袭明中叶以来张扬个性的思潮，在反封建束缚、要求个性解放方面明显增强了力度；魏源冲破闭关锁国、妄自尊大的思想观念，表现出鲜明的开放心态，提出"师夷长技"，宣言"西藏之教能寝朔漠兵，和卓之教能息天山争，广谷大川自风气，岂能八表之外皆六经?"（《观物吟》其七）[17]完全以平等的眼光看待周边的一切，并认同其长处。稍后的洋务运动时期，湘乡派的一些作家因出使西方，写下一些反映外国情况的作品，也给文坛吹进了新的气息。在通俗文学领域，小说虽然还在《水浒传》《红楼梦》笼罩之下，甚至思想还有滑坡，如《荡寇志》的维护封建法权，侠义之统领于清官等，但也呈现出一些与传统疏离、嬗变的迹象。《三侠五义》的粗犷平民气息，《儿女英雄传》的京味小说文笔与切近世态人情，都显出某种光采。《品花宝鉴》将题材扩展至狎优风气，特别是《海上花列传》反映畸形繁荣的都市百态，《蜃楼志》以洋行买办商人为主角，都与近代日渐殖民地化的新兴都市的新市井情态密切相关，是过去的小说中未曾见的。戏曲则是新兴的京戏日益成熟发展，展现出特有的艺术魅力。

　　近代后期文学，则变化巨大而显著。一连串对外战争的失败，洋务运动的破产，"同治中兴"迷梦的粉碎，刺激已登上政治舞台的资产阶级，从托古改制一跃而为采洋改制，自觉地求新声于异邦，西学输入不仅达到高潮，而且进入较深层次，大量引进资产阶级哲学、社会学说。进化论的物竞天择思想、民权论的天赋人权思想以及民主、自由、平等等一整套资产阶级观念都涌了进来，深刻地影响着人们的世界观以及政治、国家等观念，士大夫知识分子有了更深刻的转型，政治上也开始了维新变法与民主革命的政体变革。向民众进行思想启蒙的意识成为进步知识分子的共识，各种文化传播工具和文化设施，几乎都被运用来为这一目标服务，因此各种文学革命口号都被提出来并付之于实践，整个社会思想风气和文学面貌都发生了具有历史转折性的变化。这一时期，虽然还是旧的文学体式，还有学古浓重的文学流派，但新的文学风气与充满新思想的文学作品，已成为文坛的主导潮流。一向不登大雅之堂的小说，因其向民众启蒙最为得力，被推为文学的最上乘，占据了中心地位，在诗界革命、文界革命、小说界革命、戏剧革命的口号下，新小说、新传奇杂剧、新文体散文、谴责小说、接受西方影响而产生的小说新品种等，成为文坛的主流。新式话剧也诞生了，就连京剧也有了时装新剧的种类。而伴随散文的通俗化运动，白话文也开始被自觉采用，并形成相当大的声势。改良派的康有为、梁启超等，革命派的秋瑾、柳亚子等，小说家李伯元、吴趼人、苏曼殊等成为这一时期的代表作家。文学各个方面都呈现出向新的文学时期过渡的征兆，预示着一个新时期的到来。近代文学走完了它的历程，完成了它的使命，迎来了"五四"文学革命，旧文学时代结束了，中国的新文学时代开始了。

注　释

〔1〕较早出使西方的郭嵩焘就曾指出西方武事之强、制造之精，"其源皆在学校"（《日记》第三卷）。洋务派领袖李鸿章也批评当时以"章句弓马"取文武之士，"施于洋务，隔膜太甚"（《筹议海防折》，中国史学会主编《洋务运动（一）》，上海人民出版社 1961 年版，第 53 页），提出"稍变成法，于洋务开用人之途"（同上 54 页）。

〔2〕同治六年（1867）清政府首次派志刚、孙家谷赴有约各国为办理交涉事务大臣。光绪二年（1876）派郭嵩焘为首任驻英公使，光绪四年（1878）兼驻法大使。此后陆续派遣驻外使节。

〔3〕梁启超《新旧各报存佚表》收录同治十一年（1872）至光绪二十八年（1902）存佚报刊，计 144 种。（《时务汇编续集》第 26 册）

〔4〕鸦片战争之前，魏源已有鲜明的变革思想。他认为"气化无一息不变"，"势则日变而不可复"（《默觚下·治篇五》），政事应"因时制变"（《道光丙戌海运记》），"其道一出于因"（《筹漕篇上》），反对"执古以绳今"（《默觚下·治篇五》）的泥古不化。这种变革思想主要是来自《易经》的变化思想，古代朴素唯物论中的重"势"观念，《老子》的主"因"与法家的因时制宜、厚今薄古。

〔5〕严复在《论世变之亟》中说："中国最重三纲，而西人首明平等；中国亲亲，而西人尚贤；中国以孝治天下，而西人以公治天下；中国尊主，而西人隆民；……其于为学也，中国夸多识，而西人尊亲知。其于灾祸也，中国委天数，而西人恃人力。""若斯之伦，举有与中国之理相抗，以并存于两间，吾实未敢遽分其优绌也。"

〔6〕洋务派李鸿章提出稍变以"章句弓马"选取文武的办法，以适应培养洋务人才的需要，通政使于凌辰便加以严厉指责，认为李所主张变革的东西，都是"古圣先贤所谓用夏变夷者"，而李鸿章则"直欲不用夷变夏不止"（《光绪元年二月二十七日通政使于凌辰奏折》，中国史学会主编《洋务运动（一）》，上海人民出版社 1961 年版，第 121 页）。

〔7〕柳亚子为资产阶级革命派文学团体南社领袖人物，光绪二十九年（1903）入上海爱国学社学习。后三年受聘入资产阶级革命党创办的江苏健行公学任教。革命派作家秋瑾于光绪三十年（1904）赴日本留学，入青山实践女校学习。两年后归国，与易本羲等在上海创办中国公学，后曾为绍兴大通学校督办。另一革命派著名小说家和诗人苏曼殊，父亲是旅日华侨，光绪二十四年（1898）入日本横滨大同学校学习，光绪二十七年（1901）入东京早稻田大学高等预科，后转入振武学校。都是或曾就读新学堂，或曾留学国外。

〔8〕林纾曾任教京师大学堂，后来专以创作和翻译小说为生。多数人则身为报刊及书局编辑，同时撰写和翻译小说。如著名谴责小说作家李伯元曾办《指南报》《游戏报》《世界繁华报》，主编《绣像小说》，同时发表自己的作品。

〔9〕陈衍言："道咸以来，何子贞绍基、祁春圃寯藻、魏默深源……诸老，始喜言宋诗。"见《石遗室诗话》卷一，台湾商务印书馆1961年版，第1页。

〔10〕南社诗人登上文坛时，学古诗派的一些领袖人物，诸如王闿运、樊宗祥、易顺鼎、陈三立、沈曾植等都是资产阶级革命的反对者，辛亥之后，又大都以前清遗老自处。柳亚子把文学宗尚与政治倾向联系在一起，对各派展开攻击批判，有此具体的时代形势背景。

〔11〕南社的诗歌宗尚并不统一，马君武是"唐宋元明都不管"（《寄南社同人》），高旭是"自抱文周屈宋思"（《钝根朱与元夕南社雅集，以诗见寄，步其韵以答之》），姚锡钧、朱玺等则赞赏以宋诗为宗的同光体，但主流则是唐音。南社的建立与发展在辛亥革命前后，同光体的主要作家大都站在民主革命的对立面，南社领袖人物柳亚子提倡"唐音"，声言"思振唐音以斥伧楚"（《胡寄尘诗序》），有其政治上的因素。后来南社中围绕同光体发生激烈争论，朱玺发展到对柳亚子进行人身攻击，柳乃以南社主任名义将其开除出社。

〔12〕以较早的译本说，侦探小说有光绪二十二年（1896）张坤德译英国的《歇洛克呵尔唔斯笔记》。周桂笙说："吾国刑律讼狱，大异泰西各国，侦探之说，实未尝梦见。"（《歇洛克复生侦探案·弁言》，《新民丛报》第55号，1904）言情小说有光绪二十五年（1899）林纾译《巴黎茶花女遗事》，影响极大，严复诗曰："可怜一卷茶花女，断尽支那荡子肠！"（《甲辰出都呈同里诸公》）政治小说有光绪二十四年（1898）梁启超译《佳人奇遇》。社会理想小说有光绪二十年（1894）李提摩太译《百年一觉》。科学小说有光绪二十六年（1900）薛绍徽译《八十日环游记》。

〔13〕梁启超所译《十五小豪杰》的按语自称译文"纯以中国说部体段代之"，又因"登录报中，每次一回，故割裂回数，约倍原译。然按之中国说部体制，觉割裂停逗处，似更优于原文也"（《新民丛报》第2号）。海天独啸子译《空中飞艇》，在书前"弁言"中说："凡删者删之，益者益之，窜易者窜易之，务使合于我国民之思想习惯，大致则仍其旧。至其体例，因日本小说，与我国大异，今勉以传记体代之。"（《空中飞艇》，明权社1903年版）

〔14〕近代报章文体可以溯源到冯桂芬与王韬等。冯桂芬反对桐城派古文，自言"独不信义法之说"，主张"称心而言"（《复庄卫生书》），他的《校邠庐抗议》（1861）是比较晓畅明白的短篇政论文集，对报刊政论文字有先导作用。王韬也反对有家法师承、门户蹊径的桐城古文，批评其矫揉拘泥，"蕴蓄以为高，櫽括以为贵，纡徐以为妍，短简寂寥以为洁"（《弢园尺牍续钞·自序》，《弢园著述初编》，清德宗光绪己丑铅印本）。他于同治十三年（1874）在香港创办《循环日报》，发表在该报上的自撰之政论文，不拘格式，畅所欲言，文字只求辞达，可以说首开报章文体风气。稍后郑观应自言其文章"随手笔录，不暇修琢词句"（《盛世危言增订新编·凡例》），

王韬评其文章说:"其词畅而不繁,其意显而不晦;据事胪陈直而无隐,同条共贯切而不浮。"(《〈易言〉序》)郑氏曾明确主张"新闻者,浅近之文"(《盛世危言·日报(上)》),他的不少文章发表于报刊上,体现了报章文体的特点。

〔15〕如黄遵宪所作《军歌二十四章》《幼稚园上学歌》《小学校学生相和歌十九章》等。又曾志忞曾编《教育唱歌集》,卷首《告诗人》也号召诗人创作歌辞"以最浅之文字,存以深意,发为文章。与其文也宁俗,与其曲也宁直,与其填砌也宁自然,与其高古也宁流利"(均见梁启超《饮冰室诗话》九七)。

〔16〕蔡元培说:"民元前十年左右,白话文也颇流行……但那时候作白话文的缘故,是专为通俗易解,可以普及知识,并非取文言而代之。主张以白话代文言,而高揭文学革命的旗帜,这是从《新青年》时代开始的。"(《〈中国新文学大系〉总序》)比较清楚地反映了那时对白话的基本观念与态度。

〔17〕魏源《偶然吟十八首……》其八云:"四远所愿观,圣有乘桴想;所悲异语言,笔舌均悦惘……若能决此藩,万国同一炕。朝发旸谷舟,暮宿大秦港。学问同献酬,风俗同抵掌……绕地一周还,谈天八纮放……直将周孔书,不囿禹州讲。"也突出地反映了这种心态。

第一章　龚自珍与近代前期诗文词

从鸦片战争（1840）前后到中日甲午战争（1894）的近代前期是千古未有的"变局"的前一阶段。随着民族危机、封建统治危机的加深，经世思潮蓬勃发展，统治阶级自救意识增强，统治阶级内部发生复杂的分化。与此相应，诗词文创作也开始出现新变化。

在本时期文坛上，承袭清中叶诗词文发展的势头，有承续，有新生。流派纷呈，新旧杂错。宋诗派兴起，常州词派继续发展，以姚门弟子为主干的桐城派在努力扩大其影响领域，随后又出现以曾国藩为首的湘乡派。在新的时局形势下，这些流派都有一定的变化和成就，突出地表现出对现实的关注，对国家命运的忧心，但对于时代的新思潮来说，思想略显滞后。农民起义所建立的政权太平天国的文化政策及其诗文异军突起，成就鲜明。其思想突破了旧传统，表现出鲜明的新内涵，成为近代新思潮的开路先锋，表现出反对封建文化的激进色彩，在天国势力所及的地域内给旧文化以重大冲击，但随着天国的被镇压而结束，其激进的反封建的态度不能为一般士子所认同，未能继续发生影响。本时期最值得注意的是一些经世派作家，他们以符合时代前进步伐的新思潮和高度的爱国激情，在诗词文各方面都唱出了新声，改变了文坛旧貌，翻开了近代文学的新篇章，并对近代文学行程产生了深远的影响。龚自珍、魏源、王韬等是其代表，龚自珍尤为其中的佼佼者。

第一节　龚自珍的思想与创作道路

张扬个性与理性的"尊情"与"尊史"　　　以"史官"自处的社会批判精神　　睥睨"乡愿"的"怪魁"

龚自珍（1792—1841），字璱人，号定盦，别署羽琌山民，浙江仁和（今杭州市）人。道光九年（1829）中进士。曾先后任宗人府及礼部主事等职，终其一生不出地位卑微的小京官。道光十九年（1839），因忤其长官辞官南归，两年后，暴卒于丹阳[1]。平生著述有后人汇编的《龚自珍全集》[2]。

　　龚自珍是在近代历史开端之际得风气之先的杰出的思想家与文学家。他的思想明显受到明中叶以来伸张个性思潮的影响，重情、重童心，强调"人""我"与"心之力"的作用（《壬癸之际胎观第一》《第四》），反对外在的压制与束缚，倡言"好削成，大命以倾"（《削成篇》），具有鲜明的个性解放倾向。在乾嘉汉学极盛的学术风气和家学传统的影响下[3]，他在汉学方面也有一定造诣，但并不为其所囿。他崇尚经今文学，密切关注现实，讥切时政，在对现实问题的思考中，崇史尊史，从历史中汲取理性，有很高的理性自觉："虽天地之久定位，亦心审而后许其然。"（《文体篇》）所有这些都表现出突出个性、自我与理性而与封建专制主义处于某种矛盾态势，富有叛逆色彩，成为我国近代最早的启蒙思想家。

　　龚自珍面对衰世，具有深沉的忧患意识。他以当代的史官自居，激浊扬清，始终把文学作为批评现实的武器。他思想早熟，25岁以前已经写出《明良论》《尊隐》《乙丙之际箸议》等文，揭露危机，鼓吹变革，呼唤风雷，憧憬未来，思想深刻，锋芒逼人。29岁后步入官场，不能不稍敛锋芒，常常为此内疚，慨叹"文格渐卑"（《杂诗，己卯自春徂夏……》其二）、"诗渐凡庸"（《己亥杂诗》其六五）。实际上他写下的一系列大胆建白文章，诸如《西域置行省议》《东南罢番舶议》《上大学士书》等，无不关系国家安危及内政改革的大事，贯穿着批评与变革精神。在相对自由的诗歌领域更是"欲为平易近人诗，下笔清深不自持"（《杂诗，己卯自春徂夏……》其十四），落笔便不能不尖锐。当他结束20年仕宦生涯，辞官南归，还表示要"狂言重起廿年瘖"（《己亥杂诗》其十四），再度发挥20年前在野的自由批评的锋芒。龚自珍的诗文是他社会批判的产物，紧密围绕社会政治这个轴心，彻底打破了嘉庆以来文坛的平庸风气，体现出时代精神，成为近代文学的开山[4]。

　　龚自珍的个性，自尊自信，傲岸不羁，颇似李白，而又多一层"横霸"之气。他平视一切，常常几乎是站在与现实统治对等的立场上指手画脚。这自然不为当时社会所容，被视为狂怪。吴中名儒王芑孙针对他"病一世人乐为乡愿"的激烈态度，劝诫他不要作"怪魁"："乡愿犹足以自存，怪魁将何所自处？"[5]然而正是这远远超出庸俗士夫之上而不容于封建之世的"怪魁"，展露了他的真实面貌与价值。

第二节　龚自珍的散文

　　清代散文的转折　　对封建专制主义的抗争　　危机与变革

意识 　 个性解放的呼喊 　 　 "横霸"之气与震撼力 　 诡
异奇崛的风格

从清中叶以来，散文领域为桐城派古文所笼罩。桐城派虽在古文理论与散
文创作艺术上有其贡献，但其"义法"理论与死守"义法"的态度，毕竟有
限制散文活力的弊端。龚自珍则彻底摆脱了此种影响，在经世思潮的鼓荡下，
自辟散文创作新路，提倡古人"忽然而自言"，"毕所欲言而去"（《绩溪胡户
部文集序》）的精神，主张摆脱一切束缚，畅所欲言。他直接继承和发扬了周
秦诸子散文无所拘忌的创造精神，以自由活泼的体式大胆地抒写自己的真知灼
见和真情实感，开创了经世散文的新风，标志着清代散文的转折。

龚自珍的时代，清王朝的统治已经衰朽，迫切需要变革，但专制主义统治
压制言论，摧抑人才，造成官僚平庸，士风委靡，堵塞了变革新生之路。龚文
大胆地揭露这种统治的腐朽本质及其必然没落的命运，呼号变革，憧憬未来，
反映了时代的重大课题。《明良论四》《古史钩沉论一》《京师乐籍说》《乙丙
之际箸议第七》《乙丙之际箸议第九》诸文抨击专制统治者牵制手脚，摧锄士
气，排摈议政，扼杀人才，从多侧面揭露专制统治的扼杀生机、阻碍社会发
展，并正告统治者变则存，不变则亡："一祖之法无不敝，千夫之议无不靡。"

他的《尊隐》一文深刻地表现了对大变革的预见与憧憬。作品描绘的图
景是腐朽统治势力濒临灭亡，新兴势力即将取而代之。所谓"隐"是指为腐
朽专制统治者排摈不容而失落在野的豪杰英才。文章首先提出"山中之傲民"
与"山中之悴民"两种隐者，前者隐居傲世，后者学识道德备于一身而徒忧
时消泯于山中。文章并不以指出隐者为满足，而是鲜明地提出"君子所大者
生也，所大乎其生者时也"，主张君子应该重"生"察"时"，以"大乎其
生"，即发挥"生"的价值。君子如何能"大其生"呢？文章接着描写了士在
国家初、盛、衰三个时期的遭遇，重点则放在衰世，着重描写这个时期代表现
实统治的"京师"力量与被排挤在野而体现社会生机的"山中之民"力量的
消长变化[6]。"京师"一片"日之将夕"的垂死气象，不仅皇族、世宦之家不
再生才，一切有价值的东西也都被拒之门外，只有"丑类蕴慝、诈伪不材"
充斥其中。因此京师之气泄而聚于野，京师贫而四山实，国家的重心转移到了
山中。终于山中有大声音起，"天地为之钟鼓，神人为之波涛"，这就是改朝
换代的到来。作者以"横之隐"与"纵之隐"的归纳结束文章。所谓"纵之
隐"，是指那种明察历史、掌握大道、知时知世而不能成为改造现实的物质力
量的人物，作者对其不被人认识、不能有实际作为的遭际表现了悲凉惆怅之
情，其中有作者自己的影子。所谓"横之隐"，即文章中所描写的"山中之

民"，"百世为纵，一世为横。横收其实，纵收其名"，他们是"能大其生以察三时"，终于有"大声音起"，实践了现实的变革，在历史上占有了一段空间，是"横收其实"者，故称之为"横天地之隐"。作者热情讴歌他们说"百媚夫不如一猖夫"，"百酣民不如一瘁民"，"百瘁民不如一之民（即'山中之民'）"，显然是在鼓舞呼唤"山中之民"的勃起。作者晚年在诗中说："少年《尊隐》有高文，猿鹤犹堪张一军。"（《己亥杂诗》其二四一）《艺文类聚》卷九〇引《抱朴子》曰："周穆王南征，一军尽化，君子为猿为鹤，小人为虫为沙。""猿鹤"即用此典，指"君子"，此即用以指"山中之民"，说他们"犹堪张一军"，尤可证此文之深刻含义。其揭示、呼唤、憧憬，都不啻石破天惊。

这篇文章出以寓言形式，汪洋恣肆，动人心魂。特别是描写衰世的一段文字，构思不凡，想象奇特，语言诡异，笔墨纵恣，将两种力量的对比，铺排至十几个层次，洋洋洒洒，一气而下，瑰奇动人，颇有《孟子》的气势，《庄子》的奇诡，《离骚》的瑰丽，突出表现了龚文奇谲壮伟的特色。

与反对专制束缚相关，龚自珍的散文也表现了追求个性解放的精神。《病梅馆记》是最集中的体现。文章采用比兴手法，以梅为喻，力斥为了"文人画士"的"孤癖之隐"，将梅斫正、删密、锄直，遏其生气，使之成为病梅。他立誓加以疗治，"解其棕缚"，必"复之全之"而后已，表现了反对摧残自然生机、保护个性自由的坚定态度。文章比兴贴切，生动引人。他的一些传记文如《记王隐君》《吴之癯》等，着重刻画人物奇崛不俗的个性，反映了同样的精神。

龚自珍散文的主要特点是识深、气悍而风格瑰奇。他以"幽光狂慧"（《又忏心一首》）透视现实，认识深邃，多透底之言，发人猛醒，读之"若受电然"（梁启超《清代学术概论》二十二）。他的散文在后来产生了重要影响，基础即在于此。龚自珍说他自己"气悍心肝淳"（《十月廿夜……书怀》），"气悍"便不免横眉冷对，故其"文笔横霸"（李慈铭《越缦堂日记》），具有凌厉的气势与震撼力。龚文在艺术表现上，刻意追求不恒常的构思与不恒常的语言表现，不落窠臼，想象奇特，文笔纵恣，形成诡异奇崛的独特风格。如《尊隐》之写"山中之民"，《乙丙之际塾议三》之写书狱，《送钦吴君序》之写世无奇才等，无不如此。这使他的一些文章能突破一般的论议和记事的模式，富有杂文的色彩，文学意味更浓，在中国散文史上有其独特的贡献。

第三节 龚自珍的诗、词

封建末世的镜子 呼唤风雷与人才 压抑与解脱 童 心的复归 龚自珍的新词风

龚自珍也是首开近代新诗风的杰出诗人。他自称"精严"的少作大都佚失，今存的六百多首诗，主要是 30 岁以后的作品，同样堪称"精严"。他的诗与散文一样，紧紧围绕现实政治这个中心，或批判，或抒慨，富有社会历史内容，为有清一代所罕见，一新诗坛面貌。

龚自珍以深邃的史识为诗，撕下"盛世"的面纱，把清王朝统治的腐朽没落形势，清晰地揭示给世人，特别具有警世、醒世和惊世的力量。《杂诗，己卯自春徂夏……》其十二曰：

> 楼阁参差未上灯，菰芦深处有人行。凭君且莫登高望，忽忽中原暮霭生。

"忽忽中原暮霭生"，即《尊隐》中所谓的"日之将夕"，以高度概括的形象表现出清王朝没落的形势与气氛。造成这种情势的根源，在于清王朝统治的腐朽与专横。《咏史》诗揭示说："牢盆狎客操全算，团扇才人踞上游。避席畏闻文字狱，著书都为稻粱谋。"[7] 地方上是幕府中帮闲人物操纵一切，朝廷里是皇帝左右亲贵把持大权，一般官僚文士慑于文字狱，不敢议论国事，著书为文不过是为衣食打算。高压专制把人们变成浑浑噩噩的庸才，全无生气。这就是当时的政治与士风现状，国家就是在这样的状态中一步步日薄西山。作者深知前途与希望在于风雷飙发，人才蔚起，以强力的变革使社会重获生机，从而喊出了时代的最强音：

> 九州生气恃风雷，万马齐喑究可哀！我劝天公重抖擞，不拘一格降人材。（《己亥杂诗》一二五首）

这富有震撼力的诗句，包含着深邃的意蕴。这里所谓的"人材"，就是《乙丙之际箸议第九》中所说的"才士""才民"，《京师乐籍说》中所称的"豪杰"，《尊隐》中所讴歌的"山中之民"。他们是不受统治者愚弄而能够打破万马齐喑的局面、掀起风雷、改造现实的力量。作者的《西郊落花歌》以"落花"的形象、奔放酣畅的笔墨对此种人才给予热情的讴歌："如钱塘潮夜澎湃,如昆阳战晨披靡;如八万四千天女洗脸罢,齐向此地倾胭脂。奇龙怪凤爱漂泊,琴高之鲤何反欲上天为?玉皇宫中空若洗,三十六界无一青蛾眉。""落花"就是"奇龙怪凤",就是被统治者排斥沉落的奇才,他们都从"玉皇宫中""飘泊"下来了,那里已经"空若洗",而人间则出现了宏伟壮丽的奇观。

诗人的拔俗特立,在当时的社会里是孤立无援的,"侧身天地本孤绝"(《十月廿夜大风不寐起而书怀》),他的不少抒怀诗,充满奇才忧国伤时而不容于世的压抑感、孤寂感。《夜坐》云:

> 春夜伤心坐画屏,不如放眼入青冥。一山突起丘陵妒,万籁无言帝坐灵。塞上似腾奇女气,江东久陨少微星。平生不蓄湘累问,唤出妲娥诗与听。

在难以忍受的压抑情境中,诗人想放眼青空一舒心绪。然而入眼的景象,是庸才妒抑奇才,是万马齐瘖而只有朝廷一种声音,是边域将有事而中原人才寥落的倾危形势。屈原曾作《天问》,诗人知道他所面对的现实是"天问有灵难置对,阴符无效勿虚陈"(《秋心》其二),提出问题是没有意义的,向月亮倾诉一下心曲算了。此中含有多么深沉的感愤,迥异于一般士子的不遇之叹。在极度压抑之中,作者有时也追求某种精神上的解脱,《能令公少年行》是这一方面的代表,也是一篇具有魅力的奇作。它以流丽的长篇歌行酣畅淋漓地描写出一个想象中的太湖隐居天地,它高雅脱俗,自由纯洁,优美充实,与污浊的现实形成鲜明的对比,这与诗人常常在诗中呼唤童心、怀恋真情的精神是一脉相通的。《己亥杂诗》一七〇首说:"少年哀乐过于人,歌泣无端字字真。既壮周旋杂痴黠,童心来复梦中身。"在名场中周旋,有时不能不装呆卖傻,所谓"痴";有时又不得不耍弄狡狯,所谓"黠",真个是"客气渐多真气少,汩没心灵何已"(《百字令·投袁大琴南》)。诗人十分厌憎这种逐渐失去真人面目的生活,也是个性解放精神的一种体现。

批判、呼唤、期望,集中反映了诗人高度关怀民族、国家命运的爱国激情。直到他辞官南归之日,还唱出"落红不是无情物,化作春泥更护花"(《己亥杂诗》五)的动人诗句,即使已是落花身世,仍要用自己的全部生命去培植新的花朵。

龚自珍的诗歌与散文一样富有开创性。他的诗基本不出旧体范围,也可以明显看出受到前代一些作家的影响,但他吸收前人的滋养而如蜂酿蜜,形成了自己独特的创作路数。他的诗主要是围绕社会政治着议抒慨，基本倾向是重意而多陈述的笔墨。但他着议抒慨，既富有概括力，含意深远，又多出以象征隐喻，富有形象性。如《秋心》其一：

秋心如海复如潮，但有秋魂不可招。漠漠郁金香在臂，亭亭古玉佩当腰。气寒西北何人剑？声满东南几处箫。斗大明星烂无数，长天一月坠林梢。

悼念奇才友人的亡故，抒发忧时的深怀，全都出之以陈述式笔墨。然而以"秋心"指愁绪，以"秋魂"指逝者，以"郁金香""古玉"写亡友的品德，以"气寒"喻西北的严重形势，以"何人剑"感慨报国乏人，以"箫"声寥落言哀时之士的匮乏，以"斗大明星"无数言庸才充斥，以"月"坠林梢言才友沦亡，思想深刻，形象鲜明，感情浓挚，意象含蓄，耐人玩味。诗中的形象事物大半是用为象征隐喻，而非意在描写其本身。这种艺术表现上的特点广泛地体现在作者常用的"剑""箫""落花""春""秋"等意象上。如"剑"之代表功业报国的壮怀，"箫"之代表忧国伤时的情思等。龚诗既是政治家、历史家的诗，又是真正诗人的诗。其浓郁的诗情近唐，以表意与陈述为主近宋，近唐而不流于兴象空浮，近宋而不流于枯瘠乏象，他融会了唐音、宋调的优点而避其流弊，以宋诗的面子包裹唐诗的里子，有独特的创造，自成一路，为古典诗歌艺术作了很好的总结。

龚自珍自称"庄骚两灵鬼，盘踞肝肠深"（《自春徂秋，偶有所触……》其三），其诗多用象征隐喻，想象奇特，文辞瑰玮，接受庄子与屈原的影响较大，然而其中贯穿一种诗人独有的凌厉剽悍之气，所谓"以霸气行之"（谭献《复堂日记》），因此晶光外射，飞动郁勃，富有力度。如"叱起海红帘底月，四厢花影怒于潮"（《梦中作四截句》其二），"西池酒罢龙娇语，东海潮来月怒明"（《梦得"东海潮来月怒明"之句……》），"畿辅千山互长雄，太行一臂怒趋东"（《张诗舲前辈游西山归索赠》），"猛忆儿时心力异，一灯红接混茫前"（《猛忆》）等，其中展示出来的剽悍奇丽之美，在古人诗中是少见的。从这一方面说，又是对古代理想化诗歌艺术的总结与发展。

龚自珍从19岁开始填词，早年与晚年词作较多，共存词一百五十馀首。词在传统上就是抒情的，龚自珍尤其把词作为抒情的工具。他的《长短言自序》即提出尊"情"，把自己所作的词视为"爱书"，即感情的供辞。因此他的词主要抒写理想的憧憬、失落的感慨以及乡情友思等。如《桂殿秋》：

明月外，净红尘，蓬莱幽窅四无邻。九霄一派银河水，流过红墙不见人。　惊觉后，月华浓，天风已度五更钟。此生欲问光明殿，知隔朱扃几万重？

词以夜梦之蓬莱仙境作为理想追求的目标，表现了一种难料前程的迷惘。据龚橙手抄词，此词为作者 19 岁所作。段玉裁评作者的早期词说"银碗盛雪，明月藏鹭，中有异境"（《怀人馆词序》）[8]，大约即指这一类。又《减字木兰花》词：

人天无据，被侬留得香魂住。如梦如烟，枝上花开又十年。　十年千里，风痕雨点斓斑里。莫怪怜他，身世依然是落花。

词前序曰："偶检丛纸中，得花瓣一包，纸背细书辛幼安'更能消、几番风雨'一阕，乃是京师悯忠寺海棠花，戊辰暮春所戏为也，泫然得句。"戊辰为嘉庆十三年（1808），词言"十年"，如系实数，则为嘉庆二十二年，作者 26 岁，尚未中举。他面对十年前的一包海棠花瓣，想到自己十年来，在风雨落花中南北奔波不已，仍是奇龙怪凤飘泊无已的落花身世，不禁泫然涕下，多一层怜惜之情。触物伤怀，情物相互映发，分外感人。《丑奴儿令》说："沉思十五年中事，才也纵横，泪也纵横，双负箫心与剑名。"都是相类的感慨。龚自珍以诗笔为词，直率真切地抒情，不拘声律，发扬豪放派词的精神，开创了经世派作家的新词风。

第四节　反帝爱国诗潮

广泛汹涌的反帝爱国诗潮　魏源与林则徐

"七万里戎来集此，五千年史未闻诸。"（黄遵宪《和西耘庶常德祥津门感怀诗》其八）西方国家的入侵，引起中华民族的极大愤慨与震惊，成为诗心歌怀所系。与龚自珍同时或稍后而经历了鸦片战争的一批诗人，如魏源、林则徐、张维屏、张际亮、朱琦、姚燮、鲁一同、贝青乔、金和等[9]，无不表现出激烈的反帝情绪，形成汹涌澎湃的爱国诗潮。他们的作品除反映民生疾苦外，焦虑阽危，痛斥侵略，抨击投降，讴歌抗战，表现了中华民族反对侵略、热爱祖国的崇高感情。如张际亮的《浴日亭》《迁延》，朱琦的《感事》、《关将军挽歌》，姚燮的《惊风行》，鲁一同的《重有感》等。张维屏的《三元里》是为广州三元里人民反侵略斗争所树的一座丰碑:"三元里前声若雷,千众万众同时来。因义生愤愤生勇,乡民合力强徒摧。家室田庐须保卫,不待鼓声群作气。妇女齐心亦健儿,犁锄在手皆兵器。乡分远近旗斑斓,什队百队沿溪山。众夷相视忽变色:黑旗死仗难生还!"传神地刻画出人民群众风起云涌、如火如荼的反侵略斗争场面。贝青乔的《咄咄吟》以 120 首绝句的组诗形式,以浙东军事为核心,有力地揭露了军吏贪黩、庸懦、愚昧的嘴脸,是清朝军政腐败的缩影。每诗一注,诗咏其事,注详本末,相得益彰,不少绝句具有冷隽的讽刺意味。金和以古体叙事讽刺诗而独具特色。他的《军前新乐府四首》《双拜冈纪战》《兰陵女儿行》《围城纪事六咏》等,揭露清军蹂躏百姓和统治阶级怯懦投降,都善于择取生活场景突出人物形象,于夸张的笔墨中深含讽刺,对古典叙事诗有所拓展。嘉、道以下的清王朝空前腐朽,文学中讽刺倾向大增,贝青乔、金和的诗歌都体现了这一趋势。爱国诗潮中的作家虽然艺术上一般还笼罩在前人的格调之下,缺乏鲜明的独创性,但以时代内容反映了一个时期的历史面貌,有其一定的地位。其中魏源、林则徐则表现出思想新因素,与龚自珍一起成为这一时期进步文学潮流的核心力量。

魏源(1794—1857)[10]与龚自珍齐名,人称"龚魏"。他思想开放,对内主张发挥商人作用,对外既坚决反对西方的侵略,又主张学习其长处,提出"师夷长技以制夷"(《海国图志》卷二)的方针,表现了近代优秀分子思想通达、不甘落后的品质与气魄。

魏源参加过实际政事改革,他的诗比较集中于揭露批判具体政事弊端和阻挠弊政改革的保守思想,为时人诗中所少见,《都中吟》《江南吟》《古乐府·行路难》等组诗可为代表。如《古乐府·行路难十三首》其二刻画一种畏难去垢、自甘陈腐的保守者形象。他汗垢淋漓,爬搔不已,而当有人劝他"胡不兰汤上巳滨,一番澡雪一番新"时,他却去同以污垢为命的虮虱商量,结果只能"甘听群污饱膏血。甘此七斤大布袍,百年不浣沧浪月"。如禹鼎铸奸,将顽固守旧者形象凸显在纸上。

在鸦片战争爆发后的两三年内,他集中地写下了《寰海》《寰海后》《秋兴》《秋兴后》四组诗共四十馀首,全为七律,一诗一事,广泛地反映了鸦片战事的具体内容和国家倾危形势,堪称"诗史"。如《寰海》其九揭露靖逆将军奕山的投降行径:

城上旌旗城下盟,怒潮已作落潮声。阴疑阳战玄黄血,电挟雷攻水火并。鼓角岂真天上降,琛珠合向海王倾。全凭宝气销兵气,此夕蛟宫万丈明。

第一章 龚自珍与近代前期诗文词 383

奕山在广州战败，以巨额赎城费向英军乞降。汉代周亚夫出奇兵平吴楚七国之乱，人"以为将军从天而下"，诗中用这个典故反讥奕山哪里是奇兵制胜，不过是凭金银买降，对照鲜明，讥讽有力。他的《秦淮灯船引》等长篇歌行，把政治内容与山水名胜结合起来，情景相生，也颇为动人。魏源诗带有时务家论事的色彩，赋笔多，议论多，虽自成一格，有时未免缺乏诗的韵味与意象。

魏源自言"十诗九山水"（《戏自题诗集》），他热爱祖国的山河，游踪几遍全国，写下大量的山水诗，以写实的笔墨显现了祖国各地河山的独特风貌和奇异景观。如《天台石梁雨后观瀑歌》，从雨中、月下、冰时几种情境中刻画出石梁瀑布的独特风神，引人入胜。他的山水诗大都写名山大川，以奇伟壮丽的景色为主，但也有一些幽美的山水画面，富有意境神韵，如《三湘棹歌》，其《蒸湘》一首曰：

> 溪山雨后湘烟起，杨柳愁杀鹭鸥喜。棹歌一声天地绿，回首浯溪已十里。雨前方恨湘水平，雨后又嫌湘水奔。浓于酒更碧于云，熨不能平剪不分。水复山重行未尽，压来七十二峰影。篙篙打碎碧玉屏，家家汲得桃花井。

将雨后行舟蒸湘所见的景色及其独特感受，传神地表现出来，境界清奇，形象鲜明。但他写山水，有时过于追求形似，一似地貌写生，则不免缺少诗情画意。

林则徐（1785—1850）[11]是开明的政治家、杰出的民族英雄和睁眼看世界的带头人。他的诗中渗透着忧时悯民的情怀，鸦片战争时期诗作突出地表现了爱国激情。如写于战争爆发前夕的《中秋嶰筜尚书招余……饮沙角炮台眺月有作》，在弥天月色、辽阔海面、严整军阵的雄浑背景上，抒写诗人扫清敌氛、清净边圉的豪情壮志："涵空一白十万顷，净洗素练悬沧洲。……蛮烟一扫海如镜，清气长此留炎州。"读之令人吐气。他遭投降派打击而被遣戍伊犁后所写的《赴戍登程口占示家人》中更有被广为传颂的名句——"苟利国家生死以，岂因祸福避趋之"，最集中体现了他为国家民族命运不惜牺牲一己的高尚品格和坚定意志，精神感人。他描写山川风物的诗如《出嘉峪关感赋》等，也气象雄伟。林则徐志怀高远，又长于骈俪，他的诗"气体高壮，风格清华"（《射鹰楼诗话》卷四），近体尤其对仗工稳自然。

第五节 宋诗派、桐城派、常州派与近代前期词

宋诗派的形成与主要倾向 郑珍诗的艺术开拓 桐城派
的新趋向 姚门弟子梅曾亮的散文 曾国藩的湘乡派与
曾门弟子的海外游记 新体散文的萌芽 周济与常州词
派 传统词坛名家蒋春霖 邓廷桢等人的爱国词作

在历史猛然折入近代行程时，除得风气之先的人物外，传统文坛一般还在循着惯性向前推演。这时在诗歌领域，有偏于宋诗格调的流派兴起，一般称之为"宋诗派"。我国古典诗歌有悠久的历史和辉煌的成就，思想与艺术都有广泛的开拓与精妙的创造，积累深厚，如果说此前的诗人已面临创新的艰难，那么，近代诗人尤其如此。汉魏以后，唐诗重兴象，妙在神韵空灵，但开扩的空间有限，容易流于千口一声的老调子；宋诗重写事，妙在实处，相对似有拓展空间。故一些诗人走上宋诗路数，希望有所出新。

宋诗派的领袖人物为程恩泽、祁寯藻，主要作家有出于程恩泽之门的何绍基、郑珍、莫友芝以及曾国藩[12]。这个诗派的主要宗尚是"以开元、天宝、元和、元祐诸大家为职志"（陈衍《石遗室诗话》），即以杜甫、韩愈、苏轼、黄庭坚为宗。其创作倾向则是受当时学术主潮汉学的影响，"合学人、诗人之诗二而一之"（同上），表现出一种独特的艺术趣味。沈曾植说："三元（指开元、元和、元祐）皆外国探险家觅新世界，殖民政策开埠头本领。"（同上）宋诗派发扬了"三元"的这种开拓精神，主张诗歌要有独创性，自成面目。宋诗派理论家何绍基强调诗文要立"真我"，独自"成家"。但其所谓"真我"，包括自然禀赋的个性气质和后天修养而成的性情，后者是"看书时从性情上体会"（何绍基《题冯鲁川小像册论诗》）得来的，大体不出封建伦理范畴和正直士大夫的标格，具有很大的保守性，与张扬个性的时代新思潮不可同日而语。宋诗派的主要成就，是在描写生活领域的开拓与表现艺术上的创造，显示出一种新风格。其中郑珍成绩最为突出，成就最高。

郑珍（1806—1864）[13]，为著名学者，被誉为西南"大儒"。他以馀事为诗，但创作刻苦用心，且有鲜明的主张。他强调诗歌必须有"我"，要"自打自唱"（《跋〈慕耕草堂诗钞〉》），"言必是我言，字是古人字"，即有独自的个性与艺术风格。认为树立不俗的主体自我，是创作的关键："从来立言人，绝非随俗士。君看入品花，枝干必先异。"如果丢失自我，只知形模古人，即或

面貌极似，亦"羊质而虎皮，虽巧肖仍伪"，虽似亦"伪"。这里包含了主真、主创的深刻内涵。他认同诗歌风格的多样性，以为各人才分不同，不宜强求划一。故对诗歌传统、艺术流派，都持开放的态度："李杜与王孟，才分各有似。"（以上均见《论诗示诸生》）"向来有私见，诗品无定派。性情异刚柔，声响遂宏喝。"（《赠赵晓峰》）艺术风貌的多种多样是自然的。他对唐音、宋调亦无轩轾，曾言："作诗天资于宋人近，于唐人不近，即极力学唐，适成就一个好宋派，此天资不能强也。只须好诗，何分唐宋！"（《跋〈慕耕草堂诗钞〉》）在学习传统上，则采取杜甫"转益多师"的精神，"多闻善择圣所教"，"学古未可一路求"（《与赵仲渔婿论书》），"又看蜂酿蜜，万蕊同一味"（《论诗示诸生》），主张博识善择，吸纳融会，以形成独自的风格。他的诗歌创作即其主张的实践。他按自己的艺术好尚与性分所近，以杜甫、韩愈、孟郊、白居易、苏轼诸大家为宗，唐宋兼采，融冶铸造，以偏于宋调的笔路辛勤耕耘，终于成就了具有独立风格的一大诗家。

郑珍今存诗九百馀首，反映了丰富的现实内容。如《吴公岭》《江边老叟诗》《煮海船厂三首》《观上滩者》等，写下层劳动者农民、矿工、纤夫的劳苦不堪而生存不保的凄苦悲惨况况；《捕豺行》《抽厘哀》《经死哀》等，揭露官府盘剥、官吏勒诈百姓的残暴行为；《溪上水碓成》《屋漏诗》《湿薪行》《渡岁澧州寄山中》《题〈书声刀尺图〉》等，写自身贫窘生活与行旅奔劳及亲情、乡情；《正月陪黎雪楼舅恂游碧霄洞》《白水瀑布》《怀阳洞》《飞云岩》等，刻画西南瑰奇的山水，均传神尽相。

郑珍一生大体僻处于西南一隅，并沉沦于社会底层，最高也未越过教官之职，而且连此卑官亦不能常得，不少时间生活在农村里，身亲农作，生活困窘，甚至有时衣食不继。他曾自言："某寒士也，朝耕暮读，日不得息，即如今时叶落霜白，寒风中人，而披单衣，执钱镈，躬致力于堛埧之上。"（《与周小湖作楫太守辞贵阳志局书》）这使他与古代的一般寒士作家不尽相同，有一种士子兼农夫的独特的生活天地。他的诗歌创作的一个突出特色和贡献，就是以现实主义的创作精神，不厌细琐，不避俚俗，生动逼真地展现出这个独特天地的方方面面，从房子漏雨到读书牛栏，从为小儿做周岁到父母教诲顽童，从水旱天灾到社会动乱，乃至造一物、举一事，无不铸造成生动的艺术形象，其中含蕴着诗人的独特视角与心理感受，不少是古人笔墨所罕见的，给人一种新鲜感。如写兴造水碓一事："贫家一举动，终始靡不难。区区水碓耳，匝月功始完。余岂好多事，在昔多所艰。赤脚老丑婢，婪姗聋且顽。遣之事春簸，炊或不给焉。有时得母助，乃始足一餐。无已作此举，令水为春人。内顾无竹木，未免乞比邻。稽迟到兹日，始已事而竣。"（《溪上水碓成》）兴造水碓的缘由及造作之艰难，曲曲叙来，真切如见。又如《读书牛栏侧》其一：

> 读书牛栏侧，炊饭牛栏旁。二者皆洁事，所处焉能常。读求悦我心，食求充我肠。何与粪壤间，岂有臧不臧。

士子读书是常事，但在牛圈旁边读书，还在这里做饭，则极少见了。读书、炊饭是"洁事"，也是常事，其处岂能有常。"悦心"之"读"不可少，"充肠"之"食"不可缺，农作的大助力牲畜又不能不照料，即使把读书炊饭挪在充满粪污的牛圈旁，又有何好不好之分。这种生活经历、观念和感情，也非一般士子所有的。特别是作者有时还与牛有了精神交流，其三曰：

> 闰岁耕事迟，一牛常卧旁。齝草看人读，其味如我长。置书笑与语，相伴莫相妨。尔究知我谁，我心终不忘。

真可谓独特的生活、独特的境界，诗末点出，牛能知道自己是谁，当心志不忘，又显有弦外之音。陈衍称许郑珍的诗"历前人所未历之境，状人所难状之景"（《石遗室诗话》），就其表现生活领域富有开拓性和创造性来说，是不错的。

郑珍诗歌在表现艺术上也有鲜明特点与颇高的造诣。他自言"我吟率性真"（《次韵奉答吕茗香》），这"性真"不只情真，也包含事真。故其诗真实自然，无矫揉造作。如上举之兴造水碓、读书牛栏，情事都一如本色地表现出来。贫窘也好，卑贱也好，不洁也好，都毫无遮掩避忌。不只是真，描写的笔墨也往往具体生动，盎然多趣。如《题新昌俞秋农汝本先生〈书声刀尺图〉》写父母教诲儿童的情景："书衣看看昂，儿衣看看长。女大不畏爷，儿大不畏娘。小时如牧猪，大来如牧羊。血吐千万盆，话费千万筐。爷从前门出，儿从后门去。呼来折竹签，与儿记遍数。爷从前门归，呼儿声如雷。母潜窥儿倍，忿顽复怜痴。夏楚有笑容，尚爪壁上灰。为捏数把汗，幸赦一度答。"小儿的不肯向学的顽劣性，慈母的焦急疼爱心境，都传神尽相，宛然纸上，引人兴味。其诗尤其善择动人心魄的细节，表情刻深，不由人不动心。如回忆母教之深恩："虫声满地月在牖，纺车呜呜经在手。以我三句两句书，累母四更五更守。"（《题史胜书秋灯画荻图》）一句"以我"，一句"累母"，两句展现出来的慈母教子深情，抵得上千言万语，而作者感怀之深亦尽在其中。又如其母过世后，写念母之情："墓门此隔不二里，时去时还日几回。在日眼穿无我到，而今脚破见谁来。"（《自望山堂晚归尧湾，示两弟》）生时因求仕奔波在外，母亲常常望眼欲穿，不得一见。如今时时走来，脚板皮都磨破了，近在眼前，母亲却不能一见了。思情之深挚，酸人心脾。郑珍为人开朗乐观，虽然生活窘苦，仕途艰难，诗中却不乏谐趣之笔，为诗添加了活泼气氛。如《瓮尽》："日出起披衣，山妻前致辞：瓮馀二升米，不足供晨炊。仰天一大笑，能盗今亦迟。尽以余者爨，用塞八口饥。吾尔可不食，徐徐再商之。或有大螺降，虚瓮时时窥。"面对瓮空米罄的困境，还大笑说，即使善盗者来了也没得可偷了，又时时窥视米瓮，说不定老天怜悯忠厚老实之人，它已经变成了白螺仙女取之不尽的米瓮了。《江边老叟诗》写的那位老叟，已被泛滥的长江夺走了全家性命，一身虽然幸存，自分也难保不葬身江水，诗的结束是老翁对作者所讲的话："君自贵州入湖北，贵州多山诚福国。任尔长江涨上天，不似吾人生理窄。"随机即成妙语。

郑珍的诗歌风格，明显分为两种。一类平易自然，亦称"白战"[14]，一类则"生涩奥衍"[15]，艰涩难读。前者居多数。所谓"白战"，即叙事、抒情、状物，都以平实浅俗的语言白描。钱仲联说："子尹诗之卓绝千古处，厥在纯用白战之法，以韩杜之风骨，而傅以元白之面目，遂开一前此诗家未有之境界。"（《梦苕庵诗话》）其语言之浅白，虽有似白居易，又非白氏所能尽，故钱氏又说："它是用韩孟雕刻洗炼的手段，而以白居易的面目出之。"（《近代诗钞》）其白描语言实自具特色。词语通俗却洗练坚卓，多用文语句法和仄声韵，音节造句硬折顿挫，故浅俗而不流易，沉实而不轻滑，朴瘦坚劲，自成一路。诸如"强歌不成欢，假卧不安席。梦醒觅娇儿，触手乃船壁"（《黔阳郭外》其二）："前滩风雨来，后滩风雨过。滩滩如长舌，我舟为之唾"（《下滩》）；"今宵此一身，计集几双泪。炉边有耶娘，灯畔多姊妹"，"学宦亦良策，山林固予乐。诚恐为俗牵，遂令一生阁"（《度岁澧州寄山中》其二、其四）都是显例。又往往一般的情事，把表现语言锤炼得不落常白，平实却不平淡。如前举《题〈书声刀尺图〉》中之"血吐千万盆，话费千万筐"二句，前句所谓呕心沥血，后句所谓谆谆教诲，寻常意思，表现语言则不寻常。又如该诗中写读书渐多，身体渐长，而以"书衣看看昂，儿衣看看长"来表现，亦新颖可喜。这些都使他的诗歌语言似白而非白，别具一格。

郑珍诗歌另一重要贡献，是将前人少历的西南瑰奇的山水，发掘彰显给世人。其中有用较平易的笔墨所写的，如《白水瀑布》《飞云岩》等。白水瀑布即今所称黄果树瀑布，诗曰："断岩千尺无去处，银河欲转上天去。水仙大笑且莫莫，恰好借渠写吾乐。九龙浴佛雪照天，五剑挂壁霜冰山。美人乳花玉胸滑，神女佩带珠囊翻。文章之妙避直露，自半以下成霏烟。银虹堕影饮㴉㵗，天马无声下神渊。沫尘破散汤沸鼎，潭日荡漾金镕盘。白水瀑布信奇绝，占断黔中山水窟。"(《白水瀑布》)摹写真切,设喻巧妙。而其更具特色的山水诗,则是发挥其学人优势,以富赡奥衍奇僻的笔墨,表现西南峰奇洞诡的奇妙景观,奇景奇笔,两相辉映,传神尽相。笔路明显有韩愈的影响,但剪裁锤炼得比韩似更切实。如《正月陪黎雪楼舅游碧霄洞》诗写洞的由来:"黄螾翻劫波,误落荒服外,睢眦恚五岳,中原各尊大。胸蓄不分渑,要唾尽始快。日月不照灼,深閟神鬼怪。吐洩夺造化,挽炼鼓橐鞴。天动九地裂,顿辟一世界。雷电下搥撼,投楔却奔溃。面帝弹不法,情天转嫪爱。顾留与遐土,广彼耳目隘。"写岩洞中的奇观:"耽耽深厦中,具千百状态。大孔雀迦陵,宝璎珞幢盖。钟鼓干羽帔,又杵臼磨硙。虎狮并犀象,舞盾剑旌旆。础楹芬藻井,金登豆蔫甀。更龟鳖蛙蟾,及擂鼓鏊铠。厥仙佛菩萨,拱立坐跪拜。"诗末结云:"如何老穷僻,似为地所画。元柳目未经,陶谢屐不逮。……试假生铁笔,为尔破荒昧。后来应有人,咄嗟同感喟。"全诗用丰赡奇僻的词藻和比喻,将碧霄洞溶洞中诡异怪伟的景观真切地传达出来。郑珍本是奇才,一生埋没于西南一隅,诗对此洞奇伟不凡的由衷颂扬,及其处僻地而不为人知的深沉惋惜,实有一抒奇才受抑之慨的内蕴:"胸蓄不分渑,要唾尽始快。"

郑珍的诗,评价甚高。吴敏树言"子尹诗笔横绝一代,似为本朝人所无"(赵懿《巢经巢遗诗跋》引吴氏语)。胡先骕亦称其"卓然大家",更许为"有清一代冠冕"(《读郑珍〈巢经巢诗〉》)。所评或许略高,但以其诗歌艺术造诣而言,在清代与近代文学中,实足称为一大家。郑珍诗在近代诗歌发展中有重要的地位,它壮大了宋诗派,对后来的同光体尤有深刻影响。陈夔龙说郑珍"屹然为道咸间一大宗。近人为诗,多祧唐而称宋,号为步武黄陈,实则巢经一集,乃枕中鸿宝也"(《遵义郑徵君遗著序》),汪辟疆亦言郑诗"理厚思沉,工于变化","故同光诗人宗宋人者,辄奉郑氏为不祧之宗"(《近代诗人述评》)。实为同光体诗人近法之楷模。曾国藩后来自成湘乡派,不过是宋诗派的别支,宗尚则更偏于黄庭坚。他自言"自仆宗涪公,时流颇忻向"(《题彭旭诗集后即送其南归》其二),陈衍也说:"湘乡出而诗皆宗涪翁。"(《石遗室诗话》)

古文方面,桐城派大师姚鼐卒于嘉庆二十年(1815),进入本时期主要是姚门弟子在扩展桐城派势力和影响。此时,桐城文派面临汉学家提倡考据文,阮元、李兆洛等张扬骈体文,经世派大力鼓吹经世文的严峻文坛形势,早已丧失左右文坛的力量,只在姚门亲授弟子与私淑弟子间传承与传播,其核心力量则是姚门的几大弟子,主要有管同、梅曾亮、方东树、姚莹、刘开[16]。他们大体还都守持桐城派的道统、文统,不过受艰危时局的影响,也出现一些变化,即强调加强文学与现实的关系。如梅曾亮提出"因时",姚莹于姚鼐的学问之事三端之外加上"经济"一条。不过他们强调文学的社会功用，主要偏于教化，不外以封建伦理端正人心风俗，思想比较保守，他们虽也批评现实弊端，多属枝节问题，缺乏经世派那种抨击现实、倡言变革的力度，但在对外方面，则同样表现出反侵略的爱国立场。其中古文成就较高的是梅曾亮[17]，道光中后期他在京师中俨然成为古文宗师。他论文主"因时"，主"真"，二者实相辅相成，所谓"因时"，即因文见其"时"之"真"与"人"之"真"。他的文章大体能体现这种精神，以简洁蕴藉的文笔，清明的气体，真切地表现情与事。如《游小盘谷记》写盘谷的形态，身处其中的感受，真切传神，一无长语浮词。《钵山馀霞阁记》等也都清隽可喜。论说文如《士说》等，直申己见，短小精悍。

姚门诸弟子之后，桐城派为曾国藩（1811—1872）[18]及其弟子活动的时期。曾国藩是所谓"同治中兴"的"名臣"，幕府广聚人才，以坚持理学道统的桐城派为号召，使桐城派古文一时复盛。他适应时势的需要，进一步强调"经济"，将义理、考据、辞章、经济四者比之孔门的德行、文学、言语、政事四科，并针对桐城派古文之弊，提出修正意见，包括扩大古文的传统，由八家上推至先秦两汉，主张骈散兼容，提倡"雄奇瑰玮"（《致南屏书》）。他本人的文章"复字单义，杂厕相间，厚集其气，使声采炳焕而夏焉有声"（李详《论桐城派》）。这些从古文理论到创作实践对桐城派的改造，使桐城派进入一个新的阶段，后人称之为"湘乡派"。曾国藩门下，张裕钊、吴汝纶、黎庶昌、薛福成称四大弟子[19]。他们已处于所谓"同治中兴"的洋务运动发展时期，思想与实践都与洋务有较密切的关系。他们的文章虽各有成就，特别是张、吴二人得桐城"雅洁"之传，最为桐城派人推崇，但陈旧的文章模式已很难再有超越前人的建树，他们真正给桐城文带来新气象的是一些反映新思想的议论文和海外游记，尤其是后者，以新奇的事物与略带变化的文风，形成湘乡派文的一大特色。如黎庶昌的《游盐原记》《卜来敦记》，薛福成的《观巴黎油画记》《白雷登海口避暑记》等都以朴实畅达的笔墨传其形神，以异国新奇风物引人入胜。薛福成的《观巴黎油画记》几成脍炙人口的名篇，以传神之笔将内容繁杂的画面形象地表现出来，又极善烘衬渲染。

在散文领域，本时期颇值得注意的是以冯桂芬、王韬、郑观应等为代表的新体散文的萌芽，这实际是经世文的进一步发展。冯桂芬（1809—1874）[20]思想属于以中学为体、西学为用的洋务派，文章上则与桐城派针锋相对，主张"称心而言，不必有义法"（《复庄卫生书》）。他的《校邠庐抗议》以内容为本，达意为用，议论剀切，文字平实。王韬（1828—1897）已具有早期改良主义思想，文章观上同样反对桐城派，宣称桐城文有家法师承、门户蹊径，

"蕴蓄以为高，櫽括以为贵，纡徐以为妍，短简寂寥以为洁"，与自己"格格而不相入"（《韬园尺牍续钞自序》），提出"文章所贵在乎纪事述情，自抒胸臆，俾人人知其命意之所在而一如我怀之所欲吐，斯即佳文"（《韬园文录外编自序》）。他针对时务直抒己见，又任报刊主笔，许多文章发表在报纸上，实首开报章文体。其文的通俗畅达，极言尽论，被人认为"出之太易"（《韬园老民自传》），这实际正反映了由古文经由报章文体向现代散文演变的趋势。稍后郑观应的《盛世危言》继续承袭这一形势发展。梁启超说："自报章兴，吾国之文体，为之一变，汪洋恣肆，畅所欲言，所谓宗派家法，无复问者。"（《中国各报存佚表》）清楚地说明了报章文体在近代散文发展史上的价值和意义。

在词的领域，进入近代以前，已有常州词派兴起。领袖人物张惠言推尊词体，提倡比兴，主张以婉约的风格隐曲地表现士大夫的幽怨之情。到本时期的周济（1781—1839）[21]继续发扬其理论，进一步提出"诗有史，词亦有史"（《介存斋论词杂著》），超越抒写士子遭遇感慨的范围，更加强调词的社会内容，所谓"感慨所寄，不过盛衰：或绸缪未雨，或太息厝薪，或己溺己饥，或独清独醒"（同上）。在词的艺术进境上，提出："问途碧山（王沂孙），历梦窗（吴文英）、稼轩（辛弃疾），以还清真（周邦彦）之浑化"（《宋四家词选目录序论》），与张氏之独崇温庭筠有别。关于比兴寄托则提出"词非寄托不入，专寄托不出"（同上），要使词不黏着一点，达到"指事类情，仁者见仁，知者见知"（《介存斋论词杂著》），即含义更加广阔深厚的境地。其词如《蝶恋花》"柳絮年年三月暮"，通过对柳絮的歌咏，表现对衰落形势无可奈何的情绪，深藏时事之慨。

这时传统词坛上还有项鸿祚、蒋敦复、蒋春霖等一批词人[22]，蒋春霖（1818—1868）词作艺术成就最高。他认为"词祖乐府，与诗同源"，反对"偎薄破琐，失风雅之旨"，主张"情至韵会，溯写风流，极温淡怨慕之意"（李肇增《水云楼词序》引），其词宗尚宋人张炎、姜夔，主要是传神地表现出大动乱中士子的漂泊离乱的情怀，不用寄托手法，而表情含蓄深沉。如《台城路》：

> 惊飞燕子魂无定，荒洲坠如残叶。树影疑人，鸮声幻鬼，欹侧春冰途滑。颓云万叠。又雨击寒沙，乱鸣金铁。似引宵程，隔溪磷火乍明灭。
> 江间奔浪怒涌，断笳时隐隐，相和鸣咽。野渡舟危，空村草湿，一饭芦中凄绝。孤城雾结。剩跼离鸿，怨啼昏月。险梦愁题，杜鹃枝上血。

词有感于友人从太平军占领的南京城中逃出而作，描写其惊魂不定的神情，善于从视觉、听觉各方面烘衬，气氛浓郁，堪称刻画入神，而其对太平军的敌对态度也暴露得十分清楚。

此时期值得重视的是一些爱国的官僚士子，其词以充实的社会内容，真正达到了"词亦有史"的高度。林则徐、邓廷桢（1776—1846）都是这方面的代表[23]。林则徐的词作和诗一样表现了反侵略和爱国的激情，如《高阳台·和嶰筠前辈韵》写禁烟事，下片抒写厉行烟禁的快意心境与豪情，极为鼓舞人："春雷歘破零丁穴，笑蜃楼气尽，无复灰然。沙角台高，乱帆收向天边。浮槎漫许陪霓节，看澄波、似镜长圆。更应传，绝岛重洋，取次回舷。"充满禁绝鸦片、赶走侵略者的坚定意志。邓廷桢也是鸦片战争中的爱国将领，而遭无理贬谪，其《双砚斋词》实为"将军白发之章，门掩黄昏之句"（谭献《复堂日记》戊子），如《高阳台》"鸦渡溟溟"写鸦片之祸国殃民，《高阳台·玉泉山宴集》写报国壮志难展的哀愤，《水龙吟·雪中登大观亭》写国势倾危的焦急心绪，都气势寥阔，情韵高健。《酷相思·寄怀少穆》写他与林则徐二人先后任两广总督所面临的困境及忧国深思：

> 百五芳期过也未？但笳吹、催千骑。看珠澥盈盈分两地。君住也，缘何意？侬去也，缘何意？　召缓征和医并至。眼下病、肩头事。怕愁重如春担不起。侬去也，心应碎！君住也，心应碎。

这的确是"三事大夫，忧生念乱"（谭献《复堂日记》乙酉）之作。

注　释

[1] 关于龚自珍的辞官与死，曾有多种传说，主要是所谓"丁香花公案"。是说龚自珍与同时词人顾春有婚外恋关系，招致顾春的丈夫奕绘贝勒一家的迫害。此说发自冒广生，他的《记太清（顾春之号）遗事》诗六首，多有影射隐示龚、顾关系的内容。此后为一些笔记、小说采录传扬。如徐珂《清稗类钞》、柴萼《梵天庐丛录》等，细节不尽相同。史学家孟森曾撰《丁香花》一文，详驳其事之不可信（《心史丛刊》三集）。后来苏雪林又写《丁香花疑案再辨》一文，载武汉大学《文哲季刊》一卷四号，均可参考。此外还有为妓女灵箫、小云所害，和因鸦片案主战为穆彰阿迫害诸说，分见柴萼《梵天庐丛录》、李伯元《南亭四话·庄谐诗话》、王文濡刊本《精刊龚定盦全集》批注、钱穆《中国近三百年学术史》引龚氏世姻张尔田语。诸说之不确，可参樊克政《龚自珍生平与诗文新探·龚自珍己亥离京"仓皇可疑"说辨》。按，汤鹏《赠朱丹木太守》其一自注说："往时丹木入都，正值定盦舍人忤其长官，赋归去来。今舍人已下世矣。"这里直言为忤其长官，当可信。龚氏本人《己亥杂诗》第

三首写其出都时的心绪说："罡风力大簸春魂，虎豹沉沉卧九阍。"言"罡风"，言"虎豹"卧阍，显然亦指权臣。但所忤长官为何人，则失考。

〔2〕龚自珍文章著述，从作者生前开始自刻，到身后陆续有人补刊，版本甚为复杂。搜罗最为完备的是中华书局 1959 年出版的王佩诤校编本《龚自珍全集》（此本又有 1975 年上海人民出版社之重印本）。但此后仍有佚文发现。关于龚氏文集版本可参王贵忱、王大有《龚自珍诗文集早期刊本述闻》、孙静《龚自珍文集著述编辑刊刻源流》。

〔3〕龚自珍的父亲龚丽正是著名文字学家段玉裁的女婿，从段学小学，很有一些汉学考据学的根柢，著有《国语注补》《楚辞名物考》诸书。龚自珍是段玉裁的外孙，也曾向段问学。《己亥杂诗》第五十八首自注言："年十有二，外王父金坛段先生授以许氏部目。"龚本身有《说文段注札记》《金坛方言小记》以及一些金石文字的释文等汉学撰著，和这一家学渊源分不开。

〔4〕关于龚自珍在中国文学史上的地位，有两种不同的意见。一种认为他是中国古典文学的终结，如中国科学院文学研究所编《中国文学史》三卷本，写至鸦片战争前为止，以龚自珍殿后。章培恒、骆玉明主编的《中国文学史》三卷本，不分近代，其第八编《清代文学》的《清代中期的诗词文》为鸦片战争以前的文学，而龚自珍则列入最末，则也认为他是鸦片战争以前文学的殿军。另一种意见认为他是具有近代启蒙因素的思想家，是近代文学的开山，如北京大学中文系 1955 级文学专门化编《中国文学史》四卷本，游国恩等主编的高等学校统编教材《中国文学史》四卷本等，都持此说。

〔5〕王芑孙致龚自珍书，见王佩诤编《龚自珍全集》第 11 辑载张祖廉《定庵先生年谱外纪》。

〔6〕《尊隐》一文所说的"山中之民"指哪些人，代表什么力量，学界有不同的说法。归纳起来大体有四种意见：一，指农民，如侯外庐《中国早期启蒙思想史》。二，指地主阶级在野派，如孙钦善《龚自珍诗文选》等。三，包含市民阶层，如陈铭《龚自珍综论》。四，指具有反清思想的人，如王元化《龚自珍思想笔谈》。按《己亥杂诗》第二四一首说："少年尊隐有高文，猿鹤真堪张一军。"《艺文类聚》卷九十引《抱朴子》曰："周穆王南征，一军尽化，君子为猿为鹤，小人为虫为沙。""猿鹤"即用此典，指"君子"，与"小人"相对，指统治层中的人物。又作者《与人笺五》还曾直接引列子之言"君子化猿化鹤，小人化虫化沙"，并说"等化乎？然而猿鹤似贤矣"，也以猿鹤指"君子"。所以"山中之民"主要应是指既有革新之志又有才华能力而被统治者排挤在野的地主阶级知识分子。他们是地主阶级的改革派，也不妨受资本主义萌芽熏染而带有一定的启蒙思想。至于文中改朝换代的预想，则不能说没有历史的与当代的农民起义的投影，此文之作即与天理教起义的刺激有关，但作者只是取其取代现实腐朽统治之意，并非赞扬和实指农民起义，历史上的农民起义实际上也只是改朝换代的工具。

〔7〕作者自编的《破戒草》中，此诗系于道光五年（1825）。旧传为两淮盐政曾燠罢官而作，见吴昌绶《定盦先生年谱》道光五年条。刘逸生、周锡馥《龚自珍编年诗注》

考证，曾燠于道光二年授两淮盐政，至道光六年四月，被召回京，受到"以五品京堂候补"的处分，认为作者写此诗显非"惜其罢官"，是对的，但本诗的现实背景包括曾燠盐官幕府情况，则是无疑的，而又确实概括很广，非仅限于曾燠一人之事。

〔8〕按《怀人馆词》为龚氏词集名。

〔9〕张维屏（1780—1859），字子树，号南山，广东番禺（今属广州）人。道光二年（1822）进士，曾在湖北、江西任州县地方官。有《张南山全集》，《清史稿》有传。张际亮（1799—1843）字亨甫，福建建宁人。道光十五年（1835）举人，刚直敢言，有狂名。有《思伯子堂诗集》《张亨甫全集》，《清史稿》有传。朱琦（1803—1861）字伯韩，号濂甫，广西临桂（今桂林市）人。道光十五年（1835）进士，曾任翰林院编修、御史，与苏廷魁、陈庆镛有"谏垣三直"之号。有《怡志堂诗初编》，《清史稿》有传。姚燮（1805—1864）字梅伯，号复庄，浙江镇海人。道光十四年（1834）举人。以授徒为生，致力于著述，涉及俗文学的小说戏曲。有《今乐府选》《今乐考证》，并曾评点《红楼梦》，有《复庄诗问》。生平事迹见徐时栋《姚梅伯传》。鲁一同（1805—1863）字通甫，江苏山阳（今淮安）人。道光十五年（1835）举人，致力于学问，研究经史百家。有《通甫诗存》，《清史稿》有传。贝青乔（1810—1863），字子木，号木居士，江苏吴县（今苏州）人。道光二十一年（1841），奕经赴浙抗击英军，贝青乔以诸生投效军门，主掌文案。有《半行庵诗存稿》《咄咄吟》。金和（1818—1885）字弓叔，号亚匏，江苏上元（今南京市）人。一生未尝入仕。鸦片战争时英军包围南京和后来太平天国起义军占领南京，他都在城中，对鸦片战争与太平天国都有亲身的经历与体验。有《秋蟪吟馆诗钞》，生平见束允泰《金文学小传》。

〔10〕魏源，字默深，湖南邵阳人。道光二年（1822）举人，长期做馆师与幕僚。道光前期在贺长龄幕府为其编辑《皇朝经世文编》，对近代经世思潮发展产生了重大影响。鸦片战争后，在林则徐《四洲志》的基础上编辑《海国图志》，由50卷陆续扩编为100卷，是当时最广泛介绍世界各国地理、历史、政治的巨著。道光二十五年（1845）中进士，其后曾为江苏地方官。有《古微堂集》《古微堂诗集》。其诗文有中华书局整理出版之《魏源集》。《清史稿》有传。详参王家俭《魏源年谱》。

〔11〕林则徐，字少穆，福建侯官（今福州）人。嘉庆九年（1804）举人，十六年（1811）进士。历任翰林院编修、御史和地方之道台、总督等职，道光十八年（1838）以钦差大臣赴广东查禁鸦片，厉行烟禁，并多次击退英军的进攻。道光二十年（1840）任两广总督。鸦片战争失利后，投降派得势，林被革职，远戍伊犁。后一度为陕西巡抚、云贵总督等。卒谥文忠。有《云左山房文钞》《云左山房诗钞》及《云左山房词》。《清史稿》有传。详参魏应麒《林文忠公年谱》。

〔12〕程恩泽（1785—1837），字云芬，号春海，安徽歙县人。嘉庆十六年（1811）进士，入翰林院，授编修，官至户部右侍郎。有《程侍郎遗集》。《清史稿》有传。祁寯藻（1793—1866）字叔颖，号春圃，山西寿阳人。嘉庆十九年（1814）进士，入翰林院，授编修，官终礼部尚书，卒赠太保，谥文端。有《馣䜗亭集》《馣䜗亭后集》。《清史稿》有传。何绍基（1800—1874）字子贞，湖南道州（今道县）人。道光十

六年（1836）进士，入翰林院，授编修，曾为四川学政。他治经史之学，又精通书法，喜好金石。有《东洲草堂诗钞》。《清史稿》有传。莫友芝（1811—1871）字子偲，号郘亭，贵州独山人。道光十一年（1831）举人，先后入胡林翼、曾国藩幕府。有《郘亭诗钞》《郘亭遗诗》。其生平《清史稿》附《莫与俦传》下，黎庶昌有《莫徵君别传》。

〔13〕郑珍，字子尹，贵州遵义人。道光十七年（1837）举人，曾先后任本省厅县儒学训导，又曾教授榕城诸书院。私谥文贞。有《巢经巢诗钞》《巢经巢诗钞后集》《巢经巢遗诗》《巢经巢文钞》等。《清史稿》有传。其子郑知同撰有《敕授文林郎徵君显考子尹府君行述》。

〔14〕胡先骕《读郑子尹巢经巢诗集》曰："巢经巢诗最足令人注意之处，即其纯用白战之法。"

〔15〕陈衍《石遗室诗话》评近代诗歌流派说："其一派生涩奥衍……语必惊人，字忌习见。郑子尹之《巢经巢诗钞》为其弁冕。"子尹为郑珍之字。陈衍认为郑珍是"生涩奥衍"一派的代表。

〔16〕郑福照《方仪卫先生年谱》说方东树："与上元梅伯言曾亮、管异之同、同里刘孟涂开，并为姚先生（鼐）所最称许，世目为姚门四杰。"王先谦《续古文辞类纂》也说："姬传之徒，伯言、异之、孟涂、植之最著。"曾国藩在《欧阳生文集序》则言姚鼐主锺山书院讲席，门下著籍者，管同、梅曾亮、方东树、姚莹四人"称为高第弟子"。大体说管、梅、方、姚、刘五人均为姚氏之重要弟子。方东树（1772—1851）字植之，安徽桐城。诸生。客游四方，曾主讲江西、广东的多处书院。有《仪卫轩文集》《仪卫轩诗集》等。《清史稿》有传。管同（1780—1831）字异之，江苏上元（今南京）人。道光五年（1825）举人，于文章之外也留心经史。有《因寄轩文集》《因寄轩诗集》及《皖水词存》等。生平附见《清史稿·梅曾亮传》。刘开（1784—1824）字明东，号孟涂，安徽桐城人。终生未仕，曾主大雷书院讲席，受聘修《亳州志》。有《孟涂文集》《孟涂诗前集》《孟涂诗后集》等。生平附见《清史稿·梅曾亮传》。姚莹（1785—1852）字石甫，安徽桐城人。嘉庆十三年（1808）进士。曾先后在福建、江苏任州县地方官，后为台湾道，鸦片战争时屡挫英军。和议成后被诬入狱，事白分发四川，官至广西按察使。有《东溟文集》《东溟文外集》《东溟文后集》《中复堂遗稿》等。《清史稿》有传。

〔17〕梅曾亮（1786—1856），字伯言，江苏上元（今南京）人。道光二年（1822）进士。先后入安徽巡抚邓廷桢与江苏巡抚陶澍幕府，后入赀为户部郎中，道光末归乡后一度主扬州梅花书院。有《柏枧山房文集》《柏枧山房文续集》。《清史稿》有传。

〔18〕曾国藩，字伯涵，号涤生，湖南湘乡人。道光十八年（1838）进士，曾任翰林院检讨、礼部侍郎等职。太平军起义后，创办湘军，成为镇压太平天国的主将，官至两江总督、武英殿大学士，封一等毅勇侯。卒赠太傅，谥文正。有《曾文正公全集》。《清史稿》有传。

〔19〕张裕钊（1823—1894）字廉卿，湖北武昌人。道光二十六年（1846）举人，曾为内

阁中书，先后主讲直隶、湖北等地多所书院。有《濂亭文集》《濂亭遗文》《濂亭遗诗》等。《清史稿》有传。黎庶昌（1837—1898），字莼斋，贵州遵义人。同治初年入曾国藩幕府。光绪二年（1876）随郭嵩焘出使欧洲，先后任驻英、德、法、西班牙使馆参赞，光绪七年任出使日本大臣。有《拙尊园丛稿》《西洋杂志》等，并编《续古文辞类纂》。《清史稿》有传。薛福成（1838—1894），字叔耘，号庸庵，江苏无锡人。同治四年（1865）入曾国藩幕，光绪初入李鸿章幕，曾任浙江宁绍台道，后出任英、法、比、意四国公使。有《庸庵文编》《庸庵文续编》《庸庵文外编》《海外文编》等。《清史稿》有传。吴汝纶（1840—1903），字挚甫，同治四年（1865）进士。曾为知州，后主讲保定莲池书院。光绪二十八年（1902）被举荐为京师大学堂总教习，自请赴日本考察教育，归国后未赴京师任而还乡。有《桐城吴先生文集》。《清史稿》有传。

〔20〕冯桂芬，字林一，号景亭，江苏吴县（今苏州）人。道光二十年（1840）进士，曾官右春坊右中允。咸丰年间，太平军入江苏，李鸿章率淮军到上海后，入李幕府。后主讲南京、上海等地书院。著有《显志堂稿》《校邠庐抗议》等。王韬字仲弢，一字紫诠，江苏长洲（今吴县）人。早年到上海，入英国传教士麦都思主持的墨海书馆。咸丰十一年（1861）冬因母病归乡，曾化名黄畹向太平天国地方官献策。后被清廷通缉，逃往香港，入英国传教士理雅各主持的英华书院，一度赴英，回港后从事著译。后曾创设中华印务总局，主编出版《循环日报》，创办韬园书局，主持格致书院与《申报》编务。有《弢园文录外编》及《蘅华馆诗录》、西方史、游记、笔记等多种。郑观应（1842—1922）本名官应，字正翔，号陶斋，广东香山（今中山市）人。早年即入上海宝顺洋行作买办，后亲自经营贸易，并先后受聘为太古洋行轮船公司总理、上海电报局总办、轮船招商局帮办等职。有《盛世危言》等。

〔21〕周济，字保绪，号止斋，别号介存居士。江苏荆溪（今宜兴）人。嘉庆十年（1805）进士，官淮安府学教授。后隐居南京。著有《介存斋文稿》《味隽斋词》《词辨》附《论词杂著》等，又编纂《宋四家词选》。《清史稿》有传。

〔22〕项鸿祚（1798—1835），字莲生，改名廷纪，浙江钱塘（今杭州）人。道光十二年（1832）举人，有《忆云词甲乙丙丁稿》。蒋敦复（1808—1867），字剑人，江苏宝山（今属上海市）人。才高气傲，行为奇特。曾向太平天国杨秀清献策，后出家为僧，法名昙隐大师。有《芬陀利室》与《词话》。蒋春霖，字鹿潭，江苏江阴人。曾权知富安场盐大使。有《水云楼词》《水云楼词补遗》及《水云楼烬馀稿》。

〔23〕邓廷桢（1776—1846）字维周，号嶰筠。江苏江宁（今南京）人。嘉庆六年（1801）进士，初授翰林院编修，后官两广总督、闽浙总督。一度被遣戍伊犁，召还后任陕西巡抚。有《双砚斋词》与《双砚斋词话》。《清史稿》有传。

第二章　近代前期的小说与戏曲

　　嘉庆、道光以来，直到同治、光绪年间，小说大体可以分为两派：一派是与说话艺术有渊源关系的侠义公案小说，一派是文人创作的人情世态小说。前者承《水浒传》一路，后者承《红楼梦》一路，但在新的社会背景与文化氛围的影响下，都有了明显的转向。此时期中国小说的发展也呈现了一些与传统疏离、嬗变的征兆。而戏曲则是雅部急遽衰落，花部兴起，特别是今日有"国剧"之称的京戏蓬勃发展起来。

第一节　侠义公案小说

　　侠义公案小说的基本趋向　　《三侠五义》　　《儿女英雄传》　　《荡寇志》　　《施公案》及其他

　　清王朝后期步入封建衰世，统治阶级迫切需要惩人心，窒乱阶，整肃纪纲，因而大力宣扬封建的纲常名教，加强文化专制，嘉、道年间成为清代禁毁小说戏曲书刊的高潮时期之一。另一方面都市文化繁荣，南北方评话评书、弹词鼓词流行，地方戏勃起，曲艺、戏剧、小说三者互相融合，风靡于市井坊间。这既促使小说接近民众，同时也滋长着徇世媚俗的倾向。因此，近代前期小说的发展，承受着文化专制政策与商业媚俗倾向的双重负荷。

　　侠义小说与公案小说的合流，是这一时期小说中的突出现象[1]。究其原委，大抵由于政治腐败，生灵涂炭，因此，对于惩暴护民、伸张正义的清官与铲霸诛恶、扶危济困的侠客的憧憬和向往，成为民众的重要心态。侠义公案小说则将这种心态纳入封建纲常名教所允许的范围之内，由清官统率侠客，既在一定程度上符合了民众的心愿，又颇适应鼓吹休明、弘扬圣德的需要。此类小说虽承《水浒传》之勇侠，精神则已蜕变，其人文蕴涵大体在于回归世俗，表现了鲜明的取容于封建法权、封建伦理的倾向。主要体现在：第一，从以武犯禁到皈依皇权。古代"侠"的特质，韩非曾一针见血地指出是"以武犯禁"

（《韩非子·五蠹》），是在法外维持正义，具有对封建法权挑战的品格，《水浒传》所谓"撞破天罗归水浒，掀开地网上梁山"（第三十六回）；而侠义公案小说则将侠客与清官统而为一，将其纳入封建法权的运行机制之中。第二，江湖义气被恋主情结所取代。侠客精神中重然诺、轻生死、为朋友两肋插刀等的江湖义气趋于淡化，而士为知己者死的思想则趋于强化，发展成为失落自我的恋主情结。《施公案》中的恶虎庄黄天霸为救施仕伦而杀兄逼嫂就是明显的例子。第三，从绝情泯欲到儿女英雄。古侠客大都摈弃女色，《水浒传》中第一流的豪杰清一色是"赤条条来去无牵挂"。侠义小说则推出"儿女英雄"模式，《绿牡丹》写江湖侠女花碧莲对将门之子骆宏勋的痴情苦恋，开英雄美人风气；《儿女英雄传》为侠女十三妹在雍熙和睦的家庭中找到安身立命之地。"英雄至性"与"儿女真情"合而为一，遂开其后武侠而兼言情小说的风气。

本时期侠义公案小说中较为出色的作品，当推《三侠五义》和《儿女英雄传》。前者在粗犷的平民气息中，保留了较多的傲兀不群的英风侠概；后者则堪称京味小说的滥觞，在小说史上别开生面。

《三侠五义》（俞樾改订后易名为《七侠五义》）是在石玉昆说唱《龙图公案》的基础上发展而成的长篇章回小说[2]。石玉昆是道光年间在北京享有盛名的说书艺人[3]。《三侠五义》是侠义与公案合流模式的典型作品。三侠指南侠展昭、北侠欧阳春、双侠丁兆兰与丁兆蕙兄弟。五义指钻天鼠卢方、彻地鼠韩彰、穿山鼠徐庆、翻江鼠蒋平、锦毛鼠白玉堂。他们本都是江湖侠士，后来多数得到清官包公的赏识与荐拔而获得官身。小说的前半部写包公断案和诸侠义归属包公的历程以及他们协助包公除暴安良的故事，后半部主要写剪除谋叛的襄阳王及其党羽。这是一部"为市井细民写心"（鲁迅《中国小说史略》第二十七篇）的作品，体现了市井细民对于贤明政治的渴望与幻想。宋元以来，包公故事就在小说戏曲中广为流传[4]，石玉昆将源远流长的包公故事加以编缀增饰，首尾贯通，演为大部。小说中的包公，明察善断，嫉恶如仇，铁面无私，不畏强暴，他参太师，铡庞昱，作了"几件惊天动地之事"（第十五回），成为受黑暗政治残害的民众倾心的清官形象。小说所写包公故事，因袭成分居多；写到三侠五义故事，笔墨方始生动腾跃。书中展示了豺虎当路、鬼蜮横行的世道：皇亲国戚庞吉、孙珍贪赃枉法；土豪恶霸葛登云、马刚荼毒百姓；市井刁徒郑屠、赵大图财害命；流氓淫贼花冲为非作歹。就在这暗无天日的社会背景上，小说着意谱写了众豪杰的仗义行侠故事，如展昭、白玉堂的劫富济贫，解救民女；欧阳春的夜闯太岁庄诛杀恶霸马刚；韩彰、蒋平的计擒花蝴蝶等，都是豪侠磊落之举，体现了市井细民对仗义行侠的草莽英雄的渴求。书中还展现了比较广阔的市井生活图景，刻画了一些善良风趣的市井细民形象，如为乌盆伸冤的张别古，认金牡丹为女的渔民张立，以及书童雨墨、丫环佳蕙等，都写得纯朴可爱，显示了此书的市井文化品位。

《三侠五义》具有民间评话的艺术特色。俞樾激赏此书："事迹新奇，笔意酣恣，描写既细入毫芒，点染又曲中筋节。正如柳麻子说《武松打店》，初到店内无人，蓦地一吼，店中空缸空甏皆瓮瓮有声；闲中着色，精神百倍。"（《重编〈七侠五义〉序》）书中侠客，虽然豪情略似，但性格迥殊，卢方忠厚老实，蒋平机智幽默，徐庆憨直鲁莽，展昭精明干练，欧阳春清高狷介，智化精灵妩媚，艾虎天真烂漫，都写得有声有色。其中白玉堂是刻画得颇为突出而又具有深层意蕴的形象，他襟怀磊落，器宇轩昂，富于反抗的个性锋芒，大闹东京，带有一定的蔑视封建法权的意味。然而他骄傲任性，桀骜不驯，逞强好胜，最后惨死于铜网阵中。作者将他处理成一个失败的英雄，体现了难能可贵的悲剧审美意识。白玉堂是侠义公案小说中几乎绝无仅有的一个虽然皈依皇权、却仍野性未驯的人物，这也就注定了他的悲剧结局。小说情节曲折离奇，结构巧妙，大故事中穿插小故事，映带成趣，而其接缝斗榫又极富腾挪变化。如锦毛鼠上东京寻御猫比武较量一大回书，穿插着颜、白金兰结义，柳洪嫌贫赖婚，开封府刀寄无头柬等一系列热闹文字，悬念迭起，引人入胜。小说语言充分体现了评话艺术的魅力，声口宛肖，俚俗中带着朴野、粗犷的平民气息。小说流露出浓重的封建等级观念、奴化意识，恪守封建礼教，对于妇女抱有轻蔑歧视心理；并掺进若干荒诞怪异成分，是其明显的思想局限。

《儿女英雄传》作者文康，费莫氏，字铁仙，一字悔庵。满洲镶红旗人。他出身于累代簪缨的八旗世家[5]，本人历仕理藩院员外郎、郎中、天津河间兵备道、安徽凤阳府通判[6]。小说以何、安二家冤案为由展开情节，何玉凤（化名十三妹）之父为人所害，她立志复仇，遁迹江湖。安骥之父亦为人所陷，安骥携金往救，落难于能仁寺，为何玉凤搭救，何并为安骥与同时落难于能仁寺的村女张金凤联姻。安父后来得救，而何之杀父仇人已前死，何也被说服嫁给安骥，二女相夫，终使安骥探花及第，位极人臣[7]。马从善《儿女英雄传序》说作者少时家门鼎盛，晚年诸子不肖，家道败落，他块处一室，"著此书以自遣"。鲁迅说："荣华已落，怆然有怀，命笔留辞，其情况盖与曹雪芹颇类。惟彼为写实，为自叙；此为理想，为叙他。"（《中国小说史略》第二十七篇）小说作者虽与曹雪芹的境况相似，但没有曹氏那种深刻的人文关怀和超轶尘凡的审美情思，只是一个皈依封建道德伦理规范的世俗之人，写作此书，实是要在精神幻想中圆一个补天的梦。所以曹雪芹写的是罪恶世家的衰败史；而他写的则是积善世家的发皇史，因此，浓重的封建道德说教、陈腐的纲常名教观念以及玉堂金马、夫荣妻贵的庸俗人生理想成为小说的主要思想缺陷。然而，《儿女英雄传》是一部深于人生阅历之作，加之艺术手腕圆熟高妙，熔侠义、公案、言情小说于一炉，仍不失为一部雅俗共赏之作。书中较成功地塑造了英风侠概的十三妹形象。孙楷第考证十三妹的形象渊源于明代凌濛初的《程元玉店肆代偿钱，十一娘云冈纵谭侠》（《初刻拍案惊奇》卷四）和清人王士禛的《女侠》（《池北偶谈》卷二六）（见孙楷第《关于〈儿女英雄传〉》），然而该二则中的人物形象仍然比较苍白，不脱诡秘之气。可以说，直到文康笔下，才完成了一个血肉丰满的人间侠女形象。作家在一定程度上突破了封建名教的束缚，赋予十三妹以民间侠义色彩。这个出身宦门的女子，身怀绝技，遁迹深山，蔑视权臣，目无王法，由一腔不平之气激成一副游戏三昧的性情。小说着重刻画了她拯人于穷途末路的义骨侠肠。从悦来店寻根究底，到能仁寺歼灭凶僧，赠金联姻，借弓退寇，生动地表现出她襟怀磊落、肝胆照人的豪侠气概。文康笔下的十三妹，心高气傲，豪爽天真，口角锋利逼人，又带几分诙谐风趣，个性鲜明，气韵生动。在她铲除人间不平的侠义行为上寄寓着人民的审美理想。但她最终成为安家的贤德媳妇，恪守三从四德，热衷荣华富贵，前后面目迥异。作家立意要收服"十三妹这条孽龙"，"整顿金笼关玉凤"（第十六回），把她送入温馨的家庭生活中去作为最终的归宿，与其他侠义公案小说之将侠士送至清官手下，表现了同样的思想趋向。"儿女英雄"模式的确立，又为侠义、言情小说的合流推波助澜。

《儿女英雄传》具有切近世态人情的长处，所谓"描摹世态，曲尽人情"（刘叶秋《读〈儿女英雄传〉》）。作家以精细的笔触勾勒出一幅19世纪中国社会风俗画面。诸如官场的鬼蜮横行，下层社会的光怪陆离，悦来老店、天齐庙会的喧阗扰攘，以及当时的各种典章礼俗，无不写得细腻真切。首回写蹭蹬场屋的五旬老翁安学海赴考、候榜的光景，笑中有泪，不逊于《儒林外史》笔墨。第二十八回叙安、何结亲，文字花团锦簇，满洲贵族婚礼的一应仪注，皎然揭诸眉睫之下[8]。人物描写也有相当的功力，安学海忠厚善良而不免迂腐，张金凤内刚外柔而深心周密，邓九公豪爽拙直，张老夫妻又怯又土，各具风神。

《儿女英雄传》采用市井细民喜闻乐见的评话形式，如同对读者当面娓娓而谈，还不时地忙中偷闲从旁插话[9]，点明筋节，或则插科打诨，妙趣横生，深得评话艺术之阃奥。小说结构的翻新出奇，亦为一时所仅见。曼殊称誉此书前半部结构"佳绝"（饮冰等《小说丛话》）。作家善用伏笔，巧设悬念，悦来店、能仁寺数回，小说主人公十三妹的行动云遮雾罩，藏头露尾，作了如许一番惊天动地的事，却似"神龙破壁腾空去，夭矫云中没处寻"（第十回），直到第十九回方才道破她的真名实姓，全然打破了开门见山、平铺直叙的套

数。此书尤为擅长的则是纯熟、流利的北京口语。胡适揄扬说："他的特别长
处在于言语的生动，漂亮，俏皮，诙谐有风趣。"（《〈儿女英雄传〉序》）《儿
女英雄传》开创了地道的京味，不论叙事语言还是人物语言，都写得鲜活，
于俗白中见风趣，俏皮中传神韵。《儿女英雄传》语言的成功，深刻地影响了
其后小说的创作，成为京味小说的滥觞。《儿女英雄传》的拟评话形式与醇正
的京腔京韵形成了独特的美学风貌。

《荡寇志》，俞万春（1794—1849）作[10]，是一部封建法权的艺术图释。
作家深憾于"凡斯世之敢行悖逆者，无不藉梁山之鸥张跋扈为词，反自以为
任侠而无所忌惮"（半月老人《〈荡寇志〉续序》），于是在书中对梁山一百单
八将大张挞伐，斩尽杀绝，以便"使天下后世，晓然于盗贼之终无不败，忠
义之不容假借混朦，庶几尊君亲上之心油然而生"，盖以"尊王灭寇"（徐佩
珂《〈荡寇志〉序》）为主旨。

《施公案》，未署撰人[11]。对待嘉、道以来日益激化的社会矛盾，《荡寇
志》提供的是血腥镇压的模式，《施公案》提供的则是剿抚并用、以抚为主的
模式。清官成为调和社会矛盾的杠杆，一方面抑制豪强，一方面消弭乱萌。小
说以黄天霸归顺清官施仕伦而立身扬名为故事主干，体现了对皇权顶礼膜拜的
奴化意识与对功名利禄歆羡的庸俗心理。

其他侠义公案小说还有《绿牡丹》《彭公案》《永庆升平》《圣朝鼎盛万
年青》《七剑十三侠》《仙侠五花剑》《金台全传》以及《警富新书》《清风
闸》等。续书也层出不穷，如《三侠五义》的续书《小五义》《续小五义》
等。此类作品，迤逦不绝，直衍变为后来的武侠小说，则又与公案脱离开来；
公案则为侦探小说所取代。

第二节　人情世态小说

人情世态小说的发展趋势　　《品花宝鉴》　　《花月痕》
《海上花列传》

嘉道以降，迄于同光年间，文人创作的人情世态小说，诸如《品花宝鉴》
《花月痕》《海上花列传》等，率皆以《红楼梦》《儒林外史》为圭臬，虽精
神境界始终不及，但它别辟领域，上承才子佳人小说之绪，下开谴责小说和鸳
鸯蝴蝶派小说之端，实为中国小说观念、小说模式转型嬗替的酝酿时期，与明
末清初以来的才子佳人小说相比，不难看出其移步换形的衍变轨迹。就其主要
趋势而言：篇幅加长，渐由二十回上下的中篇发展为数十回的长篇；视野扩

大，由单纯的爱情婚姻故事转为畸形病态社会的写真；手法转换，由理想主义色彩颇浓的结撰转为平淡自然的纪实。这些小说是 19 世纪中国社会十里软红尘的掠影；展现了青楼风月、菊部春秋、京华尘渥、洋场喧阗，乃至官幕两途、绅商二界的众生法相。此类小说，与其称为"狭邪小说"，毋宁称为市井风情小说。

此类小说的勃兴，与作者身份及其文化心态相关。它们多出自萍踪浪迹的幕僚文人之手。他们出入名公巨卿之宅，混迹歌台舞榭之地，颇有青衫落拓的浪子气息。其才可上可下，其品亦雅亦俗，所以成为市井文化的载体。这一时期的市井文化，实是古老的中国传统文化与近代都市畸形繁荣相混合的产物。此种文化品位，决定了这一时期世情小说创作的基本风貌。

陈森的《品花宝鉴》[12]，围绕京都狎优风气，以醑恣的笔墨描写出嘉、道之际京华紫陌红尘中的众生相。从富贵豪门、筝琶曲苑到茶楼酒肆、下等妓寮，无不收摄笔下，不啻一幅带有浓郁京华气韵的都市风情长卷。小说以较多篇幅记述了一代伶人血泪斑斑的人生遭际。清代严禁官吏挟娼[13]，达官名士为避禁令，每招优伶侑觞宴乐，呼曰"相公"，流品一如妓女。就创作意图而言，作者以为伶人自有邪正，狎客亦有雅俗，因此妍媸杂陈，以寓劝惩。小说以梅子玉与杜琴言的情缘为主干，写了十个"用情守礼之君子"和十个"洁身自好的优伶"，赞美他们柏拉图式的爱。其中虽也寓有对于优伶的人格与艺术的尊重，但所描写的毕竟是同性恋，实乃一种扭曲的人际关系与变态的性爱心理。

此书的出色之处在于勾勒出一幅"魑魅喜人过"的浮华世相[14]。那些市井之辈，诸如财大气粗的花花太岁，鄙吝猥琐的钱房，摇唇鼓舌的篾片，横眉立目的痞棍，无不穷形极相。此等笔墨，无疑下开谴责小说一派。所以邱炜萲啧啧称奇："见其满纸丑态，醒醒无聊，却难为他彩笔才人，写市儿俗事也。"（《菽园赘谈》）

魏秀仁（1818—1873）[15]的《花月痕》是一部长篇自叙式抒情小说。作家将其一腔孤愤寄于楮墨，展现了一个潦倒名场、桀骜不驯的知识分子奋争与失败的心路历程[16]。小说以韦痴珠与并州城中名妓刘秋痕的一段生死不渝的情缘为主干。痴珠弱冠登科，崭露头角，有揽辔澄清之志，上疏主张激浊扬清，刷新政治，包括"大开海禁""废科举"等，颇有惊世骇俗之论（第四十六回），在近代小说中较早表现出变革思想。然而文章憎命达，十年湖海飘零，依旧青衫白袷。小说在一定程度上突破了才子佳人的窠臼，痴珠与秋痕一见倾心，并不仅仅是痴男怨女的怜才慕色，而是两颗孤寂的心，两个反虚伪、反奴性的灵魂的契合。小说较成功地刻画了主人公痴珠的孤高狷介、睥睨尘俗的个性。至于秋痕，性格尤为刚烈。作家以沉痛的笔调写出一个被侮辱被损害的烟花女子对于"人"的尊严的渴求。为了摆脱被蹂躏玩弄的命运，她进行了惨烈的、或许可以说是悲壮的抗争。另外一对有情人韩荷生和杜采秋，则是为比照、烘衬韦痴珠和刘秋痕而设，寄寓了作家对于人生荣枯的感慨。韩、杜二人，美如天机织锦，然而他们所缺少的就是那种同丑恶、虚伪冰炭不能相容的个性锋芒。

符雪樵评《花月痕》说："词赋名家，却非说部当行。其淋漓尽致处，亦是从词赋中发泄出来，哀感顽艳。然而具此仙笔，足证情禅。"（《花月痕》附录）准确地指出它采用了和历来"说部"截然不同的艺术手法，以词赋体而为说部，这是颇具创意的艺术尝试。《花月痕》完全摆脱了说话人讲故事的腔调，作家就是小说的抒情主人公，不再是旁观的局外人，痴珠即作家，作家即痴珠。小说中没有什么复杂奇妙的故事情节，足以构成其创作特色的就是作家主体精神的张扬，充溢其中的是作家灵台深处、烈烈如炽的表现自我的创作冲动。它近则直承《红楼梦》的诗意葱茏的气韵，远则遥接中国古典诗词主观的、抒情的艺术传统，这无疑是对固有小说叙事模式的挑战。风气所及，下开鸳鸯蝴蝶派之言情小说，与苏曼殊《断鸿零雁记》乃至"五四"时代郁达夫的自叙传式小说也未尝没有相通之处。

韩邦庆（1856—1894）[17] 的《海上花列传》，是一部反映社会人生底层的力作[18]。作家以平淡自然的写实手法，刻画上海十里洋场光怪陆离的世相，笔锋集中于妓院这一罪恶渊薮，烟花北里成为透视铜臭熏天、人欲横流的浮华世界的万花筒。小说以细分毫芒的笔触描摹各种冶游场景：从长三书寓、么二堂子直到台基、花烟间等下等妓寮，摹尽灯红酒绿间幢幢往来的烟花女子群相，她们或泼悍，或柔顺，或矜持，或猥琐，或奸谲，或痴憨。而徜徉花国者，则上自达官显贵、缙绅名流、文人墨客、富商巨贾，下至幕僚胥吏、捐客篾片，以至驵侩贩夫各色人等。举凡官场酬酢，贿请关说，生意捭阖，文酒遣兴，俱在这莺声燕语、钗横钏飞的花酒碰和中进行，诸般世相，纷呈于前。如果说《品花宝鉴》是北方京华都市风情长卷，那么《海上花列传》便是南方半殖民地化畸形繁荣的都市风情长卷。

《海上花列传》既非抉发黑幕的谤书，亦非劝善惩恶之作，它体现了一种对于人的生存处境的悲悯，深得人的文学之真谛。作家只是按照生活的本来面目，写出了欲海狂澜中人的异化和沉沦。小说全然摆脱了中国传统的那种理想化的、美善合一的叙事谋略，还原了滚滚红尘中蠕蠕而动的生命本色。书中人物仿佛在一张巨大的、无形的罪恶之网中挣扎，他们非善非恶，或曰亦善亦恶。即如黄翠凤之深心周密、串通老鸨一次讹诈罗子富五千元，堪称"辣手"；然而她也有一部血泪史，观其吞服鸦片以反抗老鸨肆虐，以及赎身出门之际，遍身缟素为早逝的爹娘补穿重孝，其情亦复可悯。又如沈小红之撒泼放刁，拳翻张蕙贞，口啮王莲生，堪称"淫凶"；然而，观其以一个上海滩上数一数二的红倌人，终于落得人老珠黄，满面烟色，亦自伤心惨目。尤其引人注目的是作家对于人性弱点的犀利解剖。小说主人公赵朴斋本是一个未见过世面的农村青年，一进上海滩便禁受不住花花世界的诱惑，一头栽进黑甜乡中。为了一尝色界禁果，不惜当尽卖光，以至沦为东洋车夫，仍痴迷不悟。及至妹子沦落为娼，他当了妓院大班，非但不以为耻，反而趾高气扬，衣履光鲜，俨然阔少款式，并且很快就找准了自己的"位置"，干起谄富骄贫、偷鸡摸狗的苟贱营生。其人其事，可鄙可哕，亦复可悲可悯。在他身上，人的理性和尊严丧失殆尽，只剩下了"食色，性也"的本能冲动。赵二宝，一个清白而且干练的少女，同样禁受不住物欲、色欲的诱惑，只凭施瑞生的温存软款，加上一瓶香水、一件花边云滚的时装，就心甘情愿地将自己的灵与肉全部抵押给了纸醉金迷的上海。

　　《海上花列传》体现了作家自觉的艺术追求，这一追求在十则例言中升华为理论概括。作家最为自诩的是小说的结构艺术："惟穿插藏闪之法，则为从来说部所未有。"所谓"穿插"之法，即指几组故事平行发展，穿插映带，首尾呼应，构成脉络贯通、立体交叉的整体布局；所谓"藏闪"之法，即指藏头露尾的绵密笔法，"正面文章如是如是；尚有一半反面文章藏在字句之间，令人意会"。人物性格的刻画塑造，以白描传神见功力，作家概括为"无雷同""无矛盾""无挂漏"。小说笔致细腻，人物富有个性风采，诸如陆秀宝的放荡，杨媛媛的诡谲，姚文君的飒爽，卫霞仙的锋利，周双玉的任性骄盈，张蕙贞的水性杨花，人各一面。《海上花列传》又是吴语小说的开山之作，人物对话纯用苏白。所有那些酒筵酬酢，鬓边絮语，乃至相调相侃，相讥相詈，无不声口妙肖，充分显示了吴侬软语的魅力，成为一部具有浓郁的地域文化色彩的作品。

　　其他人情世态小说尚有《风月梦》《青楼梦》《三分梦全传》《绘芳录》等。

　　综观近代前期人情世态小说的人文蕴涵与美学风貌，第一，从才子佳人的绮思丽想走向市井阛阓。小说所展示的是浓汁厚味的市井风情，大体形成了京海分流的格局。第二，作家主体精神的张扬。一些强烈表现自我、带有浓郁的主观抒情色彩的作品问世，更加突出作家的创作个性与独特的艺术风格。第三，文化意识的升浮。淡化故事情节，笔触多及人文景观，诸如风土人情、文化氛围、艺术时尚等，小说非情节化的过程已悄然发轫。第四，追求平淡自然的小说美学风貌。世情小说发展至于《海上花列传》，可谓扫尽铅华，既无才子，亦无佳人，有的只是浑浑噩噩的芸芸众生，体现了超前的小说审美意识。

第三节　近代小说变革的征兆

带有前瞻性的小说嬗变　　　《蜃楼志》　　　《兰花梦奇传》
《何典》

近代前期，中国小说的发展已经呈现若干变革的征兆。文人创作的世情小说，其价值取向、审美方式、文化底蕴、话语形态，都出现了与传统的疏离、悖逆的迹象。除了上述几部人们耳熟能详的作品，其他一些较少受到关注的作品，诸如《蜃楼志》所透露的"人欲的释放"的信息，《兰花梦奇传》对于深潜层次性爱心理的透视，《何典》所具有的反传统的叛逆姿态，等等，都带有一定的前瞻性。只是由于其后"小说界革命"的勃兴，觉世新民的浪潮横决神州大地，近代前期小说本体的变化反而湮没不彰。

庾岭劳人所著的《蜃楼志》[19]，是中国第一部以洋行买办商人为主人公的小说，提供了海禁初开时期广东地方政治、经济、世俗、民情的斑斓画卷，带有鲜明的时代特征与地域色彩。此书带有东风第一枝的报春花似的前瞻性，它将前所未有的文学形象——新兴的豪门巨富——推上历史舞台。小说主人公苏吉士已然不是"蟾宫折桂客"，亦非"修齐治平"的志士仁人，而是拥有巨额财富的买办商人，超前地表现了"人欲的释放"这一时代狂飙的崛起。

小说提供了一个陌生的、新的文化语境，人们从《蜃楼志》中第一次领略了通商口岸、滨海城市的富庶风光，外舶纷来，内商云集，五彩缤纷的舶来品的巨大诱惑令人晕眩，金钱傲然地睥睨一切，主宰沉浮。书中刻意摹写珠光宝气、奢靡淫逸的洋商世家，财源滚滚，花边番钱，整屋堆砌，箩装袋捆；构筑别业，锦天绣地，富丽堂皇；固然是万人所羡，却也未尝不是千夫所指。小说相当准确地反映了中国第一代买办商人的历史命运，他们不得不面对双重的挑战：一是官府的敲诈勒索，一是暴民的洗劫。

小说情节主要围绕洋商与粤海关的矛盾展开。粤海关成为官吏贪黩的罪恶渊薮，小说对粤海关的黑暗腐败作了相当生动酣恣的描绘和揭露，在中国小说史上实属仅见。粤海关自其开设之始，就成为勋旧子弟首先染指的禁脔。生杀予夺的权柄加上进出口贸易巨额利润的刺激，导致了欲望的疯狂。书中成功地刻画了一个贪蠹骄淫的粤海关监督赫广大的形象，查抄他的家产的那份清单，竟然可以与抄没和珅的清单相比拟。

《蜃楼志》是一部带有社会风俗画卷性质的作品，以精工细腻的笔触勾勒出了粤海之滨的浮华世相，一面是膏粱纨绔，酒色财气，涣涣泱泱；一面是风声鹤唳，官逼民反，盗匪横行。封疆大吏、府县佐杂、闺中儿女、帮闲篾片，乃至花舫船娘、广东烂仔，或则草莽英雄、凶僧巨寇……各色人物一一点染其中，错落有致。而小说艺术描写的中心，则是豪门公子苏吉士。

吉士乃是一个不喜诗书、惟耽女色、风流倜傥、慷慨挥霍的洋商子弟，颇有一些异端色彩，对他来说，玉堂金马、青史留名之类的人生价值取向，都已过时陈腐。这一艺术形象明显地表露了对物欲、色欲的崇拜和张扬——占有金钱和女人，乃为强者。他是作家按照自己的价值体系和审美意向塑造出来的"当代英雄"。这一形象的出现，昭示了千百年来中国传统的人生价值天平的严重倾斜。小说以浓墨重彩刻画吉士的轻财好客，挥金似土，拔人于困厄之中。它的价值取向是十分明确的：有了金钱，方可乐善好施；有了金钱，方可扶危济困；有了金钱，方足以为"当代英雄"。至于色欲，作家无疑采取放纵乃至欣赏的态度。这部小说可以说是言"欲"而不言"情"的，苏吉士几乎就是《红楼梦》所指斥的"皮肤滥淫"之辈，"有女怀春，吉士诱之"就是他的命名由来。小说用了很多篇幅绘声绘色地摹写少男少女情窦初开、蝶恣蜂狂的性爱意识的觉醒，恣意品尝着偷尝禁果的魂消魄荡。小说刻意将苏吉士写成一个在金钱和女人之间纵横驰骋、无往而不胜的强者，超前地体现了资本主义上升时期对于金钱魅力和剽悍生命的礼赞。它的人生价值取向未必是美的，也未必是善的，却是属于未来的。这样一部小说，无疑是透露了近代变革的征兆。

吟梅山人撰的《兰花梦奇传》[20]，是一部颇为别出心裁的作品。它讲述了一个大团圆之后——亦即有情人终成眷属之后——的悲剧故事。一桩皇帝赐婚的美满姻缘，仙郎玉女，人人欣羡，不意婚后仅及半载，遽尔玉碎珠沉。

中国古代有多少小说、戏曲写到奉旨成婚大团圆而止，成为陈陈相因的固定程式，以满足人们永远不知餍足的、追求圆满的审美心理需求。而《兰花梦奇传》则从新的视角，直面真实惨淡的人生，透视了那些烈火烹油、鲜花着锦的美满姻缘中所蕴含的裂变和危机。这种人间重复了千番万遍的悲剧，从来就不在小说家的视野之内。《兰花梦奇传》的作者则以"睁了眼睛看"的勇气，打开了"大团圆之后如何"这样一个小说盲点，写成一个焚琴煮鹤的残酷故事。

小说所写并非一二小人拨弄其间、或则封建家长压制迫害之类，悲剧的苦果是由男女主人公自身的性格弱点酿就。小说引人瞩目的是：对于深潜层次性爱心理的透视，主人公不再是理想化、程式化的才子佳人，而是充满七情六欲、痴顽贪嗔等本性弱点的人。宝珠本是一个花木兰式的奇女子，文卿对于宝珠爱之若狂，婚前苦苦追求；宝珠死后，他亦痛悼追悔不已；然而，他却于婚后对待宝珠暴戾非常，肆意作践。这是才子佳人小说中很少出现过的一种天使与魔鬼杂糅的性格类型。小说惟妙惟肖地写出在他"持重如金，温润如玉"的外表下情欲的暴涨汹涌以及性情的狂躁乖张。这位翩翩佳公子，具有强烈的夫权思想，内心对宝珠怀着深深的嫉妒：他的世袭爵位是宝珠挣来的，他的聪明才智也逊于宝珠，加之宝珠又得到了上自天子、下至公卿的眷爱，这一切都使他感受到了深重的挫伤。好色、强烈的占有欲与逆反心理交织煎熬，使他成为肆虐狂。他对宝珠动辄厉声呵斥："我知道你是个大经略，出将入相，但是在我面前，少要使架子！"其实，这也正是他的隐痛，深藏于潜意识中的、不可明言、连自己也不敢正视的隐痛。他，一个堂堂的男子汉大丈夫，却不曾出将入相，逞过大经略的威风，反倒不若一个区区小女子，是可忍，孰不可忍？因此，他要对宝珠君临之、睥睨之、亵狎之，以满足他那暴烈的情欲和男子汉的自尊。小说将那种色情狂加大男子主义的变态性爱心理刻画得淋漓尽致。他以对宝珠的狎戏，来平复内心的挫伤感，证明自己居高临下的存在。而宝珠则是为情所困，对于夫权的皈依心理混杂着情欲爱恋，使她作茧自缚，如膏自煎，落得蕙折兰摧的悲惨下场。宝珠与文卿的性格冲突，颇有一些近代性心理学的味道。悲剧审美意识的升浮以及超政治、超功利、超伦理的对人性的犀利解剖，透露了小说本体变革的信息。

张南庄所撰的《何典》[21]，以玩世不恭、亵渎神明的叛逆姿态而令人瞩目。中国源远流长的志怪小说发展至《何典》，成为一部荒诞的讽世小说。它以尖刀促狭之笔，写滑稽风趣之文，方言俚语，极土极村，喷蛆捣鬼，游戏三昧，直可谓是野狐禅，中国人见所未见，倒是颇有一些类乎西方现代派的黑色幽默。卷首题词："不会谈天说地，不喜咬文嚼字，一味臭喷蛆，且向人前捣鬼。放屁放屁，真正岂有此理！"足见作家游戏人间的创作态度。小说以反权威、反高雅、反美学的标格横空出世，睥睨悠悠人口，它亵渎了神圣不可侵犯的纲常名教，也亵渎了高华典雅的艺术殿堂。

《何典》写的是人生的彼岸——冥世，原来也是甚荒唐，依旧难逃"花面逢迎，世情如鬼"的梦魇。以荒诞手法写悖谬人生——人已异化，人已成为非人——便是此书的真正底蕴。鲁迅对于此书饶有兴味，称其"谈鬼物正像人间，用新典一如古典"（刘半农校点本《何典》鲁迅《题记》）；刘半农也赞许说："综观全书，无一句不是荒荒唐唐乱说鬼；却又无一句不是痛痛切切说人情世故。"（《重印〈何典〉序》）书中鬼影幢幢，光怪陆离，自森罗殿至三家村，这幅朝野昏昏的魑魅魍魉图，实为封建衰世的绝妙写照。小说提供的是一个人人都已变形的异化世界。所以《何典》成了一部中国的"变形记"。晚清的谴责小说，正与《何典》一脉相承。

这样一部满纸荒唐言的作品，实际上深刻地反映了封建衰世人们的心理危机，对于自己所生存的现实世界充满了荒诞感、悖谬感。皈依膜拜的精神偶像已经崩塌，一切对于"清正廉明"的期待都已幻灭，既无力挽狂澜的志士宏图，亦无回天乏术的仁者深悲，这些似乎也都已变得滑稽可笑，人们只是觉得被一群恶鬼和饿狗包围得透不过气来而已。

进而言之，批判现实、暴露黑暗，实不足以道尽《何典》之妙谛。从气韵而言，《何典》与其后的谴责小说可以说是迥非同调。晚清谴责小说的作者，虽然对于自己置身的这样一个"非人的世界"已经洞若观火，但是仍有一份愤世嫉俗而又悲天悯人的神圣情感，换句话说，仍然有执，犹存"救世"或者"觉民"之希冀。比较起来，《何典》作者恐怕更多一些离经叛道的禀赋，面对人类无可救药的堕落，他投出的是亵渎，是调侃，是揶揄，达到无执之境。亵渎一切神圣不可侵犯的事物，撕破一切人生庄严的面具，这才是《何典》作者特立独行的精神风范。因此他肆无忌惮地运用戏谑笔调，别创滑稽幽默的小说美学风范。

即使世俗人们心目中那些神圣、高雅、美妙的东西，在小说里也都一塌糊涂，直堪喷饭。试观人们顶礼膜拜的神明主宰——五脏庙中的神道，"绯红着一个狗獾面孔"，瞧这模样，法相庄严扫地尽矣；那位"蟹壳里仙人"，"两只胡椒眼，一嘴仙人黄牙须"，凭此尊容，仙风道骨扫地尽矣；再看郎才女貌的风流韵事，"臭花娘红着鬼脸，不好意思"，这未尝不是对才子佳人小说的调侃，至此，风花雪月亦扫地尽矣。小说以"谑而虐矣"的笔墨，消释了价值，践踏了高雅，泯灭了美善，简直到了扫空万象之境。这无疑是对中国小说审美意识中根深蒂固的忠奸、善恶、美丑二元对立的传统思维模式的挑战。

至于《何典》那精灵古怪的语言，可谓独一无二。它以不登大雅之堂的油腔滑调、鸟话村言践踏了清通雅驯的语言规范，足以令人瞠目结舌。所谓"全凭插科打诨，用不着子曰诗云"（作者《自序》），妙语连珠，足堪解颐。可以说，《何典》在颠覆一切神圣不可侵犯的权威、偶像的同时，也颠覆了传统的小说叙事话语，竟于荒伧媟嫚中酿出汁味，描出神理。

在中国古代小说的传统范式中，《何典》是一部彻头彻尾、彻里彻外的异端之作。

上述这些作品在其成书以及刊行之际，都不曾产生过很大的反响。因为它们都超越了自己的时代，故而也不为自己的时代所理解。有些作品，如《何典》是到了"五四"新文学运动前后，方才得到人们的重视和珍爱。然而，从中国文化心态的变迁和小说审美意识的嬗替来看，它们都留下了拓荒者的足迹。它们的破壁而出，虽非什么"经国之大业，不朽之盛事"，然而就文学本体的变革而言，却也未尝不是石破天惊。

第四节 近代前期的戏曲

传奇杂剧继续衰落与嬗变中的作家与作品　　地方戏的发展与京剧的兴盛　　京剧的代表剧目及其成就　　弹词宝卷

近代前期是中国戏曲发生重要变化的阶段。雅部昆腔已然衰微，花部则蓬勃发展，并形成了全国性的大型剧种京戏，最终取代了昆腔的剧坛盟主地位。

嘉、道以降，作为昆曲剧本的传奇杂剧呈现重曲轻戏的倾向[22]，向案头文学发展。鸦片战争前后的民族危机也影响了作家的创作心态，一部分作家冲破风花旖旎之积习，文坛上出现伤时忧世的沉烈悲凉之音。这一时期比较重要的作家作品有：黄燮清《倚晴楼七种曲》、杨恩寿《坦园六种曲》、陈烺《玉狮堂十种曲》、刘清韵《小蓬莱仙馆传奇十种》等。其中表彰奇女子节烈的，如黄燮清《桃溪雪》中的吴绛雪，为救永康百姓甘以身殉；范元亨《空山梦》中的容述斩断情丝应诏和亲以纾国难；徐鄂《梨花雪》中的黄婉梨抗暴殪仇自殉。写对时局的忧虞的，如黄燮清《居官鉴》慨叹"国病难医"，痛斥吏治腐败，树立抗击侵略的爱国廉吏王文锡的正面形象；李文瀚《银汉槎》以河灾海患隐喻内忧外患，借张骞泛槎探寻河源的神话故事寄寓寻求救国之路的思考；钟祖芬《招隐居》以寓庄于谐的手法揭露鸦片毒害。摹写世态人情的，如杨恩寿《再来人》写老儒穷途潦倒，揭露科举制度弊端；刘清韵《炎凉券》写世态炎凉；《千秋泪》写知识分子的坎坷遭际和不平之鸣。关注妇女命运的，如许善长《瘗云岩》、刘伯友《花里钟》，都是暴露娼妓制度对妇女的摧残。这一时期，传奇杂剧在形式上也有突破曲律的，如《空山梦》不署宫调曲牌，采用自由的长短句。

北京是戏曲的中心，花部乱弹诸腔与雅部昆腔斗奇争胜。在京（弋）腔、秦腔相继盛极一时之后，以安徽的徽调与湖北的汉调（当时叫楚调）为代表的皮簧腔崛起，从 1790 年徽班进京到 1830 年前后大批汉戏演员陆续进京，在北京剧坛形成了徽、汉合流的局面，使皮簧声腔得到突飞猛进的发展。又经过二十年左右的融合，兼收昆曲、梆子诸腔之长，并融入北京字音，在道光末期形成了一个新的皮簧声腔剧种——京剧。京剧的声腔、演技、剧目，更多地源于汉戏，角色阵容以生为主，一变昆、京（弋）、秦、徽班以旦为主的局面

（如秦腔之魏长生、徽班之高朗亭）。早期京剧前三杰程长庚、余三胜、张二奎，都是老生演员。程长庚，徽班演员，有昆曲功底，又曾向汉调演员米应先学习关羽戏，熔徽、汉两调及昆腔于一炉，对京剧的形成和发展作出了卓越的贡献。他从道光至光绪初年，长期为四大徽班之一的三庆班的班主和台柱，并曾兼任"精忠会"会首，有"徽班领袖，京剧鼻祖"之称。他的嗓音高宽宏亮，演唱声情并茂，擅长饰演忠勇刚毅的豪杰之士，形成高亢激昂、慷慨淋漓的演唱特色。余三胜，汉调老生，道光初搭徽班进京，为四大徽班之一的春台班的台柱。他的嗓音醇厚，声调优美，以擅唱"花腔"而著称，在徽、汉两调的基础上，吸收昆曲、梆子等特点，创造出旋律丰富的唱腔，抑扬婉转，流畅动听。据称，京剧中的二簧反调，如《李陵碑》《朱痕记》《乌盆记》的反二簧唱腔，均为余三胜在汉戏基础上创制而成。张二奎是四大徽班之一的四喜班的头牌老生。他用北京字音来唱徽、汉两调的西皮二簧，创造了"奎派"，或称"京派"，在当时是一种革新，被视为正统京剧的开端。至于老生后三杰的谭鑫培、孙菊仙、汪桂芬，他们是京剧成熟时期的代表性演员。后三杰都师法程长庚。谭鑫培为其义子，孙菊仙为其弟子，汪桂芬为其琴师。谭鑫培出身梨园世家，入三庆班，受到程长庚的器重，称"我死后，子必独步"（穆辰公《伶史》）。他虽列程门，唱腔实宗余（三胜）派，综合前三杰老生表演艺术的精华，并结合自身条件，在博采众长的同时，进行了突破性的创新，形成了京剧史上传人最多、影响最大的老生流派——谭派。在唱腔上避开传统的追求实大声宏的唱法，而用"云遮月"的嗓音，以声调悠扬婉转、长于抒情取胜，创立了圆润柔美、巧俏多变的新风格，韵味悠长。谭派剧目十分宽泛。他主要在整理和改革传统剧目上下工夫。经他整理加工的戏，艺术质量大为提高，删繁就简，精练紧凑，从此成为规范而使后人传承。他的艺术造诣，到晚年已达炉火纯青的境界，成为京剧老生表演艺术的一代宗师。京剧形成至于成熟的过程中，每个行当都涌现了一批优秀演员。如老生行王九龄、卢胜奎，武生行杨月楼、俞菊笙、黄月山，旦行梅巧玲、余紫云、时小福、陈德霖、王瑶卿，小生行龙德云、徐小香、德珺如，老旦行龚云甫，净行金秀山，丑行刘赶三等。王瑶卿是京剧花衫行当的创始人。他把青衣、花旦、刀马旦的表演特色都熔为一炉，创作出一种唱、念、做、打并重的旦行——花衫，这就大大丰富了旦行的表演艺术，促进了旦角与生角并驾齐驱的发展，成为京剧史上承先启后的重要人物。他善创新腔，做功身段皆有独到之处，一生从艺、授艺六十年，门墙桃李无数，曾为众多京剧演员设计唱腔和表演，四大名旦梅兰芳、程砚秋、荀慧生、尚小云皆出其门下。

京剧确立了规范化的板式音乐体系。我国的戏曲音乐在历史上形成了两种不同的结构体系：曲牌联套结构和板式变化结构。古典戏曲从杂剧、南戏，直到昆腔、弋阳腔，都是采用曲牌联套结构，按照宫调将多首曲牌连缀成为一套一套的组曲。及至梆子、皮簧兴起，创造了以板式变化为主的板腔体，就是以一种曲调为基础，运用各种板式（节拍形式）的变化，将这一基本曲调作种种不同的变奏以构成唱腔。板腔体与曲牌体不同：一，曲牌体是长短句，板腔体是七字句或十字句。二，曲牌体以一支支完整的曲牌为基本结构单位，有一定的句数、字数、平仄、用韵的限制；板腔体则以一对上下句为基本结构单位，自由灵活，长可达数十对，短可只有一对。三，曲牌体无"过门"，板腔体"过门"则是器乐伴奏的重要部分。板腔体始由梆子、皮簧发展，后由京戏集其大成，使我国的戏曲音乐发展到了一个新阶段。板腔体的曲文大都质朴、通俗、本色，不同于传奇杂剧曲文的典雅华美，这导致了戏剧审美意识由重曲到重戏的变化，以角色的唱念做打的舞台表演艺术为主，从而与古典式的传奇杂剧分道扬镳。

京剧拥有十分丰富的剧目，远则渊源于元人杂剧、南戏、明清传奇杂剧；近则直承徽、汉、昆、梆诸腔的剧目，并经过加工整理，增删润饰；也有一些改编自宫廷大戏、弹词评书、长篇说部。其中一些成为京剧传统剧目，历时不衰。《四进士》本为汉剧剧目，一名《节义廉明》，是一出情节曲折的公案戏，揭露吏治腐败。一个被革刑房书吏宋士杰，为受害民妇杨素贞越衙鸣冤告状，终将那些贿请关说、贪赃枉法的官吏告倒。全剧结构洗练紧凑，突出了宋士杰刚肠嫉恶、惯喜打抱不平的豪爽个性。京剧流行剧目很多，如三国剧目的《击鼓骂曹》《群英会》《定军山》《空城计》等，水浒剧目《挑帘裁衣》《坐楼杀惜》等，东周列国剧目《文昭关》《搜孤救孤》等，隋唐剧目《当锏卖马》《罗成叫关》等，杨家将剧目《探母》《碰碑》等，包公案剧目《乌盆记》等，施公案剧目《恶虎村》《连环套》等，源于话本小说的剧目《玉堂春》《鸿鸾禧》等。不少剧目，经过几代艺人的琢磨，达到技艺精湛的水平。

说唱文学以苏州弹词最为兴盛，名家马如飞擅唱《珍珠塔》，时称马调；俞秀山擅唱《倭袍》，时称俞调，马、俞成为苏州弹词两大流派。女弹词作家人才辈出。梁德绳续作陈端生《再生缘》第六十九至第八十回，足成全璧。邱心如撰《笔生花》弹词，程惠英撰《凤双飞》弹词，各有特色。而李桂玉撰《榴花梦》，则是篇幅最长的弹词巨作。

注　释

〔1〕侠义、公案小说原为两种类型。侠义小说可追溯到《史记》的《刺客列传》《游侠列

传》中的一些记事，至明代《水浒传》达到极致。公案小说可追溯到唐代张鷟的《朝野佥载》、康骈的《剧谈录》等笔记中的一些故事；宋元话本、明代笔记小说都有公案类作品。近代前期，二者合流，出现了大量的侠义公案小说。

〔2〕《三侠五义》现有的三种版本系列，显示了此书的演进变化历程。一，最早的是石玉昆的说唱鼓词抄本《三侠五义》（亦名《包公案》《龙图公案》），系唱本，以唱词为主，间插说白。文字比较粗糙朴拙，保留着民间说唱的原始形态。二，《龙图耳录》。孙楷第《中国通俗小说书目》言"此书乃听《龙图公案》时笔受之本……故曰《龙图耳录》"。《三侠五义》从唱本发展为长篇章回小说，此本实为关键。三，今通行本《三侠五义》。初刻于光绪五年（1879），题署《忠烈侠义传》。它实为《龙图耳录》的删节本。光绪十五年（1889）俞樾"援据史传，订正俗说"，修订《三侠五义》，删去第一回狸猫换太子的情节，又据书中实际所写侠义人数，改书名为《七侠五义》。

〔3〕石玉昆，字振之，天津人。鲁迅《中国小说史略》第二十七篇称"石玉昆殆亦咸丰时说话人"；孙楷第《中国通俗小说书目》谓石玉昆"咸同间鬻伎京师"，均未确。据吴英华、吴绍英《有关〈三侠五义〉作者的一首可贵的诗》（《天津日报》1961年8月29日）和阿英《关于石玉昆》（《小说二谈》）考证，石玉昆的活动年代主要是在道光时期。

〔4〕关于包拯，《宋史》本传称其"立朝刚毅，贵戚宦官为之敛手"。元杂剧中的包公戏现存有《盆儿鬼》《陈州粜米》等12种。明代后期有杂记体小说《包公案》（亦名《龙图公案》），包罗百件讼案。此外，明清戏曲小说中，《袁文正还魂记》《万花楼杨包狄演义》等，其情节、关目均为《三侠五义》所本。

〔5〕文康之五世祖温达、曾祖温福，都曾任尚书、大学士；祖父勒保，封一等威勤侯，晚年入阁，任军机大臣，武英殿大学士。父辈英惠亦为显宦。

〔6〕见光绪三十四年（1908）《钦定理藩院则例·官衔》、光绪二十一年（1895）重修《天津府志》卷一二、光绪三年（1877）纂《安徽通志》卷一三四。

〔7〕文康的堂兄弟文庆，很可能就是《儿女英雄传》中安骥的原型，他的仕履与安骥吻合，进士出身，由翰林青云直上，直至入阁拜相。

〔8〕周作人比较《红楼梦》与《儿女英雄传》说："《红楼梦》虽是清朝的书，但大观园中有如桃源似的，时代的空气很是稀薄，起居服饰写得极为朦胧，始终似在锦绣的戏台布景中；《儿女英雄传》则相反的表现得很是明了。前清科举考试的情形，世家家庭间的礼节词令，有详细的描写，也是一种难得的特色。"（《知堂回想录》，香港三育图书有限公司1980年版，第663页）

〔9〕解弢《小说话》："欧美小说，作者时与阅者作趣语，如演剧之丑角与台下打诨然。吾国无斯习，有之，惟《儿女英雄传》。"（中华书局1919年版，第20页）

〔10〕俞万春，字仲华，号忽来道人、黄牛道人，浙江山阴（今绍兴）人。其父长期在湘、粤诸省任地方官，曾多次参与镇压和瓦解黎、瑶族及汉民起义。俞万春自弱冠随父于任所，参与戎机，对于封建统治者惯用的绥靖方略了然于胸。《荡寇志》草创于道光六年（1826），至道光二十七年（1847）告竣。三易其稿，首尾历时22年，俞万

春未遑修饰而殁，后由其子龙光于咸丰元年（1851）修润定稿。咸丰三年（1853）《荡寇志》初刊于苏州。古月老人撰序并易名为《结水浒传》。

〔11〕《施公案》正集 8 卷 97 回，嘉庆二十五年（1820）厦门文德堂刊本载有嘉庆戊午（三年，1798）序，可见嘉庆年间已经成书。其续书相距年代甚远，初续 100 回，刊于光绪十九年（1893），题《清烈传》，到光绪二十九年（1903）已达十续，演为 528 回的巨著。

〔12〕陈森，字少逸、号采玉山人，别署石函氏，毗陵（今江苏常州）人。道光三年（1823）游京师，及乡试下第（当指道光五年的顺天乡试），穷愁无聊，排遣于歌楼舞榭间，品题梨园人物，于是乃有《品花宝鉴》之作。两月间得 15 卷。道光六年（1826）应粤西太守聘入粤，书乃搁置，直到 8 年后由粤返都，于舟行途中，又续写 15 卷。至都，乡试再度落第（当指道光十四年之顺天乡试），遂绝意功名，专心肆力于说部，由年底始，历五阅月而得 30 卷，前后共计 60 回（见《品花宝鉴》石函氏自序），脱稿于道光十五年（1835），一直以手抄本流传（见《郋罗延室笔记》）。十数年后，始由从未跟陈森谋面的幻中了幻居士校阅订正，刊行面世。道光二十八年（1848）开雕，次年六月工竣。

〔13〕张际亮《金台残泪记》云：　"本朝修明礼义，杜绝苟且。挟妓宿娼，皆垂例禁。"（《清代燕都梨园史料》，中国戏剧出版社 1988 年版，第 252 页）

〔14〕周作人评《品花宝鉴》说："实在也是一部好的社会小说。书中除所写主要的几个人物过于修饰之外，其余次要的也就是近乎下流的各色人等，都写得不错。有人曾说他写得脏，不知那里正是他的特色，那些人与事本来就是那么脏的，要写就只有那么的不怕脏。"（《知堂回想录》，第 665 页）

〔15〕魏秀仁，字子安，福建侯官（今福州）人。道光二十六年（1846）中举，此后蹭蹬科场，三上公车报罢，乃游秦、蜀。同治元年（1862）返闽，主讲南平道南书院，卒于院廨。《花月痕》写于咸丰八年（1858）在太原知府保龄（眠琴）家坐馆之际，见时事多危，而手无尺寸，言不见采，遂为稗官小说以自写照。返闽后又进行补写。今存光绪十四年（1888）闽双笏庐原刻本，题《花月痕全书》，16 卷 52 回，署"眠鹤主人编次""栖霞居士评阅"。

〔16〕谢章铤《赌棋山庄集·课馀续录》卷一载："《花月痕》者，乃子安花天月地沉酣醉梦中嬉笑怒骂而一泻其肮脏不平之气者也。虽曰虞初之续，实为玩世之雄。"

〔17〕韩邦庆，字子云，号太仙，别署大一山人，江苏松江（今属上海）人。资质聪慧，博雅能文，却屡应乡试不第，曾在河南其父执谢某衙署中做过几年幕僚。后长期旅居上海，与《申报》主笔钱忻伯、何桂笙等人过从甚密，曾任《申报》撰著，所得笔墨之资，悉挥霍于花丛。颠公《懒窝随笔》记载他居沪上，"与某校书最昵，常日匿居其妆阁中。兴之所至，拾残纸秃笔，一挥万言，盖是书（指《海上花列传》）即属稿于此时"。《海上花列传》初刊于韩邦庆个人自编的刊物《海上奇书》，该刊光绪十八年（1892）二月创刊。全书 64 回的单行本，出版于光绪二十年（1894）正月，题署花也怜侬《海上花列传》，并增序跋。以后出版了各种名目的缩印本，题署

《绘图青楼宝鉴》《绘图海上青楼奇缘》等。

〔18〕鲁迅《中国小说史略》第二十六篇称许《海上花列传》"平淡而近自然"；胡适《〈海上花列传〉序》赞赏它"富有文学的风格与文学的艺术"。

〔19〕《蜃楼志》，24 回，题"庚岭劳人说""禹山老人编"，嘉庆九年（1804）刻本。卷首有罗浮居士序，卷末署"虞山卫峻天刻"。

〔20〕《兰花梦奇传》，68 回，光绪三十一年（1905）上海文元阁书庄石印本。卷首烟波散人序中称"吟梅山人撰《兰花梦奇传》"。其人生平不详。本书刊行年代较晚，但是从小说的文化语境看，它的成书年代应该较早，仍属于才子佳人小说一脉。岳麓书社 1985 年版《兰花梦奇传》的《前言》中说："小说当作于咸丰、光绪年间。"

〔21〕《何典》，10 回，一名《第十一才子书》，又名《鬼话连篇录》。题"过路人编定""缠夹二先生评"。"过路人"即本书作者上海张南庄："缠夹二先生"是茂苑（江苏长洲县，今属苏州市）陈得仁。卷首有太平客人序、作者自序；卷末有海上餐霞客跋。跋署"光绪戊寅（四年，1878）端午前一日"，上海申报馆印行。

〔22〕吴梅《中国戏曲概论·清人传奇》："余尝谓乾隆以上有戏有曲；嘉道之际，有曲无戏；咸同以后实无戏无曲矣。"（《吴梅戏曲论文集》，中国戏剧出版社 1983 年版，第 185 页）

第三章　黄遵宪、梁启超与近代后期诗文词

从中日甲午战争（1894）前后到1919年"五四"运动爆发，是中国文学史的近代后期。这一时期的显著特点是，登上政治舞台的资产阶级相继发动了改良主义运动和民主革命运动，文学成为资产阶级改良派和革命派进行维新与革命斗争的武器，因此激起文学领域中的广泛"革命"，涌现了以黄遵宪、梁启超、柳亚子为代表的一批作家。最引人注目的是"诗界革命"与"文界革命"取得的成果，使诗文创作面貌一新，将近代诗文的发展推向了高峰，并为"五四"新文学革命准备了某些条件。

第一节　黄遵宪与"诗界革命"

"诗界革命"与黄遵宪的新派诗　　厚重的历史现实内容
反映新学理、新事物与"吟到中华以外天"　　黄遵宪描写
艺术的拓展

近代后期由资产阶级文化思想更新带来的文学变革之一，是诗歌领域出现的"诗界革命"。鲜明提出"诗界革命"口号的是梁启超[1]，而早已反映出诗歌变革趋向并获得创作成功，成为"诗界革命"旗帜的则是黄遵宪。

黄遵宪（1848—1905）[2]早年即经历动乱，关心现实，主张通今达变以"救时弊"（《感怀》其一）。从光绪三年（1877）到光绪二十年（1894），他以外交官身份先后到过日本、英国、美国、新加坡等地。经过亲自接触资产阶级文明和考察日本明治维新成功的经验，他明确树立起"中国必变从西法"（《己亥杂诗》其四十七自注）的思想，并在新的文化思想激荡下，开始诗歌创作的新探索。他深感古典诗歌"自古至今，而其变极尽矣"，再继为难。但他深信"诗固无古今也"，"苟能即身之所遇，目之所见，耳之所闻，而笔之于诗，何必古人？我自有我之诗者在矣"（《与朗山论诗书》）。他沿着这条道路进行创造性的实践，突破古诗的传统天地，形成了足以自立、独具特色的

"新派诗"[3]，被梁启超誉为"独辟境界，卓然自立于二十世纪诗界中"（《饮冰室诗话》三十二），成为"诗界革命"的巨匠和旗帜。

黄遵宪的诗"诗之外有事，诗之中有人"（《人境庐诗草自序》），广泛反映了诗人经历的时代，具有深厚的历史内容。反帝卫国、变法图强是他诗歌的两大重要主题。在反帝方面，从抵抗英法联军到庚子事变，他的诗都有鲜明反映。特别是关于中日战争，他写下的《悲平壤》《哀旅顺》《哭威海》《台湾行》《渡辽将军歌》等系列诗作，反帝卫国思想尤为突出。诗人在这类主题的作品里颂扬抗战，抨击投降，充满爱国主义激情和深挚的忧国焦思。其中不少篇章，规模宏伟、形象生动，表现出诗歌大家的气魄和功力。如《冯将军歌》中写道："将军一叱人马惊，从而往者五千人。五千人马排墙进，绵绵延延相击应。轰雷巨炮欲发声，既戟交胸刀在颈。敌军披靡鼓声死，万头窜窜纷如蚁。十荡十决无当前，一日横驰三百里。"将中法战争中爱国将领冯子材鸷猛无前的英雄形象和冯军排山倒海的气势，活现在纸上。

黄遵宪早在《感怀》《杂感》《日本杂事诗》等作品中即批判陈腐事物，赞赏派遣留学生和日本明治维新等新事物。后来他更以饱满的热情讴歌变法维新，期望能通过变革使中华民族重新崛起："黄人捧日撑空起，要放光明照大千。"（《赠梁任父同年》）戊戌政变发生，他作《感事》《仰天》等诗痛惜新政夭折，忧虞国家前途，百感交集，情思深挚："忍言赤县神州祸，更觉黄人捧日难。"（《感事》其八）但他没有动摇自己的信念，《己亥杂诗》其四十七说：

滔滔海水日趋东，万法从新要大同。后二十年言定验，手书心史井函中。

这种坚信变旧趋新的历史潮流不可扼抑的精神，贯穿在他的诗作中。

值得注意的是，处于新旧交替时代的黄遵宪的诗歌，较早地描写了海外世界以及伴随近代科学发展而涌现的新事物，拓宽了题材和反映生活的领域，写出了古典诗歌所没有的新内容。他的《今别离》四首分别吟咏在出现轮船、火车、电报、照相和已知东西两半球昼夜相反的条件下，离别的新况味，别开生面，令人耳目一新。如其一：

别肠转如轮，一刻既万周。眼见双轮驰，益增中心忧。古亦有山川，古亦有车舟。车舟载别离，行止犹自由。今日舟与车，并力生离愁。明知须臾景，不许稍绸缪。钟声一及时，顷刻不少留。虽有万钧柁，动如绕指柔。岂无打头风，亦不畏石尤。送者未及返，君在天尽头。望影倏不见，烟波杳悠悠。去矣一何速，归定留滞不？所愿君归时，快乘轻气球！

其他如《以莲菊桃杂供一瓶作歌》，"半取佛理，又参以西人植物学、化学、生理学诸说"（梁启超《饮冰室诗话》四十），诗人将新学理融入诗意内涵以表现同种一家等人生理想和事物变化转换之理，一新诗境，别饶兴味。诗人在这首诗里说"足遍五洲多异想"，他从一个封建国家踏进资本主义世界，事事物物都触动他的诗心歌绪，把古人不曾接触的海外世界反映到中国诗歌中来。《八月十五夜太平洋舟中望月作歌》以流美豪宕的笔墨，勾勒出太平洋上夜航独有的情境。至如各国奇异的风光，如日本的樱花（《樱花歌》）、伦敦的大雾（《伦敦大雾行》）、巴黎的铁塔（《登巴黎铁塔》）、锡兰岛的卧佛（《锡兰岛卧佛》）等，无不收摄在诗人的笔下。海外诗篇也涉及外国民俗与时事政治。《日本杂事诗》从多方面反映了日本的历史和社会生活。《纪事》诗富有风趣地描写了美国总统大选时，共和、民主两党千方百计宣传自己、激烈争夺选民的情景，喜剧性的笔墨表现了诗人对其非尽公心的讥议态度。

黄遵宪言"风雅不亡由善作，光丰之后益矜奇"（《酬曾重伯编修》其二），因其深知诗歌的生命在于变化与创造。他的诗就是在广泛吸取前人成就的基础上，本着"善作"的精神，沿着"矜奇"的趋势，推陈出新，加以创造，形成自己的独特面目。首先，他的诗虽然常有一种前瞻追求的浪漫豪情，但更主要的方面是真切的写实。他有不少鸿篇巨制，篇幅都超越古人，往往自成某一方面小史，如《番客篇》近于华侨南洋开发史，《逐客篇》堪称赴美华工血泪史，《拜曾祖母李太夫人墓》不啻作者的家族史与童年生活史。他善于以细致的笔墨叙事、状物、写景，铺排场面，勾画人物，既内容丰富，又形象生动。如《渡辽将军歌》形象鲜明地刻画出吴大澂这个人物。吴本是湖南巡抚，喜好金石，中日战争爆发，恰好购得一枚汉印，印文为"渡辽将军"，自以为是封侯之兆，遂请缨出师。开篇写其出征的盛气："闻鸡夜半投袂起，檄告东人我来矣。此行领取万户侯，岂谓区区不余畀！"豪气冲天。篇中写其朝会诸将的场面：

　　……岁朝大会召诸将，铜炉银烛围红毡。酒酣举白再行酒，拔刀亲割生彘肩。自言平生习枪法，炼目炼臂十五年。目光紫电闪不动，袒臂示客如铁坚。淮河将帅巾帼耳，萧娘吕姥殊可怜。看余上马快杀贼，左盘右辟谁当前。鸭绿之江碧蹄馆，坐令万里销烽烟。坐中黄曾大手笔，为我勒碑铭燕然！

大言不惭之态，不可一世之概，活龙活现。然而"两军相接战甫交，纷纷鸟散空营逃"。前之气势如虎，后之怯懦如鼠，在强烈的反差中有力地勾画出其丑陋形象。其次，为了表现丰富的现实内容，作者比较注意吸取古人以文为诗的经验，所谓"以单行之神运俳偶之体"，"用古文家伸缩离合之法以入诗"（《人境庐诗草自序》）。但取其长而避其短，在篇章结构上，注意波澜曲折，长而不板；叙写上多用比兴与描写，减少抽象直陈；议论尽量精要，并安置于描写之后，使之有水到渠成、画龙点睛之妙。再次，作者广泛采摘语言资料，"自群经三史，逮于周秦诸子之书，许郑诸家之注，凡事名物名切于今者，皆采取而假借之"（《人境庐诗草自序》），同时又不排斥"流俗语"（《杂感》其二）。这使他的诗歌词汇丰赡，富于表现力，典雅之中多生气与变化。但他用典雅词语过多，不免带来艰奥晦涩的缺陷。黄遵宪的诗"以旧风格含新意境"，体现了由旧到新的过渡。

第二节　梁启超与新文体

思想界的陈涉　　资产阶级文学革命的提倡者、鼓吹者　　别具魅力的新文体散文　　新体散文的历史意义及其影响

资产阶级文化思想催化的又一文学变革是"文界革命"。梁启超（1873—1929）[4]既是"文界革命"口号的提出者，又是新文体的成功创造者。他在戊戌前追随康有为，大力宣传变法维新思想；戊戌政变后，流亡国外，创办《清议报》《新民丛报》等，更加热情地宣传资产阶级文化思想，致力于开通民智的"新民"工作，这都促使他立意使文学成为思想启蒙的工具，因此他成为诗文小说戏曲革命的全面倡导者。而就其创作实绩来说，贡献最为突出、影响最为广远则在"文界革命"方面[5]。他所创造的"新文体"散文，以比较通俗而富有煽动力的文字运载新思想，使他成为"新思想界之陈涉"（《清代学术概论》二十六）。他的这种"开文章之新体，激民气之暗潮"（《〈清议报〉一百册祝辞……》）的文章也形成浩大的声势，震撼了当时的文坛。胡思敬说："当《时务报》盛行，启超名重一时"，"自通都大邑，下至僻壤穷陬，无不知有新会梁氏者。"（《戊戌履霜录·党人列传》）这种略有变革、向通俗化方向演进的文体成为我国散文由文言向白话过渡的桥梁，在近代散文史上占有重要地位。

梁启超自称"夙不喜桐城派古文"，早年宗尚"晚汉魏晋，颇尚矜炼"，到了撰写报章文字后，乃"自解放，务为平易畅达，时杂以俚语、韵语及外

国语法，纵笔所至不检束，学者竞效之，号'新文体'。老辈则痛恨，诋为野狐。然其文条理明晰，笔锋常带情感，对于读者，别有一种魔力焉"（《清代学术概论》二十五），大体说出了"新文体"的特点。他的《少年中国说》《过渡时代论》《呵旁观者文》《说希望》以及《变法通议》《自由书》《新民说》中的一些篇章都堪称"新文体"的代表作。如《说希望》：

> ……故希望者，制造英雄之原料，而世界进化之导师也。……呜呼，吾国其果绝望乎？则待死以外诚无他策。吾国其非绝望乎？则吾人之日月方长，吾人之心愿正大。旭日方东，曙光熊熊，吾其叱咤羲轮，放大光明以赫耀寰中乎！河出伏流，狂涛怒吼，吾其乘风扬帆，破万里浪以横绝五洲乎！穆王八骏，今方发轫，吾其扬鞭绝尘，骎骎与骅骝竞进乎！四百馀州，河山重重，四亿万人，泱泱大风，任我飞跃，海阔天空。美哉前途，郁郁葱葱，谁为人豪？谁为国雄？我国民其有希望乎，其各立于所欲立之地，又安能郁郁以终也！

有如悬崖飞瀑，奔腾而下。读之不禁令人升起希望之火，振起精神，奔赴而前。他的《少年中国说》以高度的爱国激情将少年之中国寄托于当时之少年，充满对未来的信心与展望。《呵旁观者文》把缺乏主人翁思想者的表现归纳为浑沌派、为我派、呜呼派、笑骂派、暴弃派、待时派六种，一一加以严厉批判，指出或"不知责任"，或"不行责任"，如此必无法使国家"立于世界生存竞争最剧最烈"的大舞台，发人猛醒。《过渡时代论》指出中国正处于过渡时代，而过渡就是弃旧而立新，引导人们参与变革与建设现实的斗争。

　　梁启超新文体散文的特点，首先是比传统的古文语言通俗，条理明晰，所谓"平易畅达"；其次，广泛融会多种多样的艺术手段，不避俚语俗言，吸收外语语法，不分骈散与有韵无韵，词汇丰富，句法灵活，音调铿锵，大大提高了散文的表现力；再次，自由大胆地抒写己见，"纵笔所至不检束"，思想新警动人；最后，笔锋充满感情，往往用铺排与奔腾的笔墨加强文章的煽动力与感染力。梁启超的新文体散文，以其思想之新颖、形式之通俗、艺术之富于魅力，影响几乎整整一代人，也对"五四"文学革命有着影响。郑振铎说新文体文章"不再受已僵死的散文套式与格调的拘束"，是"五四"时期"文体改革的先导"（《梁任公先生传》）。

第三节　近代后期散文

近代后期散文概观　康有为的政论文　谭嗣同冲决罗网
的笔锋　严复与林纾　章炳麟的革命檄文

由于散文是宣传新思想最有力的武器，近代后期散文在思想政治领域震动甚大，成为文坛上的活跃角色。从文字深浅的角度来说，大体有三派：一，"新文体"派，以梁启超为代表；二，古文派，包括桐城馀劲严复、林纾和尊崇魏晋文的章炳麟，他们虽坚持古文格调，思想却不再是封建的一套；三，白话文派，以全新的形式宣传新思想。从文体说，三者有袭旧、革新之别；从思想说，则普遍趋新。其中白话文一派反映着散文变革的必然趋势，但在当时还处于萌芽阶段。白话文体也主要被视为思想启蒙的手段，很少有人从散文美学价值上认识它[6]。古文派虽然还占有相当的势力，毕竟已不能与时代潮流合拍。因此在文坛上最有震撼力的是"新文体"派。

新文体散文，梁启超成绩最为辉煌。此外康有为、谭嗣同都可以说是"新文体"散文的前导。康有为（1858—1927）[7]是资产阶级改良主义运动的领袖人物，气魄宏伟，识见深敏。其政论文往往放言高论，瑰伟恣肆。文体风貌上，析理深透，逻辑谨严，不拘骈散，明白晓畅，与新文体颇多相近之处，如《上清帝第二书》《上清帝第三书》《上清帝第五书》《上海强学会后序》《应诏统筹全局疏》《日本书目志序》等。《上清帝第二书》即著名的"公车上书"，以深刻的析理、贴切的比喻、充分的事证、铺张的叙说，详论"下诏鼓天下之气，迁都定天下之本，练兵强天下之势，变法成天下之治"的必要性，极富说服力和鼓动性。

谭嗣同（1865—1898）[8]是改良派中的激进分子，文章思想大胆，笔墨泼辣。他的《思纬氤氲台短书·报贝元徵》两万多字，畅论变法，抨击各种陈腐旧制和守旧谬论，锋芒逼人。其《仁学》一书，呼号冲决"俗学""君主""伦常"等一切罗网，是对君主专制、封建伦理及旧学的猛烈冲击。如《仁学下·三十一》谈君主的一段文字引朝鲜人语："地球上不论何国，但读宋明腐儒之书，而自命为礼义之邦者，即是人间地狱。"作者指出朝鲜不像法国有民主思潮而有此说："岂非君主之祸至于无可复加，非生人所能任受耶？"对君主之害的攻击力度，不减于革命派。

严复和林纾都是思想上倾向于改良主义、文学上坚守桐城古文的人物，又都是近代著名的翻译家。严复（1853—1921）[9]翻译了赫胥黎《天演论》、亚当·斯密《原富》等西方资产阶级学术名著，按着"信、达、雅"的译述标准，"即义定名"，所拟译词既善传西学新概念的本义，又符合古文规范，毫无生硬权桠之态，成为他译笔散文的重要特色。从甲午战后到戊戌变法期间，在国家和民族危机的刺激下，严复写下《论世变之亟》《原强》《救亡决论》《辟韩》等一批政论文，揭示中国积贫积弱的根源，抨击君主专制以及"无实""无用"的旧学之害，疾呼变法图强，具有强烈的战斗性和深厚的爱国主义精神，代表了他的政论文的成就。如《辟韩》之批判君主制：

> ……秦以来之为君，正所谓大盗窃国者耳。国谁窃？转相窃之于民而已。既已窃之矣，又惴惴然恐其主之或觉而复之也，于是其法与令蝟毛而起。质而论之，其什八九皆所以坏民之才，散民之力，漓民之德者也。斯民也，固斯天下之真主也，必弱而愚之，使其常不觉，常不足以有为，而后吾可以长保所窃而永世。

一针见血，击中要害，君主专制制度的反动本质及其为愚民弱国之源，揭露无遗。他还常将中西对比起来讲，如《论世变之亟》中以两两相对的语句列述中西之异，增强了文章的明晰性与说服力。

林纾（1852—1924）[10] 曾翻译大量外国文学作品。他不懂外文，由通外文者口述，他以古文笔录。其译文虽不尽忠实原文，但简洁传神，时杂谐趣，颇能传达原著的情味。林纾推崇《左传》《史记》《汉书》、韩愈文为"天下文章之祖庭"（陈希彭《十字军英雄记序》引），他的译笔之妙实得力于古代叙事文的深厚修养。由于他精研过古文，在一些小说的译序中，常将中外为文之用心加以对比，较早对中外文学比较研究作出了贡献。林纾自称对文章"未尝言派，而服膺惜抱（姚鼐）者，正以取径端而立言正"，即使在这样的话里，也可以看出他对桐城派的看重。不过他不满意桐城派过于拘挛"义法"，而更为强调"意境"，认为意境是"文之母"（《春觉斋论文》），这使他的文章更重视形象与情境。他的文章接近于归有光，突出的特色是善于以含蓄隽永的笔墨造境叙情。《先妣事略》《苍霞精舍后轩记》等无不如此。如后者写母病时，夫妇治庖情事：

> ……宜人病，常思珍味，得则余自治之。亡妻纳薪于灶，满则苦烈，抽之又莫适于火候。亡妻笑。母宜人谓曰："尔夫妇呶呶何为也？我食能几，何事求精，尔烹饪岂亦有古法耶？"一家相传以为笑。……

寥寥数语，情境毕现，子媳敬母之深情，夫妇间的恩爱谐洽，老母对子媳的慈爱体贴，尽在不言中。此外，他的《冷红生传》紧紧扣住一个"情"字，刻画出作者情深"至死不易志"的品格；《徐景颜传》以简洁的笔墨记述中日之战中的烈士事迹，都写得光气内敛，富有馀味。

章炳麟（1869—1936）[11]是资产阶级革命家、思想家和著名学者。与当时大论争的形势相关，他特别看重论辩文，因此于古人文章中最推崇魏晋，认为魏晋文"守己有度，伐人有序，和理在中，孚尹旁达"（《国故论衡·论式》）。他鼓吹革命和批判改良主义的议论文，如《客帝匡谬》《正仇满论》《驳康有为论革命书》《代议然否论》等，都有明确的针对性，以学识为根，析理深切，重证尚质，辩难有力，言辞明快，都明显地发挥了魏晋文的长处。《驳康有为论革命书》针对康有为讴歌保皇、盛赞立宪、恫吓革命的种种谬论，逐条批驳，理足事胜，无浮词叫嚣，而自有一种锐不可当之势，"所向披靡，令人神旺"（鲁迅《关于太炎先生二三事》）。他的《革命军序》肯定邹容《革命军》的"叫呺恣言"，主张对不觉醒的人们"震以雷霆之声"，则显示了在革命形势的推动下，他赞赏一种通俗而富有鼓动性的文风。

第四节　近代后期诗歌

　康有为的浪漫主义歌唱　　丘逢甲的爱国歌声　　女侠秋瑾
　南社及其代表作家柳亚子等　　同光体的诗歌主张与创作
　湖湘派与晚唐派

近代后期诗，改良派作家大体笼罩在"诗界革命"之下，个别作者仍固守同光体，革命派则以高昂的激情发出民主革命的高歌。改良派的作家除黄遵宪外，主要有康有为、梁启超、夏曾佑、谭嗣同、蒋智由、丘逢甲等，陈三立、刘光第、林旭则属于同光体，严复、林纾也颇受同光体影响。康有为、丘逢甲的诗歌成就尤为突出。康有为作为改良派的政治领袖，表现出横扫陈腐诗坛、开拓诗歌新境的叱咤文坛的气概，"新世瑰奇异境生，更搜欧亚造新声"，"意境几于无李杜，目中何处著元明"，他要创造一种"悱恻雄奇"的境界，"飞腾作势风云起，奇变见犹神鬼惊"（均见《与菽园论诗……》），他的诗突出地表现了这种胸怀与气势，如《出都留别诸公》其二：

　　天龙作骑万灵从，独立飞来缥缈峰。怀抱芳馨兰一握，纵横宙合雾千重。眼中战国成争鹿，海内人才孰卧龙？抚剑长号归去也，千山风雨啸青锋！

这是他第一次上书为顽固派所阻出都抒怀之作。面对国势阽危、壮志受挫的现实，他没有自馁，而以天龙为骑，万灵为仪卫，独立高山之上，抚剑长号，千山风雨都与他呼应。在雄浑的意象中，有一个自负可以呼唤风云、旋转乾坤的高大的诗人形象在。其他如《秋登越王台》的"腐儒心事呼天问，大地山河跨海来"；《过昌平城望居庸关》的"云垂大野鹰盘势，地展平原骏走风"；《登万里长城》其二的"清时堡堠传烽静，出塞山川作势雄"等，无不表现出这种雄浑磅礴的意象。此外，他的《苏村卧病写怀》《闻邓铁香鸿胪安南画界撤还却寄》《戊戌八月国变纪事》《闻意索三门湾……有感》等，都富有现实感，充满忧国伤时之情。他流亡国外后，写下许多登临之作，即景生情，结合外国风物以抒慨，如《望须弥山云飞……》《罗马访四霸遗迹》《过比利时滑铁庐……》《登巴黎铁塔顶……》等。《登巴黎铁塔顶……》结尾写从高俯瞰大地之感说："汤汤太平洋，横海谁拏攫。我手携地球，问天天惊愕。"构思奇伟，感慨深沉。

康有为的诗富于浪漫主义色彩，重在抒发主观感受，而在抒情写怀中，高视阔步，气魄宏伟，感情奔放，艺术上又出以雄奇的想象，瑰丽的语言，磅礴的意象，有一种雄奇壮丽的美。所以被梁启超评为"元气淋漓，卓然称大家"（《清代学术概论》三十一），汪国垣也说他的诗"反虚入浑，积健为雄"（《光宣诗坛点将录》），颇有屈原、龚自珍的影响。

丘逢甲（1864—1912）[12]是台湾省人，清廷割让台湾，他组织抵抗运动抗击日军入台，失败内渡，所写诗歌突出反映了失台的悲愤和光复乡国的心志。诗中的切肤之痛、啼血之悲、填海之志，感人至深。如《送颂臣之台湾》，其一云："故乡成异域，归客作行人。"其五云："鬼雄多死别，人士半生降。"其六云："弃地原非策，呼天怆见哀。十年如未死，卷土定重来。"非台湾故土之人身经抗战、亲历漂泊不易有此深切之言。又如《春愁》与《去岁秋初抵鲛江，今仍客游至此，思之怃然》两首绝句：

> 春愁难遣强看山，往事惊心泪欲潸。四百万人同一哭，去年今日割台湾。
> 沦落天涯气自豪，故山东望海云高。西风一掬哀时泪，流向秋江作怒涛。

前首有杜甫"感时花溅泪"之境，写出台湾四百万人失台之悲愤。后一首以隐约的意象表现出作者如江涛海潮般汹涌澎湃的恢复之志。其他如《铁汉楼怀古》《往事》《秋日过谒张许二公及文丞相祠》《梦中》等，无不如此。柳亚子评他的诗说："战血台澎心未死，寒笳残角海东云。"（《论诗六绝句》其五）丘逢甲自言"笔端浩气满乾坤，桑海归来义愤存"（《林髯云郎中鹤年寄题……遥答》其二），所以诗笔雄健凌厉，气足势刚，很受当时人的称誉。梁启超称他为"诗界革命一巨子"（《饮冰室诗话》），柳亚子甚至说："时流竞说黄公度，英气终输仓海君。"（《论诗六绝句》其五）

　　20世纪初期，在资产阶级民主革命派蓬勃发展的过程中，涌现出一批革命诗人，其中特别值得注意的是革命巾帼英雄秋瑾和革命文学团体南社的创立及其革命诗歌，它们以崭新的思想和风貌谱写出近代诗歌的新篇章，将近代诗歌推到一个新阶段。

　　秋瑾（1875—1907）[13] 是近代妇女解放和民主革命的先锋，她在新思潮的鼓荡下，以一女子只身留学日本，投身于革命事业："雄心壮志销难尽，惹得旁人笑热魔。"（《感时》）她的诗激荡着挺身救国的激情，"漆室空怀忧国恨，难将巾帼易兜鍪"（《杞人忧》），"儒士思投笔，闺人欲负戈"（《感事》）。她二十馀岁即怀抱为救国而不惜牺牲的壮志，曾说自庚子以来，已置生命于不顾。又说男子为革命而献身如沈荩、史坚如、吴樾"不乏其人，而女子则无闻焉，亦吾女界之羞也"（《致王时泽书》），其献身精神与谭嗣同前后辉映。这种精神使她的诗充满壮烈情怀，常常表现出一种勇往直前，誓把革命事业进行到底的撼人心魄的力量。如《黄海舟中日人索句并见日俄战争地图》：

　　　　万里乘风去复来，只身东海挟春雷。忍看图画移颜色？肯使江山付劫灰！浊酒不销忧国泪，救时应仗出群才。拼将十万头颅血，须把乾坤力挽回。

其他如《吊吴烈士樾》《宝刀歌》等无不显示了这样的特色。她的诗洋溢着爱国主义、革命英雄主义和自我牺牲激情，既有坚定的理想追求，又有凌厉的气势，独具一种巾帼英雄的雄豪气概。所谓"朗丽高亢"，"有渐离击筑之风"（邵元冲《秋侠遗集序》）。

　　戊戌政变及庚子事变后，清政府统治的腐朽、反动与无能暴露无遗。以推翻清王朝、建立民国为目标的资产阶级民主革命迅猛崛起。1905年革命派政党同盟会的成立，是革命派登上政治舞台的里程碑性的标志，其在此前后不断发动的反清革命起义，使革命的号角回旋在中国大地。此种时局形势催生了革命文学社团——南社。

　　南社的出现，是近代文坛的一件大事。它改变了诗坛的格局和诗歌的主旋律，给文坛带来的震撼和影响是巨大的。南社是宣统元年（1909）由陈去病、高旭、柳亚子发起建立的[14]。以"南"名社，系对"北"而言，即明显寓有对抗清朝政府之意。第一次雅集有17人参加，其中14人为同盟会会员。辛亥革命前，社员发展到二百馀人；辛亥后，剧增至一千多人，网罗了绝大多数革命文化人，成为民主革命派的文化大军，其规模与声势都是历史上罕见的。

　　文人以文会友，游宴唱酬，结成各种诗社、文社、词社，本是中国文士的传统，但南社的结社表现出鲜明的新特质。它与以往那种无严密组织的松散而不稳定的文人结社不同，而是有带约束力的社规、完整的组织架构，除雅集之外，还出版有社刊《南社丛刻》[15]，颇具有现代性社团的气息。特别是它有明确的政治的与文学的追求目标：政治上以反清革命为职志，与当时的民主革命运动紧密呼应，不少社中人是民主革命的直接参与者。南社主要创始人之一柳亚子即明确说，"发起南社，是想和中国同盟会做犄角的"（《南社纪略》）；文学上，则有改变文坛现状、扫除积弊、一新面目的自觉追求。南社重要成员宁调元说"诗坛请自今日始，大建革命军之旗"（《……题〈纫秋兰集〉》），另一南社主要创始人高旭说"欲一洗前代结社之积弊，以作海内文学之导师"（《南社启》），都表明志在引导文学的发展方向，改变文坛旧况，使文学成为民主革命运动的助力。

　　南社结社的性质与精神，与明末带有鲜明政治倾向的文士团体——几社、复社息息相通，一脉相承。故南社特别强调对"几、复风流"的继承与发扬。南社主要创始人在建立南社之前曾结为神交社，陈去病《神交社启》即从盛赞明末复社、几社叙起，"及熊嘉余作宰松陵，而吴、沈之颖，群荷甄陶，孟朴、扶九之伦，遂得并兴复社。高会诸英，云间继之，几社乃作。由是江、淮、齐、豫、皖、浙、楚、赣，济济髦英，鳞萃辐辏，虎阜三集，南金东剑，美莫能名"。高旭亦以诗响应说"谈剑把酒又今时，几、复风流赖总持"（《海上神交社集，……邮此代简》），以承继几、复风流相期许。他的《丁未……国光雅集写真题两绝句》也说："伤心几复风流尽，忽忽于兹二百年。记取岁寒松柏操，后贤岂必逊前贤！"也以追步几、复前贤为志。柳亚子的《重题南社写真》亦云"风流坛坫成陈迹，盟誓河山葆令名"，要使已成陈迹的几、复风流再现当世。

　　明朝后期，一些正直士人不满政府腐败与宦官干政，奋起抗争，最后形成东林党。几社、复社即继其后，发扬东林精神，继续与腐败政治及魏忠贤阉党的馀孽斗争。复社最盛时的一次虎丘会集，"山左、江右、晋、楚、闽、浙以舟车至者数千人"（陆世仪《复社纪略》），南社第一次雅集选址亦在苏州虎丘，虽因其地有明末烈士张东阳祠，但亦与欣慕"几、复风流"相关。

南社作为革命诗人群体，创作了大量诗歌，充分反映了从庚子事变至"五四"新文化运动的近代最后二十馀年历史，特别是本时期中震撼大地的反清民主革命风云。南社诗歌突出表现了革命者推翻清王朝、建立自由民主盛强国家的宏伟志怀与勇往直前不畏牺牲的英雄气概，充满浪漫主义的激情，镗鞳之音，动人心魄。"龙蟠虎踞闹英雄，似听登台唱大风。炸弹光中觅天国，头颅飞舞血流红。"（高旭《盼捷》）"十年前是一重囚，也逐欧风唱自由；复九世仇盟玉帛，提三尺剑奠金瓯。"（宁调元《感怀四首》）"薪胆生涯剧苦辛，莫忧屏弱莫忧贫。要从棘地荆天里，还我金刚不坏身。"（周实《感事》）他们壮怀激烈，以气节自励，以献身自高。辛亥革命前，南社诗人诗歌着重于揭露清人入主中原，屠杀反抗者的残酷暴行，扬州十日，嘉定三屠，同时颂扬宋末明末忠贞不屈的烈士，以及哀悼为民主革命牺牲的社友，激扬反清革命风潮；辛亥之后，反动势力反扑频来，革命者抗争不断，从二次革命、护法战争、袁世凯称帝、张勋复辟，直至北洋军阀的混战及其黑暗统治，南社诗人都有鲜明的反映，给反动势力以猛烈抨击。如袁世凯欲盗国称帝，为达目的不惜接受日本灭亡中国的廿一条，张光厚《咏史》诗曰"欲把河山换冕旒，安心送尽莽神州"，径直揭露其丑恶本质；并对其帝制复辟闹剧给予辛辣的讽刺："寻常一个筹安会，产出新朝怪至尊！"南社诗人也有一些小诗写得隽永有味。如高旭的《对菊感赋》："聊复持螯且自夸，万千心事乱如麻；天生傲骨差相似，撑住残秋是此花。"南社正是具有"傲骨"能"撑住残秋"的力量。

南社出现不少有成就的诗人，诸如柳亚子、陈去病、苏曼殊、高旭、马君武、周实、宁调元、黄节、诸宗元、黄人等，柳亚子、陈去病、苏曼殊尤为其中的佼佼者。

柳亚子（1887—1958）[16]是南社的领袖与代表作家。作为革命文学家，他在文坛上表现出极大的革新勇气。他对还活动在当时诗坛上的一些学古诗派，无不给予尖锐的批评，指斥以王闿运为代表的汉魏六朝派刻板拟占，"古色斓斑真意少"；以郑孝胥、陈三立为代表的同光体"枯寂无生趣"；以樊增祥、易顺鼎为代表的晚唐诗派"淫哇乱正声"（见《论诗六绝句》其一、其二）[17]。他主张在革命洪流日益汹涌澎湃的时代里，应将"国恨家仇""发为文章，嚘呕镗鞳，足以惊天地而泣鬼神"（《天潮阁集序》），也就是应使诗歌成为唤醒民众、鼓吹革命的武器。他之提倡唐音，就在于唐诗风调适于表现蓬勃的革命豪情，同时又可与当时反对民主革命、后来又成为前清遗老的诗人所宗尚的同光体相对抗。

柳亚子的诗是资产阶级民主革命的号角，集中表现了反帝反封建的革命主题，充满爱国主义和民主主义激情。作于光绪二十九年（1903）的《放歌》深刻地揭示出中国衰弱的根源在于专制统治："上言专制酷，罗网重重强。人权既蹂躏，天演终沦亡。"他在诗中呼号吸收卢梭思想，实行民主革命："《民约》创鸿著，大义君民昌。胚胎革命军，一扫秕与糠。"他的诗中充满对革命的焦灼渴望与期待。《元旦感怀》云：

> 希望前途竟若何？天荒地老感情多。三河侠少谁相识，一掬雄心总不磨。理想飞腾新世界，年华孤负好头颅。椒花柏酒无情绪，自唱巴黎革命歌。

"巴黎革命歌"即指法国资产阶级革命时期的战歌《马赛曲》。为激励革命精神，他甚至超越一般传统文人的局限，讴歌太平天国的革命业绩："旗翻光复照神州，虎踞龙蟠拥石头。但使江东王气在，共和民政自千秋。"（《题太平天国战史》）他的《吊刘烈士炳生》《吊鉴湖秋女士》于对革命烈士的沉痛哀悼中寓有奋发继成大业的豪情。如《吊刘烈士炳生》中说："尚有椎秦遗恨在，闻鸡起舞亦因缘"，"何时北伐陈师旅，拨尽阴霾见太阳。"辛亥革命后，他一心捍卫革命果实，当袁世凯愈来愈猖狂地向革命进攻时，诗人写下横眉冷对的诗作《孤愤》：

> 孤愤真防决地维，忍抬醒眼看群尸？美新已见扬雄颂，劝进还传阮籍词。岂有沐猴能作帝，居然腐鼠亦乘时。宵来忽作亡秦梦，北伐声中起誓师。

直刺阴谋称帝的元凶以及诏附群小，不啻一篇讨袁的檄文。

柳亚子在南社成立的虎丘雅集上赋诗说："莫笑过江典午卿，岂无横槊建安才！"柳诗的基调正有横槊赋诗的气概。他的诗以近体为主，尤以七律七绝为多，喜欢用事，文辞典雅，但在严整的格律中有一股激昂豪宕之气，富于革命浪漫主义气息。

陈去病（1874—1933）[18]与柳亚子同为南社发起人。早年即志怀高远，所撰自传说"年少好事，任侠慷慨，有策马中原，上嵩高，登泰岱，观日出入，浮于黄河，探源积石之志；或更逾塞，出卢龙，度大漠，寻匈奴龙庭，蹀躞狼居胥山，骧首以问北溟而后快"（《垂虹亭长传》），可见一斑。他心系祖国安危，具有强烈的担当意识。中日甲午战败，在家乡发起雪耻协会，撰联曰："炎黄种族皆兄弟，华夏兴亡在匹夫。"一生积极投身于挽救祖国和捍卫中华文化的活动,馀事为诗。因此诗歌的主旋律,紧密地围绕现实斗争,表现了高度的爱国主义精神和强烈的反清民主革命思想。

他对列强的窥伺和侵略十分敏感,反应迅疾而强烈,诗歌中充满反帝卫国的深挚情怀。如《将游东瀛,赋以自策》反映急于探察沙俄侵略触角伸入我国东北的情势,"宁惜毛锥判一掷,好携剑佩历三边"(自注:拟从朝鲜趋东三省以探察露西亚近状)。《癸卯除夕别上海……》深痛国人在日俄激烈争夺中国的形势下,不知不觉,懵懂麻木,醉生梦死:"颂洞鲸波起海东,辽天金鼓战西风。如何举国猖狂甚,夜夜樗蒲蜡炬红!"《自厦门泛海登鼓浪屿有感》见外国舰船罗列,深慨国人不能奋起抗争,都表现了同样的情怀。他的《题警钟日报》诗说"何当警彻雄狮梦,景命重新此旧邦",立志于唤醒国人,重振中华。

陈诗的另一主题是呼号反清民主革命。他意志坚定,不怕牺牲:"誓死肯从穷发国,舍身齐上断头台。"(《辑陆沉丛书初集竟题一首》)他写下不少诗歌,歌咏宋末、明末不降不事异族的烈士,或抒写拜谒明陵的感怀。如《题明孝陵图》《偕刘三谒苍水张公墓,并吊永历帝》等,后者诗中说:"消磨壮志奈何许,起舞横刀发浩歌。西望墓门三叹息,几时还我旧山河!"对在反清民主革命中,遭遇摧残的革命志士,则寄予沉痛的哀思。邹容因撰写《革命军》、章太炎为之作序,均被逮入狱,邹更瘐死狱中,诗人在《稼园哭威丹》诗中说:"一卷遗书今不朽,诸君何以复燕云?"所谓"复燕云",即用历史故实表示推翻清王朝统治。诗在悼念死者的同时,仍不忘激励生者继续完成革命。诗人《重九歇浦示侯官林獬、仪真刘光汉》诗曰:

> 惨淡风云入九秋,海天寥廓独登楼。凄迷鸾凤同罹网,浩荡沧瀛阻远游。三十年华空梦幻,几行血泪付泉流。国仇私怨终难了,哭尽苍生白尽头!

"凄迷鸾凤同罹网",即指邹、章二人入狱。所谓"国仇"即指清王朝入主中原,所谓"私怨"即指清人对抗清与反清革命志士的摧残镇压。二者不了,则作者与国人都至死不能止泪。

陈去病在《病倩词话》中说:"近代词人惟定庵龚氏足以名家,此外虽作者林立,然终属规行矩步,依人作计,以为能事略尽此矣,从无有越出恒轨,而拔戟自成一队者。"表示他对文学的主张,是不要"规行矩步,依人作计",要能"越出恒轨,而拔戟自成一队"。他的诗虽然也还是运用旧形式,但并不有意模仿他人,并且不刻意于字句,所谓"去华反朴,屏绝雕鐶"(《浩歌堂诗钞序》），而是以朴实自然的笔墨，任凭一己所见所感，自由抒发。因其个性豪爽，有任侠之气，笔墨横恣，情感激越，意象宏伟，形成一种瑰伟奔放的风貌。如《中元节自黄浦出吴淞泛海》：

> 舵楼高唱大江东，万里苍茫一览空。海上波涛回荡极，眼前洲诸有无中；云磨雨洗天如碧，日炙风翻水泛红。唯有胥涛若银练，素车白马战秋风。

境象宏阔摇荡。末用伍子胥典故，以必视清王朝覆灭为志。壮景高志深恨豪情，融而为一，摇人心目，很能体现作者诗歌的个性风貌。

苏曼殊（1884—1918）[19]是南社诗人中更富诗人气质的作家。他以小诗见长，或抒慨时之情，或写自然风物，清灵隽永，柔婉动人。前者如《以诗并画留别汤国顿》，后者如《淀江道中口占》：

> 蹈海鲁连不帝秦，茫茫烟水著浮身。国民孤愤英雄泪，洒上鲛绡赠故人。
> 孤村隐隐起微烟，处处秧歌竞种田。赢马未须愁远道，桃花红欲上吟鞭。

诗情意缠绵，画面鲜明，但多感伤情调。

光绪十年（1884）前后，近代后期的一些学古诗派在诗坛上更加活跃起来。陈衍从光绪九年到十二年，日渐鲜明地打出"同光体"的旗号。光绪十二年（1886）王闿运在长沙创立碧湖诗社，汉魏六朝派开始壮大。同年，易顺鼎在苏州创立吴社联吟，他与樊增祥齐名，以学晚唐香艳体为世所称，被称为晚唐诗派，亦角逐诗坛。其中同光体诗人最多，影响最大，直到"五四"新文化运动后，白话诗兴起，仍以旧体诗的代表与之对峙发展。

同光体的代表作家有沈曾植、陈三立、陈衍等。陈衍（1856—1937）[20]又是这一派中的理论家。同光体是指"同光以来诗人不专宗盛唐"一派诗人[21]。所谓"不专宗盛唐"，有两方面含义，一是隐隐与专宗盛唐的明七子相对，所以它是道光、咸丰以来宋诗运动的继续；一是指其诗歌宗尚大大扩展，超逸盛唐，上探晋宋，下及中晚唐、北宋。陈衍提出"三元说"（《石遗室诗话》卷一），即上元盛唐之开元，中元中唐之元和，下元北宋之元祐。沈曾植提出"三关说"（《与金潜庐太守论诗书》），即作诗要通过宋之元祐、唐之元和、南朝刘宋的元嘉三关。这个诗歌流派学古的主要宗尚在宋，而其学古的主要精神则强调创造。陈衍说"宋人皆推本唐人诗法，力破馀地"（《石遗室诗话》卷一），"力破馀地"就是他们要发扬的主要精神。所以他们强调学古而不呆板摹古，要有开拓创造。同光体诗人因其具体宗尚不同，又有闽派、浙派、江西派之分（钱仲联《论同光体》）。陈衍将道光以来宋诗运动的诗歌分为"清苍幽峭"和"生涩奥衍"两派，前者"体会渊微，出以精思健笔"；后者"语必惊人，字忌习见"。（《石遗室诗话》卷三）均可供了解同光体诗派及其创作特点参考。

　　同光体的突出作家当推江西派的陈三立、浙派的沈曾植、闽派的郑孝胥。他们都同情和拥护变法维新，反对帝国主义侵略，在中日甲午战争和戊戌维新时期，也都写下一些富有现实内容的诗作，如陈三立的《园馆夜集闻俄罗斯日本战争甚亟感赋》《晓抵九江作》；沈曾植的《夜哭》《野哭》《送伯愚赴热河》《怀道希》等，表现了忧国伤时的感情。艺术上则各有不同的特色。

　　陈三立（1852—1937）[22]被近代宋诗派诗人推为宗师，他的诗歌表现艺术确有其独到的造诣。他称誉黄庭坚的诗"镵刻造化手，初不用意为"（《漫题豫章四贤像拓本》其三），这也正是他创作诗篇遵循的原则。前一句说明作诗要用心锤炼，后一句说明成诗之后又似自然无斧凿之迹。所以，他的诗虽然大体上是沿着宋诗的路数，多用以文为诗的句法、字法、仄声韵等，但更注意表现上的迥不犹人，努力向前人所未到处开掘，追求表现上的奇特不凡，新颖引人。如《江上望焦山有怀昔游》有句云"插椽箕斗松寥阁，忆抱江声赤脚眠"，前句言松寥阁高耸霄汉，后句言昔游夜眠涛声绕耳，分别用"插椽"、用"抱"表现，就不落常蹊。诗题提到"怀昔游"，陈三立昔游焦山诗有句云"夜枕堆江声，晓梦亦洗去"（《癸丑五月十三日至焦山》），前句言夜晚涛声之大，后句言涛声惊醒晨梦，一说江声堆枕，一说晓梦被江涛洗去，也显得新颖不凡。读来并无突兀权桠之感，不失自然。他的《十一月十四夜发南昌月江舟行》尤其突出表现了此种特色：

　　　　露气如微虫，波势如卧牛。明月如萤素，裹我江上舟。

比喻、描写都超逸庸常，而又不见刻炼之迹。陈三立刻意追求这种精思刻炼、奇崛不俗而又能达于自然、富有意境的诗歌境界，他的学力与作诗工力使他足以跻此境界，自成一家。不过，他很有些诗颇为奇奥难读。

　　沈曾植（1851—1922）[23]曾被陈衍称为"同光体之魁杰"（《沈乙庵诗序》）。在力破馀地、刻意求新一点上，他与陈三立相同。但二人诗学观念、创作追求亦微有差异。在诗歌理论上，沈曾植将"三元说"发展为"三关说"，以南朝刘宋之元嘉代替了盛唐之开元，将接受古诗的传统更加向上延展，虽仍以宋之苏、黄为主，但吸收古诗营养的范围更加扩大，而且反对"理与事相隔"（《与金甸丞太守论诗书》），往往在叙事、抒情当中，将对生命与人生的哲理体悟渗透其中。在诗歌的表现上，他更突出了"学人之诗"的特色，因此钱仲联推誉他为"近代学人之诗、诗人之诗合一的典型"（《近代诗钞》）。他本为著名学者，学识渊博，在创作实践中充分发挥了"学"对诗的作用。张尔田说他的诗"以六籍、百氏、叶典、洞笈为之溉，而度材于绝去笔墨畦町者，以意为辀而以辞为辖"（《寐叟乙卯稿后序》），又说他"邃于佛、湛于史，凡稗编脞录、书评画鉴，下及四裔之书，三洞之笈，神经怪牒，纷纶在手，而一用以资为诗"（《海日楼诗注序》），颇得其实。特别是诗中用典之广博，运用之灵活与巧妙，可以说将古诗的用典推到了新的高峰。故他的诗"雅尚险奥"，大多"聱牙钩棘"（陈衍《沈乙庵诗序》）。晚期更有些诗求新求变，甚至出现解散形体，吸收乐府体式，造句用词更多变化。如《遨游在何所行》曰："遨遊在何所？乃在弇州之首，河出昆仑墟。骖乘海人餐海间，前马策大丙，后骑钳且。摽然高驰气承舆，径超凉风帝下都。四百四门，列仙所居。问讯西王母，揖东王公。……"

不过他也有"时复清言见骨，诉真宰，荡精灵"（陈衍《沈乙庵诗序》）一类作品，既较平实易读，也很能体现他作诗的锻炼生新的功力。如：

> 榆叶乾青柳叶黄，淡云斜日蜀东冈。秋心总在无人处，坐看兔翁没野塘。（《道中杂题》其一）
>
> 湍深刚避鹊矶头，望远还迷鹦鹉洲。残腊空舲容二客，清江晓日写千愁。刚肠志士丹衷在，壮事愚公白发休。只借柏庭收寂照，四更孤月瞰江楼。（《偕石遗渡江》）
>
> 江门帆点夕阳明，江上愁心向晚生。我寄悲怀东海若，要回骨种荡蓬瀛。（《西湖杂诗》其十一）

均表意深沉，造语新颖，而文不奥涩，富有情味。

郑孝胥（1860—1938）[24]在闽派中艺术成就最高，陈衍说"清苍幽峭"一派，以他"为魁垒"（《石遗室诗话》卷三）。他主张诗歌要"兴象才思两相凑泊"（陈衍《海藏楼诗叙》），其诗富于兴象，而笔墨清隽峭硬。如《十一月二十三日出京道中杂诗》其十七："扬州在何许？帆影乱烟树。南风且莫竞，我欲过江去。"

王闿运（1833—1916）[25]是标举汉魏六朝的领袖人物。他认为古代诗歌经过长期发展开掘，"诗法"已没有创新馀地，"诗法既穷，无可生新"（《诗法一首示黄生》），摹古是必然的，只是选择什么摹古对象问题。他认为汉魏诗是古代诗歌格调最高的，从诗歌本体上说，它突破了"教化"说牢笼，是主情的，所谓"古之诗以正得失，今之诗以养性情"（《论诗法》）；而其艺术表现上又能"以词掩意，托物寄兴"，而非"快意骋词"，"以供世人之喜怒"（《湘绮楼论诗文体法》），故以之为典范，举为旗帜。他的模拟主张实是偏重"诗法"，以保持诗歌高格，并非内容上亦全袭古，故又特别提出"不失古格而出新意"（《诗法一首示黄生》）。他的创作实践即循此原则，其所作"于时事有关系者甚多"（陈衍《石遗室诗话》）。钱仲联亦云"湘绮拟古，内容亦关涉时事"（《论近代诗四十家》）。

王闿运经历了从太平天国起义到民国建立的整个近代历史，集经学家、文士、名士、纵横家于一身。其时外敌交侵、内患迭起，地方军事力量湘军、淮军相继勃兴，都为纵横术提供了驰骋的场地。他与重臣肃顺以及湘、淮军领袖曾国藩、李鸿章等均有交往，往往能综览全局，勇于建谋，也敢于指斥权势人物的失误。但他的政治怀抱未生实效，仅以诗家名世。他自为挽联曰："纵横志不就，空留高咏满江山。"由于他深切关怀清王朝统治的命运，故其诗颇有与现实相关的内容。如《独行谣三十章》《周甲七夕词六十一绝句》《发祁门杂诗二十二首》等多有时代的面影。他的反映动乱中社会状况的诗歌，颇有一些描写深刻的笔墨。如写农村衰敝景象，"村虚寂萧条，败屋稍横栅。饥禽争落梧，瘦犬卧寒石。污泥压死稻，穷妇掘残粒。榾柮终日间，难谋一杯食"（《临川西洲》）；写繁华城市的萧条，"百载笙歌地，今来一炬燌。荒城围败瓦，穷贾坐空橱。国岂贫为患，民伤吏不廉"（《登扬州城》），末尾还特别点出吏治的败坏；写家国前途的渺茫，"旷土弥无际，苍苍一望中。田园民废业，家国道终穷"（《自云湖至姜畲……》）。名篇《圆明园词》更反映了英法联军侵华的大事件。

但王闿运的诗歌毕竟规古过甚，艺术面貌缺乏新鲜感，大大影响了他的诗歌成就。汉魏六朝派诗人还有邓辅纶等。

晚唐诗派的代表人物是樊增祥和易顺鼎，二人都以才华著称，而易才尤高。樊增祥（1846—1931）[26]在诗歌主张上比较宏通，提倡对古人"兼收并蓄""转益多师"，而与现实情事"相需相感"，"即因以付之"，并追求有"独到之处"，"合千百古人之诗以成吾一家之诗"（金松岑《天放楼集书后》）。不赞成分唐界宋，其言曰："古来积诗平五岳，文章流别难重陈。独厌耳食界唐宋，唐固可贵宋亦尊。"（《冬夜过竹簃侍讲论诗有述》）但在创作实践上，于艳体诗用力独多，体式又重近体，特别是七律，故从成就处看，靠近晚唐香艳体。他于近体诗的艺术创造上颇有贡献。不仅律诗对仗、隶事工巧，辞藻华美，即绝句亦颇有韵味。如《八月六日过灞桥口占》："柳色黄于陌上尘，秋来长是翠眉颦。一弯月更黄于柳，愁杀桥南系马人。"一二句传达秋天的萧瑟气氛，三四句采递进手法，强调黄昏月色给人的印象。谭嗣同评为"意思幽深节奏谐"（《论艺绝句》）。樊增祥亦不乏感怀时事之作，如《春兴八首》《书愤》《马关》《庚子五月都门纪事》《闻都门消息》等，或感慨内政弊端，或愤憎帝国主义的侵略残暴，或悯民生凋敝，都富有现实内容，充满爱国情怀。如《闻都门消息》其三云："百年乔木委秋风，三月铜街火尚红。崇恺珊瑚兵子手，宋元书画冷摊中。金华学士羁僧寺，玉雪儿郎杂酒佣。闻得圆明双鹤语，庚申庚子再相逢。"但以过于雕琢之笔，写帝国主义蹂躏惨象，诸如"犬衔朱邸焚馀骨，乌啄黄骢战后疮"（《闻都门消息》其一）之类，则与情味未尽相宜。他的前后《彩云曲》，艺术精妙，风传于世，诗之思想格调则褒贬不一。

易顺鼎（1858—1920）[27]具有爱国思想，26岁时写诗云："男儿报国身手在，神州入望疮痍多。安能瑟缩短檠底，笺释恶池与亚驼。"（《渡滹沱作》）他写下一些具有现实内容的诗作，诸如《津舟感怀四首》《感事四首》《书事》等。甲午战败，他焦虑国势阽危，热情投入抗日保台的斗争，墨绖从戎，几次渡海赴台。一些诗作，或抒发救台的坚定意志，"宝刀未斩郓支头，惭愧炎荒此系舟。……马革倘能归故里，招魂应向日南州"（《寓台咏怀六首》其六）；或反映台湾民众爱国心声，"田横岛上此臣民，不负天家二百春。……痛哭珠崖原汉地，大呼仓葛本王人"（同前其二）；或怒斥庸臣投降误国，"薰天媪相空持国，割地儿皇尚纪年"（《自关入都道中八叠韵》其一），都情怀激烈。但易氏除爱国思想外，在时代趋向维新和革命的大变革时代，不能与时俱进，既不满时局现状，又缺乏新思想支持，渐沦为放荡玩世，大大影响了诗作的思想境界。山水诗中颇有佳篇，既融入个人情怀，艺术表现上又发挥想象，以动态形象刻画客观景物，颇多生动气息。如写青玉峡之龙潭："化工惜元气，万古与之蓄。趺为孤潭幽，神物有起伏。纡徐向平川，馀响戛寒玉。谁云一泓窘，百宝可沐浴。倒穿大瀛底，日月入亦绿。"（《青玉峡龙潭》）又如《天童山中月夜独坐》其一："青山无一尘，青天无一云。天上惟一月，山中惟一人。"笔路新颖，意境幽邃。其歌行体写山水之作，如《黛海歌赋罗浮》《端州七星巖歌》《游白水门观瀑布作歌》等，笔墨恣肆奔放，将历史故实、神话传说、现实游山经历融而为一，很能传宏阔壮丽山水之形神，而不受旧诗格调束缚，长句可达十馀字，虽曾被人斥为"凌乱放恣"（沈曾植、陈三立语，见樊增祥《后数斗血歌》序引），却也别具一格。易顺鼎认为"对属为工，乃诗之正宗"（《琴志楼摘句诗话》）。其诗对仗、隶事工巧，而造语新颖，艺术上有较高成就，如"棘门霸上皆儿戏，太液昆明是水嬉"，"痛哭珠崖原汉土，大呼仓葛本王人"，都堪称精妙，但过度的追求，有时也不免有类文字游戏。

第五节　近代后期词

　　近代后期词的创作倾向　　　　"清季四大词人"　　　异军突起的文廷式

　　近代后期词，紧承前期的发展，出现冯煦、谭献、陈锐等词人。其间被称为"清季四大词人"的王鹏运、朱祖谋、况周颐、郑文焯以及异军突起的文廷式最为突出。近代后期词的创作基本是在常州词派理论的笼罩之下，推尊词体，既讲求词的传统艺术轨范，又重视词的厚重内容，不把词视为"诗馀"小道。清季四家面临更形阽危的国势，都具有爱国感情，又大都赞成变法维新，企望自强。他们在戊戌、庚子前后的词作不乏忧世伤时之慨。辛亥以后，则思想落伍，多有遗老情绪。

　　清季四家中，王鹏运（1848—1904）[28]年岁最长，为词亦早，有领导风气的作用。中日战争时，侍御史安维峻上疏弹劾李鸿章，语涉对慈禧的微讽，被革职发往军台，王写下《满江红·送安晓峰侍御谪戍军台》一词：

　　　　荷到长戈，已御尽、九关魑魅。尚记得、悲歌请剑，更阑相视。惨淡烽烟边塞月，蹉跎冰雪孤臣泪。算名成、终竟负初心，如何是？　　天难问、忧无已。真御史，奇男子。只我怀抑塞，愧君欲死。宠辱自关天下计，荣枯休论人间世。愿无忘、珍惜百年身，君行矣。

词中回忆他们清流议政的豪慨，对安维峻救国"初心"落空无限惋叹，面对"天难问、忧无已"的形势，大胆赞誉安氏敢于斥重臣、触逆鳞，是"真御史，奇男子"。"宠辱"二句尤见以国事为重的高尚品格。其他如《祝英台近·次韵道希春感》《点绛唇·饯春》《浪淘沙·心事共疏檠》等将感情与物象融化为一，境界浑成，表现了他词作的艺术成就。王词总的格调豪健疏畅，密而不涩，朱祖谋赞其"得象每兼花外永，起犀差较茗柯雄"（《望江南·杂题我朝诸名家词集后》）。

　　朱祖谋（1857—1931）[29]被叶恭绰称为"词学之一大结穴"（《广箧中词》

卷二)。其《鹧鸪天·九日丰宜门外过裴村别业》《减字木兰花》其五"盟鸥知否"都是伤悼"戊戌六君子"的刘光第。前者曰"红萸白菊浑无恙,只是风前有所思",以极淡之语隐微地写出极深之情。其《鹧鸪天·庚子岁除》云:

似水清尊照鬓华,尊前人易老天涯。酒肠芒角森如戟,吟笔冰霜惨不花。 抛枕坐,卷书嗟。莫嫌啼煞后栖鸦。烛花红换人间世,山色青回梦里家。

他那"森如戟"的酒肠,"惨不花"的吟笔,正是国事撑胸的表现,造语新颖而不奇僻,表意含蓄而不晦涩。末二句表现了失望思归的情绪。他的词较之王鹏运多些书卷气,词语刻练,未免有伤自然。

郑文焯(1856—1918)[30]最精音律,作词讲求选辞切律,易顺鼎称他的词"体洁旨远,句妍韵美"(《瘦碧词序》)。如《浣溪沙·从石楼石壁往来邓尉山中》:

一半梅黄杂雨晴,虚岚浮翠带湖明,闲云高鸟共身轻。 山果打头休论价,野花盈手不知名,烟峦直是画中行。

其庚子前后所写的《贺新郎·秋痕》《汉宫春·庚子闰中秋》等感时伤事,都情足意满。

况周颐(1859—1926)[31]更多名士气,早年填词主性灵。叶恭绰称他的词"寄兴渊微,沉思独往,足称巨匠"(《广箧中词》卷二)。其词炼意炼句而不失自然。如《南乡子》:

秋士惯疏萧,典尽鹔鹴饮更豪。况有鸾笙丹凤琯,良宵。不放青灯照寂寥。 一笠一诗瓢。随分沧洲听雨潮。何止黄花堪插帽,娇娆。江上芙蓉亦后凋。

活画出一个狂放名士的形象。他的《苏武慢·寒夜闻角》《水龙吟》"声声只在街前"则都是伤时之作。

文廷式(1856—1904)[32]为爱国志士,"帝党"人物,因反对中日和议,支持变法维新而被革职,忧伤憔悴以终。他的词作更富有时代感。他论词反对"意多柔靡","声多喗缓","用字则风云月露、红紫芬芳",强调思想内容和气势，要写出"照天腾渊之才，溯古涵今之思，磅礴八极之志，甄综百代之怀"（均见《云起轩词自序》）的词作。他不尚苟同，不重戒律，不拘一格，自写胸臆，豪迈劲健，而又颇注意词的艺术表现，故能独张一帜。陈锐评其词"有稼轩、龙川之遗风，惟其敛才就范，故无流弊"（《袌碧斋词话》）。朱孝臧题其词集称"拔戟异军成特起"，"兀傲故难双"（《彊村语业》卷三《望江南》）。

文廷式反映时事的词，如《翠楼吟·岁暮江湖，百忧如捣，感时抚己，写之以声》：

> 石马沉烟，银凫蔽海，击残哀筑谁和？旗亭沽酒处，看大艑、风樯轲峨。元龙高卧，便冷眼丹霄，难忘青琐。真无那、冷灰寒析，笑谈江左。
> 一笴，能下聊城，算不如呵手，试拈梅朵。苕鸠栖未稳，更休说、山居清课。沉吟今我，只拂剑星寒，歃瓶花妥。清辉堕，望穷烟浦，数星渔火。

词中滚动着"感时抚己"的哀愤，心系国事，却不容于朝廷，袖手江湖，又不能忘情国事，一边说"不如呵手，试拈梅朵"，一边还是"冷眼丹霄，难忘青琐"，声情凄厉感人。他的《广谪仙怨》词说"相臣狡兔求窟，国论伤禽畏弦"，尖锐地揭露出甲午战争后朝廷对舆论的压制与谋国大臣的卑琐。其《水龙吟》曰：

> 落花飞絮茫茫，古来多少愁人意。游丝窗隙，惊飙树底，暗移人世。一梦醒来，起看明镜，二毛生矣。有葡萄美酒，芙蓉宝剑，都未称，平生志。　我是长安倦客，二十年、软红尘里。无言独对，青灯一点，神游天际。海水浮空，空中楼阁，万重苍翠。待骖鸾归去，层霄回首，又西风起。

志士不得施展报国之怀的无比压抑之感喷薄纸上。末二句显有所指，当是影指慈禧的干政。其他如《贺新郎·赠黄公度观察》《鹧鸪天·赠友》《蝶恋花·九十韶光如梦里》等词，都感情激越，而表现得不率不露，将深忧大愤寓于悲凉凄怆的意象之中。胡先骕说：云起轩词，"意气飙发，笔力横恣，诚可上拟苏、辛，俯视龙洲。其令词秾丽婉约，则又直入《花间》之室。盖其风骨遒上，并世罕睹，故不从时贤之后，局促于南宋诸家范围之内，诚如所谓美矣善矣"（《评文芸阁云起轩词钞·王幼遐半塘定稿剩稿》）。

注　释

〔1〕1899 年梁启超在《夏威夷游记》中说："要之，支那非有诗界革命，则诗运殆将绝。"正式提出"诗界革命"口号。但是早在戊戌变法前一两年间，他已与夏曾佑、谭嗣同相约试作"新诗"，不过这类诗大体只作到"捃扎新名词以自表异"（《饮冰室诗话》六十），晦涩生硬，缺乏艺术魅力，难得发展。在《夏威夷游记》中，梁启超在理论上有所修补，主张汲取"繁富而瑰异"的"欧洲之意境语句"，并提出欲辟诗界新大陆，必备三长："第一要新意境，第二要新语句，而又须以古人之风格入之，然后成其为诗。"这也就是他后来在《饮冰室诗话》中提出的"以旧风格含新意境"的诗界革命标准。

〔2〕黄遵宪，字公度，别号人境庐主人，广东嘉应（今梅州）人。光绪二年（1876）举人。从光绪三年（1877）起至光绪二十年（1894）曾先后为驻日使馆参赞、驻美国旧金山总领事、驻英使馆参赞、驻新加坡总领事。光绪二十年奉调归国。光绪二十三年（1897）署湖南按察使，积极协助巡抚陈宝箴创办新政。次年受命出使日本，未成行，戊戌政变发生，被放归乡里。著有《人境庐诗草》《日本杂事诗》。北京大学中文系近代诗研究小组辑有《人境庐集外诗辑》。生平事迹详见钱仲联《黄公度先生年谱》。

〔3〕他的《酬曾重伯编修》其二曰："废君一月官书力，读我连篇新派诗。"（《人境庐诗草》卷八）自称其诗是"新派诗"。

〔4〕梁启超，字卓如、任甫，人称任公，号饮冰子，广东新会人。光绪十五年（1889）举人。早年入学海堂学习传统学术，后从康有为学习，思想大变，开始参加变法维新的宣传与活动。光绪二十一年（1895）与康有为一起发动"公车上书"。后曾为京师强学会书记员，主编上海《时务报》，专办京师大学堂译书局。戊戌政变发生，流亡国外。一度接近革命派，但迅速掉头坚持君主立宪。曾在日本办《清议报》《新民丛报》《新小说》等报刊，以"新民"为己任。辛亥革命后归国，曾参加北洋政府。袁氏称帝野心暴露后，参与发动反袁之役。晚年离开政界，讲学于清华研究院，较早以新学眼光研究古代文化，开启了近代学术研究新风。一生著述极丰，合刊为《饮冰室合集》。其生平详见丁文江、赵丰田《梁启超年谱长编》。

〔5〕梁启超在《夏威夷游记》（1899）中赞赏日本德富苏峰之文"善以欧西文思入日本文，实为文界别开一生面者"，言"中国若有文界革命，当亦不可不起点于是也"，为梁氏首次提出"文界革命"一语。

〔6〕参阅本编绪论第四节。

〔7〕康有为，字广厦，号长素，广东南海人。早年从朱次琦学习传统儒学。其游香港、上海，感到西人治国有方，广阅西书译本，乃讲西学。在长兴里开万木草堂，梁启超、陈千秋等均为其弟子。光绪十九年（1893）中举，二十一年（1895）中进士。他关怀国事，从光绪十四年（1888）到二十四年（1898）的 11 年中，七次上书清帝，力言变法图强，并开展宣传变法维新的活动，在京师开强学会、保国会，创办《中外纪

闻》等。光绪二十四年（1898）得光绪帝召见，应诏上统筹全局摺，令在总理衙门章京上行走。戊戌变法仅 90 日，即为顽固派发动的政变扼杀。其后流亡国外，曾至日本、欧美、东南亚诸国。因坚持君主立宪立场不变，组织保皇会，思想日趋保守落伍。1917 年曾参加张勋复辟活动。有《康南海文集》，近人编有《康有为全集》。生平见《清史稿》本传、《康南海自编年谱》、康同璧《南海康先生年谱续编》。

〔8〕谭嗣同，字复生，号壮飞，湖南浏阳人。甲午战后，受时局刺激，注意新学。光绪二十三年（1897）赴长沙，协助湖南巡抚陈宝箴创行新政。次年被征入京，以四品卿衔为军机章京，参预变法活动。政变发生，拒绝避难出走，决心以鲜血唤醒民众，从容被捕就义，成为死难的"戊戌六君子"之一。

〔9〕严复，原字又陵，后改字几道，福建侯官（治今福州）人。早年入福州船政学堂学习，后留学英国。归国后，曾任天津北洋水师学堂总办。甲午以后，倾向变法维新，译出《天演论》《原富》等名著，宣传西方资产阶级哲学、经济思想。由于他主渐变，反对革命，思想日见保守，辛亥革命后，还曾列名袁世凯复辟帝制的御用组织筹安会发起人。有《严幾道诗文钞》，近人编有《严复集》。生平事迹见《清史稿》本传、王蘧常《严幾道年谱》。

〔10〕林纾，字琴南，号畏庐，别署冷红生等，福建闽县（今福州）人。光绪八年（1882）举人，一生主要任教职，曾主京师大学堂讲席。他有爱国感情，同情变法维新，但反对革命。辛亥革命后，以遗老自居。"五四"时期，因不能摆脱对古文艺术的沉迷，站在白话文的对立面。有《畏庐文集》《畏庐文续集》《畏庐文三集》《畏庐诗存》。生平见朱羲胄《林畏庐先生年谱》。

〔11〕章炳麟，字枚叔，后改名绛，号太炎，浙江余杭（今杭州）人。早期从经学家俞樾学传统汉学，中日战后，开始参预政治活动。戊戌政变后，思想逐渐转向革命。从庚子以来他就不断发表批驳改良派保皇论调、鼓吹反清革命的文章，引起清政府的恐慌，终因在《苏报》上发表《革命军序》被捕入狱，即著名的"苏报案"。出狱后赴日本，加入同盟会，并担任《民报》主编，继续展开同改良派的论战。辛亥革命后，有与革命党不协调的行动。晚年专门从事讲学著述。有《章氏丛书》及《章氏丛书续编》、《章氏丛书三编》。生平事迹见《自订年谱》、汤志钧《章太炎年谱长编》。

〔12〕丘逢甲，又名仓海，字仙根，台湾省人。光绪十五年（1889）进士。甲午战败，清廷割让台湾，曾组织义军抗日，失败后，离台内渡。赞成变法维新，曾任广东咨议局副议长。辛亥革命爆发，被举为参议院参议员。有《岭云海日楼诗钞》等。生平事迹，见丘瑞甲《先兄仓海行状》、丘琮《仓海先生丘公逢甲年谱》。

〔13〕秋瑾，字璇卿，又号鉴湖女侠，浙江山阴（今绍兴）人。光绪三十年（1904）赴日本留学，进行反清革命活动，先后加入光复会、同盟会，为同盟会评议员、浙江主盟人。因抗议日本政府颁布《取缔清国留日学生规则》归国。光绪三十三年（1907）在家乡绍兴主持大通学堂，因与徐锡麟组织皖浙反清起义失败，被清政府杀害。有《秋瑾集》。生平详见山石《秋瑾年谱》。

〔14〕1909 年 11 月 13 日南社于苏州虎丘举行第一次雅集，正式宣告成立。与会 17 人，选柳亚子为书记员。南社活动最有生气的时代是从成立到辛亥革命前后数年。宗旨在"欲一洗前代结社之积弊，以作海内文学之导师"（高旭《南社启》），出版《南社丛刻》，引导文学为革命斗争服务。后来伴随政治斗争的复杂化，社内不断发生矛盾与分化，1923 年因内部矛盾激化而解体，此后又有新南社，南社湘集、闽集等组织。前后共延续三十馀年。参见杨天石、王学庄《南社史长编》。

〔15〕南社活动时期，共出版《南社丛刻》22 集。1994 年，马以君标点出版了《南社丛刻第二十三集第二十四集未刊稿》。

〔16〕柳亚子（1887—1958），原名慰高，字安如，后改名人权，字亚庐，流演为亚子，又曾改名弃疾，号稼轩。江苏吴江人。光绪二十九年（1903）入上海爱国学社学习。光绪三十二年（1906），任教健行公学，加入光复会，同盟会，主《复报》笔政，声援革命派与改良派的论战。1909 年与陈去病、高天梅发起成立南社。武昌起义后，任南京临时总统府秘书，对袁世凯不存幻想，不赞成南北议和。对新文化运动，柳亚子既拥护打倒孔家店和提倡科学民主，却又反对"文学革命"，以为诗歌不可用白话。此后他大体能跟随时代的步伐前进，成为国民党左派。后加入中国民主同盟、中国国民党革命委员会。有《磨剑室诗词集》，其子女柳无非、柳无垢编有《柳亚子诗词选》。生平事迹见《柳亚子自撰年谱》、徐文烈《柳亚子先生年谱》。

〔17〕当时这些诗派的领袖人物，都站在蓬勃兴起的民主革命的对立面。其诗作更远离时代的中心主题，甚至相逆反。柳氏之尖锐批评，主要用意是在改变诗坛现状，使革命诗歌占据诗坛的主流地位。

〔18〕陈去病，资产阶级民主革命活动家和诗人。初以出生地名庆林，壮年时，有感于霍去病"匈奴未灭，无以家为"之壮怀，乃更今名。字佩忍，又字巢南。因喜爱乡县垂虹桥，自署垂虹亭长。江苏吴江人。他积极投身于拯救祖国的活动。光绪二十一年（1895）甲午战败，在家乡发起雪耻学会。光绪二十八年（1902）至上海参加中国教育会，并在家乡组织支部。光绪二十九年（1903）为探索救国道路，赴日本留学，时沙俄侵逼东北三省，乃参加拒俄义勇队。见日本维新之成功，对照清王朝的顽固守旧，腐朽无能，深信变革与进行反清革命之必要，加入中国同盟会，先后主《江苏》杂志、《警钟日报》笔政，并创刊《二十世纪大舞台》，提倡戏剧改革，播扬革命风潮。宣统元年（1909）与柳亚子等发起南社。辛亥革命爆发，在苏州创办《大汉报》响应，并一直追随孙中山，参加讨袁、护法等斗争，曾任参议院秘书长、江苏革命博物馆馆长等职。后期投身教育界，受聘为东南大学、中央大学等校教授。1933 年病故。平生著述甚多，诗歌方面有《浩歌堂诗钞》《浩歌堂诗续钞》等，今人编有《陈去病诗文集》《陈去病全集》。生平事迹见其本人所撰《垂虹亭长自传》、金荃著《陈去病先生年谱》。

〔19〕苏曼殊，原名戬，字子谷，后改名玄瑛，曼殊是其出家为僧的法号。广东香山（今中山）人。曼殊出生于日本横滨，母为日本人。幼年回广东，不堪嫡母的虐待而出家为僧。但是，民族的危难又使他不能忘怀现实，而往复于僧俗之间。光绪二十八

年（1902）以后，曾在日本东京加入革命团体拒俄义勇队等，归国后任教于苏州吴中公学，参加上海《国民日日报》工作。辛亥革命后，曾参加上海《太平洋报》工作，并于1913年发表《反袁宣言》。著有《曼殊全集》，生平事迹见柳亚子《苏玄瑛新传》、马以君《苏曼殊年谱》。

〔20〕陈衍，字叔伊，福建侯官（今福州）人。光绪八年（1882）举人。支持变法维新。戊戌政变发生后，赴武昌任官报局总编纂，后为学部主事、京师大学堂教习。辛亥革命后，曾任无锡国学专门学校教授，倡办国学会。有《石遗室丛书》，其中包括《石遗室文集》《石遗室诗集》等。此外有《石遗室诗话》及其《续编》。另辑有《近代诗钞》。生平事迹见陈声暨等著《陈石遗先生年谱》及《陈石遗先生年谱补续》。

〔21〕陈衍说："同光体者，余与苏堪（郑孝胥）戏目同光以来诗人不专宗盛唐者也。"（《石遗室诗话》卷一）钱仲联《论同光体》一文指出被陈衍先后列入"同光体"的诗人沈曾植、陈三立、陈衍、郑孝胥等，同治年间还都年轻，其创作活动时期都是在光绪以后，"现在他们几个人诗集里的存诗开始年代，都远在光绪元年以后很长一段。所以陈、郑举出'同光体'旗帜，'同'字是没着落的，显然出于标榜，以上承道、咸以来何、郑、莫的宋诗传统自居"。

〔22〕陈三立，字伯严，号散原，江西义宁（今修水）人。光绪十五年（1889）进士，曾任吏部主事。光绪二十一年（1895）其父陈宝箴于湖南巡抚任上，创办新政，曾协助筹划。湖南所行新政，亦见初效。陈三立始终主张这种由地方具体做起，缓慢推进的改革，不赞成康、梁比较急进的维新作为。戊戌政变发生后，与其父同被牵连革职，永不叙用。辛亥革命后，以遗老自居。有《散原精舍诗集》及其《续集》《别集》与《散原精舍文集》。生平事迹见吴宗慈《陈三立传略》。

〔23〕沈曾植字子培，号乙庵、寐叟等，浙江嘉兴人。光绪六年（1880）进士。甲午战败后，赞助康有为变法活动。曾任京师强学会正董。不过，他也对康梁急进的变法行动持有不同意见。后曾署安徽布政使、护理巡抚。辛亥革命后，以遗老居上海。沈曾植为著名学者，有著作四十馀种，文学方面有《海日楼诗》《海日楼文集》。今有钱仲联《沈曾植集校注》。生平事迹见《清史稿》本传，王蘧常《沈寐叟年谱》。

〔24〕郑孝胥字太夷，号苏堪，福建闽县人。光绪八年（1882）举人。曾任驻日使馆书记官、神户领事、湖南布政使等职。辛亥革命后，以遗老自居。"九一八"事变后，与日本勾结，组织伪"满洲国"，任"国务总理"，堕落为汉奸。有《海藏楼诗》。

〔25〕王闿运字壬秋，湖南湘潭人。咸丰三年（1853）举人。太平天国起义爆发，曾国藩创办湘军，王对曾之军事颇多建议。此后曾主四川、湖南等地书院。光绪三十四年（1908）赐翰林院检讨，加侍读。民国建立，袁世凯权盛之时，一度任国史馆馆长，不久即辞归。有《湘绮楼全书》，其中包括《湘绮楼诗集》《湘绮楼说诗》。生平事迹见《清史稿》本传、王代功《湘绮君年谱》。

〔26〕樊增祥字嘉父，号云门、樊山，湖北恩施人。同治六年（1867）举人，光绪三年（1877）进士，累官至江宁布政使、护理两江总督。其为官尽心吏事，处事公正，但

其思想不出洋务派范畴，辛亥之后，与时代不相合，退居上海，以遗老自居，但又曾为洪宪之参政，未免进退失据。著有《樊山集》及其《续集》与《樊山集外》。今有涂晓马、陈宇俊点校之《樊樊山诗集》。生平事迹见蔡冠洛《清代七百名人传》。

〔27〕易顺鼎字实父，别号哭庵。湖北龙阳（今汉寿）人。光绪元年（1875）举人。中日战争爆发，曾赴台湾赞助刘永福抵抗日军，表现了高度的爱国激情。后为陕西布政使。但易顺鼎除爱国思想外，不能与时俱进，辛亥革命后，既不满现状，又无新思想支持，以致流于狂放玩世。袁世凯称帝，又出为代理印铸局长。著有诗集二十馀种，均收入《琴志楼全书》。今有王飙点校之《琴志楼诗集》，搜辑整理易诗甚全。生平事迹见蔡冠洛《清代七百名人传》。另《琴志楼诗集》附有王飙编撰之《易顺鼎年谱简编》。

〔28〕王鹏运，字幼霞，号半塘，广西临桂（今桂林）人。同治九年（1870）举人，历官内阁侍读、监察御史等职，他支持康梁变法，为御史刚正敢言。著有多种词集，后自删定为《半塘定稿》，朱祖谋又从其词集中遴选部分作品成《半塘剩稿》。他汇刻唐五代与宋元诸家词为《四印斋所刻词》，以汉学家功夫校勘词集，首开词家校勘之学。

〔29〕朱祖谋，一名孝臧，字古微，号彊村，浙江归安（今湖州）人。光绪九年（1883）进士，官至礼部右侍郎。辛亥后，以遗老著述自娱。著有《彊村语业》。他校辑唐五代宋金元人词总集与别集179种，成《彊村丛书》，号称精审，有功于词学文献。

〔30〕郑文焯字俊臣，号叔问、别署大鹤山人。奉天铁岭（今属辽宁）人。光绪元年（1875）举人，官内阁中书，后长期为地方大吏幕客，擅尺牍书画。所著词集删存为《樵风乐府》，又著有词律著作《词源斠律》。

〔31〕况周颐原名周仪，避宣统讳改，字夔笙，号蕙风。广西临桂（今桂林）人。光绪五年（1879）举人，官内阁中书，曾入张之洞、端方幕府。在北京，与王鹏运交，从事词学。晚年居上海，与朱祖谋切磋词艺，转重守律。其词集合刊为《第一生修梅花馆词》，后删定为《蕙风词》。又有论词著作《蕙风词话》。

〔32〕文廷式字道希，晚号纯常子。江西萍乡人。光绪十六年（1890）进士。曾为侍读学士，署大理寺正卿。中日战争爆发，他反对和议，后又赞成康梁变法，屡遭打击迫害，终于落职。戊戌政变后，一度避地日本，归国后，曾参与唐才常筹组爱国会的活动。有《云起轩词钞》。生平见胡思敬《文廷式传》、沈曾植《文君芸阁墓表》。

第四章　近代后期的小说与戏曲

与近代前期小说、戏曲的状况不同，伴随着资产阶级的改良运动和革命运动的兴起与发展，以及资产阶级启蒙宣传的加强、西学输入的推向高潮，近代后期成为中国小说戏曲转型嬗替的重要时期。适应求变求新的时代洪流，"小说界革命"勃然兴起，小说成为晚清思想启蒙和文学革新运动中成绩卓著的领域。作为抉发时弊、开启民智的利器，新小说以其干预现实、踔厉风发的思想锋芒而震撼文坛，出现了被鲁迅称为"谴责小说"的四大名著：《官场现形记》《二十年目睹之怪现状》《老残游记》和《孽海花》。与此同步，戏曲改良运动全面展开，大量表现新思想的传奇杂剧发表于报刊，并诞生了新的剧种——话剧。辛亥革命以后，民众的政治热情锐减，出现了以消闲、游戏为创作宗旨的鸳鸯蝴蝶派，体现了现代都市娱乐消费的文化品位。

第一节　小说界革命与新小说的兴起

小说界革命的发生与发展　　新小说的澎湃浪潮　　构拟理想世界的蓝图　　求新声于异邦　　历史疮痍的反思　　民族民主革命的铎音　　翻译小说的繁荣与小说审美意识的嬗替

近代后期小说领域的突出现象，是"小说界革命"的开展。"小说界革命"是与"诗界革命""文界革命"在相同背景下发生的。这场"革命"主要是资产阶级思想启蒙运动的推动和西方文学观念与文学作品的启示的结果，而印刷术的进步、稿酬制度的出现、文化商品市场形成的刺激，也起了推波助澜的作用。

同治十一年末（1873年初），蠡勺居士已声称"谁谓小说为小道哉"[1]，不过那时还是空谷足音。光绪二十三年（1897），严复、夏曾佑在《国闻报》上发表《本馆附印说部缘起》，强调小说"入人之深，行世之远"，并提出小说乃是表现人类的"公性情","一曰英雄，一曰男女","非有英雄之性，不能争存；非有男女之性，不能传种"，既高度推重小说，又以人性论、进化论的观点阐释小说的本体与审美心理，表现出与"载道""劝善惩恶"等传统思想不同的新观念，影响渐大。光绪二十八年（1902）梁启超在《新小说》创刊号上发表《论小说与群治之关系》，文章疾呼"欲新一国之民，不可不先新一国之小说"，并响亮地提出"小说为文学之最上乘"，成为小说界革命的纲领。它把原处于社会文学结构边缘的小说推到中心地位，把原只流行于俗的小说变成知识层自觉运用来进行觉世新民、疗救社会的利器。"登高一呼，群山响应"（包天笑《钏影楼回忆录·编辑杂志之始》），很快形成一个小说刊物勃兴、小说批评和理论研究活跃、新小说创作空前繁荣的局面[2]。阿英《晚清小说史》言晚清"成册的小说"（所指包括创作小说和翻译小说），"至少在一千种上"。新小说的突出特点是与政治结下了不解之缘，无论政治小说、科学小说、社会小说、历史小说，无不与救亡图存、改良群治息息相关，从而刷新了中国小说的格局，揭开了小说史上新的一页。然而，梁氏理论是有偏颇的，他过分夸大了小说的社会作用，带有火色过浓的政治功利色彩，使小说成为政治扬声器，其心理构型与儒家诗教、文以载道的旧统一脉相承。因此，梁启超所倡导的小说界革命，在刷新中国小说格局的同时，也留下了政治与艺术、个性与群体、求雅与趋俗等诸多困惑。

　　新小说按其题材范围与选择视角的不同，可分数种：首先是宣传政治主张的政治小说，此类小说常以拟构理想世界蓝图的形态出现，梁启超《新中国未来记》即其代表。这部小说以未来60年后的中国维新成功揭开序幕，昭示了维新派的政治理想。小说的主干部分则是记述改良派黄克强与革命派李去病关于革命与改良的一场大辩论，二人反复驳诘达44段，几乎囊括了20世纪初爱国志士关于"中国向何处去"论争的基本要旨；在某种程度上也是梁启超本人流亡日本初期徘徊于改良和革命之间内心矛盾的自我剖白。小说打破了古典小说以故事为基本构架的叙事模式，大规模地融入散文和诗的笔法，但演说、口号、章程、条例毕收，在一定程度上影响了小说的艺术兴味[3]。颐琐的《黄绣球》堪称《新中国未来记》的姐妹篇。小说叙说自由村从蒙昧到文明的历史，寄寓维新派从一村、一地改造中国的政治理想。其次是求新声于异邦，写外国题材。轰动一时的罗普的《东欧女豪杰》，即叙俄国虚无党事。女杰苏菲亚出身天潢贵胄，因不满专制暴政，投身虚无党，甘弃荣华，走入民间，践霜履冰，万死不辞。苏菲亚成为当时脍炙人口的革命女杰。再次是对历史疮痍反思的作品。连梦青的《邻女语》写八国联军血污神京，镇江金坚毁家纾难，毅然北上，救民饥溺（很可能是以刘鹗为原型），通过他沿途见闻，展示乾坤含疮痍、日月惨光晶的历史画卷：瓜洲渡口的逃难洪流；清江浦上的风声鹤唳；银河宫外杀声哭声刺耳的恐怖之夜；赤地如烧，哀鸿遍野，千里中原，尤其是山东界内十里荒林中高悬的一颗颗包裹红巾的义和拳民的人头，以猩红之色留下了这场惨绝人寰的历史浩劫之一瞥。小说以隔墙邻女的喁喁细语为贯穿线索，故名《邻女语》。小说通过一个普通人的视角来写大时代的狂澜，细腻地感受着历史疮痍的点点斑斑，手法新颖，体现了小说审美意识嬗替的轨迹。遗憾的是第七回后，又落入历史演义的窠臼，撇开主人公，专叙庚子事变中的各种奇闻轶事。小说前后风格迥殊，似非出自一人手笔。

在小说界革命后期，资产阶级革命派作家创作了一批狂飙突进式的作品，成为民族民主革命的铎音。陈天华的《狮子吼》，楔子分为三部曲：一为混沌人种的灭亡；二为睡狮猛醒的怒吼；三为"黄帝魂"，构拟光复中华50年后的璀璨图景，表现了小说的主旨。小说主要叙说浙江舟山岛上的民权村，本是明末张煌言抗清之地。300年来，村人誓雪国耻，惨淡经营，俨然建成一独立的文明社会雏形，学堂、工厂、医院、议事厅等新事物应有尽有。中学教习文明种阐扬卢梭《民约论》，倡言民权，鼓吹排满革命。他的得意门生毕业后也分别寻求改造中国之路，孙氏兄弟念祖、肖祖赴美、德留学，绳祖返大陆办报纸，编小说杂志；狄必攘则径赴内地联络会党。此书堪称当时革命原理的通俗图释。黄世仲的《洪秀全演义》[4]，生动地展示了太平天国波澜壮阔的反清战史，弘扬民族革命思想，并融入若干西方议会民主、男女平权等观念。

这一时期，翻译小说尤盛于创作小说。光绪二十五年（1899）林纾所译的《巴黎茶花女遗事》问世，此后译著纷出，域外小说开始成为中国小说发展的参照系。这与1902年梁启超《论小说与群治之关系》的发表，堪称中国近代小说史上交相辉映的双子星。林译的主要贡献在于启迪了中国现代小说意识的觉醒[5]：一，在中国小说史上第一次明确地提出了"专为下等社会写照"（《孝女耐儿传序》）的命题，建构了新的小说审美规范，文学的主人公由英雄豪杰、才子佳人转为卑微的小人物，昭示了"平民意识"的崛起与"人"的觉醒。二，引进了风格流派的概念。林纾对于作家风格往往有一种灵犀暗通的默契，他对西方作家风格的阐发给人以创造性的启示，如司各德的文心奇幻，仲马父子的冶艳秾丽，华盛顿·欧文的诗的氛围与哲理深味等。三，诱发了现代性爱意识的觉醒。林译《巴黎茶花女遗事》《迦茵小传》等，引进伴随人格独立、个性解放而兴起的现代性爱意识，对几千年铸就的道德心防产生了轰击作用。近则流风被于苏曼殊的哀情小说，远则下开"五四"时代那些浪漫自由的爱情咏叹调。林译具有自己独特的美学风貌，既有古文简洁、隽永的风韵，又兼有西方文学的灵思美感，为小说的创作提供了典范。清末民初的

"林译小说"成为中国小说新旧嬗变历史进程中的重要媒介，影响了"五四"一代风流人物，如鲁迅、郭沫若、周作人等[6]。

第二节　《官场现形记》与《二十年目睹之怪现状》

封建社会崩溃前夕的官场解剖：《官场现形记》　　　光怪陆离的社会诸相的写真：《二十年目睹之怪现状》

在"小说界革命"浪潮中涌现的最具影响的小说，莫过于被鲁迅称为"谴责小说"的《官场现形记》《二十年目睹之怪现状》《老残游记》《孽海花》四部作品。这类作品抨击腐败，直抉时弊，形成近代一股强劲的批判现实的文学潮流。

李宝嘉（1867—1906）[7]的《官场现形记》是我国第一部在报刊上连载、直面社会而取得轰动效应的长篇章回小说，首开近代小说批判现实的风气。它是一部专门暴露官场黑暗的力作，对于中国封建社会崩溃时期的官僚政治进行了总体解剖，上自军机大臣，下至佐杂胥吏，全方位地摄入笔底。书中人物故事多以真人真事为蓝本。如周中堂影射翁同龢，华中堂影射荣禄，黑大叔影射李莲英等。至于冒得官、区奉人（谐趋奉人）、贾筱芝（谐假孝子）、时筱仁（谐实小人）、刁迈彭（谐刁卖朋）、施步彤（谐实不通）等，其行径一旦形诸笔墨，皆使时人感到似曾相识，默契会心，倍增兴味。它以纪实性而风靡于世。嗣后，模仿之作纷出，一时蔚为大观。

《官场现形记》所写的不是个别的贪官污吏，而是整个政治体制的腐朽，无官不贪，无吏不污，卖官鬻缺、贪赃纳贿已成为官场的运行机制。通过慈禧太后之口，道出"通天底下一十八省，哪里来的清官？"（第十八回）何藩台与其胞弟三荷包，内外联手，将府州县缺明码标价出售。贾润孙携十万两银进京谒见，立刻被一帮手眼通天的掮客包围，他们专门替朝中大老兜揽生意，进纳苞苴。军机处俨如坐地分赃的议事厅。书中两大参案，都是最肮脏卑鄙的政治交易。如浙省参案，本是朝廷有意照应钦差，"好叫他捞回两个"。书中勾勒出一幅八表同昏的官场群丑图。

官场腐败，自然道德沦丧。居上位者，只知珠玉妖姬，升官发财，所谓政绩，无非是祸国殃民。胡统领严州剿匪，纵兵屠洗村庄以冒功邀赏。在下者则巧于逢迎，吮痈舐痔，奴颜媚骨成为做官第一要诀。湍制台家蓄十美，属员过翘特地到江南买了两个绝色女子进献，凑成"十二金钗"。更为龌龊的是冒得官，竟将亲生女儿报效上司。人心叵测，遍地陷阱。两个红州县周果甫、戴大理斗法，都是口蜜腹剑、笑里藏刀；时筱仁恩将仇报，对故主落井下石；刁迈彭卖友求荣，断送把兄。书中那一群胸无点墨的酒囊饭袋：刘大侉子、黄三溜子、田小辫子、唐二乱子等，更是晚清官场特产的一宗活宝，捐例大开的必然产物，钱房市侩，袍笏登场，官场的文化品位也荡然无存了。综观全书，人性的堕落与异化到了怵目惊心的地步，作家直斥为"畜生的世界"（第六十回）。书中暴露黑暗有馀，缺乏一丝亮色。

小说采用若干相对独立的短篇故事蝉联而下的结构方式[8]，虽不免于松散枝蔓，然亦适应敏锐地反映广阔的社会人生的需要。白描传神，是其所长。如胡统领严州剿匪数回，布局精巧，错落有致，人物映带成趣。胡统领涎色贪财，昏聩颟顸，而又乔装张致，擅作威福；周老爷阴险势利，工于心计；文七爷纨绔阔少，风流自喜；赵不了寒酸猥琐，人穷志短；庄大老爷老奸巨猾，八面玲珑，都栩栩如生。衬以浙东水乡风光，江山船上的莺莺燕燕，构成相当生动逼真的社会风俗画卷。作家尤擅长于渲染细节，运以颊上添毫之笔，有入木三分之妙。第四十三至四十五回，写佐杂太爷的酸甜苦辣，极尽揶揄之能事。"跌茶碗初次上台盘"是一幕精心设计的人间喜剧，通过跌茶碗这一细节，将小人物受宠若惊的扭曲心态，描摹尽致。小说还充分运用了夸张、漫画化的闹剧手法，尤喜撕破人生的假面。如浙江巡抚傅理堂，自命崇尚理学，讲究"慎独"功夫，却偏有"叩辕门荡妇觅情郎"一幕好戏。《官场现形记》艺术上的缺陷是冗长、拖沓，人物情节间有雷同。《官场现形记》之外，李宝嘉的《文明小史》《中国现在记》都是新旧过渡的维新时代社会风貌与社会心态的相当真切的剪影，他的《活地狱》还具有刑狱史的价值。

吴沃尧（1866—1910）[9]的《二十年目睹之怪现状》是一部带有自传色彩的作品。全书以主人公九死一生奔父丧始，至其经商失败止。卷首九死一生自白他出来应世的20年间所遇见的只有"蛇虫鼠蚁""豺狼虎豹""魑魅魍魉"，小说就是展示这种怪现状，笔锋触及相当广阔的社会生活面，上自部堂督抚，下至三教九流，举凡贪官污吏、讼棍劣绅、奸商钱房、洋奴头办、江湖术士、洋场才子、娼妓娈童、流氓骗子等，狼奔豕突，显示了日益殖民地化的中国封建社会肌体的溃烂不堪。

小说富有特色的部分是对封建家庭的罪恶与道德沦丧的暴露。在拜金主义狂潮的冲击下，旧式家庭中骨肉乖违，人伦惨变，作者以犀利的笔锋直抉那些道貌岸然的正人君子的丑恶灵魂。九死一生的伯父子仁就是一个典型的凉薄无行的伪君子。他堂而皇之地干没亡弟万金遗产，夺孤侄寡婶的养命钱，几令九死一生流落街头。其人不苟言笑，动辄严斥子侄，而所做暧昧情事，令人齿冷。宦家子弟黎景翼为夺家产，逼死胞弟，又将弟媳卖入娼门。吏部主事符弥轩，高谈性理之学，却百般虐待将他自襁褓抚养成人的祖父。书中落墨甚多的苟才，也是被他的亲子龙光勾结江湖草医害死。旧家庭中的深重罪孽，令人毛骨悚然。作家抉发官场黑幕，亦颇重从道德批判切入，直斥"这个官竟然不是人做的，头一件先要学会了卑污苟贱"（第五十回）。贯穿全书的反面人物苟才，便是这种"行止龌龊，无耻之尤"的典型。他夤缘苟且，几度宦海沉浮，为求官星照命，竟将如花似玉的寡媳献与制台大人。此外，书中对于清末官吏的庸懦畏葸、恐外媚外，也有相当生动的刻画，体现了作家的爱国义愤。小说还万花筒似地展示了光怪陆离的社会龌龊诸相，其中作家揣摩最为熟透的则是"洋场才子"。这些浮薄子弟，徙倚华洋二界，徜徉花国酒乡，胸无点墨，大言炎炎，笑柄层出，斯文扫地，充分显示了畸形社会中一部分知识分子的空虚和堕落。

本书也反映了作家追求与幻灭的心史历程。书中着意推出一些正面人物如吴继之、九死一生、文述农、蔡侣笙等，寄托着作家的理想和追求。吴继之由地主、官僚转化为富商，是我国小说中最早出现的新兴资产阶级形象。他与九死一生所经营的大宗出口贸易，曾经兴旺一时，差可自豪，足以睥睨官场群丑，体现了社会价值观念的变化。然而作家笔下商场人物的心理构型仍然是旧的，作家着力刻画的是他们的义骨侠肠，彼此间肝胆相照的深情厚谊，都还缺少商业资本弄潮儿的气质，他们最后的破产则反映了半封建半殖民地的中国社会中新兴资产阶级的命定归宿。蔡侣笙，则纯然"清官"模式。书中正面人物无例外地被人欲横流的尘嚣浊浪所吞没，"实业救国""道德救国"，一一破产，体现了作家"救世之情竭，而后厌世之念生"（李葭荣《我佛山人传》）的心灵搏斗历程。

小说突出地体现了作家的艺术风格：笔锋凌厉，庄谐杂陈，辛辣而有兴味。如苟才初次亮相，他那如瓶泻水般的谈吐，旁若无人的意态，寥寥数笔，跃然纸上。小说采用第一人称限制叙事，在小说史上别开生面，以九死一生二十年间的悲欢离合、所见所闻贯穿始终，结构上成一传结之局。不足之处是材料不免庞杂，有些形同话柄的连缀。

《二十年目睹之怪现状》外，吴沃尧的三部写情小说《恨海》《劫馀灰》《情变》，也曾在小说史上产生重要影响。前二者开民初哀情小说、苦情小说之先河，并确立了"发乎情，止乎礼义"的写情规范；后者着重写"痴"、写"魔"，开孽情小说一路。

第三节　《老残游记》与《孽海花》

小说艺术由古典向现代的转变：《老残游记》　　深含三重意蕴的《孽海花》

《老残游记》为刘鹗（1857—1909）[10]所作。小说《自叙》中云："棋局已残，吾人将老，欲不哭泣也得乎？"刘鹗是在事业屡挫、饱尝忧患之馀而撰此说部，是他的崩城染竹之哭。首回那在洪波巨浪之中行将沉没的大船，便是中国的象征。横亘在作家心头的是"中国向何处去"的困惑。正是在这样的社会历史背景下，刘鹗对中国封建主义的官僚政治及其文化心态，作了相当深刻的透视和反思。小说以一个摇串铃的走方郎中老残为主人公，记叙他在北中国大地游历的所见、所闻、所思、所感。书中触及的社会生活面并不甚广，但开掘甚深。

《老残游记》的一大特色，是首揭"清官"之恶。小说成功地塑造了两个"清廉得格登登的"酷吏典型——玉贤、刚弼。他们的"清官""能吏"之誉，是以残酷虐政换来的。玉贤做曹州知府，号称"路不拾遗"，揭开这一"美誉"的背面，则是滥杀无辜，冤案累累。于朝栋一家四口死于强盗栽赃，小杂货店王掌柜之子因直言而贾祸，马村集车店掌柜的妹夫惨遭捕快陷害，真是所谓"冤埋城阙暗，血染顶珠红"（第六回）。作家深刻地揭示出这些酷吏的可怕的精神世界，掩盖在清廉之下的是无比冷酷残忍与比贪黩更大的贪欲。玉贤点数站笼簿册，如数家珍；刚弼刑讯魏家父女，如猫戏鼠。他们已然沦为嗜血的肆虐狂。他们刚愎自用、任性妄为，愚顽而又专横。自以为不要钱，不问青红皂白，放手做去，其实灵魂深处是无限膨胀的野心和权欲。老残一语道破："只为过于要做官，且急于做大官，所以伤天害理的做到这样。"（第六回）他们的飞黄腾达，说明中国封建政体不只卵育贪官，也是孳生酷吏的土壤。庄宫保是又一种类型的官吏，他是所谓宽仁温厚的"好官"，然而颟顸昏谬、平庸无能而坏事。作家以洞察中国历史的慧眼卓识指出："天下大事，坏于奸臣者十之三四；坏于不通世故之君子者倒有十分之六七也。"（第十四回）

从小说的总体构思来看，对官僚政治的批判与对文化心态的反思形成互补结构。酷吏的立身根柢便是宋儒理学。书中写了两个带有反理学、反禁欲色彩的女性，即《初集》中的玙姑和《二集》中的逸云。她们属于哲理型或曰思辨型的女性[11]，是我国古典文学中罕见的新形象，堪称空谷幽兰。桃花山一夕夜话，作家让自己笔下的理想女性娓娓道出宋儒的虚伪和矫情，表现了对于

压抑个性、遏制情欲的伦理道德的深刻憎恶。此外，刘鹗显然试图使作品涵纳
自己的政治思想以至哲学思想。首回危船一梦，以象征的手法，将晚清国势的
危殆、各派政治力量对时局的立场和态度，做了寓言式的图解。刘鹗无疑反对
"北拳南革"，他所开出的治世药方是：补残。所谓"三元甲子之说"[12]，虽
蒙上神秘预言色彩，实质也蕴涵着循序渐进的社会变革意识。书中桃花山夜话
数回，则显然是在弘扬太谷学派的教义，表现了对中国未来命运的预测。小说
同时也是作家心灵历程的自白。从"送他一个罗盘"至于"众怒难犯"，概括
了刘鹗一生奋斗的失败史以及痛苦的心灵历程：由补残、哭世至于出世，《二
集》和《外编》弥漫着佛老悲天悯人的宗教氛围。

　　《老残游记》的艺术品位甚高，留下蜕旧变新的明显印记。首先是叙事模
式的转变，由说书人叙事转为作家叙事。小说具有浓郁的主观感情色彩，作家
的创作个性和主体意识得到充分弘扬。小说视角也由传统的全知叙事转为第三
人称限制叙事。其次是心理分析手法的运用。《二集》中写斗姥宫姑子逸云讲
述她与任三爷热恋的长篇自白，就是一种大胆尝试。作家的笔锋触及人的潜意
识中最隐秘的心弦震颤，将一个青春少女对于情欲、物欲的强烈渴求和盘托
出，颇有现代心理分析的意味。而《老残游记》最突出的艺术特色是体现了
中国小说由叙事型向描写型的转变。掺入诗和散文的笔法，开拓审美空间，其
文笔之清丽潇洒，意境之深邃高远，都达到很高境界。白描自然景色，尤见艺
术功力。如写大明湖秋色，于梵宇僧楼、苍松翠柏间点染一株半株浓艳的丹
枫，顿觉秋意盎然。写黄河冰封凌怒，则苍莽遒劲。书中关于音乐的两段描
写：明湖居白妞说书，精彩绝伦，妙譬连珠，极形清音浏亮，悠扬云表之妙。
第十回"骊龙双珠光照琴瑟，犀牛一角声叶签篌"，则天机清妙，不同凡响，
毋宁说是作家在倾诉心声。

　　《孽海花》为曾朴（1872—1935）所作[13]，有小说林本与真美善本[14]。
《孽海花》成书于资产阶级革命走向高涨的年代，其昂扬的爱国精神和激进的
革命倾向，发聋振聩。首回"恶风潮陆沉奴隶国"，体现了作家深切的危机意
识，"十八省早已都不保了"的疾呼，在 20 世纪初叶敲起了警钟。作家的批
判笔锋集中指向封建专制政体，甚至借书中人物之口，阐扬了石破天惊的革命
主张："从前的革命，扑了专制政府，又添一个专制政府；现在的革命，要组
织我黄帝子孙民族共和的政府。"（第四回）书中还勾勒了英气勃勃的革命党
人孙汶、陈千秋、史坚如等的形象，其思想之激进，实出于晚清一般谴责小说
之上。

　　作家着眼于 19 世纪后半中国的"文化的推移""政治的变动"（曾朴《修
改后要说的几句话》），使小说融注了多重意蕴。首先，它具有历史小说的厚

重内涵，从中法、中日之战，清流党的锋锐，公羊学的勃起，到帝、后的失和，改良派与革命派的活跃，还有柏林、圣彼得堡的风云，历史洪波巨流都留下了投影。其次，《孽海花》的讽刺笔墨亦擅胜场。作家多撷取一些有趣的琐闻轶事，举凡宫闱秘闻、科场闹剧、官吏贪墨、士林麻木等，初无过甚贬词，却能挖掘出其中荒唐、古怪、畸形的喜剧因素。再次，小说着重表现的则是中国文化心态的冲突与嬗替，从沉湎过去的自我封闭转为迎受欧风美雨这一冰泮流澌的巨变。故事开篇苏州雅聚园茶话，显示了咸、同年间人们对于科名的沉醉，留下了文化封闭心态的印迹。而在繁华总汇的上海，冯桂芬对新科状元金雯青的一席话，却透露了物换星移的信息。小说着力渲染上海味莼园的谈瀛胜会，通过风发泉涌的席间议论，几乎囊括了晚清向西方寻求真理的人们所提出的各种主张，表现了中国一代先哲奋进自强的追求。小说尤其突出地表现了旧式封建士大夫的必然没落。他们颇有文化素养，论金石，谈考据，一派高雅斯文气象，却大都不堪承当大事。如中法、中日战争数回中，那两位徒托空言、终无大用的书生庄仑樵与何珏斋。云卧园名流雅集一回写翰墨场中的怪杰李纯客，自鸣清高，疏狂傲世，其实却还是十里软红尘中的名利客。揭露这过渡时代中持守旧文明的"士"完全无助于挽救天朝上国的沦落，是此书的重要底蕴之一。作家选择金雯青作为主人公不是偶然的，他恰是中国旧文化的代表，与时代潮流格格不入。早年在上海一品香宴集上，面对那些学贯中西的新潮人物，已十分茫然。当他荣膺使节，一踏上德国萨克森号轮船，便立即成为任凭环境摆布的傀儡。西方流行的各种社会思潮，令他大惊失色，一副冥顽不灵之态。在柏林、圣彼得堡，他的爱妾傅彩云占尽风光，而他一个堂堂使臣反倒成了配角，每日杜门谢客，蛰居书室。这位攀上中国科名高峰的状元，虽已置身蓊郁葱茏的现代文明中，却不敢一觑新世界的万花筒。而他无论是在官场上还是情场上，都成恓恓惶惶的败北者。他的凋零，意味着一个历史时代的沉沦。

傅彩云以清末民初红极一时的名妓赛金花为模特，是曾朴精心雕塑的艺术典型，一个色相和情欲都红艳似火的女人。她出身卑微，沦落风尘，成为姑苏城中艳名大噪的花魁。她与雯青一见如故，从此宠擅专房。后随雯青远赴欧西各国，俨然命妇，靓妆婀娜，又兼能操外语，出入宫廷和社交场合，赢得"放诞美人"的芳名。她聪明乖巧，善解人意；又机敏老辣，富有手腕。温顺时，如依人小鸟；刁恶时，如毒螫蛇蝎。她轻薄如浮花浪蕊，终于把雯青活活气死。这是一种不合理制度中形成的畸形性格：她被男人当作玩物，她也玩弄男人。作家深入灵肉合一的人性层面，成功地塑造出这个带着无法自制的本性弱点，深深陷溺于情欲、物欲孽海之中不能自拔的形象。

鲁迅称许《孽海花》："结构工巧，文采斐然。"（《中国小说史略》第二十八篇)《孽海花》是一部瑰玮缛丽的作品,文笔娟好,词采华披,写景状物,明丽如画。作家于小说结构尤为惨淡经营,提出"珠花"式的结构艺术[15]。从苏州阊门外彩灯船上雯青与彩云邂逅,至于水逝云飞的最后结局,围绕男女主人公命运这一中心主干,把许多本是散漫的故事结成枝叶扶疏的整体布局,并以蟠曲回旋之笔,精心设计了几次高潮。当然,《孽海花》中也有一些杂芜枝蔓的笔墨,失之纵逸。

第四节　民初小说鸟瞰

从开启民智到徇世媚俗　　鸳鸯蝴蝶派小说的渊源与流变
苏曼殊的哀情小说

民国以后,小说创作由开启民智滑向徇世媚俗,形成了以消闲、趣味为创作宗旨的鸳鸯蝴蝶派。它的大本营在上海。这与辛亥以后,民众的政治热情锐减相关。但更主要的是小说作者多已不是"以文治国"的革命家,而是以文糊口的文坛才人。他们与近代前期写狭邪小说的幕僚文人类似,不过已无须曳裾侯门,而只须面对富于刺激性的小说商品市场。在上海这个半殖民地化的畸形繁荣的大都市中,广大读者对于小说娱乐功能的需求,则为媚俗小说创造了畅销的市场。

近代前期小说《花月痕》中已有"卅六鸳鸯同命鸟,一双蝴蝶可怜虫"(第三十六回)之句,它的那种才人落拓、红粉飘零的格调以及词章化、骈偶化的笔法,无疑为鸳鸯蝴蝶派小说所本。20世纪初,即使当小说界革命沸反盈天之时,消闲、游戏的倾向亦是一股不可忽视的潜流。李伯元于光绪二十三、二十七年(1897、1901)先后创办《游戏报》《世界繁华报》,"踵起而效颦者无虑十数家"(吴沃尧《李伯元传》)。此类消闲小报的基本倾向就是"以诙谐之笔,写游戏之文"(《〈游戏报〉重印本告白》),为鸳鸯蝴蝶派刊物提供了模板。同时,写情小说也不绝如缕。光绪二十六年(1900)出版的天虚我生的《泪珠缘》以及吴沃尧的三部写情小说《恨海》《劫馀灰》《情变》所确立的写情规范,都给鸳鸯蝴蝶派作家以启示。此外则是域外小说的诱发。"林译小说"《茶花女》《迦茵小传》等言情小说所叙说的玉碎珠沉的哀艳故事,极为时人激赏,严复所谓"可怜一卷《茶花女》,断尽支那荡子肠"(《甲辰出都呈同里诸公》)。而其译笔的清丽也诱人模仿[16]。文言小说再趋繁荣,为鸳鸯蝴蝶派以文言骈体言情开了先路。

鸳鸯蝴蝶派亦称"礼拜六派"[17],它并非组织严密的文学团体,而是文学倾向、艺术趣味相近的一个小说流派。其创作被称作"新的才子+佳人小说"（鲁迅《上海文艺之一瞥》）。鸳鸯蝴蝶派的作家队伍庞大，占领了相当可观的小说阵地，先后创办了几十种期刊杂志，还掌握着多种报纸副刊和小报，吸引了广泛的读者群。从辛亥至"五四"前夕，它几乎独步文坛，达于鼎盛。此时期中鸳鸯蝴蝶派的代表作家作品有徐枕亚《玉梨魂》《雪鸿泪史》、吴双热《孽冤镜》、李定夷《霣玉怨》、李涵秋《广陵潮》等。刊物影响最大者，除《礼拜六》外，还有徐枕亚主编、于1914年创刊的《小说丛报》。《〈礼拜六〉出版赘言》曰："晴曦照窗，花香入座，一编在手，万虑都忘，劳瘁一周，安闲此日，不亦快哉！"足见鸳鸯蝴蝶派小说作为现代都市娱乐消费品的文化品位。但是鸳鸯蝴蝶派小说反映了民国以后沉滞颓靡的社会风貌，在开明与蒙昧杂糅的时代氛围中人们的彷徨、困惑和无奈，具有社会心态史与都市文化史的价值。鸳鸯蝴蝶派小说接受西方小说的影响，在艺术上也有所拓展，诸如第一人称叙事、倒叙、插叙、日记体、书信体、横断面的结构形态等，都得到比较娴熟的运用。然而，思想上的平庸与艺术上的雷同，则是其明显缺陷。鸳鸯蝴蝶派作家缺乏"萧然独立"的创作心态，只是在世俗趣味的尘嚣浊浪中沉浮，"赚人眼泪"（徐枕亚《〈孽冤镜〉序》），或"博人一噱"（李定夷《〈消闲钟〉发刊词》），他们甚至消泯了《花月痕》中的"孤愤"，也丧失了吴沃尧那样大胆地写"痴"写"魔"的勇气。

　　民初徐枕亚（1889—1937）《玉梨魂》的发表[18]，标志着鸳鸯蝴蝶派的成形，也是鸳鸯蝴蝶派文言小说的奠基之作。小说问世之后，风靡一时，竞相仿效，以哀感顽艳而震撼文坛。徐枕亚自命为东方仲马（《玉梨魂》第二十九章），鸳鸯蝴蝶派作家也推他为"言情鼻祖"。小说叙说家庭教师何梦霞与青年寡妇白梨影的爱情悲剧。梦霞是一个"丰于才而啬于命，富于情而悭于缘"的落拓才子，在无锡崔家坐馆之际，与梨娘邂逅[19]，双双坠入爱河，然而名教森严，天涯咫尺，他们既无力挣脱"百结千层至厚极密之情网"（第二十七章），也无力负荷"非礼越分"的罪孽感。梨娘为求解脱，力主将小姑筠倩许配梦霞，不意更加铸成大错，梦霞不能移情别恋，筠倩枉担虚名，三人均陷于痛苦深渊。小说轰动一时，就在于"发乎情，止乎礼"的基调，适应了当时既朦胧憧憬自由爱情，又看不惯荡检逾闲的社会文化心理。而它那种"美人碧血，沁为词华"的风流标格，又极为投合受过旧学熏陶的读者群的审美心态。《玉梨魂》诚然不免有些搔首弄姿的做作，然而它以细腻深曲的笔触写出了那个时代爱而又不敢爱的爱情心理和如膏自煎的痛楚，在小说发展史上仍有一定的意义。

　　李涵秋（1874—1923）[20]的《广陵潮》是鸳鸯蝴蝶派白话小说的奠基之

作，它将浪漫传奇的爱情故事与燃犀铸鼎的社会写真融会一起，可视为言情小说与谴责小说的合流，遂开其后张恨水一路，张大了鸳鸯蝴蝶派的营垒。《广陵潮》原名《过渡镜》，即对过渡时代中国社会照影。叙说云、伍、田、柳四家的盛衰浮沉，而以小说主人公云麟与三个女性即其青梅竹马的表妹淑仪、发妻柳氏、侠骨柔肠的妓女红珠的爱情婚姻纠葛为线索，展示清末民初三十年间的风云变幻，从戊戌变法、辛亥革命，到洪宪帝制、张勋复辟，颇有清末民初民俗史、社会史的价值。小说不曾写出先进的革命思想，却历历如绘地写出那场不成熟革命的纷纭混沌情状，是其他文献中不易看到的。"平山堂群雄开大会""黄天霸只手陷扬州"诸回，都是不可多得的妙文。故事背景主要是在扬州，具有浓郁的地域文化色彩，扬州民风中的闭塞、猥劣、儇佻、浮薄一面，皎然现诸眉睫之下。毕倚虹盛赞李涵秋善于以"尖酸隽冷之言，刻画社会人情鬼蜮"（陈慎言《〈广陵潮〉序》引），书中诸如何其甫一班腐儒、杨靖一班文痞、田焕一班市侩、林雨生一流宵小，他们的迂腐、狡诈、龌龊本相，无不宛然在目。

此外，不属于鸳鸯蝴蝶派的力作尚有《梼杌萃编》[21]，堪称谴责小说之后劲。它是《老残游记》的馀音嗣响，二者之专注目光都在于那些清官酷吏、理学名儒。与此前的谴责小说相比较，《梼杌萃编》有所拓展：第一，切入人物的性格发展史，此书的"皮里阳秋，大旨是宽于真小人而严于伪君子"（《结束》），对于人的性格变异、精神扭曲，开掘甚深，于鞭挞中亦寓有几分悲悯和温厚。小说主人公贾端甫出身寒微，极想出人头地，两度在妓院中遭遇奚落和白眼，令他感到奇耻大辱。青年时代的蒙羞经历，在他心灵上留下了深重刻痕，激成了一副正言厉色的道学模样，发誓今生绝迹不入青楼，"未曾做得风流名士，却作成他做了一位理学名儒"（第三回），博取了"夜拒奔女""暮夜却金"的清名。如此为官，自是峭刻太过，一团戾气。当他飞黄腾达之后，对于当年令他蒙羞的膏粱纨绔之辈狠下毒手，一快平生，那种宿恨横亘心头数十载而历久弥新。小说对于人的深潜心理，刻画得入木三分。第二，富于思辨色彩，颇有惊世骇俗之论。如对"泰西男女离合自由之权"（第七回）的向往，作者深恶性理之学，大力肯定人欲，"这财、色二字为人生所万不能少的，故圣贤也不作矫情之论"（《缘起》），体现了一种崇尚自然、灵肉合一的爱情观、婚姻观。任天然与顾媚芗中秋情话："男女相悦，全在心性相投……但是心性相投却不能不借重于肌肤相亲"（第十六回），这无疑是对"发乎情，止乎礼"的时代潮流的挑战。如此大胆洒脱的见解，在当时实属凤毛麟角。杨世骥盛赞"这些'小人'的言论和行为太可爱了"（《文苑谈往》）。

本时期别具一格的是苏曼殊的哀情小说，主要有《断鸿零雁记》（1912）、

《绛纱记》（1915）、《焚剑记》（1915）、《碎簪记》（1916）、《非梦记》（1917）。《断鸿零雁记》是一部自叙传体的抒情小说，"自述其历史，自悲其身世"（魏秉恩《〈断鸿零雁记〉序》）。小说主人公三郎母为日本人，父死母归扶桑，聘妻雪梅之父以三郎家运式微，悔婚背盟，三郎由此披剃于海云古刹。后与雪梅邂逅，雪梅贻书三郎表白爱心不泯，并赠百金助三郎东渡寻母。三郎终得归依慈母膝下。表姐静子对三郎一往情深，而三郎终于"断惑证真，删除艳思"（第十八章），弃绝静子和慈母，孑然归来，而雪梅久已玉殒香埋。小说也涉及爱情与礼教的冲突，如雪梅为父所梗而不得完结良缘，不过小说主旨并不在此，它是以自传体抒写曼殊本人的人生感悟——"方外之人，亦有难言之恫"（第一章）。它写的是禅心与爱心的冲突：一个三戒具足之僧在俗圣之间的痛苦的抉择。柳亚子说："学佛与恋爱，正是曼殊一生胸中交战的冰炭。"（《苏曼殊〈绛纱记〉之考证》）小说的深层蕴涵，即在于写出一个"总是有情抛不了，袈裟赢得泪痕粗"（刘三《赠曼殊》）的情僧的独特的人生感悟，将这个"纵有欢肠已似冰"（曼殊《过若松町有感示仲兄》）的不幸灵魂和盘托出。小说描写三郎在静子的芳馨旖旎的妆阁中休憩，所绘的画，竟是"一沙鸥斜身堕寒波而没"，他实际画的是孤独，是创痛，是死亡。红艳似火的爱，在他心里唤起的却是万绪悲凉。小说以蒨冶曼妙之笔，写出了无以名状、也无以抗拒的情感的高峰体验，禅心与爱心各造其极。借用陈独秀的话来形容："其书写死与爱，可谓淋漓尽致矣。"（《〈绛纱记〉序》）在民初大量的哀情小说中，此作堪称高标秀出，臻于艺术之境萧然独立。作者的浪漫气质、他所擅有的第一人称抒情小说的范式以及那种落叶哀蝉、沾泥残絮的格调，无疑影响了"五四"一代作家。

第五节　戏剧改良运动与话剧的诞生

　　戏剧改良运动的勃兴　　"民族文学之伟著，亦政治剧曲之丰碑"　　汪笑侬与京剧改良　　中国早期话剧的诞生

　　20 世纪初叶，与诗界、文界、小说界革命一起，戏剧改良运动也勃然兴起，成为晚清文学革新运动的一个组成部分，并诞生了新的剧种——话剧。光绪二十八年（1902）梁启超在《新民丛报》创刊号上发表传奇《劫灰梦》，直抒国家兴亡感慨，成为戏剧改良之先声。他又陆续发表了传奇《新罗马》《侠情记》，"以中国戏演外国事"，引起强烈的社会反响。光绪三十年（1904）中国第一个戏剧杂志《二十世纪大舞台》问世，发起人陈去病、汪笑

侬等标举"以改革恶俗，开通民智，提倡民族主义，唤起国家思想为唯一之目的"（《简章》），柳亚子所撰《发刊词》，高张"梨园革命军"大纛，呼吁"建独立之阁，撞自由之钟，以演光复旧物推倒虏朝之壮剧、快剧"，揭开了戏剧史上新的一页。

戏曲改良运动推动传奇杂剧创作出现新的繁荣局面，作品数量多、题材广，且多关系时局大事。内容或谱写碧血丹心的革命英烈，如写徐锡麟刺杀恩铭而壮烈牺牲的《苍鹰击》，写秋瑾慷慨就义的《六月霜》等；或表彰历史上抗击侵略的民族英雄，如写文天祥浩然正气的《爱国魂》，写明末瞿式耜兵败桂林、不屈殉国的《风洞山》，写张煌言孤臣绝岛、视死如归的《悬岙猿》等；或讴歌西方资产阶级革命时代的伟人，如写意大利民族统一运动及"少年意大利"党的《新罗马》，写法国大革命处决路易十六的《断头台》，写法国罗兰夫人的《血海花》等；或揭示国家民族沦亡的危机，如《警黄钟》《后南柯》等都是鉴于亡国灭种之祸，借蜂、蚁的生存处境，阐扬优胜劣汰、团结御侮之理。郑振铎称这些剧作"皆激昂慷慨，血泪交流，为民族文学之伟著，亦政治剧曲之丰碑"（郑振铎叙阿英《晚清戏曲小说目》）。

适应谱写新的内容的需要，传统的传奇杂剧体制也开始被超越。新的作品打破了生旦俱全作为贯穿全剧主人公的传奇惯例，如梁启超《新罗马》的主人公意大利三杰均为男性。新闻化、政论化倾向加强，化解了悲欢离合的戏剧情节模式。如《少年登场》杂剧只一出一人登场演说，揭露立宪骗局，鼓吹革命，开"言论小生"之先河。这类剧本也往往突破曲律的束缚，如《新罗马》第三出《党狱》两支【混江龙】曲，一气鼓荡百数十句。同时说白增多，曲文减少，服饰、道具与动作等也开始由古典化、程式化趋于现代化、写实化。如《新罗马》"生扮玛志尼墨衣学生装上"，迎接其母，"以吻接老旦额介"。

传奇杂剧创作大多载于报刊，也大都不很适宜上演，成为特定时期产生的一种报刊戏。而京剧和地方戏的一些表演艺术家，则将戏剧改良由案头、报刊推向舞台。汪笑侬（1858—1918）[22]是京剧改良的先驱。他忧国忧民，主张以戏剧激扬民心。其《自题肖像》诗曰："手挽颓风大改良，靡音曼调变洋洋，化身千万倘如愿，一处歌台一老汪。"他一生自编自演的戏很多，包括自己创作、从传奇等移植改编、整理加工京剧旧本等。其作品大多托古喻今，影射时政，表达了悲愤激昂的民众心声。如《哭祖庙》演三国蜀汉亡国事，魏军压境，后主刘禅一意求降，其子刘谌苦谏不从，提剑回宫，杀妻与子，哭祭祖庙，自刎而死。剧中说："自盘古以来，江山只有争斗，哪有善让之理？"以此鼓舞人们的斗争精神。《党人碑》实以书生谢琼仙醉后怒毁党人碑的故事，哀悼戊戌六君子。《博浪椎》写于袁世凯称帝之时，借张良谋刺秦始皇的故事，把矛头直指窃国大盗。汪笑侬最擅演悲剧，其唱腔苍老遒劲，"低回呜咽，慷慨淋漓，将有心人一种深情和盘托出"（瘦碧生《耕尘舍剧话》）。同时，他还积极参与了时装京剧的演出活动。他自编自演的《瓜种兰因》（一名《波兰亡国惨》），演波兰与土耳其开战、兵败被各国瓜分的故事，借波兰亡国的惨痛历史以警醒国人，痛骂卖国政府。光绪三十四年（1908）爱国艺人潘月樵和夏月润、月珊兄弟创建上海"新舞台"，这是中国第一个采用新式舞台与布景、上演新戏的重要场所，时装京剧大量涌现，京剧改良运动达到高潮。先后演出了《潘烈士投海》《玫瑰花》等剧目。此外，刘艺舟在汉口自编自演了《皇帝梦》（又名《新华宫》），讥刺洪宪称帝丑剧，梅兰芳在北京编演了《一缕麻》《邓霞姑》等。

戏剧改良运动也在其他地方戏中展开。光绪三十一年（1905）周善培在成都倡议成立了"戏曲改良公会"，指导川剧改良工作。剧作家黄吉安（1836—1924）创作改编剧本多达百种[23]，其中有的作品借古喻今，彰善瘅恶，如《柴市节》《三尽忠》《朱仙镇》等；有的作品广泛涉及生活陋俗，如戒鸦片的《断双枪》、戒缠足的《凌云步》、戒迷信的《邺水投巫》等。1912年西安成立的易俗社编演秦腔优秀剧目。河北成兆才在民间说唱莲花落的基础上，借鉴其他剧种，创造了评剧。他一生创作和整理改编了近百种评剧剧本，其代表作《珍珠衫》《花为媒》《王少安赶船》《夜审周子秦》以及时事新剧《杨三姐告状》等都盛演不衰。

话剧是一种不同于中国传统戏曲的新型剧种。它不用歌唱，以对话和动作为主要表现手段，着时装，分幕，采用灯光布景等，属于写实主义的戏剧类型。中国早期话剧的诞生当以春柳社的成立为标志。光绪三十二年（1906）年底在日本东京的中国留学生曾孝谷、李叔同等组织了我国第一个戏剧团体——春柳社。当时正是日本新派剧人才辈出的时候[24]，中国留学生深受其影响。次年春在中国青年会举办的一次赈灾游艺会上，春柳同人演出了法国小仲马《茶花女》的第三幕。张庚认为："这是真正由中国人用中国话所演出的第一个话剧。"（《中国话剧运动史初稿》）同年六月初，春柳社又在东京大戏院本乡座公演了由曾孝谷根据林译同名小说改编的《黑奴吁天录》。欧阳予倩认为这"可以看做中国话剧第一个创作的剧本，因为在这以前我国还没有过自己写的这样整整齐齐几幕的话剧本"（《回忆春柳》）。演出不仅轰动了留学生界，而且得到日本舆论界的广泛好评。《早稻田文学》刊物发表了长达二十多页的剧评。《黑奴吁天录》所体现的摆脱奴隶悲惨命运、争取独立自由的抗争精神，以及它那全新的逼真于生活的演出形式，激起了国内外的强烈反响。

此后春柳社队伍继续扩大，又陆续演出了《热血》等剧目。

　　光绪三十三年（1907），受春柳社的影响，王钟声在上海组织春阳社。该社于同年在兰心大戏院公演了《黑奴吁天录》。由于在艺术表现上新旧混杂，演出不很成功。次年王钟声与任天知合作创办通鉴学校（培养戏剧人才的学校），于春仙茶园演出《迦茵小传》，话剧形态比较分明，张庚称之为"中国本土"上始见的"真正的话剧"（《中国话剧运动史初稿》）。到了辛亥革命高潮时期，1910年年底，任天知在上海组织进化团，次年到南京演出《血蓑衣》《安重根刺伊藤》《新茶花》等剧，标出"天知派新剧"的旗帜。上海光复后，进化团回到上海，在张园演出歌颂南京光复的《共和万岁》和劝募国民支援革命的《黄金赤血》。此时进化团达于鼎盛。1912年陆镜若在上海召集春柳社成员，组织新剧同志会，陆续参加的有欧阳予倩、吴我尊、马绛士、冯叔鸾等。他们辗转江浙两湖地区进行演出活动，1914年回到上海，易名春柳剧场。演出剧目有《家庭恩仇记》《不如归》《猛回头》《社会钟》等八十馀个。剧本不采用"言论派老生"的宣传方式和"幕外戏"的编剧手法，在剧坛独树一帜。春柳社在艺术方面整齐严肃的做法，对中国早期话剧的发展起了很好的影响。此后踏上文坛的则是"五四"文学革命时期罗家伦等翻译的易卜生《娜拉》和胡适创作的《终身大事》等话剧剧本了。

注　释

〔1〕 载于《昕夕闲谈·小叙》，同治十一年末（1873年初）《瀛寰琐记》第3期。嗣后，外国传教士傅兰雅于1895年5月25日《申报》登载《求著时新小说启》，倡导以小说改良社会，指出中国社会积弊有三：鸦片、时文和缠足，创办了一次"时新小说"的有奖竞赛。至1896年1月13日收到小说162部。傅兰雅于该日《申报》发表《时新小说出案》，公布了二十位获奖名单和颁奖金额。不过这批小说并未问世。傅兰雅旋即离华赴美加州大学任东方语言文学教授。110年后，2006年11月22日美国加州大学柏克利分校东亚图书馆的馆员在傅兰雅赠存的文档中发现了这批"时新小说"的原始手稿。2011年上海古籍出版社据此影印出版了《清末时新小说集》，计十四册（见美国加州大学柏克利分校东亚图书馆馆长周欣平所撰《傅兰雅和清末时新小说》，韩南《新小说前的新小说——傅兰雅的小说竞赛》）。

〔2〕 几年间出现的《新小说》（1902创刊）、《绣像小说》（1903）、《月月小说》（1906）、《小说林》（1907），号称晚清四大小说杂志。此外还有《新新小说》（1904）。

〔3〕 梁启超自撰《〈新中国未来记〉绪言》云："此编今初成两三回，一覆读之，似说部非说部，似稗史非稗史，似论著非论著，不知成何种文体，自顾良自失笑。"

〔4〕 黄世仲（1872—1912），字小配，笔名黄帝嫡裔、老棣等，广东番禺人。早年赴南洋

谋生，1903 年返香港任《中国日报》记者。1905 年加入同盟会。后曾编辑和创办《少年报》《有所谓报》《广东白话报》《中外小说林》等报刊。1911 年参加广州起义。广东宣布独立后，创办《新汉日报》，出任广东军政府枢密处参议、民团总局局长。1912 年被广东军阀陈炯明杀害。小说前 29 回刊于 1905 年 6 月《有所谓报》，自第 30 回起，刊于 1906 年香港《少年报》。现存 54 回。

〔5〕钱基博《现代中国文学史》云："纾初年能以古文辞译欧美小说，风动一时，信足为中国文学别辟蹊径……有系于一代文学之风会者固非细。"（岳麓书社 1986 年新版，第 199 页）

〔6〕周作人回忆鲁迅的青年时代说"对于鲁迅有很大的影响的第三个人，不得不举出林琴南来了"（《鲁迅与清末文坛》，《鲁迅的青年时代》，河北教育出版社 2002 年版，第 73 页），并直言不讳地讲，"老实说，我们几乎都因了林译才知道外国有小说，引起一点对于外国文学的兴味，我个人还曾经很模仿过他的译文"（《林琴南与罗振玉》，1924 年《语丝》第 3 期）。郭沫若认为林译司各特的《撒克逊劫后英雄略》（今通译《艾凡赫》）对于他后来的文学倾向有决定性的影响，"那种浪漫主义的精神他是具象地提示给我了"（《我的童年》，《郭沫若选集》，四川人民出版社 1979 年版，第 118 页）。

〔7〕李宝嘉，字伯元，别号南亭亭长，江苏武进人。早年依堂伯父李翼清从宦山东，对官场风习知之甚深。光绪二十二年（1896）迁居上海，开始笔墨生涯。先后创办《指南报》《游戏报》《世界繁华报》。光绪二十九年（1903）应商务印书馆之聘，主编《绣像小说》半月刊。他的作品主要有：《官场现形记》《文明小史》《活地狱》《中国现在记》《庚子国变弹词》等。《官场现形记》60 回，署南亭亭长著。初载《世界繁华报》，据魏绍昌考证，约在 1903 年 4 月至 1905 年 6 月排日连载。在发表过程中，又由《世界繁华报》馆陆续分册刊印。1906 年《世界繁华报》馆刊印《官场现形记》60 回全书。

〔8〕鲁迅《中国小说史略》第二十八篇谈《官场现形记》的结构："头绪既繁，脚色复夥，其记事遂率与一人俱起，亦即与其人俱讫，若断若续，与《儒林外史》略同。"（人民文学出版社 1957 年版，第 240～241 页）

〔9〕吴沃尧，字趼人，广东南海县佛山镇人，故别号我佛山人。出身于没落的官宦世家。18 岁到上海谋生，佣书于江南制造局。光绪二十三年至二十八年（1897—1902）间主上海一些小报笔政。此后肆力于小说创作。光绪三十二年（1906）任《月月小说》总撰述。他的作品主要有：《二十年目睹之怪现状》《痛史》《电术奇谈》《九命奇冤》《瞎骗奇闻》《新石头记》《糊涂世界》《恨海》《两晋演义》《上海游骖录》《劫余灰》《发财秘诀》《近十年之怪现状》《情变》以及短篇小说《黑籍冤魂》等。《二十年目睹之怪现状》108 回，署我佛山人撰。原载 1903—1905 年《新小说》，至第 45 回止。后由上海广智书局出版分册单行本，于 1906—1910 年陆续刊齐。

〔10〕刘鹗，字铁云，江苏丹徒（治今镇江）人。出身官宦家庭，放旷不羁，注重经世致用之学。曾拜太谷学派传人李龙川为师，受其影响，形成了"以养天下为己任"的

人生观，致力于实业救国。先后在河南、山东参与治理黄河，倡言修筑铁路与引进外资开采矿产。庚子国变，刘鹗挟资北上入京，办理义赈。他是一个想要按照资本主义模式实行变革的人物，但不为当时人理解，最后被仇家所陷，于光绪三十四年（1908）被流放新疆，次年卒于戍所。《老残游记》初刊于1903年《绣像小说》，因编者擅自删改原作而中辍，仅刊至第13回（实为原作的第14回）。其后又从头重登于《天津日日新闻》，逐日连载，共20回，此即嗣后流传的《老残游记》祖本，或称《初集》。《老残游记二集》9回，于1907年在《天津日日新闻》连载。此外尚有《老残游记外编》残稿15张，系未刊稿，收入1962年中华书局出版之《老残游记资料》。

〔11〕 林语堂《〈老残游记二集〉序》云："大概铁翁最喜才识高超、议论风采十足之女子。"阿英《关于〈老残游记〉》云："作者在这里，首先创造了一个具有'林下风范'、不为旧礼教束缚的超尘脱俗人物——玙姑。"（《小说三谈》，上海古籍出版社1985年版，第228页）

〔12〕 《老残游记》第十一回："甲辰（1904）以后为文明芽滋之世，如木之坼甲、如笋之解箨。……甲寅（1914）以后为文明华敷之世，虽灿烂可观，尚不足与他国齐趋并驾。直至甲子（1924），为文明结实之世，可以自立矣。然后由欧洲新文明进而复我三皇五帝旧文明，骎骎进于大同之世矣。"

〔13〕 曾朴，字孟朴，江苏常熟人。曾从李慈铭、吴大澂受业。20岁中举。次年入京会试未中，入赀为内阁中书。光绪二十一年（1895）入总理衙门所设同文馆学习法文。翌年赴沪，结识了精通法国文学的陈季同，从而接受了西方文化启蒙。光绪三十年（1904）与丁芝孙、徐念慈等在上海合资创立小说林社，光绪三十三年（1907）创办《小说林》月刊。光绪三十四年（1908）小说林社停闭，曾朴重返政界。1927年在沪与长子虚白共创真美善书店，同年刊行《真美善》杂志，至1931年停刊，返回常熟虚霩园养疴。除《孽海花》外，他还创作了自传体长篇小说《鲁男子》，翻译了许多法国文学作品。

〔14〕 《孽海花》最初的构想者是金松岑，金撰第1、2两回发表在1903年10月东京出版的中国留日学生刊物《江苏》第8期上。1904年金松岑将已写就的6回移交曾朴，曾朴边修改、边续写，成20回。1905年由小说林社分两集出版。1907年曾朴续撰第21至25回，发表于《小说林》第1、2、4期，署名"爱自由者（金松岑笔名）发起，东亚病夫（曾朴笔名）编述"。25回《小说林》本，奠定了《孽海花》在近代文学史上的地位。民国时期，曾朴又对《孽海花》进行修改和续写。自1927年11月陆续于《真美善》杂志发表了修改过的第21至25回和新撰的第26至35回。与此同时，真美善书店于1928年出版修改后的单行本，至1931年共出三集，每集10回。重版时又将一至三集合为一册，此即后来通行的《孽海花》30回真美善本。发表在杂志上的最后5回（31至35回）不在其中。1962年中华书局出版《孽海花》增订本，将此5回作为附录收入。

〔15〕 曾朴《修改后要说的几句话》说："譬如穿珠，《儒林外史》等是直穿的，拿着一根线，穿一颗算一颗，一直穿到底，是一根珠练；我是蟠曲回旋着穿的，时收时放，

东西交错，不离中心，是一朵珠花。"（魏绍昌编《孽海花资料》，上海古籍出版社
1982 年版，第 130 页）

〔16〕胡适《五十年来中国之文学》："古文不曾做过长篇的小说，林纾居然用古文译了一
　　　百多种长篇小说，还使许多学他的人也用古文译了许多长篇小说；古文里很少滑稽
　　　的风味，林纾居然用古文译了欧文与迭更司的作品；古文不长于写情，林纾居然用
　　　古文译了《茶花女》与《迦茵小传》等书。古文的应用，自司马迁以来，从没有这
　　　样大的成绩。"（《胡适文存二集》卷二，黄山书社 1996 年版，第 197 页）包天笑《钏
　　　影楼回忆录·译小说的开始》："那时候的风气，白话小说，不甚为读者所欢迎，还是
　　　以文言为贵，这不免受了林译小说熏染。"（香港大华出版社 1971 年版，第 175 页）

〔17〕王钝根、孙剑秋、周瘦鹃主编的周刊《礼拜六》，1914 年 6 月创刊，是鸳鸯蝴蝶派的
　　　重要阵地，因此该派又称"礼拜六派"。而刊物命名则是因为美国有一颇受读者欢迎
　　　的周刊《礼拜六晚周报》。可见《礼拜六》的创办，也是步欧美通俗报刊之后尘。

〔18〕徐枕亚，名觉，字枕亚，别署东海三郎、泣珠生等，江苏常熟人。早年为小学教员，
　　　后赴上海为《民权报》编辑。此后曾为中华书局编辑，主编《小说丛报》，创办清
　　　华书局并出版《小说季报》。南社社员。主要作品有《玉梨魂》《雪鸿泪史》《双鬟
　　　记》等。

〔19〕徐枕亚本人曾在无锡一乡镇小学任教，爱上当地蔡府的一位青年寡妇陈佩芬，二人
　　　无缘结合，后由陈佩芬撮合，将她的戚属蔡蕊珠嫁给徐枕亚。《玉梨魂》即本于他的
　　　这段情史。（黄天石《状元女婿徐枕亚》，香港《万象》杂志第 1 期，1975 年 7 月出
　　　版）

〔20〕李涵秋，字应漳，江苏扬州人。早年以塾师或坐馆谋生，后曾为扬州两淮高等小学、
　　　江苏省立第五师范学校教师。此后曾任上海《小说时报》、《时报》副刊《小时报》
　　　主编等。主要作品有《广陵潮》《孽海鸳鸯》等。《广陵潮》自 1909 年至 1919 年先
　　　后连载于武汉《公论报》和上海《大共和报》《神州日报》。从 1914 年起，由上海
　　　国学书室、震亚图书局分集出版，总 10 集，100 回。

〔21〕《梼杌萃编》，又名《宦海钟》，署"诞叟"著。即钱锡宝，浙江钱塘人。卷首忏绮
　　　词人序称："闻是书成于光绪乙巳（三十一年，1905）"，而刊行较晚，民国五年
　　　（1916）由汉口中亚印书馆出版。

〔22〕汪笑侬，原名德克金（或作德克俊），字润田，满族人。光绪五年（1879）中举，曾
　　　任河南太康知县，愤世嫉俗，弃官为伶，重视以戏剧启蒙民众。1904 年与陈去病等
　　　联合创办《二十世纪大舞台》，推动戏剧改良。

〔23〕黄吉安，字云瑞，号余僧，安徽寿春（今寿县）人。早年科场不利，长期为幕僚。
　　　后居四川成都，被邀入"戏曲改良公会"后，始从事剧本的创作和改编。

〔24〕日本新派剧，相对于日本旧的歌舞伎而言。甲午战争时，日本有一批人采用西洋话
　　　剧的形式，演出一些鼓舞民心的宣传戏，当时称为"志士剧"。甲午战争结束后，这
　　　些戏剧团体职业化，剧目多从流行小说改编而成，演出一些悲欢离合故事，名称为
　　　"新派剧"。它和西方话剧一脉相承。

文学史年表

明太祖洪武元年戊申（1368）

正月，明太祖朱元璋称帝，国号明，建元洪武。八月，元朝亡。

约于元末明初，传为罗贯中编撰的《三国志通俗演义》和施耐庵编撰的《水浒传》基本定型。传罗贯中为施耐庵的门人。施氏生卒年不详。罗氏约生于1315—1385年之间，另有杂剧《赵太祖龙虎风云会》等传世。

明太祖洪武二年己酉（1369）

二月，诏修《元史》，以宋濂、王祎为总裁。

高启以荐修《元史》赴南京，次年授翰林院编修，《登金陵雨花台望大江》《池上雁》等诗作于此际。

明太祖洪武三年庚戌（1370）

诏定八股文取士的科举考试制度。

高启自定《缶鸣集》十二卷。

杨维桢卒（1296—　），年约七十五。有《东维子文集》《铁崖先生古乐府》等。

高明约卒于是年（1301？—　），年约七十。有南戏《琵琶记》等。

明太祖洪武七年甲寅（1374）

高启因作《郡治上梁文》犯忌被杀，年三十九（1336—　）。有诗集《高太史大全集》、文集《凫藻集》、词集《扣舷集》。

明太祖洪武八年乙卯（1375）

刘基卒（1311—　），年六十五。有《诚意伯文集》。

明太祖洪武十一年戊午（1378）

瞿佑著成《剪灯新话》四卷。

朱权生（　—1448）。

杨基卒于本年或后（1326—　），年约五十三。有《眉庵集》。

明太祖洪武十四年辛酉（1381）

宋濂卒（1310—　），年七十二。有《宋学士文集》。

明太祖洪武十七年甲子（1384）

三月，颁科举取士式，乡、会试首试《五经》《四书》，遂为定制。

明太祖洪武十八年乙丑（1385）

张羽远谪广东，半途召还，自沉龙江，年五十三（1333—　）。有《静居集》。

明太祖洪武三十年丁丑（1397）

五月，颁《御制大明律》，其中规定："凡乐人搬做杂剧戏文，不许妆扮历代帝王后妃、忠臣烈士、先圣先贤神像，违者杖一百。官民之家容令妆扮者与同罪。其神仙道扮及义夫节妇、孝子顺孙、劝人为善者不在禁限。"

明太祖洪武三十一年戊寅（1398）

朱权于本年写成《太和正音谱》。

明成祖永乐三年乙酉（1405）

六月，遣中官郑和出使西洋诸国。

杨讷卒于永乐年间，作有杂剧《西游记》等。

明成祖永乐五年丁亥（1407）

《永乐大典》于永乐元年（1403）始修，至本年由解缙等编成。

明成祖永乐十二年甲午（1414）

十一月，命儒臣胡广、杨荣、金幼孜等纂修《五经》《四书》《性理大全》。永乐十五年（1417）颁行，定为国子监及府、州、县学生员必读书。

明成祖永乐十八年庚子（1420）

李祯作成《剪灯馀话》四卷。

明成祖永乐十九年辛丑（1421）

邱濬生（　—1495）。

明成祖永乐二十年壬寅（1422）

贾仲明卒于此年后（1343—　）。

明宣宗宣德二年丁未（1427）

瞿佑卒（1341—　），年八十七。有《剪灯新话》及《乐府遗音》《存斋遗稿》等。

明英宗正统四年己未（1439）

朱有燉卒（1379—　），年六十一。今知有杂剧三十馀种及散曲集《诚斋乐府》等。

明英宗正统五年庚申（1440）

杨荣卒（1371—　），年七十。有《杨文敏集》。

明英宗正统七年壬戌（1442）

二月，诏禁《剪灯新话》等小说。

明英宗正统九年甲子（1444）

杨士奇卒（1365— ），年八十。有《东里全集》。

明英宗正统十一年丙寅（1446）

杨溥卒（1375— ），年七十二。有《文定集》《水云录》。

明英宗正统十二年丁卯（1447）

李东阳生（ —1516）。

明英宗正统十三年戊辰（1448）

朱权卒（1378— ），年七十一。有曲论《太和正音谱》和杂剧《卓文君私奔相如》等十二种。

明英宗天顺元年丁丑（1457）

正月，英宗复辟，杀兵部尚书于谦等。

明英宗天顺六年壬午（1462）

徐霖生（ —1538）。

明英宗天顺八年甲申（1464）

正月，英宗崩，太子朱见深即位，是为宪宗，明年改元成化。宪宗好听杂剧及散词，收罗海内词本殆尽。

明宪宗成化四年戊子（1468）

王九思生（ —1551）。

明宪宗成化六年庚寅（1470）

王磐生于本年前后（ —1530）。

明宪宗成化八年壬辰（1472）

李东阳自京师南归省墓，所至有诗作，汇为《南行稿》。

李梦阳生（ —1530）。

明宪宗成化十年甲午（1474）

王廷相生（ —1544）。

明宪宗成化十一年乙未（1475）

康海生（ —1540）。

明宪宗成化十二年丙申（1476）

边贡生（ —1532）。

明宪宗成化十五年己亥（1479）

徐祯卿生（ —1511）。

明宪宗成化十九年癸卯（1483）

何景明生（ —1521）。

明孝宗弘治元年戊申（1488）

　　杨慎生（ 　 —1559）

　　陈铎约生于本年（ 　 —约1521）。

明孝宗弘治七年甲寅（1494）

　　金銮生（ 　 —1583）。

明孝宗弘治八年乙卯（1495）

　　邱濬卒（1421— ），年七十五。约在成化年间，作有传奇《五伦全备记》
　　等。稍后，邵璨（生卒年不详）作有传奇《香囊记》。

明孝宗弘治十年丁巳（1497）

　　时徐祯卿、祝允明、唐寅、文徵明于吴中相从讲习艺文，人称"吴中四
　　才子"。

明孝宗弘治十二年己未（1499）

　　谢榛生（ 　 —1579?）。

明孝宗弘治十三年庚申（1500）

　　李梦阳作《时命篇》。

　　吴承恩约生于本年（ 　 —1582?）。

明孝宗弘治十五年壬戌（1502）

　　李梦阳与何景明、康海等相识。

　　李开先生（ 　 —1568）。

明孝宗弘治十七年甲子（1504）

　　李东阳《拟古乐府》成编，前有引，称汉魏乐府歌辞"质而不俚，腴而
　　不艳"。

明孝宗弘治十八年乙丑（1505）

　　五月，孝宗崩，太子朱厚照即位，是为武宗，明年改元正德。武宗好听新
　　剧、散词及小说。八月，宦官刘瑾等人始用事。

　　李梦阳上书斥外戚而下锦衣狱，作有《述愤》诗。徐祯卿从李梦阳游，悔
　　其少作，改趋汉、魏、盛唐。

明武宗正德元年丙寅（1506）

　　李梦阳与何景明、陆深校选袁凯《海叟集》。

　　归有光生（ 　 —1571）。

明武宗正德二年丁卯（1507）

　　唐顺之生（ 　 —1560）。

明武宗正德三年戊辰（1508）

　　李梦阳为刘瑾所构，再度下锦衣狱，康海为说瑾，得免，作有《述征赋》

《离愤》诗。

明武宗正德四年己巳（1509）

王慎中生（ —1559）。

王守仁在贵阳书院开讲"知行合一""致良知"等说，王学始张。

明武宗正德五年庚午（1510）

八月，刘瑾伏诛。

康海、王九思等被列名瑾党，或落职，或降级外调。

明武宗正德六年辛未（1511）

徐祯卿卒（1479— ），年三十三。有《迪功集》《谈艺录》。

冯惟敏生（ —1580?）。

明武宗正德七年壬申（1512）

李东阳致仕。

茅坤生（ —1601）。

明武宗正德九年甲戌（1514）

李攀龙生（ —1570）。

明武宗正德十一年丙子（1516）

李梦阳作《结肠篇》。

李东阳卒（1447— ），年七十。有《怀麓堂集》。

明武宗正德十四年己卯（1519）

梁辰鱼生（ —1591）。

明武宗正德十六年辛巳（1521）

陈铎约卒于本年（1488?— ），年约三十四。有散曲集《梨云寄傲》《秋碧乐府》《滑稽馀韵》等。

何景明卒（1483— ），年三十九。有《大复集》。

徐渭生（ —1593）。

明世宗嘉靖元年壬午（1522）

现存最早的《三国志通俗演义》刻本刊行。

李梦阳为徽商鲍弼作《梅山先生墓志铭》。

明世宗嘉靖二年癸未（1523）

归有光作《项脊轩志》。

明世宗嘉靖三年甲申（1524）

王鏊卒（1450— ），年七十五。其八股制义编为《王守溪文稿》。

明世宗嘉靖四年乙酉（1525）

李梦阳诗集《弘德集》刊刻，自为序，称"今真诗乃在民间"。

明世宗嘉靖五年丙戌（1526）

　　王世贞生（　—1590）。

明世宗嘉靖六年丁亥（1527）

　　李贽生（　—1602）。

明世宗嘉靖七年戊子（1528）

　　王守仁卒（1472—　），年五十七。有《王文成公全书》。

明世宗嘉靖九年庚寅（1530）

　　李梦阳卒（1472—　），年五十八。有《空同集》。

　　王磐卒（1470?—　），年约六十一。有《王西楼乐府》。

明世宗嘉靖十年辛卯（1531）

　　归有光在里中与同学少年结南社、北社。

　　时李开先、王慎中、唐顺之、陈束、熊过、任翰、赵时春、吕高等讲习游
　　　处，有"嘉靖八才子"之称。

明世宗嘉靖十一年壬辰（1532）

　　边贡卒（1476—　），年五十七。有《边华泉集》。

明世宗嘉靖十六年丁酉（1537）

　　归有光作《寒花葬志》。

明世宗嘉靖十七年戊戌（1538）

　　徐霖卒（1462—　），年七十七。有传奇《三元记》《绣襦记》（一说薛近
　　　兖作）等。

明世宗嘉靖十九年庚子（1540）

　　康海卒（1475—　），年六十六。有诗文集《对山集》、散曲集《沜东乐
　　　府》、杂剧《中山狼》。

明世宗嘉靖二十年辛丑（1541）

　　归有光徙居安亭讲学。李开先罢太常寺少卿归里，以征歌度曲自娱。

　　洪楩约于嘉靖二十年至三十年间编刊《六十家小说》。

明世宗嘉靖二十一年壬寅（1542）

　　吴承恩《西游记》初稿或至本年已著成。

明世宗嘉靖二十二年癸卯（1543）

　　魏良辅于嘉靖年间改革昆腔，著有《南词引正》。

　　梁辰鱼《浣纱记》作于本年前后。

明世宗嘉靖二十三年甲辰（1544）

　　王廷相卒（1474—　），年七十一。有《王氏家藏集》《内台集》。

　　李开先作《仙吕南曲傍妆台》小令一百首，播于士林，倡和者众。

陈与郊生（　—1611）。

明世宗嘉靖二十六年丁未（1547）

李开先著成传奇《宝剑记》。李开先编写的《市井艳词》成，作有序，称
"风出谣口，真诗只在民间"。

明世宗嘉靖二十七年戊申（1548）

王世贞在京师结识李攀龙，相与切磋古文辞。

明世宗嘉靖二十九年庚戌（1550）

汤显祖生（　—1616）。

明世宗嘉靖三十年辛亥（1551）

梁有誉、宗臣、徐中行从游于李攀龙、王世贞。

王九思卒（1468—　），年八十四。有诗文集《渼陂集》、散曲集《碧山乐
府》、杂剧《沽酒游春》《中山狼院本》。

明世宗嘉靖三十一年壬子（1552）

谢榛入李攀龙、王世贞社，时连同徐中行、梁有誉、宗臣及后入的吴国伦，
人称"后七子"。后谢榛被排挤出去，梁有誉早卒，另有余曰德、张佳胤
加入，亦称"七子"。

明世宗嘉靖三十二年癸丑（1553）

现存最早的《唐书志传》刻本刊行。

沈璟生（　—1610）。

明世宗嘉靖三十五年丙辰（1556）

李开先编成诗文集《闲居集》。

徐渭杂剧《玉禅师翠乡一梦》作于本年前后。

明世宗嘉靖三十六年丁巳（1557）

徐渭入胡宗宪幕府。

王世贞于山东访李开先，为其《咏雪诗》作跋。

明世宗嘉靖三十七年戊午（1558）

王世贞为何景明集作序，称颂李梦阳、何景明复古之举。

明世宗嘉靖三十八年己未（1559）

天池道人（一般认为是徐渭）著成《南词叙录》。

杨慎卒（1488—　），年七十二。有《升庵全集》《升庵长短句》《二十一
史弹词》等。

王慎中卒（1509—　），年五十一。有《遵岩集》。

明世宗嘉靖三十九年庚申（1560）

唐顺之卒（1507—　），年五十四。有《荆川先生文集》。

袁宗道生（　—1600）。

徐复祚生（　—1630 后）。

明世宗嘉靖四十年辛酉（1561）

王衡生（　—1609）。

明穆宗隆庆元年丁卯（1567）

李攀龙《古今诗删》本年前后编成。

明穆宗隆庆二年戊辰（1568）

徐渭以杀妻下狱。

李开先卒（1502—　），年六十七。有诗文集《闲居集》、传奇《宝剑记》、
　　院本《园林午梦》等。

袁宏道生（　—1610）。

明穆宗隆庆四年庚午（1570）

李攀龙卒（1514—　），年五十七。有《沧溟集》。

袁中道生（　—1624）。

高濂作传奇《玉簪记》。

明穆宗隆庆五年辛未（1571）

归有光卒（1506—　），年六十五。有《震川先生集》。

明穆宗隆庆六年壬申（1572）

王世贞著成《艺苑卮言》八卷。

明神宗万历元年癸酉（1573）

徐渭《四声猿》中《狂鼓史渔阳三弄》《雌木兰替父从军》《女状元辞凰得
　　凤》三剧作于本年至万历七年间。

明神宗万历二年甲戌（1574）

锺惺生（　—1625）。

冯梦龙生（　—1646）。

王思任生（　—1646）。

明神宗万历三年乙亥（1575）

汤显祖《红泉逸草》刊行。

明神宗万历五年丁丑（1577）

汤显祖传奇《紫箫记》作于本年秋至万历七年间。

明神宗万历七年己卯（1579）

茅坤编《唐宋八大家文钞》成。

谢榛约卒于本年（1499—　），年约八十一。有《四溟集》。

明神宗万历八年庚辰（1580）

冯惟敏约卒于本年（1511—　），年约七十。有散曲集《海浮山堂词稿》。

吕天成生（　—1618）。

凌濛初生（　—1644）。

明神宗万历九年辛巳（1581）

施绍莘生（　—1640）。

明神宗万历十年壬午（1582）

吴承恩约卒于本年（1500？—　），年约八十一。有《西游记》《射阳先生存稿》。

钱谦益生（　—1664）。

明神宗万历十一年癸未（1583）

周朝俊于万历初在世，作传奇《红梅记》。

孙钟龄于万历年间作传奇《东郭记》《醉乡记》等。

金銮卒（1494—　），年九十。著有《萧爽斋乐府》。

明神宗万历十四年丙戌（1586）

谭元春生（　—1637）。

明神宗万历十五年丁亥（1587）

汤显祖传奇《紫钗记》成于本年前后。

阮大铖约生于此年（　—1648？）。

明神宗万历十六年戊子（1588）

徐渭《四声猿》有刊本流行。

范文若生（　—1636）。

明神宗万历十七年己丑（1589）

神宗好览《水浒传》。

汪道昆为百回本《忠义水浒传》作序。

明神宗万历十八年庚寅（1590）

李贽本年至公安，刊行《焚书》。

吴承恩《射阳先生存稿》刊行。

王世贞卒（1526—　），年六十五。有《弇州山人四部稿》《续稿》等。

明神宗万历十九年辛卯（1591）

袁宏道访李贽于麻城龙湖，留三月归。

《英烈传》最早刻本《新镌龙兴名世录皇明开运英武传》刊行。

梁辰鱼卒（1519—　），年七十三。有传奇《浣纱记》、杂剧《红线女》、散曲集《江东白苎》等。

明神宗万历二十年壬辰（1592）

金陵世德堂刻《新刻出像官板大字西游记》，一般认为此为今见一百回《西游记》的最早刻本。

袁于令生（ —1674）。

明神宗万历二十一年癸巳（1593）

徐渭卒（1521— ），年七十三。有《徐文长三集》《徐文长逸稿》《徐文长佚草》《四声猿》。

明神宗万历二十二年甲午（1594）

吏部郎中顾宪成革职，与高攀龙、钱一本等在无锡东林书院聚众讲学，议论朝政，得到了朝中赵南星等士大夫的支持，人称"东林党"。

明神宗万历二十三年乙未（1595）

袁宏道赴吴县知县任，于任上作《虎丘》《上方》《天池》等游记及《戏题斋壁》等抒写为官苦辛的诗篇。

吴炳生（ —1648）。

明神宗万历二十四年丙申（1596）

袁宏道为其弟中道刻诗集，作《叙小修诗》。又在其给董其昌的信中，首次提及《金瓶梅》并给予高度评价。

明神宗万历二十五年丁酉（1597）

袁宏道往杭州、会稽游历，于陶望龄处得阅徐渭诗集，大加称赏，后又为徐渭作《徐文长传》。

罗懋登著成《三宝太监西洋记通俗演义》。

张岱生（ —1680）。

明神宗万历二十六年戊戌（1598）

汤显祖著成传奇《牡丹亭》。

明神宗万历二十七年己亥（1599）

吕天成著成传奇《神女记》《戒珠记》《金合记》。

袁宏道在京与兄宗道、弟中道及友人江盈科、潘士藻、谢肇淛等结蒲桃社。

李贽《藏书》刊行。

孟称舜生（ —1684后）。

丁耀亢生（ —1670）。

明神宗万历二十八年庚子（1600）

汤显祖著成传奇《南柯记》。

薛论道约卒于本年（1531？— ），年约七十。有散曲集《林石逸兴》。

袁宗道卒（1560— ），年四十一。有《白苏斋类集》。

明神宗万历二十九年辛丑（1601）

汤显祖著成传奇《邯郸记》。

茅坤卒（1512— ），年九十。有诗文集《白华楼藏稿》和评选本《唐宋八
大家文钞》。

明神宗万历三十年壬寅（1602）

李贽被诬下狱，以剃刀自杀，年七十六（1527— ）。有诗文集《焚书》
《续焚书》，史评《藏书》《续藏书》，曾评点《水浒传》《西厢记》等。

明神宗万历三十一年癸卯（1603）

阎尔梅生（ —1679）。

明神宗万历三十二年甲辰（1604）

锺惺与谭元春结交。

明神宗万历三十四年丙午（1606）

袁宏道《瓶花斋集》《潇碧堂集》刊刻。

汤显祖《玉茗堂文集》刊于南京。

余邵鱼《列国志传》本年重刊，为该书现存最早刊本。

《杨家府演义》于本年序刊。

明神宗万历三十五年丁未（1607）

沈璟传奇《义侠记》刊行。

明神宗万历三十六年戊申（1608）

陈子龙生（ —1647）。

金圣叹生（ —1661）。

明神宗万历三十七年己酉（1609）

王衡卒（1561— ），年四十九。著有杂剧《郁轮袍》《真傀儡》等。

冯梦龙约于本年刊行《挂枝儿》，后又辑刊《山歌》。

吴伟业生（ —1671）。

明神宗万历三十八年庚戌（1610）

徐复祚著成传奇《红梨记》。

王骥德著成《曲律》。

吕天成《曲品》定稿。

容与堂刊《李卓吾先生批评忠义水浒传》。

袁宏道卒（1568— ），年四十三。有《袁中郎全集》。

沈璟卒（1553— ），年五十八。有传奇《义侠记》等十七种（今存七种）
及《南九官十三调曲谱》。

黄宗羲生（ —1695）。

明神宗万历三十九年辛亥（1611）

陈与郊卒（1544—　），年六十八。有诗文集《隅园集》、传奇《诊痴
　符》等。

冒襄生（　—1693）。

杜濬生（　—1687）。

明神宗万历四十一年癸丑（1613）

顾炎武生（　—1682）。

归庄生（　—1673）。

明神宗万历四十二年甲寅（1614）

锺惺、谭元春选定《古诗归》十五卷、《唐诗归》三十六卷。

锺惺《隐秀轩集》刻于南京。

袁无涯刻百二十回本《水浒传》。

宋琬生（　—1673）。

明神宗万历四十四年丙辰（1616）

正月，爱新觉罗·努尔哈赤即汗位，定国号为金，史称后金。

汤显祖卒（1550—　），年六十七。有诗文集《红泉逸草》《问棘邮草》
　《玉茗堂集》，传奇《牡丹亭》等五种。

明神宗万历四十五年丁巳（1617）

锺惺作《诗归序》。

华淑刊《闲情小品》二十九种。

现存最早《金瓶梅》刻本《新刻金瓶梅词话》刊行。

明神宗万历四十六年戊午（1618）

吕天成卒（1580—　），年三十九。有戏曲论著《曲品》《烟鬟阁传奇》十
　五种等。

侯方域生（　—1654）。

吴嘉纪生（　—1684）。

尤侗生（　—1704）。

明神宗万历四十七年己未（1619）

臧懋循改订刊行汤显祖《玉茗堂传奇》。

现存最早的《隋唐两朝志传》刻本刊行。

王夫之生（　—1692）。

明神宗万历四十八年庚申（1620）

吴炳著成传奇《西园记》。

明熹宗天启元年辛酉（1621）

时太监魏忠贤专权。

冯梦龙编纂的《古今小说》(《喻世明言》) 本年前后刊行。

许仲琳、李云翔约于天启年间编成《封神演义》。

明熹宗天启三年癸亥 (1623)

王骥德卒 (? —)。

明嘉宗天启四年甲子 (1624)

袁中道卒 (1570—)，年五十五。有《珂雪斋集》等。

冯梦龙编纂的《警世通言》刊行。

汪琬生 (—1690)。

魏禧生 (—1680)。

明熹宗天启五年乙丑 (1625)

锺惺卒 (1574—)，年五十二。有《隐秀轩集》。

陈维崧生 (—1682)。

明熹宗天启七年丁卯 (1627)

冯梦龙编纂的《醒世恒言》刊行。

明思宗崇祯元年戊辰 (1628)

凌濛初编著的《拍案惊奇》刊行。

冯梦龙约于崇祯年间增补修订成《新列国志》《平妖传》等。

明思宗崇祯二年己巳 (1629)

张溥等人结复社。陈子龙等人结几社。

朱彝尊生 (—1709)。

梁佩兰生 (—1705)。

明思宗崇祯三年庚午 (1630)

徐复祚卒 (1560—)，年七十一。有传奇《红梨记》、杂剧《一文钱》、
笔记《三家村老委谈》及《南北词广韵选》等。

屈大均生 (—1696)。

陆人龙作成《辽海丹忠录》。

齐东野人编成《隋炀帝艳史》。

《梼杌闲评》《魏忠贤小说斥奸书》等描写魏忠贤专权祸国的小说也成于是
年前后。

明思宗崇祯四年辛未 (1631)

夏完淳生 (—1647)。

题"齐东野人编演"的《隋炀帝艳史》人瑞堂本刊行。

陈恭尹生 (—1700)。

吴兆骞生 (—1684)。

明思宗崇祯五年壬申（1632）

凌濛初编著的《二刻拍案惊奇》刊行。

陆人龙的《型世言》约刊于是年。

抱瓮老人选编的《今古奇观》于是年至崇祯十七年间刊行。《西湖二集》
《石点头》《鼓掌绝尘》等白话短篇小说集也在明末刊行。

明思宗崇祯六年癸酉（1633）

袁于令刊《隋史遗文》。

吴炳著成传奇《绿牡丹》。

明思宗崇祯七年甲戌（1634）

王士禛生（　—1711）。

曹贞吉生（　—1698）。

明思宗崇祯九年丙子（1636）

四月，后金皇太极在盛京（今沈阳）称帝，改国号为清。

范文若卒（1588—　），年四十九。有传奇《鸳鸯棒》《花筵赚》《梦花
酣》，合称"博山堂三种"。

阎若璩生（　—1704）。

明思宗崇祯十年丁丑（1637）

谭元春卒（1586—　），年五十二。有《谭友夏合集》。

顾贞观生（　—1714）。

明思宗崇祯十一年戊寅（1638）

陈子龙、徐孚远、宋徵璧等辑成《皇明经世文编》。

孟称舜著成传奇《娇红记》。

明思宗崇祯十三年庚辰（1640）

董说约于是年作《西游补》。

蒲松龄生（　—1715）。

施绍莘卒（1581—　）。

明思宗崇祯十四年辛巳（1641）

金人瑞评改《水浒传》成，题"第五才子书施耐庵水浒传"。

明思宗崇祯十五年壬午（1642）

六月，下诏严禁《水浒传》。

明思宗崇祯十六年癸未（1643）

钱谦益的《初学集》于本年由学生瞿式耜刊行。

明思宗崇祯十七年甲申（1644）

三月，李自成兵入北京。崇祯帝自缢于煤山。清兵入关，李自成败走。

凌濛初卒（1580— ），年六十五。编著有《拍案惊奇》《二刻拍案惊奇》
《南音三籁》等。

廖燕生（ —1705）。

清世祖顺治二年乙酉（1645）

清兵南下，钱谦益等迎降。明唐王朱聿键在福州即帝位，鲁王朱以海在绍兴
监国。

洪昇生（ —1704）。

清世祖顺治三年丙戌（1646）

明唐王被俘，死于福州。桂王朱由榔在肇庆即帝位。

冯梦龙卒（1574— ），年七十三。编著有《喻世明言》《警世通言》《醒
世恒言》《平妖传》等小说，及《双雄梦》等传奇。

王思任卒（1574— ）。

清世祖顺治四年丁亥（1647）

陈子龙卒（1608— ），年四十。有《陈忠裕公全集》《皇明经世文编》。

夏完淳卒（1631— ），年十七。有《夏内史集》。

清世祖顺治五年戊子（1648）

孔尚任生（ —1718）。

吴炳卒（1595— ），年五十四。有传奇《西园记》《绿牡丹》《疗妒羹》
《情邮记》《画中人》，合称"粲花斋五种曲"。

阮大铖卒（1587— ），年六十二。有《燕子笺》《春灯谜》等传奇。

清世祖顺治七年庚寅（1650）

查慎行生（ —1727）。

清世祖顺治十年癸巳（1653）

吴伟业应荐入京，本年作有传奇剧《秣陵春》。

清世祖顺治十一年甲午（1654）

侯方域卒（1618— ），年三十七。有《壮悔堂文集》。

纳兰性德生（ —1685）。

清世祖顺治十二年乙未（1655）

孟称舜卒（1599— ），年五十七。有传奇《娇红记》、杂剧《桃花人
面》等。

清世祖顺治十四年丁酉（1657）

兴南北科场舞弊案。吴兆骞因此被捕，后流放宁古塔。

清世祖顺治十五年戊戌（1658）

《无声戏》《十二楼》相继刊行。

清世祖顺治十六年己亥（1659）

郑成功、张煌言沿长江反攻，连破镇江、芜湖，后败退入海。清廷兴"通海案"。

清世祖顺治十八年辛丑（1661）

清廷催征欠赋，兴"奏销案"。明永历政权亡。郑成功收复台湾。

金圣叹（1608— ）以哭庙案被斩，年五十四。

《醒世姻缘传》作成。

《续金瓶梅》刊行。

清圣祖康熙元年壬寅（1662）

庄廷钺《明史》案兴。

赵执信生（ —1744）。

清圣祖康熙三年甲辰（1664）

钱谦益卒（1582— ），年八十三。有《初学集》《有学集》，编选《列朝诗集》。

陈忱著《水浒后传》刊行。

清圣祖康熙七年戊申（1668）

方苞生（ —1749）。

清圣祖康熙九年庚戌（1670）

丁耀亢（1599— ）卒，年七十二。有小说《续金瓶梅》、诗文集《丁野鹤遗稿》及传奇《蚺蛇胆》等4种。

清圣祖康熙十年辛亥（1671）

吴伟业卒（1609— ），年六十三，有《梅村家藏稿》等。

陈忱、李玉约卒于此年前后。陈忱有《水浒后传》。李玉有《一捧雪》《清忠谱》等传奇。

清圣祖康熙十二年癸丑（1673）

三藩之乱起。

宋琬卒（1614— ），年六十。有《安雅堂全集》。

归庄卒（1613— ），年六十一。有《恒轩诗集》《玄恭文钞》。

沈德潜生（ —1769）。

清圣祖康熙十三年甲寅（1674）

袁于令卒（1592— ），年八十三。有传奇《西楼记》《鹔鹴裘》、小说《隋史遗文》。

清圣祖康熙十八年己未（1679）

开博学鸿词科，应试者143人，取陈维崧、朱彝尊、汪琬、毛奇龄、施闰章、尤侗等 50 人。

阎尔梅卒（1603—　），年七十七。有《阎古古集》。

清圣祖康熙十九年庚申（1680）

魏禧卒（1624—　），年五十七。有《魏叔子文集》。

李渔卒（1611—　），年七十。有《笠翁全集》《笠翁十种曲》《连城璧》《十二楼》等。

张岱卒（1597—　），年八十四。有《琅嬛文集》《陶庵梦忆》等。

清圣祖康熙二十一年壬戌（1682）

三藩之乱平。

顾炎武卒（1613—　），年七十。有《日知录》《天下郡国利病书》等。

陈维崧卒（1625—　），年五十八。有《湖海楼全集》。

清圣祖康熙二十二年癸亥（1683）

施闰章卒（1618—　），年六十六。有《学馀堂诗文集》。

清圣祖康熙二十三年甲子（1684）

康熙至曲阜祭孔，孔尚任御前讲经，破格拔为国子监博士。

吴嘉纪卒（1618—　），年六十七。有《陋轩集》。

吴兆骞卒（1631—　），年五十四。有《秋笳集》等。

清圣祖康熙二十四年乙丑（1685）

纳兰性德卒（1654—　），年三十二。有《饮水词》《通志堂集》等。

清圣祖康熙二十六年丁卯（1687）

杜濬卒（1611—　），年七十七。有《变雅堂文集》。

清圣祖康熙二十七年戊辰（1688）

洪昇《长生殿》定稿。

清圣祖康熙二十八年己巳（1689）

八月，洪昇招伶人演《长生殿》，时佟皇后丧服未除，被劾，革去国子生籍。同时观戏者查慎行也被除籍，赵执信被革职。

清圣祖康熙二十九年庚午（1690）

汪琬卒（1624—　），年六十七。有《尧峰文钞》等。

清圣祖康熙三十一年壬申（1692）

王夫之卒（1619—　），年七十四。有《姜斋诗话》《读通鉴论》等，全存于《船山遗书》中。

清圣祖康熙三十二年癸酉（1693）

冒襄卒（1611—　），年八十三。有《水绘园诗文集》等，并编刻《同人集》。

钱澄之卒（1612—　），年八十二。有《藏山阁集》《田间诗集》《田间文集》等。

郑燮生（　—1765）。

清圣祖康熙三十四年乙亥（1695）

黄宗羲卒（1610—　），年八十六。有《宋元学案》《明儒学案》《明夷待访录》《南雷文定》等。

清圣祖康熙三十五年丙子（1696）

屈大均卒（1630—　），年六十七。有《道援堂集》《广东新语》等。

杭世骏生（　—1773）。

清圣祖康熙三十七年戊寅（1698）

刘大櫆生（　—1779）。

曹贞吉卒（1634—　），年六十五。

清圣祖康熙三十八年己卯（1699）

孔尚任《桃花扇》传奇剧成于本年六月。次年春罢官。

清圣祖康熙三十九年庚辰（1700）

陈恭尹卒（1631—　），年七十。

清圣祖康熙四十年辛巳（1701）

吴敬梓生（　—1754）。

清圣祖康熙四十二年癸未（1703）

叶燮卒（1627—　），年七十七。有《己畦集》。

清圣祖康熙四十三年甲申（1704）

洪昇卒（1645—　），年六十。有《长生殿》《稗畦集》《啸月楼集》等。

尤侗卒（1618—　），年八十七。有《钧天乐》传奇和《西堂全集》等。

阎若璩卒（1636—　），年六十九。有《古文尚书疏证》等。

清圣祖康熙四十四年乙酉（1705）

廖燕卒（1644—　），年六十二。有《二十七松堂集》。

梁佩兰卒（1629—　），年七十七。有《六莹堂集》。

夏敬渠生（　—1787）。

清圣祖康熙四十八年己丑（1709）

朱彝尊卒（1629—　），年八十一。有《曝书亭全集》，编有《词综》。

清圣祖康熙五十年辛卯（1711）

王士禛卒（1634—　），年七十八。有《带经堂集》《池北偶谈》《香祖笔记》等。

清圣祖康熙五十三年甲午（1714）

查禁"小说淫词",命销书毁板。

顾贞观卒（1637— ），年七十八。有《弹指词》《积山岩集》。

清圣祖康熙五十四年乙未（1715）

蒲松龄卒（1640— ），年七十六。有《聊斋志异》《聊斋诗集》《聊斋文集》及俚曲等。

曹雪芹约生于本年（ —1763?）。

清圣祖康熙五十五年丙申（1716）

袁枚生（ —1797）。

毛奇龄卒（1623— ），年九十四。有《西河全集》。

清圣祖康熙五十七年戊戌（1718）

孔尚任卒（1648— ），年七十一。有《桃花扇》传奇及《长留集》《湖海集》等。

清世宗雍正元年癸卯（1723）

戴震生（ —1777）。

清世宗雍正二年甲辰（1724）

纪昀生（ —1805）。

清世宗雍正三年乙巳（1725）

蒋士铨生（ —1785）。

清世宗雍正五年丁未（1727）

查慎行卒（1650— ），年七十八。有《敬业堂诗集》《补注东坡编年诗》等。

赵翼生（ —1814）。

清世宗雍正九年辛亥（1731）

姚鼐生（ —1815）。

清世宗雍正十一年癸卯（1733）

翁方纲生（ —1818）。

清高宗乾隆元年丙辰（1736）

诏举博学鸿词，取中刘纶、杭世骏、齐如南等19人。

清高宗乾隆三年戊午（1738）

高鹗生（ —1815）。

清高宗乾隆九年甲子（1744）

赵执信卒（1662— ），年八十三。有《饴山堂诗文集》《声调谱》《谈龙录》等。

汪中生（ —1794）。

清高宗乾隆十年丙寅（1746）

洪亮吉生（ —1809）。

清高宗乾隆十四年己巳（1749）

方苞卒（1668— ），年八十二。有《望溪先生文集》等。

《儒林外史》约定稿于本年。

黄景仁生（ —1783）。

清高宗乾隆十七年壬申（1752）

厉鹗卒（1692— ），年六十一。有《樊榭山房集》《宋诗纪事》《辽史拾遗》等。

清高宗乾隆十九年甲戌（1754）

吴敬梓卒（1701— ），年五十四。有《儒林外史》《文木山房集》等。

清高宗乾隆二十二年丁丑（1757）

恽敬生（ —1817）。

清高宗乾隆二十五年庚辰（1760）

王昙生（ —1817）。

孙原湘生（ —1829）。

清高宗乾隆二十六年辛巳（1761）

张惠言生（ —1802）。

清高宗乾隆二十八年癸未（1763）

李汝珍约生于此年（ —约1830）。

曹雪芹约卒于此年前后（约1715— ），著有《红楼梦》。

沈复生（ —1826后）。

焦循生（ —1820）。

李汝珍约生于是年（ —约1830）。

清高宗乾隆二十九年甲申（1764）

张问陶生（ —1814）。

清高宗乾隆三十年乙酉（1765）

郑燮卒（1693— ），年七十三。有《郑板桥集》。

舒位生（ —1815）。

清高宗乾隆三十一年丙戌（1766）

赵起杲、鲍廷博编刻《聊斋志异》，称"青柯亭本"。

清高宗乾隆三十四年己丑（1769）

沈德潜卒（1673— ），年九十七。著有《沈归愚诗文全集》，选有《古诗源》《唐诗别裁》《明诗别裁》《国朝诗别裁》。

清高宗乾隆三十七年壬辰（1772）

方东树生（　—1851）。

清高宗乾隆三十八年癸巳（1773）

杭世骏卒（1696—　），年七十八。有《道古堂诗文集》。

清高宗乾隆四十一年丙申（1776）

邓廷桢生（　—1846）。

清高宗乾隆四十二年丁酉（1777）

戴震卒（1723—　），年五十五。有《孟子字义疏证》《原善》《方言疏证》
《屈原赋注》《考工记图》等。

清高宗乾隆四十四年己亥（1779）

刘大櫆卒（1698—　），年八十二。有《海峰文集》。

清高宗乾隆四十五年庚子（1780）

张维屏生（　—1859）。

管同生（　—1831）。

清高宗乾隆四十六年辛丑（1781）

周济生（　—1839）。

清高宗乾隆四十八年癸卯（1783）

黄景仁卒（1749—　），年三十五。有《两当轩集》。

清高宗乾隆四十九年甲辰（1784）

刘开生（　—1842）。

清高宗乾隆五十年乙巳（1785）

蒋士铨卒（1725—　），年六十一。有《忠雅堂集》《藏园九种曲》。

陈沆生（　—1825）。

林则徐生（　—1850）。

程恩泽生（　—1837）。

姚莹生（　—1853）。

清高宗乾隆五十一年丙午（1786）

梅曾亮生（　—1856）。

清高宗乾隆五十二年丁未（1787）

夏敬渠卒（1705—　），年八十三。有《野叟曝言》《浣玉轩诗文集》等。

清高宗乾隆五十五年庚戌（1790）

"三庆""四喜""春台""和春"四大徽班进京，并在嘉庆、道光间融合发
展形成了京剧。

清高宗乾隆五十六年辛亥（1791）

程伟元、高鹗将《红楼梦》前 80 回与后 40 回以木活字排印出来，通称
"程甲本"。

清高宗乾隆五十七年壬子（1792）

龚自珍生（　—1841）。

清高宗乾隆五十八年癸丑（1793）

祁寯藻生（　—1866）。

清高宗乾隆五十九年甲寅（1794）

汪中卒（1744—　），年五十一。有《述学内外篇》《广陵通典》等。

魏源生（　—1857）。

俞万春生（　—1849）。

清仁宗嘉庆元年丙辰（1796）

陈端生约于此年卒（1751—　），年约四十五。有弹词《再生缘》。

清仁宗嘉庆二年丁巳（1797）

毕沅卒（1730—　），年六十八。曾主编《续资治通鉴》。

王鸣盛卒（1722—　），年七十六。有《十七史商榷》《蛾术编》《尚书后
案》《西庄始存稿》。

袁枚卒（1716—　），年八十二。有《小仓山房全集》《随园诗话》《子不
语》。

清仁宗嘉庆三年戊午（1798）

《施公案》正集 8 卷 97 回，嘉庆二十五年（1820）厦门文德堂刊本，有本
年序。

项鸿祚生（　—1835）。

清仁宗嘉庆四年己未（1799）

张际亮生（　—1843）。

清仁宗嘉庆五年庚申（1800）

何绍基生（　—1874）。

清仁宗嘉庆七年壬戌（1802）

张惠言卒（1761—　），年四十二。著有《茗柯词》《茗柯文编》，与张琦
合编有《词选》。

清仁宗嘉庆八年癸亥（1803）

卧闲堂巾箱本《儒林外史》刊行，为今所见最早者。

清仁宗嘉庆九年甲子（1804）

钱大昕卒（1728—　），年六十七。有《廿二史考异》《潜研堂文集》《元
诗纪事》《十驾斋养新录》等。

清仁宗嘉庆十年乙丑（1805）

纪昀卒（1724— ），年八十二。有《纪文达公遗集》《阅微草堂笔记》
等，主修《四库全书》。

焦循撰成《剧说》。

姚燮生（ —1864）。

鲁一同生（ —1863）。

清仁宗嘉庆十一年丙寅（1806）

郑珍生（ —1864）。

清仁宗嘉庆十三年戊辰（1808）

沈复《浮生六记》约于这一时期写成，今存四记，光绪三年（1877）刊行。

蒋敦复生（ —1867）。

清仁宗嘉庆十四年己巳（1809）

洪亮吉卒（1746— ），年六十四。有《卷施阁集》《更生斋集》《北江诗
话》《春秋左传诂》等。

冯桂芬生（ —1874）。

清仁宗嘉庆十五年庚午（1810）

贝青乔生（ —1863）。

清仁宗嘉庆十六年辛未（1811）

曾国藩生（ —1872）。

莫友芝生（ —1871）。

清仁宗嘉庆十八年癸酉（1813）

龚自珍写成《明良论》四篇，《尊隐》亦约写成于本年。

清仁宗嘉庆十九年甲戌（1814）

赵翼卒（1727— ），年八十八。有《廿二史札记》《陔馀丛考》《瓯北诗
钞》《瓯北诗话》等。

张问陶卒（1764— ），年五十一。有《船山诗草》。

清仁宗嘉庆二十年乙亥（1815）

姚鼐卒（1731— ），年八十五。著有《惜抱轩全集》，选有《古文辞类
纂》等。

高鹗卒（1738— ）。

舒位卒（1765— ），年五十一。有《瓶水斋诗集》。

清仁宗嘉庆二十一年丙子（1816）

龚自珍自前一年起至本年撰有《乙丙之际箸议》一组文章，今存11篇。

清仁宗嘉庆二十二年丁丑（1817）

恽敬卒（1757—　），年六十一。有《大云山房文稿》。

王昙卒（1760—　），年五十八。有《烟霞万古楼集》和《回心院》《万花缘》等传奇。

清仁宗嘉庆二十三年戊寅（1818）

翁方纲卒（1733—　），年八十六。有《复初斋集》《石洲诗话》等。

蒋春霖生（　—1868）。

金和生（　—1885）。

魏秀仁生（　—1873）。

清仁宗嘉庆二十五年庚辰（1820）

龚自珍为内阁中书，撰《东南罢番舶议》《西域置行省议》。

焦循卒（1763—　），年五十八。有《孟子正义》《雕菰楼集》《剧说》等。

《施公案》正集 8 卷 97 回，厦门文德堂本年刊行。

清宣宗道光元年辛巳（1821）

侯芝改订长篇弹词《再生缘》，本年刊行于世。

石玉昆约于道光年间在京师说书。

清宣宗道光三年癸未（1823）

龚自珍自刊《定盦文集》3 卷。又刊定《无著词》《怀人馆词》《影事词》《小奢摩词》。又撰有《壬癸之际胎观》9 篇。

张裕钊生（　—1894）。

清宣宗道光五年乙酉（1825）

龚自珍有《咏史》诗。又撰《古史钩沉论》，7 年后方最后写定，今存 4 篇。

陈森始撰《品花宝鉴》15 卷。

陈沆卒（1785—　）。

清宣宗道光六年丙戌（1826）

魏源在江苏布政使贺长龄幕编成《皇朝经世文编》120 卷，次年刊行。

俞万春草创《荡寇志》，至道光二十七年（1847）完成。

沈复卒于本年后（1763—　），年约六十四，有《浮生六记》。

清宣宗道光八年戊子（1828）

王韬生（　—1897）。

清宣宗道光九年己丑（1829）

孙原湘卒（1760—　），年七十。有《天真阁集》。

清宣宗道光十年庚寅（1830）

李汝珍约于此年卒（约 1763—　），年约六十八。有《镜花缘》《李氏音鉴》。

清宣宗道光十一年辛卯（1831）

郭麐卒（1767—　），年六十五。有《灵芬馆集》《词品》。

管同卒（1780—　），年五十二。有《因寄轩文集》。

清宣宗道光十三年癸巳（1833）

王闿运生（　—1916）。

清宣宗道光十五年乙未（1835）

项鸿祚卒（1798—　），年三十八。有《忆云词》。

陈森《品花宝鉴》完稿，共60回。道光二十九年（1849）刊行。

清宣宗道光十六年丙申（1836）

黄吉安生（　—1924）。

清宣宗道光十七年丁酉（1837）

程恩泽卒（1785—　），年五十三。有《程侍郎遗集》。

黎庶昌生（　—1898）。

清宣宗道光十八年戊戌（1838）

林则徐为钦差大臣赴广东查禁鸦片。龚自珍作《送钦差大臣侯官林公序》。

薛福成生（　—1894）。

清宣宗道光十九年己亥（1839）

周济卒（1781—　），年五十九。著有《味隽斋词》《词辨》《介存斋论词杂著》《晋略》，选有《宋四家词选》。

龚自珍因忤其长官，辞官南归。作《病梅馆记》《己亥杂诗》。

清宣宗道光二十年庚子（1840）

英国发动鸦片战争。

龚自珍辑《庚子雅词》一卷。

魏源有《寰海十章》（其中个别篇目作于下年）。

吴汝纶生（　—1903）。

清宣宗道光二十一年辛丑（1841）

奕经为扬威将军赴浙督师，贝青乔撰《咄咄吟》纪奕经军幕及浙东军事。

广州发生三元里民众武装抗英斗争。张维屏有《三元里》诗纪其事。

龚自珍卒（1792—　），年五十。其平生著述有今人编校之《龚自珍全集》。

清宣宗道光二十二年壬寅（1842）

中英签订《江宁条约》，即《南京条约》，第一次鸦片战争结束。

魏源完成《海国图志》50卷。咸丰二年补订为100卷重刊。其《寰海后十首》《秋兴十章》《秋兴后十首》约作于本年。

郑观应生（　—1922）。

王先谦生（　—1917）。

刘开卒（1783—　）。有《孟涂文集》《孟涂遗诗》。

清宣宗道光二十三年癸卯（1843）

张际亮卒（1799—　）。有《思伯子堂诗集》《张亨甫全集》。

清宣宗道光二十六年丙午（1846）

邓廷桢卒（1775—　），年七十二。有《双砚斋词钞》。

樊增祥生（　—1931）。

清宣宗道光二十七年丁未（1847）

俞万春著《荡寇志》完稿，经其子龙光润色，于咸丰三年刊行。

梁德绳卒（1771—　），年七十七。陈端生《再生缘》弹词原68回，未完，
梁续12回，成80回本，道光三十年刊行。

清宣宗道光二十八年戊申（1848）

《风月梦》有邗上蒙人本年自序。

黄遵宪生（　—1905）。

王鹏运生（　—1904）。

清宣宗道光二十九年己酉（1849）

俞万春卒（1794—　）。

清宣宗道光三十年庚戌（1850）

林则徐卒（1785—　），年六十六。有《云左山房诗钞》等。

文康《儿女英雄传》40回成书于本年之后，光绪四年始刊行。

清文宗咸丰元年辛亥（1851）

洪秀全发动起义，攻占永安，建号太平天国。

方东树卒（1772—　），年八十。有《仪卫轩文集》等。

沈曾植生（　—1922）。

俞龙光将其父俞万春之《荡寇志》修润定稿。

清文宗咸丰二年壬子（1852）

林纾生（　—1924）。

陈三立生（　—1937）。

清文宗咸丰三年癸丑（1853）

三月，太平军攻克南京，并定都更名天京。

姚莹卒（1785—　），年六十九。有《中复堂全集》。

严复生（　—1921）。

《荡寇志》初刊于苏州，易名为《结水浒传》。

清文宗咸丰六年丙辰（1856）

英军轰击广州，挑起第二次鸦片战争。

梅曾亮卒（1786— ），年七十一。有《柏枧山房文集》等。

陈衍生（ —1937）。

郑文焯生（ —1918）。

文廷式生（ —1904）。

韩邦庆生（ —1894）。

清文宗咸丰七年丁巳（1857）

英法联军侵据广州。

魏源卒（1794— ），年六十四。有《古微堂诗集》等。

邱心如《笔生花》弹词 32 回刊行，有陈同勋本年序。

朱祖谋生（ —1931）。

刘鹗生（ —1909）。

清文宗咸丰八年戊午（1858）

魏秀仁开始写作《花月痕》，于同治年间完稿，光绪十四年刊行，题《花月
痕全书》，共 16 卷 52 回。

康有为生（ —1927）。

易顺鼎生（ —1920）。

汪笑侬生（ —1918）。

清文宗咸丰九年己未（1859）

张维屏卒（1780— ），年八十。有《张南山全集》。

况周颐生（ —1926）。

清文宗咸丰十年庚申（1860）

英法联军侵入北京。中英、中法签订《北京条约》，第二次鸦片战争结束。

郑孝胥生（ —1938）。

清文宗咸丰十一年辛酉（1861）

冯桂芬写成《校邠庐抗议》。光绪十年刊行。

清穆宗同治元年壬戌（1862）

京师同文馆成立。

清穆宗同治二年癸亥（1863）

贝青乔卒（1810— ），年五十四。有《半行庵诗存》《咄咄吟》。

鲁一同卒（1805— ）。有《通甫类稿》。

清穆宗同治三年甲子（1864）

天京陷落，太平天国革命失败。

郑珍卒（1806—　），年五十九。有《巢经巢文集》《巢经巢诗钞前集》《后集》《外集》等。

丘逢甲生（　—1912）。

姚燮卒（1805—　）。有《复庄诗问》等。

清穆宗同治四年乙丑（1865）

谭嗣同生（　—1898）。

清穆宗同治五年丙寅（1866）

吴沃尧生（　—1910）。

祁寯藻卒（1793—　）。

清穆宗同治六年丁卯（1867）

上海江南制造局设翻译馆，翻译西方自然科学与技术书籍。

李宝嘉生（　—1906）。

蒋敦复卒（1808—　）。有《啸古堂诗文集》《芬多利室词》。

清穆宗同治七年戊辰（1868）

黄遵宪作《杂感》诗，提出"我手写吾口"。

蒋春霖卒（1818—　），年五十一。有《水云楼词》等。

清穆宗同治八年己巳（1869）

章炳麟生（　—1936）。

清穆宗同治九年庚午（1870）

天津教案发生。

清穆宗同治十年辛未（1871）

莫友芝卒（1811—　）。有《郘亭诗钞》《郘亭遗诗》。

清穆宗同治十一年壬申（1872）

曾国藩卒（1811—　），年六十二。有《曾文正公全集》。

曾朴生（　—1935）。

清穆宗同治十二年（1873）

魏秀仁卒（1818—　）。

梁启超生（　—1929）。

清穆宗同治十三年甲戌（1874）

王韬在香港创办《循环日报》，刊登自撰政论文，后辑入《弢园文录外编》。

冯桂芬卒（1809—　），年六十六。有《校邠庐抗议》。

李涵秋生（　—1923）。

成兆才生（　—1929）。

何绍基卒（1800—　）。有《东洲草堂诗集》《文钞》。

清德宗光绪元年乙亥（1875）

秋瑾生（　—1907）。

清德宗光绪三年丁丑（1877）

黄遵宪出使日本参赞，在日五年，有《日本杂事诗》等。

清德宗光绪四年戊寅（1878）

俞达《青楼梦》成书。

清德宗光绪五年己卯（1879）

《忠烈侠义传》（即《三侠五义》）刊行，署石玉昆述。

清德宗光绪六年庚辰（1880）

郑观应《易言》刊行。后扩充为《盛世危言》，于光绪二十一年刊行全本。

清德宗光绪八年壬午（1882）

黄遵宪撰著《日本国志》稿本。调任驻旧金山总领事，作《逐客篇》，反映
美国迫害华工事。

清德宗光绪九年癸未（1883）

陈衍自本年起逐渐打出"同光体"旗号。

清德宗光绪十年甲申（1884）

法军挑起福建马尾海战，中法战争爆发。

苏曼殊生（　—1918）。

清德宗光绪十一年乙酉（1885）

冯子材获镇南关大捷。清政府与法签订《中法条约》，中法战争结束。黄遵
宪作《冯将军歌》歌颂冯子材大捷。

金和卒（1818—　），年六十八。有《秋蟪吟馆诗钞》。

清德宗光绪十二年丙戌（1886）

王闿运在长沙创立碧湖诗社，标榜汉魏六朝，影响渐大，世称汉魏六朝派，
亦称湖湘派。

易顺鼎在苏州创立吴社联吟，与樊增祥以学晚唐香艳体诗作为世所称，被称
为晚唐诗派。

清德宗光绪十三年丁亥（1887）

黄遵宪《日本国志》书成。光绪十六年（1890）广州富文斋刊行。

柳亚子生（　—1958）。

清德宗光绪十五年己丑（1889）

俞樾删订《三侠五义》更名为《七侠五义》刊行。

徐枕亚生（ —1937）。

清德宗光绪十六年庚寅（1890）

黄遵宪于本年起，自辑诗稿。为驻英使馆参赞。作《伦敦大雾行》《今别离》等诗。

清德宗光绪十七年辛卯（1891）

黄遵宪调任新加坡总领事。

清德宗光绪十八年壬辰（1892）

《彭公案》100回，署贪梦道人撰，有本年序文。

韩邦庆在上海创办《海上奇书》杂志，并连载其《海上花列传》，全本64回单行本于光绪二十年（1894）刊行。

清德宗光绪十九年癸巳（1893）

黄遵宪在新加坡，作《以莲菊桃杂供一瓶作歌》。

《施公案》初续100回，本年刊行，题《清烈传》，到光绪二十九年（1903）已有10续，达528回。

清德宗光绪二十年甲午（1894）

七月，中日甲午战争爆发。十一月，孙中山在檀香山创立兴中会。

本年和稍后黄遵宪作《悲平壤》《东沟行》《哀旅顺》诸诗纪中日战事。

台湾籍诗人丘逢甲在台组织义军抗日，失败后内渡。

张裕钊卒（1823— ），年七十二。有《濂亭文集》等。

李慈铭卒（1830— ），年六十五。有《白华绛跗阁诗集》等。

薛福成卒（1838— ），年五十七。有《庸庵全集十种》。

韩邦庆卒（1856— ），年三十九。有《海上花列传》。

清德宗光绪二十一年乙未（1895）

中日签订《马关条约》，中日战争结束。五月，康有为、梁启超在京发动"公车上书"，提出拒和、迁都、变法。随后康有为发起组织京师强学会，发行《中外纪闻》（初名《万国公报》）。

黄遵宪作《哭威海》《马关纪事》《降将军歌》诸诗。

严复于《直报》发表《论世变之亟》《原强》《辟韩》《救亡决论》。

清德宗光绪二十二年丙申（1896）

夏曾佑、谭嗣同、梁启超等开始试作"新体"诗，杂用孔、耶、佛三教典故，但大体只做到挦扯新名词，艺术上不够成功。

梁启超主编上海《时务报》，并刊载所撰《变法通议》等文，梁氏的"新文体"散文开始萌生，人们亦称之为"时务文体"。

谭嗣同著《仁学》。

李宝嘉到上海，编撰《指南报》，次年创办《游戏报》。

王鹏运、况周颐等在京师组织咫村词社，朱祖谋于本年加入。除切磋词作
  外，也研讨词集整理与词学问题。

清德宗光绪二十三年丁酉 (1897)

黄遵宪署湖南按察使，与梁启超、谭嗣同在长沙创立时务学堂、南学会等。
  在《酬曾重伯编修》诗中自称其诗为"新派诗"。

天津《国闻报》发表严复、夏曾佑合撰之《本馆附印说部缘起》。

王韬卒（1828—　），年七十。有《弢园文录外编》等。

清德宗光绪二十四年戊戌 (1898)

六月，光绪帝下诏变法。九月，顽固派反扑，诛杀谭嗣同等"六君子"，康
  有为、梁启超流亡国外，变法失败，时仅百日，世称"百日维新"。

梁启超于日本横滨创办《清议报》，并刊载其《译印政治小说序》。

裘廷梁在《无锡白话报》上发表《论白话为维新之本》。

严复译《天演论》刊行。

黎庶昌卒（1837—　），年六十二。有《拙尊园丛稿》。编有《续古文辞类
  纂》。

谭嗣同卒（1865—　），年三十四。平生著述有今人编纂的《谭嗣同全集》。

清德宗光绪二十五年己亥 (1899)

林纾与王寿昌合译法国小仲马之《茶花女》为《巴黎茶花女遗事》刊行。

梁启超在《夏威夷游记》中正式提出"诗界革命""文界革命"口号。

清德宗光绪二十六年庚子 (1900)

义和团起事，英美法德俄日意奥等八国联军侵华，史称"庚子事变"。

王鹏运与朱孝臧等唱和，成《庚子秋词》。

清德宗光绪二十七年辛丑 (1901)

清政府明令科举废八股文，改试策论。并将全国书院改为学堂。清政府与八
  国"公使团"签订《辛丑和约》。

李宝嘉在上海创办《世界繁华报》，并在该报连载其《庚子国变弹词》。

谭献卒（1832—　），年七十。有《复堂类稿》，又选清人词为《箧中词》。

清德宗光绪二十八年壬寅 (1902)

梁启超在日本横滨创办《新民丛报》，发表《少年中国说》等文，梁氏之新
  文体散文走向成熟。梁氏又在该报连载其《饮冰室诗话》，将"诗界革
  命"推向高潮。年末又创办《新小说》，发表《论小说与群治之关系》，
  并开始连载所著《新中国未来记》，罗普《东欧女豪杰》（署岭南羽衣女
  士著），推动"小说界革命"。此后陆续出现小说专刊杂志。又在《新民

丛报》创刊号上发表传奇《劫灰梦》，为戏剧改良之先声。

黄遵宪写定《人境庐诗草》。

清德宗光绪二十九年癸卯（1903）

李宝嘉之《官场现形记》开始于《世界繁华报》上连载。

吴沃尧《二十年目睹之怪现状》开始连载于《新小说》。

刘鹗《老残游记》开始在《绣像小说》上连载，后重载于《天津日日新闻》。

金松岑《孽海花》第一、二回发表于《江苏》月刊。

邹容《革命军》在上海出版，章太炎于《苏报》发表《序革命军》与《驳康有为论革命书》摘要，发生"苏报案"，章太炎、邹容皆被捕入狱。

柳亚子入上海爱国学社读书，参加中国教育会。

吴汝纶卒（1840—　），年六十四。有《桐城吴先生全书》。

清德宗光绪三十年甲辰（1904）

陈去病、柳亚子等在上海创办戏剧专刊《二十世纪大舞台》，提倡戏剧改良。

秋瑾赴日本留学，并开始从事妇女解放与反清革命活动。

曾朴创建小说林社，并接受金松岑所撰《孽海花》6回，于本年完成20回，次年刊行。光绪三十三年又续撰5回发表于《小说林》杂志。

王鹏运卒（1848—　），年五十七。有《半塘定稿》等。

文廷式卒（1856—　），年四十九。有《云起轩词钞》等。

清德宗光绪三十一年乙巳（1905）

资产阶级民主革命派组织中国同盟会在日本东京成立，推选孙中山为总理，并创办机关刊物《民报》。

周善培在成都成立"戏曲改良公会"，指导川剧改良工作。

黄遵宪卒（1848—　），年五十八。有《人境庐诗草》等。

清德宗光绪三十二年丙午（1906）

清政府正式废除科举制度。

柳亚子任教于健行公学，主《复报》笔政，声援革命派与改良派的论战。

曾孝谷、李叔同等于日本东京创立新戏即早期话剧演出团体"春柳社"。

李宝嘉卒（1867—　），年四十。有《官场现形记》《文明小史》等。

清德宗光绪三十三年丁未（1907）

"春柳社"在东京上演法国小仲马《茶花女》的第三幕、根据美国小说改编的《黑奴吁天录》，中国话剧开始诞生。王钟声在上海组织春阳社。

本年仅商务印书馆、小说林社15家出版社即出版创作小说43种，翻译小说

79 种。

文廷式《云起轩词钞》刊行。

秋瑾被清廷杀害（1875—　），年三十三。王芷馥编《秋瑾诗词》刊行。

清德宗光绪三十四年戊申（1908）

鲁迅于上年写成的《摩罗诗力说》，本年发表，首次介绍欧洲浪漫主义文学思潮。

爱国艺人潘月樵和夏月润、月珊兄弟在上海创建"新舞台"，是中国第一个新式舞台，采用新式布景。

宣统元年己酉（1909）

鲁迅、周作人译《域外小说集》一、二集，在东京出版。

资产阶级革命派文学团体"南社"在苏州虎丘成立，柳亚子任书记员。

刘鹗卒（1857—　），年五十三。有《老残游记》等。

宣统二年庚戌（1910）

《小说月报》在上海创刊。

任天知等成立进化团新剧剧团，次年，打出"天知派新剧"旗号。

吴沃尧卒（1866—　），年四十五。有《二十年目睹之怪现状》《恨海》等。

宣统三年辛亥（1911）

十月，武昌起义爆发，清亡。

中华民国元年壬子（1912）

一月，中华民国成立。孙中山就任临时大总统。三月袁世凯在北京就任临时大总统。

苏曼殊主笔《太平洋报》，发表《断鸿零雁记》。

陆镜若、欧阳予倩于上海成立新剧同志会，1914 年易名春柳剧场，演出革命新剧。

陈衍开始写作并陆续发表《石遗室诗话》，鼓吹同光体。

黄小配卒（1872—　），年四十一。有《洪秀全演义》等。

丘逢甲卒（1864—　），年四十九。有《岭云海日楼诗钞》。

中华民国二年癸丑（1913）

丘逢甲《岭云海日楼诗钞》刊行。

中华民国三年甲寅（1914）

以发表鸳鸯蝴蝶派小说为主的刊物《中华小说界》（沈瓶庵编辑）、《民权素》（刘铁冷等主编）、《小说丛报》（徐枕亚主编）、《礼拜六》（王钝根等主编）创刊，后者影响尤大。

鸳鸯蝴蝶派长篇小说徐枕亚《玉梨魂》、吴双热《孽冤镜》、李定夷《贾玉

　　怨》刊行。

　　李涵秋《广陵潮》初集出版。

　　章太炎在北京遭袁世凯"幽禁",直到1916年。《章太炎文钞》出版。

　　苏曼殊小说《天涯红泪记》发表。其他小说《绛纱记》《焚剑记》《碎簪
　　　　记》《非梦记》陆续于1915年至1917年发表。

　　章士钊于日本东京创办《甲寅》杂志,署名秋桐。

中华民国四年乙卯（1915）

　　袁世凯复辟,称"洪宪皇帝",改国号为"中华帝国"。蔡锷等在云南组织
　　　　护国军,讨伐袁世凯。

　　《青年杂志》在上海创刊,陈独秀主编,后改名《新青年》。

中华民国五年丙辰（1916）

　　袁世凯被迫取消帝制,不久病死,由黎元洪代理大总统。

　　上海《时事新报》开辟《上海黑幕》专栏,两三年中,"黑幕小说"风行。

　　本年起,欧阳予倩在上海等地从事京剧改良活动,曾编演《黛玉葬花》
　　　　等戏。

　　王闿运卒（1833—　　）,年八十四。有《湘绮楼诗集》《文集》,后人辑其
　　　　著作为《湘绮楼全书》。

中华民国六年丁巳（1917）

　　张勋复辟,仅20天而失败。康有为曾参与复辟活动。北方为北洋军阀政府
　　　　统治,孙中山于广东成立军政府。

　　陈独秀受聘为北京大学文科学长,《新青年》迁至北京出版,发表胡适《文
　　　　学改良刍议》、陈独秀《文学革命论》以及钱玄同等人倡导白话文的文
　　　　章,鼓吹文学革命。

　　王先谦卒（1842—　　）,年七十六。有《虚受堂文集》。编选有《续古文辞
　　　　类纂》。

中华民国七年戊午（1918）

　　《新青年》发动文学革命渐入高潮。本年改用白话和新式标点符号,发表鲁
　　　　迅《狂人日记》。又刊载胡适《建设的文学革命论》,提倡"国语的文学,
　　　　文学的国语"。并出版《戏剧改良专号》,提倡传统戏曲改良。

　　第一次世界大战结束,李大钊发表《庶民的胜利》《布尔什维主义的胜利》,
　　　　并于北京大学组织马克思主义研究会。

　　《中国黑幕大观》及其《续集》出版。

　　郑文焯卒（1856—　　）,年六十三。有《大鹤山房全集》。

　　苏曼殊卒（1884—　　）,年三十五。平生著述友人辑为《苏曼殊全集》。

汪笑侬卒（1858—　），年六十一。编有新戏《党人碑》《博浪椎》《哭祖庙》等。

中华民国八年己未（1919）

北京大学学生社团新潮社傅斯年、罗家伦等创办《新潮》月刊。

林纾在《新申报》上发表短篇小说《荆生》《妖梦》，又在《公言报》上发表《致蔡鹤卿太史书》，反对白话文运动。

胡适在《新青年》上发表独幕剧本《终身大事》。

鲁迅于《新青年》发表小说《孔乙己》。

五月四日爆发"五四"运动。

研 修 书 目

《明诗综》
　　［清］朱彝尊编　上海古籍出版社 1993 年版
《明诗别裁集》
　　［清］沈德潜、周准编　上海古籍出版社 1979 年版
《明文海》四百八十二卷
　　［清］黄宗羲编　中华书局 1987 年影印涵芬楼抄本
《皇明十六家小品》三十二卷
　　［明］丁允和、陆云龙编　北京图书出版社 1997 年影印本
《皇明二十家小品》二十卷
　　施蛰存编　上海书店 1984 年影印光明书局 1935 年版
《宋学士文集》七十五卷
　　［明］宋濂撰　商务印书馆 1936 年《四部丛刊》影印本
《太师诚意伯刘文成文集》二十卷
　　［明］刘基撰　商务印书馆 1936 年《四部丛刊》影印本
《郁离子》
　　［明］刘基撰　魏建猷、萧善芗点校上海古籍出版社 1981 年版
《高青丘集》附《凫藻集》、《扣舷集》
　　［明］高启撰　［清］金檀辑注　徐澄宇、沈北宗点校　上海古籍出版社
　　1985 年版
《李东阳集》
　　［明］李东阳撰　周寅宾点校　岳麓书社 1984 年、1985 年版
《空同集》六十六卷
　　［明］李梦阳撰　上海古籍出版社 1987 年影印《四库全书》本
《何大复集》三十八卷
　　［明］何景明撰　李淑毅等点校　中州古籍出版社 1989 年排印本
《谢榛全集校笺》

〔明〕谢榛撰　李庆立校笺　　江苏古籍出版社 2003 年版

《沧溟先生集》

　　〔明〕李攀龙撰　包敬第点校　上海古籍出版社 1992 年版

《弇州山人四部稿》一百七十四卷附《续稿》二百零七卷

　　〔明〕王世贞撰　上海古籍出版社 1987 年影印《四库全书》本

《震川先生集》

　　〔明〕归有光撰　周本淳点校　上海古籍出版社 1981 年版

《焚书》《续焚书》

　　〔明〕李贽撰　中华书局 1961 年版

《袁宏道集笺校》

　　〔明〕袁宏道撰　钱伯城笺校　上海古籍出版社 1981 年版

《白苏斋类集》

　　〔明〕袁宗道撰　钱伯城点校　上海古籍出版社 1989 年版

《珂雪斋集》附《游居柿录》

　　〔明〕袁中道撰　钱伯城点校　上海古籍出版社 1989 年版

《隐秀轩集》

　　〔明〕钟惺撰　李先耕、崔重庆标校　上海古籍出版社 1992 年版

《谭元春集》

　　〔明〕谭元春撰　陈杏珍标校　上海古籍出版社 1998 年版

《张岱诗文集》

　　〔明〕张岱撰　夏咸淳点校　上海古籍出版社 1991 年版

《陈子龙诗集》

　　〔明〕陈子龙撰　施蛰存、马祖熙点校　上海古籍出版社 1983 年版

《陈子龙文集》

　　〔明〕陈子龙撰　上海文献丛书编委会编　华东师范大学出版社 1988 年版

《夏完淳集笺校》

　　〔明〕夏完淳撰　白坚笺校　上海古籍出版社 1991 年版

《全明散曲》

　　凌景埏、谢伯阳编　齐鲁书社 1995 年版

《挂枝儿》《山歌》（明清民歌时调集）

　　〔明〕冯梦龙编述　上海古籍出版社 1987 年 9 月版

《三国志通俗演义》十二卷 240 则

　　〔明〕罗贯中编撰　人民文学出版社 1975 年影印嘉靖刻本　上海古籍出版
　　社 1993 年《古本小说集成》影印嘉靖刊本

《三国志演义》六十卷 120 回

　　〔清〕毛伦、毛宗岗评点　刘世德、郑铭点校　中华书局 1995 年版

《残唐五代史演义》八卷 60 回

　　〔明〕罗贯中编　上海古籍出版社 1992 年《古本小说集成》影印本

《春秋列国志传》八卷

　　〔明〕余邵鱼编集　上海古籍出版社 1993 年《古本小说集成》影印龚绍山
　　刻本

《新列国志》108 回

　　〔明〕冯梦龙新编　上海古籍出版社 1992 年《古本小说集成》影印本

《隋唐两朝志传》十二卷 120 回

　　〔明〕罗贯中编辑　杨慎批评　上海古籍出版社 1993 年《古本小说集成》
　　影印龚绍山刻本

《唐书志传通俗演义》八卷 90 节

　　〔明〕熊钟谷编次　1990 年中华书局《古本小说丛刊》影印清江堂刻本

《隋炀帝艳史》八卷四十回

　　〔明〕齐东野人编演　上海古籍出版社 1993 年《古本小说集成》影印人瑞
　　堂刊本

《隋史遗文》十二卷 60 回

　　〔明〕袁于令编　上海古籍出版社 1993 年《古本小说集成》影印崇祯刊本

《东西晋演义》十二卷 50 回

　　〔明〕杨尔曾编　上海古籍出版社 1993 年《古本小说集成》影印万历大业
　　堂刻本

《辽海丹忠录》八卷 40 回

　　〔明〕陆人龙撰　上海古籍出版社 1990 年《古本小说集成》影印翠娱阁
　　刻本

《梼杌闲评》五十卷 50 回

　　不题撰人　上海古籍出版社 1992 年《古本小说集成》影印嘉道间刻本

《明容与堂刻水浒传》一百卷 100 回

　　中华书局上海编辑所 1965 年影印本
　　上海人民出版社 1975 年 4 月影印本

《水浒全传》120 回

　　郑振铎、王利器、吴晓铃校点　人民文学出版社 1954 年版

《第五才子书水浒传》七十五卷 70 回

　　〔明〕金人瑞评改　上海古籍出版社 1990 年《古本小说集成》影印贯华堂

刻本

《大宋中兴通俗演义》八卷 74 则

〔明〕熊大木撰　上海古籍出版社 1990 年《古本小说集成》影印清白堂
刻本

《皇明英烈传》六卷

不题撰人　上海古籍出版社 1992 年《古本小说集成》影印明三台馆刻本

《南北两宋志传》二十卷

〔明〕熊大木撰　上海古籍出版社 1992 年《古本小说集成》影印明三台馆
刻本

《杨家府世代忠勇演义》八卷 58 则

〔明〕纪振伦编　上海古籍出版社 1990 年《古本小说集成》影印明万历
刻本

《西游记》二十卷 100 回

不题撰人　上海古籍出版社 1990 年《古本小说集成》影印世德堂刻本

《西游记》100 回

〔明〕吴承恩编著　人民文学出版社 1980 年版

《三宝太监西洋记通俗演义》二十卷 100 回

〔明〕罗懋登编　上海古籍出版社 1994 年《古本小说集成》影印明刻本

《封神演义》100 回

〔明〕许仲琳、李云翔编　上海古籍出版社 1990 年《古本小说集成》影印
明刻本

《三遂平妖传》四卷 20 回

〔明〕罗贯中编次　王慎修校梓　上海古籍出版社 1990 年《古本小说集成》
影印明万历刻本

《新平妖传》40 回

〔明〕罗贯中编　冯梦龙校　上海古籍出版社 1990 年《古本小说集成》影
印嘉会堂刻本

《新刻金瓶梅词话》十卷 100 回

〔明〕兰陵笑笑生撰　1932 年古佚小说刊行会影印本

1957 年文学古籍刊行社影印本

台湾联经出版事业公司 1978 年影印本

戴鸿森校点　人民文学出版社 1985 年版

《新刻绣像批评金瓶梅》二十卷 100 回

北京大学出版社 1988 年 8 月影印本

《清平山堂话本》

　　〔明〕洪楩编印　文学古籍刊行社 1955 年影印本　上海古籍出版社 1990 年
　　《古本小说集成》影印本

《熊龙峰四种小说》四篇

　　〔明〕熊龙峰辑　上海古籍出版社 1990 年《古本小说集成》影印明刻本
　　王古鲁校注　上海古典文学出版社 1958 年版

《古今小说》四十卷

　　〔明〕冯梦龙编撰　上海古籍出版社 1987 年影印天许斋刻本
　　陈曦钟校注　北京十月文艺出版社 1994 年版

《警世通言》四十卷

　　〔明〕冯梦龙编撰　上海古籍出版社 1987 年影印兼善堂刻本
　　吴书荫校注　北京十月文艺出版社 1994 年版

《醒世恒言》四十卷

　　〔明〕冯梦龙编撰　上海古籍出版社 1987 年影印叶敬池刻本
　　张明高校注　北京十月文艺出版社 1994 年版

《拍案惊奇》四十卷

　　〔明〕凌濛初撰　上海古籍出版社 1985 年影印安少云刻本

《二刻拍案惊奇》四十卷

　　〔明〕凌濛初撰　上海古籍出版社 1985 年影印尚友堂刻本

《型世言》十卷 40 回

　　〔明〕陆人龙撰　上海古籍出版社 1994 年《古本小说集成》影印明末刻本

《石点头》十四卷

　　〔明〕天然痴叟撰　上海古籍出版社 1994 年《古本小说集成》影印叶敬池
　　刻本

《醉醒石》15 回

　　〔明〕东鲁古狂生编辑　上海古籍出版社 1990 年《古本小说集成》影印清
　　初刻本

《西湖二集》三十四卷

　　〔明〕周清源纂　上海古籍出版社 1990 年《古本小说集成》影印明崇祯
　　刻本

《鼓掌绝尘》四集 40 回

　　〔明〕古吴金木散人编　中华书局 1990 年《古本小说丛刊》影印明崇祯
　　刻本

《今古奇观》四十卷 40 篇

　　[明] 抱瓮老人辑　上海古籍出版社 1993 年《古本小说集成》影印清初
　　刻本

《剪灯新话》二卷

　　[明] 瞿佑撰　上海古籍出版社 1990 年《古本小说集成》影印明嘉靖刻本

《剪灯馀话》五卷

　　[明] 李祯撰　上海古籍出版社 1990 年《古本小说集成》影印张光启刻本

《江湖历览杜骗新书》四卷

　　[明] 张应俞撰　上海古籍出版社 1993 年《古本小说集成》影印明万历
　　刻本

《情史》二十四卷

　　[明] 冯梦龙编撰　上海古籍出版社 1990 年《古本小说集成》影印明末
　　刻本

《孤本元明杂剧》一百四十四种

　　王季烈校编　中国戏剧出版社 1957 年影印本

《元明杂剧》十八种

　　[明] 阙名编　中国戏剧出版社 1958 年影印本

《盛明杂剧》六十种

　　[明] 沈泰编　中国戏剧出版社 1958 年影印本

《四声猿》

　　[明] 徐渭撰　周中明校注　上海古籍出版社 1984 年版

《明人杂剧选》

　　周贻白选注　人民文学出版社 1958 年版

《汤显祖全集》

　　[明] 汤显祖撰　徐朔方笺校　北京古籍出版社 1999 年版

《紫钗记》

　　[明] 汤显祖撰　胡士莹校注　人民文学出版社 1982 年版

《牡丹亭》

　　[明] 汤显祖撰　徐朔方、杨笑梅校注　人民文学出版社 1982 年版

《南柯梦记》

　　[明] 汤显祖撰　钱南扬校注　人民文学出版社 1981 年版

《明遗民诗》

　　[清] 卓尔堪选辑　中华书局 1961 年版

《亭林诗文集》

　　[清] 顾炎武撰　《四部丛刊》清康熙刻本影印

《亭林诗集汇注》
　　〔清〕顾炎武撰　王蘧堂辑注　吴丕绩标校　上海古籍出版社1984年版
《南雷集》
　　〔清〕黄宗羲撰　《四部丛刊》影印清康熙刻本
《黄梨洲诗文集》
　　〔清〕黄宗羲撰　中华书局1962年版
《姜斋诗文集》
　　〔清〕王夫之撰　《四部丛刊》据船山遗书本影印
《王船山诗文集》
　　〔清〕王夫之撰　中华书局1963年版
《吴嘉纪诗笺校》
　　〔清〕吴嘉纪撰　杨积庆笺校　上海古籍出版社1980年版
《屈大均全集》
　　〔清〕屈大均撰　欧初、王贵忱主编　人民文学出版社1996年版
《阎古古全集》
　　〔清〕阎尔梅撰　张相文辑　中国地学会1922年版
《变雅堂诗文集》
　　〔清〕杜濬撰　清光绪二十年（1894）年黄冈沈氏刻本
《藏山阁诗存》
　　〔清〕钱澄之撰　清光绪三十四年（1908）龙潭室排印本
《钱牧斋全集》
　　〔清〕钱谦益撰　钱曾笺注　钱仲联标校　上海古籍出版社2003年版
《梅村家藏稿》
　　〔清〕吴伟业撰　清末董氏诵芬室刻本
《吴梅村全集》
　　〔清〕吴伟业撰　李学颖集评标校　上海古籍出版社1990年版
《壮悔堂文集》
　　〔清〕侯方域撰　中华书局1936年《四部备要》排印本
《魏叔子集》
　　〔清〕魏禧撰　清康熙易堂原刻本
《尧峰文钞》
　　〔清〕汪琬撰　《四部丛刊》影印清林佶写刻本
《汪琬全集笺校》
　　〔清〕汪琬撰　李圣华笺校　人民文学出版社2010年版

《施愚山集》

　　[清] 施闰章撰　何庆善、杨应芹点校　黄山书社 1993 年版

《带经堂集》

　　[清] 王士禛撰　七略书堂康熙五十年刻本

《渔洋山人精华录》

　　[清] 王士禛撰　林佶辑　《四部丛刊》影印清林佶写刻本　齐鲁书社 1994
　　年汇注本

《赵执信全集》

　　[清] 赵执信撰　赵蔚芝等校点　齐鲁书社 1993 年版

《曝书亭全集》

　　[清] 朱彝尊撰　《四部丛刊》影印　清康熙五十三年（1674）刊本　中华
　　书局 1936 年《四部备要》本

《陈迦陵全集》

　　[清] 陈维崧撰　《四部丛刊》影印清患立堂刻本

《珂雪词》

　　[清] 曹贞吉撰　中华书局 1936 年《四部备要》本

《敬业堂诗集》

　　[清] 查慎行撰　周劭标点　上海古籍出版社 1986 年版

《纳兰词笺注》

　　[清] 纳兰性德撰　张草纫笺注　上海古籍出版社 1995 年版

《清人杂剧初集》

　　郑振铎辑　1931 年长乐郑氏据影印清刊本

《笠翁十种曲》

　　[清] 李渔撰　《古本戏曲丛刊》第五集影印清刊本　中华书局 1983 年版

《清忠谱》

　　[清] 李玉撰　王毅校点　人民文学出版社 1990 年版

《长生殿》

　　[清] 洪昇撰　徐朔方校注本　人民文学出版社 1958 年版

《桃花扇》

　　[清] 孔尚任撰　王季思等校注本　人民文学出版社 1959 年版

《水浒后传》

　　[清] 陈忱撰　《古本小说集成》影印清康熙原刊本　上海古籍出版社 1994
　　年版

《醒世姻缘传》

［清］西周生撰 《古本小说集成》影印清同德堂刻本 上海古籍出版社 1994 年版

《连城璧》《十二楼》

　　［清］李渔撰 《古本小说集成》影印清康熙原刻本 上海古籍出版社 1994 年版

《聊斋志异》 （会校会评会注）

　　［清］蒲松龄撰 张友鹤整理 上海古籍出版社 1979 年版

《阅微草堂笔记》

　　［清］纪昀撰 上海古籍出版社 1980 年版

《儒林外史》

　　［清］吴敬梓撰 《古本小说集成》影印清卧闲草堂刻本 上海古籍出版社 1994 年版

《儒林外史》（汇校汇评）

　　李汉秋辑校 上海古籍出版社 1999 年版

《脂砚斋重评石头记》 （庚辰本）

　　［清］曹雪芹撰 文学古籍刊行社 1955 年影印本

《红楼梦》

　　中国艺术研究院红楼梦研究所整理 人民文学出版社 1982 年版
　　袁世硕等整理 山东文艺出版社 1993 年版

《方苞集》

　　［清］方苞撰 刘季高标点 上海古籍出版社 1983 年版

《刘大櫆集》

　　［清］刘大櫆撰 吴孟复标点 上海古籍出版社 1990 年版

《惜抱轩诗文集》

　　［清］姚鼐撰 刘季高标校 上海古籍出版社 1992 年版

《归愚诗钞》

　　［清］沈德潜撰 清乾隆刻本

《小仓山房诗文集》

　　［清］袁枚撰 周本淳标校 上海古籍出版社 1988 年版

《瓯北集》

　　［清］赵翼撰 李学颖、曹光辅标校 上海古籍出版社 1997 年版

《郑板桥集》

　　［清］郑燮撰 上海古籍出版社 1979 年版

《两当轩集》

〔清〕黄景仁撰　李国章标点　上海古籍出版社 1983 年版

《樊榭山房集》

　　〔清〕厉鹗撰　董兆熊、陈九思标校　上海古籍出版社 1992 年版

《茗柯文编》

　　〔清〕张惠言撰　黄立新校点　上海古籍出版社 1984 年版

《船山诗草》

　　〔清〕张问陶撰　中华书局 1986 年版

《汪容甫文笺》

　　〔清〕汪中撰　古直笺　人民文学出版社 1958 年版

《大云山房文稿》

　　〔清〕恽敬撰　《四部丛刊》影印清同治刻本

《藏园九种曲》

　　〔清〕蒋士铨撰　清乾隆蒋氏藏园原刻本

《吟风阁杂剧》

　　〔清〕杨潮观撰　清乾隆刻本

《缀白裘》

　　〔清〕玩花主人编选　钱德苍续选　清刻本

《浮生六记》

　　〔清〕沈复撰　俞平伯校点　人民文学出版社 1980 年版

《绿野仙踪》

　　〔清〕李百川撰　《古本小说集成》影印清抄本　上海古籍出版社 1994 年版

《野叟曝簷》

　　〔清〕夏敬渠撰　《古本小说集成》影印清汇珍楼活字本　上海古籍出版社
　　1994 年版

《镜花缘》

　　〔清〕李汝珍撰　《古本小说集成》影印清道光芥子园刻本　上海古籍出版
　　社 1994 年版　人民文学出版社 1995 年版

《定盦文集》三卷、《续集》四卷、《文集补》

　　〔清〕龚自珍撰　清同治七年浙江吴煦刻本
　　《四部丛刊》影印吴氏刻本

《定盦文集补编》四卷

　　〔清〕龚自珍撰　清光绪二十八年朱之榛重订本

《龚自珍全集》

　　〔清〕龚自珍撰　王佩诤校　中华书局 1959 年版

《龚自珍编年诗注》

　　〔清〕龚自珍撰　刘逸生、周锡𮏋笺注　浙江古籍出版社 1995 年版

《魏源集》

　　〔清〕魏源撰　中华书局 1976 年版

《林则徐诗集》

　　〔清〕林则徐撰　郑丽生校笺　海峡文艺出版社 1987 年排印本

《张南山全集》**34 册**

　　〔清〕张维屏撰　清嘉庆至道光刻成

《张南山全集》（一至三，未完）

　　〔清〕张维屏撰　陈宪猷、邓光礼、吴步勋等标点　广东高等教育出版社
　　　1992—1994 年排印本

《咄咄吟》二卷

　　〔清〕贝青乔（原题木居士）撰　1914 年吴兴刘氏嘉业堂刻本

《秋蟪吟馆诗钞》八卷《来云阁诗稿》六卷

　　〔清〕金和撰　清光绪十八年（1892）丹阳束氏刻本

《巢经巢文集》六卷

　　〔清〕郑珍撰　1914 年贵阳陈氏花近楼校刻本

《巢经巢诗钞笺注》

　　〔清〕郑珍撰　白敦仁笺注　巴蜀书社 1996 年版

《东洲草堂文钞》二十卷

　　〔清〕何绍基撰　清同治六年（1867）长沙无园刊本
　　清光绪年间刻本

《郘亭诗钞笺注》

　　〔清〕莫友芝撰　龙先绪、符均笺注　三秦出版社 2003 年版

《柏枧山房文集》十六卷、《柏枧山房文续集》一卷

　　〔清〕梅曾亮撰　清咸丰六年（1856）杨氏海源阁刻本
　　清宣统三年（1911）上海国学扶轮社石印本
　　王有立主编《中华文史丛书》(91)，台北华文书局 1969 年清影印咸丰六年
　　　刻本

《校邠庐抗议》（《近代文献丛刊》）

　　〔清〕冯桂芬撰　上海书店出版社 2002 年版

《盛世危言》（夏东元编《郑观应集》上）

　　〔清〕郑观应撰　上海人民出版社 1982 年版

《弢园文录外编》

　　［清］王韬撰　　中华书局 1959 年版
《湘绮楼诗文集》
　　王闿运撰　　马积高主编　　岳麓书社 1996 年版
《琴志楼诗集》
　　易顺鼎撰　　王飙校点　　上海古籍出版社 2004 年版
《樊樊山诗集》
　　樊增祥撰　　涂晓马、陈宇俊校点　　上海古籍出版社 2004 年版
《曾国藩全集》（诗文卷）
　　［清］曾国藩撰　　岳麓书社 1986 年版
《庸庵海外文编》四卷
　　［清］薛福成撰　　清光绪二十一年（1895）望龙学舍重刻本
《吴汝纶全集》
　　吴汝纶撰　　施培毅、徐寿凯校点　　黄山书社 2002 年版
《人境庐诗草笺注》
　　［清］黄遵宪撰　　钱仲联笺注　　上海古籍出版社 1981 年版
《岭云海日楼诗钞》
　　丘逢甲撰　　上海古籍出版社 1982 年版
《饮冰室合集》
　　梁启超撰　　林志钧编　　中华书局 1989 年影印 1936 年版
《康有为全集》（一至三）
　　康有为撰　　姜义华编校　　上海古籍出版社 1987—1992 年版
《康南海先生诗集》《康南海文集》（《康南海先生遗著汇刊》）
　　康有为撰　　蒋贵麟主编　　台北宏业书局有限公司 1976 年版
《谭嗣同全集》（增订本）
　　［清］谭嗣同撰　　蔡尚思、方行编　　中华书局 1981 年版
《严复集》
　　严复撰　　王栻主编　　中华书局 1986 年版
《戊戌六君子遗集》九种
　　［清］谭嗣同、林旭、刘光第等撰　　张元济辑　　商务印书馆 1917 年版　　沈
　　云龙主编《近代中国史料丛刊》三编第十八辑 177 册，台北文海出版社
　　1986 年影印本
《林琴南文集》
　　林纾撰　　中国书店 1985 年影印商务印书馆 1916 年《畏庐文集》本
《陈石遗集》

陈衍撰　陈步编　福建人民出版社 2001 年版

《散原精舍诗文集》

陈三立撰　李开军校点　上海古籍出版社 2003 年版

《沈曾植集校注》

沈曾植著　钱仲联校注　中华书局 2001 年排印本

《海藏楼诗集》

郑孝胥撰　黄珅、杨晓波校点　上海古籍出版社 2003 年版

《章太炎全集》

章炳麟撰　上海人民出版社编　上海人民出版社 1982—1986 年版

《秋瑾集》

〔清〕秋瑾撰　上海古籍出版社编　上海古籍出版社 1991 年新 1 版

《磨剑室诗词集》

柳亚子撰　中国革命博物馆编　上海人民出版社 1985 年版

《曼殊全集》

苏玄瑛撰　柳亚子编　北新书局 1928—1931 年版

《味隽斋词》（**《清名家词》**第七册）

〔清〕周济撰　上海书店 1982 年影印开明书店 1937 年版

《双砚斋词钞》二卷

〔清〕邓廷桢撰　1920 年江宁邓邦述重刻本

《水云楼诗词辑校》

〔清〕蒋春霖撰　冯其镛辑校　齐鲁书社 1986 年版

《云起轩词》（**《清名家词》**第十册）

〔清〕文廷式撰　上海书店 1982 年影印开明书店 1937 年版

《重校集评云起轩词》《重校集评云起轩词补遗》

〔清〕文廷式撰　龙沐勋校辑　同声月刊社 1943 年版

《文廷式集》

〔清〕文廷式撰　汪叔子编　中华书局 1993 年版

《庚子秋词》二卷

〔清〕王鹏运等撰　清光绪年间刻本

《半塘定稿》（**《清名家词》**第十册）

〔清〕王鹏运撰　上海书店 1982 年影印开明书店 1937 年版

《樵风乐府》（**《清名家词》**第十册）

〔清〕郑文焯撰　上海书店 1982 年影印开明书店 1937 年版

《彊村语业》（**《清名家词》**第十册）

　　［清］朱祖谋撰　上海书店 1982 年影印开明书店 1937 年版

《蕙风词》一卷

　　［清］况周颐撰　《清名家词》第十册　上海书店 1982 年影印开明书店 1937
　　年版

《三侠五义》（《古本小说读本丛刊》）

　　［清］石玉昆述　王军校点　中华书局 1996 年版

《七侠五义》

　　［清］石玉昆述　俞樾重编　林山校订　宝文堂书店 1980 年版

《儿女英雄传》四十回

　　［清］文康撰　松颐校注　人民文学出版社 1983 年版

《荡寇志》

　　［清］俞万春撰　戴鸿森校点　人民文学出版社 1983 年版

《花月痕》

　　［清］魏秀仁撰　杜维沫校点　人民文学出版社 1982 年版

《海上花列传》

　　［清］韩邦庆撰　典耀整理　人民文学出版社 1982 年版

《蜃楼志》

　　［清］庾岭劳人撰　刘扬忠点校　花山文艺出版社 1993 年版

《兰花梦奇传》

　　［清］吟梅山人撰　李申点校　岳麓书社 1985 年版

《何典》

　　［清］张南庄撰　天津古籍出版社 1994 年版

《官场现形记》

　　［清］李宝嘉撰　张友鹤校注　人民文学出版社 1979 年版

《二十年目睹之怪现状》

　　［清］吴沃尧撰　张友鹤校注　人民文学出版社 1981 年版

《老残游记》二十回

　　［清］刘鹗撰　陈翔鹤校　戴鸿森注　人民文学出版社 1982 年版

《孽海花》（增订本）

　　曾朴撰　上海古籍出版社 1980 年版

《梼杌萃编》

　　钱锡宝撰　沈默校点　百花文艺出版社 1989 年版

《玉梨魂》

　　徐枕亚撰　上海民权出版部 1914 年版

《中国近代小说大系》（70）　百花洲出版社 1993 年版

《广陵潮》一百回

李涵秋撰　裴效维校点　北岳出版社 1995 年版

《晚清文学丛钞·小说戏曲研究卷》

阿英编　中华书局 1960 年版

《晚清文学丛钞·小说》

阿英编　中华书局 1960—1961 年版

《晚清文学丛钞·说唱文学卷》

阿英编　中华书局 1960 年版

《晚清文学丛钞·传奇杂剧卷》

阿英编　中华书局 1962 年版

《近代诗钞》

陈衍辑　商务印书馆 1923 年版

《近代诗钞》

钱仲联编著　江苏古籍出版社 1993 年版

《南社诗集》

柳亚子主编　上海中华书局 1939 年版

《箧中词》六卷、《箧中词续》四卷

［清］谭献辑　清光绪八年（1882）刻本

沈辰垣等编《御选历代诗馀》附，浙江古籍出版社 1998 年版

《广箧中词》四卷

叶恭绰辑　1935 年番禺叶氏《遐庵丛书》本

沈辰垣等编《御选历代诗馀》附，浙江古籍出版社 1998 年版

《近代词钞》三册

严迪昌编著　江苏古籍出版社 1996 年版

《近三百年名家词选》

龙榆生编选　上海古籍出版社 1979 年版

《晚清文选》

郑振铎编　中国社会科学出版社 2002 年据生活书店 1937 年版排印

《中国近代小说大系》八十一册

《中国近代小说大系》编委会编　1988 年起由江西人民出版社陆续出版，
　　1991 年后由百花洲文艺出版社出版，至 1998 年共出 5 辑 80 册，第 81 册
　　为王继权、夏生元所编《中国近代小说目录》

《中国近代文学大系》三十卷

包括《文学理论集》二卷、《小说集》七卷、《散文集》四卷、《诗词集》二卷、《戏剧集》四卷、《笔记文学集》二卷、《俗文学集》二卷、《民间文学集》一卷、《书信日记集》二卷、《少数民族文学集》一卷、《翻译文学集》三卷、《史料索引集》二卷 上海书店 1990—1996 年版

后　记

袁行霈

本书从 1995 年 8 月开始筹划，历时两年半，到现在已经编写完毕，共四卷、九编，不久即将出版发行呈献给读者了。

本书实行全书主编和各编主编负责制。由全书主编聘请各编的主编，各编主编再聘请撰稿人，全书主编和各编主编组成编委会。全书主编、各编主编和撰稿人共 30 位，分别来自 19 所高等院校。我们规定，全书主编须兼任一编的主编；全书主编和各编主编必须亲自撰稿，由全书主编和各编主编执笔的部分大致占全书的三分之一。各编的主编主持本编的撰写工作，对本编负责。全书主编对全书负责。

编写工作一开始即由全书主编提出本书的指导思想和宗旨，并对本书的体例、篇幅、附录以及整个编写工作，做了总体设计，起草了《编写工作要点》和《编写工作条例》，这两份文件在 1995 年 12 月的第一次编委会上讨论通过。然后由各编的主编起草各自负责的那一编的《编写大纲》，经全书主编统改成为《中国文学史大纲》。1996 年 3 月召开全体撰稿人会议，就《编写条例》《编写要点》和《中国文学史大纲》进行讨论，取得一致认识，然后分别撰稿。1996 年 8 月，召开了第二次编委会讨论各编的样稿。8 月以后又互寄一两章样稿，交流审阅。1997 年 3 月召开了第三次编委会，讨论由各编主编执笔的各编绪论，以及其他共同关心的问题。1997 年 8 月全书主编收到全部书稿后，又逐章逐节地作了增删、修改和润饰。

撰写《中国文学史》这样的国家级重点教材，有必要广泛吸引学术造诣高的、富有教学经验的教师共同参与。在充分发挥每一位编写者的主观能动性和创造性的同时，集中大家的智慧，形成合力，才能达到较高的水平。这里的关键是建立良好的学术风气，以良好的风气将大家团结起来愉快地工作。如何发挥每一位撰稿人的专长，同时又使大家写的书稿符合教材的体例、特点，以及本书统一的宗旨方针，也就是如何协调学术个性和学术共性的关系，一直是我们认真对待的问题。当讨论《编写条例》《编写要点》《编写大纲》和样稿时，我们鼓励大家畅所欲言、各抒己见，一旦作出决定，便要求大家遵守。学术民主和主编的定稿权，两方面都兼顾到了。大家本着对学术负责、对学生负责的精神，以顾全大局的态度，坦率地发表自己的意见，互相批评并提出修改的建议，大到体例观点，小到字句标点，知无不言，言无不尽，营造了一种良好的学术风气，形成了一个团结协作的学术集体。

我们认为，大学教材具有两重性：一方面，作为向学生传授知识的教材，应当讲述那些基本的、已经成为定论的知识，这和具有探索性的学术著作不同；另一方面，好的教材又有总结已有研究成果、将学生带入学术前沿的作用，因而也必定是具有探索性的学术著作。兼顾这两个方面，我们注意以下几点：一，在准确介绍文学史基本知识的同时，注意挖掘新资料、提出新问题、找到新视角，将学生带入本学科的前沿，给希望深造的学生指出治学的门径；二，给教师留有发挥的余地，为学生进一步钻研提供线索，启发学生独立思考，引导学生树立良好的学风；三，语言简洁晓畅，篇幅适当。

因为本书出自众人之手，又不可能将大家集中起来长时间地讨论交流，所以各编存在着一些差异，甚至一编之内各章也不尽均衡。在目前的条件下，只要总的方面一致，在一定程度上保持撰稿人的特色，也许比勉强地统成一种面貌更为自然，也更为可行。

现将各位撰稿人所承担的章节说明如下：

袁行霈（北京大学）：总绪论

第三编绪论、第三章、第九章

聂石樵（北京师范大学）：第一编绪论

过常宝（北京师范大学）：第一编第一章、第五章

锺　涛（北京广播学院）：第一编第二章、第三章、第四章

李炳海（东北师范大学）：第二编绪论、第三章、第四章部分、第六章、第七章部分

赵敏俐（首都师范大学）：第二编第一章、第四章部分、第七章部分

许志刚（辽宁师范大学）：第二编第二章、第五章

丁　放（安徽教育学院）：第三编第一章、第二章

孟二冬（北京大学）：第三编第四章、第五章、第六章

曹　虹（南京大学）：第三编第七章、第八章

罗宗强（南开大学）：第四编绪论、第三章（合写）、第四章、第五章第

三节

张　毅（南开大学）：第四编第一章、第二章、第三章（合写）、第五章第一、二节

尚永亮（湖北大学）第四编第六章、第七章、第八章、第九章第一节

张鸿勋（甘肃天水师范专科学校）：第四编第九章第二节

余恕诚（安徽师范大学）：第四编第十章、第十一章、第十二章

莫砺锋（南京大学）：第五编绪论、第一章、第三章、第四章第一、二、三、五节、第五章、第八章、第十一章、第十二章第一、二节

王兆鹏（湖北大学）：第五编第二章、第四章第四节、第六章、第七章、第九章、第十章

张　晶（辽宁师范大学）：第五编第十二章第三、四节、第六编第九章

黄天骥（中山大学）：第六编绪论、第三章、第四章（部分）

董上德（中山大学）：第六编第一章、第二章、第四章（部分）

欧阳光（中山大学）：第六编第五章、第八章

黄仕忠（中山大学）：第六编第六章、第七章

黄　霖（复旦大学）：第七编绪论、第一章、第二章、第八章、第九章、第十章

郑利华（复旦大学）：第七编第三章、第四章、第十一章、第十二章

谢柏梁（上海戏剧学院）：第七编第五章、第六章、第七章

袁世硕（山东大学）：第八编绪论、第二章、第三章、第四章

裴世俊（山东师范大学）：第八编第一章、第七章、第八章

齐裕焜（福建师范大学）：第八编第五章、第六章

孙　静（北京大学）：第九编绪论、第一章、第三章

林　薇（北京广播学院）：第九编第二章、第四章

在编写过程中，各位主编和撰稿人所在的学校给予了大力支持；国家教委高教司的负责同志，特别是文科处处长刘凤泰同志始终关心这项工作，帮助我们解决了许多困难；高等教育出版社对此书的编写给予大力的资助，社长、总编辑、副总编辑以及本书的责任编辑，都为高质量地出版此书付出了许多心血；部分书稿曾经先后征求曹道衡、程毅中、傅璇琮、费振刚等先生的意见，谨在此一并致以衷心的感谢！如果没有各方面的支持和无私的帮助，这部书是不可能完成的。

出版在即，我和我的同事们一方面为能够完成这项工作而高兴；另一方面也心怀惶恐，生怕不能达到教师、学生和广大读者的期望。学术的发展日新月异，而我们的见识有限。特别是我本人常有力不从心之憾，在编写过程中越来

越感到自己才疏学浅，今后还要努力学习。我们的书中一定有许多不妥甚至谬误之处，诚挚地希望读者批评指正。

1997 年 12 月 25 日

第二版后记

袁行霈

这部《中国文学史》自 1999 年夏出版，至今已经五年半了。在这期间，我们得到使用本教材的师生和广大读者的充分肯定，同时也听到一些批评和建议，而我们自己也发现了若干错误和不足之处。今年五月初召开的编委会决定集中力量适当地做一次修订。这次修订仍然遵照当初编写时确定的"守正出新"的方针，在保持原来的编写宗旨、指导思想、体例、框架、特色、结构和篇幅的前提下，弥补已发现的缺失，使之更加完善。修订工作主要在以下三方面：一，修正明显的错误；二，审慎地增加新的资料，吸收新的研究成果；三，进行必要的增删，使体例和文风进一步统一。我们的工作进行得很顺利，在全体撰稿人的共同努力下，按时达到了预定的目标。

这次修订虽然改正了原来的一些错误，弥补了原来的一些缺陷，但还会留下若干问题。我们愿意继续虚心地听取各方面的意见。

在此我要向所有细心阅读本书、并通过各种方式提出意见的老师、学生和广大的读者，表示诚挚的谢意！我必须说一句发自肺腑的话：第二版里包含着读者的热情、辛劳和真知灼见。

本书的修订得到教育部高教司副司长刘凤泰同志的大力支持，得到高等教育出版社的经费资助，得到高等教育出版社的社长、总编辑以及多位编辑的密切配合。许逸民先生帮助我审阅了各卷的研修书目。在此谨向他们表示深深的谢意！

作为全书的主编，我还应该向各编的主编以及执笔的老师们表示由衷的谢意！正是由于大家齐心协力，修订工作才得以顺利完成。参加编写工作的老师们，从开始合作的 1995 年至今，依旧身体健康，精力充沛，这是令我十分高兴的。这些老师们中间有几位已经调到新的工作单位：李炳海在中国人民大学，许志刚在辽宁大学，丁放在安徽师范大学，尚永亮在武汉大学，王兆鹏在武汉大学，张晶在中国传媒大学（原北京广播学院），谢柏梁在上海交通大学，在此一并加以说明。

2004 年 12 月 26 日

第三版后记

袁行霈

本书自 1999 年出版以后，至今已印刷 50 馀次。其间，2005 年经过一次小的修订，主要是订正已发现的错误。2011 年，我建议再做一次修订，并提出修订方案，得到各位分卷主编和撰稿人的同意，随即开始工作。这次修订仍保持原书的指导思想和宗旨，保持原书的体例、分期、章节，使原书具有延续性，但补充了若干新的资料，吸取了一些新的研究成果，希望本书能跟上学术发展的前沿。文学史研究日新月异，我们的学术视野也不断拓宽，当我们重新审视原书时，发现许多不足之处，趁修订的机会尽可能加以弥补。

必须重申的是，本书从一开始编写，就确立了一个目标：既是教科书，也是学术著作。既可供高校师生使用，也可供古代文学的研究者和爱好者参考。事实证明，这符合各方面的希望，我们仍然坚持。教师上课时不宜照本宣科，可以根据学生的情况加以增删，有的内容留给学生课外阅读更有益于学生的学习。有些问题各家说法不同，本书做了必要的介绍，也提供了进一步研究的线索，以供教师和学生探讨。我们希望本书不仅作为教材供上课时使用，也可以为学生打开研究文学史的视野，课程结束后仍然具有参考价值。

十几年来，撰稿人的工作单位有所变更，锺涛、张晶、林薇三位所在的北京广播学院，已更名为中国传媒大学，谢柏梁已调往中国戏曲学院，特此说明。

在这十几年里，我们收到一些读者的来信，指出书中的错误。高等教育出版社也曾征求过一些高校师生的意见。这次做了必要的订正。我要对关心本书的读者表示真挚的感谢！

高等教育出版社对我们的工作给予大力支持，我在此一并致谢！

2013 年 8 月